Der Schwarze mit dem weißen Herzen

Das Buch

Ein kalter Wintertag im Jahre 1837. Der afrikanische Prinz Kwasi Boachi und sein Cousin Kwame treffen als Geschenk und Unterpfand eines geheimen Sklavenhandels in den Niederlanden ein. Man versucht – unter Verleugnung ihrer Kultur, ihrer Sitten und selbst ihrer Namen – die beiden Jungen zu »kultivierten« Europäern zu erziehen, bevor man sie am Hof in Den Haag als Sehenswürdigkeit einführt. Zur Überraschung aller entwickelt sich bald ein enges Verhältnis zur königlichen Familie. Doch Kwame kann seine Wurzeln nicht vergessen: Voller Hoffnung kehrt er nach Afrika zurück. Kwasi hingegen geht ganz in der neuen Heimat auf. Er begleitet die königliche Familie nach Weimar und genießt die zahlreichen Bälle und Empfänge. Aber auch er bleibt letztlich sein Leben lang ein Getriebener: Im Herzen ein Weißer, der Haut nach aber ein Schwarzer, treibt es ihn weit über die Grenzen Deutschlands hinaus bis ins ferne Niederländisch-Indien ...
Ein stilistisch brillant erzählter Roman über Entwurzelung und Freundschaft. Die historisch belegte, bislang aber unbekannte Geschichte einer Gefangenschaft zwischen zwei Kulturen.

Der Autor

Arthur Japin, geboren 1956 in Haarlem, besuchte neben seinem Studium der Literatur auch Theaterschulen in London und Amsterdam, wo er 1982 seine Abschlußprüfung ablegte. Seine Karriere als Theater- und Filmschauspieler gab er 1987 auf, als er den historischen Stoff zu *Der Schwarze mit dem weißen Herzen* entdeckte. Neben dem Roman sind bisher zwei Erzählbände sowie mehrere preisgekrönte Drehbücher, Hörspiele und Theaterstücke erschienen.

Arthur Japin

Der Schwarze mit dem weißen Herzen

Roman

Aus dem Niederländischen
von Marlene Müller-Haas

List Taschenbuch Verlag

List Taschenbuch Verlag 2001
Der List Taschenbuch Verlag ist ein Unternehmen der
Econ Ullstein List Verlag GmbH & Co. KG, München

Titel der niederländischen Originalausgabe:
De zwarte met het witte hart
(Uitgeverij Arbeiderspers, Amsterdam)
Übersetzung: Marlene Müller-Haas
Redaktion: Ruth Meyering
Umschlagkonzept: HildenDesign, München – Stefan Hilden
Titelkonzept und Umschlaggestaltung: Nico Richter
Illustration: Andrea Barth
Druck und Bindearbeiten: Clausen & Bosse, Leck
Printed in Germany
ISBN 3-548-60021-2

*Aquasi Boachi mit seinen Kindern
Aquasi jun. und Quamina.*

Inhalt

Erster Teil

Java 1900 · 11
Westafrika 1836–1837 · 28
Java 1900 · 84

Zweiter Teil

Delft 1837–1839 · 101

Dritter Teil

Delft 1839–1847 · 181

Vierter Teil

Westafrika 1847–1850 · 263

Fünfter Teil

Java 1900 · 329
Niederländisch-Indien 1850–1855 · 345
Java, Delft, Weimar, Java 1856–1862 · 388
Java 1900 · 424

Nachwort · 443
Glossar · 446

Willem I
(1772–1843)
⚭
Wilhelmina
Tochter von Friedrich Wilhelm II, König von Preußen († 1837)

Willem II
(1792–1849)
⚭
Anna Paulowna
Tochter von Paul I.,
Zar von Rußland
(1795–1865)

Frederik
(1797–1881)
⚭
Louise, Tochter von Friedrich Wilhelm III, König von Preußen
(1808–1870)

Louise
(1828–1871)
⚭
Karl XV, König von Schweden
(1826–1872)

Maria
(1841–1910)
⚭
Wilhelm Adolf, Fürst zu Wied
(1845–1907)

Marianne
(1810–1883)
⚭
Prinz Albert von Preußen
(1809–1872)

Willem III
(1817–1790)
⚭
a) Sophia, Tochter von König Wilhelm I.
von Württemberg und Catharina Paulowna
(1818–1877)
b) Adelheid Emma, Tochter von Georg Victor,
Fürst von Waldeck-Pyrmont
(1858–1934)

Wilhelmina
(geb. 1880)

Karl Alexander
Großherzog
(1818–1848)

Hendrik
(1820–1879)
⚭
a) Amalia Maria,
Tochter von Herzog
Bernhard von Sachsen-
Weimar
(1830–1872)
b) Maria Elise von
Preußen
(1855–1888)

Sophie
(1824–1897)
⚭
Carl Alexander
Großherzog von
Sachsen-Weimar-Eisenach
(1818–1901)

Erster Teil

Java 1900

19. Februar

Die ersten zehn Jahre meines Lebens war ich nicht schwarz. Ich unterschied mich in vielem von den Menschen um mich herum, aber dunkler war ich nicht. Das weiß ich. Und dann kam der Tag, an dem ich eine Verfärbung wahrnahm. Später, als ich schwarz war, bin ich wieder verblaßt.

Auf meine Teefelder habe ich immer ein paar Weihnachtssterne pflanzen lassen, man nennt sie auch Wunderbäume oder Wolfsmilch. Alle dreihundert Fuß ein wenig rotes Blattwerk im Grün schützt die Pflückerinnen vor Farbenblindheit. Wenn man lange nur eine einzige Farbe sieht, entsteht vor den Augen ein Schleier, als habe man zu lange in die Sonne gesehen. Ein Blick auf die Komplementärfarbe genügt, den Kontrast wiederherzustellen.

So eine einzelne rote Pflanze hat eine auffallende Wirkung auf ihre Umgebung. Die verschiedenen Grüntöne laufen ineinander. Für das Auge mischen sich die im Feld zuerst klar unterscheidbaren Schattierungen zu einem gleichmäßigen Farbton, sobald der fremde Schößling dazwischengesetzt ist. Jeder Unterschied verschwindet. Der Hintergrund wird eindeutig. Plötzlich gibt es darüber nicht mehr zu sagen als: Ja, er ist grün. Ein bestimmtes grünes Grün. Oder besser ausgedrückt: Er ist in beunruhigender Weise nicht rot!

Die rote Pflanze dagegen flammt in all dem Grün feuriger als unter ihresgleichen. In dem Feld, das ich immer eigens für den Anbau von Weihnachtssternen anlegen ließ, fiel die einzelne Pflanze zwischen den anderen Exemplaren kaum auf. Der Weihnachtsstern war nicht rot, bis ich ihn in eine andere Umgebung verpflanzen ließ. Farbe hat man nie selbst, Farbe bekommt man durch andere.

Wir schreiben das Jahr neunzehnhundert. Dieses Jahr entgeht den Einwohnern von Buitenzorg nicht ein einziges Jubiläum. Der sovielte Hochzeitstag, Großmamas Todestag, Njonjas zehnte neue Haarfarbe. Alles kann Anlaß für ein Fest sein. In Wirklichkeit feiert man Woche für Woche das neue Jahrhundert, um es zu beschwören. Die Menschen wollen sich selbst glauben machen, daß sie fröhlich sind und nicht am alten hängen. Ausgelassen beweisen sie sich gegenseitig, keine Angst vor dem zu haben, was kommen wird.

So sind sie schließlich auch dahintergekommen, daß ich ein halbes Jahrhundert auf Java lebe. Herzlichen Glückwunsch zu nichts! Und wie sehr ich mich der Angelegenheit auch entziehen möchte, für Adeline Renselaar, Mevrouw van Zadelhofs Cousine, scheint ein Fest beschlossene Sache. Diesen Spleen hat sie schon drei Familien eingeredet, diese Woche wurde sie sogar in der Residenz Hertenkamp gesehen, eifrig mit dem Gouverneur diese Angelegenheit erörternd.

Heute morgen empfing ich widerwillig ein kleines Festkomitee, das bei mir wegen Zeit und Ort meiner Jubelfeier vorfühlen wollte. Sie fragten, worauf mein betagter Magen empfindlich reagiere, damit sie das bei der Vorbereitung des Festmahls berücksichtigen könnten, alles im Stil von 1850, dem Jahr, in dem ich hierher umzog. Von mir aus. Als koste es nichts.

»Sie beehren uns nicht oft bei unserem *cercle*«, schnatterte die Renselaar, eine fette Harpye mit einem Adlerschnabel. »Das ist Ihr gutes Recht, aber verwehren Sie es uns nicht, Sie einmal ins rechte Licht zu rücken, wenn wir es gern möchten. Dieses Vergnügen werden Sie uns doch nicht nehmen wollen?

Außerdem, ich möchte Sie kennenlernen. Schon der Gedanke, daß wir uns seit Jahren grüßen, ohne zu wissen, was sich im Leben des anderen so zugetragen hat. Aber nun, wo mir mein Mann endlich von, nun ja, von Ihrem *Fall* erzählt hat... Ich möchte sagen, das Geringste, was wir für Sie tun können, ist doch wohl, Sie an einem Tag zu ehren!«

Ich hörte nur mit halbem Ohr zu, denn während dieser ganzen Posse war das Abbrennen meiner Kaffeefelder zu riechen. Ich sah Willem Gongrijp bei jeder hereinziehenden Schwade vor Freude erschauern. Er warf sich zum Zeremonienmeister auf, obwohl jeder weiß, daß er es kaum erwarten kann, bis ich krepiere, damit er mein Land an sich reißen kann. Bei solch einem Festkomitee ist keine böse Fee mehr vonnöten. Ich habe in aller Freundlichkeit geantwortet, aber als sie endlich hinauskomplimentiert waren, blieb das Bewußtsein, passé zu sein, schwer im Raum hängen. Ich habe über den Fluß gesetzt, sogar zweimal, und habe im Schoß Wayengs die Ewigkeit gesucht, aber keine Liebe ist stark genug, um meine Gedanken zu zerstreuen.

Nachts habe ich mich aus ihrer Umarmung gelöst, auf der Suche nach Kühlung. Aquasi junior, der zwischen uns schlief, wachte auf und quengelte um Beachtung. Um Wayeng nicht zu stören, nahm ich meinen Sohn mit und wir saßen eine Weile zusammen im Freien. Schließlich schlief er mit dem Kopf auf meinem Schoß ein. Das bin ich nicht gewohnt. Zuerst wagte ich mich kaum zu bewegen, aber gelegentlich mußte ich mich anders hinsetzen, denn meine Muskeln sind steif. Es schien ihn nicht zu stören. Er drehte sich um und lag geborgen und völlig entspannt da. Ich näherte meine Hand seinem Gesicht und tastete nach den Konturen, ohne ihn zu berühren. Schließlich wagte ich es. Ich streichelte ihm übers Haar. Es fällt weich in offenen Locken, ganz anders als mein eigenes Haar. Ich streichelte ihn wieder und konnte nicht damit aufhören. So innig liebte ich ihn. Es war sehr bewölkt, aber dann und wann brach der Mond durch und zeigte mir flüchtig Juniors Gesicht.

Mein Sohn ist neun Jahre alt. Ich bin fast dreiundsiebzig. Wenn er die Schule verläßt, bin ich sechsundsiebzig. Wenn er sich zum ersten Mal verliebt ... Als Mann werde ich ihn nicht mehr erleben. (Ich möchte ihn gern ebenfalls in Delft studieren lassen, aber meine finanziellen Mittel reichen nicht aus. Ich werde unserer jungen Königin in Kürze noch einmal über diese Pläne schreiben.)

Ich bin zu alt. Ich weiß nicht einmal, ob meine Kinder in mir einen Vater sehen oder nur einen freundlichen alten Mann, der mitunter ihre Mütter besucht. Das ist der Preis, wenn man erst so spät im Leben dem Glück ins Auge zu sehen gewagt hat.

So saß ich mit meinem Kind. Dann überfiel mich dieser Gedanke: Wird er nicht eines Tages wissen wollen, was für ein Mann sein Vater gewesen ist? Ich verwünschte Adeline Renselaar. Es kommt durch ihr Herumstochern in meiner Vergangenheit, daß mich solche Gedanken quälen.

20. Februar

Noch in der Nacht bin ich nach Hause gegangen. Dort habe ich die Schachteln gefunden, die ich tief weggesteckt hatte. Nicht tief genug. Oft habe ich erwogen, all diese Briefe und Hefte zu verbrennen, aber ich habe mich nie von ihnen trennen können. Sie sind alles, was mich daran erinnert, daß ich einmal ein anderer gewesen bin.

Gegen Morgen fühlte ich einen Drang zum Wasserlassen. Ich hatte meinen Porzellannachttopf in der Hand, aber plötzlich, nein. Ich sah in das Delfter-Blau-Craquelé und fühlte mich in diesem Zimmer mit den dunkel gewachsten Möbeln und den Plüschdraperien lächerlich fehl am Platze. Ich machte mich zu unserem kleinen, abgeschirmten Waschraum, dem Mandiraum, auf, kam aber nicht bis dorthin. Ohne nachzudenken lief ich zu einem Baum, entblößte mich unter freiem Himmel, wobei ich ein kindliches Vergnügen empfand, und ließ mein Wasser gegen den Stamm prasseln. Das unverschämte, nie aufhörende Quaken der Frösche fiel mir zum ersten Mal seit Jahren auf. Ich bückte mich, um zu sehen, wie der Schaum zwischen den Wurzeln weiterknisterte, einmal dunkel, dann im Lichtschein wieder silberweiß. Schmetterlinge flogen darauf zu. Innerhalb weniger Minuten wimmelte es nur so von ihnen.

Man pinkelt nicht an Bäume, zumindest nicht, wenn man seine Studentenzeit hinter sich hat. Deshalb tue ich es auch nie. Niemals. Das ist ausschließlich Sitte der Eingeborenen. Aber heute früh hatte ich dieses unbezwingbare Bedürfnis. Seltsamerweise fehlte mir jedes Gefühl von Sündhaftigkeit.

Der Trieb, aus dem mein Pinkelbaum gewachsen ist, war kein einheimischer. Er war einer Partie Samen, Früchte, Schößlinge und Reiser entsprossen, die ich mir von der Goldküste hatte liefern lassen. Der größte Teil der Ladung war im Regen ersoffen. Aber dieser Trieb wollte mir wohl die Ehre erweisen. Er ist nicht besonders empfindlich und paßt sich jeder Umgebung an, wo man ihn auch hinpflanzt. Es ist ein Baum, den wir in Aschanti *kuma* nennen. Dort, glaube ich, pinkelt jeder an Bäume. An Scham kann ich mich nicht erinnern.

Die dazugehörende Geschichte lautet zusammengefaßt so: Zwei Zweige brach Osei Tutu vom *Kuma*-Baum. Er pflanzte sie in die Erde, ein Stück voneinander entfernt. Der eine Zweig paßte sich gut an. Im neuen Boden – auf Twi *asi* – schlug er Wurzeln, trieb aus und trug Früchte. Der andere Zweig verkümmerte, verdorrte und zerbrach. Osei Tutu baute seine Hauptstadt an der Stelle, wo der *kuma* erblühte. *Kuma-Asi*, die Erde unter dem *kuma*-Baum, ist mein Geburtsort. Kumasi, der Sitz des mächtigen Asantehene der Aschanti.

Das ist auch die Geschichte, die ich heute nachmittag meinem Hausdiener erzählen wollte. Ich saß im Arbeitszimmer, über meine Papiere gebeugt, und blätterte in meinem Liber Amicorum, als das alte Miststück auf die Veranda geschlichen kam. Er schloß die Läden gegen die Sonne, die um fünf Uhr, unmittelbar vor Sonnenuntergang noch einmal kurz unter den Palmen durchblitzt und ins Zimmer scheint. Ich dachte, ihm eine Freude zu machen, als ich ihn aufforderte, zu mir zu kommen und zur Abwechslung und zu seiner Unterhaltung von dem Baum zu erzählen begann, der *kuma* genannt wird.

»Zwei Zweige brach Osei Tutu davon ab«, sagte ich. »Er pflanzte sie in die Erde, ein Stück voneinander entfernt. Der eine Zweig paßte sich an und schlug Wurzeln. Der andere verdorrte und zerbrach. Unsere Hauptstadt wurde an der Stelle gebaut, wo der *kuma* erblühte. *Kuma-Asi*, der Sitz des mächtigen Asantehene der Aschanti.« Ich sah seinen Blick abschweifen und neigte mich zu ihm, um ihm die Scheu zu nehmen. Ich sprach vertraulich mit meinem Diener, von Mann zu Mann.

»Dieser Osei Tutu war mein Ururgroßvater. Habe ich dir das schon einmal erzählt, Ahim?«

»Seit heute früh erst dreimal, Tuwan«, spie mir diese Schlange frech ins Gesicht.

»Du lügst«, sagte ich. »Es kommt daher, daß ich meine alten Briefe herausgeholt habe. Zufällig. Erinnerungen. Seit Jahren habe ich nicht mehr an diese Legende gedacht.«

Ahim schwieg und begann das Porträt der kleinen Wilhelmina abzustauben, das auf der Zierstaffelei neben meinem Schreibtisch steht. Aber sein Lächeln reizte mich wie Brennesselsaft. Also fragte ich spitz: »Bist du auf dem Postamt gewesen?«

»Natürlich.«

»Und?«

»Nichts.«

»Du lügst!« Ich erhob die Stimme.

Ich erhebe sonst nie die Stimme gegen Diener, niemals. Mehr Diener habe ich übrigens nicht. Ahim muß meinen Ärger mit niemand teilen.

»Du unterschlägst sie, die Briefe. Du verkaufst sie auf dem Gaunermarkt an der Badestelle hinter der Anstalt. Du mußt nicht meinen, ich wüßte nichts davon. Oder von eurem illegalen Toko auf Goenoeng Batoc. Du glaubst, in meinen Briefen stünden, verschlüsselt, Staatsgeheimnisse. Und daß du damit bei den Spionen des Assistent-Residenten Geld machen könntest. Ich habe dich durchschaut. Ich lasse dich noch heute mittag festnehmen und prügeln.«

Nun ist es bestimmt ein halbes Jahr her, seit für mich Post gekommen ist, das weiß ich allzu gut, und schon damals keine Zeile unserer jungen Königin, obschon ich wohl dreimal, wenn nicht viermal nach Den Haag geschrieben habe. Auch aus Weimar keine Silbe, obschon ich alle zwei Wochen eine lange Epistel dorthin sende. Die Großherzogin ist tot. Seit Jahren. Das weiß ich vom sächsischen Gesandten, mit dem ich im Botanischen Garten auf meiner Bank unter der Casuarina in den letzten Brocken Deutsch, derer ich noch mächtig bin, regelmäßig Gedanken austausche. Niemand hat es für nötig gehalten, mir ihren Tod mitzuteilen. Er versichert mir aber, ihr armer Carl Alexander denke noch an mich und erkundige sich gelegentlich nach mir. Sascha ist ein Ehrenmann, ein alter Freund, der mich nie vergessen würde, also, wo bleiben seine Briefe?

Natürlich weiß ich, daß Ahim mich nicht hintergeht – er ist zu dumm, um schlecht zu sein –, aber in diesem Augenblick, diese freche Visage, ich hatte einfach Lust, ihn zu beschuldigen, weil er mich, einen alten Mann, bis aufs Blut zu reizen versucht.

»Was hast du heute erbeutet? Vermutlich Post aus Den Haag. Bestimmt eine herbe Enttäuschung?« schnauzte ich ihn an. »In diesen königlichen Dokumenten stehen nichts als freundliche Worte. Honneurs. Deiner Königin für Deinen Herrn!«

»Es kommen keine Briefe mehr«, wagte er zu erwidern. Er hatte natürlich recht, aber ich muß meine Kümmernis nicht aus seinem Munde hören. Meine Stimme wurde nun gefährlich leise, um ihm Angst einzujagen.

»Weißt du, was wir Aschanti mit Lügnern taten?«

»Ja, Tuwan. Die Zunge abschneiden. Vor dem Palast aufspießen und vom Volk anpinkeln lassen«, antwortete der Flegel in einem Ton, als öde ich ihn langsam an.

»Genau«, sagte ich so ruhig wie möglich. »Das waren noch Zeiten.«

»Aber ich gehe doch jeden Posttag zum Postamt. Obwohl ich weiß, daß nichts dasein wird.«

»Du lügst. Von heute an gehe ich wieder selbst.«

»Sie sind zu alt, Tuwan.«

»Und sprich mich mit meinem Titel an, du Hundsfott.«

»Wie Sie wünschen: Sie sind zu alt, Radhen Aquasi, Prinz.«

Ahim neigte den Kopf, aber für mein Gefühl nicht tief genug. Es ist erstaunlich, wie unduldsam ich heutzutage sein kann, wenn ich es möchte.

»Ich lasse mich nicht von deinem Judaslächeln reizen, Ahim, das weißt du. Nun, aber los. Die Briefe. Drei an die junge Königin und zwei an den Großherzog sind noch ohne Antwort.«

»Man hat Sie vergessen.«

»Selbst wenn du bei der Post warst, dann bestimmt viel zu früh. Dir ist es doch einerlei, ob du deine Arbeit erledigst, wie es sich gehört. Geh noch einmal.«

»Der Kurier aus Batavia war schon längst da. Ihre Frau hat es gesehen. Fragen Sie die.«

»Wayeng?«

«Nein, Lasmi. Sie ging mit der kleinen Quamina zum Arzt. Für ihn war wohl etwas gekommen. Der Beamte gab ihr das Päckchen für den Arzt mit.«

Noch niemals habe ich gehört, daß die Post aus Batavia später als zwei Uhr in Buitenzorg eintrifft, nicht einmal in der Regenzeit, aber was stört mich das?

»Ich möchte, daß du trotzdem gehst.«

»Ich bin nicht mehr der Jüngste«, wandte Ahim ein. »Es ist eine Stunde Fußmarsch. Soll ich etwa im Dunkeln zurücklaufen?«

»Meinetwegen. Es wird dich lehren, unverrichteter Dinge hier zu erscheinen und mich anzulügen.« Schade, daß ein Mensch um so schwächer wirkt, je mehr er den starken Mann markieren möchte. Ahim ließ sich nicht beeindrucken.

»Ich gehe, sobald die nächste Post dagewesen ist, wie immer, Radhen.«

»Du tust nicht, was ich dir auftrage?«

»Es hat keinen Sinn.«

»Ich werde dich prügeln lassen.«

Ahim seufzte und erklärte gelangweilt, zum wiederholten

Male, als sei ich ein begriffsstutziges Kind: »Dann gehe ich zum Residenten. Dann gibt es einen Prozeß. Nichts als Ärger. Und wer geht dann nächste Woche zur Post? Die Zeiten haben sich geändert, Radhen Aquasi, Prinz. Nur nicht für mich. Ich bin der letzte Sklave auf Java. Das muß nun wieder mir passieren.«

»Was weißt du von Sklaverei, du Einfaltspinsel? Als Kind hatte ich Sklaven. Nicht einen, sondern ein paar Hundert. Das waren Männer, so breit! Die hatten nicht solche Frauenkörper wie du. Mit so dünnen Handgelenken! Starke Zähne hatten sie, nicht solche abgefeilten Stümpfe. Hundert kräftige Männer nur für mich allein. Weißt du, was ich damals mit dir hätte machen lassen?«

»Ja, jeden Tag rollten die Köpfe.«

»Und meinst du, sie hätten das schlimm gefunden?«

Seine völlige Gleichgültigkeit machte mich so wütend, daß ich ausrief: »Daß sie das schlimm gefunden hätten, meinst du? O nein, stolz waren sie, durch meine Hand zu ihren Ahnen zu gehen. Mit erwartungsvoller Miene standen sie aufgereiht da. Charakterköpfe, mit einem echten Lachen über das ganze Gesicht, nicht mit diesem halb weibischen Grinsen, das du hast, der noch nicht einmal seine Mißachtung verhehlt. Nein, sie gaben mit Freuden ihr Leben für mich. Das waren Männer. Das verstehst du nicht. Du bist nun einmal der geborene Querschädel.«

Und um gleich den Beweis anzutreten, kam tatsächlich eine Widerrede. »Wenn ich nicht mehr wäre als Ihr Diener, Prinz, wäre ich dann nicht längst gegangen? Wäre ich allein wegen dieser wunderbaren Stelle hier oder um eine Familie zu ernähren, hätte ich doch schon vor Jahren auf Soeka Radja mein Bündel gepackt. Dann hätte ich aufgehört, als meine Bezahlung aufhörte. Wie die anderen. Und wenn ich es nicht gut mit Ihnen meinte... Nein, ob es Ihnen nun paßt oder nicht, wir sind zueinander verurteilt. Ich habe Sie kommen sehen. Ich habe Sie schuften sehen. Und ich werde Sie wohl auch gehen sehen.« Mit diesen Worten schlurfte der alte Narr weg, als hätte ich ein Zeichen zur Beendigung unseres Gespräch gegeben.

Er schloß die letzten Fensterläden und brummelte: »Ich bleibe hier, und morgen, morgen gehe ich dann wieder zur Post.«

Ich tat, als habe mich sein sentimentales Gerede tatsächlich gerührt, beruhigte mich und fuhr freundlicher fort:

»Glaubst du, daß Holland meine Briefe vielleicht nie bekommen hat?«

»Mich zuerst als Lügner hinstellen und dann nach meiner Meinung fragen? Sie hatten heute nachmittag wieder Fieber, als Sie dalagen und schliefen. Ich habe Sie rufen hören. Die Wache weiß es auch. Richtige Gespräche haben Sie geführt. Wovor fürchten Sie sich?«

Muß ich meinen Dienern Rede und Antwort stehen? Ich schwieg, aber dieses unverschämte Exemplar von einem Wilden ließ nicht locker.

»Soll ich die Zukunft deuten?« fragte er. »Oder die Vergangenheit?«

»Das sind heidnische Sitten.«

»Und Köpfe abschlagen nicht?«

Ich zog die Schultern hoch.

»Das weckst du in mir. Mit deinen Schikanen.«

Ahim nimmt Tadel hin wie ein anderer eine Liebkosung. Damit habe ich mich abgefunden. Dann lächelt er und neigt den Kopf wie eine alte Jungfer. Es macht ihn unausstehlich unverletzbar.

»Nun, was nehmen wir, Karten oder Teeblätter?«

Ich wollte nicht.

»Ich habe genug von der Vergangenheit«, sagte ich. »Es kommt immer mehr hoch.«

»Wir sind alt«, sagte Ahim, »dann überkommt einen das.«

»Das einzige, was heute zu mir durchdringt, ist das Schlagen der Hackmesser. Jedem Schlag folgt eine Erinnerung.«

»Die Plantage. Es ist traurig. Jetzt bleibt uns nur noch Reis.«

»Ja, weil du zu blöde zum Arbeiten bist. Muß ich mir obendrein auch noch die Zukunft anhören? Bring mir Briefpapier. Und verbiete ihnen, heute noch weiterzufällen. Ich ertrage es nicht.«

Ahim schlurfte im Schneckentempo zum Sekretär, brachte

mir ein Blatt und wollte wissen: »Und wer ist heute der Glückliche?«

Ich gab keine Antwort, sondern brachte ihn auf eine falsche Fährte, indem ich auf das Papier kritzelte und dabei stimmlos vor mich hin murmelte: »Mein sehr geliebter, alter Freund ...« Hier fiel er mir ins Wort.

»Der Großherzog von Sachsen hat gerade erst einen Brief bekommen.«

»Woher weißt du das? Vielleicht hast du ihn unterschlagen. Höchstwahrscheinlich sogar. Mit Absicht. Jetzt verschwinde, sonst lasse ich dich auspeitschen.«

»Und wer kocht dann heute abend, Tuwan?«

In Wirklichkeit hatte ich vor, etwas völlig anderes zu schreiben. Seit dem gestrigen Besuch läßt mich die beklemmende Vorstellung nicht los, daß, wenn Buitenzorg demnächst *en polonaise* auf meinem Fest tanzt, oder auf meinem Grab, die Leute nur an einen netten alten Schwarzen denken, dem man einmal schön durch das graue Kraushaar kraulte. Heiß überfiel mich der Wunsch, Willem Gongrijp und seine Freunde aufzusuchen, um ihnen einmal zu zeigen, wer ich gewesen bin. Diese Kraft habe ich nicht mehr. Aus dieser Einsicht erwuchs der Wunsch, die Gedanken zu ordnen, die meine Seele noch bewahrt hat. Ich begann sie zu einer Rede zu verarbeiten, die meine ausgelassenen Zuhörer nachdenklich stimmen sollte. Sobald Ahim sich aus dem Staub gemacht hatte, begann ich also mit den Fakten:

Ich bin Aquasi Boachi, geboren als Prinz vom Reich der Aschanti an der Goldküste Afrikas. Ich wurde in Delft erzogen, wohne aber inzwischen fünfzig Jahre auf Java und seit 1888 auf Soeka Sari. Ich verwalte das neunundachtzig Bouw große Stück Land, in der Residenz Batavia, Abteilung und Distrikt Buitenzorg, östlich der großen Straße nach Gadok, zweieinhalb Paal südöstlich vom Bahnhof Buitenzorg, auf neunhundertneunundfünfzig Rheinländischen Fuß Höhe. Eigentümerin ist Mevrouw M. C. van Zadelhof, geborene Tietz, die mir ihr Land für einundzwanzigtausendachthundert Gulden im Jahr verpachtet hat. Die Bevölkerung auf meinem Stück Land, bei der Übernahme achthundertundvier Seelen, hat sich in den letzten zwölf Jahren mehr als verdoppelt, auf neunzehnhundertdreiundsechzig Seelen. Sie haben es gut bei mir. Das ist keine geringe Leistung angesichts der Tatsache, daß der Ertrag all die Jahre oft gleichblieb und einige Jahre sogar rückläufig war. Den Teeanbau mußte ich aufgeben. Zur Zeit produziere ich Reis, bis vor kurzem auch Kaffee. Erwirtschaftete ich 1889 noch einundfünfzig Pikol Kaffee, waren es 1891 nur noch dreißig, und durch widrige Regenfälle und den ausgelaugten Boden fiel der Ertrag danach auf anderthalb Pikol oder 63 Kilogramm der gesamten letzten Jahresernte, weshalb ich mich dazu entschließen mußte, in Zukunft vom Kaffeeanbau abzusehen und zu versuchen, den Boden für mehr Padie vorzubereiten, bei dessen Anbau anscheinend nichts mißlingen kann. Ich schildere Ihnen hier kein rosiges Bild, aber ich rühme mich, daß keine meiner Seelen unter den Fehlschlägen hat leiden müssen. Keine Seele, abgesehen von meiner eigenen. In der Liebe meiner Kinder finde ich Trost. Von fünf sind noch drei am Leben. Mein Sohn Quamin arbeitet auf einer Teeplantage im Preanger. Die beiden kleinen, Aquasi junior und meine Tochter Quamina Aquasina, wurden aus Seelen geboren, die auf meinem Land leben und arbeiten.

Hier blieb ich stecken, denn vor meinem geistigen Auge sah ich bereits, wie die Damen kichernd mit ihren festlichen Hütchen auf dem Kopf hinter ihre Fächer tauchten. Es ist nun einmal nicht zu leugnen: Wenn sie feiern, daß ich ein halbes Jahrhundert unter ihnen lebe, feiern sie de facto, daß sie durch mich in all der Zeit nie um Gesprächsstoff verlegen sein mußten. Ich bin unverheiratet. Meine Kinder wurden von sanftmütigen einheimischen Frauen geboren, mit denen ich in ungebundener Liebe lebe. Sie sorgen in jedem Wohnzimmer in Buitenzorg für Gesprächsstoff. Mit einem Schlag war mir die Lust vergangen, vor einer Zuhörerschaft von Klatschtanten und Aasgeiern zu sprechen. Ich überlegte, daß sie vielleicht weniger zu lachen hätten, wenn ich ihnen zu sagen wagte, wie ich, genau wie ihre eigenen holländischen Männer hier, versucht habe, im Schauspielhaus von Batavia eine weiße Frau zu erobern, wie es hier gang und gäbe ist. Schließlich suchen sich die jungen Damen zuerst ihre Ehemänner und später ihre Liebhaber nach dieser Methode aus und können deshalb nichts daran auszusetzen haben.

Das geht so vor sich: Der Herr auf Brautschau gibt seinen Hut nicht an der Garderobe ab, sondern stellt ihn auf die Brüstung seiner Loge. Damit lenkt er die Aufmerksamkeit auf sich und fixiert die betreffende Dame mit seinem Opernglas; und sie ihn mit ihrem. Er deutet an, wieviel er zu zahlen bereit ist. Fächert sie sich mit der Linken Kühlung zu, dann ist sie einverstanden, fächert sie mit der Rechten, dann muß das Angebot erhöht oder der Versuch mit einer anderen Dame erneut gewagt werden.

Mir ist es nie gelungen. Es kann nicht an meinem Zylinder gelegen haben, meine Damen, Sie sind schlechteren Modellen gefolgt. Aber bei den Tempéständen am Künstlereingang können Unglückliche wie ich, gottlob, für eine Handvoll Reis Eingeborene bekommen. Mich hat jedoch die Liebe Adis, Lasmis und Wayengs, der Mütter meiner Erben, vor dem Liebesakt zwischen Essensresten bewahrt. Ich liebe sie, wie sie mich lieben. Ich vererbe ihnen, was ich besitze und finde mehr Lebenssinn in unseren Kindern, als ich es einer Zuhörerschaft von Batavern mit ein paar Fakten verständlich machen kann.

Ich zerriß also meine Rede. Sie war korrekt formuliert, aber was ist schon das Herbeten eines Lebens? Die Ereignisse stehen nun einmal nicht ordentlich an deinem Lebensweg aufgereiht wie die Haltestellenschilder am Großen Postweg nach Soerabaja. Es führt kein Weg zurück. Warum erscheint einem beim Schließen der Lider der eine wohl und der andere nicht vor dem geistigen Auge?

Ahim hat – für ihn sehr ungewöhnlich – recht, wenn er sagt, daß ich beim Mittagsschlaf in meinen Träumen keine Ruhe finde. Selbst wenn ich nicht schlafe, spukt mir alles mögliche durch den Kopf, sobald das ich das Tageslicht aussperre. Java aber ist selten dabei. Nie besucht mich jemand, den ich doch täglich grüße. Kein Mensch, kein Tier, nicht einmal das dichte Grün, vor dem sich mein Leben zum größen Teil abgespielt hat. Wenn es nach meinem Gedächtnis ginge, wäre ein halbes Jahrhundert in Niederländisch-Indien kürzer als eine x-beliebige Falkenjagd auf Het Loo, dem niederländischen Königspalast, wäre der Besuch Adeline Renselaars und ihres Festkomitees länger als ein Wochenende in Scheveningen. Die Archive des Verstands haben keinen Index, allenfalls ein paar Stichworte. Mehr ist wahrscheinlich auch nicht wichtig.

Manchmal stelle ich mir vor, daß Gott nur daran interessiert ist. Allein an den großen Zügen. Wir malen unsere Kleckse auf die weiße Leinwand und sehen nichts als das Geschmiere, das wir hinterlassen, aber Er, Er als kreativer Künstler, tritt ein paar Schritte zurück und erkennt darin ein Bild. Wenn es Ihm gelingt, in dem vorsichtigen Kritzeln, das ich hinterlasse, mein Porträt zu entdecken, ist das der beste Beweis Seiner Existenz. Ich habe immer geglaubt, wenn man so ist wie ich, unauffällig, müsse man sein Leben ganz außen an den Rand zeichnen. Aber jetzt, beim Wiederlesen, fällt mein Blick vor allem auf die leeren Seiten. Schon seit fünfzig Jahren scheinen sie leer. Ist das ein Grund zum Feiern?

21. Februar

Da wir nun doch schon einmal beim Jubilieren sind: Morgen ist es fünfzig Jahre her, daß mein Vetter Kwame starb. Ich glaube, damals habe ich die Fähigkeit verloren, mich in meinen Taten zu erkennen. Wenn es, wie ich glaube, das Verdienst der Liebe ist, daß der eine Liebende den anderen sichtbar werden läßt, daß der eine Gestalt gewinnt, weil er sich vom anderen abhebt, dann liebten wir uns. Ich wurde sichtbar im Kontrast zu ihm.

Ich weiß, was die Glocke geschlagen hat. Ein Mensch verfällt nicht in diesen Zustand vollständiger Rückbesinnung, wenn sein Sterben nicht bereits eingesetzt hat. Mein Geburtsjahr wird auf 1827 geschätzt. Mir geht es noch gut, aber meine Gesundheit läßt schnell nach. Das erste, was mich flieht, ist der Schlaf, kein Wunder, da ich ihn mein Leben lang nicht gemocht habe. Die nächtlichen Stunden, in denen ein Mensch sich gezwungenermaßen von seinem Bewußtsein trennt, machten mir angst. Der freie Zugang, den ich Toten und Dämonen zu meiner Seele verschaffte, einfach durch das Schließen meiner Lider, widersprach meinem heftigen Verlangen, alles um mich herum zu durchschauen und im Griff zu haben.

Derzeit haben die Schemen Tag und Nacht Zutritt. Gerade der Schlaf könnte mich bisweilen von ihnen befreien. Ich habe jedoch aus der Not eine Tugend gemacht und gelernt, jeden meiner Besucher zu lieben. Mitunter ertappe ich mich dabei, sehnsüchtig Ausschau zu halten, ob dieser oder jener in meinen Träumen wiederkehrt. Das Vergnügen, mit dem ich an früher denke, ist das letzte Aufbäumen eines alten Mannes. Den Mut haben zuzugeben, daß man zurückkehren möchte, mehr ist Sterben doch nicht?

Abschiednehmen vom Leben ist eine Sache, aber der Abschied von diesem unseren Jahrhundert, das macht mir einfach zu schaffen. Was es da zu feiern gibt? Mich macht es in einer überdrehten Weise unruhig, läßt mich kichern vor Nervosität.

Den Samstag und Sonntag, bevor sich Kwame einschiffte und bevor auch ich mich entschloß, Holland zu verlassen, diese warmen Septembertage von 1847, verbrachten wir gemeinsam in meinem Zimmer in Delft. Wir wollten niemand sehen und an nichts denken. Um diese bedrückenden Stunden, die unausweichlich dazu verdammt waren, unsere letzte Erinnerung zu werden, etwas leichter zu machen, nahm ich mir schon Freitagnacht vor, am Montag darauf Professor Oudshoorns Seminar fernzubleiben. Dieser Gedanke gab mir die Ruhe, mich zwei Tage lang ausschließlich mit Kwame zu befassen, meinem Vetter, meinem Bruder, den ich liebte, der Mann, der dazu bestimmt war, irgendwann einmal mein König zu sein. Der eine gestohlene, der Zeit abgerungene Tag bewirkte, daß wir ein ganzes Wochenende ausschließlich aneinander denken konnten. Sein Abschied wurde uns erst am Montag in seiner ganzen Tragweite bewußt.

Solch ein Abschied steht mir nun wieder bevor. Und sie wollen mich deswegen auch noch feiern! Die letzten Tage vor einer Trennung, ohne daß der Tod uns auch nur noch einen einzigen Tag Aufschub gewährte. Das bedeutet dieses neue Jahrhundert für mich!

22. Februar

Irgend etwas stört mich. Irgendwo in ihrem Redeschwall hat Adeline Renselaar diese Woche ein Wort fallenlassen, das mich beunruhigt. Es wurde mir nur allmählich bewußt, aber jetzt läßt es mich nicht mehr los. Sie tat ziemlich geheimnisvoll. Ihr Mann. Ihr Mann hat ihr von meinem *Fall* erzählt? Meinem *Fall!* Welchem *Fall?* Was ist das für eine klatschsüchtige Clique?

Heute bin ich in aller Frühe zu Wayengs Wohnung gegangen. Sie wußte nicht, wie ihr geschah! Ich fragte sie, ob ich diesen Morgen mit Aquasi verbringen dürfe. So kam es, daß ich zusammen mit meinem Sohn einen Spaziergang machte. Er sprach mit mir über alles mögliche, ich habe nur zugehört. Ich erkannte, wie töricht meine Absicht war. Für ein neunjähriges Kind muß es unvorstellbar sein, von einem Knaben zu hören, der vor einem dreiviertel Jahrhundert in Afrika lebte. Er wurde müde, und ich mußte ihn auf dem Arm nach Hause tragen. Das fiel mir sehr schwer. Mein Herz. Ich war schweißgebadet.

Gleich nachdem ich zu Hause war, holte ich die alten Papiere aus ihren Schachteln und breitete sie vor mir auf dem Tisch aus: Diplome, Zeugnisse, der Reisebericht van Drunens über die holländische Expedition nach Kumasi, seine Aufzeichnungen über unsere Erziehung, Briefe von allen möglichen Leuten, Scherenschnitte, mein Liber Amicorum. Und obwohl mir mein Arzt vom Trinken abrät, nehme ich mir vor, mich wenigstens noch einmal völlig zu betrinken.

23. Februar, 4 Uhr morgens

Der beste Schößling wächst aus Mist, das weiß jedes Kind. Gerade habe ich, aus reinem Übermut, auch meine übrigen Bedürfnisse im Garten erledigt. Danach habe ich zwei Zweige vom *Kuma*-Baum gebrochen. Das war leicht, denn obwohl er die schlimmsten Stürme übersteht und sich mit den Jahreszeiten verfärbt, gedeiht er an fremden Küsten nicht wie in Afrika. Ich habe die Reiser in die Erde gesetzt, ein Stück voneinander entfernt. Sollte unverhofft einer ausschlagen und erblühen, werde ich Ahim beauftragen, an dieser Stelle mein Grab auszuheben. Dann hat er auch einmal eine Abwechslung.

Westafrika 1836–1837

1

An Schlaf war nicht zu denken. Klänge schwebten heran und wieder davon. Die Glut zahlreicher Feuer färbte den Himmel. Kwame wälzte sich neben mir hin und her. Von unserer letzten Wanderung zum Heiligtum von Twi waren wir todmüde. Ich ließ Türen und Fensterläden schließen. Mein Schlafzimmer, das ich seit dem Tod seines Vaters mit meinem Vetter teilte, lag mitten im Palast, weit von der Straße entfernt, aber die Hauptstadt war in so heller Aufregung, daß der Lärm bis in unsere Familiengemächer drang. Auch die Diener im Vorhof konnte ich nur mit Mühe zum Schweigen bringen.

Schon seit Wochen hörten wir die Trommeln aus Abonu über eine sich langsam vom Küstenort Elmina nähernde riesige Handelsdelegation berichten. Der Hof bereitete sich auf den Empfang vor. Mehr wußten wir nicht. Ich stupste Kwame so lange, bis er sich widerwillig aufsetzte, denn in schlaflosen Nächten habe ich mich immer einsamer gefühlt als tagsüber. Wir machten Rätsel und Wortspiele, wobei ich die goldenen Halsbänder meiner Wachhunde verspielte, denn Kwame war mit Worten immer viel geschickter als ich.

Schon am Tag zuvor, bei unserer Rückkehr aus dem Heiligtum von Twi, hatten die Straßen nach Kumasi von Menschen gewimmelt. Alles in der Stadt, was Aschanti hieß, zeigte sich in voller Pracht. Hier und da konnte man die Sonnenschirme der Stammesführer über das Getümmel hinausragen sehen. Häuptlinge mit silbernen Bruststücken würfelten mit Kriegern in voller Rüstung, die wir nicht kannten. Sie saßen unter vergoldeten Dächern, die unsere Goldschmiede für diesen Anlaß rund um das königliche Mausoleum auf dem Hügel von Bantama errichtet hatten. An den Platanen, einem Geschenk der Portugiesen, waren Reitpferde und Packesel, aber auch Kamele und Opferziegen angebunden. Sie produzierten einen Strom von Exkrementen, der vom Palastbereich ins Tal sickerte. Aus den überquellenden Speisehäusern trugen schwitzende Köche *fufu*, Mehlklöße in scharfer Soße, die sie an erschöpfte Mütter mit quengelnden Kindern verteilten. Auf Strohballen lagen Männer und rieben sich die Blasen mit Speichel und Eselsmilch ein. Kaufleute hatten die Reisenden begleitet und überschwemmten die Märkte mit Waren aus ihren Heimatgebieten, mit duftenden Ölen, Dattelfeigen und klebrig süßen arabischen Leckereien in vielen Farben. Die Alltagswaren wie Yams und Maniok, Bananen, Erdnüsse und Zitrusfrüchte waren für die heimischen Künstler mit ihrem goldenen Schmuck, mit ihren Abzeichen, Trinkschalen und Szeptern, vergoldeteten Zaumzeugen und Möbeln mit Edelmetallbeschlägen beiseite geräumt worden, für die Kumasi in der ganzen Welt berühmt war. Ganze Felder von Safran und rotem Pfeffer waren auf Palmblättern ausgebreitet und wurden von der Menschenmenge aufgewirbelt. Breite Fische aus Volta mit aufgesperrten Mäulern, rauhhäutige Aale aus Tano und schleimige Riesenschnecken lagen neben purpurroten Seeteufeln aus dem Pradelta und den muskulösen Schwänzen des Meerhunds, der sogar im Ofe und Birim gegen den Strom schwimmen kann. Alte Frauen beugten sich über verschiedene Gummisorten und heilkräftige Wurzelknollen, hockten vor Amuletten, rotgegerbten und schwarzbemalten Lederstücken, denen magische Kräfte nachgesagt wurden. Überall hingen Stoffbahnen, und die Weber erklärten den Besuchern von weither die Symbole der Muster. Man verkaufte glänzendes Schwarz für Begräbnisse, aber auch feinst gewebte *Kente*-Stoffe, mit unzähligen roten und gelben Streifen, und dann gab es, ausschließlich für die Stammesoberhäupter, Sandalen mit goldenem Zehenknopf.

Stunde um Stunde schwoll der Menschenstrom an. Männer und Frauen in Schleiern, die bei den Fleischständen Rind, Affe, Wildschein und Antilope verzehrten, gaben den umherziehenden Sängern eine Kleinigkeit oder lachten sie aus und forderten sie auf, still zu sein, um sich ungestört an der Menge ergötzen zu können. An hochgewachsenen Menschen aus dem Osten mit ihrem schleppenden Gang und kahlgeschorenen Mädchen von der anderen Seite des Flusses. Die Frauen der Sklavenhändler aus Mali, die sogar ihre Augen mit Stoff verhüllen, liefen neben den nackten Jägern aus den weiten Savannen um die Stadt Damongo.

Das Twi war plötzlich um Dialekte aus allen Winkeln von Aschanti reicher, um die scharfen Konsonanten des Nordens, die durch Sandstürme gellen müssen, das Lispeln der Flußfischer von den Ufern des Volta, den nasalen Singsang aus den Wäldern im Süden. Und man hörte das Twi, das den geborenen Aschanti zum Lachen reizt, das Twi der Sklaven und der besiegten Stämme nördlich des Flusses, die von ihren Herren zum Verkauf in Kumasi mit auf die Reise genommen worden waren. Man hörte den quengelnden Tonfall der Ga, das weibische Zwitschern der Ewe und der Zwerge aus Talenso, der besiegten Schlappschwänze aus Dagoma, Dagaba, Fra Fra und Kusasi, die den Klang *ouè* nicht aussprechen konnten.

Diese Kakophonie war es, die uns eine Nacht lang den Schlaf raubte. Als Kwame und ich keine Lust mehr zum Spielen hatten, nickte ich gelegentlich ein wenig ein, um vom Keifen einiger betrunkener Priester wieder aufzuschrecken. Schließlich bekam ich Kopfschmerzen davon und verfluchte die Sprache meiner Geburt, von der ich mir in diesem Moment unmöglich vorstellen konnte, daß ich sie wenige Jahre später bereits verlernt haben würde. Ich hielt mir die Ohren zu und schmiegte meinen Kopf so nahe wie möglich an Kwames Rücken.

Gegen Tagesanbruch wurden wir angekleidet. Im Morgengrauen brachte man uns bis vor das Stadttor Kumasis. Dort, wo der Buschpfad nach Accra beginnt, wimmelten die Hügel von Menschen. Der Dunst zusammengepferchter Körper hing wie ein Nebel um die Stadt.

Vor der Menschenmenge saß mein Vater, der Asantehene Kwaku Dua der Erste, unter Sonnenschirmen aus Goldbrokat auf seinem Thron. In einem roten, mit Silberborte gesäumten Mantel, Arme und Beine mit Schmuck behängt, heftete er seinen Blick auf die Straße. Neben meinem Vater nahm Kwames Mutter, meine Tante, auf einem mit Diamanten eingelegten Elfenbeinsessel Platz. Als Schwester des Asantehene war sie unsere Königinmutter und die wichtigste aller Frauen.

Links von ihr saßen, mit Juwelen überladen, alle Mitglieder ihrer *abusua*: die *oyoko*, die Familienangehörigen der weiblichen Linie, welche die Thronfolge bestimmt. Jede Großmutter und Mutter hatte ihre *yafunu* um sich geschart, die *Kinder aus einem Bauch*. Rechts von der Königinmutter saßen auf vergoldeten Sesseln und kostbaren Teppichen in einem weiten Kreis die Angehörigen, die mit unserer königlichen Familie über den *ntoro* verbunden sind, die männliche Verwandtschaft, die weiße Linie des Samens, über die die Seele weitergegeben wird.

Ganz in der Nähe meines Vaters saß Badu Bonsu der Zweite, der König von Ahanta, einer seiner besten Freunde. Um die beiden hatte sich der Rat der Weisen versammelt: Astrologen, Rechtsgelehrte, Fetischpriester, Diplomaten, Hüter der traditionellen Musik, der Sitten und der Zeichen, Magier, Architekten, Heilkundige, Heiler. Ein besonderer Platz kam den Kennern der Erde zu, die wußten, wo in unserem Boden Gold und Edelsteine zu finden waren. Vor ihnen knieten mit geneigtem Haupt junge Sklaven, die Hände voller Anhänger aus Weißgold und Fetische aus Amethyst und Smaragd. Fahnenträger bildeten ein Ehrenspalier für die Gäste, die ihren Platz im Gefolge erst noch suchen mußten. Viele wurden von Musikanten, Possenreißern und Tänzern aufgehalten, die nervös auf und ab trippelten und mit aller Macht um die Rangordnung in ihren eigenen Reihen stritten. Dazwischen drängelten sich vier Europäer, graue Männer in schwarzen Anzügen, denen die Wärme zusetzte: der britische Missionar Brooking und die Botschafter Englands, Portugals sowie der Botschafter der Niederlande, Jacob Huydecoper, ein rotblonder Dicker, seit November 1836 als Diplomat in der Stadt. Er begrüßte uns mit einer tiefen Verbeugung und dem niederländischen Titel »Prinzen«, obwohl es ihm sichtlich schwerfiel, uns und unsere Stellung zum Thron auseinanderzuhalten. Wir grüßten nicht zurück. Diese Männer waren untergeordnete Beamte. Man hatte sie dazu gebracht, ihre Tage an einem von ihrem eigenen Gott verlassenen Ort zu verbringen. Wenn das Klima sie nicht gerade aufs Krankenlager warf, betranken sie sich mit Palmwein.

Zu beiden Seiten unserer Sippe waren, als Huldigung für die Einheit Aschantis, Krieger aller Stämme des Reiches in Schlachtordnung angetreten: Kumasi, Juaben, Bekwai, Nsuta, Mampong und Kokofu. Jeder Hauptmann, jeder *asofohene*, trug einen Kampfmantel mit in Gold gefaßten Amuletten und *gri-gris* als Glücksbringer. Jeder von ihnen befehligte eine Patrouille von zweihundert bewaffneten *akwanrafo*, mit den Gewehren im Anschlag. Daneben stellte jeder von ihnen einen rechten und einen linken Flügel mit einhundertfünfzig Kämpfern zur Schau. Diese wurden von Dutzenden *asansafos* begleitet, auch »Leerhändige« genannt, Träger, die nicht zum Heranschaffen von Vorräten da waren, sondern zum Abtransport der Beutestücke. Von den *kyidom*, die ganz hinten die Reihen schlossen, sah man nur die an die Speerspitzen geknüpften Federn. Insgesamt hatten sechs vollzählige Heere Aufstellung genommen, siebenunddreißig Pelotons in siebenundsiebzig Divisionen. Auf sanft zu den Hügeln hin ansteigenden Holzstegen überragten sie eine Menschenmenge, in der einhundertundzwanzig goldene Sonnenschirme von ebenso vielen Dorfvorstehern auszumachen waren. Außer den Dorfältesten und ihren herausgeputzten Frauen hatte jeder von ihnen vierhundert bewaffnete Männer mitgebracht, zweihundert Sklaven und hundert Geschenke. Der umfangreiche Beamtenapparat, ein vollständiger *oman* jedes Fürstentums mit den *omanhenes* an der Spitze, und um sie herum jeder, der sich weit genug hochgearbeitet hatte, um mitkommen zu dürfen, füllte den letzten Platz bis an die Außenbezirke der Stadt. Ihnen hatten sich die Großkaufleute angeschlossen und aus jedem Dorf die Stammesoberhäupter. Keiner von ihnen konnte über die hunderttausend Köpfe hinweg auch nur einen Blick auf den Asantehene werfen. Daher wollte sich hinten auch das Murren nicht legen. Mit den Bierverkäuferinnen kam es zu kleinen Scharmützeln und Rangeleien. Sie hatten nicht die geringste Ahnung von den Zeremonien am anderen Ufer des Menschenmeeres.

Kwame und ich, Kwasi, nach alter Sitte nach dem Samstag und dem Sonntag genannt, an dem wir das Licht der Welt erblickten, standen an diesem Tag in unserem zehnten Lebensjahr. Uns wurde ein Platz zwischen unseren Verwandten angewiesen. Ich wurde links von meinem Vater gesetzt und Kwame, als ältester Sohn der Königinmutter der nächste Thronfolger des Asantehene, zu seiner Rechten. Sorgfältig faltete man die farbigen *adinkra*-Tücher um unsere Schultern, und dann sollten wir still sitzen. Das war zuviel verlangt, und unser Herumzappeln brachte uns beiden einen Faustschlag meines Vaters ein. Wir konnten nur abwarten. Um uns die Langeweile zu vertreiben, wurden die Geschichtenerzähler aufgefordert, in der zunehmenden Hitze ihre Arbeit zu tun.

»Zwei Zweige brach Osei Tutu vom *Kuma*-Baum …«, setzte einer ein. Ich schielte aus den Augenwinkeln zu Kwame, der nervös zu kichern begann, als er meinen Blick auffing.

Allzuoft hatten wir die Geschichte von der Gründung unserer Geburtsstadt gehört. Der Kampf, mit dem Osei Tutu seinen Stamm am Ende des siebzehnten Jahrhunderts von der Gewaltherrschaft Denkyiras befreit hatte, das Taktgefühl, mit dem er sich mit den fünf anderen, ebenfalls im bewaffneten

Kampf befreiten Stämmen verbündete, und die Gerissenheit, mit der er sie anschließend zu unterwerfen wußte und zu einem Reich mit einer gemeinsamen Sprache und einem gemeinsamen Glauben zusammenschweißte, waren in unserer Zeit, gut ein Jahrhundert später, auf das liebliche Bild des pflanzenden Stammvaters geschrumpft. Jedes Kind in Kumasi bekommt sie mit der Muttermilch eingeflößt, diese Geschichte vom fruchttragenden und vom absterbenden Zweig.

Kwame Poku war als einziger Sohn der ältesten Schwester des Asantehene von dem berühmten Adusei Kra gezeugt worden, dem *atene akotenhene*, dem Anführer aller Krieger Aschantis. Man sah ihn nur bei offiziellen Anlässen. In voller Rüstung. Streng und drohend.

Sieben Jahre vor Kwames Geburt hatte Adusei Kra in einem legendären Feldzug die Zehntausend in den Süden geführt. Dort, am Meer, hatte er eines jener europäischen Völker besiegt, die Aschanti und die umliegenden westafrikanischen Reiche die *Goldküste* nennen. Adusei Kra jagte die Weißen in ihre Forts zurück, aus denen sie sich nur noch herausgewagt hatten, um Geschenke zu überbringen und im Staub zu kriechen.

In seinem zweiunddreißigsten Lebensjahr war der große Kämpfer erkrankt. Er hatte den Fetischpriester die Zeremonie vollziehen lassen, mit der er seine Kraft und seinen Mut seinem Sohn, meinem Vetter Kwame, übertrug, der zum künftigen König unseres Volkes bestimmt war. Dann hatte er sich seinem Sterben ergeben und war in einen todesähnlichen Schlaf versunken.

Die Kinder des Palastes mieden Kwame. Sie hatten Angst vor seinem strengen Blick, der ebenfalls vom Vater in den Sohn gefahren zu sein schien. Um sich auf die Königswürde vorzubereiten, die ihn nach dem Tod seines Vaters erwartete, verbrachte Kwame viel Zeit in unserem Flügel des Palastes. Ich begegnete ihm manchmal, aber er hielt die Augen immer auf den Boden gesenkt und ich hütete mich, ihn anzusprechen. Außerdem hatte ich meinen eigenen Kummer.

Mir fehlten meine Brüder Kwadwo und Kwabena, die einzigen, mit denen ich dieselbe Mutter hatte, die wichtigste der Frauen meines Vaters. Meine Brüder waren ein wenig älter als ich. Niemand stand mir näher. Als einzige Kinder hatten sie freien Zutritt zu meinem Zimmer. Eines Tages konnte ich sie nirgends finden. Es dauerte drei schlaflose Nächte, bis man mir die Wahrheit zu sagen wagte. Mein Vater hatte seine eigenen Söhne dem englischen Gesandten mitgegeben, der sie zum Fort Cape Coast mitnahm.

Ich war untröstlich. Noch nie zuvor hatte ein Aschanti-Prinz unser Hoheitsgebiet verlassen. Wie konnte es nur sein, daß meine Brüder nun denselben Weg durch den Urwald zurücklegen mußten, auf dem die von meinem Vater besiegten Sklaven transportiert wurden? Wurden Kwadwo und Kwabena vielleicht ebenfalls gegen Genever und Musketen von Engländern oder Holländern eingetauscht? In meinen Träumen quälten mich die schrecklichsten Bilder. Schließlich bekam ich die offizielle Erklärung zu hören, in wenigen Jahren kämen die beiden Prinzen als Männer mit großem Vermögen und schönen Frauen zurück, aber ich fühlte, daß ich sie verloren hatte. Keinen Monat später erreichte uns die Nachricht, abessinische Karawanentreiber hätten sie unterwegs ihres Goldschmucks wegen getötet.

Ich konnte nicht begreifen, warum mein Vater seine Kinder in den Tod getrieben hatte und erwartete aus seinem eigenen Mund eine Erklärung, Selbstvorwürfe, wenigstens einen schmerzlichen Aufschrei. Er aber ließ sich wochenlang kaum im Familienkreis blicken, vermutlich aus Scham, und als ich ihn sah, erschien er mit vollem Gepränge und war unnahbar. Mich peinigten Fragen, aber ein Asantehene spricht nicht. Von dem Augenblick an, in dem der neue König dreimal auf den Goldenen Stuhl gedrückt wird, den der Priester Osei Tutus aus dem Himmel herbeigezaubert hatte und der die Seele Aschantis in sich birgt, bedient er sich eines Sprechers, eines Sprachgelehrten, der nie von seiner Seite weicht. Der Sprecher verlautbart, was der Asantehene meint, empfindet oder denkt. Und obwohl Kwaku Dua in den innersten Räumen des Palastes manchmal einen Moment zu dem Vater wurde, der er vor drei Jahren, vor der Thronbesteigung, gewesen war, als er noch einfach Fredua Agyeman hieß und man mit seinen schmutzigen Füßen zu ihm auf den Schoß klettern durfte oder mit ihm Hand in Hand unbeachtet auf der Straße gehen konnte, vertrauen konnte ich ihm nicht mehr. Ich wurde ängstlich. Argwohn tötete meine Liebe. Fielen meinem Vater mitunter meine roten Augen auf und wollte er sich zu mir hocken, um mich zu trösten, stellte ich mich tapfer und sagte, mir sei Sand in die Augen geweht. Ein Aschanti kennt die heilsame Kraft des Tabus: Kummer, der nicht ausgesprochen wird, existiert auch nicht.

Früher hatte ich immer mit meinen Brüdern gebadet. Das war ein Spaß. Wir balgten uns, spritzten herum und brachten unsere Diener zur Verzweiflung. Von nun an wurde ich allein gewaschen. Ich versuchte immer die Fassung zu wahren, aber eines Morgens brachte ein unerwartet kalter Guß über meinen Rücken meinen Kummer zum Ausbruch. Der Verlust traf mich wie ein Stoß in den Magen. Ich flüchtete schluchzend ins Ankleidezimmer und schickte alle fort.

Dort saß ich zusammengekauert in einer Ecke, als Kwame hereinkam. Er hatte meine Diener weggehen sehen und gemeint, die Baderäume seien frei. Ich sah hoch und fing seinen Blick auf. Sofort erkannte ich, daß seine Verschlossenheit alles andere als arrogant war. Ohne Zögern schickte er seine Begleiter weg und setzte sich neben mich. Er tröstete mich, indem er selbst in Schluchzen ausbrach. Ich erzählte ihm von meinem Kummer und bat ihn, mir den seinen zu verraten.

»Ach«, sagte er, »die Familie eines mutigen Mannes hat immer einen Grund zum Weinen.«

Von diesem Tag an badeten wir gemeinsam.

Nicht lange danach besuchte mich Kwame zum ersten Mal in meinen Gemächern. Sein Unterricht brachte ihn mit vielen Menschen in Kontakt, die dem Thron nahestanden. Er hatte sie über den wahren Grund für das Weggehen meiner Brüder ausgehorcht und kam mit folgender Erklärung:

Kwaku Dua, mein Vater, liebäugelte mit Europa. Er war der siebte Asantehene des Aschanti-Reiches, aber der erste, der aus den langjährigen Kontakten mehr als Alkohol und Waffen herausholen wollte. Er ahnte, daß das Wissen und die wissenschaftliche Berechnung der Weißen unserem Volk nutzen könnten, jetzt, wo die westlichen Mächte – aus uns nicht nachvollziehbaren Gründen – die Sklaverei abgeschafft hatten. Der Sklavenhandel war durch das Verbot zwar nicht völlig aufgehoben, jedoch so drastisch zurückgegangen, daß der Wohlstand unserer Grenzprovinzen zu schwinden begann.

Reverend Brooking, der Seelsorger, der nicht einmal in der Mittagszeit den hochgeschlossenen schwarzen Stehkragen der Weslyan Missionary Society ablegte, nutzte das Interesse meines Vaters aus. Er machte den Vorschlag, meine Brüder in London ausbilden zu lassen, zweifellos mit dem Hintergedanken, sie zum Christentum zu bekehren und später, über sie, unser ganzes Volk. Mein Vater biß an, obwohl er die europäischen Religionen lächerlich fand, deren Ausübung er in seinem Reich nicht erlaubte, und Jahre später ließ er Brookings Kopf, mitsamt Stehkragen, vor dem Palast auf einer Stange aufspießen. Glaube, gleichgültig welcher, stand bei dieser Mission an letzter Stelle. Dem Asantehene ging es um die Wissenschaft und den Fortschritt, der englischen Regierung um die Handelsbeziehungen, aber durch den Raubmord an meinen Brüdern waren all diese Pläne im Keim erstickt.

Kwame sah, daß seine Nachrichten mich nicht aufheiterten. Kurz darauf besuchte er mich noch einmal, und bald wurde es uns zur Gewohnheit, jeden Nachmittag nach dem Unterricht eine Weile zusammen zu spielen.

Allmählich, während wir uns von unseren Zweifeln erzählten und sie gegenseitig ausräumten, fühlte ich meine Einsamkeit nachlassen. Kwame, auf dem die hohen Erwartungen lasteten, die alle an ihn stellten, vergaß durch meine Freundschaft seine Unsicherheit. Er wuchs so in seine Rolle hinein, daß unser Volk glaubte, sein nächster Asantehene habe vor nichts mehr Angst.

Wir waren soviel zusammen, daß man uns nachsagte, wir begännen einander zu ähneln. »Wie der Hundebändiger seinem Hund«, sagte Kwame. Als wir schließlich darum baten, Zimmer und Bett teilen zu dürfen, wunderte sich niemand. Mein Vater war froh über die positive Veränderung, die er an uns beobachtete. Kwame zog also von seinem Zimmer im östlichen in meinen Flügel um, der nicht zum Hauptgebäude gehörte und um einen Brunnen gebaut war, der über ein geniales System eng zulaufender Röhren selbst in den trockensten Monaten einen Wasserstrahl in einem kleinen Bassin aufspritzen ließ.

Danach übernahm Kwame zur allgemeinen Zufriedenheit seine Männerpflichten. Obwohl seine Mutter das Familienoberhaupt blieb, war es Kwame, der, als der letzte Atemzug Adusei Kras nicht mehr fern war, den umfangreichen Abschiedszeremonien vorstand. Er war beeindruckend und zuckte mit keiner Wimper, obwohl ihn der Asantehene beobachtete. Ab und zu beruhigte ich ihn mit geheimen, verabredeten Zeichen. Angestarrt von den übrigen Kindern des Sterbenden und seinen Frauen, wurde Kwame vom Fetischpriester in folgenden Zeremonien um seinen Vater geleitet, der in den letzten Zügen lag: mit einem brennenden Fettopf drei Kreise um das Gesicht beschreiben, das langsam seinen Ausdruck verliert. Wasser über die Hände sprenkeln, die ihre Kraft aufgeben; über die Füße, die nirgendwohin mehr laufen müssen. Und drei letzte Schlucke auf die Zunge gießen.

Ein Aschanti hat keine Angst vor dem Tod. Durch sein Sterben macht er die höchste Erwartung wahr, die er mit seiner Geburt geweckt hat. Es muß nur immer ein guter Grund gefunden werden, um einen bestimmten Tod zu einer bestimmten Zeit zu rechtfertigen. Ein früher Tod ist ein Fluch für die Familie. Eltern bespucken und verstümmeln ihren toten Säugling und begraben ihn auf der Frauenlatrine, um seinen Geist davon abzuhalten, noch einmal zurückzukehren. Hohes Alter zeugt von guter Lebensführung. Ein Greis mit einer großen Kinderschar wird verwöhnt und mit Gold überhäuft. Aber im

Alter Adusei Kras zu sterben, ist zumindest ein wenig anrüchig. Die Ahnen hatten ihren Nachkommen so bald zu sich rufen können, etwa weil er schwere Verfehlungen begangen hatte. Es war Kwames Aufgabe, eine Erklärung für die vorzeitige Flucht der Seele seines Vaters zu finden. Gemeinsam klügelten wir aus, daß Adusei Kra von einem rachsüchtigen Geisterheer getötet worden war. Denn das ist ja das Schicksal eines jeden Kriegers seit dem Tag, an dem er zu töten beginnt: Über je weniger Körper der Feind durch sein Zutun verfügt, desto mehr Geister verbünden sich gegen ihn. Glücklicherweise, beruhigte ich Kwame, hatte Adusei Kra das schlimmste Unheil verhindert, das die Aschanti kennen: Er war nicht kinderlos geblieben. Niemand konnte ihn einen *kote krawa* nennen. Er war kein »wächserner Schwanz«.

»Der Baum ist umgestürzt«, verkündete Kwame schließlich dem Volk. Bei der Leichenwäsche half er seiner Mutter, die mit einem großen Schwamm die Lenden seines Vaters besprenkelte und reinigte, wie sie es in der Nacht getan hatte, als Adusei Kra Kwame bei ihr zeugte. Sklaven und Diener des Verstorbenen wurden zusammengetrieben und ihm durch einen Schwertstreich als Begleiter mitgegeben. Die Ahnen mußten währenddessen vom Kommen einer neuen Seele benachrichtigt werden. Der schwere Rhythmus der Stöcke auf den Elefantenohren, die über die sprechenden Trommeln gespannt waren, der männlichen und der weiblichen *atumpan*, peitschte Frauen und Mädchen auf: froh, daß der Tote so gut gelebt hatte; froh, daß der Tote sein Leben mit ihnen geteilt hatte; froh, daß er seine neue Reise antrat, froh, daß er erwartet wurde; froh, daß er später dasein würde, um sie seinerseits zu erwarten. Froh, froh, froh.

In dieser Nacht schmiegte ich mich an Kwame und hielt ihn fest in meinen Armen, bis sein Schluchzen erstarb. Er vertraute mir die letzten Worte seines Vaters an, mit denen ihm dieser das Geheimnis der Unbesiegbarkeit verraten hatte: Hinter jeder angreifenden Phalanx Aschanti-Krieger läuft eine Horde *afonasoato*, Schwertträger. Sie töten jeden aus ihren eigenen

Reihen, der beim Angriff einen Moment zögert oder fliehen möchte.

Nicht um ihm zu sagen, daß er ihn liebe, hatte Kwames Vater seinen letzten Atem genutzt, sondern um seinem Sohn den Aschanti-Schlachtruf einzuprägen: »Wenn ich weitergehe, sterbe ich. Wenn ich zurückgehe, sterbe ich. Dann lieber weitergehen und von den Kiefern des Kampfes zermalmt werden!«

Der Leichnam Adusei Kras wurde in einem Haus bewahrt, wo er nach altem Brauch liegenblieb, bis alles Fleisch von den Knochen gefallen war. Erst danach sollte er – in aller Stille – bei seinen Vorvätern begraben werden. In dieser Zeit besuchte ich mit Kwame noch einmal den Verstorbenen – was keine leichte Aufgabe war. Als wir die Tür öffneten, war der Tote schwarz vor Fliegen. Wir verjagten sie mit viel Armeschwenken. Darunter kam der Leichnam völlig weiß zum Vorschein, er hatte bereits jede Pigmentierung verloren. Weiß war für uns die Farbe des Todes, der Geister, die Farbe all dessen, was nicht lebt.

In dieser Zeit der Trauer wuchs Kwames Interesse an den Kultfeiern der Erwachsenen. Außerdem mußten wir jetzt, wo sich beim Baden die Zeichen unserer Männlichkeit zeigten, neue Rituale lernen. Der Fetischpriester führte uns in Wissen ein, das geheimgehalten wird, bis sich die Körperbehaarung zeigt. Die Götter, so wurde uns erzählt, begrüßten die Verheißungen unseres Körpers mit Zustimmung. Fruchtbarkeitsgebete mußten gesprochen werden, um die Geister für die erwachsenen Handlungen wohlwollend zu stimmen, an die wir bisher, soweit sie uns überhaupt bewußt waren, noch selten gedacht hatten.

Wohl warf das alles ein neues Licht auf unser nächtliches Zusammensein, in dem wir einen gewissen Trost fanden, der süchtig machte und auf den wir vertrauen konnten. Mir schien es klug, über diese Intimität zu schweigen und Kind zu bleiben. Ich merkte, daß Kwame zum selben Schluß gekommen war, als die Unschuld und damit die Sanftheit aus unseren Spielen verschwand. Wir spürten, daß sie sich von nun an selbstverständlicher aus einem Kampf entwickelten als aus einer Umarmung. Worte haben wir dafür keine gefunden.

Wir wanderten gern zum Heiligtum von Twi, nicht aus Frömmigkeit, sondern weil es eine der wenigen Möglichkeiten bot, unseren Altersgenossen zu entkommen, die uns wegen unserer Schweigsamkeit und stillen Freundschaft neckten. Sogar als ich, Jahre später, meinem alten Glauben öffentlich abschwor, blieb mir ein Heimweh nach dem Zauber des animistischen Pantheons am See von Twi. Dazu muß man folgende Geschichte kennen.

Als Osei Tutu den Geist Twi von seinem Land vertrieben hatte, um dort Platz für die Stadt Kumasi zu schaffen, suchte Twi im nächsten See Zuflucht. Dort führt er ein zurückgezogenes Leben in fischreichem Gewässer, das die Farbe seines Blutes angenommen hat. Der Geist mit dem menschlichen Aussehen, wie einige bezeugen, die ihm begegnet sind, möchte kein zweites Mal gestört werden. Deshalb vermeiden die Fischer auch nur die kleinste Welle und rudern vorsichtig mit den Händen über seine Ruhestätte. Um sicherzugehen, daß es Twi an nichts mangelt – damit er sein Versteck nicht für Einkäufe in Kumasi verlassen muß –, werden ihm in einer vom Regenwald gebildeten Kuppel, einem Heiligtum für alle Götter, reiche Opfergaben dargebracht.

Unsere Pilgerreisen nach Twi machten uns mit Unbarmherzigkeit und Mitleid vertraut; beide haben ihre Wurzeln in der Natur. Solche Überlebenswanderungen dauerten drei Tage. Würgeorchideen, Todesbäume, Pilzparasiten, speiende Kobras, Insekten, die brennende Säure spritzen, und die giftige Milch des Strauches mit den schwangeren Brüsten. Mitten in diesem Wald, wo jedes Leben aus Tod entsteht, alles auf Kosten von etwas anderem wächst, jedes Wesen von einem anderen zehrt, es zur Seite schiebt, auffrißt und im Kampf um den einen winzigen Lichtstrahl ersticken möchte, entwickeln sich auch Nahrungsbündnisse. Beim genauen Hinsehen entdeckt man, daß inmitten aller Gewalt gelegentlich zwei Organismen ihre Kräfte vereinen und ungewöhnliche Paare für den gemeinsamen

Überlebenskampf bilden. Nie war ich dem Göttlichen näher als in jenem Augenblick, als mir die Natur so den Ursprung der Freundschaft zeigte.

Unter der Leitung des Priesters begriffen wir, daß sich die Natur um uns nicht von der Natur in uns unterscheidet. Den Mut zu haben, auf das eine zuzugehen, bedeutet, es auch beim anderen zu wagen. Wir lernten es im Spiel. Einem von uns wurden die Augen verbunden, und anschließend mußte ihn der andere mit Anweisungen durch den Wald lotsen, anfangs vorsichtig, dann schneller, und schließlich in schnellem Lauf. So lernt der Sehende Verantwortungsgefühl, der Blinde Vertrauen in die Freundschaft. Schließlich rannten wir kreuz und quer, blindlings und ausgelassen dahin und streckten dabei nicht einmal mehr die Arme aus. Auch Vertrauen ist ein Sinn.

Am Morgen nach unserem letzten Besuch in Twi warteten wir vor dem Tor sechs Stunden lang auf die Handelsdelegation aus Elmina. Trotz gelegentlich irgendwo in der hunderttausendköpfigen Menge aufflackernder Unruhe war die Stimmung im allgemeinen feierlich und erhaben. Die Erzähler hatten den Sängern Platz gemacht, die mit dem Rezitieren von Reimen, die so alt sind wie unser Volk, die Mattheit der Mittagsstunde vertrieben. Jeder Reim hatte ein *adinkra*, ein traditionelles Symbol. Jedes Muster symbolisiert eine eigene Weisheit, die dem Kind von dem Augenblick an vorgesungen wird, sobald es die Muster im Umschlagtuch seiner Mutter erkennen kann. Ich erinnere mich an diese:

Der nkónsónkónsón sagt: Es gibt eine Kette
Im Leben
Im Tod
Eine Kette einer einzigen Menschheit
Ein Blut
Wir bilden neue Glieder
Bei der Geburt
Im Sterben
Wer wir auch sind

Der *nkónsónkónsón* besteht aus nierenförmigen Gliedern, wie zwei zusammengeklebte, leicht eingedellte Eier, zwei aneinandergeschmiegte Körper. Er bildet eine Kette.

Heute stelle ich mir vor, daß es dieser *nkónsónkónsón* war, der an dem Tag mein Festgewand schmückte, und daß ich mit dem Finger seine goldenen Linien nachfuhr und dabei dem Gesang lauschte. Aber erinnern kann ich mich nicht.

Ich weiß nur, daß die Sonne ihren höchsten Stand weit überschritten hatte, als ein nie gehörtes, schrilles Kreischen die Vögel in Todesangst aus dem Wald aufflattern ließ und ankündigte, daß sich das lange Warten gelohnt hatte.

2

Aus dem Reisebericht, den ich bei meinen allervertraulichsten Dokumenten aufbewahre und der von Vizekommissar van Drunen, Offizier der niederländischen Delegation zum König von Aschanti, gezeichnet ist:

Sie wußten, *daß die Neger nicht mehr als sechzig oder höchstens achtzig Pfund tragen, und dennoch haben sie große, schwere Palankinen anfertigen lassen. Und auch die Kisten und Koffer sind, bis auf wenige Ausnahmen, allesamt zu schwer. Manche wogen mehr als vierhundert Pfund und mußten umgepackt werden. Und immer noch kann man die Sklaven nur mit Strafen und Gewalt zwingen, sie zu tragen. Hinzu kommt noch, daß die Palankinen beim allerbesten Willen nicht durch die Wildnis zu transportieren sind. Aber da sich einige Offiziere nicht auf die den örtlichen Verhältnissen am besten angemessene Art des Reisens einlassen wollen, muß zuerst auf der gesamten Strecke von Elmina bis nach Kumasi ein mehr als fünf Fuß breiter Pfad für uns durch die dichten Wälder freigeschlagen werden. Bedenkt man nun noch die Unkenntnis der Negersprachen, wird man gewiß von den großen Schwierigkeiten überzeugt sein, die diese Reise ins Landesinnere Afrikas bot.*

Am 13. September 1836 begaben wir uns voll guten Mutes auf der Reede von Hellevoetsluis an Bord des Kauffahrteischiffes Prinses Marianne. Die Mannschaft bekam Instruktionen für die Reise, aber unsere Fragen, welche Aufgabe uns in Afrika erwarte, wurden nicht beantwortet. Unsere Mission blieb strikt geheim. Nach zwei Tagen lichtete Kapitän A. Plug den Anker und setzte Kurs auf die niederländischen Besitzungen an der Westküste Afrikas. Nachdem wir in Santa Cruz auf der Insel Teneriffa angelegt hatten, gingen wir ohne außergewöhnliche Vorkommnisse am 26. des nächsten Monats vor Fort Sint Antonio zu Axim an der Küste von Guinea vor Anker. Am 31. segelten wir weiter zu dem östlicher gelegenen Sint George D'Elmina, das seit 1637 in niederländischer Hand ist. Dort schifften wir uns am nächsten Tag aus und setzten unseren Fuß auf die Goldküste.

Unsere Gesandtschaft, unter Leitung von Generalmajor Jan Verveer als Kommissar des Königs, war zu groß, um versammelt im Fort Platz zu finden. Die Quartiere der Pioniertruppen boten nur uns Offizieren Obdach. Den mitgebrachten Soldaten wurde in den riesigen Kellergewölben, die nicht mehr in Gebrauch sind, seit wir keine Sklaven mehr nach Surinam schicken dürfen, ein Platz zugewiesen. Unsere Männer murrten über die Enge, die schlechte Luft und die Kälte in den dunklen, fensterlosen Kellern und bekamen zwei Fässer Rum.

Fort Elmina verfällt seit dem Verbot des Handels mit westafrikanischen Sklaven. Der große Gewinnausfall, den das Kolonialministerium durch die Rekrutierung von Westafrikanern nunmehr für das Ostindische Heer zu mindern sucht, bleibt unverändert. Im ersten Jahr wurden nur vierundvierzig Sklaven für den Dienst angeworben. Unsere Mission soll zu einem festen Anwerbekontingent für die Lieferung von mindestens tausend Söldnern jährlich führen.

Einige Tage nach unserer Ankunft wurde einer der einheimischen Assistenten zum König von Aschanti entsandt, um den Fürsten von der Ankunft der Gesandtschaft in Kenntnis zu set-

zen und die Zustimmung, sein Reich betreten zu dürfen, zu erbitten. Mitte Dezember kehrten beide Männer in Begleitung eines Caboceërs, einer Art Bürgermeister, von vier Fähnrichen und einem Trupp Bewaffneter und Sklaven zurück, die der König als Geleitschutz mitgeschickt hatte. Sie brachten die zufriedenstellendsten Nachrichten und meldeten, Seine Hoheit hoffe, uns im kommenden Monat bei sich zu sehen.

Am 7. Januar 1837 verließen wir, morgens um acht Uhr, das Fort von Elmina. Generalmajor Verveer und ich wurden auf Palankinen transportiert, jede von vier Negern getragen. Der Sekretär, ein Arzt, der Resident von Fort Axim, ein Assistent der Küstenverwaltung und Welzing, ein Mulatte, der Dolmetscher für die Landessprachen ist, wurden von je zwei Negern in Schilfkörben auf den Köpfen getragen. Dafür waren sechsunddreißig Neger vorgesehen, während zum Tragen der Güter, der Lebensmittel und anderer Bedarfsartikel für die Reise hundertzweiundneunzig Neger dienten. Dreihundertachtzig Sklaven waren bereits mit den Geschenken für den Herrscher von Aschanti ins Landesinnere vorausgeschickt und sollten uns in der Nähe von Kumasi erwarten.

Vor dem Palankin Verveers marschierte ein Unteroffizier mit der Fahne, gefolgt vom Musikkorps, insgesamt dreizehn Mann, mit zwei Negerdienern. Weiter der Stockträger von Elmina, eine Brigade Sapeurs, Pioniersoldaten, die Wäschejungen und rangniedrige Diener mit einer Reihe von Frauen, gefolgt von dem Caboceër, vier Fähnrichen und siebzehn bewaffneten Soldaten, die uns der Herrscher von Aschanti als Geleit geschickt hatte. Unsere Reisegesellschaft zählte so mehr als tausend Köpfe.

Zu Beginn führte unser Weg nordöstlich über die Salzebene, an der Plantage des Herrn Simons vorbei, wo wir kurz verweilten. Die Beamten der vornehmsten Bewohner Elminas, die uns dabei Gesellschaft leisteten, verabschiedeten sich nun mit den wohlmeinendsten Wünschen für das glückliche Gelingen unserer Mission in ein Land, in das sich bisher noch kein Regiment gewagt hatte.

Daraufhin setzten wir unseren Weg durch niedriges Unterholz fort, in dem nur gelegentlich ein wenig Zuckerrohr und Ananas wuchsen, bis zum ersten Krom, einer Art Dorf, namens Ameeäno. Dort wohnen ungefähr hundertzwanzig Seelen, meist in erbärmlichen Schilfhütten, mit Lehm zugeschmiert und mit Palmwedeln oder Bananenblättern gedeckt. Die Musikanten begannen beim Näherkommen an dieses Krom zu spielen, wie bei allen auf unserem Weg liegenden Orten. Sie intonierten meist unsere Nationalhymne oder Wer niederländschem Blut entstammt, von fremden Flecken rein, *und so weiter.*

Wir zogen weiter in nordwestlicher Richtung zu dem Krom Simmiën in dem lieblichen Tal, wo General Daendels ehemals Ländereien hatte. Man begrüßte uns mit dem Abfeuern von Gewehrschüssen. Wir tranken einige Krüge Palmwein, die man uns anbot und für die wir im Gegenzug ein paar Flaschen Rum spendierten. Wegen der großen Menge umgestürzter Bäume waren wir gezwungen, den Weg bis zum Krom Afatau zu Fuß zurückzulegen. Wir kamen gegen ein Uhr mittags an und beschlossen, dort unser Nachtquartier zu nehmen. Die drei dafür vorgesehenen Zelte wurden aufgeschlagen. Zwei dienten als Unterkunft für die Offiziere, das dritte war als Küche gedacht. Das von einem erfahrenen Negerkoch zubereitete Mittagessen pflegten wir gegen vier oder fünf Uhr einzunehmen. Die Abende verbrachten wir für gewöhnlich damit, unseren Musikanten zuzuhören, die ein paar Stunden lang vor den Zelten aufspielten. Lohnte es sich, besuchten wir gelegentlich die Häuser.

Jeden Morgen wurde bei Tagesanbruch die Reveille getrommelt und standen die Träger und Diener bereit. Aber angesichts der Tatsache, daß gewisse Offiziere nicht immer so früh reisefertig waren, wie es vor allem in diesen Regionen ratsam wäre, um der drückenden Hitze des Tages zu entgehen, kam es häufig vor, daß wir erst um zehn Uhr aufbrachen.

Am zweiten Tag führte der Weg durch einen Wald hochgewachsener Bäume. Nach einem zweistündigen Marsch gelangten wir ins Krom Sodoffer, wo uns der örtliche Caboceër mit seinen Edlen und den Fetischpriesterinnen entgegenkam. Sie servierten uns Palmwein, wofür wir ihnen im Tausch Rum und holländische Pfeifen überreichten.

Über Schlängelpfade erreichten wir das große Krom Abakrampa, die Residenz des Fanti-Reiches. Um halb drei hielten wir unseren Einzug; er wurde leider durch heftige Regenfälle beeinträchtigt. Eine bewaffnete Horde holte uns unter dem Abfeuern ihrer Gewehre ein, wobei sie nicht aufhörten, hin und her zu rennen und Kriegslieder zu singen. Der König von Fanti, ein großer, schöner, ungefähr vierzigjähriger Mann, erwartete uns am Ende eines Platzes im Kreis der Großen seines Reiches. Alle saßen dicht nebeneinander unter riesigen Sonnenschirmen, die Sklaven über ihre Köpfe hielten. Einer nach dem anderen defilierten wir an ihnen vorüber, die Rangniedrigsten an der Spitze. Wir grüßten alle, gaben jedoch nur dem König die Hand. Vor ihm stand ein Hanswurst, der unter lautem Herausschreien der Titel, Heldentaten und Kriegserfahrungen seines Herrn vor unseren Augen unablässig ein Schwert mit silbernem Griff hin und her schwenkte. Weil der Regen nicht aufhörte, wurden wir in das Haus des Königs eingeladen. Durch einen schmalen Gang gelangten wir zu einem Innenhof mit vier sich gegenüberliegenden offenen Räumen, drei Fuß über dem Boden. Alle waren sauber und geräumig. Die Lehmmauern waren weiß gekalkt, der Fußboden mit roter Erde bestrichen. Einige Negerhocker und ein Lehnstuhl aus Leder bildeten den einzigen Hausrat. Während wir dort saßen, hüpfte und schrie der Hanswurst weiterhin aus Leibeskräften herum. Seinem Herrn schien das auch noch zu behagen. Inzwischen waren unsere Zelte aufgebaut. Dorthin ließ uns der König zwei Schafe, ein Schwein, fünfzig Yamswurzeln und drei Krüge Palmwein bringen. Nach einer Reihe umständlicher Dankeszeremonien sandten wir dem König zwei Paar Wickeltücher oder Jacken aus Chintz, bunte Baumwollstoffe für Kleidung, jede Bahn vierzehn oder sechzehn Ellen lang, ein paar Korallenketten, einige Flaschen Rum, Tabak sowie holländische Pfeifen.

Am nächsten Tag verließen wir dieses Krom, das sich durch die Sauberkeit seiner Behausungen und die Reinlichkeit der achthundert Einwohner sehr vorteilhaft von den anderen abhebt. Wir passierten das Krom Akroofoo, wo die Einwohner durch das Abfeuern ihrer Gewehre unsere Ankunft feierten und vor allem die Frauen ihre Freude über uns zum Ausdruck brachten. Der Weg von dort nach Tuacua und Ed Jerri führte an Hügeln entlang und war nicht wie die anderen für unsere Palankinen freigeschlagen, wodurch wir nach einer höchst unbequemen Reise erst um vier Uhr ins Krom Paintry einzogen. Wir begaben uns früh zur Ruhe, aber der Regen nahm die ganze Nacht kein Ende und das Gebrüll der Tiger, Leoparden und anderer wilder Tiere in der Nähe der Zelte beunruhigte uns sehr.

Am nächsten Tag, dem 10. Januar, erreichten wir das Krom Jan Comadie, die Residenz des Königs von Assim. Dreihundert schreiende und herumrennende Neger feuerten hier gefährlich ihre Gewehre ab, während die Bevölkerung zum Takt unseres Musikkorps tanzte und sang. Seine Hoheit wurde von einem Fetischpriester und einer -priesterin mit bemalten Oberkörpern flankiert sowie einem Großteil seiner Sklaven in vielfarbigen, mit Glocken behängten Wämsen. Er bekam ein Wickeltuch aus ostindischem Chintz, Perlenketten, Rum, Tabak, Pfeifen und wir nur eine Ziege und elf Bananenstauden. Unser Besuch sollte folgendes Gerücht entkräften, in Elmina sei ein holländischer General mit zahlreichen Offizieren eingetroffen, um die Assimer auszurotten. Einige unserer gefangengenommenen Aschanti-Sklavenjungen hatten offenbar dieses Gerücht ausgestreut. Obwohl das Palaver ziemlich lang dauerte, kehrten wir dennoch unverrichteter Dinge zu unseren Zelten zurück. Kaum waren wir dort angelangt, als der König uns einen Rekruten offerierte, den wir gegen Zahlung von zwei Unzen Gold (achtzig Gulden) in den Dienst König Willems verpflichteten. Dabei erlebten wir zum ersten Mal, wie schwierig es ist, mit diesen Menschen wegen ihrer endlosen Bedenken hinsichtlich des Gewichts und des Goldgehaltes, den Wert von Gold zu berechnen.

An diesem Abend luden wir Seine Hoheit zu einem Glas Punsch ein in der Hoffnung, ihn gewogen zu stimmen. Er kam in Begleitung von acht Musikanten, die auf Trommeln, ausgehöhlten Elefantenzähnen oder Büffelhörnern und mit kleinen Steinen gefüllten Kalebassen spielten. Sie wollten sich mit unseren Musikern in einem Wettkampf messen! Nachdem er vorüber war, erkannte Seine Hoheit jedoch, daß, wie schön ihm seine Musik bisher auch erschienen war, sie diesen Namen nicht verdiente. Er befahl seinen Untergebenen, nichts mehr von sich hören zu lassen.

Der Caboceër ließ seine Sklavenjungen übrigens auf eine ungewöhnliche Weise trinken. Alle öffneten gleichzeitig den Mund, wie zum Schrei, worauf er einen Schluck Punsch nahm und ihn aus beträchtlicher Entfernung in die Münder spritzte. Er spie mit einer derartigen Behendigkeit, daß wir den Eindruck gewannen, es handle sich um eine alte Gepflogenheit.

Nachdem die Gäste gegangen waren, vermißten wir aus einer der Reisekassetten ein schönes Glas. Man informierte den König. Eine Stunde später brachte man uns das Glas mit der Nachricht, der Täter habe seine Strafe, das Abschneiden beider Ohren, bereits erhalten.

Am nächsten Morgen erwartete uns ein holpriger, nicht freigeschlagener Weg, auf dem wir nur langsam vorankamen. Nach den Krommen Kakawassie, Enjorabiem, Etjuma, Eyanasie und Jowerom erreichten wir schließlich Mansau. Am nächsten Tag war der Weg bis zu dem Flüßchen Curacio leidlich, aber als wir über das Wasser gesetzt hatten, mußten wir uns mühsam einen Weg durch das Unterholz bahnen. Bevor wir ins Krom Koochua einziehen konnten, mußten wir einen ausgedehnten Sumpf durchqueren, und nachdem wir einen weiteren Fluß überquert hatten, kamen wir nach Abandu und noch viel später nach Fusu. So ging es tagelang weiter durch Flüsse, in denen uns höchst gefährliche Tiere auflauerten, und über Hänge, die mit hohem Guineagras bewachsen sind. Das verhindert die Luftzirkulation und macht einem jegliches Atemholen nahezu unmöglich. An Dua, Apronice, Endusa, Akonfode, Ennuaso, Borko, Damcu vorbei erreichten wir durch einen dich-

ten morastigen Wald das Krom Prasso. Dort überquerten wir in einem Kanu den gleichnamigen Fluß. Am anderen Ufer setzten wir zum ersten Mal unseren Fuß auf das Hoheitsgebiet der Aschanti!

Ein hügelreiches, von Tümpeln durchzogenes Gebiet und ein kleiner, aber steiler Berg, der einzige, den wir auf der ganzen Reise sahen, führten uns die nächsten Tage vorbei an folgenden Aschanti-Krommen: Apetja, Atoviasi, Esselman, Ansam, Acrofrom, Aconseram zu dem Weiler Toman. Von dort ging es durch einen dicht bewachsenen Wald und über sechs kleine Flüsse nach Dompassie, Tubosse, Sanguanta, Dachasu und Akankwassie. Von dort an ist das Pflanzenreich ein paar Tagesreisen lang merklich weniger schön. Die Reise führte uns von Dadawassie nach Asanfort, Quaram, Etsunosie, Amafor, Essumetja, Zuebiema, Bipolsa (wo wir eine Zeitlang verweilten und den Einwohnern mit unserer Musik aufwarteten, zu der sie alle tanzten; vor unserer Abreise wünschten sie sich noch eine Wiederholung!), Adjomamu, Edunku, Asaquaca bis nach Eduabin.

In diesem Krom erwartete uns ein unangenehm langer Aufenthalt. Zuerst empfingen wir einen Boten des Königs von Aschanti, der uns auf seinem Hoheitsgebiet herzlich willkommen hieß und gleichzeitig Weisungen für den Caboceër mitschickte. Was diese beinhalteten, zeigte sich schnell. Kurz nach unserer Ankunft sahen wir einen Strom von Menschen und einige Frauen, die aus ihren Behausungen herausstürzten. Daraufhin vernahmen wir, der König von Kokofu, der führende Häuptling im Reich des Königs von Aschanti, sei verstorben. »Sein Baum ist umgestürzt«, nennt man das hier. Die flüchtenden Frauen waren seine Blutsverwandten. Schon im nächsten Augenblick kamen zwei Neger mit grünen Zweigen um den Hals und einem großen Messer in der Hand ins Krom. Sie durchsuchten alle Häuser, um die dem verstorbenen Fürsten gehörenden und geflüchteten Sklaven aufzuspüren und abzuschlachten. Man sagte uns, daß in Bipolsa, wo man sich noch mit soviel Vergnügen an unserer Musik ergötzt hatte, bereits sechzig geköpft waren.

Noch am selben Abend sahen wir, wie vierzig Männer gefangengenommen wurden, um bei dem Leichenbegängnis in Kokofu geopfert zu werden. Um ein Uhr nachts trafen verschiedene Aschanti-Fürsten und Höflinge ein und überbrachten uns im Namen Seiner Hoheit die Nachricht, er sei durch das Ableben seines ersten Untertanen gezwungen, die Hauptstadt Kumasi zu verlassen und sich mit seinem gesamten Hofstaat und zahlreichen anderen, anläßlich unseres Einzugs aus allen Himmelsrichtungen herbeigeströmten Fürsten zu den Trauerfeierlichkeiten nach Kokofu zu begeben. Seine Hoheit bat uns, bis auf weiteren Bericht an diesem Ort zu warten.

Täglich kamen Boten des Königs und brachten uns Palmwein und ein Schaf und erkundigten sich nach unserem Wohlbefinden. In der Hoffnung, den König ein wenig zur Eile zu mahnen, sandten wir am 24. Januar den Stockträger von Elmina und unseren Dolmetscher mit einer Kiste Hutzucker, ein dito Wachskerzen, ein paar Pfund Tee und einem kleinen Teeservice aus Porzellan als Geschenk. Bei ihrer Rückkehr brachten sie die wenig ermutigende Nachricht mit, wir müßten noch mindestens zehn Tage an diesem elenden Ort ausharren. Am 26. erhob sich der Travados, ein Orkan mit schweren Gewittern, und wir waren gezwungen, unsere Zelte zu verlassen und in einem Haus Zuflucht zu suchen. Um uns von der Naturgewalt abzulenken, gaben die Palankin- und Lastenträger aus Elmina zwei Serenaden mit Tanz zum besten, die bis spät in die Nacht dauerten und zu denen sich auch die Bevölkerung gesellte.

Am 29. wurden wir sehr angenehm überrascht. Der König sandte uns Offizieren ein Geschenk, sechs junge Frauen, allesamt Blutsverwandte des Königs, mit einem Begleitschreiben, Seine Hoheit wünsche, sie sollten uns hier in unserem wenig angenehmen Aufenthaltsort zu Zeitvertreib und Aufmunterung gereichen. Die Frauen wurden von einem großen Fackelzug begleitet, zu dem noch einhundertzwanzig Sklaven mit Bananen gehörten, zwölf mit Yamswurzeln und einer mit einem Krug

Palmwein. Am nächsten Tag ließ Verveer Seiner Hoheit in unserem Namen seinen Dank aussprechen. Am 31. bekamen wir wieder sechs Sklaven, beladen mit Bananen, zwei dito mit Palmnüssen, fünf mit Bohnen, drei mit Gemüse, ein Schaf und einen Krug Palmwein. Am ersten Februar erfreute uns der Herrscher nochmals mit drei seiner Blutsverwandten, in der Hoffnung, daß die geschenkten Frauen den Offizieren nicht unwillkommen gewesen waren.

Alles schön und gut, aber am 4. sandten wir wiederum einen Dolmetscher mit dem Stockträger von Elmina zum König, um definitiv zu erfahren, an welchem Tag wir in die Hauptstadt einziehen dürften.

Am selben Nachmittag kam ein Vetter des Königs, einer der Großen des Hofes, mit einem stattlichen Gefolge und überbrachte folgende Nachricht: der König, sein Herr, und die Aschanti im allgemeinen (sagte er), hegten die größte Hochachtung vor dem König von Holland und seiner Höchstselbigen Untertanen; sie alle betrachteten sich ausnahmslos als seine Knechte; keiner von ihnen habe je zuvor einen Mann von solch großem Ansehen und hohem Rang wie den Kommissar des Königs, Jan Verveer, zu Gesicht bekommen dürfen, mit so vielen Offizieren und stattlichem Gefolge; dem König bereite der Verlust seines Blutsverwandten deshalb doppelten Kummer, da sich nunmehr der Einzug in Kumasi verzögere, um so mehr, weil dort ausgerechnet die Tage des Unheils anbrächen. Es scheint, daß ein Aberglaube den Negern verbietet, in diesen Tagen irgendeine Arbeit zu verrichten oder jemanden zu treffen, weil sie fest davon überzeugt sind, daß alles, was man in den Tagen des Unheils tut, eine ungünstige Auswirkung habe. S. H. sehe sich dadurch außerstande, die Gesandtschaft zu empfangen.

Der König, fuhr er fort, habe ihn gesandt, die Gesandtschaft untertänig zu bitten, sich noch bis zum 10. Februar zu gedulden. Abends kamen unsere Boten mit der Nachricht zurück, S. H. würde in diesen Tagen des Unheils die Gesandten jedes anderen Landes empfangen und so den bösen Einflüssen aussetzen, jedoch nicht seine geliebten Holländer.

Da der Markt für die Menge der Personen, die uns begleiteten, sehr knapp mit Lebensmitteln versorgt war, gab der Thjoucho, der königliche Ausrufer, am nächsten Tag allen Bewohnern dieses und der benachbarten Krommen bekannt, sie seien verpflichtet, täglich alle Lebensmittel und anderen Vorräte zum Markt zu bringen, solange sich die Gesandtschaft hier aufhalte. Die Preise wurden festgelegt und um die Drohung ergänzt, jeder, der sich ein Versäumnis zuschulden kommen lasse, werde entsprechend der dafür geltenden Gesetze bestraft. Diese Strafe besteht im allgemeinen beim ersten Vergehen aus dem Abschneiden eines oder beider Ohren, und beim zweiten im Verlust von Nase oder Lippen. Von nun an bot uns der Markt jeden Tag unseres Aufenthalts alles, was wir benötigten, in reichlichem Maße.

Am 10. reisten wir dann endlich weiter. Wir zogen durch die Krommen Dedusue, Konkormassi und Eduassa, passierten auf dieser Reise fünf kleine Flüsse und trafen um zwei Uhr in Kasi ein. Am nächsten Tag suchte uns dort der König der Region Becquin auf, der Zweite Mann im Reich der Aschanti. Er trug seine Kriegsausrüstung, bestehend aus einem vielfarbigen Wams, einer dito enganliegenden Kniehose, Sandalen mit breiten Goldrändern und einer Mütze aus Tigerfell mit anhängendem Schwanz. Am 12. begaben wir uns nach Faverhan, wo uns die Nachricht erreichte, wir dürften am nächsten Tag in Kumasi einziehen.

Am nächsten Morgen, dem 13. Februar, machten wir uns um sieben Uhr in Galauniform auf den Weg zur Hauptstadt, gefolgt von den Trägern mit den Geschenken für S. H. Die Stadt ist von einem Sumpf umgeben, in dem das Wasser 10 bis 15 Daumen hoch stand, was uns eine weitere Verzögerung bescherte. Wir Offiziere wurden einer nach dem anderen durch das Wasser getragen, ein Marsch von jeweils einer Viertelstunde. Schließlich erreichten wir den Vorposten von Kumasi, wo sich uns die Vorhut der Sklaven mit den Geschenken für S. H. wieder anschloß. Wir wollten so schnell wie möglich weiter, wurden jedoch von einer stattlichen Garde zum Warten gezwungen. Verveer ließ mitteilen, es zieme sich nicht, uns, nach so vielen Enttäuschungen noch länger aufzuhalten. Nachdem zahlreiche Boten uns von Zeit zu Zeit gebeten hatten, noch ein wenig Geduld zu üben, weil S. H. oder die Großen des Reiches noch nicht Platz genommen hätten, ließen wir melden, daß, wenn wir nicht auf der Stelle weiterziehen dürften, wir nach Faverhan zurückkehrten und lieber unverrichteter Dinge den Heimweg anträten. Darauf kam die Antwort, S. H. habe Ihren Platz eingenommen und der Zug könne in wenigen Augenblicken weiterziehen.

Wir bedeuteten ihnen, ihre Augenblicke seien sehr unbestimmt und wir könnten nicht nachvollziehen, warum, wenn alles bereit sei, wir nun noch länger warten sollten. Wir entschlössen uns daher, ohne ihre Zustimmung weiterzuziehen. Wir stellten die Sklaven auf und ließen die zahlreichen Geschenke so prächtig wie möglich arrangieren. Generalmajor Verveer gab dem Musikkorps den Befehl, unsere Nationalhymne zu intonieren, und wir bahnten uns mühsam einen Weg durch die bewaffnete Menge. Die Wache behelligte uns jedoch nicht. Wir ließen den Vorposten hinter uns und legten den letzten Abschnitt unserer Reise in einer Viertelstunde zurück. Auf den Feldern vor Kumasi erwartete uns eine überwältigende Menschenmenge. Zu jedermanns Mißvergnügen stellte sich unser erster Aufenthalt als überflüssig heraus. Der König wie sein Hofstaat saßen offenbar schon den ganzen Morgen auf ihren Plätzen, und die Langeweile hatte inzwischen so zugenommen, daß man angefangen hatte, sich die lange Wartezeit mit dem Singen dummer Kinderreime zu vertreiben.

3

Dreizehn bleiche Musikanten kamen aus dem Wald zum Vorschein. Sie machten einen Lärm, wie Kwame und ich ihn nur von den Kupferschmieden an einem arbeitsreichen Werktag kannten. Vögel stoben in Todesangst davon. Nichtsdestotrotz brachte der schleppende Rhythmus Leben in die Menge. Um uns herum dehnte man die gelangweilten Muskeln und manch einer begann, sich zu dem Geschmetter, im Tanz zu wiegen.

Den Musikern folgte ein Korporal mit einer Fahne, weiße Diener in Jägerlivree und ein Trupp schwarzer Sklaven in zwei Hunderterreihen. Jedes Paar schleppte eine mit Geschenken beladene Trage. Chinesische Fächer und Räucherwaren, Brüsseler Spitzen und Kölnische Seife, Champagner, Ingwer, Konfitüren und eingelegte Früchte. Kostbare Stoffe, goldene Fransen, Goldlitze und Silberfaden. Um eine Marmorskulptur der Psyche war ein ponceaurotes Leintuch drapiert. Dieses Wesen, halb Vogel, halb Mensch, war so strahlend weiß, daß es aus sich zu leuchten schien. Auf drei Bahren trugen sie Schiedamer Genever in braunen Steingutflaschen. Es gab Malagawein in Hülle und Fülle und Likör in Kisten aus Mahagoniholz. Mein Vater nahm ein schönes Pistolenpaar mit Zubehör entgegen, ein Jagdgewehr mit Kupferbeschlägen in einem Wurzelholzkoffer mit silbernen Intarsien und schließlich einen durchbrochenen Brustharnisch mit Silber- und Goldauflagen.

Als die Geschenke ausgelegt waren, stimmte die Militärkapelle ein neues Lied an. In der Wegkrümmung tauchte ein reichgeschmückter, von sechs Sklaven getragener Palankin auf. Unter einem leuchtend orangefarbenen Tuch, das als Sonnenschirm diente, präsentierte sich ein Mann in Paradeuniform. Ein Dolmetscher kündigte ihn als Ihrer Majestät höchsten Diener, Generalmajor Verveer an, Generalgouverneur des Niederländisch-Ostindischen Heeres, Abgesandter König Willem des Ersten der Niederlande. Hinter ihm wehten zwei rot-weiß-blaue Fahnen und nahmen teilweise die Sicht auf die folgenden Sänften. In einer saß ein Mann, der weniger als die anderen damit beschäftigt war, beeindrucken zu wollen. Ihn schien die Situation eher peinlich zu berühren, und dadurch fiel er auf. Man kündigte ihn als Vizekommissar van Drunen an.

Hinter ihm trotteten, ohne jede Ordnung, Hunderte von Lastenträgern und Holzfäller mit stumpf geschlagenen Buschmessern. Eine Anzahl Sklaven schließlich trug große Brocken, anscheinend aus Stein, und hohe Marmorsäulen, die sie mit unglaublicher Leichtigkeit geschultert hatten, als besäßen sie göttliche Kräfte.

Bis zu diesem Zeitpunkt waren die uns bekannten *uburuni* unschuldig und lächerlich gewesen, weiße Männer mit ständig schweißnassen Gesichtern, die sie vergeblich trockenzutupfen versuchten. Sie hatten die Farbe von Leichen und man sagte, sie röchen auch so. Diese Abgesandten strengten sich an, ein paar Nettigkeiten auf Twi zu lernen in der Hoffnung, damit ein letztes Quentchen Goldstaub einzuheimsen oder – bis es von ihren Regierungen verboten wurde – eine kleine Sendung ausgedienter Sklaven. Und wenn sie die endlich gegen viel zu viele Gewehre eingetauscht hatten, wankten sie überglücklich wieder davon, berauscht vom Palmwein, den sie nicht vertrugen. Sie hatten eine schwache Gesundheit, und beim Männerpinkelplatz hinter dem Palast sah man sie sich häufiger erbrechen als Wasser lassen. Sonst störten sie nicht weiter.

Diesmal jedoch wurde ein Weißer auf den Schultern getragen. Das war bisher das Privileg meines Vaters gewesen, von dem es nur einmal eine Ausnahme gegeben hatte, für Kwames Vater, als dessen Soldaten nach einem Sieg darum kämpften, ihren Rücken für Adusei Kra beugen zu dürfen. Aber hier beugten sich sechs schwarze Rücken für einen Weißen. Das hatte es in Kumasi noch nie gegeben. Ich sah zum Asantehene und erwartete, daß er Strafmaßnahmen ergreifen würde. Er verzog keine Miene.

Als die ganze Gesandtschaft Aufstellung genommen hatte, nahm mein Vater seine Geschenke und gab das Zeichen zum Aufbruch, ohne Verveer eines Blickes zu würdigen. Das stiftete unter den Holländern Verwirrung. Um Aufmerksamkeit auf sich zu lenken, ließen sie wieder ihr Musikkorps aufspielen. Das half. Kwaku Dua blieb stehen und lauschte. Verveer ließ mitteilen, er habe dieses Werk eigens komponieren lassen und es trüge den Titel *Marsch für den König von Aschanti.* Aber ich las in den Augen seiner Offiziere, daß es nicht stimmte. Nach vielen Jahren habe ich es als ein Stück aus dem *Freischütz* erkannt, einer schneidigen Weise Carl Maria von Webers, die bei Paraden in Wien und in Paris sehr beliebt war.

Mein Vater war geschlagen. Den Gästen wurde ein Steinhaus gezeigt, an dem eine holländische Trikolore flatterte. Es war, so ließ der Asantehene seinen Sprecher nachdrücklich betonen, eigens für die Niederländer erbaut worden. Auch das war eine Lüge.

Als die Holländer an diesem Nachmittag ihre Aufwartung machten, ließen wir sie geziemend lange warten. Sie trugen ihre eigenen Stühle, die sie im Vorhof aufstellten, obwohl sie gleichzeitig drohten, wieder umzukehren, weil dieser Ort unter ihrer Würde sei und weil wir ihnen nicht augenblicklich eine Audienz gewährten. Mein Vater sandte einige Fürsten, ihnen mitzuteilen, die europäische Zeitberechnung sei uns gänzlich unbekannt. Daraufhin bat er sie, am nächsten Morgen zurückzukommen.

Am zweiten Tag schenkte Verveer meinem Vater erneut einen Brustharnisch. Der Resident von Fort Axim zog ihn an und stolzierte damit umher, um zu zeigen, wie schön er sei. Mein Vater steckte den Daumen in den Mund und gab ein paar bewundernde Ausrufe von sich, behielt jedoch dabei einen kühlen Kopf. Er fragte, ob er denn auch ohne Epauletten getragen werden könne, worauf Verveer seine eigenen Schulterstücke abnahm und sie meinem Vater überreichte, der von Anfang an darauf aus gewesen war. Der Holländer überschätzte seine Chancen. Er ließ mitteilen, in seinem Land sei man es gewohnt, die Türen von Freunden offen zu finden, während man die seiner Feinde mit Waffengewalt zu öffnen wisse. Man muß wohl nicht extra sagen, daß ihnen am nächsten Morgen, dem 15. Februar, das Palasttor verschlossen blieb.

Aus dem Reisebericht van Drunens:

Am 16. zeigte sich der Asantehene entgegenkommender und sandte uns acht Angehörige seines Hofes in Begleitung von vier Sprechern. Sie brachten Goldstaub mit: 6 Unzen 8 englische Pfund für den Gouverneur, 2 Unzen 8 eng. für seinen Stellvertreter; für den Sekretär, den Residenten und den Arzt zusammen 4 Unzen 8 eng.; für den Assistenten und den Dolmetscher zusammen 1 Unze 2 eng.; für die weißen Diener 9 eng., die Negerdiener 9 eng., insgesamt 16 Unzen 9 eng. Goldstaub, alles in hübschen Seidentüchlein. Das ist nicht einmal ein Hundertstel der Kosten unserer Expedition! Weiter einen Ochsen, ein Schwein, sechs Schafe, zehn Perlhühner, zweihundert Hühnereier. Zehn Sklaven, beladen mit Ananas, trafen ein, acht mit Zuckerrohr, sechsundvierzig mit Yams, vierzehn mit Oras, einer Art Nüsse, vierzehn mit verschiedenen Gemüsen. Eintausendfünfundzwanzig Sklaven trugen Bananen herbei, einundzwanzig Brennholz und zwei Palmwein, alles in allem elfhundertvierzig Träger. Inzwischen waren Possenreißer eingetroffen, zumeist abstoßende Zwerge und Bucklige, die hin und her rannten, um Verveer zu amüsieren. Vergeblich.

Aber am 17. durchbrach der Generalgouverneur geschickt

das Höflichkeitszeremoniell. Nachdem er dem Asantehene Champagner geschenkt hatte, ein Zuckerbankett, Duftwasser, zwei Konsolenspiegel, zwei Blumenvasen und eine Stutzuhr, bat der Generalmajor um Erlaubnis, dem Sohn des Königs ebenfalls ein Geschenk überreichen zu dürfen. Ein schüchterner Knabe trat vor, noch nicht voll entwickelt. Verveer überreichte diesem Kind, Kwasi Boachi, einen Degen mit dem Wunsch, er möge diesen zur Verteidigung seines Vaterlandes und des Aschanti-Volkes einsetzen. Spaßeshalber schlug er das Kind zum General. Der Herrscher war sichtlich gerührt. Vor unserer Abreise ließ der König eine Orgel mit gebrochenen Pfeifen bringen und bat um Reparatur, welcher Aufforderung natürlich nicht entsprochen werden konnte. Danach bat uns S. H., für ihn zu tanzen; wir antworteten, bei den Weißen sei es nicht üblich, auf dem Lehmboden herumzuspringen.

Am 19. Februar erhielt Verveer um zwei Uhr mittags die Nachricht, Kwaku Dua der Erste sei im Anmarsch. Die Musikanten wurden vor dem Zelt in einem Halbkreis aufgestellt und intonierten den sogenannten Marsch für den König von Aschanti. *Das Gefolge S. H. war so groß, daß die meisten vor der Tür bleiben mußten. Nur Kwame Poku, der Neffe des Königs und sein Thronfolger, sowie sein Sohn Kwasi Boachi kamen mit neun zur königlichen Familie gehörenden jungen Mädchen ins Haus. Der König und sein Gefolge waren so schwer mit Gold behängt, daß ersterer buchstäblich darunter gebückt ging. Man brachte eine Porzellankanne Palmwein und zwei Kalebassen mit Goldhenkeln. Als S. H. trank, hielten ihm seine vertrauten Sklaven eine Schale unters Kinn, in die er absichtlich ein wenig Wein aus seinem Mund rinnen ließ, den sie gierig tranken. Wenn S. H. auf den Boden spuckte, sahen wir, wie sich seine Leibsklaven damit den Körper einrieben. Wir überreichten S. H. die Porträts unserer königlichen Familie sowie eine Camera obscura.*

Die Verhandlungen wurden eröffnet und an den folgenden Tagen mit wechselndem Erfolg fortgesetzt; in dieser Zeit aber erkrankte Verveer. Sein Zustand verschlechterte sich von Tag zu Tag. Er hatte große Schmerzen, und wir begannen zu be-

greifen, weshalb diese Gegend »Die Hölle der Europäer« genannt wird.

Als wir am 26. Februar eine Nachtwanderung machten, stolperte ich über einen Gegenstand auf dem Boden. Unsere begleitende Ordonnanz leuchtete mit der Laterne, und wir sahen voller Entsetzen drei Köpfe junger Neger. Sie waren kurz vor unserem Eintreffen enthauptet worden. Es war der große Festtag des Fetisch, Ady genannt, der jeden Monat gefeiert wird und bei dem es Brauch ist, daß jeder dem König und den Reichsfürsten die Hand schüttelt. Mit unseren Musikanten an der Spitze eilten wir dorthin, konnten jedoch wegen des Menschengewimmels kaum zu S. H. vordringen. An diesem Tag wurden etliche Menschen auf den Gräbern der königlichen Familie geopfert. Diese Zeremonie findet jeden Monat einmal statt.

(Es stimmt, daß in diesen Tagen in Kumasi Sklaven, Sträflinge und besiegte Krieger getötet wurden. Ich muß aber anmerken, daß uns zu dieser Zeit nicht bekannt war, daß die Stämme des Nordens ebenfalls zur menschlichen Rasse gehören. Die Vorstellung von einer einzigen Menschheit, in der verschiedene Völker im Prinzip gleichwertig nebeneinander existieren, kannten wir nicht. Übrigens war auch in Europa dieser Gedanke erst kurz zuvor aufgekommen, und seine Umsetzung ist noch immer inkonsequent. Wir kannten nur ein Volk, unser eigenes, und die Gefahren, die es bedrohten. Ich sah die tagtäglichen Hinrichtungen wie das Schlachten von Ziegen. Dafür habe ich mich später tief und oft geschämt, bis ich herausfand, daß zur selben Zeit in Europa ein Menschenleben genausowenig bedeutete. Allein für Kriege wurden von 1792 bis 1815 fünf Millionen fünfhundertdreißigtausend Menschen geopfert, die Toten der durch die Kämpfe verbreiteten Seuchen nicht mitgezählt. Danach starben noch einmal zweihunderttausend Seelen im Russisch-Türkischen Krieg und noch einmal so viele im polnischen Aufstand. Im selben Augenblick, als van Drunen wegen ein paar Köpfen erschrak, rollten sie im Kaukasus gleich zu Zehntausenden.)

Obwohl Kwame und ich über die Verhandlungen informiert wurden, interessierten wir uns nicht für deren Inhalt. Wir vergnügten uns mit den Geschenken und freuten uns über die Aufmerksamkeit, die man uns entgegenbrachte. Der holländische Degen, Verveers Geschenk, war meine allererste Waffe. Kwame und ich trugen das Ding abwechselnd. Unser Vergnügen gefiel meinem Vater. Gerade dieses Geschenk stimmte ihn zugänglicher, und die Holländer durchschauten, daß sie den Asantehene über seinen Sohn eingewickelt hatten. So ergab sich eine stillschweigende Verbindung zwischen mir und den Verhandlungen.

Durch seine Erkrankung war der Generalgouverneur zwei Wochen lang ausgeschaltet. Man interpretierte das als Zeichen, daß unsere Götter nicht hinter seiner Mission standen. Dennoch konnten van Drunen und die anderen Offiziere die Geschäfte zu ihrer Zufriedenheit abschließen. Ein Vertrag wurde vorbereitet: Der Asantehene verpflichtete sich, dem holländischen Agenten Huydecoper im Tausch gegen Feuerwaffen jährlich tausend männliche Sklaven/Rekruten zu liefern. (Sklaven *Schrägstrich* Rekruten – ein kleiner Strich, der den Holländern später große internationale Empörung sowie eine, von England angestrengte, offizielle Anklage wegen Zuwiderhandlung gegen das Verbot des Sklavenhandels einbringen sollte.)

Als Zeichen des guten Willens erhielt Kwaku Dua sofort zweitausend Gewehre im Wert von zweiunddreißigtausendfünfhundert Gulden sowie achthundertzwölfeinhalb Unzen Gold. Vor dem Abzug der Gesandtschaft hatte er jedoch, so lautete die eindeutige Forderung, ein vergleichbares Zeichen seines guten Willens zu überreichen. Mein Vater stimmte zu und versprach, über ein geeignetes Unterpfand für die Einhaltung des Vertrags nachzudenken.

Erst am 13. März hatte sich Verveer wieder so weit erholt, daß er das Abkommen mit seinem Namen ratifizieren konnte. Mein Vater zeichnete mit einem Kreuz. Nun, nachdem die Mission ihren Zweck erfüllt hatte, wollten die Holländer so schnell wie möglich abreisen. Mein Vater bat sie, noch vierzig Tage zu bleiben. Verveer lehnte mit der größtmöglichen

Freundlichkeit dieses Angebot ab und der Aufbruch wurde auf sieben Tage nach diesem Datum festgelegt.

Diese Zeit verbrachten Kwame und ich fast ausschließlich in der Nähe der Gesandtschaft. Wir machten täglich unsere Aufwartung in der Gästeunterkunft und wurden mit Spielen unterhalten. Man gab uns zum Beispiel lustige Spielkarten mit Abbildungen aus Holland zum Quartettlegen, man zeigte uns in einem verdunkelten Offizierszelt unbekannte Märchen. Auf wundersame Weise erschienen auf der Zeltleinwand Wölfe und Riesen aus der Zauberlaterne. Die Figuren bewegten sich hin und her, und wir liebten ihre Streiche bald genauso wie die unserer Spinne Anansi.

Auch auf dem Bauplatz waren wir eifrig beschäftigt, den die Holländer aus dem Wald neben dem Palasttor freigeschlagen hatten, um einen gewaltigen griechischen Tempel zu errichten. Acht korinthische Säulen, auf fünf hohen Stufen ruhend. Schwer und solide wirkte auch der reich verzierte Altar, die vier gigantischen Urnen und das Kapitell mit den herausgearbeiteten Akanthusblättern. Wir legten mit Hand an und brachten andere Kinder unserer Sippe zum Staunen, indem wir große Marmorbrocken über den Kopf stemmten. In Wirklichkeit war die ganze Konstruktion aus marmoriertem Holz. Man hatte sie aus Holland mitgebracht, und sie war feucht aus dem Morast gekommen. In der trockenen Luft Kumasis hatte das Holz zu arbeiten begonnen, und so konnte das Kunstwerk nur mit Mühe zusammengesetzt werden.

Von den neuen Spielen lockte mich eines ganz besonders, ein schimmerndes Brett mit Figuren aus Elfenbein und Ebenholz. Van Drunen nahm sich die Zeit, uns das Spiel beizubringen, das mich mehr reizte als unser *wari*, bei dem Kwame mich immer besiegt. Weil wir noch keine gemeinsame Sprache sprachen und der Dolmetscher anderswo gebraucht wurde, brachte uns dieser Mann, der sich ohne lange Umstände neben uns auf den Boden hockte, mit Händen und Füßen die Regeln und Winkelzüge bei. Im Spiel lernte er die ersten Wörter Twi nachbrabbeln und wir die ersten holländischen Begriffe, wobei uns vor allem die Kehllaute – »s-chaak«, »s-chaakveld«, »s-chaakmat«, Schach, Schachbrett, schachmatt – unendliches Vergnügen bereiteten.

Kwame interessierte sich vor allem dafür, die Figuren zum Leben zu erwecken, ihnen in seiner Phantasie Namen zu geben und sie sich gegen jede Regel küssen zu lassen, sie zu verheiraten und kleine Schachbauern gebären zu lassen. Ich setzte mir dagegen in den Kopf, van Drunens Tun verstehen zu wollen. Ich wollte lernen, seine Züge vorauszusehen und meine zu verbessern.

Van Drunen nahm sich auch einen ganzen Nachmittag Zeit, uns noch in anderer Weise für das Brett zu interessieren. Mit wenigen Worten und vielen Gesten erklärte er das Wunder der Multiplikation des Getreidekorns. Auf das erste, das schwarze Feld legte er ein Korn, auf das weiße Feld daneben zwei, auf die folgenden Quadrate vier und sechzehn Körner. Als er für das fünfte Feld zweihundertsechsundfünfzig auszuzählen begann und damit schon einen Teil des Brettes überschwemmte, verlor Kwame das Interesse und suchte nach jemand, der ihm vielleicht eine Geschichte aus der Zauberlaterne erzählen wollte. Ich aber ließ van Drunen weiterspielen. Als er sah, daß mich das Prinzip faszinierte, zeichnete er die für mich sinnlosen Zeichen 65.536 in den Staub und warf zwei Hände voller Weizenkörner aus, so daß alle Felder davon überliefen. Dann wischte er begeistert das Brett leer, deutete abwechselnd auf die Körner, die Symbole auf dem Boden und auf das fünfte Feld, während er seinen Finger langsam und verheißungsvoll zum sechsten bewegte. Ich sprang auf, nahm ihm den Weizensack ab und kippte ihn über das Schachbrett. Van Drunen klatschte sich vor Vergnügen auf die Schenkel, schüttelte mir die Hand und rief einige Sergeanten herbei, um ihnen zu erzählen, was ich getan hatte. Ich wischte selbst das Brett leer und betrachtete die vielen Felder, die in diesem Spiel noch gefüllt werden müßten und versuchte vergeblich, hinter das Geheimnis zu kommen, das man mir gerade gezeigt hatte. Obwohl ich keine Erklärung und keinen Namen dafür fand, streifte ich kurz ein Wunder, das mich außerhalb der mir bekannten Grenzen Welten erahnen ließ. Ich empfand dieselbe Aufregung wie damals, als die Fetischpriester uns in die Rituale einweihten. Als ich hochschaute, sah ich die Soldaten über meine Entdeckung nur lachen. Ich schämte mich und begriff, daß ich erst am Anfang eines Weges stand, den sie bereits hinter sich hatten. Wie hier hatten sie zahlreiche Regeln miteinander vereinbart. Nun hatten sie ihren Spaß, weil ich nicht in ihr Komplott einbezogen war und es völlig in ihrer Macht lag, mir ihr nächstes Geheimnis zu enthüllen.

Ich ließ das Schachbrett und die Körner im Stich, rannte davon und fand Kwame bei der Zauberlaterne. Obwohl ich von meiner Entdeckung ganz erfüllt war, behielt ich sie für mich. Leise rutschte ich im Dunkeln neben meinen Freund und sah in schönen Bildern, wie in den Niederlanden einem Struwwelpeter, einem Kind noch, Finger und Nase abgeschnitten wurden, einzig und allein, weil er nicht ganz blitzsauber war.

Eines Morgens gab van Drunen einigen Soldaten den Auftrag, uns mit Handpuppen zu unterhalten. Halb hinter einem Tuch verborgen, die Arme in die Höhe gestreckt, spielten sie für uns ein Ehepaar, das sich gegenseitig dauernd mit Stöcken auf die großen Holzköpfe schlug. Kwame und ich kugelten uns vor Lachen im Staub, als ich plötzlich meinen Vater bemerkte, der unangekündigt und ohne seinen Hofstaat zu uns gekommen war. In seinem Blick lag nicht die geringste Freude. Er stand nur da und sah uns an. Schließlich nickte er zustimmend und entfernte sich, als habe unser großes Vergnügen ihn beruhigt.

Am Abend vor der Abreise der Niederländer wurden Kwame und ich zu meinem Vater gerufen. Der Asantehene empfing uns im Thronsaal, aber ohne den Rat der Reichsfürsten. Einige befreundete Stammesoberhäupter waren anwesend, unter ihnen Badu Bonsu, der König von Ahanta, aber nach ein paar freundlichen Worten zogen sie sich zurück. Mein Vater sprach zu uns über seinen Sprecher, wie er es immer tat. Sie waren die Sache vorher durchgegangen. Uns wurde alles in formellem Ton, fast ausdruckslos, mitgeteilt.

»Kwasi, Nana hat einen wichtigen Entschluß gefaßt, einen für euch sehr beglückenden Entschluß«, sprach der Mann zu mir. Nana bedeutet Papa. Das war die übliche Anrede, aber aus dem Mund des Sprechers hörte es sich für mich an, als nehme man mir etwas Liebes weg.

»... wichtig für die Zukunft. Nana erteilt einen wichtigen Auftrag. Er hat viel Gutes über die Reichtümer Europas gehört, über das Wissen der Weißen. Du wirst es für uns sammeln.«

»Wenn sie hierherkommen, gehen wir dorthin!« sagte mein Vater selbst. Er sah mich nicht an, sondern blickte starr vor sich hin, als spräche er zu einer Menschenmenge.

Sein Sprecher ergänzte: »Nana hat es so entschieden. Die Niederländer werden dich nähren und dich alles lehren, was sie wissen. Nana wird dich vermissen, aber es tröstet ihn, daß du verstehst, wie wichtig es für unser Volk ist.«

Ich verstand nichts. Ich sah zu Kwame und, als dieser nicht reagierte, zu meinem Vater.

»Erzähle ihm vom Sohn Adusei Kras«, sagte er zum Sprecher.

»Nana hat in seiner großen Weisheit begriffen, daß du, Kwame Poku, noch immer wegen der Trauer um deinen Vater Ablenkung brauchst. Deshalb wird er dich nicht von deinem Freund trennen.«

Mein Vater verlor die Geduld.

»Nicht nur deswegen. Kwame ist der Sohn meiner Schwester.«

»Nana läßt mitteilen, daß er besonderes Interesse an dir hat, weil du der Sohn seiner geliebten Schwester bist, unserer Königinmutter. Wenn die Götter es so wollen, wirst du Nanas Nachfolger. Für dich kann das Wissen Europas also von noch größerer Bedeutung sein.«

»Aber Nana«, fragte ich, »wo werden wir dann sein?«

»Jenseits des Meeres«, antwortete der Sprecher.

»Weit weg?«

»Weit«, sagte mein Vater. Er schickte Kwame mit dem Sprecher fort. Sobald ich mit ihm allein war, änderte sich seine Haltung. Er stand auf und nahm mich in die Arme, küßte mich, aber ich fand nicht die Kraft, seine Umarmung zu erwidern. Ich war wie die Toten in der Stunde ihres eigenen Begräbnisses, bestürzt über die Wahrheit, aber nicht mehr fähig zu handeln.

»Kwasi, Kwasi …«, wiederholte er immer wieder, während er mich sanft hin und her schaukelte, als wolle er mich in den Schlaf wiegen, »… wir werden dich lieben, wenn du zurückkommst. Wie jetzt. Mehr. Du wirst ein wichtiger Mann sein. Wichtiger als ich. Kwasi …« Nach diesen Worten wurde er weggerufen, um die Holländer zu empfangen.

Aus van Drunens Reisebericht:

Als sich am Abend vor unserer Abreise das Tor des Palastes öffnete, flüchteten die Fürsten, die uns bis zum Innenhof begleitet hatten, da keiner von ihnen die Frauen des Königs sehen darf, ohne mit dem Tod bestraft zu werden. Der Asantehene kam, umringt von Hunderten seiner Frauen, auf uns zu, er ging nicht, er tanzte! Er gab uns die Hand, worauf wir uns auf die angewiesenen Plätze setzten. Vor uns hundert Kastraten. S. H. setzte sich zwischen seine beiden Lieblingsfrauen. Die meisten hatten Oberkörper und Gesicht bemalt und kahlgeschorene Köpfe. Einige hatten jedoch ihr Haar an einigen Stellen in Form von Halbmonden, Schlangen, Rosen, etc. wachsen lassen. Abwechselnd tanzten sie für uns und sangen passende Lieder. Als S. H. ebenfalls wieder zu tanzen begann, zeigten ihm all seine Frauen ihre Zustimmung: Sie eilten ihm entgegen, wirbelten um ihn herum und versuchten, ihm mit Tüchern den Schweiß vom Kopf zu trocknen. Danach sangen sie einige selbst komponierte Lieder. Die Schwester des Königs kam ein wenig später, sie trug ein besticktes Wickeltuch aus gelber Seide und einen Spitzenschleier. Fünfzig Sklavinnen begleiteten sie, die mit allerlei Verdrehungen ihres Körpers eine nach der anderen an uns vorübertanzten. Das Ganze war sehr prunkvoll, interessant und merkwürdig anzusehen, um so mehr, da noch nie zuvor ein Europäer oder Einheimischer etwas Derartiges gesehen hatte.

Nach dem Essen begab sich der König auf die Zinnen seines Palastes, wo ihn im Dunkel der Nacht das Spektakel, das wir ihm zum Geschenk machten und das uns viel Geld und Vorbereitung gekostet hatte, völlig überraschte. In der Ferne leuchtete wie auf ein Zauberwort die weiße Tempelfront auf, über der die holländische Fahne wehte. Die Illumination wurde unter Einsatz der modernsten Techniken in Szene gesetzt. In der Fassade des griechischen Bauwerks stand ein Fächer, der von hinten mit Hilfe von Spiegeln angeleuchtet wurde. Die Säulen wurden von unten her durch gezielte Lichtbündel angestrahlt. Mit Hilfe verschiedener Linsen aus der Zauberlaterne wurden Wasserreflexe, auflodernde Flammen und vorüberziehende Wolken projiziert. Hinter der Fassade waren Urnen mit bengalischem Feuer aufgestellt. Darüber hing eine brennende Sonne, deren Strahlen sich drehten. Zu beiden Seiten des Tempels war ein großes Feuerwerk aufgestellt, das zum Abschluß angezündet wurde.

Dreimal ließ der König ausdrücklich mitteilen, wieviel Vergnügen es ihm bereitet habe. Jedesmal fragte er nach, ob ihm das Bauwerk denn wirklich ganz gehöre. Dem Generalgouverneur fiel es nicht schwer, zuzustimmen. Leider erhob sich wenige Minuten nach dem Ende des Schauspiels ein jäher, furchterregender Sturm, der den Tempel zerstörte und die hölzernen Trümmer über ganz Kumasi verteilte.

Den Abend schloß der Schatzmeister, der im Namen des Asantehene die Geschenke präsentierte, die wir Offiziere für König Willem den Ersten mitnehmen sollten: einen goldenen Pfeifenkopf, ein goldenes Ruder, ein seidenes Wickeltuch, mit der Bitte an Seine Majestät, es als Schärpe zu tragen, sechs Tigerfelle, zwei lebende Panther, zwei Aras und einen Habicht.

Zwei weitere Geschenke gab der Asantehene persönlich dazu, um die Holländer von seiner Zuneigung und der Einhaltung des getroffenen Abkommens zu überzeugen: seinen Sohn und seinen Neffen, Kwasi und Kwame. Er erklärte, diese Prinzen dazu bestimmt zu haben, uns nach Holland zu begleiten. Er schicke seinen Neffen, den Thronfolger, mit seinem Sohn, damit sie sich in dem fernen Land gegenseitig unterstützen könnten. Er bat uns, für die beiden die allerbeste Sorge zu tragen, welcher Bitte wir zu entsprechen versprachen.

Als er nach ihnen schickte, um sie uns zu präsentieren, waren die beiden Knaben unauffindbar, was S. H. derart verstimmte, daß er, nach den nötigen Entschuldigungen, die Festlichkeiten beendete.

Kwame und ich waren in den Wald gerannt, so weit wie möglich weg von dem Fest und von allen. Dort verbrachten wir den Abend, ohne Worte für das Unvorstellbare zu finden, das vor uns lag. Wir rannten herum und lachten viel und laut. Wir überschrien uns gegenseitig, bis uns auf dem verlassenen Baugelände zwischen den Gerüsten der Tempelfront Schulter an Schulter der Schlaf überfiel.

Wir wurden wach, weil die Welt unterzugehen schien. Das Feuerwerk, das die Holländer um uns herum aufgestellt hatten, schien das Bauwerk und die Natur in lichterlohe Flammen zu setzen. Es ließ den Boden erzittern. Ein unbekanntes Phänomen hatte uns umzingelt. Einen Ausweg gab es nicht. Wir zweifelten nicht, daß nun unser letztes Stündlein geschlagen hatte und schmiegten uns eng aneinander. Hellrot und goldgelb glühte der Nachthimmel, bis holländische Soldaten herbeikamen und Wasser auf die Feuerquellen gossen. Das verschaffte uns ein paar Sekunden, um wieder zur Besinnung zu kommen, aber die Pein war noch nicht zu Ende, denn kaum waren wir hervorgekrochen, als die Geräusche des Urwalds, die nach dem Lärm gerade wieder eingesetzt hatten, völlig erstarben. Die Soldaten spürten das Ungewöhnliche, wußten aber nicht, was es bedeutete. Wir aber rannten los. Eine Sekunde später rollte schon das Tosen eines Wirbelwindes durch den Wald heran. Äste flogen umher. Bäume stürzten um. Die Gewalt des Sturms zerfetzte den Tempel, und wir flüchteten vor den Trümmern in den Palast.

Diese Nacht verbrachten Kwame und ich getrennt voneinander in den Armen unserer untröstlichen Mütter. Stärker als an ihr Gesicht erinnere ich mich an das Tuch, das meine Mutter trug. Die Symbole auf dem Stoff, mit dem sie meinen Kopf an ihren Körper preßte, straff gespannt durch ihr heftiges Atmen. Abschiedsworte sind mir ebensowenig im Gedächtnis geblieben, nur die Kadenz eines Liedes, unter Schluchzen gesungen. Heute stelle ich es mir so vor: sie auf dem Boden, die Beine übereinandergeschlagen, ich in ihren Armen, benommen, während sie Anansis *adinkra*-Symbol, eine Sonne mit fünf Strahlen, für mich in einem Sprechgesang besingt:

Kinder der Spinne Anansi sind wir
Und die weite Welt ist unser Netz
Lust, Liebe oder Los
Bringt uns zu den fernsten Orten
Wohin wir in diesem Weltnetz auch gehen
Überall gibt es Fäden zum Festhalten
Und Fäden zum Loslassen

Bei unserer Abreise saßen wir hoch zu Roß, nach außen hin waren wir ungerührt. Während die holländischen Offiziere zum Abschied noch mehr Gold und Sklaven bekamen, standen Kwame und ich reisefertig da.

Mit van Drunen und den Musikanten, die noch einmal als Zugabe ihren *Marsch für den König von Aschanti* zu spielen anhoben, führten wir den langen Zug an. Als wir am Palast vorbeizogen, stand mein Vater draußen auf dem Umgang. Er winkte uns zu.

Auf dem Weg stießen wir auf mehrere Tempeltrümmer. Dort, wo der Pfad im Wald verschwindet, kamen wir an zwei Säulen vorbei und Bruchstücken des abgerissenen Frieses. Das Relief war in Grisaille-Technik gemalt. Es stellte kräftige, weiße Kämpfer dar. Sie trugen elegante Brustharnische und schwenkten Fahnen um eine triumphierende Frau. Sie saß auf einem Thron, beschützt von einem brüllenden Löwen. Sie trug einen Helm, und obwohl sie in der einen Hand einen Speer und in der anderen einen Schild hielt, stillte sie zwei Kinder an ihren großen, weißen Brüsten.

4

Eltern, Verwandte, Spielzeug, Bett, Kleidung, Diener, Glaube und Heimatland, unsere Wurzeln und unsere Zukunft. Für Kinder, die alles zurücklassen mußten, blieben Kwame und ich auf dem Weg zum holländischen Fort Elmina unbegreiflich ruhig. Das Vergangene war noch nicht fern genug und das Neue noch nicht vorstellbar. Ich glaube nicht, daß wir auf der ganzen Reise zur Küste auch nur eine Träne vergossen haben. Das haben wir später nachgeholt.

Was die Romantiker auch behaupten mögen, Reisen betäubt die Sinne. Ein Reisender ist seinen Gefühlen immer einen Schritt weit voraus. Neue Eindrücke verdrängen die Sorge um das, was er hinter sich läßt. Während er sich an dem bereichert, was sich um ihn herum tut, verarmt sein inneres Erleben. Dieser Zustand muß durchgehalten werden, bis er irgendwo ankommt.

Am 1. April 1837 sahen Kwame und ich gegen Mittag zum ersten Mal das Meer. Wir sprangen von den Pferden und rannten über den Palmenstrand. Dort blieben wir stehen, erschreckt über die schäumende Gewalt. So böse hatten wir das Wasser auf dem See von Twi niemals gesehen. Aber als die Soldaten und Träger ihre Kleider wegschleuderten und sich nach dem langen, heißen Marsch jauchzend in die Brandung stürzten, überwanden wir unsere Angst und folgten ihnen mit gemischten Gefühlen. Wir tranken ein paar Schluck, um unseren Durst zu löschen, mußten aber die salzige Brühe zum Vergnügen der holländischen Soldaten gleich wieder in die Wellen zurückspucken. Sie glitten durchs Wasser wie Fische. Links und rechts von uns kreisten große, weiße Leiber. Nackt sah man, daß sie rundherum rotblond und braun behaart waren. Das kannten wir nur von Tieren.

Rot-weiß-blau wehte die Fahne auf dem Fort, das in der Ferne diesig aufragte. Ein salziger Seenebel und Schwaden schwarzen Rauchs hingen dort. Letzteres beunruhigte Verveer. Er wollte auf der Stelle zum Fort und verzichtete auf die offizielle Formation. Nicht einmal *Wer niederländschem Blut entstammt*, das bis dahin jedem seiner Einzüge in ein Dorf, das wir passierten, einen feierlichen Anstrich verliehen hatte, ließ er anstimmen. Sang- und klanglos und ohne anzuhalten näherten wir uns dem Fanti-Krom Elmina.

Es glomm noch. Zwei Viertel waren erst vor kurzem ganz niedergebrannt. Einwohner ergriffen die Flucht, sobald unser Zug näher kam. Eine alte Frau, die mit Brandwunden auf der Erde lag, wurde sogar von ihren Pflegern im Stich gelassen. Die holländischen Soldaten legten sie auf eine Tragbahre, und dann eilten wir durch ausgestorbene Straßen zum Hafen. Über zwei Zugbrücken erreichten wir das Fort Sint-George d'Elmina. Verveer zog sich sofort mit dem Kommandeur zurück, gefolgt von dessen Adjutanten Tonneboeijer und van Drunen, um sich auf den Stand der Dinge bringen zu lassen.

Die Mannschaften luden inzwischen ab. Die Rekruten wurden in den Sklavenkellern untergebracht. Man suchte einen Platz für die Panther. Kwame und ich standen in all dem Trubel verloren herum. Obwohl die gekalkten Mauern unangenehm viel Licht und Hitze reflektierten, wagten wir uns kaum von der Stelle zu rühren. So warteten wir lange darauf, daß sich jemand unser annahm. Der Seenebel schlug sich in Salzkristallen auf unseren Wangen nieder. Wenn man an der Oberlippe leckte, schmeckte es, als hätte man geweint.

Schließlich kehrte van Drunen zurück und wies uns eine kleine Kammer mit nur einem Bett zwischen den Offiziersunterkünften zu, hoch über dem Innenhof. Am Abend bekamen wir einen Platz am Tisch des Generalmajors, der uns – ich kann es nicht anders sagen – immer als Prinzen behandelt hat. Er trug Adjutant Tonneboeijer auf, all unsere Wünsche zu erfüllen und Dolmetscher Welzing, der Mulatte, bekam den Auftrag, in unserer Nähe zu bleiben, um uns begreiflich zu machen, was in Elmina vor sich ging.

Nach dem Essen machte uns van Drunen auf ein Zeichen aufmerksam, das mit zierlichen Schnörkeln ins Gitterwerk des Balkons eingearbeitet war. Er nannte es ein *w* und sagte, dies sei der Laut, mit dem der Name des Königs von Holland anfange. Er ließ ihn uns so lange nachsprechen, bis wir ihn genauso aussprachen wie er selbst. Dann ergriff er seine Fackel und nahm uns mit auf einen ersten Erkundungsgang durch die dunklen Gänge des Forts.

Das alte Kastell stammt aus dem Jahr 1482. Portugiesen erbauten es auf einer Klippe, seit alters her eine heilige Stätte für die Einwohner Elminas. Um die Gemüter zu beruhigen, wurde in einem Alkoven ein Heiligtum für die heidnische Gottheit eingerichtet. Van Drunen zeigte uns diesen Altar und opferte dort, ganz selbstverständlich und ohne großes Aufheben, eine Kokosnuß und Yams, als sei er nichts anderes gewöhnt.

Als die Holländer nach hundertfünfzig Jahren das Fort von den Portugiesen eroberten, bauten sie mit Fleiß und Ausdauer Elmina zum größten Sklavenumschlagplatz der afrikanischen Westküste aus. Sie verstärkten die Festung und vergrößerten die Lagerräume. Sie bauten einen Landesteg und dachten sich ein effizienteres System für den An- und Abtransport aus. In die Mauern der unbeleuchteten Kerker schlugen sie Eisenringe, an die ihre Handelsware gekettet wurde. Hier starben in der Zwischenzeit viele der von meinem Vater und seinen Vorfahren gegen Bezahlung gelieferten Männer und Frauen an Erschöpfung, Hunger oder Verletzungen. Andere legten inmitten der verfaulenden, jammernden Menge Hand an sich.

Van Drunen zeigte uns einen schmalen Spalt in der Mauer, durch den sich ein Mensch mit knapper Not zwängen kann. Dieser Gang war für die männlichen Sklaven die einzige Möglichkeit, das Fort lebend zu verlassen. Einer nach dem anderen quetschte sich dann durch den Spalt zum Landesteg, wo sie gemustert und sortiert, gezählt, gebrandmarkt und in die Frachträume des Schiffs verladen wurden. So wurde von hier aus unter anderen die gesamte Kolonie Surinam mit Sklaven versorgt.

Die Balustrade über dem Frauendepot bot einzelnen Frauen ab und zu einen anderen Ausweg. Dorthin kamen die Offiziere, und an Festtagen auch Soldaten der niedrigeren Ränge, die zu lange von zu Hause weg waren, um ihre Triebe noch länger im Zaum halten zu können. Von oben sahen sie auf die Sklavinnen herab. Diese versteckten sich nicht, sondern zeigten sich ihnen. In ihrer Verzweiflung drängten sie sich sogar gegenseitig weg, um gesehen zu werden. Der Niederländer traf seine Wahl unter diesen Frauen; darauf ließ man eine Strickleiter vom Wehrgang herab. Wer es bis dorthin schaffte, kämpfte um einen Weg nach oben. Eine nach der anderen wurde zurückgestoßen bis auf die Glückliche, auf die die Wahl gefallen war; sie wurde schließlich hochgezogen. Sie verbrachte die Nacht im Bett des Offiziers, und sobald er mit ihr fertig war, ließ man sie wieder hinab in dieses Tal der Tränen.

Dennoch erging es einer solchen Frau besser als den anderen. Sie schöpfte wieder Hoffnung und wartete voller Bangen auf die ersten Anzeichen einer Schwangerschaft. Stellten sie sich ein, wurde ihr Transport bis zur Geburt des Kindes ausgesetzt. Hatte sie das Glück, eine halbweiße Leibesfrucht zu tragen, dann wurde sie freigelassen. Sie bekam im Dorf eine kleine Hütte und ein wenig Land zugewiesen. Dort lebte sie dann unter den Fanti zusammen mit ihrem Bastard, der ihre Schande und zugleich ihre Rettung war. Das Kind wurde getauft und bekam den Namen des Vaters. Daher ist es in Elmina immer noch nicht ungewöhnlich, Afrikanern mit den Namen Bartels, Vanderpuye, Hensen, Bosman oder Vroom zu begegnen.

Van Drunen brachte uns zu Bett. Wir zogen unsere Kleider aus. Sie waren das letzte, was wir besaßen. Er hängte die Tücher sorgfältig über einen Stuhl. Nachdem er gegangen war, versuchten wir uns hinzulegen, wie wir es in Kumasi gewohnt waren, aber wir lagen lange wach, gequält vom Tosen der Brandung gegen die Festungswälle und von der Erinnerung an unsere langgereckten Schatten auf den Kerkergewölben. Wir meinten, aus diesem Irrgarten Echos zu hören, Schritte auf den Treppenstufen, die aus dem Nichts ins Nirgendwo führten.

In dieser Nacht, dem 1. April, schrieb Generalmajor Jan Verveer in seinem Arbeitszimmer diesen Brief an den Kolonialminister:

Ich kann mir die Genugtuung nicht versagen, Eurer Exzellenz zu versichern, daß mein Empfang zu Kumasi die hochgespanntesten Erwartungen übertroffen hat und insbesondere das ganze Verhalten des allmächtigen Herrschers über das Aschantireich meiner innigsten Dankbarkeit bedarf. Die niederländische Fahne ist zur Fahne der Aschanti geworden und wird vom königlichen Palast nicht mehr eingeholt. Der König findet Gefallen daran, sich Untertan unseres verehrungswürdigen Souveräns zu nennen. Und die Bedingungslosigkeit, mit der er seinen geliebten SOHN und seinen NEFFEN Ihrer Majestät Regierung für eine niederländische Erziehung anvertraut hat, spricht – wie ich meine – Bände. Den Vertrag, den ich abschloß und den Seine Hoheit, der Asantehene der Aschanti mit einem Kreuz unterzeichnete, lasse ich Ihrer Exzellenz hiermit zukommen, um jedoch alle Unklarheiten auszuschließen und künftigen Kritikastern von vornherein den Wind aus den Segeln zu nehmen, unterstreiche ich in diesem Schreiben noch einmal genau, worin sich die Rekrutierung dieser tausend Mann von unserem früheren Sklavenhandel unterscheidet:

Diese Rekruten erhalten zu Kumasi einen Vorschuß auf ihren Sold, mit dem sie sich von ihren früheren Herren freikaufen können. Sie gehen als freie Männer nach Elmina. Nach ihrer Ankunft im Depot werden sie jedoch mit dem Betrag des ihnen ausgezahlten Vorschusses belastet *abzüglich zwanzig Gul-*

den, welche ihnen als Handgeld zugestanden werden. Der Rest, den sie uns schuldig bleiben, wird von ihrem Sold in Ostindien einbehalten. Unser Geld ist ihnen unbekannt, und daher wird sie so etwas gewißlich nicht weiter belasten.

Die Aschanti-Söldner werden als Folge meiner *Regelungen für mindestens* 15 Dienstjahre, *und weit der größte Teil für* unbestimmte Zeit, *dienstverpflichtet, wobei sie davon ausgehen, daß es* für ihr ganzes Leben gelte. *Ich habe es für ratsam erachtet, dies nicht in den Stammbüchern zu vermelden, aus Gründen, die Ihre Exzellenz wohl unschwer werden erraten können.*

Die unter meiner Aufsicht zu Kumasi angeheuerten Mannschaften entsprechen in allem Ihren Vorgaben. Mehr als die Hälfte hat dasselbe Maß wie unsere Division Grenadiere, meist Neger aus dem Norden, Donkos genannt, gut gebaut, stark, mit angeborener Tapferkeit, ihren Befehlshabern leidenschaftlich ergeben und völlig – in der vollen Bedeutung des Wortes – völlig mit ihrem Los zufrieden. Außerdem ist an den Dienstverpflichtungen nichts Unbilliges, denn sie könnten diese Menschen, von denen einige sogar von so weit her wie den Ufern des Niger kommen, nicht in ihr Heimatland zurückbringen, selbst wenn sie es wollten; während die Männer selbst so etwas nicht verlangen können, da sie der vollen Überzeugung sind, nach ihrer Rückkehr zu den Ihren dort wiederum *das Joch der abscheulichsten Sklaverei auf sich nehmen zu müssen.*

Die Gerissenheit von Verveers »Vorschuß« geht einem erst beim Lesen des Vertrags richtig auf, unter den mein Vater sein Kreuzchen kleckste. Genau wie in seinem Brief hat Verveer dort ebenfalls seine genialen Schachzüge unterstrichen, etwa im Artikel 4, der bestimmt, »*daß ein solcher Sklave oder Leibeigener, bevor er endgültig in niederländischen Dienst genommen werden kann, von der niederländischen Regierung durch Geldmittel in die Lage versetzt wird, von seinem Herrn oder Eigentümer seine Freiheit zu erkaufen und sie zu erhalten, und zwar solcherart und zu dem Zwecke, daß er* vor *seiner Verpflichtung als* eine Person im Vollbesitz ihrer Freiheit betrachtet werden kann und somit befugt ist, über sich selbst nach eigenem Gutdünken zu verfügen und zwar in allem, wie es eine freigeborene Person tun könnte«.

Noch einmal, um jede Unklarheit auszuschließen, denn ich lege großen Wert darauf, daß die Art der Transaktion durchschaut wird, für die Kwame und ich als Unterpfand dienten: Weil die Rekruten sich mit dem Vorschuß freikauften, waren sie nach dem Buchstaben des Gesetzes keine Sklaven mehr. (Sklaverei war ja seit dem Wiener Kongreß 1815 eingeschränkt und das Anwerben von Unfreien seither verboten.) Voraussetzung für die Zahlung dieses Vorschusses war für diese Unglücklichen jedoch die Unterzeichnung eines Vertrags. Diese Vereinbarung fesselte die Männer an das niederländische Heer, das sie dann direkt nach Elmina abtransportierte. Ihre erste und einzige Handlung als freier Mensch bestand also lediglich darin, sofort und notgezwungen ihre Freiheit wieder aufzugeben. Bei ihrer Ankunft in Elmina wurde ihnen dieser »Vorschuß« dann als Schuld angerechnet, worauf sie einen nicht festgelegten Teil ihres Lebens damit beschäftigt waren, diese Schuld von ihrem – geringen – ostindischen Sold abzutragen, der zudem noch von der Regierung für die hohen Investitionen und die Mühe drastisch gekürzt wurde, die man für ihre »Befreiung« aufwenden mußte.

So haben viele ihr Leben in einer Sklaverei verbracht, die sich von der vorherigen nur dadurch unterschied, daß sie nicht beim Namen genannt wurde, und daher nicht anfechtbar war. Deshalb ist es auch kein Wunder, daß sich der Kommandeur von Elmina beim Eintreffen der neuen »niederländischen Soldaten« aus Kumasi noch manches Mal im Diarium verschrieb. Wenn es ihm auffiel, strich er das Wort *Sklaven* schnell durch und verbesserte es in *Rekruten*.

Beim Aufwachen vermißten Kwame und ich unsere alten Kleider, die van Drunen am Abend zuvor über den Stuhl drapiert hatte. Statt dessen hingen dort kleine Kniebundhosen, Hemden und zwei Röcke mit Schößen, vom Fourier aus alten Uniformen geschneidert. Wir hatten noch nie zuvor Hosen getragen, geschweige denn die mitgelieferten langen Unterhosen. Wir brachten uns gegenseitig völlig aus dem Häuschen vor Lachen, als wir ausprobierten, wie wir unsere Köpfe durch Hosenschlitze und Armlöcher zwängen könnten. Wir hatten also noch keinen Faden am Leib, als unser Lärm van Drunen herbeilockte. Er war sehr verstimmt über das Verschwinden unserer Tücher. Aber sie waren bereits vor Sonnenaufgang mit dem Küchenabfall verbrannt worden, so daß uns nichts mehr von zu Hause blieb.

Das war am Sonntag, dem 2. April. Wir fühlten uns unbehaglich in den neuen Kleidern; sie waren zu warm und scheuerten an den Oberschenkeln, als wir zu einem Gebäude aus rotem Backstein gebracht wurden, das mitten auf dem Innenhof erbaut war. Wir wurden ganz vorn auf Holzbänke gesetzt, mit dem Dolmetscher neben uns. Hinter uns nahmen Offiziere und Mannschaften Platz. Die gekalkten Wände zeigten keinerlei Schmuck, nur die Nummern der Lieder. Um uns dafür zu interessieren, tat van Drunen, als sei es ein Spiel und faltete unsere Hände. So saßen wir unseren ersten Gottesdienst ab, den der Dolmetscher für uns übersetzte. Für diesen Sonntag hatte man Psalm 2 gewählt, zu Ehren unserer Anwesenheit auf ihrem geweihten Boden:

Warum toben die Heiden
und murren die Völker so vergeblich?
Die Könige der Erde lehnen sich auf,
und die Herren halten Rat miteinander
wider den Herrn und seinen Gesalbten ...

Für uns hörte sich das nicht halb so fröhlich an wie unsere eigenen Lieder.

An diesem Nachmittag wurde die Sonne über dem Fort von Rauchwolken aus dem Dorf verdunkelt. Wieder brannte Elmina lichterloh, und nachdem der Brand gegen Abend gelöscht war, zählte man sechzig zerstörte Häuser.

Die Sache hatte eine Vorgeschichte. Der Kommandeur des

niederländischen Forts hatte vor einiger Zeit einen Caboceër festnehmen lassen, der zum Gedenken an seine verstorbene Schwester eine Sklavin hatte opfern lassen. Der Mann wurde zu lebenslänglicher Zwangsarbeit verurteilt, worauf seine Fetischpriester drohten, alle Sklaven zu töten, falls der Caboceër nicht freigelassen werde. Der Kommandeur befreite daraufhin gewaltsam die Sklaven und ließ die Priester hinter Schloß und Riegel bringen. Aber der Unmut schwelte weiter.

Beim Abendessen besprach der Kommandeur die Angelegenheit mit Verveer. Der schlug vor, aus der Not eine Tugend zu machen. Er wollte das Werk des Feuers durch den Abriß des verbliebenen Gewirrs enger Gassen vollenden, um breite Straßen anlegen zu können. Schließlich war Napoleon auf seinen Feldzügen auch nicht anders vorgegangen. Verveer war in seinem Element. Er glaubte, zwei Fliegen mit einer Klappe zu schlagen, wenn er einerseits Boulevards anlegen ließe, die sein Heer leicht leerfegen könnte, und ihm andererseits die Dorfbevölkerung für die Stadtsanierung noch dankbar wäre.

Am nächsten Tag, am Montag, dem 3. April, wurden wir im Empfangssaal neben den Generalmajor gestellt, als er eine Abordnung aus dem Dorf empfing. Das brachte Kwame und mich, plötzlich auf seiten der Weißen, in eine unangenehme Lage. Man schlug den Anführern vor, sich an der Verbesserung ihres Wohnortes zu beteiligen. Sie weigerten sich. Die Einwohner Elminas warfen mir, genau wie Kwame, einige unmißverständliche Blicke zu.

Am Dienstag, dem 4. April, machten wir mit dem Gouverneur von Elmina und Generalmajor Verveer zum ersten Mal einen Spaziergang durch das Krom, während die anderen unter Leitung van Drunens und Tonneboeijers eine geeignete Stelle suchten, an der sich die Häuser in regelmäßiger Anordnung straßenweise aufbauen ließen. Die Bevölkerung verhielt sich uns gegenüber feindselig.

Am Mittwoch, dem 5. April, kehrten wir schon gegen sechs Uhr morgens unter Geleitschutz an denselben Ort zurück. Kwame und ich halfen, die Straßen mit Hilfe von Bambusstöcken abzustecken, was eine angenehme Abwechslung für uns war. Sobald jedoch bekanntgegeben wurde, an welchen Stellen die Häuser nicht mehr wiederaufgebaut werden durften, begann das Volk, von den Frauen aufgehetzt, aufrührerische Parolen zu rufen. Die Mitteilung, an Stelle ihrer alten Häuser bekämen sie schöne Boulevards und zögen sich bald Alleen durch ihr Dorf, stimmte sie nicht freundlicher, und so suchten wir eilig Schutz bei einem Wachposten. Für uns war es nicht mehr als ein spannendes Spiel, bis Kwame böse von einem Stein getroffen wurde. Danach verbot uns der Gouverneur, an diesem Tag noch einmal das Haus zu verlassen.

Um zehn Uhr abends hörten wir von weitem Gejohle. Es kam schnell näher. Die Brücken wurden hochgezogen. Vom Turm aus sahen wir eine Menge Dorfbewohner auf das Fort zulaufen. Sie schleuderten Steine und brennende Zweige. Unter lautem Geschrei warf das Volk die Stöcke, die wir am Morgen mit viel Mühe aufgereiht hatten, vor dem Tor auf einen Haufen.

Um halb zwölf marschierten vierzig Mann mit zwei Feldhaubitzen hinaus, um den König und die Negerregierung zu verhaften. Für den Fall von ausbrechenden Gefechten bezog General Verveer mit anderen Offizieren und zwei Kanonen Stellung. Wir beobachteten von den Zinnen aus die Truppenbewegungen. Einmal machten wir uns nützlich, als sich eine kleine Gruppe Speerträger aus Elmina an die Formation heranschlich, in der van Drunen an der Flanke mitritt. Wir riefen und winkten und hüpften so ungestüm auf und ab, daß van Drunens Widersacher die Flucht ergriffen.

Um drei Uhr kehrten die Niederländer ins Fort zurück, ohne daß ein Schuß gefallen war. Sie hatten acht Anführer und den König als Gefangene bei sich. Daraufhin wurde es im Dorf ruhiger und die Bevölkerung selbst stellte die Markierungsstöcke wieder auf. Die Gefangenen blieben jedoch in Haft.

Der König von Elmina war nicht der erste schwarze Herrscher, den wir als Gefangenen erlebten, im Gegenteil, aber er war der erste, der vor unseren Augen von Weißen in einen Kerker geworfen wurde. So etwas war für uns undenkbar gewesen. Ein weiteres Zeichen dafür, daß sich die Welt um uns herum ständig verschob. An diesem Abend sammelten wir ein wenig Obst und suchten damit die Kerkergewölbe auf, um dem König von Fanti unsere Hochachtung zu erweisen. Van Drunen, bewegt von unserer Geste, und der Dolmetscher begleiteten uns.

In den Verliesen hing ein unerträglicher Gestank von den Panthern, die in der Todeszelle gehalten wurden. Sie schärften ihre Klauen an dem Türpfosten, der mit einem Schädel und zwei Knochen verziert war. Daneben sahen wir durch die Gitterstäbe den König. Er saß an die Mauer gekettet auf einem Holzblock. Van Drunen öffnete die Kerkertür und gab uns einen ermunternden Stups in den Rücken. Ich trug die Schale mit Früchten hinein. Der König sah durch mich hindurch. Ich grüßte ihn mit der gebührenden Hochachtung und versuchte in meinen Blick etwas von der Empörung zu legen, die ich über seine Behandlung empfand. Da nahm mir Kwame die Schale ab und ging auf den Mann zu. Der König erhob sich langsam und ließ ihn näher kommen. Als Kwame unmittelbar vor ihm stand, sammelte er all seine Kraft und trat so fest gegen die Schale, daß das Obst an das Deckengewölbe prallte und zerplatzte. Kwame wich zurück, und ich mit ihm, als der Gefangene auf uns zusprang, soweit es seine Kette zuließ. Einen Moment standen wir Auge in Auge. Dann spuckte er mir ins Gesicht und setzte mit einer gewaltigen Tirade in Fanti ein, obwohl er sah, daß mir die Tränen in den Augen standen. Van Drunen versuchte uns von dem Mann wegzuziehen, aber wir standen wie angewurzelt da.

»Was sagt er?« schrie ich, inzwischen ebenfalls völlig außer mir, den Dolmetscher an. »Ich will wissen, was er sagt.« In diesem Augenblick bekam auch Kwame einen Batzen Schleim ins Auge gespuckt, worauf van Drunen uns packte, unter jeden Arm einen, und in Sicherheit brachte. »Was?« ließ ich nicht locker. »Was sagt er!?«

»Ein schwarzer König«, antwortete der Dolmetscher mit niedergeschlagenen Augen, »ißt nicht aus weißen Händen.« Und das Schelten hörte nicht auf. Fassungslos streckte Kwame die Arme nach dem tobenden Mann aus.

In den drei Wochen, die uns in Elmina blieben, verließen wir das Fort nicht mehr. Auf unsere Bitte brachte man uns das Essen aufs Zimmer. Van Drunen gab sich größte Mühe, uns aufzuheitern. Täglich erteilte er uns ein paar Stunden Niederländischunterricht und erzählte uns immer von neuen Eigenheiten seines Volkes. Wir verließen unsere Kammer nur noch zu gemeinsamen Spaziergängen auf dem Pier, der sich vom Fort aus ins Meer erstreckt, oder wenn es uns befohlen wurde, zum Gottesdienst und einmal zur öffentlichen Bestrafung eines holländischen Soldaten.

Der junge Mann war vier Tage nicht zum Appell erschienen. Er wurde schließlich in einem Nachbardorf bei seiner einheimischen Geliebten gefunden. Während der öffentlichen Verhandlung wurde er an die Kirchenmauer gebunden. Man entblößte ihn und gab ihm zwanzig gezielte Stockschläge, die ihn schwer verwundeten. Aber sein Wille schien ungebrochen. Kwame war tief beeindruckt. Daß Weiße sich so gegenseitig schlugen, raubte ihm das letzte Quentchen Vertrauen. »Vor ihnen«, sagte er, »ist also niemand sicher.«

Am Nachmittag lagen wir auf dem Pier und lauschten dem Meer, als Kwame jäh aufsprang. Ich folgte seinem Blick. Auf dem höchsten Wehrgang des Forts war zwischen den Schießscharten der junge Soldat zu sehen, den sie ausgepeitscht hatten. Seine Wunden waren nicht verbunden, sein Gesicht vom Weinen geschwollen. Er stolperte zu dem Turm, der über dem Meer emporragte. Er legte die Arme um eine der Zinnen und zog sich unter großer Mühe hinauf. Dort blieb er sitzen, mit dem Kopf auf der Brust, und versuchte, wieder zu Atem zu kommen. Ich weiß nicht, wie lange wir zu ihm hinaufgesehen haben. Auf jeden Fall sprachen wir kein Wort. Auch nicht, als der junge Mann die Kraft fand, sich hochzuziehen, an die Kante zu treten und zu springen.

Er fiel vierzig Meter tiefer auf die schroffen Klippen, genau neben den Pier. Ich wollte gerade zu ihm hinunterlaufen, als ich bemerkte, daß Kwame nicht aufhörte, nach oben zu starren, zur Absprungstelle, als habe er dort etwas Wunderbares gesehen. Sein Mund war aufgerissen und zum ersten Mal, seit wir Kumasi verlassen hatten, wurden seine Augen wieder lebendig. Danach sah er mich an und begann zu lachen, sah, daß seine aufgehellte Stimmung mir ebenfalls wohl tat, holte tief Luft und versuchte die ersten Wörter auszusprechen, die von van Drunens Niederländischunterricht hängengeblieben waren: »Natürlich, gern, gnädige Frau!«

Wir rannten ausgelassen vom Pier nach unten, um den zerschmetterten Körper zu betrachten. Das war unsere erste Begegnung mit der Liebe. Drei Tage darauf starb der junge Soldat.

Am 26. April, wenige Stunden vor unserer Abfahrt, glaubte Kwame, vor dem Tor seine Mutter zu sehen. Er hatte nie daran gezweifelt, daß sie ihn holen würde. Als er draußen nachsah, stellte sich die Frau als eine Fanti heraus, die Schnecken verkaufte. Ich konnte meinen Freund kaum beruhigen. Wir gingen mit Verveer, van Drunen und den Offizieren an Bord der *Governor MacLean* unter dem Kommando Captain Freeboddys. Um fünf Uhr lichtete das Schiff den Anker und zog die Segel auf. Ich sollte Afrika nicht wiedersehen.

Java 1900

Buitenzorg, den 12. März

Ahim benimmt sich bereits seit Tagen völlig unmöglich, ausgerechnet jetzt, wo ich meine Gedanken sammeln muß, um mich an alle Einzelheiten meiner Kindheit zu erinnnern. Eigentlich sollte ich ihn wegschicken. Er hat sich eingeredet, ich würde mich mit meiner Schreiberei überanstrengen. Er behauptet, ich sähe nicht gut aus, was aus dem Mund von jemandem, mit einem Kopf wie dem seinen, eine glatte Unverschämtheit ist. Und wenn meine Züge gequält sind, dann habe ich mich dafür bei ihm zu bedanken. Den lieben langen Tag kommt er – und seit ich mich entschlossen habe durchzuarbeiten, auch nachts – unter den durchsichtigsten Vorwänden in mein Arbeitszimmer.

»Kann ich dem Prinzen dies bringen, kann ich dem Prinzen jenes bringen?«

Sage ich nein, gibt er nicht nach. Sage ich ja, antwortet er, ich hätte früher danach fragen sollen. Ich schicke ihn weg. Ich drohe ihm Strafen an, falls er noch einmal seine Visage zu zeigen wagt, aber eine Stunde später, voilà, da ist er wieder.

»Nicht zu warm? Nicht zu kühl? Nehmen Sie doch noch ein wenig Sodawasser!«

Manchmal steht er mitten in der Nacht in der Küche, bereitet kleine Gerichte zu und preßt Früchte aus, die ihm einen

Vorwand bieten, mich stören zu können. Ich glaube fast, er ist eifersüchtig auf die Aufmerksamkeit, die ich dem Papier widme.

17. März

Heute früh vor Sonnenaufgang Abschluß der Beschreibung meiner Abstammung. Ich scheine über meinen Aufzeichnungen eingeschlafen zu sein, aber als ich aufwachte, lag ich auf dem Sofa, eingebettet in unzählige Kissen. Ahim hatte mich ungebeten dorthin getragen, ausgezogen und mit einem Sarong zugedeckt, von dem er weiß, daß sein Blau auf mich beruhigend wirkt. Dank seines ganzen Theaters habe ich ohne Unterbrechung geschlafen, bis er das Abendessen brachte. Ich habe gegessen wie ein junger Bursche. Danach, und das kommt nur selten vor, sehnte ich mich plötzlich nach Gesellschaft. Inzwischen war es aber dunkel und der plötzlich auffrischende Wind kündigte Regen an. Ich ließ aus der Partie Wein, die ich für besondere Anlässe aufbewahre, eine Flasche Châteauneuf bringen. Bei den ersten Gläsern stieß ich mit mir selbst an. Fast einen Monat lang habe ich kein erwähnenswertes Gesicht gesehen, nur das Ahims. Die ganze Zeit habe ich am afrikanischen Teil meiner Memoiren gearbeitet. Ein Leben scheint schneller gelebt, als aufgeschrieben zu sein.

Es ist seltsam, daß man etwas, über das so lange geschwiegen wurde, etwas, das man für vergessen hielt, herausschreien möchte, sobald es aufgewühlt ist. Nun, nachdem die Arbeit getan war, fand ich keine Ruhe, sondern geriet in eine ausgelassene Stimmung. Nach dem dritten Glas rief ich Ahim, ließ ihn nachschenken und goß ihm den Rest aus der Flasche ein. Er wußte nichts Rechtes damit anzufangen. Ich erhob mein Glas und befahl ihm zu trinken. Er verzog das Gesicht, als müsse er in eine Zitrone beißen. Es scheint ihm nicht zu schmecken, also schickte ich ihn nach anderthalb Schluck nach einer Handlaterne. Er brachte sie, aber sobald er merkte, daß ich noch ausgehen wollte, tat er alles, um mich zurückzuhalten. Er hielt mich sogar am Ärmel fest, als habe er vor etwas Angst. Als ich mich losriß, sprang ein Knopf von meinem Hemd ab. Voller Schreck fiel mir ein Artikel aus dem jüngsten Aurora-Jahrbuch ein, in dem behauptet wird, »*daß der Genuß von Alkohol bei Menschen in Ostindien, die eine Veranlagung zu Gallenleiden haben, größte Gefahren birgt. Bereits der kleinste Schluck vermag in ihrer Seele einen tödlichen Ingrimm auszulösen: Amok!*«

Gut möglich! Einen Galligeren als Ahim findet man selten.

Ich machte mich also auf den Weg und wanderte durch den Regen zu Wayeng. Sie hatte gerade Besuch von Lasmi. Quamina Aquasina lag mit Aquasi junior unter dem Moskitonetz und schlief. Gegen das Schwitzen hatten sie Arme und Beine um ein *goeling*, ein Rollkissen, das zwischen ihnen lag, geschlungen und plötzlich rührte mich, diesen alten Narren, die völlige Unbefangenheit, mit der die Kleinen dieses große Kissen und sich umarmten. Ich war nicht wenig stolz auf meine Familie und kostete es aus zu spüren, daß sich die Frauen aufrichtig über mein Kommen freuten. Wayeng schälte ein wenig Obst für mich und weckte die Kinder, damit sie mich begrüßten. Ich verlor mich in dieser Wärme und machte mir Vorwürfe, so viele Wochen mein Grübeln für wichtiger als alles andere gehalten zu haben. Ich begann, meinen Kindern zu erzählen, was mich beschäftigt hatte, sah aber ihre Augen bereits nach wenigen Minuten zufallen. Oder nein, noch schlimmer, ich sah, wie sie sich bemühten, sie offenzuhalten. Darauf drückte ich meine Lieblinge fest an mich, streichelte sie und sagte, sie sollten nur schnell weiterträumen. Die ganze Geschichte steht ja nun auf Papier. Sollten sie sich je dafür interessieren, können sie ihrer Herkunft in meinen Aufzeichnungen selbst nachgehen. Ich fühlte mich zu schwach, um Wayeng ein Mann zu sein und schlief in ihren Armen ein.

Heute früh erneut Besuch von Adeline Renselaar; diesmal ohne ihre gesamte Entourage. Sie hatte geglaubt, *à deux* sei ich ein wenig zugänglicher und hofft noch immer auf meine Mitwirkung an den Jubiläumsfeierlichkeiten. Dafür warf sie heute all ihre weiblichen Reize ins Gefecht. Da hätte sie früher aufstehen müssen. Zwanzig *Jahre* früher. Adelientjes Reize muß man suchen, wenn man ihnen erliegen will, und sie entspringen Töpfen und Tiegeln. Sie ist zweimal so groß wie andere Frauen und trägt eine stark gepolsterte Turnüre, die sie in Gesellschaft am Sitzen hindert. So verbringt sie eine ganze Audienz wie die von heute früh damit zu, Posen zu suchen. Sie nimmt die eine ein, verharrt so lange, bis ihre Muskeln zu zittern beginnen, durchquert dann, mit ihren meterlangen Armen gestikulierend, quasi nonchalant den Raum auf der Suche nach Gegenlicht, bei dem sie am besten zur Geltung kommt, und siehe da: Tableau vivant! Ein wahres Wunder, daß dabei nichts zu Bruch gegangen ist.

So ist es nur recht und billig, daß Adeline die Primadonna unserer dramatischen Liebhaberbühne in Buitenzorg ist, und sie bestand darauf, ihre letzte Rolle für mich zu rezitieren. Desdemona! Einen Augenblick befürchtete ich, sie würde mich bitten, einen altersschwachen Othello zu mimen, aber es ging ihr allein um den Solopart. Ich ächzte laut und schützte Übelkeit vor, einen unvermuteten Anfall von Veitstanz, Gelenkfieber und Beriberi, aber ihr fiel nichts weiter auf. Vermutlich reagiert ihr Publikum nicht anders. Als der Mohr ihr dann endlich die Kehle zugedrückt hatte, was ihn für mich zur sympathischsten Figur der Theaterliteratur machte, kam sie zur Sache.

»Mein lieber Prinz, oder wie sag ich nur? Wird es nicht endlich Zeit, ein wenig vertraulich zu werden? Meinen Sie nicht auch?«

»Lieber nicht.«

»Mijnheer Boachi, Aquasi, lieber, alter Mann, ich möchte so gern, daß Sie mich langsam zur Familie zählen. Ihre Griesgrämigkeit ist nur eine Maske. Sie sollten sie ablegen.«

»Meine Liebe, da Sie offenbar der Ansicht sind, ein jeder schreite auf Kothurnen, nur dies: Mein Leben ist keines Ihrer Dramoletts. Sie spielen darin keine Rolle. Das Gesicht vor Ihnen wurde von den Jahren geschminkt. Gefällt es Ihnen nicht, dann müssen Sie eben zum Varieté gehen!«

»Köstlich! Ihr Spiel, ein kleines Theaterstück, das sieht ein Kind!« Sie applaudierte dumpf mit ihren Juchtenlederhandschuhen. Ich gab es auf und ließ sie reden.

»Ihr Fest. Wir haben mit dem Verwalter des Gesellschaftshauses und dem Besitzer von Tjiwaringi gesprochen, wo es ebenfalls einen schönen, hohen Saal gibt, der gegen ein kleines Entgelt für Empfänge zur Verfügung gestellt wird. Dort gibt es eine traumhafte Bühne. Was wäre Ihnen lieber?«

»Keine Bühne in der Nähe zu haben, scheint mir ideal.«

»Sie sind noch immer nicht ernst. Tut nichts, es ist auch nicht Aufgabe des Jubilars, sich mit den Festlichkeiten um seine eigene Person zu verausgaben. Dafür bin ich da. Sie können sich nicht vorstellen, wieviel Vorfreude mir allein schon die Vorbereitung macht. Und alles läuft wie am Schnürchen. Alle sind begeistert. Es sieht so aus, als seien Sie einer unserer beliebtesten Einwohner geworden. Was ist das für ein Blick, *mon prince*? Sie sind zynisch. Sie glauben mir nicht. Ich sage Ihnen, die halbe Stadt flicht Ihnen gewissermaßen Lorbeerkränze. Dieser Blick! Soll ich es Ihnen verraten … Es besteht die Möglichkeit – hören Sie gut zu: die Möglichkeit, nicht mehr! –, daß sich der Gouverneur selbst darum kümmert. Ein großes Festzelt vor dem Hirschpark, genau wie an Neujahr!« Sie schlug eine Hand vor den Mund und starrte in eine Zimmerecke, als sei der ganze Zirkus dort schon aufgebaut.

»Mevrouw Renselaar«, hakte ich ein, »ich zweifle nicht an Ihren besten Absichten, aber diese allgemeine Euphorie um meine Person, die Sie beschreiben – selbst wenn sie aufrichtig wäre –, kann meinen Kummer nur vergrößern. Sie haben recht, ich bin ein alter Griesgram. Das haben fünfzig Jahre Java aus mir gemacht. Und das wollen Sie feiern? Ich frage Sie, *wie* wollen Sie das feiern: indem Sie dieselben Menschen begeistern, die mich ein halbes Jahrhundert links haben liegenlassen?«

»Das ist nicht wahr.«

»Vielleicht nicht dieselben, aber sie sehen ihnen verdächtig ähnlich. Wenn ich ihnen nur sympathisch werde, weil ich auf meinen Tod zukrieche, dann ist das bitter. Wo waren sie, als ich hierherkam? Als ich Probleme mit meinen Arbeitern hatte? Als ich eine Hypothek brauchte? Warum blieben einem dunklen jungen Mann die Türen der Ballsäle verschlossen und warum wollen sie nun zum Tanzen kommen, wo er alt und verätzt ist?«

»Wenn Sie meinen, wenn Sie insinuieren ... Ich sage immer, der Prinz, *unser* Prinz, ist ein echter Holländer, noch holländischer als die Holländer, sage ich manchmal. Ach was, Sie könnten ein Prinz von Oranien sein, wenn Sie nicht, nicht ...«

Hier hatte sie den Text vergessen. Ich beschloß zu schweigen und so den peinlichen Moment auszudehnen.

»... was ich sagen will, ist folgendes. Wir betrachten Sie als einen der Unseren. Hören Sie? Und das ist etwas, über das ich notfalls leidenschaftlich streiten will. Wir haben Sie ins Herz geschlossen!«

»Hurra«, sagte ich gespielt, »dann hat sich mein Leben doch gelohnt.«

»Dieser Ton, dieser abscheuliche Ton. Verflixt, ich glaube, Sie verachten mich. Mich! Obwohl gerade ich, gerade ich ... Vom ersten Augenblick, als mir Ihre *misère* zu Ohren kam ...«

»Misere?«

»Ihr Leben!«

»Welche Misere?«

»Sie dürfen es ruhig wissen ... ich habe geweint! Ich nahm mir vor, Sie kennenzulernen und mit meiner Freundschaft vielleicht etwas wiedergutzumachen.«

»Gutzumachen?«

»Aber nein, Sie tragen lieber ein langes, unzufriedenes Gesicht spazieren. Sie ziehen es vor, mich zu verstoßen. Mich! Ausgerechnet mich, die gekommen ist, Sie kennenzulernen, wirklich kennenzulernen.«

»Was haben Sie denn um Himmels willen gutzumachen«, rief ich, »außer, daß Sie mir meine Zeit mit Ihrem jämmerlichen Theater gestohlen haben!« Ich mußte die Stimme erheben, um zu Wort zu kommen.

»Ich fühle mich«, sagte sie feierlich und legte die Hand auf ihren Busen, »für Ihr Schicksal verantwortlich!«

Ich imitierte ihre großartige Gebärde und zog dabei spöttisch die Schultern hoch. Endlich kam sie aus dem Konzept.

»Und das ausgerechnet mir ... wo ich mich so auf unsere Besprechung gefreut hatte. Seit dem Augenblick, als mein Mann mir erzählte ... Aber ich habe mich getäuscht. Ich hätte nicht kommen sollen. Ich hätte mich nie Ihrer Sache, Ihrer *Angelegenheit* annehmen sollen. Aber so bin ich nun einmal, mir jedes Unrecht zu Herzen zu nehmen. Und nun ... und nun ... spielen Sie es gegen mich aus. Sie sind bösartig. Sie sind ein Monster, ein Teufel, Mephisto in höchsteigener Person!« Sie war so in Fahrt gekommen, daß sie zu weinen anfing. Diesmal nicht wie die Desdemona der Dessah mit langen Schluchzern und schwellendem Busen, sondern wie sie wirklich war, klein, unhörbar. Und trotz meines festen Vorsatzes bekam ich Mitleid mit dem armen Ding. Ich ließ Ahim Limonade für sie anrühren und zwang sie, sich trotz der Turnüre auf die Veranda in den Schaukelstuhl zu setzen. Ich schob meinen eigenen Sessel heran und setzte mich neben sie. Wir sprachen nicht, aber ich schaukelte sie mit einer Hand hin und her. Wie erhofft, beruhigte sie die Bewegung. Nach wenigen Minuten ergriff sie, noch immer schweigend, meine andere Hand, und so blieben wir geraume Zeit sitzen, den Blick in den Garten gerichtet.

»Ich hatte natürlich schon früher Geschichten gehört«, hob sie nach einer Weile ganz sachte an.

»Natürlich«, sagte ich. Ein Kapuzineräffchen landete im Flamboyant. Wir sahen zu, wie er in der rissigen Rinde Nahrung suchte.

»Sehr widersprüchliche«, fuhr sie flüsternd fort, »auch wilde Geschichten, die ich nicht glaube, die meisten aber respekteinflößend.«

Sobald das kleine Tier in dem Baum gesättigt war, sprang es auf und schlüpfte in das dichte Gebüsch. Adeline holte ein zierliches Taschentuch hervor und putzte sich damit ganz behutsam die Nase.

»Mein Mann und ich haben keine Kinder. Gott hat es nicht gewollt. Ich bin allein zu Hause, tagelang, jetzt, mit Richards neuer Stelle, meist sogar die ganze Woche. Allein. Sie wissen, was das heißt.« Sie nahm einen kleinen Schluck und fuhr fort. »Richard arbeitet in Batavia. Vor einem halben Jahr bekam er eine schöne Beförderung. Seitdem verläßt er jeden Montagmorgen das Haus und ich sehe ihn erst am Freitagabend wieder. Sie haben Kinder. Das ist ein Glück.«

Sie wollte aufstehen, konnte sich jedoch nicht dazu überwinden, meine Hand loszulassen. »Ich habe mich an die Einsamkeit gewöhnt. Sie können es glauben oder nicht. Der Schein spricht gegen mich, ich weiß, aber wirklich, ich wage mich nur mit größter Mühe unter die Menschen. Immer wieder muß ich meine Empfindlichkeiten bezwingen. Unsere Theatergesellschaft ist meine einzige Unterhaltung. Wenn ich spiele, vergesse ich mich selbst. Und wenn ich ausgehe, drücke ich das Kreuz durch. Ich richte meine Federn auf wie ein Kampfhahn. Ich begebe mich in die *society* wie ein Krieger in Feindesland. Ich sehe die Damen und Herren strahlen und glücklich sein, und ich weiß: Ich gehöre nicht dazu! Aber ich lasse mir nichts anmerken. Ich übertreffe mich selbst. Ich wachse über mein Unglück hinaus. Ich spiele meine Rolle und benehme mich dabei wie eine übergeschnappte alte Frau. Diesen Ballon haben Sie mit Ihrem scharfen Gift zum Platzen gebracht. Aber ich habe keine Wahl, wissen Sie, nicht, wenn ich mich in Gesellschaft begebe. In unserer holländischen Gemeinschaft heißt es alles oder nichts.« Sie begann wieder zu schluchzen. Diesmal ließ ich mich nicht erweichen.

»Warum erzählen Sie mir das?« Ich klang besonders kühl, weil ich fürchtete, einen Monolog aus *Die zwei Waisenkinder* aufgetischt zu bekommen.

»Gott hat mir die Mutterschaft vorenthalten, aber Er hat mir etwas anderes geschenkt. Eine Eigenheit, eine Begabung. Man könnte es für etwas Außergewöhnliches halten, obwohl ich selbst davor zurückschrecke. Ich weigere mich, an die *goe-*

na goena zu glauben, die sie einem hier überall aufschwätzen wollen. Nein, nennen Sie es meinen sechsten Sinn.«

»Ihren sechsten Sinn«, sagte ich, um ihr eine Freude zu machen, »was ist das?«

»Es ist die Liebe!«

»Seit wann ist das ein Sinn?«

»Es ist die Liebe, die sich in mir angehäuft hat, wie, wie ... wie ausgefallene Haare im Sieb des Mandiraums. Sie kann nirgendwohin. – Ich höre mich an wie eine Wahnsinnige, völlig übergeschnappt, *matah gelap*, ich weiß, quand même: So empfinde ich es! – Mein Unglück hat mich übersensibel gemacht. Ich errate selbst den Gemütszustand von Unbekannten, die ich von weitem kommen sehe. Sobald sie in der Nähe sind, lese ich sie, wie ein anderer die Illustrierte *Revue*. Wie ein offenes Buch. Störungen spüre ich mit einer Präzision, um die sie mich beim Meteorologischen Institut zu Batavia beneiden würden.«

Ich fragte mich, ob Ahim ihre Limonade vielleicht mit Rum angerührt hatte. Zu allem Unglück verstummte sie an dieser Stelle und sah mich an, als habe sie gerade ein Staatsgeheimnis enthüllt und erwarte nun einen Orden.

»Aber wenn der menschliche Geist für Sie so durchsichtig ist«, fragte ich, »warum fällt es Ihnen dann so schwer, sich in der holländischen Gesellschaft zu behaupten?«

»Genau deshalb! Ich sehe die Damen und Herren das eine sagen und zugleich das andere denken. Über sich. Über mich. Nichts entgeht mir. Ich höre die Gespräche und fange gleichzeitig die Untertöne auf, die Hilferufe jeder Psyche und dazwischen alle unterschwelligen Signale. Bei einer simplen Teevisite registriere ich mehr Unruhe und Aufregung als auf dem *pasar malam*, dem Abendmarkt. Es ist ein Segen und ein Fluch, mehr sage ich nicht darüber.« Sie erhob sich. Die ganze Geschichte noch einmal aus ihrem eigenen Mund zu hören, hatte ihr so gutgetan, daß sie sich wieder gefangen hatte.

»Ich erzähle es nur Ihnen ...«, sagte sie, »und Ihnen als einzigem und ersten, weil ...«

»Weil?«

»... weil ich Sie erkannt habe.«

»Erkannt?«

»Erkannt!«

Sie stieß den ausgestreckten Zeigefinger nach oben in die Luft. Mir schien es besser, nicht weiter zu fragen, denn ehe man sich's versieht, sitzt man mit so jemand in einer spiritistischen Seance beim Tischrücken.

»Die Liebe hat sich angehäuft. Wir gestehen sie uns selbst nicht mehr zu und meinen, uns so vor dem Leben schützen zu können.«

Um zu verhindern, daß sie sich noch länger darüber ausließ, packte ich ihren Arm und stützte mich leicht darauf, während wir einen Rundgang durch das Gras machten. Ab und zu blieb sie stehen, um eine Blume zu pflücken und sie in ihr Haar zu flechten.

»Die ganze Idee zu dem Fest stammt von mir. Ich dachte, Sie bräuchten ein wenig Abwechslung. Ich habe mich geirrt. Wenn Sie das Fest nicht wollen, sagen wir es ab.«

Ich war kurz davor, »Mit Freuden!« zu sagen, aber ihr Ton verriet mir, daß ich ihr diese Abwechslung nicht nehmen dürfe. Widerwillig murmelte ich mein Einverständnis.

»Was sagen Sie da?«

Ich knurrte dasselbe.

»Nur zu«, sagte sie, »was sagen Sie? Lauter! Ich bin sensitiv, aber keine Hellseherin.«

»Ich sage, Mevrouw Renselaar, wenn Sie all die Mühe auf sich nehmen wollen, um dieses Fest für einen alten Mann zu organisieren, dann ist es das mindeste, daß er am Leben bleibt, bis es soweit ist. Aber ich warne Sie, ich bin alt. Ich mache mich nicht lächerlich. Und ich komme mit der Maske, die ich trage.«

Sie neigte sich zu meiner Wange und küßte sie. Sie blieb stehen und steckte sich die letzte Blume an den Kopf, der inzwischen aussah wie etwas, dem die Eingeborenen in mondlosen Nächten zu begegnen fürchten.

»Aber ich organisiere nichts ohne Ihre Einwilligung. Ich werde jedes Detail mit Ihnen durchsprechen.«

»Das ist wirklich nicht nötig.«

»O doch. Und ich verlange von Ihnen nicht mehr als das: mir dann und wann ein wenig von sich zu erzählen.«

»Nein«, sagte ich, und das meinte ich auch.

»Griesgram! Griesgram!« Lachend drohte sie mir mit dem Finger. Sie ging ein paar Schritte aufs Gartentor zu, sah jedoch noch einmal zurück.

»Auf Wiedersehen, *mon prince*, lieber Aquasi Boachi, und nehmen Sie einer einfachen Frau ihre Gefühle nicht übel. Liebe Güte, ich habe mich wieder benommen wie vom wilden Mops gebissen.«

Sie schürzte ihre Röcke ein wenig und rannte davon, als säße ich ihr auf den Fersen.

19. März

Als ich heute morgen die Fensterläden öffnete, hockte der kleine Aquasi im Hof unter einem Baum. Ich winkte ihm. Er sah mich, wagte aber nicht zu kommen. Ich wurde böse. Es war zehn Uhr morgens. Es hatte mich viel Mühe gekostet, ihn auf der Evangelisch-Reformierten Schule unterzubringen. Ich will, daß er eine Ausbildung mit gutem Leumund bekommt. Er ist dort das einzige Kind aus dem Kampong. Und das intelligenteste von allen.

Ich rief seinen Namen. Ich versuchte, ihn zum Unterricht zu jagen, aber er rührte sich nicht. Laut Ahim saß der Junge schon einige Stunden so da. Ich kleidete mich an und ließ für zwei Frühstück auf der Veranda servieren. Aber mein Sohn kam nicht näher. Schließlich nahm ich einen Teller und brachte ihn ihm. Er hatte geweint. Ich fragte ihn, warum er nicht in der Schule sei. Er sagte noch immer kein Wort, aber sein ausweichender Blick war Antwort genug. Ein Stich durchfuhr mich und ich versuchte, meine Wut und den Kummer zu unterdrücken und ich mußte mir auf die Lippen beißen.

»Drangsalieren sie dich?« fragte ich, und im selben Moment tat es mir leid. Jetzt schluchzte er. Ich nahm ihn in die Arme. Ich sagte ihm, so etwas mache jeder einmal mit und er solle tapfer sein. Da erzählte er, seine Klassenkameraden hätten ihn als »Schneewittchen« verhöhnt.

(Das ist ein holländischer Witz. Die Javaner nennen die afrikanischen Soldaten im ostindischen Heer »blanda itams«, schwarze Holländer. Diese alten Rekruten meines Vater haben sich nach ihrem Leben voller Arbeit in spezielle Kampongs in Semarang und Poerworedjo zurückgezogen. Ihre Halbblutkinder sehen genauso aus wie mein Liebling. Die Holländer haben, sehr originell, diesen Spitznamen zu einem Schimpfwort umgedreht: Schneewittchen!)

»Hat es dein Lehrer gehört?« fragte ich. Aquasi nickte. »Und wurden die Schuldigen bestraft?« Er schüttelte den Kopf.

Mein erster Impuls war, zur Schule zu gehen, dem Erwachsenen eine Tracht Prügel zu verabreichen und die Klasse über die vornehme Herkunft meines Kindes aufzuklären. Doch Ahim riet ab. Der bange Blick Aquasis gab ihm recht. Schließlich beruhigte ich mich. Ich setzte mich wieder unter den Baum, neben meinen Sohn, und sagte ihm, daß er von einem großen König abstamme. Damit wollte ich ihm sein Selbstvertrauen wiedergeben. Er aber starrte auf den Boden, als wolle er sagen: Um so schlimmer! Ich ließ Ahim etwas zum Naschen bringen. Als er es vor ihn hinstellte, tat er es mit einer tiefen Verbeugung, die er mir seit Jahren vorenthält. »Für Aquasi und Aquasi«, sagte er strahlend, »die beiden Prinzen von Aschanti ...« Ich glaube, er machte sich nicht über uns lustig. Auf jeden Fall hellte sich das Gesicht meines Sohnes ein wenig auf. Ich sagte, er könne stolz sein, und erzählte ihm zum ersten Mal allerlei Einzelheiten über seinen Stammbaum.

20. März

Heute hatte ich eine beunruhigende Begegnung mit Mevrouw Renselaar. Ich lustwandelte wieder einmal zum Botanischen Garten, wo ich seit Wochen nicht gewesen war. Dabei kam ich an ihrer Wohnung vorbei und der Anstand gebot es, kurz meine Aufwartung zu machen. Nach ein paar Höflichkeitsfloskeln drängte die Person wieder darauf, über meine Vergangenheit zu sprechen. Nun ja, ich gebe zu, diesmal kam es mir nicht ganz ungelegen. Das Thema geht mir nicht aus dem Kopf. Zufällig trug ich mein Manuskript unter dem Arm. Es war Zeit, es einem anderen zum Lesen zu geben. Um Adeline zum Schweigen zu bringen, vertraute ich es ihr an. Sie reagierte wie Salome auf das Haupt von Johannes dem Täufer.

Seit ihrem letzten Besuch weiß ich nicht mehr genau, was ich von ihr halten soll. Die Abneigung, die sie bei mir und jedem vernünftigen Menschen weckt, hat sich ziemlich gelegt. Ihr für mich an den Tag gelegtes Interesse erscheint mir – vor allem verglichen mit ihrem Theaterspielen – nahezu aufrichtig.

Am späten Nachmittag kam ihr Ehemann nach Hause, ein förmlicher Mann. Er war höchst überrascht, mich hier anzutreffen. Ja, man könnte sogar sagen, er erschrak.

»Na so etwas«, sagte er nervös. »Na so etwas, was für ein Zufall!«

Als er hörte, daß ich für seine Frau die Geschichte meiner ersten Lebensjahre aufgeschrieben hatte und nun kam, um sie ihr auszuhändigen (so stellte sie es zumindest dar), nahm er sie streng zur Seite. Was gesagt wurde, weiß ich nicht, aber sie war leichenblaß, als sie ins Zimmer zurückkam. Kurz darauf verließ der Herr des Hauses mit einer Ausrede die Wohnung, und zwar schneller als mir höflich schien.

Ich fragte Adeline, ob ich der Anlaß ihrer Meinungsverschiedenheit gewesen sei. Zuerst stritt sie es ab, aber nach weiterem Bohren gab sie es zu. Sie sagte mir, ihr Gatte bekleide als Beamter irgendeine Vertrauensposition, direkt unter dem Gouverneur. Seit er diese neue Funktion angetreten habe, bestehe seine Aufgabe vornehmlich darin, die Unterlagen seines Vorgängers zu sichten. Seit einigen Wochen sei er soweit eingearbeitet, daß er alte Dossiers wegräumen könne. Er lese alles, trenne die wichtigen Dokumente von den Kinkerlitzchen und schicke das, was für die laufenden Geschäfte in Batavia nicht weiter wichtig sei, ins Kolonialministerium nach 's-Gravenhage.

Vor einiger Zeit, an einem Freitagabend, habe er Adeline von einem Dossier erzählt, das ihn besonders überrascht habe: von meinem. Es wird demnächst nach Holland geschickt. Jüngst habe sie noch einmal danach gefragt, in der Hoffnung, ihm ein paar Anekdoten für mein Fest zu entlocken. Beim zweiten Mal habe er jedoch beharrlich geschwiegen. Er sei inzwischen, sagte er, auf Material gestoßen, das als geheim klassifiziert sei. Er bat sie, sich meine *Sache* aus dem Kopf zu schlagen.

Ich war perplex und wollte wissen, was das für Geheimnisse sein könnten. Jetzt bedauerte Adeline, geplaudert zu haben. Sie sagte, es sei zwecklos, ihren Mann danach zu fragen und sie beschwor mich, ihn nicht damit zu belästigen. Sie wirkte so erschrocken, daß ich es versprach. Sie selbst wußte nicht mehr als das, was er ihr erzählt hatte: daß mir das Leben unverhältnismäßig schwergemacht worden war und ich vom niederländischen Staat ungerecht behandelt worden sei.

»Das ist nicht viel Neues«, sagte ich und erkannte, daß sie wieder aus einem Ameisenhügel einen Berg machte. »Die ganze Geschichte steht in den Papieren, die Sie jetzt zur Hand haben.«

»Ihre Worte sind bei mir sicher«, erklärte sie.

»Ich hoffe, Sie sind nicht enttäuscht. Es ist traurig, aber kein Geheimnis.«

Als ich mich erhob, entschuldigte sie sich nochmals für das Verhalten ihres Mannes. Er scheint auch dem unseligen Plan ablehnend gegenüberzustehen, mein Jubiläum mit Pomp zu feiern. Das brachte sie zum festen Entschluß, ihren Kopf durchzusetzen.

Aquasi ist heute wie immer zur Schule gegangen. Hinterher schaute er kurz vorbei. Wir sprachen nicht mehr über die Angelegenheit, aber er war lebhaft und vertrieb meine Sorgen mit seinem Lachen. Als er ging, bat ich Ahim, morgen neues Schreibpapier und ein Bündel Gänsekiele für mich zu bestellen.

Mevrouw Renselaar hat mir geschrieben. Zu meiner Überraschung faßt sie sich in dem Schreiben kurz. Meine Geschichte habe sie bewegt. Es könne sich ihrer Ansicht nach aber unmöglich um das Material aus den Archiven ihres Mannes handeln.

Die Archive enthielten nämlich nur Akten, die sich auf Niederländisch-Indien beziehen. Sie habe Richard mit ihrer bekannten Ausdauer ausgehorcht, und er habe ihr – in einem schwachen Moment (alles, nur um seine Ruhe zu haben) – nun enthüllt, daß sich das Geheimnis auf meine Karriere in Niederländisch-Ostindien, oder genauer gesagt, auf das Ausbleiben derselben beziehe.

Wenn es sich nicht um das Unrecht handelt, das man mir in Afrika zugefügt hat, worum sonst? Ich zwinge mich zu anderen Gedanken. Mir birst fast der Schädel davon. Der kleine Aquasi hat mir gewisse Fragen gestellt. Nun bin ich verpflichtet, die Antworten korrekt zu formulieren, aber dennoch so, daß sie ihn nicht allzusehr betrüben. Es ist so vieles. Einmal in Gang gesetzt, sind die Erinnerungen schwerer anzuhalten als ich dachte. So fiel mir heute nacht wieder dieser Vorfall ein.

Eines Tages saß ich, als junger Mann, auf meinem Stammplatz auf der Bank im Park bei Weimar, der nach mir Aschanti-Höhe genannt wird. Ich ließ zwei der Kinder, einen Knaben und ein Mädchen, die immer dort spielten, auf meinem Knie reiten. Das Mädchen streichelte meine Wange und sagte: »Du, Schwarzer mit deinem weißen Herzen.«

Ich wußte vor Rührung nicht, was ich antworten sollte. Da betrachtete sie ihre Handfläche, ob ich nicht abgefärbt hatte.

Zweiter Teil

Delft 1837–1839

I

»Aber hat denn das Staatsschiff am Ende doch noch sein letztes Segel Anstand gestrichen, oder fahren Prinzen nur noch in meinen Träumen mit der Kutsche bei mir vor?« Die Frau mit der Faltenhaube, die an der Oude Delft Nummer 161 die Haustür vollständig ausfüllte, spielte ihre Entrüstung breit aus. Bei ihrer Tirade schenkte sie van Drunen keinen Blick. Statt dessen legte sie ihre dicken Händchen auf die Knie und beugte sich lachend zu Kwame und mir.

»Zu Fuß! Den ganzen Weg von der Kaserne. Ist das Hochachtung vor kleinen Wesen von königlichem Geblüt?« Sie überlegte, ob sie einen Knicks oder eine tiefe Verbeugung machen sollte. Zu keinem von beiden imstande, stellte sie daraufhin einen Fuß zumindest ein wenig nach vorn, beugte ein Knie, streckte ihren Allerwertesten nach hinten, neigte den Kopf und schwenkte einen Arm durch die Luft, als pariere sie einen Florettangriff.

»Gleich nehmen sie noch dem Engel Gabriel die Flügel weg und sagen ihm, er solle mit einer Leiter herabsteigen. Ich sage, Prinzen reisen mit der Kutsche, oder gar nicht! Was ist das denn für eine Zeit, mitten in der Nacht anzukommen, meine süßen kleinen Täubchen? Aber zeigen Sie mir doch einmal meine kleinen Prinzen von allen Seiten, mein lieber van Drunen.

Nur zu, laßt euch mal richtig anschauen.« Ohne die Augen von uns abzuwenden, begann sie zu rufen: »Mijnheer van Moock! Mijnheer van Moock, kommen Sie doch endlich! Die Prinzen! Wo bleibt der Mann? Mijnheer van Moock!«

In dem Augenblick hustete ich. Mein Hals hat die holländische Luft von Anfang an nicht gut vertragen. Die Frau schoß hoch, wie von der Tarantel gestochen.

»Gütiger Himmel, wo habe ich nur meinen Kopf? Die Abendluft! Getier, alle möglichen Krankheiten. Man kann sich ja alles holen. Kommt doch herein, aber kommt doch endlich! Ach, was für ein Apfelbäckchengesicht! Und was ist mit dir, mein Negerprinzenkind, was fehlt dir denn, schielst du?« Sie nahm mein Gesicht in die Hände und schüttelte es hin und her. »Ach nein, nur der Schreck, er wird schon fröhlicher. Nun gut, liebes Kind, ich bin auch nicht Mutters Schönste, oder? Oder doch? Da soll einer das Gegenteil behaupten!« Sie drehte sich mit rauschenden Röcken um, lief weg und klatschte dabei in die Hände zum Zeichen, daß wir ihr folgen sollten.

»Der Salon! In den Salon! Und natürlich warme Schokolade.« Sie drehte sich ungeduldig um. »Aber wie stehen die zwei denn da, mein lieber van Drunen. Haben sie etwa Angst vor mir oder wird man in Afrika vielleicht ins Haus getragen? Ach nein, natürlich, sie verstehen mich nicht!« Wieder drohte sie handgreiflich zu werden, worauf es mir ratsam schien, das Gelernte in die Praxis umzusetzen.

»Jawohl, Mevrouw!« wagte ich.

»Er redet! Er redet, Mijnheer van Moock! Beeilen Sie sich! Prinzen, Prinzen, die reden!«

Nach Fort Elmina und den Kasernen von Hellevoetsluis, wo wir Ende Juni '37 eingetroffen waren und den Sommer verbracht hatten, wirkte bei den van Moocks alles überladen und plüschig. Obwohl überall der Geruch von Bohnerwachs, Kupferputzmittel und Ofenwichse hing, war alles aus Holz, Metall und Stein unter Stoff versteckt. Über Tisch, Bank und Vogelkäfig hingen Tücher, vor Türen und Bücherschränken Gardinen. Draperien verbargen die Fenster, Kissen die Fensterbank. Die Wände waren mit orangefarbenen Laken zugehängt. Diese Stofflandschaft weckte in mir den Wunsch, unter einen Foulard zu kriechen, aber van Drunen plazierte uns auf Puffs, auf denen wir einsanken, während Mevrouw van Moock laut grölend durch den Gang lief.

»In den Salon, mein Herr und Gemahl. Aaltje, Schokolade! Und weck die Knaben, allesamt! Hoher Besuch im Salon.« Sie läutete in der Diele eine Glocke, und das Haus wurde lebendig. Schritte auf dem Holzboden über unseren Köpfen. Stimmen auf der Treppe und im Souterrain. Fenster und Türen gingen auf. Ein kleiner Junge tauchte hinter dem Ofenschirm auf, andere erschienen im Nachthemd, und ehe wir uns versahen, waren wir von Jungen umringt. Sie waren über unser Kommen unterrichtet, schreckten aber trotzdem beim ersten Anblick zurück. Schließlich wurde die Tür von einem Jungen aufgestoßen, der ein wenig älter war. Er machte einen auffallend tadellosen Eindruck. Kein Fleck auf dem Hemd, nicht die kleinste Falte in der Jacke. Schuhe glänzend gewichst. Dunkel war er und muskulös, und sein Kinn zeigte bereits einen Schatten. Die anderen warteten schweigend auf seine Reaktion. Nach einem Augenblick streckte er die Hand aus.

»Cornelius de Groot!«

Wir betrachteten die Finger, wußten aber nicht, was wir damit anfangen sollten. Verstohlenes Kichern. Obwohl wir Offiziere begrüßt hatten, Seeleute und Diplomaten des Kolonialministeriums, hatte uns nie jemand eine Hand gegeben. Cornelius warf mir einen beruhigenden Blick zu und signalisierte mit den Augen, wir sollten seine Hand ergreifen. Noch zögerte ich und sah zu van Drunen. Um uns nicht weiter in Verlegenheit zu bringen, ergriff Cornelius selbst unsere Hände und schüttelte sie herzlich.

»Im Namen der Schüler«, sprach er feierlich, »heiße ich die Prinzen von Aschanti im Internat van Moock willkommen.«

»Mijnheer van Moocks, meinen Sie vermutlich!« ertönte es streng. In der Tür stand ein hagerer Mann. Zwei Jungen, die sich gesetzt hatten, sprangen hastig auf. Der Internatsleiter hatte ein langes, knochiges Gesicht mit großen Augen. Sie waren halb von riesigen Augenbrauen verdeckt, etwa wie die Möbel unter den Draperien. Van Drunen stellte uns vor.

»Gütiger Himmel, *Kwasi* und *Kwame* ...«, sagte van Moock. »Sollen das Namen sein? Darüber hätte man uns schon bei der Einschreibung informieren können.«

Seine Frau kam mit einer Keksdose herein, hinter ihr ein leicht gebücktes Dienstmädchen mit einem Tablett voller Milchbecher. Als das Kind uns bemerkte, unterdrückte sie mit Müh und Not einen Aufschrei.

»Kwasi und Kwame ...«, van Moock schüttelte den Kopf. »Nein, nein, das ist nicht zufriedenstellend, aber auch ganz und gar nicht.« Er nahm zwei Schiefertafeln aus dem Schrank. Auf die eine schrieb er, wobei er jeden Buchstaben aussprach: A-Q-U-A-S-I und überreichte sie mir. Auf der anderen versuchte er A-Q-U-A-M-E, las es noch einmal, wischte dann ein A weg und gab die Tafel Kwame. Darauf trat er einen Schritt zurück und musterte unsere neuen Namen aus einiger Entfernung.

Seine Frau brach ein Stück Spekulatius ab. Ich fand die ersten Bissen abscheulich, lachte ihr aber freundlich zu. Zufrieden nahm sie uns die Schiefertafeln ab und gab sie ihrem Ehemann zurück.

»Adel wohnt im Herzen, Mijnheer, nicht auf einer Visitenkarte.«

An diesem Abend wurden wir im zweiten Stock in ein kleines Zimmer geführt, wo sich van Drunen von uns verabschiedete. Danach schob man unsere Körper in ein Hemd, das bis an die Zehen reichte und mit Schnürsenkeln an Hals und Ärmeln zugebunden wurde. Man deckte uns mit straffgespannten Laken zu, jeden von uns in seinem eigenen Bett. Die Laken wurden gegen das Wühlen an den Ecken tief unter die Matratze geschoben. Der Umschlag drückte mir die Kehle zu. Ich hatte Angst zu ersticken, aber ich sagte mir, daß jeder in diesem Haus die Nacht so verbrachte und dennoch jeden Morgen wieder die Augen aufschlug. Ich wollte in nichts nachstehen. Das gab mir Kraft. Ich nahm mir vor, mich keinen Fingerbreit zu bewegen und sah bereits Mevrouw van Moocks beifälliges Strahlen, wenn sie beim ersten Tageslicht käme, um uns zu befreien.

»Überall diese verdammten Tücher!« knurrte Kwame nach einer Weile. Ich hörte ihn mit den Leintüchern kämpfen. Er entkam aus seinem Bett, lief zu mir her, zerrte am Stoff und befreite mich. Ich rutschte zur Seite. Er legte sich neben mich, verschränkte die Arme unter dem Kopf und schwieg. Ich dachte, er sei eingeschlafen.

In letzter Zeit wurde mein eigener Kummer durch eine gewisse Sorge um Kwame überschattet. Eigentlich begriff ich nicht, warum. Er hatte dazu gar keinen Anlaß gegeben. Wir hatte uns beide auf der ganzen Schiffsreise tapfer gehalten, und wenn einer von uns ein wenig trübsinnig war, lenkte ihn der andere ab, spielerisch, ohne je das Problem anzuschneiden. Aber Kwame wirkte nun einmal immer tapferer als ich, was mir das Gefühl gab, daß ich versagte und er weniger Halt an mir finde als ich an ihm.

Ich dankte den Göttern, daß wir zusammen waren. Als wir im Bett nebeneinander lagen, fühlte ich mich sicher. Ich wartete, bis sich Kwames Atemzüge mit meinen vereint hatten, wie es sich normalerweise von allein ergab, ohne langes Nachdenken. Aber sein Brustkorb hob und senkte sich an diesem Abend unregelmäßig. Um zu hören, ob er wach sei, sagte ich schließlich leise: »Scho-ko-la-de.«

»Was?«

»Es ist, als ob alles schöner klingt. Gewichtiger. Bonbon.«

»Davon schmeckt es auch nicht besser«, antwortete er mürrisch. »A-quasi, Q-uame, Schi-ki-la-de ...« Er war hellwach und streitsüchtig.

»Bonbon«, kostete ich die Klänge, »*Bon-bon.*«

»Fufu«, sagte er. »Ich hab Lust auf Fufu. Fu-fu!« Zum ersten Mal seit unserer Abreise sprachen wir über etwas von zu Hause. Mir ging seit Wochen geröstetes Spanferkel in scharfer Sauce nicht aus dem Sinn, wie es unser Sklave Kofi für uns zubereitet hatte, wenn wir nachts beim Heiligtum wachten.

Die Matratze war weich und gab keinen Halt, so daß wir immer wieder in einer Kuhle aufeinander zu rollten. Um mich abzustützen, mußte ich auf der rechten Seite liegen, mit angezogenen Knien. Ich zwang Kwame zur selben Haltung. Sein Nachthemd zwängte ihn ein. Er zerrte die Kordeln auf, strampelte es weg und warf es in eine Ecke. Ich nicht.

»Läßt du das an?«

»Ja.«

Er zog die Schultern hoch und schwieg, bis er es nicht mehr aushielt.

»Die ganze Nacht?«

»Ja.«

»Und wenn du pinkeln mußt?«

»Keine Ahnung.«

Er tat, als wolle er aufstehen.

»Wenn du keine Ahnung hast, was du anfängst, wenn du pinkeln mußt, leg ich mich lieber wieder dorthin.«

»Aber ich muß nicht«, sagte ich.

»O nein? Das werden wir ja sehen.« Er warf sich auf mich und kitzelte mich, obwohl er wußte, daß ich das nicht ertrug. Ich kämpfte. Das Bett knarrte, als wolle es zusammenbrechen. Er hörte nicht auf. Um mein Quieken zu dämpfen, preßte ich den Mund ins Kissen.

Am nächsten Morgen erkundeten wir das Internat van Moock; es wirkte bei Tageslicht kleiner und weniger imposant. Unser Zimmer ging zur Gracht hinaus. Ein schmales, hohes Fenster bot Aussicht auf lebendiges Treiben. Straßenverkäufer, Marktleute und Besucher der Oude Kerk auf der gegenüberliegenden Seite. Lieferanten schoben ihre Karren über das Kopfsteinpflaster. Auf dem Wasser fuhren Boote mit Waren, die von den Schiffern lautstark angepriesen wurden.

Unser Zimmer war bei weitem das schönste auf dem ganzen Stockwerk. Außerdem war es das einzige, in dem nur zwei Betten statt sechs, sieben nebeneinander standen. Auf dem Dachboden schliefen Bertje und Aal, die Dienstmädchen. Die erste, mager und eigentlich zu alt für schwere Arbeiten, wischte ein wenig Staub und beschäftigte sich die restliche Zeit in der Küche. Die andere, noch keine achtzehn, wirkte ein wenig zurückgeblieben. Sie wurde von Bertje, die sie übrigens als Mädchen für alles einsetzte, vor den Schülern bewacht wie vor einem Rudel Wölfe, das darauf versessen ist, sie bis auf den Knochen abzunagen. Der erste Stock war verbotenes Terrain. Es roch nach Mandeln und Petroleum. Dort befand sich die Wohnung der van Moocks, ein Vorratsraum sowie das Zimmer ihres Sohnes, der in einer anderen Stadt Theologie studierte. Unten führten vier Türen in die Diele. Zur Straßenseite hin lag auf der einen Seite die gute Stube, wo die Zöglinge Verwandte empfangen durften, ein allerdings seltenes Ereignis. Dem gegenüber, ebenfalls zur Gracht hin, lag das Klassenzimmer mit breiten Fenstern, die jedoch zur Hälfte zugehängt waren. Im Hinterhaus befanden sich der Speisesaal und eine kleine Bibliothek mit einem Studierzimmer; dort war es immer still und der Boden knarrte genauso wie unser Bett, so daß man bei jeder Bewegung meinte, das ganze Haus zu alarmieren.

Fünfzehn Stufen führten zur Küche im Souterrain hinunter, aus der Nelken-, Kaffee- und Kandisduft aufstieg. Auf halber Höhe der Treppe führte eine kleine Pforte zum Innenhof. Dort fanden unter Aufsicht van Moocks die Leibesübungen statt. Auf dieser Treppe zog es immer.

»In diesem Land stürmt es doch sowieso schon genug«, sagte Kwame, »ich verstehe nicht, warum sie dann noch Mühlen aufstellen, mit denen sie noch mehr Wind machen.«

Es gab einen ungeheizten Waschraum mit zwei Aborten, von denen nur einer von den Schülern benutzt werden durfte, was jeden Morgen Ärger gab. Der andere war geräumiger und dem Ehepaar und seinem Besuch vorbehalten. Manchmal, wenn die Tür nicht abgeschlossen war, konnte man sehen, daß in die Holzsitzfläche sogar zwei Löcher ausgesägt waren, eines für das große, und eines für das kleine Geschäft. Neben jedem Loch stand, immer frisch geschöpft, ein Eimer Wasser bereit. Verglichen mit unserem Örtchen, für das man selbst das Spülwasser im Hof hochpumpen mußte, was sommers wie winters eine riesige Anstrengung war und daher meist unterblieb, war das Klosett der van Moocks ein Paradies, das die Jungen gern durch einen Spalt begafften. Aber, wie lang die Schlange auf dem Innenhof auch war, kein einziger wagte sich heimlich hinein, und obwohl weder die Dame noch der Herr des Hauses je ein Wort darüber verloren, war klar, daß auf die Benutzung dieses Klosetts für die Schüler die Prügelstrafe stand.

Als wir am ersten Morgen das Klassenzimmer betraten, waren wir vor allem neugierig. Van Moock begrüßte uns höflich, aber streng. Ich wußte sofort: Der hat sich letzte Nacht überlegt, daß es unserer Entwicklung zum Vorteil gereicht, wenn für uns keine Ausnahmen gemacht werden. Dafür war es nun zu spät. Die Klasse starrte uns mit aufgerissenen Mäulern an. Ich war von zu Hause gewohnt, vor Menschenmengen zu stehen, dennoch war das hier anders. Wie am vorherigen Abend wurde gekichert, ohne daß man sehen konnte, wer es war. Wir wußten nicht, was man von uns erwartete und zögerten, als uns ein Platz angewiesen wurde. Es dauerte nur eine Sekunde, aber ich fühlte, daß sich die Gruppe abgeschottet hatte und allein damit versuchte, uns einzuschüchtern. Es schien mir vernünftig, das hinzunehmen. Ich schlug die Augen nieder. Das hatte ich bis zu diesem Tag nur vor dem Priester des Heiligtums oder dem Ältestenrat getan. Aus den Augenwinkeln sah ich Kwame demonstrativ das Kinn recken.

Eine Drohung hing in der Luft, unsichtbar und unhörbar, namenlos, wie ich es aus der Natur kannte. Wenn sich eine Gruppe von Tieren zusammenschließt, sei es zur Verteidigung oder zum Angriff, werden alle ganz still. Das gibt ihnen eine Sicherheit, die ich in diesem Moment gern besessen hätte.

Ich möchte es so erklären: Die Haltung der Klasse wirkte auf mich wie der Wasserspiegel auf dem See von Twi, ruhig und verlockend. Man weiß um die darunterliegenden Schrecken, und dennoch möchte man am liebsten die Spannung brechen. Und springen. Man steht da und phantasiert, wie es wäre, die Einsamkeit des Ufers aufzugeben. In das verbotene Wasser aufgenommen zu werden, nach oben zu schauen und zu sehen, wie sich die kleinen Wellen ausbreiten, bis sich der Wasserspiegel wieder über einem schließt. Ich habe es nie gewagt. Meine Angst war immer größer als mein Verlangen.

Mit gesenktem Kopf sah ich zu Boden. Van Moock, der den ganzen Kampf spüren, aber unmöglich begreifen konnte, war auch sofort ein wenig irritiert.

»Nun, beeilt euch. Oder wollt ihr auf euren Schatten warten?«

Die Klasse lachte. »Wenn ich dann alle Herren bitten dürfte, ihren Xenophon aufzuschlagen ...«

Wir rutschten in die Bank, die man uns gezeigt hatte und taten dasselbe wie die anderen, klappten das Pult auf, holten aus dem Kasten ein Buch heraus und schlugen es auf. Wir hatten keine Ahnung.

»Ja, nun ja, gut«, murmelte van Moock, »so viele ›Stadien‹ und Gott weiß wieviel ›Parasangen‹ zog das Heer weiter, das wollen wir gern glauben, aber dann?« Er ließ den Zeigefinger über der Klasse schweben, als könne er sich nicht entscheiden. Schließlich zeigte er auf einen Jungen mit einem Flachsschopf auf der anderen Gangseite, der sich heftig bemühte, nicht aufzufallen. »Der junge Herr Verheeck.«

»Herr Lehrer?«

»Ich würde gern vernehmen, wie es den Persern erging.«

Der Junge blätterte eine Seite weiter, dann ein paar zurück und schließlich wieder zwei weiter. Er räusperte sich, fuhr sich mit dem Finger unter den Kragen, suchte Hilfe bei seinem Nachbarn und warf endlich einen Blick auf uns.

»Ist etwas nicht in Ordnung oder ergreifen Sie die Worte so sehr, daß es Ihnen vor Rührung die Sprache verschlägt?«

Verheeck ließ den Blick von den Textbüchern, die vor uns lagen, zu uns hochwandern. Ein Grinsen zog über sein Gesicht.

»Tja, Herr Lehrer, wissen Sie, es ist nur ... die Prinzen.«

»Die Herren Boachi und Poku, was ist mit ihnen?«

»Sie halten ihr Buch falsch herum.« Man hörte Kichern. Van Moock schlug mit dem Lineal auf sein Pult.

»Dann sind sie vermutlich des Griechischen noch nicht mächtig. Was das betrifft«, sagte er, »können Sie ihnen die Hand reichen.«

»Und außerdem«, übertönte Verheeck die allgemeine Heiterkeit, »ist es auch nicht Xenophon, den sie vor sich haben, sondern die Psalmen!« Van Moock zog die Augenbrauen hoch.

»Aquasi Boachi, tauchen Sie die Feder ein und schreiben Sie Ihren Namen. Los, schreiben Sie ihn in Ihr Heft.«

Ich sah um mich. Die höhnisch, genießerisch, auf mich gerichteten Blicke machten mich nicht klüger. Ich blätterte in dem Buch, wie ich es Verheeck hatte tun sehen und hörte ihn lachen.

»Ja«, sagte ich. »Ja ja. Ja ja«, und ächzte vor Unsicherheit.

Da drehte sich der Koloß in der Bank vor mir um. Die Klasse verstummte. Es war der Klassenälteste, Cornelius de Groot. Ohne daß die anderen es merkten, zwinkerte er mir zu, nahm meine Feder aus der Pultrinne, tauchte sie ins Tintenfaß, faltete meine Hand darum, legte sogar meinen Zeigefinger darauf und öffnete mein Heft. Ich sah ihn an. Mit seiner Hand machte er, unsichtbar für die anderen, eine kreisende Bewegung mit den Fingern.

Ich setzte die Feder aufs Papier und machte seine Schnörkel nach. Einen Moment blieb es still, dann begann Verheeck so zu lachen, daß ich dachte, er werde es nicht überleben. Cornelius reagierte schnell und gewalttätig. Ich erschrak. Er bewegte sich kaum von seinem Stuhl und packte dennoch mit einem Griff den Quälgeist an der Jacke und drehte den Stoff um eine Vierteldrehung, bis Verheeck rot anlief.

»Sprichst du vielleicht *ihre* Sprache?« sagte Cornelius und ließ erst los, nachdem Verheeck den Flachskopf geschüttelt hatte. Van Moock gab Cornelius der Form halber einen Tadel, konnte jedoch seine Billigung nicht verhehlen. Links und rechts drehten sich unsere Klassenkameraden widerwillig in ihren Bänken um. De Groots Eingreifen hatte unsere Stellung verändert. Wir standen zwar noch außerhalb der Gruppe, waren aber nicht länger schutzlos. Ich schluckte meinen Schrecken hinunter und sah Kwame erleichtert an. Zu meiner Verwunderung blitzten seine Augen wütend. Er umklammerte bebend die Bank, als wolle er sie entzweibrechen.

»Dann Sie, Heur de Groot«, nahm van Moock den Faden wieder auf und spottete: »Ich bin neugierig, wie Ihr überlegener Intellekt die Antwort des Artaxerxes übersetzt?«

Ich legte meine Hand auf Kwames, und er entspannte sich. Jahre später konnte ich noch die Stelle wiederfinden, wo er seine Nägel ins Holz gekrallt hatte.

Im Lauf des Tages wurde van Moock unser riesiger Rückstand in vollem Umfang bewußt. Nach dem Unterricht lud er uns zum Abendessen in den ersten Stock ein, ohne zu bedenken, daß unser Ausbleiben am Schülertisch Neid erregen würde. Mevrouw van Moock hatte sich zu diesem Anlaß aufgeputzt und konnte sich gar nicht beruhigen, daß sie mit den Prinzen am selben Tisch aß. Bertje hatte, weil sie unseren Geschmack nicht kannte, überhaupt nicht gewürzt und die Gewürze extra auf den Tellerrand gelegt. Sie selbst kam, obwohl Aaltje vom Buffet her auftrug, immer wieder mit einer Ausrede ins Zimmer, wo sie uns dann mit offenem Mund anstarrte, bis sie weggeschickt wurde. Kwame probierte alle Gerichte, aß aber schließlich nur Püree mit ein wenig Pfeffer, weil das noch am ehesten nach Yams schmeckte. Ich aß, was mir vorgesetzt wurde.

Van Moock bat uns, von zu Hause zu erzählen, aber das taten wir ungern. Glücklicherweise unterbrach er uns am laufenden Band mit Fragen zur Topographie, Geschichtsschreibung und Wissenschaft, zu chemischen Verbindungen, politischen, sozialen und gesetzlichen Fragen. Ich hätte nie gedacht, daß Kwame und ich auf so vieles die Antwort schuldig bleiben müßten. Mevrouw van Moock entdeckte im Gesicht ihres Mannes etwas von der Leidenschaft, die sie einst zu ihm hingezogen hatte.

»Oh, Siem«, spornte sie ihn an, »das ist ja gar nicht ohne, so eine Aufgabe, wie sie vor dir liegt, das ist ja gar nicht ohne, soso, gütiger Himmel, nun, dann fang mal damit an, sag, aber nein so was!« Und Siem ergriff ihre Hand und stimmte ihr zu. Statt mutlos zu werden, schien er angesichts der bevorstehenden grandiosen Aufgabe aufzuleben. Er ließ eine Flasche Port bringen und erhob sein Glas auf die ungeschliffenen Diamanten, die man ihm in den Schoß geworfen hatte.

Nach dem Essen nahm er uns mit in die Bibliothek, wo er ein Buch nach dem anderen aus dem Schrank zog und uns die

Schätze zeigte, die wir uns bald zu eigen machen würden. Die Freude, die er dabei selbst empfand, wirkte ansteckend. Es tat mir gut zu spüren, daß wir die Ursache seiner Begeisterung waren, und ich nahm mir vor, ihn nicht zu enttäuschen. So begann er am selben Abend mit unserem Nachhilfeunterricht. Mit Liebe.

2

Worte

Der Erwerb einer neuen Sprache war das einzige, womit wir bereits einen Anfang gemacht hatten. Sobald Afrika hinter uns lag, sahen wir uns gezwungen, unsere Wünsche ohne Dolmetscher zum Ausdruck zu bringen. In der kurzen Zeit, die ein Kind braucht, fanden wir uns in das holländische Gurgeln hinein. Es war wie mit dem Zwitschern der Vögel: Man versteht sie nicht, redet aber so lange auf sie ein, bis man aus dem nicht wissentlichen Singen einen Sinn herauszuhören meint. Abends im Bett plappert man die Worte ein bißchen nach, lacht zusammen darüber, und bevor man sich versieht, hat sich der Mund daran gewöhnt.

Als wir in Hellevoetsluis an Land gingen, hatten wir einen kleinen Schatz an niederländischen Wörtern, den wir während unseres Aufenthaltes in der Kaserne noch erweiterten. Wir konnten uns verständlich machen. Sich verständlich machen ist etwas anderes als verstanden zu werden. Für einen Fremden in einem anderen Land ist das ein angenehmer Zustand. Er kann sich damit durchschlagen, ist aber noch taub für Zwischentöne, die Scherze, die Intonationen und Randbemerkungen. Es ist ein schwebender Zustand, der ihn vor verbalen Verletzungen schützt und ihn gleichzeitig so neugierig sein läßt, daß er von jedem Wort nascht, bis er den Geschmack vom Beigeschmack unterscheiden gelernt hat. Man gibt sich Mühe mit dem Neuankömmling und hat noch wenige Erwartungen an ihn selbst. Er fügt sich drein, als würde er gestreichelt, ohne eine Gegenleistung erbringen zu müssen.

Simon van Moock folgte in seinem Unterricht keinem festgelegten Plan. Seine Aufgabe war es, Wissen zu vermitteln. Das interpretierte er großzügig. Manchmal wurde eine Mathematikstunde unterbrochen, um eine Zeitungsnachricht vor dem Hintergrund der Weltläufte zu betrachten. Ein andermal verschob er eine Prüfung, auf die wir uns vorbereitet hatten, weil das Wetter gerade so günstig und Muschelsammeln am Strand genauso wichtig war wie die Aoriste bei Homer.

»Mein Wissen ist wie das Montaignes«, kokettierte er, »ich weiß von allem etwas und nichts ganz und lasse fünfe grade sein. *Wer nach Gelehrtheit strebt, muß dieses Vögelchen dort fangen, wo es fliegt!*«

Eines seiner zahlreichen Interessen wurde von seiner Korrespondenz mit einem gewissen Dr. Wallace Evelyn genährt, einem Mitglied der Wesleyan Society zu London. Dieser Arzt war mit dem 1832 verstorbenen Jean-François Champollion befreundet gewesen und hatte in seinen Briefen van Moock all die Jahre hindurch über die Entzifferung der Hieroglyphen auf dem laufenden gehalten. Während der Stein von Rosette seine Geheimnisse preisgab und eine alte Sprache zugänglich machte, fühlte sich van Moock als entfernter Zeuge der historischen Stunde, in der die Sprache selbst ihre Natur enthüllte. Auch später ließ er sich über alle neuentdeckten Tafelfunde unterrichten und ließ sich die Transkriptionen und alles weitere Wissenswerte schicken, um darüber dann mit Baron van Westreenen und anderen Liebhabern ausführlich zu philosophieren. Mit beiden Händen ergriff er die einzigartige Gelegenheit, Kwame und mich von Grund auf in Sprache und Schrift zu unterrichten und dabei zugleich sein Steckenpferd zu reiten. Obwohl bei den anderen Schülern wenig Animo für die Geschichte der Schrift und der Herkunft des Alphabets vorhanden war, beschäftigte van Moock die Klasse viele Tage, wenn nicht Wochen, mit diesem Thema. Zu Beginn führte es zu nichts weiter, als daß wir Kraniche und Skarabäen zeichnen lernten und uns morgens gegenseitig mit »Heil, Ptolemäus, Retter Ägyptens!« begrüßten.

Bisher hatte die Gedächtniskunst unser Leben dominiert. In Aschanti wird das Wissen über alle Künste und die Welt im Gedächtnis eines jeden einzelnen und im Gedächtnis des Volkes als ganzem aufbewahrt. Keine menschlichen Beziehungen, kein Handel oder Glaube wäre denkbar ohne diese überlieferte und gespeicherte Weisheit. Kein Gedicht, kein Handwerk, keine Heilung, keine Vorstellung von der eigenen Identität. Das Gedächtnis wird pausenlos trainiert, und wer eine besondere Begabung zeigt, das kulturelle Erbe in sich aufzuheben, wird auf Händen getragen und geehrt. In Europa überliefert man Wissen mit einer anderen Methode. Van Moock behauptete, die Liste mit den Leistungen des Volkes sei im Lauf der Jahrhunderte so sehr angewachsen und die Entwicklungen folgten so schnell aufeinander, daß man hierzulande bereits vor langer Zeit dazu übergegangen sei, alles auf Papier festzuhalten.

Er erzählte begeistert, wie mit nur sechsundzwanzig Buchstaben, die bereits seit zweitausendfünfhundert Jahren in Gebrauch seien, alle Wörter, gleichgültig in welcher Sprache, die je gesprochen oder gedacht wurden, aufgezeichnet und reproduziert werden können. Er behauptete, nur dank dieser Schrift sei der Schritt von der Barbarei zur Zivilisation möglich gewesen. Als Kwame ihn darauf hinwies, welches Urteil er mit dieser Aussage über uns ausspreche, nahm er es ein wenig zurück.

Dennoch kam van Moock ständig auf die Überlegenheit der Schrift über das Gedächtnis des Menschen zurück. Er maß dem großen Wert bei, daß man seinen Gedanken eine Form geben, sie zusammenfalten und per Post verschicken und so auf der anderen Seite der Welt lesen kann. Aber Kwame blieb dabei, daß Wissen nur *im* Menschen lebendig bleibe, jeweils in anderer Form entsprechend dem Geist, in dem es weitergetragen wird. Auf Papier halte man die Worte gefangen, losgelöst vom

Körper. Sie verlören den Kontakt zum Atem und zur Seele des Volkes. Eine Geschichte, die festgelegt sei, sei leblos. Außerdem, sagte Kwame, wandert ein Mensch einfacher durch die Welt als ein Stück Papier, so daß der einzige Vorteil des Briefes gegenüber dem Menschen darin bestehe, daß man ihn leicht zusammenfalten könne.

Lange hielt Kwames Gegenwehr nicht stand. Wir begannen unseren Namen zu schreiben.

»Aber er sieht mir gar nicht ähnlich«, sagte Kwame zur allgemeinen Belustigung, »wo sind meine Arme und Beine?«

Kwame und mich machte das Tempo schwindlig, mit dem ein abstraktes Konzept bis ins kleinste vor uns ausgebreitet und haarklein erklärt wurde. Der jähe Schock, das Gedachte absolut und das Geträumte sichtbar zu machen, rief in uns eine Scham hervor, als würden unsere intimsten Geheimnisse öffentlich an den Pranger gestellt.

Ich erinnere mich deutlich an einen Wendepunkt. Ich spazierte in der Stadt durch eine schmale Gasse – noch heute sehe ich sie ganz genau vor mir –, als plötzlich zu meinen Füßen eine Taube landete. Diese Vögel waren mir immer besonders lieb, weil ich sie noch aus Kumasi kannte, wenn auch weniger grau. Ich hatte ein paar Süßigkeiten bei mir, also ging ich in die Hocke, fütterte das Tier und sprach mit ihm. Plötzlich wurde mir klar, daß ich diesen Vogel in Twi anders nannte als in Niederländisch. Dennoch meinte ich *dasselbe Wesen*. Ich war fassungslos. Das hört sich heute übertrieben an, ich weiß, aber ich mußte sogar Halt suchen, um in die Wirklichkeit zurückzukehren und die Folgen dieser Entdeckung zu überdenken. Die Taube erschrak so sehr, daß sie sich von mir nicht mehr füttern ließ.

Nicht, daß ich vorher davon ausgegangen war, unterschiedliche Klänge bezeichneten auch unterschiedliche Dinge, nein ... ich hatte mir darüber einfach keine Gedanken gemacht. Aber durch die Erkenntnis, daß dieser Vogel auch in der fremden Sprache benannt und erkannt werden konnte, überfiel mich ein zwiespältiges Gefühl. Einerseits verlor ich schon wieder etwas aus Kumasi, das mir vertraut und lieb war, andererseits fand ich es aufregend, daß ich einen neuen Begriff dazugelernt hatte. Ich beschloß, mir auch die übrigen Wörter dieser Sprache anzueignen.

In derselben Übergangsphase machte Kwame eine zwar andere, aber dennoch vergleichbare Entdeckung. Obwohl auch dieser Vorfall einem Außenstehenden vielleicht läppisch vorkommen mag, war diese Fassungslosigkeit für ihn bestimmend und beängstigender als meine. Es ging um folgendes. Wie in Kumasi die Sänger der kriegerischen Heldentaten unsere Geschichte in Versform in sich tragen, um sie zum Leben zu erwecken, sobald man sie darum bittet, so erkannte Kwame die geschriebene Sprache widerstrebend als nützliches Instrument an, um Geschehenes lange Zeit festzuhalten, wenn es für ein einziges Herz zuviel wird. Eines Nachmittags griff van Moock mit der üblichen Begeisterung zur *Anabasis*. Sie besingt in einem ganz eigenen Ton den schriftlichen Befehl des Artaxerxes an seine Söldner, das Heer seines Bruders anzugreifen. Daraufhin war ein Kampf entbrannt, der – van Moock wimmerte, röchelte und brach mit einer Lanze in seiner Brust zusammen – unzählige Leben gekostet hatte. Kwame traf diese Kampfhandlung heftiger, als man es sich normalerweise vorstellen kann. Ihm wurde übel, er verließ das Klassenzimmer, und obwohl er eigentlich den restlichen Tag das Bett hüten sollte, scheint er mutterseelenallein, ohne einhalten zu können, zur Verblüffung der Bauern stundenlang auf den Feldern vor der Stadt hin und her gerannt zu sein. Nicht der Befehl zu töten, jagte ihm solche Angst ein, der kann schließlich auch mündlich ausgesprochen werden, sondern daß der Befehl unwiderruflich wird, sobald er niedergeschrieben und abgeschickt ist. Der Befehl entfernt sich vom Auftraggeber. Die vernichtenden Worte haben sich von ihm losgelöst. Die Opfer fallen nicht durch seine Hand, nicht durch seinen direkten Willen, sondern durch leblose Zeichen auf Papier. Diese simple Tatsache verlieh in Kwames Augen der Schrift eine geheimnisvolle Grausamkeit, die er sich aneignen wollte. Er erkannte, daß nicht nur die Vergangenheit und der spontane Gedanke festgehalten werden können, sondern offenbar auch die Taten, die erst in der Zukunft ausgeführt werden. Dadurch erschien ihm das Alphabet, das uns bald so vertraut und selbstverständlich werden sollte, daß wir daran gar keinen Gedanken mehr verschwendeten, einen Moment lang gefährlich und zerstörerisch.

Kwames jähe Erkenntnis war alles in allem nicht mehr als ein flüchtiger Gedanke, lächerlich, und er währte nicht länger als der Gedankenblitz, der mich in der abgelegenen Gasse durchfahren hatte, aber auch er leitete davon seinen festen Entschluß ab, diese Sprache beherrschen zu wollen. Beide machten wir uns mit doppeltem Eifer an das Studium der niederländischen Sprache und Zeichen. Mir war es eine Ehre und ein Vergnügen herauszufinden, was die anderen schon wußten. Kwame nahm den Kampf mit den Wörtern nur auf, um sie zu bezwingen.

Schließlich begannen sich die Mitschüler über die viele Aufmerksamkeit, die man uns schenkte, zu ärgern. Es dauerte nicht lange, bis Karel Verheeck offen unseren Rückstand der Barbarei zuschrieb. In einem Referat vertrat er die These, daß am Anfang das Wort und daß das Wort Gott war. Seinen Beweis zog er aus einer wenig originellen Aufzählung des geschriebenen Wortes bei den, wie er es nannte, zurückgebliebensten Völkern. Cadmus lehrte die Phönizier das Alphabet, aber auch Jehova schrieb eigenhändig die *Zehn Gebote*, und Brahma schrieb den Hindus die heilige *Veda* auf ein goldenes Blatt. Ogmios, der gallische Hermes, schenkte den Iren die Schrift wie Odin den Völkern des Nordens die Runen. Nebo übergab den Assyrern, Thot den Ägyptern seine Epigraphen (eine Bemerkung, bei der er van Moock feierlich ansah). Aber selbst die abessinischen Amulette, die nepalesischen Gebetsmühlen und die Unterröcke der Priesterinnen des Kleinen Tods trugen ihm zufolge das geheimnisvolle Zeichen für »Gott«, und ungebildete Bergvölker tragen die Koranpassagen, in denen sein Name vorkommt, in einem Lederbeutel um den Hals. Analphabeten aus Palermo haben den Namen der Madonna über ihr Herz geritzt und sogar in der Achterhoek, der hintersten niederländischen Provinz, gibt es Sekten, die jede Krankheit bekämpfen, indem sie dem Kranken lediglich frische Luft mit Seiten aus dem Buch der Psalmen zufächeln. Daß den Prinzen von Aschanti die Gnade vorenthalten sei, den Namen Gottes schreiben zu können, darin meinte Verheeck die Beschränktheit unseres Volkes zu erkennen.

Natürlich stimmte das nicht. Wir hatten ebenfalls Symbole für genau dasselbe, aber das Schreckliche war – und mein Kummer war zu groß, um es je Kwame oder einem anderen einzugestehen –, daß ich Verheeck glaubte.

Viel später, in unserem letzten Jahr bei den van Moocks, als Kwame gelernt hatte, sich Stoffe selbständig zu erarbeiten, hielt er seinerseits vor der Klasse einen brillanten Vortrag über die Verwendung von Zeichen bei primitiven Völkern. Er versuchte den Beweis, daß diese Abbildungen dem Alphabet ebenbürtig seien. Sein stärkstes Argument war *»der Gebrauch des westafrikanischen Ardah, Knoten in schmale Schnüre zu knüpfen, eine Fertigkeit, die so viele Nuancen kennt, daß man jeden geknüpften Faden wie eine Geschichte lesen kann. Die Botschaft wird, wie beim Alphabet, in ein verabredetes Zeichen übersetzt.«*

Außerdem brach er wieder eine Lanze für das Gedächtnis, das seiner Meinung nach noch immer dem geschriebenen Wort vorzuziehen war. (Die Inkonsequenz seiner Beweisführung lag natürlich darin, daß er erst das geschriebene Wort kennen mußte, um die Argumente zu finden, die er im Vortrag dagegen anführte!) Er zitierte Thomas von Aquin, der angeblich das Gedächtnis eine der vier wichtigsten Tugenden nannte. Die heiligen Stätten Europas waren laut Kwame letzten Endes mit Ideogrammen vollgemalt (und nicht mit Worten wie in einer Moschee): *»Seit Erfindung des Alphabets haben Maler und Bildhauer dennoch immer auch nach einem Bild gesucht, das die Welt auf einen Blick zeigen sollte. Offenbar reichte das geschriebene Wort nicht aus, die Macht Gottes und der Natur darzustellen. Selbst Sein Wort hat in Seinem Haus die gemalte Allegorie nötig, die sich auf gemeinsames Wissen beruft. Der*

Weg zur Tugend wird nämlich in erster Instanz nicht durch die Heilige Schrift aufgezeigt, sondern durch die Erinnerung an kollektive individuelle Sünden, die von Generation zu Generation in der Erinnerung als angeborenes Wissen um Gut und Böse weitergegeben werden.«

Leider war Verheeck damals bereits von der Schule abgegangen, und ich selbst hatte mich zu weit von Kwames Gedankenwelt entfernt, um in der leidenschaftlichen Darlegung seinen erbitterten Widerstand zu erkennen. Mir ist vor allem im Gedächtnis geblieben, wie er auflebte, nachdem er diese Aufgabe erledigt hatte, als fiele ihm eine Last von den Schultern. Wochenlang war Kwame fröhlich und lebenslustig wie früher in Kumasi. Danach verfiel er wieder in seine unvorhersehbaren Stimmungen. Damals bemerkten wir auch, daß die Erinnerung an unsere afrikanische Kultur durch die neue Sprache ernsthaft gefährdet war. Sowohl Kwame wie ich kannten schon damals so gut wie kein Wort Twi mehr.

Ziege, Seife, Pudel, Holz, Rose,
Rad, Hahn, Buche, Taube, Scheune

Wir lernten schnell. Was wir nur aufschnappen konnten, schluckten wir in vorbildlicher Weise. Zum Entzücken van Moocks hatten wir die anderen Schüler in wenigen Monaten eingeholt. Vor seinen Freunden von der Weslyan Society rühmte er unsere Fortschritte. Gelegentlich schickte er Aaltje, weil wir ihn am Nachmittag so durch unsere Fortschritte überrascht hatten, mit einem zweiten Schreiben zum Postmeister, manchmal noch gefolgt von einem Postskriptum, obwohl er mit der ersten Kutsche bereits einen Brief nach London abgesandt hatte. Auf mich wirkte sein Stolz ansteckend, während sich Kwame sonderbarerweise darüber ärgerte. Prahlte ich mit der geringsten Lappalie, die mir zu Ohren gekommen war, beantwortete Kwame jede Frage gemessen, zurückhaltend, ja fast widerwillig. Er ließ sich nicht gern loben. Nie gab er völlig preis, was er zu einem Thema wußte, obwohl er beim gegenseitigen Abhören in unserem Zimmer mindestens mit mir Schritt hielt. Van Moocks Verwunderung und Lob schienen ihn zu beleidigen. Aber für mich wurde es zu einem Spiel, meinen Lehrmeister in Erstaunen zu versetzen, und daher mein neues Wissen absichtlich zu dosieren. Ich erntete lieber für jede einzelne Perle Bewunderung als für das ganze Collier.

Das war keine Eitelkeit, im Gegenteil. Ich brauchte die Bestätigung wie das tägliche Brot. Der Gedanke, die anderen Kameraden könnten mich etwas fragen, das für sie alltäglich war, wovon ich aber nichts wußte, machte mir solche Angst, daß ich Alpträume bekam. Jede Nacht brachte ich mit verbundenen Augen auf feindlichem Gebiet zu. Beim Aufwachen wußte ich, daß ich mich so schwer wie möglich bewaffnen mußte, bevor die Schlacht anfing. Alles Wissen, das mir die anderen voraus hatten, war für mich wie ein böser Geist, dessen Gesicht man nicht sehen kann. Vor mir standen Zehntausende von Geistern, von denen ich tagtäglich so viele wie möglich erschlug, aber jedesmal tauchten wieder neue auf, an Stellen, wo man sie nicht erwartete, von unerhörter Bedeutung, mit beispiellosen Folgen. Das waren Feinde, die ich nur mit äußerster Anstrengung bezwingen konnte, um ihnen die Masken abzureißen. Ich gab ihnen Namen und eine Heimstatt und schloß Freundschaft mit ihnen.

Van Moock ließ keinen Zweifel daran, daß uns alles gut gelang, was wir anfingen. Und wenn er es oft genug wiederholte, würde ich ihm am Ende noch glauben. Dennoch verlor ich nie das Gefühl, es könnten eines Tages plötzlich Lücken auftauchen, aus heiterem Himmel, mitten in einem Gespräch, ein Zögern mit anschließender Stille, gerade in dem Moment, wenn alle Aufmerksamkeit auf mich gerichtet wäre. Das machte mir lange zu schaffen. Erst in der zweiten Hälfte meines Lebens habe ich gelernt, damit umzugehen, aber das Gefühl, jeden Augenblick versagen zu können, das bleibt. Jeden Tag. Egal, mit wem ich es zu tun habe.

Hoendiep, Reitdiep, Boterdiep, Damsterdiep
Winschoterdiep, Hoornsediep, Eelderdiep

Außerhalb des Unterrichts machten wir langsamere Fortschritte. Die Jungen verhielten sich zu uns nie als Einzelpersonen, sondern bildeten eine Front. Schweigend, unerbittlich und zäh. Immer wieder von neuem mußten wir uns einen Platz erkämpfen. Im Speisesaal beispielsweise standen unsere Teller jeden Mittag ein Stückchen näher an der Tür, bis wir eines Tages am Ende des langen, unbearbeiteten Holztisches saßen, wo es immer zog. Wir bissen die Zähne zusammen, nahmen unsere Teller, gingen nach vorn und zwängten uns zwischen die anderen. Sie rückten murrend zur Seite und aßen weiter, ohne uns zur Kenntnis nehmen zu wollen. Am nächsten Tag standen unsere Zinnteller auf einer alten Truhe neben der Tür. Als wir hereinkamen, starrte uns die ganze Korona an. Ich setzte mich, aber Kwame zog mich wieder hoch. Er packte seinen Teller, aber ich wagte es nicht und hieß Kwame den Teller wieder hinstellen. So blieben wir stehen. Man hörte unterdrücktes Lachen, und niemand aß weiter, wie sehr ich es auch im stillen erflehte. Ich wagte nicht hinzusehen, aber schließlich hörte ich jemanden aufstehen. Es war Cornelius. Er nahm seinen eigenen Teller vom Tisch und setzte sich hinter der Truhe auf den Boden. Zwei weitere folgten ihm, und ein Dritter schloß sich zögernd an. Zu sechst bildeten wir in der Ecke einen kleinen Kreis. Von diesem Tag an konnten wir unseren Sitzplatz frei wählen.

Hundert vor Christus: Ankunft der Bataver.

Jeden Morgen um halb sieben waren Leibesübungen auf dem Innenhof angesagt, außer, van Moock ging mit uns wandern oder schwimmen. Wenn er auf einen Gemeindezuschuß aus war, eine Schenkung oder freies Brennholz, ließ er uns manchmal den Marktplatz oder den Gehsteig vor dem Haus eines der Honoratioren fegen. Auch bei den körperlichen Ertüchtigungen gab es eine Hackordnung. Die größten und ältesten, Cornelius, Verheeck, van Woensel und Termeeren, drückten sich, wo sie nur konnten. Sie hatten keine Hemmungen, andere ihre Dienste erledigen zu lassen. Seelenruhig ließen sie kleine Kerle wie Mus, van Wersch und Tonnie Voorst die lästige Arbeit übernehmen. Wer im Spiel Schwäche zeigte, wurde von ihnen als Sprungbrett benutzt oder umgestoßen, wenn damit ein Punkt eingeheimst werden konnte. Übten wir in freier Natur, dann machten sich die Anführer der Gruppe manchmal ganz und gar aus dem Staub, ohne daß van Moock darüber ein Wort verlor. Früher meinte ich, es fiele ihm nicht auf. Heute begreife ich, daß er froh war, sie nicht bändigen zu müssen.

Ehrlich gesagt, störte mich die Ungleichbehandlung anfangs weniger als Kwame. Wir waren beide von den Anführern eingeschüchtert, aber ihr Draufgängertum, das mir so fehlte, imponierte mir auch. Und obwohl ich lieber gestorben wäre, als mich van Moocks Erziehungsgewalt zu entziehen, phantasierte ich insgeheim, einer der ihren zu sein. Die Aufrührer begleiten zu dürfen, wenn sie nach dem Baden ans Ufer krochen und splitterfasernackt in die Wiesen rannten, um den Bäuerinnen einen fürchterlichen Schrecken einzujagen.

Der Anführer steht natürlich genauso außerhalb der Gruppe wie der Ausgestoßene, jeder auf seiner Seite. Der eine existiert durch die Gunst des anderen. Dieses einsame Wiedererkennen zieht beide an und stößt sie zugleich ab. Sie geben der grauen Masse, die jede Gruppe ist, ein Gesicht und halten sie zusammen. In diesem Sinne habe ich immer etwas von mir in Cornelius wiedererkannt.

Bin ich auch noch klein,
Holland wird für mich immer das Größte sein.
Ich hab dort Trank und Speise
und darf von Lehrern weise,
viel kluge Dinge hör'n. Ich werd, bin ich erst Mann,
so nützlich sein dem Land,
wie ich es geben kann.

Die anderen Zöglinge durften jeden Mittwoch- und Samstagnachmittag, manchmal auch Sonntagfrüh nach dem Gottesdienst und nach der Bibelstunde, für einige Stunden ohne Aufsicht hinaus. Uns war es nicht untersagt, aber wir fühlten kein Bedürfnis danach. Wir lebten für das Lernen und lernten für das Leben. In den ersten Monaten sahen wir die anderen zwar losmarschieren, aber wir kamen nicht auf die Idee, ihnen zu folgen. Das Haus war uns inzwischen vertraut und was wir von unserem Fenster aus von der Außenwelt sahen, war aus Stein, geradlinig und kalt. Wir erkannten die Stadt und die offenen Felder einfach nicht als Ort, wo wir, wie früher im Wald, spielen könnten. Es gab also keinen Anlaß, die Schule zu verlassen, bis Mevrouw van Moock an einem Mittwochnachmittag das Klassenzimmer betrat, wo Kwame und ich Nachhilfeunterricht bekamen, und in einem Ton, der keine Widerrede duldete, zu ihrem Mann sagte: »Simon, hier habe ich zwei Cent, und ich finde, daß man das Leben nicht aus Büchern lernen kann, und deshalb und deshalb ...« – sie stürmte auf uns zu und drückte jedem eine Münze in die Hand – »und deshalb holt mir doch bitte zwei Milchbrote, meine Knaben, und ein Pfund Lutschbonbons, und halte sie nur nicht zurück, mein lieber Gatte, denn wenn ich mir einmal etwas in den Kopf gesetzt habe, nun, dann weißt du schon Bescheid!«

Van Moock schlug die *Metamorphosen* zu, aus denen er vorgelesen hatte. »Ihr habt es gehört, zwei Milchbrote und ein Pfund Lutschbonbons. Dort ist die Tür.« Und tatsächlich hielt Mevrouw van Moock uns die Tür auf. Im Vorbeigehen setzte sie uns eine Mütze auf, band uns wollene Schals um und blieb noch einen Augenblick auf der Schwelle stehen, bis ihr Mann sie am Rock mit den Worten ins Haus zog: »Mein kluges Frauchen, das war wirklich eine ausnehmend gute Idee«, worauf er die Tür ins Schloß fallen ließ.

Der Nachsommer des Jahres '37 war ohne Vorwarnung in eine uns unbekannte schneidende Kälte übergegangen. Wenn man einen jeden über den Wetterumschwung klagen hörte, konnte man meinen, die Niederländer vertrügen nichts. Ich fand die Witterung nicht unangenehm. Die Kälte ließ unser Gesicht erstarren. Es begann zu prickeln. In den Niederlanden macht einem sogar der Wind die Haut bewußt.

Die Leute gingen so wenig wie möglich aus dem Haus. Sie hielten die Vorhänge bis auf einen Spalt geschlossen. Hinter dem Fenster auf der anderen Seite der Gracht lauerte ein Gesicht. Ein Stück weiter fegte ein Straßenkehrer Abfall in das Grachtwasser, das den ganzen Unrat vom Markt zur Schleuse schwemmte. Wir standen vor der Tür herum und wären vielleicht auch stehengeblieben, wenn wir nicht einem Fahrzeug aus dem Weg hätten springen müssen. Der Kutscher schrie uns eine Verwünschung zu. Das beruhigte mich, weil er das bei jedem anderen auch getan hätte. Ich nahm Kwame an der Hand.

Es läuft auf dasselbe hinaus, ob Menschen einen anstarren und mit dem Finger auf einen zeigen oder ob sie sich besondere Mühe geben, nicht zu demonstrativ hinzusehen; beides ist gleichermaßen auffällig. Eine Dame und ein Herr kamen uns entgegen, hielten mitten im Schritt inne, stießen sich an und blieben mit aufgerissenen Mündern stehen, bis wir an ihnen vorüber waren. Daraufhin kehrten sie um und folgten uns, vorsichtig, um nicht aufzufallen. Gingen wir fünf Schritte, gingen sie fünf. Blieben wir stehen, taten sie es auch. Ich warf Kwame einen Blick zu und wußte, wir dachten dasselbe und beschlossen, die beiden zum Wahnsinn zu treiben. Wir überquerten die Straße, kehrten zurück und gingen wieder auf die andere Seite. Wir schlenderten ein paar Schritte, fielen dann plötzlich in einen Trab und bogen in eine Gasse ab, um zu beobachten, wie unsere Schatten vorüberkeuchten und dabei eine Miene aufsetzten, als sei das ihr täglicher Spaziergang.

Das Ende der Gasse führte in ein Viertel, wo die Häuser aus Holz und Lehm gebaut und mit Jutesäcken gedeckt waren. Die Kinder rannten trotz der Kälte barfuß durch den Sand. Ein paar Frauen wärmten sich am offenen Feuer, auf dem sie Kohlblätter kochten. Sie luden uns ein, aus einem Schöpflöffel zu kosten. Kwame lehnte ab. Ich versuchte von dem Brei, und als ich aufsah, hatte Kwame Schuhe und Strümpfe ausgezogen. Wie ein Verrückter jagte er durch den Sand. Ich rief ihn zur Ordnung, aber er war völlig außer sich und hörte nichts.

Ich ging weiter, ohne auf ihn zu warten. Er holte mich ein, aber selbst als die nächste Straße wieder gepflastert war, trug er noch immer die Schuhe in der Hand. Ich zischte ihm zu, sie auf der Stelle anzuziehen. Nicht die Kälte war es, die mir Sorgen machte.

Wir fanden eine kleine Bäckerei. Unsere Anwesenheit zog schaulustige Passanten an. Sie kamen in den Laden und kauften etwas, nur um uns kurz betrachten zu können. Der Besitzer, froh über die unerwartete Kundschaft, steckte uns eine Leckerei zu und bat uns, noch ein wenig zu bleiben. Kwame wollte nicht, aber ich war froh, dem Mann eine Freude machen zu können … nun ja, auf jeden Fall hatte ich Angst, ihn vor den Kopf zu stoßen. Ich schickte Kwame mit den Broten zur Oude Delft voraus.

Als ich wenig später mit zwei warmen »Äpfeln im Schlafrock« wieder auf der Straße stand, wollte ich meine Freiheit nicht so schnell wieder aufgeben und schnurstracks nach Hause laufen. Ich kletterte auf den Ringwall neben der Bäckerei und beschloß, ein wenig um die Stadt zu spazieren. Von dort oben bekam ich einen Eindruck von der Anlage der Straßen und der Lage der Wiesen um die Stadt.

Wenn Menschen die Natur nach ihrer Vorstellung einrichten, ziehen sie am liebsten gerade Linien, als wollten sie das Werk des Lebens zerstören. Die holländische Landschaft bietet keinen Trost. Weiden verbergen nicht die Wahrheit.

Ich erkannte die Straße, auf der man uns nach Delft gebracht hatte. Solche Straßen führten aus verschiedenen Richtungen auf die Stadt zu, und ich fragte mich, auf welcher wir sie eines Tages verlassen würden. So viele Himmelsrichtungen, die ich mir merken wollte. Ich schloß die Augen und drehte mich im Kreis, bis mir schwindlig wurde. Dann schaute ich um mich und begann alles, was unmittelbar vor mir lag, in mich aufzunehmen. Ich sah eine Windmühle, die ich von einem Stich kannte, der in der Diele der Schule hing. Es gab Bauernhöfe, Arbeiter auf den Feldern, in der Ferne flache Dünen. Mehr in der Nähe erkannte ich zwischen den quadratischen Feldern mühelos den Bogen des Schie mit dem kleinen Fährhaus, wo wir ein paarmal, als das Wetter es noch zuließ, mit van Moock geschwo ...

Ein Stoß in den Rücken nahm mir sekundenlang den Atem. Als ich ihn wiederfand, fühlte ich, wie eisig die Luft war, die ich einatmete. Sie roch wie Gras. Ich dehnte diesen Augenblick, als wisse ich, daß danach für mich nichts mehr wie früher sein würde. Zu spät. Weil ich nach vorn gesehen hatte, hatte ich nicht bemerkt, daß sich jemand von hinten angeschlichen hatte. Verheeck warf sich auf mich und hinderte mich, wegzulaufen. Er hatte zwei Sekundanten bei sich, Gerrit Toorenaar und Kobus Mus, den kleinsten und den dümmsten der Klasse. Sie drehten mir die Arme auf den Rücken. Verheeck baute sich vor mir auf, grätschte breit die Beine und verschränkte die Hände hinter seinem Rücken, genau wie auf dem Stich, der in der Klasse hing und die Unterwerfung Vercingetorix' darstellte. Wahrscheinlich wippte Julius Caesar genauso wie Verheeck von der Ferse auf die Ballen, den Kopf ein wenig in den Nacken gelegt, um von weiter oben auf den Besiegten herabsehen zu können.

»Von nun an«, sprach Verheeck, »von nun an antwortest du jedesmal, wenn ich dich frage: Was bist du? ›Ich bin ein schmutziger, schmieriger Schwarzkittel!‹ Kapiert?« Er gab schon einmal eine Kostprobe dessen, was mir bevorstand, indem er mich zwischen die Beine trat, noch ehe ich etwas sagen konnte.

»Also, was bist du?« Er klang eiskalt und beherrscht und wartete geduldig, bis ich wieder zu Atem gekommen war.

»Ich bin ein schwarzer Kittel«, sagte ich, ohne zu wissen, was das war, und bekam direkt einen Kinnhaken.

»Falsch!« sagte Verheeck. »Dumm bist du also auch noch. Ein dummer, schmutziger, schmieriger Schwarzkittel. Was bist du?«

»Ein schmutziger, schmieriger Schwarzkittel.«

Er schlug.

»Und ein dummer dazu! Ein dummer dazu!!«

»Ich bin ein dummer, schmutziger, schmieriger Schwarzkittel.«

»Herr Verheeck!«

»Herr Verheeck«, rief ich noch, und tatsächlich ließen sie mich los. Ich dachte, sie würden mich nun, um die Spannung zu brechen, gemeinsam auslachen, wie in der Klasse, wenn einer gefoppt wird, aber das geschah nicht. Sie waren ernst wie Erwachsene. Das war kein Spiel. Die Angelegenheit war für sie genauso wichtig wie für mich. Sie hatten es so abgemacht und waren zufrieden. Es war wie eine Vereinbarung unter Gentlemen. Auch ich war merkwürdig ruhig, lief nach Hause, ging nach oben und setzte mich auf die Bettkante. Dort erst stürzte das Vorgefallene wie ein Felsblock auf mich herab. Ich zitterte. Ich war so müde wie noch nie. Und wenn mein Leben daran gehangen hätte, ich konnte mich unmöglich aus meiner sitzenden Stellung aufs Bett legen. So saß ich eine Stunde, vielleicht zwei, vielleicht länger. In meinem Kopf repetierte ich, damit Verheeck mir nie wieder etwas antun könne: »Ich bin ein dummer, schmutziger, schmieriger Schwarzkittel.«

Mon chou, mon bijou, mettez vos jojoux sur mes genoux
et prenez des cailloux pour chassez les hiboux.

Als ich aufwachte, gelang es mir nicht, meinen Kampfgeist zurückzugewinnen, so tief versank er durch sein eigenes Gewicht in mir. Ein Tier, das gezähmt wird, lernt seine Wut zu tarnen. Seine Bewegungen werden träger. Alles wird schwerer. Ich fühlte den Widerstand durch die Poren in mich hineinsickern, tief in mir konnte ich ihn aufbewahren und nähren, ohne mich damit in Gefahr zu bringen. Das war ein kleiner Schritt.

Ich erhob mich und setzte mein Leben fort, in dem es von nun an eine neue Tatsache gab. Ich bemühte mich den restlichen Tag, ungerührt zu erscheinen. Dennoch muß an mir etwas aufgefallen sein. Van Moock übersah meine falsche Berechnung von Bartjens *»Wieviel Cent hat Thomas Liederjan auf der Kirmes unnütz ausgegeben?«* Seine Frau erhob sich nach einer Weile, um mir ein Gedicht vorzutragen. Sogar Bertje steckte mir nach dem Essen zwei Lakritz-Griotten zu, so daß ich einen Moment lang rätselte, ob etwa jeder von meiner Niederlage wußte, aber das war Gott sei Dank unmöglich.

Am Abend suchte ich sofort nach dem Abendessen mein Zimmer auf. Als Kwame wenig später nachkam, stellte ich mich schlafend. Er fiel nicht darauf herein und wollte wissen, was vorgefallen sei. Zuerst weigerte ich mich zu reden, und als er nicht nachgab, sagte ich, ich vermisse meine Mutter so sehr. Das konnte er sich gut vorstellen. Er kam ins Bett und nahm mich in den Arm. Wir lauschten auf die letzten Geräusche im Haus, das Schlagen der Turmuhr und das allmählich verstummende Lallen der Betrunkenen, die sich auf der Brücke zankten. Eine Weile war es still. Ich weiß nicht, ob Kwame für mich zu singen anfing oder ob er sich – im Glauben, daß ich schliefe – mit seinen Erinnerungen zu trösten versuchte. Heiser, tonlos besang er die Fäden der Spinne Anansi, aber er verhaspelte sich schon mitten in der zweiten Strophe. Danach dauerte es noch eine Weile, bis er sich ausstreckte und sich an mich schmiegte.

Ich trug eines der Nachthemden, die seit unserem ersten Abend in Delft unbenutzt im Schrank gelegen hatten. Kwame hielt den Atem an. Seine Finger befühlten, federleicht, kurz den Stoff, bevor er sich mit einem schweren Seufzer auf den Rücken rollte. Ich hatte die Bänder am Handgelenk und am Hals so fest wie möglich zugeschnürt, weil ich hoffte, so könne ich meine Scham bedecken und für mich behalten.

Verheeck sah bei unserer nächsten Begegnung mit einem Blick, daß ihm der Sieg sicher war und das stimmte ihn von nun an weicher und damit grausamer. Ich sprach die Zauberformel und kam mit heiler Haut davon, dankbar, daß ich diese merkwürdigen Worte in mir trug, die Freiheit schenkten. Was sie wohl bedeuten mochten, das ging mir im Kopf herum. Schwarz, das konnte ich einordnen, seit ich Weiße gesehen hatte, aber schmierig und dumm …? Das war ich nicht, das wußte ich genau. Dennoch wiederholte ich den ganzen Tag die Worte still vor mich hin, zwanghaft, damit sie mir im Notfall nicht entfallen wären. Das war drei- bis viermal wöchentlich. Man sollte meinen, die Quälgeister langweilten sich nach einer Weile, aber die Routine machte sie süchtig. Meist reichte die Formel aus, die ich parat hatte, aber nicht jedesmal. Manchmal fanden meine Peiniger, ich spreche die Formel zu spät aus, nicht ernsthaft genug, zu leise oder zeige zu wenig Ehrfurcht. Weil sie nicht genau wußten, ob meine Haut wie die ihre blaue Flecken bekam, schlugen sie zur Sicherheit vor allem auf mein Gesäß und die Lenden ein, weil sie wußten, daß ich diese vor van Moock bedeckt halten würde.

> *»Weiblich erkennt man an -nis und -heit,*
> *wie -ung vom Tuwort abgeleit'.«*

Alles eine Sache der Gewohnheit. Das ist der Trumpf, den Unterdrücker in der Hand haben. Ihr Opfer beugt sich, um nicht zu brechen. Der Mensch paßt sich an, um zu überleben. Die Minderheit fügt sich der Mehrheit. Und während sich dein Blick auf die Welt verhärtet, wird dein Stolz weich und formbar wie der Schädel eines Neugeborenen. Es ist möglich, sich so zu teilen. Während die eine Hälfte von dir voller Angst und Demütigung lebt, kannst du den anderen Teil funktionieren lassen, als sei alles in Ordnung. Nichts ist einfacher als das.

Trotz allem wollte ich die Stadt weiter erkunden. Anfangs versuchte ich Kwame zum Mitkommen zu überreden, aber er hatte weder Lust noch ein Bedürfnis danach. Ich wanderte also allein die Grachten entlang, sah in die kleinen Fabriken und Läden. Die Leute waren freundlich. Sie gaben mir die Hand und holten mich ins Haus. Sie schenkten mir Süßigkeiten, bis das Gerücht, daß man mich irgendwo ansehen könne, die Runde gemacht und Kundschaft angezogen hatte. Ich wußte, daß man mich ausnutzte, konnte aber meinerseits auch mit den unterschiedlichsten Menschen sprechen. So lernte ich zahllose neue Wörter, wußte, was alles kostete und welchen Gewinn man damit erzielen konnte, stellte fest, daß die Registrierkasse beim Rechnen keine Fehler machte, und beobachtete, woraus die Fachleute ihre Waren fertigten und womit sie sie verarbeiteten. Ich studierte die Handwerke und nutzte die

Gelegenheit, mir soviel wie möglich von der Kultur und Art des Volkes zu eigen zu machen. Es wurde zwanghaft. Ich ruhte nicht, bevor ich nicht wußte, was die Leute in ihren Werkstätten und Häusern beschäftigte. Ich wollte begreifen, worin sich die Delfter so sehr von uns unterschieden, daß es immer Menschen gab, die sich über mein Aussehen wunderten. Diese Verwunderung wollte ich zum Verschwinden bringen und dazu mußte ich die Stadt in- und auswendig kennen. Verheeck konnte mich nicht daran hindern. Die Angst, er könne überall unerwartet auftauchen, machte das Abenteuer noch spannender und das Wissen, eine Formel zu kennen, die ihn beruhigte, schenkte mir dabei ein Gefühl der Macht, wie wenig angebracht es auch war. Ich vermutete, daß überall in dieser fremden Gesellschaft Formeln existierten, mit denen sich unerwartete Situationen meistern ließen, eine bestimmte Einstellung, mit der man Menschen für sich gewinnen konnte. Die wollte ich lernen.

können, sollen, dürfen, müssen, wollen, lassen

So verbrachte ich den Herbst und einen Teil des Winters. Begegnete ich Verheeck mit seinen Kameraden, tat ich ohne nachzudenken, was sie von mir verlangten.

Ich hatte mich damit abgefunden und hätte auch keinen Widerstand geleistet, wenn Bertje nicht eines Tages eingefallen wäre, daß Jugendliche in der Wachstumsphase gelegentlich eine kräftige Suppe bräuchten. Dafür hatte sie auf dem Fischmarkt eine preiswerte Partie Schollenköpfe gekauft und für die van Moocks, die eine Aversion gegen alle Fischsorten hatten außer gegen die feinsten, hatte sie noch ein Pfund Seezunge einpacken lassen. Mit Hilfe großer Mengen eingeweichter Brotreste, Salz und Petersilie schmeckte das Gebräu nicht schlecht. In dieser Nacht jedoch geriet das Haus in helle Aufregung, und als ich ebenfalls mit den Fäusten auf den Bauch gedrückt nach unten rannte, standen bereits eine Reihe Jungen auf dem Innenhof vor dem Klosett Schlange. Ich geriet in Panik, versuchte den Druck zu bezwingen, indem ich mich auf den gefrorenen Boden setzte, aber das bewirkte genau das Gegenteil. Ich rannte im Kreis herum und war kurz davor, mich vor allen hinzuhocken und dem Schicksal seinen Lauf zu lassen – etwas, wofür ich mich früher kaum geschämt hätte –, aber die Angst, böse Zungen würden mir übel nachreden, war stärker. Ein heftiger Schmerz trieb mich zu der Stelle, die ebenso einleuchtend wie undenkbar war: Ich rannte um die Ecke und stürzte in van Moocks Privatklosett. Ich fand Erleichterung, aber sie war nur von kurzer Dauer. Der Druck ließ nicht nach und hielt mich von dem ursprünglich geplanten schnellen Rückzug ab. Der Schmerz zwang mich zum Sitzenbleiben und das unablässige Pressen machte mich schwindlig, so daß ich mir schließlich die schreiende Hausherrin vorstellte, mit Schlafmütze und aufgedrehten Papillotten, wenn sie mich am nächsten Morgen ausgerechnet hier leblos finden würde. Just da wurde die Tür aufgerissen und ich sah in ein so verzerrtes Gesicht, daß ich schon befürchtete, vom Sensenmann geholt zu werden. Dann erkannte ich Cornelius.

»Verdammt, Boachi, beeil dich, runter mit dir!«, ächzte er, aber leider konnte ich seiner Bitte unmöglich nachkommen.

»Ich hab Dünnpfiff!«

»Setz dich daneben«, sagte ich und deutete auf die zweite Aussparung im Mahagoniholz, das für das kleine Geschäft gedacht war.

»Daneben?« fragte er, und einen Moment schien er vor Verblüffung seine Pein zu vergessen. »Wie meinst du das?«

»Na, einfach daneben«, wiederholte ich und wurde augenblicklich wieder durch ein erneutes Zusammenkrampfen meiner Gedärme in Beschlag genommen. Ich sah nichts mehr, sondern hörte, wie de Groot den Atem so durch die zusammengekniffenen Lippen zog, daß es ein pfeifendes Geräusch gab. Er schoß hinein, zog die Tür hinter sich auf den Haken, setzte sich neben mich und tat, was er nicht lassen konnte. So saßen wir da, eine halbe Stunde, vielleicht auch länger, ohne ein Wort. Irgendwann war zwischen all den Tönen ein Geräusch, das ich in dieser Situation nicht einordnen konnte. Ich drehte den Kopf und sah im Laternenschein, der durch das hohe Fensterchen hereinfiel, Cornelius flennen. Mit dem Ärmel wischte er eine dicke Träne von seiner Wange.

Bisher war Cornelius der einzige Schüler gewesen, dem ich mich zu nähern gewagt hatte. Nach seinen zwei guten Taten mußte es niemand wundern, daß ich mich zu ihm hingezogen fühlte, nur ihn selbst schien es zu überraschen, wenn er, sei es von mir oder einem anderen, angesprochen wurde. Es schien ihm nicht sehr recht zu sein und er blieb immer unzugänglich. Kwame sagte, ich machte mich selbst kleiner, indem ich zu einem anderen aufschaute, aber auch er mochte den ungeschlachten Bären. Schließlich war er der einzige, in dessen Anwesenheit Kwame manchmal noch ein paar Worte Twi mit mir wechselte, als seien wir allein. Ich grüßte Cornelius auf dem Flur, und wenn er die Feder fallen ließ, hob ich sie auf. Dann knurrte er. Dabei blieb es. Das reichte.

Nun saß ich in seinem Gestank und er in meinem. Ein guter Geist, pflegte meine Mutter zu sagen, verbreitet lieber Gestank als Blütenduft, dann bemerken ihn die Menschen früher.

»Weinst du?« fragte ich, worauf Cornelius einen verächtlichen Schrei ausstieß.

»Spinnst du?« fragte er und rümpfte die Nase. Wieder blieb es kurz still.

»Könnte doch sein!« murrte ich, genauso eingeschnappt wie er.

»Niemals!« Wieder durchzuckte ihn ein Krampf, er preßte und fluchte, und obwohl sein Unterleib so röhrte, daß die Wartenden draußen darüber Witze rissen, glaube ich nicht, daß etwas kam. Er wischte sich den Schweiß von der Stirn.

»Seit Jahren nicht mehr«, flüsterte er, als gäbe er etwas preis. Es war so feierlich, daß keiner von uns mehr die Stille zu stören wagte und wir versuchten, alles so gut wie möglich zurückzuhalten.

Nach einiger Zeit stand er auf, genauso jäh wie er sich hingesetzt hatte. »Laß dir einen Rat geben«, sagte er und säuberte sich mit etwas Eiswasser aus der Wasserkanne. »Wenn du draußen bist, bist du draußen. Punkt aus. Rein kommst du nicht. Aber wenn sie Angst haben, sind alle Menschen gleich. Du mußt mit ihnen kämpfen. Stärker sein. Nur so verschafft man sich Respekt.« Er machte die Tür hinter sich zu und zog sie zwei Sekunden später wieder auf. »Wenn du willst, bringe ich es dir einmal bei. Ich bin gut.«

Am nächsten Morgen mußten wir ohne Frühstück Appell stehen, bis sich die Beschmutzer des Privatklosetts melden würden. Ich überlegte, ob ich vortreten sollte, fühlte aber Cornelius' Blick auf mir brennen. Weil er beteiligt war, wagte auch keiner auf mich zu deuten, nicht einmal, als ein paar Schüler, unter ihnen Verheeck, dort saubermachen mußten.

Als das Leben im Internat wieder in Schwung kam, nahm mich Cornelius zur Seite und sagte: »Das war verdammt kameradschaftlich von dir.« Er druckste herum. »Das gestern abend«, schnauzte er, als nehme er mir übel, daß ich ihn zwang, die Angelegenheit zu erläutern. »Wüßte keinen, der das für mich getan hätte. So dazusitzen, zusammen.« Er steckte die Hände in die Hosentaschen und ging weiter. Nach ein paar Schritten drehte er sich um, ohne mich anzusehen. »Wenn sie dich ärgern, sagst du es mir!« Es klang wie ein Befehl und nicht so, als hätte er mir seine Hilfe angeboten.

Ich zweifelte nicht, daß er mich vor Verheeck in Schutz nehmen würde, wenn ich ihn bäte. Gerade hätte ich ihm alles erzählen können, und die Schikanen hätten ein Ende gehabt. Ich sagte nichts, aber hielt meine Position für erheblich verbessert. Ich schätzte meine Chancen ein und erwog noch einmal sorgfältig das Für und Wider.

Das nächste Mal, als Verheeck mir mit seinen Kumpanen auflauerte, faßte ich mir ein Herz. Es dauerte ihnen zu lang und Mus lockerte bereits seine Finger. Erwartungsvoll ließ er die Knöchel knacken und schlug abwechselnd mit der einen Faust in die andere.

»Ich bin ein dummer, schmutziger, schmieriger Schwarzkittel«, beeilte ich mich zu sagen, und enttäuscht nahmen meine

Belagerer zur Kenntnis, daß ich ihren Fäusten zuvorgekommen war. »Aber ...«, stotterte ich. Ich hörte, wie meine Stimme brach und im nächsten Moment beinahe in ein Schreien umschlug: »... aber damit muß Schluß sein ...«

»Oh?« sagte Verheeck lakonisch. Toorenaar mußte lachen.

»Ja«, fuhr ich leiser fort, »denn wenn Cornelius dahinterkommt, dann seid ihr es, denen das Fell gegerbt wird.«

»Und wie sollte Cornelius dahinterkommen?«

»Vielleicht durch dich?« sagte Mus, und er stellte sich auf die Zehenspitzen, um in die Nähe meines Gesichts zu kommen.

»Ich sage nichts«, sagte ich und legte den Kopf schräg, ein bißchen wie Caesar, und ergänzte bedeutungsvoll: »Noch nicht.«

Mus sah zu Toorenaar, der wiederum Verheeck anstarrte. Ihr Schweigen machte mir Mut.

»Das ist eine Sache zwischen uns«, sagte ich. »Bedauerlich. Aber jetzt hat sich das Blatt gewendet. Bis jetzt war es meine Schande, von nun an ist es eure. Noch einmal, und dann sage ich ihm alles.«

»Na und«, lachte Verheeck, »mach's doch, klar, dann weiß er gleich, was du für einer bist.« Und er prügelte drauflos wie noch nie zuvor.

Jetzt hatte ich Beweise. Kleider zerrissen. Wunden zum Vorzeigen. Ich pinkelte sogar Blut. Ich hinkte nach Hause, ging hinein und zog mich die Treppe hoch. Ein paar Mitschüler stürmten auf dem Weg zum Ballspielen nach unten. Auf halbem Wege kam mir Cornelius im ersten Stock entgegen. Er hatte sich verspätet und wollte die anderen einholen. Ich stand ihm im Weg.

»Ist was?« fragte er. In meinem Mund stritten sich die Worte, aber ich konnte nur weinen.

»He, Freund, heraus mit der Sprache!« befahl er und legte mir die Hand auf die Schulter. Er gehörte nicht zu denen, die man leicht bei einem Lächeln ertappen konnte, aber diesmal kräuselte er die Mundwinkel, um mich zu ermutigen. Diese

Hand auf meiner Schulter! Cornelius tat, was noch nie zuvor ein Weißer getan hatte. Er nannte mich seinen Freund. Er stellte sich auf die gleiche Stufe. So empfand ich es zumindest. Er nannte mich seinen Freund und glaubte, daß ich es wert sei ...

Mit einem Mal war es undenkbar, Cornelius die Wahrheit meiner Demütigung einzugestehen. Ich würde ihn tief enttäuschen. *Ich bin ein dummer, schmutziger, schmieriger Schwarzkittel!* Diese Worte waren bedeutungslos, wenn meine Angreifer sie in ihrer Dummheit skandierten, aber hatte ich sie nicht selbst in den Mund genommen? Ich hatte sie wiederholt und auswendig gelernt. Ich selbst hatte sie bestätigt. Jetzt endlich, wo unser Niederländisch schon gut, unser Französisch und Deutsch ordentlich zu verstehen waren und wir ohne Wörterbuch Englisch lesen konnten, wurde mir klar, welche Macht Sprache haben kann. Mein gedankenloses Wiederholen hatte die Lügen wahrgemacht. So hatte ich meine eigene Schande verursacht. Wie konnte ich diese Worte noch einmal aussprechen, ohne jeden Respekt zu verscherzen? Auch wenn es nur Worte waren, ich befürchtete, Cornelius werde sie glauben, wie ich sie geglaubt hatte. Daß er, daß jeder mich so sehen könnte, wie ich wirklich war. Und damit hätte Verheeck gewonnen. Damit hätten die Worte gewonnen.

Ich riß mich von Cornelius los, schüttelte den Kopf und ging so gerade wie möglich weiter. Er zuckte mit den Schultern und setzte seinen Weg fort. Hinter mir wurden die Schritte schneller, knallten über die Holzstufen auf dem Weg zum Hof, wo er erwartet wurde.

Batavia, Buitenzorg, Soekaboemi, Bandoen, Garoet,
Semarang, Soerabaja, Madioen

Es dauerte bis zum Frühjahr, bis ich aufwachte. Ich muß blind gewesen sein. Eines Morgens stand ich auf. Gegen seine Gewohnheit blieb Kwame im Bett. Meist war er früher wach als ich. Und früher munter. Jeden Tag weckte er mich. Aber auch nachdem ich mich gewaschen und angezogen und die Fensterläden geöffnet hatte – keine Bewegung. Auf meine Frage, wie es ihm ginge, blieb er stumm. Ich kitzelte ihn an den Fußsohlen, wie wir es manchmal taten. Er zog die Füße zurück. Ich sprang aufs Bett und hüpfte, um die Deckenbalken zu berühren. Kein Kommentar. Ich ließ mich fallen, schlug die Decke zurück und wollte ihn an den Schultern rütteln. Jäh wich ich zurück. Brandblasen. Zwei offen und feucht, die dritte noch gewölbt. Rundherum hatte sich die Haut zusammengezogen, war schwarz und verkrustet. Das kannte ich. Ich hatte die gleichen Narben an den Fußgelenken, und noch ein paar auf dem rechten Oberarm. Vor Kummer zuckte ich zusammen und ließ mich vom Bett fallen. Ich verfluchte mich, weinte hemmungslos und schlug den Kopf gegen das Bettgestell. Kwames Augen waren die ganze Zeit weit geöffnet. Er brachte es nicht über sich, mich anzusehen, sondern starrte auf eine Stelle an der Wand.

In diesem Moment kehrte der Wille in mir zurück, den er verloren zu haben schien. Eine Riesenwut ergriff von mir Besitz. Ich stürmte auf den Gang und rannte in den Schlafsaal, wo Cornelius gerade aus dem Bett kroch.

»Heute nachmittag«, sagte ich und drehte auf dem Absatz um, und obwohl sein Angebot längst verstrichen war, verstand er mich sofort. Bei Bertje in der Küche besorgte ich eine Schüssel warmes Wasser, saubere Tücher und eine Handvoll Butter, mit denen ich Kwames Wunden sauber tupfte und eincremte. Ich wußte aus eigener Erfahrung, daß es Linderung brachte. Darauf legte ich mit dem Wasser aus der Kanne eine kalte Kompresse. Noch immer sah er mich nicht an. Als ich fertig war, nahm ich ihn in die Arme, aber das vertraute Gefühl stellte sich nicht ein. Nie hatten wir Worte gebraucht, als sie hätten helfen können, fanden wir sie nicht. Mit einem Mal schien sich die Stille, das allzulange schamvolle Schweigen, zwischen uns gedrängt zu haben. Ich bettete Kwame auf die Laken zurück, meldete ihn mit einer Ausrede bei van Moock krank, kehrte nach oben zurück und riß die Tür zum zweiten Schlafsaal auf. Verheeck, den ich suchte, war schon unten, aber ich öffnete das Schränkchen neben seinem Bett und riß alles heraus. Was ich suchte, fand ich aber nicht. Daraufhin zog ich seine Matratze vom Bett, riß sie auf und streute das Stroh büschelweise um mich. Im Stroh lag eine halbe Zigarre, dick und stumpf, dieselbe Sorte, mit der er uns beide gebrandmarkt hatte. Ich ging damit zum Speisesaal und warf den Tabakstummel in Verheecks Brei. Seine Tischgenossen hielten den Atem an. Er sah nicht gleich auf, sondern fischte langsam den braunen Matsch aus seinem Essen. Er blieb sitzen, als überlege er, ob er diesen Bissen vielleicht doch noch nehmen solle. Er suchte nach einer Pose, zuckte kurz mit den Schultern, als müsse er lachen. Dann sprang er auf und flog mir an den Hals. Stühle kippten um, als wir hart auf dem Boden aufschlugen und übereinander weiterrollten. An diesem Morgen war er mir noch überlegen, aber obwohl ich aufgeben mußte, weil mir das Blut ins Auge lief, gehörte er doch schon zu den Verlierern.

Am Nachmittag erteilte mir Cornelius den ersten Boxunterricht und jeder verstand, wofür er gedacht war. Tagelang übte ich an Sandsäcken, Bäumen und am Unterrock Mevrouw van Moocks, den Cornelius von der Wäscheleine stibitzt und mit einem Kissen ausgestopft hatte, um ihn mir völlig unerwartet an den Kopf zu werfen und so meine Wachsamkeit zu trainieren. Als ich soweit war, kämpfte ich sechsmal mit dem diabolischen Trio, und als ich mich zur siebten Runde in Position stellte, spuckte Verheeck vor mir auf den Boden; dann kehrten sie mir den Rücken zu, als interessiere ich sie nicht länger.

> Ἄνδρα μοι ἔννεπε, Μοῦσα, πολύτροπον… *Singe mir, Muse, die Taten des weitgereisten Mannes, / Welcher auf langer Irrfahrt, nach Trojas, der hehren, Zerstörung…*

Bis weit in den Sommer hinein übte ich mit Cornelius. Mein Körper entwickelte sich. Es machte mir Spaß, Muskeln zu kräftigen, die mir direkt von Nutzen waren. Ich versuchte Kwame davon zu überzeugen, mitzutrainieren, aber vergeblich. Ich ließ Verheeck nie aus den Augen, aber auch Kwame wurde nun in Ruhe gelassen.

Nach einem halben Jahr hatten wir noch kein Wort über unsere Demütigungen gesprochen, ebensowenig über die Revanche, als mir eines Abends auffiel, daß mein Freund nicht einschlafen konnte. Ich fragte ihn, was er auf dem Herzen habe.

»Deine Boxerei«, sagte er, als sei das eine Antwort.

»Was ist damit?«

»Sie ist stumpfsinnig.«

Mehr nicht. Ich antwortete nichts, aber es ärgerte mich. Es empörte mich, daß mir mein Vetter mit keinem Wort für meinen Einsatz dankte, nicht einmal mit einem Blick. Und als er nach soviel Undankbarkeit urplötzlich einschlief, wurde ich so wütend, daß ich selbst kein Auge mehr zumachen konnte. Ich weckte ihn.

»Es hat uns aber geholfen!«

»Ach, Kwasi, hör doch auf!« sagte er, als müsse ich es eigentlich besser wissen.

»Wir gehören doch jetzt dazu, oder etwa nicht?« Ich stupste ihn. Er wurde nicht böse, sondern packte mich am Handgelenk, zuerst so fest, daß ich mich nicht mehr losreißen konnte, dann so sanft und nachdrücklich, daß ich nicht mehr losgelassen werden wollte.

»Wir werden geduldet, das ist nicht dasselbe.«

3

»Ich stamme aus einer großen Familie und es reichte gerade zum Leben, das darf ruhig jeder wissen, aber wenn Besuch kam, dann wurde ihnen etwas aufgetischt!«

Mevrouw van Moock trug ein Kleid aus grüner Seide, die raschelte wie trockenes Schilfgras, als sie aufgeregt im Salon auf und ab fegte. Es waren die Nerven. Zu Hause war sie den ganzen Morgen damit beschäftigt gewesen, uns auszustaffieren. Als die Kutsche des Kolonialministeriums vorfuhr, um uns abzuholen, bekam sie fast einen Anfall, rannte nach oben und kam in diesem Kleid zurück, das zum Reisen eigentlich zu eng war. Unterwegs ließ sie den Kutscher zuerst bei zwei Ausflugslokalen und anschließend bei einem Schleusenwärter halten, weil sie das Klosett benutzen mußte.

»Warten, warten, warten! Und das, obwohl wir auf Einladung des Königs hier sind. In so einem Fall wäre doch wenigstens eine Etagere Petits fours das allermindeste.«

Sie ergriff meine Hände, streckte ihren Zeigefinger und stieß ihn ein paarmal fest zwischen meine Finger, so daß der weiße Stoff meiner Handschuhe eng anlag. Danach wiederholte sie die Prozedur noch einmal bei Kwame, zupfte unsere Mützen zurecht und ermahnte uns, die Seidenparapluies locker in der Hand zu halten. Sie hatte unser gesamtes Kleidergeld, das ihr der Staat zweimal jährlich zuteilte, für die Anzüge ausgegeben, die wir trugen.

»Damit dein Vater, Aquasi, wenn er dort unten euer Porträt zu sehen bekommt, ausruft: Seht nur, wie gut Mevrouw van Moock für meine lieben Spätzchen sorgt!«

Der Maler hatte sein Atelier in einem Herrenhaus an einer Haager Gracht. Der Raum, in dem wir bereits eine Stunde scheinbar vergessen warten mußten, war sein Studiensalon. Wachsmodelle und zwei Gipstorsos standen herum. Zu Mevrouw van Moocks Abscheu hing dort auch ein menschliches Skelett, das mit Eisendraht in alle möglichen Stellungen gebracht werden konnte. An der Wand standen Glaskabinette mit Muscheln und Mineralien. Es gab auch Naß- und Trockenpräparate. In Glasbehältern schwammen fleischige Insekten und kleine Nagetiere, darunter exotische, die wir von zu Hause kannten. Verdutzt starrte Kwame die dort so ausgestellten Tiere an. Ihr Pelz war verblaßt, die Haut weich und flockig geworden. Mir aber gefielen sie so aufgeschnitten, so konnte ich ihr Inneres studieren. Mevrouw van Moock ekelte sich. Als ich hinter einem kleinen Vorhang zwei abgeschnittene Babyköpfchen in vergälltem Alkohol entdeckte, noch im Spitzenkragen, hastete sie auf die andere Seite des Zimmers und verbot uns, weitere Erkundungen zu unternehmen.

Unserer Sitzbank gegenüber waren drei Leinwände aufgestellt. Sie zeigten Vulkane, einer rauchte. Ihre sanft gewölbten Hänge waren von Flecken nasser Wiesen umgeben, in denen Pfahlbauten standen. Holländische Damen spazierten mit Sonnenschirmen zwischen Büschen, die uns an zu Hause erinnerten. Solange das Warten dauerte, starrten wir auf Javas Horizonte, und als wir endlich gemeldet wurden, konnten wir keine Kerbos, zahme Wasserbüffel, mehr sehen.

»Vergeßt nicht«, zischte Mevrouw van Moock, als sie sich erhob und ihr Mieder zurechtrückte, »er hat denselben Rang wie ihr, aber macht trotzdem eine kleine Verbeugung. Er ist sehr berühmt. Es gibt kein Fürstenhaus in Europa, das sich nicht von ihm porträtieren läßt.«

»Und jetzt wir!« sagte ich stolz und stieß Kwame an.
»Und wer bezahlt das?« fragte er.

Gegen die Sonne, die durch die Fenster des Wintergartens fiel, erblickten wir die Silhouette eines kleinen Mannes, der auf einem niedrigen Sofa lag. Ein Knie hatte er unter sich gezogen, das andere war aufgestellt und stützte den rechten Arm, dessen Hand locker herunterhing. Mevrouw van Moock zeigte, was sie sich unter einem Hofknicks vorstellte.

»Keine Bange, meine Knaben, begrüßt den Radhen Saleh!«

Wir traten näher und verbeugten uns vor ihm. Er neigte sein Haupt und winkte uns noch näher heran. Er hatte ein zartes Gesicht mit runden Formen, das durch die Stirnglatze länger wirkte. Sein Haar war tiefschwarz wie unseres und dennoch glatt. Zu beiden Seiten war es so toupiert, daß es vom Kopf abstand. Am auffallendsten waren seine Augen. So etwas hatten wir noch nie zuvor gesehen. Sie waren schmal und verjüngten sich zu den Augenwinkeln hin, wie die Schwänze eines Zierfisches. Die Pupillen hatten die Farbe seiner Haut, die dunkler war als die aller Weißen, die wir kannten, aber viel heller als unsere. Sein Blick glitt über unsere Gesichter, ohne uns wirklich wahrzunehmen, über Stirn, Jochbeine, Kinn und Mund und wieder zurück.

Schließlich seufzte er sorgenvoll: »So *tief*schwarz!« Seine Stimme war hoch und sanft. Er sah an uns vorbei zu Mevrouw van Moock, als könne sie etwas daran ändern.

»Dunkle Haut hat kaum Nuancen!« erläuterte er.

»Die Knaben kennen ein Gedicht«, versuchte sie seine Frostigkeit aufzutauen. »Vielleicht ist es nett, wenn sie …«

»Weiße Haut *lebt* zumindest. Man kann ihr Tiefe geben.« Es war offenkundig, daß er mit Widerwillen an seinen Auftrag ging. »Transparenz. Falls man das Geschick dazu besitzt, kann man den Betrachter durch weiße Haut hindurchsehen lassen.«

Mevrouw van Moock trat einen Schritt näher und legte ihre Hände auf unsere Schultern. Aufmunternd kniff sie uns ein wenig und sagte kühl:

»Mir war vor einem Jahr in der Ausstellung im Haager

Voorhout das Vergnügen vergönnt, Ihr Selbstporträt bewundern zu dürfen. Nun, wo ich Sie vor mir sehe, muß ich sagen, es war trefflich, außergewöhnlich gut gelungen.«

»Vielen Dank, gnädige Frau.«

»Die Haut der Knaben«, sagte sie belehrend, »ist eine Nuance dunkler als Ihre, weiter sehe ich keinen Unterschied. Sie genießen also mein vollstes Vertrauen«, worauf sie sich umdrehte und uns allein ließ.

Endlich bewegte sich der Radhen. Die dünnen Finger seiner entspannt herabhängenden Hand bewegten sich leise hin und her, als ziehe er mit seinen langen Nägeln Kreise in einen imaginären Teich. Schließlich erhob er sich mit einer einzigen fließenden Bewegung.

In dem gläsernen Anbau stand eine riesige weiße Leinwand bereit. Sie war bestimmt vier Meter hoch und ebenso breit. Der javanische Prinz gab einem Diener, der darauf zu warten schien, das Zeichen, die Sonnenblende über das Glasdach zu schieben. Uns wies er zwei Stühle an.

Darauf ergriff er einen Skizzenblock und begann uns zu zeichnen. Jede halbe Stunde forderte er uns auf, eine neue Stellung einzunehmen, damit er uns in einem anderen Licht sehen könne. Schließlich verdunkelte er den Raum völlig und stellte eine Öllampe vor einen gewölbten Spiegel, so daß ein grelles Lichtbündel uns nur von einer Seite her beleuchtete. Der Maler nahm Farbpigmente und mischte sie so lange, bis er die richtige Nuance für uns gefunden hatte. Darauf skizzierte er wieder einige Zeit. Schließlich legte er den Block weg, schob die Stifte in eine Hülse, wischte sich mit einem Wolltuch das Graphit von den Händen, neigte den Kopf und entließ uns.

Kaum eine Woche zuvor hatte meine letzte Boxstunde bei Cornelius de Groot stattgefunden. In einem Jahr hatte ich mächtige Fortschritte gemacht und trainierte meine Muskeln inzwischen auch ohne meinen Kameraden mit dem Stemmen von Eisengewichten, mit Liegestützen und Tauziehen, mit jedem, der es mit mir aufnehmen wollte. Die Schmerzen in meiner Brust, die mich die ganzen Wintermonate geplagt hatten, waren im darauffolgenden Frühjahr verschwunden und das schrieb ich dem Sport zu. Regelmäßig betrachtete ich mich in Hemdsärmeln vor dem Spiegel und kontrollierte den Umfang meiner Muskeln an Arm, Oberschenkel, Brust und anderen Körperteilen, indem ich ihn mit in Wollfäden eingeknüpften Knoten maß. Ich fand es ehrenvoll, daß meine Oberhemden ausgelassen werden mußten und war in diesem Sommer häufig auf dem Gelände der Gendarmerie zu finden, wo ich die vorhandenen Geräte benutzen durfte. Ich verglich die entblößten Oberkörper der Männer mit meinem eigenen. Mein Rückstand trieb mich an.

Kwames und mein Körper unterschieden sich immer mehr. Ich wies ihn darauf hin und erklärte ihm, was er erreichen könnte, aber es gelang mir nie, ihm das geringste Anzeichen von Begeisterung zu entlocken. Er zeigte auch keinerlei Bewunderung für mich. Mir war unbegreiflich, wie er mit seinen kindlichen Körperformen zufrieden sein konnte, deren Anblick mich, wenn er sich auszog, im stillen mehr und mehr zu ärgern begann.

Cornelius eröffnete jede Lektion wie ein Herr, zeremoniell und unter Einhaltung der Regeln und Rituale des edlen Spiels, aber sobald er den ersten Schlag einstecken mußte, wurde er wütend, und dann schien plötzlich alles erlaubt. Er gewann zwar seine Selbstbeherrschung wieder, wandte danach aber einige Regeln an, die nur für ihn zu gelten schienen. Nach dem Unterricht richteten wir stillschweigend unsere Kleidung wieder her. Ich begann, seine tadellose Kleidung nachzuahmen. Er brachte mir bei, wie ich die Hosen pressen mußte, und als ich versprach, täglich unsere Schuhe zu putzen, verriet er mir das Geheimnis seiner glänzenden Schuhspitzen: frisches Hammelfett, dessen durchdringender Geruch für mich wie ein Markenzeichen zu meinem neuen Freund gehörte. Kwame fand, daß es entsetzlich stank.

Kein Körper war mir vertrauter als der meines Vetters, an den geschmiegt ich Nacht für Nacht eingeschlafen war, aber Cornelius' Körper wurde mir rasch mindestens ebenso vertraut. Die Unterschiede, die ich entdeckte, waren so verwirrend wie die Ähnlichkeiten. Gewiß, in beiden Fällen beruhte die Nähe auf Vertrauen, aber während die Intimität bei meinem alten Freund wie ein sanftes Wiegen war und mich immer unbesorgt hatte einschlafen lassen, hielt mich mein neuer Freund wach und alert. Ich entdeckte, daß Freundschaft nicht sanft sein muß und etwas, bei dem man entspannt einschlummern kann, sondern daß sie ebensosehr spannungsreich sein kann, sogar bedrohlich. Man kann eine Freundschaft recken und dehnen, bis sie weh tut, und dabei wächst sie, wie schmerzende Muskeln wachsen, wenn man ihnen das Äußerste abverlangt. Ich zog die eine Intimität nicht der anderen vor, sondern sehnte mich gleichermaßen nach beiden.

Am Sonntag vor unserem Besuch bei Radhen Saleh hatte ich meine Oberkleider abgelegt, um mich mit Cornelius zu messen. Der Boxkampf war in Ringen übergegangen. Sand klebte an unseren schweißnassen Körpern. Wir rollten wie wild über den Boden, als plötzlich eine Kutsche hielt. Ein Herr sprang heraus und trennte uns mit Gewalt. Erst als ich meinen Namen hörte, sah ich hoch und erkannte van Drunen. Ich fiel ihm um den Hals, und er ließ es zu, obwohl es seine Uniform verdarb.

Ich erklärte ihm die Ursache unseres Kampfes und hörte, er sei auf dem Weg zu van Moock mit einer Nachricht, die Kwame und mich betreffe. Als er mir anbot, mitzufahren, suchte ich meine Kleider zusammen und stieg ein. Selbstverständlich folgte mir Cornelius. Während des Boxunterrichts machten er und ich alles zusammen. Aber als er einsteigen wollte, hielt ihn van Drunen zurück und sagte, er ziehe es vor, mit mir allein zu fahren. Cornelius verlor jede Farbe, wie bei einem vollen Tritt in den Magen. Er sah mich starr an und wartete auf meine Reaktion.

Ich schwieg und ließ die Türen der Kutsche schließen. Van Drunen setzte noch hinzu, er sei jung und stark und könne ohne Mühe das kleine Stück zu Fuß gehen, aber Cornelius stand wie angenagelt.

*

Aus Kommissar van Drunens »Bericht zur Entwicklung der Prinzen von Aschanti, Anno 1838«.

Am 13ten Julei traf ich die beiden Prinzen von Aschanti, über die mir, wegen einer gewissen Annäherung, die zwischen den Kindern und mir auf der langen Seereise zum Vaterland entstanden war, die Aufsicht anvertraut worden ist, zu Delft gesund und wohl an. Ihre Entwicklung scheint in vielerlei Hinsicht so gedeihlich, daß der Herr S. J. M. van Moock, der Vorsteher der Kostschule, in der sie auf Staatskosten für 1000 Gulden pro Jahr intern verbleiben, mir versicherte, niemals niederländische Kinder gekannt zu haben, die sich so vieles in so kurzer Zeit angeeignet hätten. Keiner seiner Schüler mache gleichgültig in welchem Fach schnellere Fortschritte als die beiden Aschanti-Prinzen. Er hat mich daher gebeten, in Bälde bei Seiner Königlichen Hoheit und dem Kolonialministerium nachzufragen, welche Studien man die Knaben künftig aufzunehmen lassen gedenke, damit er ihre jetzige Erziehung bald in die gewünschte Richtung kultivieren könne. Herrn van Moock zufolge ist bei beiden Prinzen, obwohl sie sich in ihren Fortschritten gleichermaßen hervortun, dennoch ein deutlicher Unterschied in ihren Interessen zu beobachten. Allgemein gesagt übertrifft Prinz Aquasi Boachi seinen Vetter in beinahe allen akademischen Gebieten und legt ein besonderes Talent für die Wissenschaften an den Tag. Quame Poku, Kronprinz des Throns von Aschanti, brilliert dagegen in den Künsten und zeichnet mehr als verdienstvoll, wie er auch außergewöhnlich Piano, Trompete und Klarinette spielt.

Ihr besonderes Interesse findet das Bibelstudium, und Herr van Moock berichtete mir einige Begebenheiten, bei denen sie Geschehnisse aus ihrem Alltag in Analogie zur Heiligen Schrift interpretierten. Herr van Moock, der seine fortgeschrittenen Schützlinge inzwischen dem Pastor der Reformierten Kirche dieser Stadt zur Glaubensbildung anempfohlen hat, behauptet, auch dieser sei der Meinung, die Taufe der beiden Naturkinder sei keineswegs auszuschließen. Angesichts der Bedeutung der wahren Einsicht in die Güte des Herrn, unseres

Gottes, betont vorhergenannter Hirte das Privileg, das ihnen vor ihren Landsleuten vergönnt sei, die, mit allen daraus sich ergebenden Konsequenzen für ihr Seelenheil, den wahren Gott nicht kennen. Da die Knaben in verschiedenen Punkten noch am alten Naturglauben ihres Volkes festhalten, Prinz Quame Poku hartnäckiger als sein Vetter, wird ihre Taufe keineswegs überstürzt.

Persönlich habe ich mich einen Nachmittag lang aufs angenehmste mit den Prinzen unterhalten, die sich sehr anhänglich zeigten und erfreut waren, mich wiederzusehen. Auch mein Eindruck ist der einer blühenden und glücklichen Jugend, obwohl Prinz Quame Poku eine gewisse Melancholie zeigt und vor allem über die Abenteuer sprechen wollte, die wir in seinem alten Vaterland erlebt hatten, wobei ihn die Details aufleben ließen, an die ich im Gespräch erinnerte. Solch ein Rückblicken scheint mir bei einem jungen Knaben nicht abnormal und da er sonst fröhlich über allerlei Dinge sprach, die er in seinem neuen Vaterland entdeckt hat und die ihn bereichern, hat er mich trotz einiger Zähren nicht weiter wegen seines allgemeinen Wohlbefindens in Unruhe versetzt.

Aquasi Boachi fand ich in allem von seinem Altersgenossen aufgenommen, mit dem ich ihn bei meiner Ankunft beim Spiel vorfand, und immer gierig nach jeder neuen Art von Wissen. So fragte er u. a. nach meiner Beförderung im Rang nach, wollte alles über meine Erfahrungen im Staatsdienst wissen und fragte höflich nach den Fortschritten der Kolonialangelegenheiten in Sachen Goldküste, die durch die Überstellung der Prinzen angestoßen wurden. Ich gab ihm darüber wohlweislich keine anderen als allgemeine Informationen preis.

Wie Ihre Majestät es angeordnet haben, informierte ich die Prinzen über die erfreuliche Absicht des Ministers, ihr in Bälde durch den berühmten Künstler Radhen Saleh angefertigtes Bildnis dem Vater Aquasi Boachis zu senden, dem Asantehene zu Kumasi, zum Zwecke, ihm ihr Wohlbefinden als auch den guten Willen der niederländischen Regierung vor Augen zu führen und ihn auf diese Weise persönlich an die getroffene Vereinbarung zu erinnern, die vom König von Aschanti, trotz der vom niederländischen Staat erbrachten hohen Ausgaben, noch nicht genügend eingelöst worden ist.

*

Wir saßen für Radhen Saleh Modell – meist jede, manchmal nur jede zweite Woche, immer donnerstags. Es waren seltsame Nachmittage. Der javanische Prinz arbeitete schweigend, und obwohl uns das Sprechen nicht verboten war, mußten wir stocksteif sitzen, vor allem nachdem er die endgültige Haltung festgelegt hatte, in der wir verewigt werden sollten.

Eines Tages, als Mevrouw van Moock, wie immer mit einem gewissen Zeremoniell, die Sorge für uns in seine Hände legte, fragte Radhen Saleh: »Hat man die Jungen schon über den Militär informiert?«

»Welchen Militär, Hoheit?«

»Das Gemälde wird sehr groß. Um der Komposition ein gewisses Gewicht zu geben, plaziere ich ihren Wohltäter in die Mitte.«

»Aber mein Mann *ist* kein Militär«, widersprach Mevrouw van Moock überrascht.

»Nicht Ihr Gatte, gnädige Frau, sondern der Generalmajor, der sie aus Afrika mitgebracht hat. Er gibt uns die Ehre und wartet im Nebenraum.«

Verveer war in Paradeuniform. Er war dicker geworden. Man konnte sich kaum vorstellen, daß sich dieser Mann in Kumasi sterbenskrank auf dem Boden gewunden hatte. Er schüttelte uns die Hand und betrachtete die Monogramme auf unseren Handschuhen.

»Soso, fast wie echte kleine Herren.«

Radhen Saleh, der nie eine Bewegung zeigte, wenn er mit uns allein war, lachte zustimmend. Ein wenig zu laut.

»Ja«, sagte er, »fast wie echt! Fast wie echt!«

Verveer saß anfänglich nur für die Umrißzeichnung und einmal für die Festlegung der endgültigen Komposition. Das Auftragen der Grundfarben hatten Kwame und ich allein auszusitzen, ohne wirklich gebraucht zu werden. Bei der Ausarbeitung der Gesichter verlangte Radhen Saleh jedoch wieder die Anwesenheit aller, vor allem wie er sagte, wegen des verteufelt lästigen Kontrasts zwischen Verveers Haut und unserer.

Der Generalmajor saß zwischen uns auf einem Holzstuhl mit gerader Lehne, über den ein rotseidener Vorhang drapiert war. Links von ihm saß ich, tief unten, auf einem Puff, das Gesicht ein wenig zu ihm nach oben gehoben. Meine Haltung sollte ausdrücken, wie ich zu ihm aufschaute, den Mund weit aufgerissen in fassungsloser Bewunderung wie Moses vor dem brennenden Dornbusch, aber meine Augen waren nicht ihm, sondern Radhen Saleh zugewandt. Eine äußerst unbequeme Haltung, die auch der Sohn Amrams und Jochebeds nicht lange ohne Muskelkater ausgehalten hätte. Auf der anderen Seite stand Kwame neben Verveer, die Hand auf dessen Epauletten. Die Hände des Generalmajors lagen mit nach oben geöffneten Handflächen auf seinen Schenkeln und Kwame hatte seine eine freie und ich meine beiden Hände in sie gelegt. Damit sollte Verveer zeigen, wie ungebunden wir waren und daß wir ihm aus freien Stücken dankten.

Seine Hände waren rauh und meist kalt. Jedesmal zögerte ich den Moment hinaus, in dem ich seine Finger berühren mußte. Auch Verveer war die Berührung unangenehm. Er hatte von oben aus politischen Erwägungen den Auftrag bekommen, dieses Porträt für den Asantehene malen zu lassen. Kein einziges Mal ergriff er unsere Hände wirklich. Kein einziges Mal kniff er sie ein wenig oder umschloß unsere Finger mit seinen großen Händen. Niemals. Für ihn waren unsere Hände auf seinem Schoß ein Stilleben.

Verveer verabscheute das Modellsitzen und machte bissige Bemerkungen über die Malerei, die der Radhen schweigend hinnahm. Es war, als öffne sich der Maler durch diese Demütigung Kwame und mir ein wenig, und obwohl er sich nie anmerken ließ, daß ihm unser Mitgefühl wohltat, bekamen wir nun gelegentlich ein Glas Milch mit einem Schokoladenplätzchen oder einer warmen Brioche. Um aus der Not eine Tugend zu machen, hörte uns Verveer die Heilige Schrift ab. Manchmal befahl er uns, einen Psalm zu singen, den er dann selbst mit der Frage nach den Werken der Barmherzigkeit, den Zehn Geboten oder den Söhnen Jakobs unterbrach. Wir ratterten alles herunter. Ohne mit der Wimper zu zucken.

»Ruben, Simeon, Levi, Juda, Dan, Naphthali, Gad und Asser, Isaschar, Sebulon, Joseph, Benjamin ...«

»Und seine Tochter Dina«, ergänzte Kwame mich.

Verveer seufzte. »Ich sitze lieber einen Tag im Sattel als eine halbe Stunde still«, brummte er.

»Wir sitzen erst eine Viertelstunde«, sagte ich, gekränkt, weil wir für unsere Antwort nicht einmal ein Lob bekamen.

»Und still haben Sie noch nicht gesessen!« sagte Kwame.

»Touché, Prinz Quame!« sagte Radhen Saleh. »Je mehr Sie sich sträuben, Generalmajor, desto länger wird es wieder dauern.«

»Das ist, verdammt, schon das x-te Mal.«

»Bisher habe ich Sie so weit wie möglich verschont. Könnte ich es mit den Jungen allein schaffen, hätte ich Sie nie hierhergebeten. Aber nun, wo ich mit Ihrem Gesicht anfange ... Hören Sie, Sie selbst wollten doch in den Mittelpunkt gestellt werden.«

Verveer ließ seinen Ärger an uns aus. »Los, Aquasi, die Plagen Ägyptens!«

»Blut und Frösche, Stechmücken, Hundsfliegen, Viehpest und Geschwüre, Heuschreckenschwärme, Finsternis, Wehgeschrei ...«

»Und?«

»Hagel!«

Just da klopfte es an die Tür, etwas, das sonst nie vorkam.

»Nein!« rief Radhen Saleh daher auch brüsk, ohne den Blick zu heben, aber zu unserem Erstaunen erschien hinter seinem Rücken das ängstliche Gesicht seines Dieners.

»Radhen, es ist Besuch da.«

»Egal, wer es ist, ich empfange nicht, wenn ich arbeite.«

Der Mann verschwand, aber statt die Tür zu schließen, stieß er sie weit auf, um eine riesige Dame hereinzulassen. Das hochaufgesteckte kastanienrote Haarwerk unter einem schmalen, hochgeschlagenen weißen Hut ließ sie noch größer aussehen, als sie schon war. Ich fühlte Verveer erstarren.

»Würden Sie vielleicht eine Ausnahme machen?» Der sanfte Schwung ihrer slawischen Augen paßte nicht recht zu den strengen, schmalen Lippen. Sie hatte eine Nase wie ein Pfeil mit Nasenflügeln wie Widerhaken, sie war um die vierzig Jahre alt und schien sich, anders als die mir bisher bekannten Frauen, in männlicher Gesellschaft ganz wohl zu fühlen. Radhen Saleh drehte sich entsetzt um, sprang jedoch sofort auf, und der Generalmajor ließ unsere Hände fahren und stand auf, um zu salutieren. Es war unsere Kronprinzessin, Großfürstin Anna Paulowna.

»Ach, die Armen«, sagte sie und ließ einen Stuhl bringen. »Wie sie dasitzen!« Ihre Stimme war sonor wie die eines Mannes. Sie sprach langsam und schwerfällig, mit harten Konsonanten. Niederländisch fiel ihr schwer. Einige Konsonanten explodierten, als blieben sie hinter ihren Lippen stecken.

»Wir sind auf dem Weg von Kneuterdijk nach Voorhout, und der König riet uns, einmal hereinzuschauen, um die Prinzen von Aschanti kennenzulernen. Sie haben seine besondere Aufmerksamkeit«, wandte sie sich an uns, wobei sie sich vornüberneigte, um uns zu betrachten. »Außerdem, es schien ihm eine nette Abwechslung für die Prinzessin. Sophia? Sophia! Wo steckt dieses Kind, Sophia? Sie ist wieder auf Erkundung. Nicht zu bändigen, diese Kinder!«

Durch die offenen Türen zum Studiensalon hörten wir sie über das Parkett trippeln und rennen.

»Es ist mir eine besondere Ehre, Ihre Königliche Hoheit, Sie hier …«, fand Radhen Saleh endlich wieder zum höfischen Benehmen, aber seine Höflichkeiten schienen sie nicht zu interessieren.

»Ist diese riesige Leinwand für die beiden? Aber das ist doppelt so groß, wie unser Porträt!« Sie tat ein wenig beleidigt, und dabei lachten ihre Augen zum ersten Mal.

»Keine Leinwand hat das Format, Ihre Größe darzustellen.« Radhen Saleh verbeugte sich, aber Anna Paulowna war nicht die Frau, die sich durch Worte oder Gesten einwickeln ließ.

»Ich habe das Bild meines Vaters und von zwei meiner Brüder. Ich trage sie auf meinem Herzen. Nur zweieinhalb Zentimeter, aber es zeigt die drei Zaren, wie sie sind. Wie sie sind! Genau so.«

»Natürlich. Aber ich wollte auch nicht sagen ...«

»Einfachheit ist das Format, auf das ich Wert lege, mein Bester!«

Kwame mußte lachen. Wir hatten den Maler noch nie in einer solch mißlichen Lage gesehen. Er verbeugte sich noch einmal mit dem Mut der Verzweiflung, schickte seinen Diener nach Erfrischungen und versuchte die Aufmerksamkeit auf seine Arbeit zu lenken, indem er einige Sichtachsen und die Fluchtlinie zeigte. Die Kronprinzessin befragte den Radhen über Pinselführung und Zusammenstellung seiner Farben. Sie schien sich gut auszukennen und schlug eine Verbesserung vor, die der Künstler höflich anbrachte. Dann wandte sie sich von ihm ab und kam auf uns zu.

»So, General, das sind also die kleinen Juwelen, die Sie für unsere Krone mitgebracht haben.« Sie sprach leise, und ich glaubte gern, daß dieses Kompliment ernst gemeint war.

»Unter Einsatz des eigenen Lebens«, sagte Verveer, »immerhin!«

Sie musterte ihn eindringlich von Kopf bis Fuß und kam zu dem Schluß: »Ein geringer Einsatz für einen solchen Gewinn, lieber General!«

Der Generalmajor holte aus zu einer Gegenrede, überlegte es sich aber. Die Kronprinzessin streichelte Kwame die Wange und drückte uns beiden die Hände.

»Aber nun sagt doch einen Ton, ihr Burschen!« mahnte Verveer.

»Gefällt es Ihnen hier, mes petits princes? Ist Holland auch nur ein kleines bißchen wie bei Ihnen zu Hause? Kinder, arme Kinder, können Sie sich ein wenig an uns gewöhnen?«

Kwame und ich sahen uns an. Noch nie hatte man uns diese Frage so direkt gestellt. Ich lächelte ein wenig und hoffte, damit sei die Angelegenheit erledigt. Verveer schlug mit der flachen Hand auf die Stuhllehne.

»So redet doch, Donner und Doria, wenn man euch etwas fragt!«

Ich wollte gerade sagen, was ich glaubte, daß sie hören wollte, als Kwame herausplatzte: »Nein, Königliche Hoheit!« Es klang nicht einmal ängstlich.

»Was ist denn das für eine Antwort?« schnauzte Verveer ihn an.

»Eine ehrliche Antwort, General.« Anna Paulowna stand auf. »Hätten Sie lieber eine andere gehört?«

»Nein, natürlich nicht.«

»Grauer Himmel und flache Polder, Wind, Wasser und Muskelschmerzen«, sagte sie aus tiefstem Herzensgrund, »sind nichts, was einen Menschen die Annehmlichkeiten seines Vaterlandes vergessen läßt. Glauben Sie mir!«

In diesem Augenblick kam Prinzessin Sophie herein. Sie war ungefähr vierzehn Jahre alt und trug einen Glasbehälter mit einem der Präparate. Mit eiligem, aber vorsichtigem Schritt, weil es in dem Glas gefährlich schwappte.

»Sieh nur, Mama, er hat hier nebenan ein Skelett und andere Sachen hinter einem Vorhang versteckt. Und das hier sind Monster, aber sieh nur, Mama, wie abscheulich, mit Haaren und ...« Sie wollte gerade ihrer Mutter das Gefäß zeigen, da sah sie uns. Alles geschah so schnell, daß ich nicht sagen kann, ob sie vor uns erschrak oder weil sich der Deckel löste und auf dem Boden zerbrach. Vor Schreck machte das Kind einen Satz nach hinten und ließ alles fallen, als Alkohol auf ihr weißes Kleid spritzte.

»Sophia!«

Das Gefäß zerplatzte in tausend Scherben. Eine Sekunde lang war es still, dann erhob sich Radhen Saleh und sagte trocken: »Meine anatomischen Objekte.« Er wischte ein wenig Bodensatz von seinem Schuh und klingelte nach dem Diener.

»Es tut mir leid«, sagte das Mädchen. Ihr blondes Haar hing in feinen Schillerlocken zu beiden Seiten ihres Gesichts herunter und gab die Stirn frei. Sie hüpften, als sie über ihre eigene Ungeschicklichkeit den Kopf schüttelte.

»Es ist nicht schlimm, Hoheit, wirklich. Ein paar Ungeziefer in Spiritus. Ich werde es gleich aufwischen lassen.« Saleh klingelte nach dem Diener. Als Kwame das tote Insekt vom Boden auffischte, stieß Sophie einen Schrei aus.

»Mama, er faßt das widerliche Ding mit bloßen Händen an.«

»Es ist eine Spinne«, sagte ich.

Vorsichtig ging Prinzessin Sophie einen Schritt auf uns zu. »So eine dicke, fleischige?« fragte sie angeekelt.

Kwame hielt ihr das Tier vor die Nase und strich mit seinem Finger über die nassen Haare. »Sie ist ganz weich. Fühl doch.«

Sophie schreckte nicht zurück, und wenn sie auch vor Ekel die Schultern hochzog und den Kopf zur Seite drehte, sie fühlte doch. Wir erzählten ihr, wieviel wir über Spinnen wüßten und sie betrachtete uns mit so großem Interesse, daß wir noch ein wenig mehr übertrieben.

»Hinter dem Kiefer sind die Drüsen«, sagte Kwame. »Sehr heilsam. Zwei Tropfen auf fünf Schluck Wasser heilt Magenschmerzen.«

»Wie praktisch!« rief das Kind. »Hören Sie es, Mama?«

»Und unter den Füßen haben sie Bläschen«, ergänzte ich schnell und zeigte sie. »Dort. Die helfen gegen Muskelschmerzen.«

»Muskelschmerzen?« wiederholte ihre Mutter und bedeutete, das Insekt aus der Nähe sehen zu wollen. Kwame drückte auf eines der Bläschen und ein Klecks farbloser Flüssigkeit spritzte auf seinen Finger. Verveer wollte ihm das schmierige Tier aus der Hand nehmen, aber Sophies Mutter hielt ihn zurück.

»Wer weiß«, sagte sie. »Nützt es nicht, so schadet es zumindest nicht.« Sie zog ihren linken Handschuh aus und bestrich ihre Fingerknöchel mit dem Sekret.

4

Der Sommer des Jahres 1838 ging jäh zu Ende. Anfang September fiel die Temperatur in einer Nacht um fünfzehn Grad. In dieser Woche setzten Regenfälle ein, die bis Dezember anhielten. Es waren nicht, wie zu Hause, einige heftige Schauer pro Tag oder Regenperioden, die tagelang andauerten, wie wir sie in unserem ersten holländischen Herbst erlebt hatten. Nein, von einem Tag auf den anderen hing über dem ganzen Land eine klamme Kälte. Diese ungewöhnliche Witterung führte zu allerlei Ammenmärchen. Wie vor zwanzig Jahren bei einer ähnlichen Sintflut in den Sommermonaten von 1818, verkündeten Unheilspropheten landauf, landab, das sechste Siegel sei geöffnet und das Ende der Welt nahe. Jeden Sonntag konnte man von unserem Zimmer aus einen alten Mann hören, der mit einer Glocke umherging. Mit sich überschlagender Stimme schrie er, in den Turm der Grote Kerk zu 's-Gravenhage habe der Blitz eingeschlagen, weil die drei Willems, der König, der Kronprinz und der Erbprinz, an diesem geweihten Ort einem Konzert mit weltlicher Musik beigewohnt hatten.

Kwame lachte alle aus und zog mich bei der nächstbesten Gelegenheit mit in den Park. Wir suchten eine Stelle, wo man uns nicht sehen konnte, legten die Kleider ab und hüpften mit ausgebreiteten Armen herum. So ließen wir uns zu Hause immer streicheln. So große Regentropfen nannten wir *»sanfte Himmelsfinger«*. Dort waren sie warm und dufteten süß, aber hier rannen sie wie kalte Tränen an uns herab. Kwame hielt es noch etwas länger aus, aber ich rannte in meinen durchnäßten Kleidern so schnell ich konnte nach Hause.

»Die Post ist da!«

Eines Tages Ende November öffnete Mevrouw van Moock die Tür zum Klassenzimmer und störte gegen jede Regel meine Lesung des Paulusbriefs an die Kolosser.

»Die Post, lieber Gatte. Der Umschlag, eine Karte. Handgeschöpftes Papier. Schon in zwei Wochen. Ach du lieber Gott, was sollen sie bloß anziehen?«

Ich hatte noch ein ganzes Kapitel der *»Ermahnung zu himmlischem Sinn und christlichen Wandel«* zu lesen, aber van Moock hatte kein Ohr dafür. Er versuchte erfolglos, seine Frau hinauszudrängen. Sie zwang ihm eine vorgedruckte Karte in die Hand. Während er sie mit sanfter Gewalt in den Gang schob, las er die Karte.

»Eine Einladung zum Hof. Ich wußte es. Ich sagte es doch gleich. Hab ich es nicht gesagt? Ich dulde keine Widerrede. Meine eigenen Knaben!«

Cornelius drehte sich langsam in unsere Richtung. Mit völlig ausdruckslosem Gesicht.

Seit van Drunen mich, nicht aber Cornelius, in seiner Kutsche mitgenommen hatte, war mein Ringerfreund wieder so zugeknöpft wie früher. Auf meine Bitten, wieder einmal unsere Kräfte zu messen, ging er nicht ein. Waren wir zufällig irgendwo nur zu zweit, machte er unserem Zusammensein ein Ende, als schämte er sich, und ging auf und davon oder holte einen dritten hinzu.

»Er hat Angst vor dir«, sagte Kwame, froh, daß ich Cornelius' Einflußbereich entzogen wurde; aber ich hielt das für Unsinn. Cornelius würde immer der Stärkste und der Größte bleiben. Meiner Ansicht nach lag es an van Moock, der im Unterricht zu oft betonte, daß de Groot ein mittelmäßiger Schüler sei und ich soviel besser. Daher bemühte ich mich eine Weile sehr, weniger zu leisten. Als auch das mich Cornelius nicht näherbrachte, hielt ich unsere Freundschaft für verloren. Ich ließ mich nicht länger davon abhalten, Klassenprimus zu sein, der einzige Sport, der belohnt wurde.

Nach russischem Brauch überreichte Anna Paulowna ihren Verwandten die Geschenke am Vorabend ihres Geburtstags. Und weil Sophies Vater ein Nikolauskind war, begannen die Festlichkeiten für Kronprinz Willem Frederiks sechsundvierzigsten Geburtstag bereits am Abend des 5. Dezember. Seine Frau nutzte jede Gelegenheit, die Familie um sich zu scharen. Solange die Kinder klein waren, machte sie aus dem Nikolausabend ein doppeltes Fest.

Wir hatten von Mevrouw van Moock einen Frack mit langen Schößen bekommen und ein knackend gestärktes Chemisette, das bei jeder Bewegung hinderlich war. Wir sahen lächerlich aus, aber nach der neuesten Mode. Man leistete sich eine Zweispännerkutsche, die uns am Nachmittag durch Wind und Wetter nach Scheveningen brachte, wo oben auf den Dünen ein kleines Haus stand. Hinter den Fenstern der beiden Flügel, kaum mehr als große Zimmer, war alles festlich erleuchtet. Beide Schornsteine rauchten. Musik ertönte. Die Säulen der Kolonnade waren mit Girlanden aus Trockenblumen, Tannengrün und Apfelsinen geschmückt. Der Wind riß daran.

Der Pavillon de la Reine war ein Geschenk des Königs für seine Gattin Wilhelmine gewesen. Nach ihrem Tod, vor einem Jahr, war es ihrem Sohn Frederik zugefallen, der seiner Nichte, Prinzessin Sophie, erlaubte, es zu nutzen, wann immer sie es wünschte, da sie den Strand liebte.

Zum ersten Mal seit unserer Überfahrt sahen wir das Meer wieder, hatten es aber noch nie zuvor so bedrohlich gesehen. Sobald uns die feiernde Familie öffnete, hasteten wir ins Haus, wo die Gespräche das Tosen der Wellen übertönten.

Die junge Prinzessin begrüßte uns wie alte Freunde. Das machte uns verlegen. Sie ließ unsere Hände nicht los und führte uns in den Salon, setzte uns vor das Kaminfeuer, ließ warme Schokolade bringen und kam und ging mit Frauen und Kindern, denen sie uns vorstellte, als präsentiere sie etwas ganz Außergewöhnliches. Garantiert siebenmal erzählte sie das wenige, was sie über uns, unsere Abstammung und den Zweck unseres Aufenthalts wußte, danach wurde es ihr anscheinend zuviel und sie stellte uns ganz einfach als »die afrikanischen Prinzen, von denen ich erzählt habe« vor. So lernten wir Mademoiselle Chapuis kennen, ihre Gouvernante, und ihre Tante Marianne, eine kleine, schlanke Frau mit einem runden, rosigen Gesicht, die mit ihrem kleinen Sohn Albert über die Feiertage aus Berlin gekommen war. Herzog Bernhard von Sachsen-Weimar-Eisenach war in Begleitung seiner Tochter Amalia und seiner Söhne Hermann und Gustav da. Diese Jungen hatten ungefähr unser Alter und waren sehr sportlich. Nachdem ich Hermann im Vestibül mit einem Würgegriff niedergerungen hatte, lud mich Gustav ein, sie einmal zu Hause in Wassenaar zum Fechten und Reiten zu besuchen.

Kinder waren an diesem Nachmittag in der Überzahl, und neben den Söhnen und Töchtern einiger prominenter Familien aus ’s-Gravenhage stellte man uns Prinz Alexander vor, der seiner Mutter sehr ähnlich sah. Er hatte Anna Paulownas slawische Augen, ihr dunkles Haar und sogar einige Gesten geerbt. Seine Schwester sagte, wir dürften ihn Sascha nennen. Er stimmte höflich zu, und am Ende des Abends drängte er selbst noch einmal darauf, wir sollten ihn wie Freunde ansprechen.

Nikolausfiguren aus Spekulatius und Fondant wurden verteilt, aber die Prinzessin konnte nicht stillsitzen. Sie wollte uns ihrem Vater und den beiden anderen Brüdern vorstellen, konnte sie aber nicht finden. Dafür traf Anna Paulowna mit einer kleinen, grauhaarigen Dame am Arm ein.

»Oh!« schüttelte sich Anna, »dieser ewige Wind hier!« und sie sah in die Runde, als wolle sie einen Schuldigen benennen. Ihr folgte Madame Kutschelew, ebenfalls eine stämmige Russin. Kwame wollte von Sophie wissen, wie riesig dann wohl die Männer in Rußland seien.

Die Kronprinzessin geleitete die alte Frau, Mademoiselle de Sybourg, ihre dement gewordene Gouvernante, für die sie nun ihrerseits die Sorge übernommen hatte, zu einem Stuhl mit hohen Lehnen, in dem die kleine Frau tief versank. Den Rest des Abends starrte sie nur vor sich hin, stippte Spekulatius in ihren Tee, bis sie aufgeweicht waren, und löffelte anschließend den Brei mit dem Finger heraus.

Gegen sieben Uhr mußte gesungen werden. Man brachte uns Verse bei, mit denen man den Heiligen rufen konnte, etwa so, wie die Geister in unserem Tempel am See. Nach einer halben Stunde wurden die Lichter gedämpft und die Türen geöffnet. Uns wurden Süßigkeiten ins Gesicht geworfen und alle Gäste, allen voran die Erwachsenen, jauchzten erwartungsvoll. Kwame warf mir einen Blick zu, als seien wir in einem Irrenhaus gelandet. Wieder hörte man Gesang, diesmal in der dunklen Diele vor dem Salon. Kronprinzessin Anna fiel ein, und alle Anwesenden sangen mit. Ein Mann in einem langen Gewand trat ein, auf dem Kopf das Ordenszeichen der katholischen Bischöfe. Als alle jubelten, kratzte er sich den langen, weißen Bart und fragte, ob wir liebe Kinder gewesen seien. »Ja«, riefen alle, sogar die Erwachsenen. Das schien ihm nicht zu genügen, denn er fragte noch einmal und fügte hinzu, wer die Unwahrheit sage, werde nach Spanien mitgenommen.

An dieser Stelle wurde ich allmählich wirklich unruhig. Der heilige Nikolaus drohte, uns wieder auf ein Schiff zu setzen, und diesmal in einem Sack. Bei diesem Wetter auf See! Alles war so bedrohlich, daß ich beim zweiten Mal nicht wagte, aus ganzen Herzen zu bejahen, daß ich ein Jahr lang brav gewesen sei. Mir wurde bei dem Gedanken heiß und kalt, etwas falsch gemacht zu haben, obwohl ich doch immer versuchte, jeden durch mein Bemühen zu erfreuen, das mir Aufgetragene so gut wie möglich zu tun! Er war ein Alptraum, dieser ganze Nikolausabend.

Auf ein Zeichen Anna Paulownas drehten die Diener die Lampen höher. Sankt Nikolaus setzte sich und schlug ein großes, in rotes Maroquinleder gebundenes Buch auf. Dann rief er nach seinen Knechten, den Pietermännern, und aus den Vorhängen sprangen zwei geschwärzte Kerle und schwenkten ihre Ruten. Das gab ein Geschrei! Die beiden sprangen wie die Wilden auf der Suche nach ungezogenen Kindern herum. Jungen und Mädchen stoben nach allen Seiten davon. Ich war vor Schreck wie gelähmt, als Kwame mich anstieß und sagte, es sei doch nur gespielt. Mir gefiel es überhaupt nicht, aber ich beruhigte mich ein wenig.

Genau in diesem Augenblick landete der größere der beiden, er trug eine riesige, grüne Pluderhose, vor meinen Füßen. Er packte mich an den Schultern, genau wie bei den anderen rechts und links, aber nun, beim genauen Hinsehen, hielt er fassungslos ein. Jäh lockerte sich sein Griff, als habe er sich an mir die Hände verbrannt. Ungläubig beugte er sich nach vorn.

»Kann das denn sein?« stammelte er. Alle Blicke waren auf uns gerichtet. Der schwarze Mann sah von mir zu Kwame und wieder zurück und ging zwei Schritte rückwärts, um uns besser ins Auge zu fassen, darauf schaute er ratlos um sich, ob er denn das Spiel in unserer Anwesenheit noch fortsetzen könne. Niemand wußte es. Die ungewohnte Stille weckte Mademoiselle de Sybourg aus ihrer Lethargie. Sie zog ihre Hand aus dem Tee, von der nun die Spekulatiusklümpchen tropften, deutete mit einem Finger in unsere Richtung und rief mit schriller Stimme: »Es ist Willem! Das sieht man sofort. Guillot! Seht ihr es nicht? C'est notre p'tit Guillot!«

Nun war der Bann gebrochen, ein allgemeines Lachen und Reden setzte ein. Aber damit war die Sache nicht ausgestanden. Der größere Knecht stand noch immer wie angenagelt da. Es entging ihm nicht, daß er sich vor der Gesellschaft lächerlich gemacht hatte und seine Tölpelhaftigkeit eine Quelle des Vergnügens war. Da riß er sich Mütze und Perücke vom Kopf und warf sie auf den Boden. Unter den blonden Haaren verlief quer über der Stirn eine scharf gezogene Linie, die die weiße und die geschwärzte Haut trennte. Wir trauten unseren Augen nicht. Als wäre er halb gehäutet! Er fluchte ungehörig, zog seine Pluderhose hoch und stürmte mit großen Schritten davon, wobei er vor Wut einen Tisch umtrat, so daß eine Kristallschale zerbrach. Er knallte die Tür so fest hinter sich zu, daß eine der Kassetten riß.

Madame Kutschelew rettete die Situation, indem sie schnell und mit viel Tamtam den russischen Hofbäcker einen großen

Pfefferkuchen auftragen ließ, worauf Anna Paulowna den Befehl erteilte, ihn anzuschneiden und auszuteilen. Der heilige Nikolaus räusperte sich und ergriff das Wort. Er forderte Kwame und mich auf, als erste auf seinem Knie Platz zu nehmen. Ihm fehlten ein paar Schneidezähne, und er roch so stark nach Tabak, daß es meine empfindliche Lunge reizte. Der Heilige sagte, er kenne uns gut. Das wunderte mich, mir war er völlig unbekannt. Das sagte ich auch. Er lachte und behauptete, er kenne auch meinen Vater. Er kenne alle Menschen.

»Wie geht es meinem Vater?« fragte ich. Der Heilige überbrachte uns seine Grüße. Kwame meinte, er habe ihn falsch verstanden und bat ihn, das Gesagte noch einmal zu wiederholen, aber tatsächlich ... Die Botschaft schnitt mir ins Herz. Seit unserer Abreise hatten wir noch nie Nachrichten aus Kumasi bekommen, und nun von einem Fremden! Der heilige Nikolaus murmelte, er könne auf der ganzen Welt in die Herzen der Menschen schauen und habe gesehen, daß mein Vater uns vermisse, täglich an uns denke und uns das Beste wünsche.

Ich sah ihn vor mir. Er stand, mit dem Rücken zu mir, auf dem Umgang unseres Palastes in Kumasi und starrte in die Ferne. So lange war es mir gelungen, den Mann aus meiner Erinnerung zu verbannen, und jetzt drehte er sich vor aller Augen um und sah mich an. Ich glaube nicht, daß er mich erkannte.

Ich bekam einen Hustenanfall. In dem großen Buch des Heiligen stand zu lesen, ich hätte im Unterricht einmal abgeschrieben, was mir eine Lüge schien, und daß Kwame sich nicht immer gut gewaschen habe, was mir schon wahrscheinlicher vorkam. Im allgemeinen waren unsere Vergehen so geringfügig, daß sie keineswegs unsere guten Taten aufwogen, also ... Er überreichte uns eine schwere, grellfarbene Schachtel und ein Stück Pfefferkuchen und schickte uns an unseren Platz zurück.

Ich konnte mich nicht entscheiden, ob ich das Bild meines Vaters festhalten oder auslöschen wollte, und bekam deshalb den weiteren Ablauf nur zur Hälfte mit. Die anderen Kinder wurden ähnlich wie wir behandelt. Die meisten hatten ihre Eltern nicht geehrt, bekamen aber trotzdem ein Päckchen, das sie sofort öffneten.

Das hatten wir nicht gewagt. Wir kannten die Sitte nicht, Geschenke in Papier zu verstecken. Als die anderen ihre Päckchen aufrissen, fühlte ich mich bloßgestellt, weil wir es nicht gleich getan hatten, wollte aber nun nicht noch einmal auffallen.

Schließlich bekam auch der Heilige ein Geschenk von Anna Paulowna, worauf ein russischer Sängerchor ein trauriges Lied anstimmte und alle anfingen, sich zu unterhalten. Schon bald kam Prinzessin Sophie, um uns ihr Geschenk zu zeigen. Es war eine Puppe, nicht größer als zwei Hände, die sich auf Knopfdruck an einen Schreibtisch setzte, die Feder in die Tinte tauchte und »Sophia« auf ein Blatt Papier schrieb. Die Prinzessin führte den Trick zweimal vor und schenkte jedem von uns ein Blatt mit ihrem Namenszug. Ich dankte ihr, aber nicht von Herzen, und das konnte ich nicht verbergen.

»Ist es, weil Willem wütend wurde?« sagte sie. »Das mußt du nicht ernst nehmen. Das hat nichts zu sagen. Mein Bruder hat Temperament. Il y a du Paul dedans, sagt Mama. Paul war mein Großvater. Tem-pé-ra-ment! Mein Bruder Willem ist ein echter Romanow … Wie der Zar.« Sie sah mich an und fügte dann hinzu: »Von Rußland.«

»Ich verstehe«, murmelte ich.

»Wann habt ihr Geburtstag?«

»Wir?« fragte Kwame überrascht, »wir haben keinen Geburtstag.«

»Vielleicht nicht jetzt, aber doch bald oder später?«

»Nein, überhaupt nie.«

»So ein Unsinn, jeder hat einmal Geburtstag!« wischte sie seine Bemerkung weg. »Nun ja, vielleicht außer Mademoiselle de Sybourg. Für sie ist jeder Tag gleich und sie ist schon so alt, älter kann sie doch nicht werden.«

»Wir haben nie Geburtstag gehabt«, beharrte Kwame.

»Das gibt es doch nicht!«

»Nein, nie Geburtstag gehabt«, pflichtete ich Kwame bei.

»Feiert ihr etwa nur den Namenstag? Das finde ich auch gut. Auf welchen Tag fällt er?«

»Samstag«, sagte Kwame, »ja, mein Namenstag ist Samstag.«

»Und meiner Sonntag.«

»Das gibt es doch nicht! Sonntag und Samstag, und das dann bestimmt jede Woche!?« Nun verlor sie die Geduld, wandte sich Kwame zu und fragte ihn mitten ins Gesicht: »Na, los, an welchem Tag in welchem Jahr sind Sie geboren?«

»Das weiß ich nicht«, sagte er.

»Er *weiß* es nicht!« wandte sich Sophie an mich. »Und Sie, können Sie sich diese Dinge besser merken?«

»Keine Ahnung«, antwortete ich und mußte selbst lachen. Zum ersten Mal schämte ich mich nicht, eine Antwort schuldig zu bleiben. Sophie zog die Augenbrauen hoch und schlug die Augen gen Himmel. Ihre Überraschung war übertrieben, aber unverblümt. Ihre Fragen waren nicht auf Effekt aus. Und obwohl sie alles ins Lustige zog, war das nicht für Zuhörer bestimmt, sondern allein, um uns zum Lachen zu bringen. Es gibt Menschen, in denen man sich lieber sieht als in einem Spiegel.

»Keine Ahnung!« äffte sie mich nach. »Wissen Sie denn, ob Sie überhaupt geboren wurden oder ist das auch nicht sicher?«

»Nicht ganz«, sagte ich. Sie zog beim Lachen die Nase kraus wie ein kleiner Hund, der niesen muß.

»Ich glaube es, weil man mir davon erzählt hat«, sagte ich, »aber dafür kann ich selbst nicht einstehen, denn von meiner Geburt weiß ich nichts mehr.«

»Ich auch nicht.« Sie überlegte. »Eigentlich ...«, sagte sie, »eigentlich ist mein Geburtstag der einzige Beweis, den ich habe.«

»Und wann ist er?«

»Am achten April.« Und sie sagte noch: »Das dauert noch lange.«

»Das wissen wir natürlich auch«, sagte Kwame, der sich ein wenig ausgeschlossen fühlte. »Wir kennen die Monate. Wir sind nicht dumm.«

Sophie ging weg. Ich befürchtete, sie sei böse, aber in Windeseile brachte sie uns den Mann mit dem langen Bart. Der heilige Nikolaus ging in die Knie, um auf Augenhöhe mit uns reden zu können. Dieser Tabaksqualm! Ich gab mir große Mühe, nicht zu husten.

»Was höre ich, ihr feiert nicht Geburtstag?«

»Nein, mein Herr«, sagte ich.

»Aber dann müssen wir auf der Stelle einen Tag festlegen.«

Anna Paulowna, die mit Madame Kutschelew vertraulich geplaudert hatte, wurde von der Aufregung angelockt.

»Aber was?« mischte sie sich ein. »Was ist mit ihnen? Sie haben ihr Geschenk noch nicht ausgepackt.«

»Sie haben keinen Geburtstag«, sagte Sophie.

»Seit wann muß man Geburtstag haben, um sein Nikolausgeschenk aufzumachen?«

»Sie verstehen nicht«, sagte der Heilige, »sie *haben* keinen Geburtstag. Sie feiern ihn nicht.«

»Nie?«

»Nie.«

»Was für eine merkwürdige Art, aufzufallen«, sagte die Kronprinzessin und warf uns einen abfälligen Blick zu. Der heilige Nikolaus raffte sein Gewand und setzte sich neben uns.

»An welchem Tag habt ihr Afrika verlassen?« fragte er. »Wißt ihr das?«

Kwame wußte es genau. Van Drunen hatte es für uns notiert, und sobald Kwame gelernt hatte, mit einem Kalender umzugehen, hielt er diesen Tag fest. Ich erinnerte mich, weil er im vergangenen Frühjahr, als sich das Datum jährte, fast den ganzen Tag geschwiegen hatte.

»Vierundzwanzigster April«, sagte ich.

»Und der Tag, an dem ihr in den Niederlanden angekommen seid?«

»Einundzwanzigster Juni.«

»Dann feiern wir künftig Ihren Geburtstag, Prinz Aquasi, am vierundzwanzigsten April. Und Prinz Quame, den Ihren am einundzwanzigsten Juni, was halten Sie davon?«

»Wunderbar, Papa!« sagte Sophie und mußte wegen ihres Versprechers lachen. »Ich meine, Sankt Niko.«

Plötzlich stand Willem Alexander da, der Erbprinz. Er hatte sich den Ruß vom Gesicht gewaschen, aber dennoch war in den Falten, die seine Augen trotz seiner Jugend umgaben, noch ein wenig hängengeblieben. Seine Augen waren klein und teilweise hinter einer Falte verborgen, die das obere Lid ein wenig nach unten zog. Seine Wangen waren rot vom Schrubben und glänzten von irgendeinem Fett. Seine Pluderhose hatte er gegen einen Anzug vertauscht. Er nahm ein Glas Portwein und gab sich große Mühe, seinen vorhergehenden Ausbruch durch Jovialität gutzumachen. Hinter ihm tauchte der zweite Pietermann-Knecht auf. In Uniform.

»Heini, wie gelungen!« Die Prinzessin eilte ihm entgegen. »Ich dachte die ganze Zeit, du wärst dieser andere närrische Neger, aber ich konnte dich unmöglich erkennen. Ich habe dich gesucht, um dich zwei Freunden von mir vorzustellen, mit denen du, glaube ich, viel zu bereden haben wirst. Prinzen, mein Bruder Hendrik.«

Ein rundes, rosiges Gesicht. Er gab uns eine Hand und salutierte als Anerkennung unseres Standes, eine überflüssige, aber freundlich gemeinte Geste. Sophie hakte sich bei ihm ein.

»Er kennt die Tropen wie kein zweiter. Ich habe ihn so lange entbehren müssen. Erst seit diesem Sommer habe ich ihn wieder. Und nun lasse ich ihn nicht mehr gehen. Nur zu, Heini, erzähle. Das muß man sich vorstellen, noch so ein Kind, und hat schon die ganze Welt gesehen!«

Der Prinz bat um eine Kleinigkeit zu essen, sonderte sich mit uns von den anderen ab und erzählte voller Begeisterung von fernen Orten. Mit sechzehn war er schon um das Kap der Guten Hoffnung gereist, kannte aber von Afrika nur die Tafelbergbucht. Wir sprachen über das Leben auf See und die Sitten an Bord. Rio de Janeiro, Kalkutta, Delhi, den Himalaya. Den Indischen Archipel, den er im vergangenen Jahr als erster und einziger Oranier besucht hatte, beschrieb er am liebevollsten. Er senkte die Stimme, ließ seine Handgelenke in der Luft tanzen und sah so dann und wann über unseren Köpfen die grünen Hügel vor sich, einen Tempelhof, einen verirrten Freund. Celebes, Java, Ambon, Ternate, mit wenigen Strichen machte er all die Inseln auf van Moocks blinder Landkarte lebendig.

Sophie hing an seinen Lippen. Sie feuerte ihn an, mehr en detail über die Wüsten zu berichten, die er gesehen hatte und über die Sitten der Völker, denen er begegnet war. Es war keine Sensationsgier, wie wir sie von anderen kannten. Bei ihr schien es eine Passion zu sein, sich in das zu vertiefen, was anders ist.

Sophie erzählte ihrem Bruder von der Spinne im Atelier Radhen Salehs. Zu unserer Verblüffung kannte der Prinz die Geschichten über unsere Anansi. Bei seinem Aufenthalt in Surinam vor zwei Jahren hatte der Botschafter den Jungen, der sich bei den offiziellen Banketten langweilte, in einen Kreis sorgfältig ausgesuchter Sklaven gebracht. Diese hatten seine Phantasie mit der Spinne Anansi angeregt, mit deren Freund Tseetsee, der Fliege, ihrer Frau, Schwester Akuba, und ihren Kindern. Es bewegte uns, diese Namen, mit denen wir groß geworden waren, aus dem Mund eines Fremden zu hören. Sophie sah in diesem Zufall ein Zeichen. Darauf kam sie immer wieder zurück. Mir gefiel ihre Aufregung und daher verschwieg ich ihr, warum die Geschichte dort verbreitet war. Das wäre auch dem festlichen Anlaß nicht angemessen und zu unangenehm gewesen. (In Elmina hatten wir herausgefunden, daß die seit alters her an die Holländer verkauften Sklaven zumeist nach Surinam transportiert worden waren. Man hatte ihnen alles genommen, außer ihrer Persönlichkeit und ihren Geschichten.)

Man setzte uns Gebäck mit Zuckerglasur vor und ein Glas Glühwein. Hendrik, dazu ermuntert, gab eines der Abenteuer der Spinne Anansi zum besten. Gelegentlich sah ich zu Kwame hinüber. Er schien sich ganz wohl in seiner Haut zu fühlen. Geschichten, die man träumen kann, langweilen nie.

Das Geburtstagskind Kronprinz Willem Frederik bat seine Gäste zu musizieren. Eine junge Gräfin mit schiefen Zähnen zog sofort eine Partitur aus ihrem Mieder und war allzu versessen darauf zu singen. Durch sie verloren die anderen ihre Scheu, denn schlimmer konnte es nicht werden. Nach drei kurzen Stücken bat uns der Kronprinz zu sich. Der scharfe Tabakgeruch war unverkennbar – er rauchte eine Cigarette nach der anderen –, aber von seinem Nikolausspiel war nur noch ein wenig Klebstoff zu sehen. Sophie kratzte ihn aus seinen langen Koteletten. Er bat uns um eine Kostprobe unserer musikalischen Fortschritte. Ich spielte, ohne großes Talent, eine Etüde auf dem Pianoforte und anschließend zeigte Kwame, wie weit er mir in der Musik, wie in den anderen Künsten, voraus war. Er spielte Bachvariationen auf dem Klavicembalo, gefolgt von einem Solo auf der Klarinette, die man eilig von einem der russischen Musiker geliehen hatte.

Mir applaudierte man höflich, aber Kwame erntete echten Beifall. Er bemerkte es nicht, denn beim Musizieren vergaß er die Welt. Ehrlich gesagt, denke ich manchmal, daß gerade das meiner musikalischen Entwicklung im Weg gestanden hat: zu sehen, wie mühelos die Musen meinen Busenfreund von mir weg, in eine andere Welt führten, die sie vor mir verschlossen hielten. Verstehen Sie mich nicht falsch, ich neidete ihm diese Flucht nicht. Sie fesselte auch mich genug, um mich in die Künste hineinzuknien, aber mein Wunsch, ihm dabei zu folgen, machte mich zu verbissen, um bis ins Wesen vorzudringen. Ein Traum läßt sich nun einmal nicht durch Zusammenkneifen der Augen erzwingen.

Während Kwame spielte, winkte mich Anna Paulowna, die sich mit ihrem ältesten Sohn unterhielt, zu sich. Erbprinz Willem Alexander war inzwischen ziemlich angetrunken, aber dadurch sehr umgänglich.

»Quelle émotion! Le prince Quame est vraiment talenté!« sagte Anna Paulowna, als die Musik verklungen war.

»Ce sont des sauvages bien élevès, maman!« sagte der Erbprinz voller Bewunderung.

Kwame, von jungen Damen umringt, die ihn mit Komplimenten überschütteten, wurde zur Kronprinzessin entboten. Er konnte sich kaum losreißen, und darum beneidete ich ihn.

»Mais venez donc, mon tout petit grand homme, venez ici!« sagte Anna und stellte ihn Willem Alexander vor, dem langsam dämmerte, daß wir des Französischen mächtig waren. Verstohlen äugte er zu mir und schien sich erneut ein wenig unbehaglich zu fühlen.

»Le prince Quame wird eines Tages den Thron besteigen.«

»Den Thron?«

»Genau wie du, mon fils.«

»Was für ein Thron soll das sein?«

»So weit weg von zu Hause!« sagte Anna Paulowna, und plötzlich ging ihr das Herz über. »So weit, die Kleinen!« Sie wandte ihr Gesicht ab. »C'est la musique qui me touche!« erklärte sie mit erstickter Stimme, ohne uns anzusehen. Willem Alexander stand verloren daneben.

Sophie erklärte: »Quame wird König von Aschanti.«

»Aber«, sagte Willem, »ich habe gerade verstanden, daß der andere ...«

»Es ist dort so«, begann Sophie, als gefiele ihr das, »daß die Erbfolge über die weibliche Linie läuft.«

»Mon Dieu!« entfuhr es Willem. »Was für eine Welt!« Er schüttelte den Kopf und leerte sein Glas. In seinem Ton lag etwas Spöttisches.

»Ist Holland vielleicht die Norm, an der sich die Welt messen muß, mein liebes Kind?« fragte Anna Paulowna gereizt. »Gott bewahre.«

»Ist es für einen König nicht gut, die Maßstäbe seines eigenen Reichs anzulegen?«

Anna erhob sich aus ihrem Sessel, nicht mehr Mutter, sondern Großfürstin.

»Vorläufig ist noch dein Großvater König. Und danach dein lieber papá. Und dann, wer weiß ...?« Sie zog die Nase hoch und rief: »Mouchoir!« Sogar ihre Stimme war fester und strenger. Ihr Kammerdiener gab ihren Wunsch einem Lakei weiter, der ein Taschentuch auf eine silberne Schale legte und sie daraufhin dem Kammerdiener überreichte. Mit einer Verbeugung bot dieser es der Kronprinzessin an.

Dabei sagte sie mit einem häßlichen Lächeln um den Mund zu ihrem Sohn: »Jeder Gärtner, mein Sohn, muß wissen, was im Wald wuchert, bevor er auch nur eine kleine Wiese mähen darf.« Sie schneuzte die Nase, ließ das Taschentuch, wie sie es gewohnt war, einfach fallen und entfernte sich.

Spätnachts kehrten wir nach Delft zurück. In unserem Zimmer öffneten wir das Nikolauspaket. Er hatte nicht gelogen. Es kam von meinem Vater, wenn es auch vom Kolonialministerium geöffnet, kontrolliert und erneut verpackt war. Es enthielt einen Rapport aus Elmina mit der Nachricht, der Asantehene habe uns zur Finanzierung unseres Lebensunterhalts sechs Unzen Goldstaub gesandt und als Geschenk zwei Paar Goldketten und Ringe. Letztere waren tatsächlich noch da. Wir waren froh, daß wir nicht vergessen waren, aber das Metall war sehr kalt, und so legten wir den Schmuck nicht an.

Kwame wollte schlafen, die Erinnerung an die schwarzen Knechte aber ließ ihn nicht ruhen. Ich sagte ihm, er solle nicht so schnell beleidigt sein, schließlich handle es sich hier um eine Tradition, wie wir zu Hause so viele Traditionen kannten. Die Form bleibt, aber sie verlieren ihre Kraft. Kwame fand, daß diese zu der dümmsten und gefährlichsten Sorte zählte. Mit ihm war kein Auskommen. Zum Glück konnte ich einschlafen und träumte von einem Schiff mit einer großen, grünen Pluderhose am Mast. Der Wind hatte sie aufgebläht und das Schiff flog über das Wasser. Ich hielt das Ruder und sang lauthals ein Lied ohne Worte.

»Ich weiß es nicht, Mijnheer«, sagte Cornelius am nächsten Tag gerade zu van Moock, als wir in die Klasse kamen. Unser Ausflug war den Kameraden bestimmt nicht verborgen geblieben. Mevrouw van Moock sprach über nichts anderes mehr. Außerdem durften wir an diesem Morgen wegen unseres späten Nachhausekommens gegen jede Regel zwei Stunden später in den Unterricht kommen. Das reichte für neidische Blicke, sogar bei denen, die uns am wohlwollendsten gesinnt waren. Um die Katastrophe vollzumachen, kamen wir genau rechtzeitig, um zu hören, wie auf Cornelius ein Donnerwetter niederging.

»Mein lieber de Groot, es ist nicht meine Gewohnheit, einem Dummkopf seine Dummheit übelzunehmen, aber mit Ihnen ist es etwas anderes. Sie sind außerhalb des Unterrichts klug genug. Klug genug, um die anderen nach Ihrer Pfeife tanzen zu lassen. Ihre Unwissenheit muß wohl von Ihrer Faulheit herrühren.«

»Aber nein, Herr Lehrer, ich weiß wohl die Antwort.«

»Auch klug genug, um die Antwort auf Ihre Manschette zu schreiben, sehe ich. Nein, herzlichen Dank. Aquasi, wissen Sie es?«

Ich warf einen Blick auf die Tafel.

»Eineinhalbmal der Quotient der kurzen Seiten«, sagte ich auf gut Glück und war frech genug, dabei Cornelius triumphierend anzusehen.

»Hören Sie es, Herr de Groot? Erst ein Jahr sind die Prinzen von Aschanti unter meinen Fittichen. Sie fast vier. Nehmen Sie sich ein Beispiel an ihnen.«

»Dann nehme ich noch lieber Scheiße zum Frühstück«, antwortete Cornelius halblaut und blickte nicht weniger unverschämt zurück. Einen härteren Schlag hatte er noch nie ausgeteilt. Und dabei hatte er mich doch so sehr darauf hingewiesen, nie die Deckung sinken zu lassen, und schon gar nicht in dem Moment, wenn man meint, den Sieg in der Tasche zu haben.

»Was war das?« fragte van Moock, der es entweder nicht verstanden hatte oder seinen Ohren nicht traute. »Hatten Sie noch etwas anzumerken?« Aber alles ging in dem Gelächter unter, das laut und absichtlich losgebrochen war, wie etwas, das die Klasse zu lange hatte zurückhalten müssen.

Cornelius hatte Verheeck und seinen Anhängern ein deutliches Signal gegeben. Die Exzesse waren vorbei. Dafür war ich zu stark geworden, aber Freunde fanden Kwame und ich danach an dieser Schule nicht mehr. Bei unserem Näherkommen stockten Gespräche. Bei Sport und Spiel zogen wir uns freiwillig zurück. Bücher wurden unsere Welt, und die Zuneigung, die man uns am Hof erwies, blieb unsere einzige Freundschaft.

Die Kälte machte mich krank und nicht, wie Kwame unterstellte, der Kummer. Zuerst bekam ich bei jedem Atemzug Rückenschmerzen. Danach begann ich zu husten, vor allem morgens und abends, aber nach fünf Wochen fiel es mir auch tagsüber immer schwerer, Luft zu bekommen. Schließlich wurde das Fiepen meiner Luftröhre so störend, daß van Moock mir die Teilnahme am Unterricht verbot, bis sich mein Zustand besserte.

Kwame, der sich immer besser der Natur als den Menschen anpaßte, machte die Wetterverschlechterung nichts aus, aber er weigerte sich, ohne mich am Unterricht teilzunehmen. Nach einigen strengen, aber wirkungslosen Strafen gab van Moock nach, und mein Freund durfte mir in unserem Zimmer Gesellschaft leisten, unter der Bedingung, daß er seine Arbeit mitnähme und jeden Nachmittag einige Aufgaben abgebe.

Es wurde mühsam, die Treppe zum zweiten Stock hinaufzusteigen. Die Atemnot hielt mich wach, ich litt unter Kopfschmerzen und Stichen im unteren Rücken. Die allgemeine Lustlosigkeit nahm mir den Appetit, und ich verlor Gewicht, bis mich Mevrouw van Moock eines Morgens schweißgebadet im Bett fand. Sie schlug die Decke zurück und erst an ihrem Blick erkannte ich, wie schlecht es wirklich um mich stand. Ein herbeigerufener Arzt diagnostizierte Bronchitis und schrieb Dampfbäder vor. Als sie nach zwei Wochen keine Wirkung zeigten, nahm van Moock Kontakt zu van Drunen auf.

Ich bekam einen Brief von Prinzessin Sophie:

Ich fürchte, daß ich es war, die Ihre Gesundheit aufs Spiel gesetzt hat, weil ich an diesem Abend im Pavillon zu Scheveningen so darauf drängte, daß Sie beide mich zum Strand begleiten sollten. Ich bitte Sie um Ihr Verständnis dafür, daß mich die Gesellschaft und sogar mein mechanisches Geschenk zu langweilen begannen. Als ich die Puppe so viele Zettel mit meinem Namen hatte schreiben lassen, um sie an das ganze niederländische Volk austeilen zu können, konnte ich mir nur eine einzige Zerstreuung vorstellen: Draußen riefen mich die schweren Stimmen des Herbstes. *Das Meer rief nach mir. Hendriks Meer. Ich versuchte, meinen Bruder zu einem Spaziergang durch den Sturm zu überreden, aber er wehrte sich, überzeugender als Sie und Ihr Vetter, der, dünkt mir, nur darauf wartete, sich – wie früher – mit den Elementen zu messen. Mit niemandem schien es mir passender, der Natur zu trotzen als mit Ihnen beiden, die ihr von Geburt an so nahe seid. Hätte ich um Ihre körperliche Verfassung gewußt, würde ich nie darauf gedrängt haben, aber wie es war, bewahre ich die teuersten Erinnerungen an diesen Augenblick. Sich gegen den Wind zu stemmen, auf seinen Flügeln getragen werden, als habe der Körper kein Gewicht und sei nicht länger Materie. Die Arme auszubreiten wie ein Vogel seine Flügel und zu vergessen, ach, zu vergessen! Wir haben so vieles gemein, Sie beide und ich. Ich vergieße Tränen über die Einsamkeit, in der Sie leben müssen. Aber Sie sind nicht allein. Das sage ich Ihnen. Wir müssen auf Gott vertrauen.*

Und nun sind Sie unpäßlich! Ihre Lungenentzündung, von der man mir berichtet, ist auch mir nicht unbekannt. Noch letzten Sommer habe ich deshalb lange Zeit schwerkrank das Bett hüten müssen, wodurch ich im Juli zu meinem unsäglichen Kummer die Rückkehr Prinz Hendriks versäumen mußte, da ich zur Rekonvaleszens im Catshuis verbleiben mußte. Meine Mutter sucht für alles die Schuld beim holländischen Klima, das sich ihrer Ansicht nach nicht eignet, um dort zu leben. »Das lasse ich mir von Sankt Petrus noch einmal erklären«, sagt sie, wenn sie eine ihrer Launen hat, bei denen man nie weiß, ob sie scherzt oder ob es ihr Ernst ist, »warum Gott der Herr ein Volk so verwirrt hat, daß es auf die Idee kam, sich in einem Sumpf niederzulassen!« Die schlechten Nachrichten über Ihre Gesundheit haben sie und den Kronprinzen, der Sie ebenfalls schätzt, aufs äußerste beunruhigt. Schritte zur Wiederherstellung Ihrer Gesundheit werden unternommen. Ich wünsche Ihnen von Herzen gute Besserung und bitte Sie, meine ehrerbietigen Grüße Prinz Quame zu überbringen und dieselben ebenfalls zu akzeptieren,

Sophie, Prinzessin der Niederlande.

P.S. Geistige Bereicherung kann den Körper ebenfalls stärken. Ich schicke Ihnen daher das Theaterstück Mahomet *von Monsieur Voltaire. Maman sieht es nicht gern, daß ich von seinen*

Ideen Kenntnis nehme, aber mir scheinen einige seiner Zeilen für uns besonders wichtig. Ich habe sie unterstrichen und nehme sie als Motto:

»Les mortels sont égaux, ce n'est pas la naissance
C'est la vertu qui fait leur différence.«

Kaum hatte ich diesen Brief gelesen, traf Professor Everard ein, der Prinzessin Sophie behandelt hatte. Er war auch Leibarzt von Kronprinz Willem Frederik, der an einer schwachen Gesundheit laborierte.

Er verbot mir ab sofort die Dampfbäder, klebte mich voller Senfpflaster und schrieb Einwickeln des Rippenfells und des Brustkorbs mit schwefelgetränkten Tüchern vor, worauf innerhalb weniger Stunden das gesamte zweite Stockwerk nach faulen Eiern und Säure stank.

In unserem Zimmer war der Gestank unerträglich. Ich atmete schwer, und der unregelmäßige Herzschlag führte zu Schwindelanfällen. Obwohl ich Kwame vorschlug, in ein anderes Zimmer umzuziehen, um so dem Schwefel und meiner Unruhe zu entkommen, wollte er lieber in meiner Nähe sein. Nachts blieb er oft wach, um mich, sobald ich mich im Schlaf umgedreht hatte, sofort wieder auf die Seite zu betten, in eine Haltung, bei der ich weniger Schmerzen spürte. Er schlief, sobald es hell wurde, und sogar in seinen Träumen achtete er wachsam auf die geringste Veränderung meiner Atmung, schreckte sofort auf, sobald sie auch nur kurz flacher wurde, und legte sein Ohr auf meine Brust, um sie abzuhorchen, wie es der Arzt tat. Auf meine Frage, was er höre, antwortete er: »Ein galoppierendes Herz, das vom Weg abgekommen ist.« Ich verspottete ihn wegen des Vergleichs, den er einem der modernen Dichter aus der Anthologie entliehen haben mußte, die Mevrouw van Moock uns zur Zerstreuung gebracht hatte, aber dennoch überfiel mich anschließend ein Fiebertraum, an dem ich die Szene lebendig vor mir sah, ein Herz auf zwei Beinen, das im Kreis rannte.

Eines Nachts bekam ich einen schweren Anfall, bei dem ich

Blut hustete, und ich fühlte selbst, wie meine Brust derart verschleimte, daß ich glaubte, schon bald daran zu ersticken. Der in aller Eile herbeigerufene nächste Arzt reinigte mit einem Spatel meine Kehle von zähflüssigem Schleim, an dem ich – das gab er zu – fast erstickt wäre.

Nach dieser Behandlung fiel ich erschöpft in einen tiefen Schlaf, aus dem mich nicht viel später ein brennender Schmerz im Hals weckte. Durch das plötzliche Erwachen überraschte ich Kwame, der neben mir untröstlich weinte. Es war das einzige Mal, daß ich ihn dabei ertappen konnte. Sobald er merkte, daß ich wach war, nahm er sich sofort zusammen, um mich nicht weiter zu beunruhigen. Er betonte so nachdrücklich, von meiner Genesung überzeugt zu sein, daß mir klar wurde, er lebte in Todesangst, mich zu verlieren. Er wiegte mich in seinen Armen, bis ich einschlief, und ich kann mich an keine Gelegenheit erinnern, in der wir uns je wieder so nahegekommen wären. Während ich langsam einschlummerte, war ich mir zum ersten und letzten Mal völlig bewußt, daß er mich liebte und er der einzige war, von dem ich niemals etwas zu befürchten haben müßte. Am nächsten Morgen versuchte ich dieses Glücksgefühl wieder zurückzuholen, aber es gelang nicht.

Sauerteigbrei und Spanische Fliege wurden aufgelegt. Professor Everard erklärte mir, ein schwerer Anfall kündige immer eine Wende an, zum Guten oder zum Schlechten. Tatsächlich brachten die feuchtwarmen Wickel und die Reizung meiner Atemwege, zusammen mit ein paar klebrigen Säften und nicht zu vergessen, Kwames liebevoller Sorge, schließlich Erleichterung, was mir meinen Appetit zurückbrachte und mich wieder kräftiger werden ließ. Mitte Februar war ich endlich stark genug, um in den Unterricht zurückzukehren und zur letzten Porträtsitzung bei Radhen Saleh zu reisen, die er dazu nutzte, schnell noch unsere neuen Geschmeide aus Aschanti ins Bild aufzunehmen. Meine Anfälligkeit sollte aber nie völlig verschwinden und kam jeden holländischen Herbst mit voller Heftigkeit zurück.

Prinzessin Sophies fünfzehnter Geburtstag verstrich, ohne daß wir eine Einladung empfingen, mit der wir gerechnet hatten. Später stellte sich heraus, daß die Familie des Kronprinzen in heller Aufregung gewesen war. Anna Paulowna hatte alle Hebel in Bewegung gesetzt, um Willem Alexanders Heirat zu verhindern, aber der Bruch zwischen den Verlobten schien gekittet zu sein. Anna wanderte grollend durch die Gänge von Palast Kneuterdijk. Die künftige Braut ihres ältesten Sohnes war seine eigene Cousine, Sophie von Württemberg, eine Tochter von Annas am wenigsten geliebter Schwester Katherina Paulowna. In diesem Mädchen vereinten sich, ihrer Ansicht nach, die labilsten Züge der Romanows, die sie schon so sehr an ihrem eigenen Sohn störten.

Schlimmer noch als die drohende Eheschließung Willem Alexanders war der drohende Skandal um Willem den Ersten, Annas Schwiegervater. Der bejahrte König hatte zwei Jahre lang treu um seine verstorbene Gattin Wilhelmina getrauert, aber nun hatte er den Witwerstand satt. Der alte Mann steuerte auf eine Heirat mit Gräfin Henriette d'Oultremont zu, die nicht nur Belgierin und katholisch war, sondern zu allem Unglück auch noch Hofdame!

Um das alles nicht an die Öffentlichkeit dringen zu lassen, wurde im Palast nicht empfangen. Kwame und ich wußten nichts davon. Wir waren nur enttäuscht, daß man uns vergessen zu haben schien. Unser Geschenk, eine Ausgabe der Gesammelten Werke Voltaires, die wir für Sophie eigens in grünes Ziegenleder hatten binden lassen, schickten wir ihr schließlich mit unseren Glückwünschen zu. Daraufhin kam nur ein kurzer Dankesbrief, aus dem keine besondere Zuneigung sprach.

Am Nachmittag des vierundzwanzigsten April jedoch, dem Tag, der als mein Geburtstag festgesetzt worden war, wurden Kwame und ich abgeholt und nach Hellevoetsluis gebracht. Im dortigen Rathaus empfing uns der Bürgermeister persönlich. Er führte uns in einen Saal, wo das riesige für meinen Vater bestimmte Gemälde aufgestellt war. Obwohl ich Kwame durchaus gelungen fand, konnte ich mich kaum in dem schüchternen Jungen erkennen, der den Zuschauer mit solcher Abneigung ansah. Dieser Eindruck entstand weniger, weil ich mein Gesicht unserem »Wohltäter« zuwandte, als dadurch, daß ich mich beschämt vom Betrachter abwandte. Im übrigen waren wir wohlgenährt wiedergegeben, das reine Musterbeispiel für afrikanisches Wohlergehen.

Als Überraschung ertönte der sogenannte *Marsch für den König von Aschanti*, und es erschien Kronprinz Willem Frederik mit Sophie an seiner Seite, gefolgt von Generalmajor Verveer, van Drunen und Radhen Saleh. Während wir an einer ausgiebigen Teetafel saßen, wurde die Leinwand an Bord des Schiffes verladen, mit dem Verveer am selben Nachmittag mit dem Ziel Elmina ausfahren sollte.

Die Vorstellung, nach Afrika zurückkehren zu müssen, war dem Generalmajor so zuwider, daß ihm eine höfliche Konversation schwerfiel. Selbst wenn der Kronprinz das Wort hatte, schweiften Verveers Gedanken ständig ab. In sich hineinmurmelnd stocherte er ein wenig in dem Kuchen, den man ihm hinstellte, aber er aß den ganzen Nachmittag keinen Bissen.

Er hatte den Auftrag, von Fort Elmina aus eine große Strafexpedition gegen Badu Bonsu den Zweiten anzuführen, den König von Ahanta. Dieser hatte die Mitglieder einer niederländischen Handelsdelegation töten lassen, nachdem zwei unerfahrene Soldaten gegen die Etikette mit gezogenen Waffen bei ihm zur Audienz erschienen waren. Adjutant Tonneboeijer hatte darauf mit vierzig Mann den Versuch unternommen, es Badu Bonsu zurückzuzahlen, aber alle waren in einem Hinterhalt getötet worden.

Nach dem Tee begab sich unsere Gesellschaft auf die Reede. Verveer versprach, unser Porträt in gutem Zustand in Kumasi abzuliefern und ging an Bord. Wir wünschten dem Schiff und seiner Mannschaft eine glückliche Reise.

Zwei Jahre, nachdem Kwame und ich die Goldküste verlassen hatten, kehrten wir also in Form von Porträts dorthin zurück. Mein Herz bebte bei dem Gedanken, daß mein Vater und unsere Mütter uns bald sehen würden, aber Sophie war bei mir. Kwame und ich winkten uns selbst nach und wir schauten, bis das Schiff in See stach. Ich klammerte mich an meinen Freund. Wir wünschten uns nichts mehr, als mit unseren Bildern den Platz zu tauschen. Aber wir waren inzwischen gut erzogen und schwiegen.

Dritter Teil

Delft 1839–1847

»Heureux ceux qui n'ont point vu la
fumée des fêtes de l'étranger et qui ne se
sont assis qu'aux festins de leurs pères.«
François-René de Chateaubriand

1

»In sie«, sagte Kwame und deutete hinauf in den Himmel. Sophie tat es ihm gleich. Zum Teufel mit dem Protokoll! Es war Kwames Geburtstag, der 21. Juni. Wir lagen zu dritt auf der runden Bank unter einem Mandelbaum im Park hinter Het Loo. Zum ersten Mal hatte die Sonne nach einem kalten Frühjahr genug Kraft, um unsere Haut zu wärmen.

»In sie war Anansi verliebt. Um jeden Preis wollte er zu ihr. Damals war die Erde noch kahl und unfruchtbar. Das Spinnenmännchen spann ein Netz zwischen zwei Steine und kletterte zum höchsten Punkt. Aber er konnte sie nicht erreichen. Darauf stieg er auf einen Hügel und befestigte seinen Faden an der Spitze. So hoch war er nie zuvor gewesen, aber was nun? Woran konnte er die zweite Ecke seines riesigen Netzes befestigen? Am Horizont entdeckte Anansi einen Bergrücken. Er machte sich auf durch die Ebenen, bis ihm ein Fluß den Weg versperrte. Er sah sich um. Er war schon weit weg von dem Gebiet, das er kannte. Aber seine Liebe war stärker als die Furcht. Obwohl er nicht schwimmen konnte, überquerte er das Wasser. Am anderen Ufer ließ er sich von den Sonnenstrahlen trocknen. An den Salzfeldern vorbei gelangte er zu der Bergkette, welche die Ebenen von der Küste trennt. Dort stieg er auf den höchsten Gipfel. Er sah, wie lang sein Faden schon war, und als er ausrechnete, wie groß das Netz werden müßte, wurde ihm schwindlig. Die Wanderung hatte nahezu all seine Kräfte aufgezehrt. Und er hatte erst einen einzigen Faden gespannt. In diesem Augenblick begriff Anansi, daß sein Ehrgeiz zu groß, seine Liebe unmöglich war. Niemals würde er mit seinem Netz die Sonne erreichen können. Nein, niemals würde er ihr näher kommen als hier auf diesem Berggipfel. Daher beschloß er zu bleiben. Von hier oben konnte er die Geliebte am Abend verschwinden sehen. Weinend verbrachte er die Nächte, gebrochen vor Kummer und Gram. Aber morgens schöpfte er neue Hoffnung, weil sie ihn nicht vergessen hatte. Er aß nicht mehr. Er trank nicht mehr. Er träumte nur noch. Schließlich erhob sich eine leichte Brise. In der Ferne stob Sand über die Ebenen. Der Wind frischte auf und schwoll an zum Sturm. Anansi leistete Widerstand. Er wollte nicht von der Stelle weichen, wo er seiner Geliebten am nächsten war. Er stemmte die Beine in den Boden und klebte den Hinterleib an die Erde, aber er war schon zu sehr geschwächt. Der Wind hob Anansi hoch. Und er, der nur noch mit seinem langen Spinnwebfaden am Berggipfel seiner Heimaterde festhing, kam der Sonne so nah wie nie zuvor. Hätte er nur schon früher losgelassen! Höher schwebte er, und immer länger spann er seinen Faden und ihm wurde warm von der Spannung und warm von der Anstrengung und warm ... und warm ... und warm von der Liebe. Und vom Glück erfüllt wurde er so heiß, daß er sich seine Spinnenbeine versengte, aber es machte ihm nichts aus. Und er sengte sich die Haare von seinem Bauch, aber das konnte ihm nichts ausmachen. Und sein Panzer begann lichterloh zu brennen und er glühte vor Liebe, und er schrie laut auf vor Lust, und in dem Augenblick, als ihn die Geliebte in ihre Flammen aufnahm, starb er vor Glück. Verkohlt glitt er wie ein rauchendes Flämmchen an einer Lunte an dem Faden zurück, den er gesponnen hatte. Seine Asche fiel auf die Erde. Der Wind trug sie über die kahlen Felder und die leeren Savannen. Und seine Asche machte den Boden fruchtbar. Die Sonne ging unter und wieder auf, und sie sah, daß aus Anansis Überresten kleine Halme hochgeschossen waren. Sie schien, um sie wachsen zu lassen. Sie machte sie so stark, daß sie die Erde überwucherten. Und aus diesem grünen Wald kamen Tiere hervor und der erste Mensch. Und aus ihm erwuchsen du und ich und Kwasi und alle Menschen. Geboren aus Anansis Liebe. So entstand alles Leben. Aus unerfüllter Sehnsucht.«

Ich kniff die Augen gegen das grelle Licht zusammen, aber sogar durch meine blutroten Lider sah ich, daß Sophie sich aufsetzte. Ihren Schatten. Sie zog die Knie an, umschlang sie mit den Armen und stützte ihr Kinn darauf.

»Das hast du dir nicht selbst ausgedacht!« sagte sie. Ich öffnete die Augen, mußte sie aber gleich wieder schließen. Durch die Wimpern versuchte ich ihr Gesicht zu erkennen. Hunderte feuriger Bällchen schossen vorbei.

»Sind das die Geschichten, die eure Mütter erzählt haben?«

»Von meiner Mutter weiß ich nichts mehr«, antwortete ich. Ich wollte lieber etwas hören, was ich noch nicht kannte. »Nun ja, sie hat gesungen.«

»Kofi brachte uns die Märchen bei«, fuhr Kwame fort, und er erzählte von unserem betagten Sklaven mit den roten, tränenden Augen und seinen alten Weisheiten. Er machte nach, wie Kofi mit seinen Spinnenbeinen lief, und er erläuterte, was Kofi uns lehrte.

»War er blind?« fragte Sophie fast gierig. Ein mit Perlen eingefaßtes Samtband hielt ihr die Schillerlocken aus dem Oval ihres Gesichts. Sie wippten und glänzten im Licht.

»Kofi, blind, wieso?«

»Es hätte ja sein können. Ein weiser, alter Blinder. Das gibt es doch manchmal.«

»Gibt es das manchmal?« Kwames spöttische Frage beschämte sie. Sie suchte Blumen und riß sie dann mit Wurzeln und Erde aus. Nach ein paar Minuten warf sie ein ganzes Büschel auf uns, um uns zu ärgern. Sandkörner und Blätter gerieten unter mein Hemd und kitzelten dort den ganzen Nachmittag.

Sophie fragte weiter. Nach meiner Mutter. Nach Kwames Mutter. Nach unseren ersten Lebensjahren. Kwame störte es nicht. Ihm fiel eine Menge ein. Bräuche, Bilder, Mythen, die in den Niederlanden völlig unbekannt waren. Er strahlte, die Prinzessin war aber auch wirklich entzückt. Ihre Neugier steckte an. Daher überwand ich meine Abneigung gegen diese Geschichten und wetteiferte schließlich mit Kwame, wer welche Anekdote erzählen dürfe. Sophie wollte vor allem alle Einzelheiten hören, von denen sie sich in ihrem Mädchenzimmer bereits ein romantisches Bild gemacht hatte. Daher hing sie an unseren Lippen, als tropfe von ihnen Honigseim, so daß man ihr die Antworten einfach nicht schuldig bleiben konnte und wollte. So gab ich zum Beispiel schließlich doch zu, meine Wiege sei aus Moos und an den blühenden Zweigen eines Ahorns aufgehängt gewesen, wo ein leichter Windhauch sie zwischen den Nestern junger Vögel hin- und hergewiegt hätte. Nach so einer Erzählung schlug sie die Hände vors Gesicht, um ihre Rührung nicht zu zeigen. Derlei Bilder, die sie mir selbst in den Mund gelegt hatte, ließen sie erbeben, als würde sie diese wiedererkennen. Ich merkte wohl, daß Kwame solche kleinen Lügen nicht leiden konnte. Er kam auf unsere wahre Geschichte zurück, aber die Prinzessin unterbrach ihn ständig mit den merkwürdigsten Fragen. Von Kwame wollte sie wissen, ob ihm schon einmal eine weiße Hirschkuh im Traum erschienen sei. Mich fragte sie, ob die Bäume des geheimen Tals auch Rat in Liebesangelegenheiten gäben. Kwame befürchtete allmählich, sie habe vielleicht zu lange in der Sonne gelegen.

Drei Tage vor Kwames Geburtstag wurde Erbprinz Willem Alexanders Heirat mit Sophia Mathilde von Württemberg vollzogen. Willem der Erste reiste zu diesem Festakt seines Enkels in Begleitung aller Prinzen nach Stuttgart, darunter des Bräutigamvaters, Kronprinz Willem Frederik; Kronprinzessin Anna Paulowna wollte jedoch nicht mitfahren. Der Hochzeit ihres Erstgeborenen fernzubleiben war die erste Gelegenheit, die unerwünschte Schwiegertochter vor den Kopf zu stoßen. Sophie leistete ihrer Mutter Gesellschaft, und um die grimmige Stimmung zu vertreiben, bestand sie darauf, daß wir Kwames allerersten Geburtstag auf Het Loo feiern sollten.

Als wir nach einer ermüdenden Reise in Apeldoorn aus der

Postkutsche stiegen, war die Stimmung alles andere als festlich. Die Kronprinzessin zeigte sich nicht wegen ihrer geschwollenen, verweinten Augen.

»Nun, ihr könnt gleich wieder auf dem Absatz umkehren«, schmollte Sophie, »denn Mamá weigert sich, Musiker zu engagieren. Was ist das für eine Geburtstagsfeier, bei der nicht getanzt wird?«

Man reichte kleine Torten sowie drei verschiedenfarbige Limonaden. Eines der Gartenzimmer war mit Blumengestecken geschmückt. Sophies Lehrer Cavin, ein Schweizer, war der einzige Gast. Er saß in einer Ecke und verschlang *Le génie du christianisme*. Für den Schriftsteller Chateaubriand hegte Anna Paulowna große Sympathie, weil dieser sich nach der Französischen Revolution gegen das neue Regime ausgesprochen hatte.

Als die Kronprinzessin endlich in ihrem Tragstuhl die Treppe herunterkam, war sie in voller Gala. Ihre Robe, für das Haus Oranien viel zu aufwendig und der Kaiserlichen Hoheit, der Großfürstin von Rußland, angemessen, entsprach in ihrer Monumentalität ihrer Unzufriedenheit. Zur allgemeinen Überraschung trug sie auf ihrem hochgesteckten Haar eine Filzkrone mit Perlen und um den Hals einige ihrer berühmten Juwelen.

»Was starrt ihr so? Das ganze Land schwingt wegen der Hochzeit des Erbprinzen das Tanzbein, und ihr wollt es seiner leiblichen Mutter verwehren, sich festlich zu kleiden?« Sich völlig ihres Auftritts bewußt nahm sie Platz und ließ die Falten ihres Gewandes drapieren. Ich war so unvorsichtig, ihr zu gratulieren.

»Nun ja, Sie haben recht, mein Lieber, sollen sie doch heiraten, warum sollte ein Mensch auch glücklich sein wollen«, höhnte sie. Monsieur Cavin schloß sein Buch und zog sich unauffällig zurück.

»Natürlich muß ein Vetter seine Base aus dem idiotischen Zweig der Familie heiraten können. Das scheint modern zu sein. Und wenn Kinder kommen, tant pis. Wer weiß, vielleicht bringen sie ja alle zusammen noch den Schwachsinn in Mode!

Ich lasse mir auf jeden Fall davon die Laune nicht verderben.« Darauf gab sie den Befehl, doch noch ihre russischen Sänger zu holen. Man brachte ihr eine Schale mit Süßigkeiten, auf die sie sich wie ein Geier stürzte. Sophie lotste uns in den Park.

»Was fällt dir ein!?« rief sie.

In meinem Eifer, sie mit noch mehr Folklore zu überraschen, hatte ich zwei Zweige von dem Mandelbaum abgebrochen.

»Den Baum hat meine Mutter aus Sankt Petersburg mitgebracht. Wenn sie traurig ist, läßt sie hier den Tee aus einem Samowar servieren. Dann sitzt sie stundenlang mit geschlossenen Augen da und tut so, als höre sie die Newa vorbeiströmen.« Wo sich die Spazierwege kreuzten, plätscherte der Neptunbrunnen. »Hast du sie schon gesehen? Die Newa?«

»Nein«, antwortete Kwame.

»Nein«, sagte ich, »ich kenne nur mein eigenes Land!«

»Und Holland!« protestierte Sophie. »Holland kennt ihr jetzt auch.«

»Ich *meine* Holland«, sagte ich.

Fassungslos sah Kwame mich an.

Die Sonne wurde früh fahl. Noch vor Einbruch der Dämmerung saßen wir bei den Hofdamen im Gartenzimmer um den Kamin. Einige Besucher ließen sich melden, um Anna Paulowna zur Heirat Willem Alexanders zu gratulieren. Sie dankte reserviert mit einer hochgezogenen Augenbraue. Obwohl ihre Meinung über die neue Erbprinzessin allgemein bekannt war, äußerte sie sich in Gesellschaft, als habe sich der Himmel geöffnet, um Sophia von Württemberg in unsere Mitte herabzulassen.

Mich faszinierte, wie leicht sie die Unwahrheit sagte. Sie hatte die Kraft, sich über ihre tiefsten Gefühle hinwegzusetzen, über sie hinauszuwachsen. Diese Selbstbeherrschung schien mir begehrenswert. An diesem Nachmittag studierte ich diese diplomatische Fähigkeit. Ich kam zu dem Schluß, daß Selbstverleugnung erlernbar sei.

Daß Anna Paulowna uns noch kurz zuvor durchaus ihre

wahren Gefühle gezeigt hatte, interpretierte ich als Ausdruck von Freundschaft und Vertrauen. Kwame jedoch fühlte sich dadurch beleidigt und meinte, unsere Meinung über sie sei ihr gänzlich gleichgültig, weil wir nur Afrikaner seien. Seine düsteren Anwandlungen konnten mich sehr schockieren. Ihn selbst verwirrten sie nicht weniger. In solchen Momenten zog er sich in sein Schneckenhaus zurück, verfiel in Schweigen und sonderte sich ab oder benahm sich unmöglich, indem er zu schmollen anfing.

So zog Kwame den restlichen Tag alle Aufmerksamkeit auf sich. Glücklicherweise traf Bernhard von Sachsen mit Hermann und Gustav ein. Keiner der Gäste versäumte es, ein Wort mit meinem Vetter, dem Geburtstagskind, zu wechseln, aber die meisten gaben schnell auf und wandten sich mir zu. Ich nahm also die Unterhaltung der Gesellschaft auf mich, indem ich die Anwesenden Zahlen rufen ließ, die ich im Kopf berechnete. Anschließend zitierte ich die *Rei der Clarissen* und auf Bitten Sophies *Le Lac* von Lamartine; anschließend brachte man mir Papier, damit ich von jedem, der es wollte, frei aus der Hand ein Profil zeichnete. Das wollten alle, und mir wurde allgemeine Bewunderung zuteil. Man rühmte Kwame und mich wegen unseres Lerneifers, und ich empfand den Applaus als willkommene Belohnung, befriedigender als van Moocks Zensuren. Für mich war es die Krönung nach jahrelanger harter Arbeit.

Aber Kwame blieb unausstehlich. Ausgerechnet, als man mir Anerkennung zollte! Ausgerechnet, als ich demonstrierte, wie wir durch unser Entgegenkommen und unseren Eifer als Gleiche in den denkbar höchsten Kreis aufgenommen wurden, ausgerechnet da benahm er sich wie ein Wilder. Zuerst ärgerte ich mich nur, aber rasch spürte ich auch eine leichte Übelkeit aufkommen.

Zum ersten Mal in meinem Leben schämte ich mich für sein Verhalten. Seinen Unwillen. Ja, für seine Anwesenheit. Wie oft hatte ich mich nicht für mich geschämt? Letzteres ist nur halb so schlimm: Man bekommt Schweißausbrüche, ja, das Blut fließt einem aus den Knien, aber mit diesem Schmerz kann man leben, weil er sich einnistet und nach innen wirkt. Aber die Scham für einen, den man lieb hat, reißt sich jäh wie ein Raubtier, das entkommen will, durch die Brust einen Weg ins Freie.

»Was hast du bloß?« zischte ich. »Du machst uns unmöglich.« Ich zog ihn am Arm zu einer Gruppe, die sich um die Kronprinzessin gebildet hatte. Sie spielten Schnipp-Schnapp. Bevor wir unsere Plätze einnahmen, mahnte ich ihn noch einmal, sich zu benehmen, worauf er etwas murmelte.

»Was sagst du?« fragte ich gereizt, und er wiederholte zornig: »Wenn du dich nur nicht immer so schrecklich aufspielen würdest!«

Das wagte er zu sagen. Ausgerechnet er! Das verschlägt einem die Sprache! Als müsse er sich für mich schämen. Nicht umgekehrt, nein, er für mich! Ich versuchte, nach außen unbewegt zu bleiben, wie Anna Paulowna es getan hätte, als sei dieser absurde Satz niemals gefallen. Die Karten wurden ausgeteilt, aber statt sich für das Spiel zu interessieren, saß Kwame nur da und brütete stumpfsinnig vor sich hin!

Um mich nicht zu ärgern, wandte ich mich ab und eröffnete am Schachbrett das Spiel gegen Sophie. Für gewöhnlich gewann ich die Oberhand, aber sie glaubte lange, überlegen zu sein.

»Mit dir spiele ich lieber als mit Willem«, sagte sie. »Der ist ein ganz schlechter Verlierer.«

»Ich verliere nicht.«

Mit einem Bauern schlug sie meinen Läufer. Ich zog alle Register, um ihr das heimzuzahlen, aber Sophie blieb ruhig. Ich sagte, ihr Selbstvertrauen erinnere mich an das Napoleons vor Waterloo.

»Kwame spielt nicht«, beobachtete sie. »Er hält zwar die Karten in der Hand, aber das ist auch alles. Traut er sich nicht?«

»Kwame ist von uns allen der schlechteste Verlierer«, sagte ich. »Mal sehen …« Und aufreizend langsam deutete ich auf die Felder, die mein Springer nehmen würde, um oben auf ihren Turm zu setzen.

»Ihr habt auch schon soviel verloren«, sagte sie und sah mich an. Reglos. Und das schien nicht zu ihrer Strategie zu gehören. Tief drang sie in meinen Blick ein. Als wäre uns Schweigen genug und erwarte sie keine Reaktion. Meine Lenden spannten sich. Ich verlangte nach ihr, ließ mir aber nichts anmerken.

»Stimmt«, sagte ich. »Ich glaube, ich kann es besser ertragen als er.«

»Zum Glück«, lachte sie, »denn soeben verabschiedet sich dein Springer! Ich sagte doch bereits, das Recht des ersten Zuges bringt keinerlei Vorteil!«

Schweigend spielten wir eine Weile weiter, ich mußte mich voll auf das Schachbrett konzentrieren. Als ich sie dann fast schachmatt setzte, und sie lange überlegen mußte, sagte ich: »Manchmal denke ich, daß er es *mir* übelnimmt.«

»Was?«

»Die Distanz. Zwischen uns und den anderen.«

Sie nickte, als würde sie verstehen, wollte einen Zug machen, krauste aber die Nase und dachte nach.

»Menschen sind dumm«, tröstete sie. »Du mußt darüber stehen.«

»Ich will nicht darüber, ich will mittendrin stehen. So unauffällig wie möglich.«

»Nichts fällt so sehr auf, wie irgendwo dazugehören zu wollen.« Sie klang strafend und schob ihren Läufer resolut vor. Ich war am Zug.

»Die Distanz kenne ich genauso«, sagte sie. »Was hast du gedacht? Unsere Familie lebt in einer einsamen Position. Alle starren auf uns und urteilen, aber selten kommt uns jemand so nahe, daß ich *ihn* kennenlernen kann. Als sei ich mit einer Narbe im Gesicht geboren, die mich von anderen unterscheidet. Jeder sieht sie, und keiner wagt, darüber zu sprechen.«

Mein Blick schweifte über das Brett, ohne es zu sehen. Inzwischen suchte ich wie wild nach Worten, um die Ebenmäßigkeit ihres Gesichts zu verteidigen, wie sie es erwartete.

»Mama sagt«, fuhr sie fort, »Einsamkeit sei das Vorrecht der Stärksten.« Sie fixierte das Feld und lachte, als habe sie schon gewonnen. Ich konnte mich nicht entscheiden. Ich schob die Figuren hin und her und machte schließlich irgendeinen Zug. Das war ihr Glück.

Den restlichen Abend spielten wir am Tisch Schnipp-Schnapp, und Kwame gelang es, allen noch weiter die Laune zu verderben.

»Spielen Sie uns doch etwas auf dem Klavier, Prinz Kwame«, befahl Anna schließlich. Obwohl sie vor ihren Gästen seine Kunst in den höchsten Tönen rühmte, wagte er es dennoch, sich so lange zu weigern, daß sie drängen mußte. »Bitte, ein kleines musikalisches Intermezzo des Geburtstagskinds würde unser Fest vollkommen machen.«

»Ich selbst habe nichts zu feiern, Madame«, sagte er, ohne sie anzusehen. Es wurde still. Anna ergriff seine Hände.

»Das weiß ich«, sagte sie, »das weiß ich.«

»Ach, Maman«, seufzte Sophie, »ca c'est le mal de René!« Ich dachte, sie meinte René Labouchère, der in der Klasse zwei Reihen hinter mir saß und bisweilen in Ohnmacht fiel, meiner Ansicht nach, weil er zu enge Hosen trug. Ich fragte, woher sie ihn kenne, aber sie wimmelte mich ab, unwirsch, als wollte sie bei Gefühlen nicht gestört werden, nach denen sie lange und tief gegraben hatte.

»Wenn ich an zu Hause denke«, fuhr Anna Paulowna fort, »dann singe ich ein Lied, das meine Mutter mich lehrte.«

Kwame schwieg einen Augenblick, taute dann aber auf und fragte schließlich: »Laut?«

»Laut! Notfalls nur die Melodie.« Sie summte vor sich hin. Kwame entzog ihr seine Hände.

»Wir denken nicht an zu Hause«, sagte ich, weil ich die ganze Situation äußerst peinlich fand. »Zumindest versuche ich das. So wenig wie möglich an zu Hause zu denken.«

Anna schüttelte den Kopf, kräftig, aber voller Bedauern, wie van Moock es bei einer falschen Antwort tat. Sie erhob sich und stieg in ihren Tragsessel.

»Die Menschen glauben, Erinnerung bringe Kummer.« Sie wurde hochgehoben und schwebte bereits. »Aber ganz im Gegenteil. Kummer kommt mit dem Vergessen.«

Die Sommermonate im Internat waren immer still. Die meisten Jungen reisten zu ihren Familien. Van Moock versuchte sie noch mit Nachprüfungen und Aufgaben hinzuhalten, bis Klagen kamen, dann ließ er sie mit Bedauern gehen. Er legte ihnen ans Herz, bald zurückzukehren. »*Wissen*«, schrieb er den Eltern und Erziehern, »*ist wie der Körper eines Athleten. Es muß regelmäßig geübt werden. Ohne Übung verfliegt alles.*« Wir Zurückbleibenden wußten, daß diese Besorgtheit seiner Mittellosigkeit zuzuschreiben war. Schul- und Milchgeld, Wäschegeld und andere Zulagen wurden bei Abwesenheit der Jungen ausgesetzt. Der Staat sprang nicht ein. Dennoch mußte gerade in diesen Wochen alles auf Vordermann gebracht werden. Die Zurückbleibenden bekamen nur noch zwei Mahlzeiten pro Tag und das sonntägliche Stückchen Fleisch fiel weg, weil es bei warmer Witterung angeblich schlecht verdaulich war. Ohne Mühe schnallten wir den Riemen enger, auch weil die van Moocks selbst nicht im Überfluß lebten. Mevrouw van Moock schickte Bertje bis September in Urlaub und erledigte eigenhändig alle Flickarbeiten. Sie putzte Kupfer und bohnerte die Gänge. Mijnheer van Moock unterrichtete uns bis Mitte Juli. Den restlichen Sommer bekamen wir »Zeichenunterricht in Gottes freier Natur«, was darauf hinauslief, daß wir am Morgen mit einem Apfel, altem Papier und Wasserfarben auf die Felder vor die Stadt geschickt und nicht vor abends zurückerwartet wurden.

Die ersten Tage waren wir aufgeregt wie Vögel, deren Käfig plötzlich offensteht. Wir rannten kreuz und quer durchs freie Feld, ohne Ziel und Orientierung. Gezeichnet wurde nichts, nur herumgebalgt und durch die Kornfelder gekugelt. Nach einer Woche jedoch wollte van Moock Resultate sehen.

Ich legte mich auf den Bauch ins Gras, mit der Nase direkt über einem Hahnenfuß. Mit der Zungenspitze zwischen den Zähnen zeichnete ich, was ich sah, so genau wie möglich auf das Papier. Die Adern und Kronblätter, die Staubfäden und Blütenstengel; nichts ließ ich aus. Dann riß ich die Pflanze aus dem Boden und zeichnete das Wurzelgeflecht, die Flimmerhärchen und alles, was noch dazugehört. Danach wühlte ich mit den Fingern noch einmal im Boden, um zu kontrollieren, ob ich nicht vielleicht doch etwas übersehen hatte. Schließlich nahm ich ein Messer und schnitt den Stengel der Länge nach durch, zog die Haut von den Blättern, kratzte den Stempel sauber und zeichnete die Blume noch einmal, diesmal gut sichtbar die darunterliegende Struktur. Als mein Studienobjekt schließlich vertrocknet, zerschnipselt und zermatscht vor mir lag, schien mir meine eigene Schöpfung dem Original bei weitem überlegen zu sein. Ich kopierte so akkurat, daß die grillige und unübersichtliche Natur neben meinem Skizzenbuch fast versagte.

Kwame hielt sich an keinerlei Regeln. Sah er etwas, das ihm gefiel, dann lupfte er die Hose ein wenig, lehnte sich entspannt an einen Baum, kniff die Augen zusammen und spähte. So blieb er stehen, manchmal eine ganze Stunde, bis er genug davon hatte. Dann erst schlug er sein Buch auf und hielt seinen Eindruck fest. Dabei ging er völlig planlos vor. Einmal hackte er wie ein Verrückter drauflos, dann wieder ließ er seinen Pinsel eine Weile über der Komposition schweben, als erwarte er, daß dieser von allein für ihn die Arbeit erledige. Bei alldem hatte er für nichts um ihn herum Augen, als befinde sich sein Gegenstand in ihm, nicht um ihn herum.

Ich konnte es einfach nicht mit ansehen! Die Farbkleckse und die ineinander verlaufenen Farben! Manchmal nahm der Tropf einen Papierknäuel und wischte damit über seine Arbeit, wie wir es Radhen Saleh mit Putzwolle hatten tun sehen. Aber der arbeitete in Öl. Unsere Aquarelltechnik war dafür absolut ungeeignet. Über nasses Papier zu wischen, führt zum totalen Chaos. Hatte Kwame dann sein Blatt so vollgeschmiert, daß man es wohl oder übel für mißlungen halten mußte, legte er die Farben zur Seite und begann mit Kreide Akzente anzubringen, Schatten und etwas, das bei ihm als Perspektive herhalten mußte.

In uns beiden wuchs allmählich Ehrfurcht vor der Natur. Ich wollte ihre Zusammenhänge erforschen. Graben wollte ich. Bestimmen. Den Reichtum freilegen. Ich begann zu durchschauen, wie die höchstentwickelten Arten entstanden waren. Ihrer Unbeugsamkeit und ihrer schöpferischen Anpassungen wegen, die sie Jahrhunderte hatten überdauern lassen, zeichnete ich diese am liebsten. Ich lernte die Merkmale der verschiedenen Familien zu unterscheiden und machte ein Spiel daraus, außergewöhnliche Exemplare sorgfältig zu bestimmen. Kwame entdeckte nur die großen Linien, den Fluchtpunkt auf der Kreuzung zweier Alleen, den Farbverlauf in einem Feld voller Blumen. Kein einziges Mal achtete er auf Staubfäden oder Rispen, sondern sah eher Schattierungen in einer fernen Dämmerung, die mir einfach graugrün vorkam.

So unbegreiflich es klingen mag, aber gegen Abend war in alldem Chaos, das Kwame auf jedem Blatt anrichtete, das Wesen des Ortes eingefangen, den wir besucht hatten. Es war unerträglich, aber wahr. Kein Biologe hätte etwas mit Kwames Darstellung anfangen können und dennoch rührte sie jeden an. Beim Anblick der Zeichnungen seufzte manch einer, daß die Natur fürwahr Gottes liebstes, wunderbarstes Geheimnis sei. Daß ich dieses Rätsel auf Dutzenden Blättern haarfein und mit wissenschaftlicher Präzision seziert hatte, schien niemanden besonders zu interessieren.

In diesem Sommer sahen wir Sophie nur einmal, und zwar auf einer Soiree bei Fremden, die uns nicht aus Freundschaft, sondern als Attraktion eingeladen hatten. Die Gastgeberin zwang uns immer wieder zum Musizieren, bis Kwame laut fragte, ob sie uns vielleicht mit dem jungen Mozart verwechsle. Aber auch danach ließ uns die Gesellschaft keine Sekunde mit der Prinzessin allein. Pflichtbewußt fand sie für jeden ein freundliches Wort. Inzwischen warf sie mir Blicke zu, aus denen ich las, daß sie lieber mit uns durch den Garten tollen würde. Ich signalisierte zurück, ich verstünde sie, und um ihr meine Verbundenheit zu beweisen, reagierte ich wie sie rechts und links auf Gemeinplätze, als seien es tiefsinnige Trouvaillen.

Über die Heiratspläne Willems des Ersten mit der Hofdame »Jetje Donnermund«, sonst immer ein dankbares Thema, wurde an diesem Abend geschwiegen. Angesprochen wurden vor allem die Festlichkeiten, mit denen Erbprinz Willem Alexander und Sophia Mathilde von Württemberg im ganzen Land empfangen wurden. Sophie von Oranien berichtete, ihr Bruder Prinz Alexander plane eine große Reise nach Petersburg zu seinen Verwandten und sie selbst werde im Herbst zum zweiten Mal zu ihrer Tante Maria nach Weimar reisen. Den Winter werde sie in Tilburg verbringen. Ich hörte aus ihren Worten Bedauern heraus, daß sie so lange von uns fort sein müsse. Kurz darauf flüsterte sie mir bei einer Quadrille zu: »Am letzten Mittwoch im August bin ich in Scheveningen. Dort ist es ruhig. Professor Everard hat Mama Seebäder verordnet.« Mehr nicht.

Nachdem sie gegangen war, brachte ein Diener mir ein rotes Juchtenlederbändchen mit den Abenteuern Atalas und Renés. Dieses Buch Chateaubriands war offensichtlich Sophies eigenes Exemplar. Einige Passagen hatte sie mit Bleistift unterstrichen. Auf dem Vorsatzblatt stand in ihrer Handschrift die rätselhafte Widmung »Freunde im Bund der Krik«.

Am nächsten Morgen zogen Kwame und ich wieder in die freie Natur, aber aus dem Zeichnen wurde nichts. Wir lasen uns gegenseitig die Geschichten vor, in denen das natürliche Leben nordamerikanischer Indianer verherrlicht wurde.

Am vereinbarten Mittwoch brachte uns ein Bauernkarren vor Tag und Tau zur Residenz. Von dort aus wanderten wir zum Pavillon de la Reine am Scheveninger Strand. Sophie empfing uns, als sei sie die Gastgeberin. Anna Paulowna blieb in ihrem Zimmer, in das stündlich Eimer mit frischem Seewasser getragen wurden. Sie litt unter undefinierbaren Beschwerden, die sie dem holländischen Klima zuschrieb, und kam auch nicht zu der leichten Sommermahlzeit nach unten, die auf der Terrasse serviert wurde. Monsieur Cavin las wegen Sophies demnächst bevorstehendem Besuch in Weimar einige Gedichte des Herrn Goethe vor. Er hoffte, daß sie ihre Tante mit ihrer Kenntnis dieses Dichters überraschen könne, der Erzieher ihres Onkels Karl Friedrich und ihres Cousins Karl Alexander gewesen war. So schnell wie möglich entwischten wir mit der Prinzessin in die Dünen.

Sophie hatte alles vorbereitet. Sie und ich waren zwei Moscogulgen und Kwame ein Siminole, nach den Indianerstämmen im Buch *Atala*. Zu dritt saßen wir unter einem Blätterdach, das ein Zelt darstellen sollte. Die Siminolen, sagte sie, müßten mit den Moscogulgen – Namen, die sie aussprach, als besäßen sie Zauberkräfte – einen Bund schließen. Den Bund der Krik! Die Prinzessin nahm alles überaus ernst und ließ uns alle möglichen Eide ablegen. Wir müßten in der Einöde und naturverbunden leben. In der Art. Sie zog eine Haarnadel heraus, so daß ihr die offenen Locken vor dem Gesicht wippten, und versuchte damit ihren Finger anzuritzen. Es mißlang, weil die Spitze zu stumpf war. Dann machte sie sich auf die Suche nach Dornen und ließ Kwame und mich so lange allein.

Mit ihm war nichts anzufangen. Im einen Augenblick schwieg er, im nächsten überhäufte er mich mit Vorwürfen. Er wollte sich nicht an Sophies Spiel beteiligen. Es ihr selbst zu sagen, war er aber zu schüchtern und verlangte von mir, ich solle bei ihr Einspruch erheben. Ich dachte nicht daran. Ich sah nichts Böses in diesem Spiel. Daraufhin rannte er in die Dünen, so wütend und außer sich, daß ich ihm folgte. Ich glaube, er versteckte sich vor mir, denn ich konnte ihn nirgends finden. In die Indianerhütte zurückgekehrt schloß ich mit Sophie einen Bund, aber ohne den Siminolen hatte für sie die Sache ihren Reiz verloren. Nur auf mein Drängen stach sie fest in meinen Finger, und als darauf Blut floß, wußten wir eigentlich nicht so recht, was Moscogulgen nun weiter taten. Saugen, meinte sie, aber das war ihr zu unappetitlich. Wir fingen also in einem Blütenkelch ein paar Blutstropfen von uns beiden auf, vermischten sie und vergruben diese Mischung im Sand. Das war alles.

Über diesen Bund hat sie nie wieder gesprochen. Dennoch habe ich nie das Gefühl vergessen, irgendwo dazuzugehören, woran Kwame nicht beteiligt war – einsam und spannend zugleich.

Haben wir eine Viertelstunde, eine Stunde, den ganzen Nachmittag dort in unserem Indianerzelt gelegen? Später habe ich zu zweifeln begonnen, ob sie wirklich so war, wie ich sie sah, sagte, was ich hörte, tat, was ich meinte. Damals glaubte ich durch dieses Liegen, das gemeinsame Schweigen, durch die Selbstverständlichkeit gäben wir unserem Bund größere Tiefe. Vermutlich haben wir uns kaum berührt. Wahrscheinlich nicht, aber das sind die Erinnerungen eines alten Mannes an solch eine Begebenheit.

Über ihr weißes Sommerkleid wirbeln braune Stäubchen, die Spuren meines geronnenen Blutes. Sie bläst sie weg. Kratzt mit einem Nagel ein hartnäckiges Klümpchen ab und füttert damit den Wind. Nimmt meinen Finger und mustert meine Opferwunde. Wischt sie sauber. Drückt. Es kommt kein Blut mehr. Mit beiden Händen hält sie meine Finger fest, als seien sie groß und führten ein eigenes Leben. Ihre Augen gleiten über meine Haut. Ihre Fingerspitzen ziehen die Haut auf meinem Handrücken glatt, schieben sie hoch, ziehen sie wieder glatt. Sie vergleicht die Struktur mit ihrer Haut.

»Man sieht die Poren viel besser«, sagt sie, »ein Puzzle aus hunderttausend schwarzen Zellen.« Dann dreht sie meine Hand um. Wie eine Seite, die sie umblättert und auf der sie schnell weiterlesen möchte. Die Handfläche ist ein Pfuhl. Risse in der ausgebleichten Erde. Das dunkle Wasser ist versickert. Das Pigment hat sich am Rand abgesetzt.

»Von innen sind sie rosa, weiß.«

Sie dreht sie nach unten, nach oben, nach unten und zurück.

»Schwarz, weiß, schwarz, weiß«, lacht sie. »Die Außenseite stammt noch aus Afrika und innendrin steckt schon Holland. Nicht wahr?« Sie legt meine Hände in meinen Schoß. Setzt sich mir gegenüber. Streckt den Arm nach mir aus. Legt die Finger auf meinen Mund. Sie zieht meine Unterlippe ein wenig herunter.

»Auch rosa!«

So beschaut man Kühe, schießt es mir durch den Kopf, aber ich versuche, dieses Bild mit aller Macht loszuwerden. Sie schiebt mir die Oberlippe hoch und sieht in den Mund. So beschaut man Sklaven.

»Ja, wirklich, sogar die Zunge!«

Kiefersperre. Ich höre meine Zähne knirschen. Sie hört es

auch und muß so lachen, daß sie losläßt und mit dem Kinn auf der Brust noch ein bißchen kichern muß. Die Nadel hat sie nicht mehr zurückgesteckt. Offen fallen ihr die Haare ins Gesicht. Ich will es darunter wieder vorholen. Ein Vorhang, von meinen Fingern vorsichtig geteilt. Sanft streicht ihr Haar über meine Wunde. Kühl dort, wo es glüht.

2

Über den idealen Wilden

Aus einem der Briefe, die ich Kwame einige Jahre später aus Weimar schrieb:

Mit jedem Schritt vorwärts läßt die Zivilisation einen neuen Fußabdruck zurück. Unbemerkt haben wir einen langen Pfad gebahnt. Wie weit wir noch zu gehen haben, ist nicht zu überblicken. Wir bleiben also guten Mutes, daß das Ziel, das in der Ferne aufscheint, das letzte sein wird, das höchste, und daß wir dort vor Einbruch der Nacht eine Bleibe finden werden. Beim Blick zurück sehen wir nur wenige Schritte zurück. Vierzig, fünfzig Schritte hinter uns ist der Weg, den wir so mühsam zurückgelegt haben, kaum mehr von der umgepflügten Erde zu unterscheiden. Wir sind froh, daß wir so weit gekommen sind und wollen wieder aufbrechen. Doch mehr als das Ungewisse lockt der Weg zurück, weil wir uns dort auskennen. Nur einen Moment haben wir Heimweh nach den Tälern, aus denen wir uns gerade erst einen Weg freigeschlagen haben. Gleichzeitig sind wir uns bewußt, daß die von uns kahlgeschlagenen Ebenen und schwelenden Wälder keinerlei Herausforderung mehr bieten. Leben heißt nun einmal, das Unmögliche zu wagen.

Nur das reizt uns und hält uns in Bewegung. Wir richten al-

so den Blick nach vorn und quälen uns weiter. Wir beschwichtigen uns mit dem Gedanken, daß wir unsere Vergangenheit mit uns tragen. In Wirklichkeit mußten wir vieles, was uns zu schwer wurde, am Wegrand zurücklassen. Dinge, die uns lieb und teuer waren, liegen zu weit hinter uns, um sie je noch zurückzuholen. Unser Gepäck besteht aus nichts als der Erinnerung. Sie wird um so leichter, je höheren Wert wir ihr zuerkennen. Die menschliche Entwicklung, Kwame, zeigt auffallende Ähnlichkeit mit Deinem und meinem Leben.

Wir beide sind in der einzigartigen Lage, diesen langen Weg im Eilschritt zurückgelegt zu haben. Im Galopp. Atemlos haben wir im Lauf nur weniger Jahre dieselbe Strecke, welche die westliche Zivilisation im Lauf von Jahrtausenden dahergezockelt ist, zurückgelegt.

Dieses Tempo zwang uns, vieles am Wegrand zurückzulassen. Aber wenn wir dabei etwas über die Seele der europäischen Zivilisation erfahren haben, dann, daß sie Heimweh hat. Darin unterscheidet sie sich in nichts von Dir und mir. Und wenn sie neidisch auf das ist, was sie für unsere unberührte Natur hält, dann sollten gerade Du und ich das verstehen.

Je stärker sich der Mensch selbst zähmt, desto mehr sehnt er sich nach dem Wilden. Dadurch sind das Neue und das Alte zueinander verurteilt. Seit Jahrhunderten herrscht eine Sehnsucht nach vergangenen Zeiten. In seiner Malerei, der Kleidermode, den Möbeln oder der Architektur, in seinen Gedichten, ja, in seinem tiefsten Glauben, greift der Mensch immer wieder auf das zurück, was einmal war. Selbst die Griechen, die von allen Nachgeborenen um ihre natürliche Einfachheit und ihr unmittelbares Wissen von den Quellen der menschlichen Existenz beneidet wurden, selbst sie hatten das Gefühl, das wirkliche, das archaische Arkadien verpaßt zu haben.

Weil sich die Zivilisation nun einmal niemals überall auf der Welt in der gleichen Geschwindigkeit weiterentwickelt, sondern einmal da und dann wieder dort voraneilt, etwa wie sich eine ansteckende Krankheit verbreitet, entdeckte man zu allen Zeiten irgendwo ein Volk, einen Stamm oder ein Individuum, das ein wenig hinter der allgemeinen Entwicklung zurückgeblieben war. Das erkor man zum einsamen Symbol der Opfer, die auf dem Weg zu bringen waren. Man beneidete diese Naturwesen um das, was sie behalten hatten. Hinter ihrer harten täglichen Arbeit vermutete man eine Urkraft. Die Unkenntnis von Scham hielt man für Unbekümmertheit. Ihre einfachen Gebräuche rührten die Europäer wie uns die Unbefangenheit eines stammelnden Kindes, weil es die Erinnerung an das weckt, was einmal war und nie mehr sein wird. Ähnelt dieses zarte, wehmütige Gefühl nicht sehr der Liebe? Und kann man einem Menschen seine Liebe zu Dir übelnehmen?

Kannst Du es Sophie verübeln, daß sie uns für das bewunderte, was wir in ihren Augen waren, »Menschen, direkt aus Gottes Hand«? Diese Worte Senecas schickte sie mir einmal, nachdem ihre kindliche Schwärmerei schon längst zu erwachsener Freundschaft geworden war. Sie wies mich auch auf zahlreiche Beispiele hin, von Vergil bis Montaigne, von Bernardin de Saint-Pierre bis Swift. Sie alle zelebrierten die natürlichen Lebensweisen, der Zivilisation so fern wie möglich. Als sei die Menschheit ein Stück Fleisch und der Fortschritt seine Fäulnis. Diese Glorifizierung kann ich nur ihrer Unkenntnis anderer Kulturen zuschreiben. Natürlich verrotten diese ebenfalls. Sie werden nur auf eine andere Weise angenagt.

Voltaires Zaïre war nur das soundsovielte Werk in dieser pastoralen Tradition von Philosophen und Utopisten, in denen Christen scharenweise der Einfachheit des Naturmenschen erliegen. Es war freilich das erste Werk, das bei Sophie eine Saite zum Schwingen brachte, ausgerechnet in dem Moment, als sie erste Liebesregungen fühlte. Erfreut über soviel Begeisterung gab man ihr die Incas von Marmontel zu lesen, Paul et Virginie, Odérahi, Berichte von Entdeckungsreisenden wie William Bertram, Jonathan Carver sowie die Stiche im Werk Marc Castebys.

Ihre Lehrer nährten diese Vorliebe weiter mit Rousseaus Discours sur l'inégalité. Dort holt ein gewisser van der Stel, Gouverneur am Kap der Guten Hoffnung, ein Kind von den Hot-

tentotten, um es im christlichen Glauben und gemäß europäischer Sitten zu erziehen. Klingt das nicht bekannt? Dieser Junge verwirklicht den Traum der niederländischen Missionare: Er wird ein edler Wilder! (Übrigens schwört er am Ende allem ab, wirft van der Stel seine Kleider vor die Füße und eilt nackt nach Hause zurück, aber dann ist das Exempel schon statuiert.)

Chateaubriand war der x-te in dieser Reihe. Seine Atala und sein René lösten eine Mode in ganz Europa aus. Und obwohl die Atala-Möbel, Atala-Wanduhren und Atala-Frisuren bereits aus der Mode waren, als wir in Holland eintrafen, kann man Atalas Drama doch schwerlich unabhängig von dem sehen, was uns widerfahren ist.

Ist es ein Wunder, daß sich ein junges Mädchen unter dem Eindruck dieser romantischen Gedanken zu uns hingezogen fühlte, die wie lebendige Romanfiguren in ihr zurückgezogenes Leben hineinspazierten? Kannst Du es ihr verübeln? Verübelst Du es mir, daß ich mich davon ermuntern ließ und ernsthaft darauf einging? Dann nimm es jedem Jungen übel, daß er sich zum ersten Mal verliebt.

Als Atala, zerrissen zwischen zwei Kulturen, Selbstmord begeht, lautet die Erklärung für ihr Unglück: »Es ist deine Erziehung, o Wilde, die dich zugrunde gerichtet hat.«

Natürlich entwickelten sich Deine und meine Persönlichkeit jede in eigener Weise, und um Männer zu werden, mußten wir wohl über unsere Knabenfreundschaft hinauswachsen. Das empfand ich schon lange, wagte aber nicht, mit Dir darüber zu sprechen. Wir atmeten vierundzwanzig Stunden täglich dieselbe Luft. Wie bei einem alten Ehepaar führte das zu immer größeren Irritationen. Obwohl mich unsere geistige Entfremdung bekümmerte, sagte ich mir, es sei besser, wenn jeder seine eigenen Ansichten habe. Ich dachte, wenn wir, jeder für sich, eigene Kräfte und Ideen entwickeln, könnten wir uns gegenseitig bereichern, unterstützen, korrigieren, ergänzen und dadurch den anderen wachsen lassen, statt dessen gruben wir je-

doch langsam immer tiefere Gräben und dachten am Ende nicht im Traum daran, dem anderen etwas zuzugestehen.

Was für eine Erziehung ist das, die uns ins Verderben gestürzt hat? Zuwenig Erziehung oder ein Zuviel davon? Von ein paar außer Kontrolle geratenen Balgereien abgesehen, bekamen wir unseren ersten richtigen Streit nach der Lektüre von Atala. *Du gingst ohne jeden Zweifel davon aus, daß die Indianerin zugrunde gegangen war, weil man ihr, dem primitiven Wesen, die europäische Lebensweise aufgedrängt hatte. Solche Gedanken waren mir ebenfalls nicht fremd, aber ich schob sie weit weg. Ich versuchte mit einem Scherz darüber hinwegzugehen und sagte, Atala habe ihre »zweite« Erziehung doch offensichtlich nicht so besonders ernst genommen, da sie sich ja um das christliche Verbot, sich selbst zu töten, einen Teufel geschert hatte. Aber Du bist ernsthaft darauf eingegangen und hast mich immer weiter in die Defensive gedrängt. Ich machte ihre primitive Erziehung schlecht und damit die jedes Naturvolks. Du wurdest wütend, und ich ließ Dich toben, gab Dir aber nicht nach. Solche Rechthaberei kann tödliche Wunden schlagen.*

Du hast mir vorgeworfen, ich hätte ein zu dickes Fell und ließe mir alles gefallen. Ganz im Gegenteil. Mein Schutzpanzer ist dünn. Er läßt die feinsten Stiche durch. Ich habe mir lediglich das Wütendwerden abgewöhnt, deshalb meint manch einer, man könne mich nicht verletzen.

Und ich sagte immer »Atala«, um mich nicht selbst nennen zu müssen.

*

Am Ende dieses »Sommers des Bundes«, wie ich nicht aufhörte, ihn wichtigtuerisch zu nennen, um Sophie ständig an unser Geheimnis zu erinnern, schlug auf dem Malieveld ein ungarischer Zirkus seine Zelte auf. Die Prinzessin wollte ihn besuchen, aber ihre Gouvernante, Madame Chapuis, dachte nicht daran, diese Bitte Anna Paulowna vorzutragen.

Eines Nachmittags drangen die Geräusche eines Umzuges,

von Musikanten, Elefanten und was noch mehr, vom Kneuterdijk her bis in den Palastgarten. Man verbot uns sogar, von den Zimmern an der Straßenfront einen Blick auf die Komödiantentruppe zu werfen. Ich heckte mit Kwame einen Plan aus. Sophie suchte Kleider zusammen, von denen sie meinte, damit fielen wir am wenigsten auf, große Schlapphüte, um unsere Gesichter zu bedecken, und für sich selbst eine Schürze, die wir aus der Küche besorgten. Zu dritt krochen wir hinter die Rhododendronsträucher, kletterten über die Gartenmauer und rannten die Voorhout hinunter, als wäre uns der Teufel auf den Fersen. Wir hätten nur noch mehr auffallen können, wenn wir laut jodelnd auf eine Trommel geschlagen hätten, aber niemand hielt uns auf.

Das Zirkuszelt hatte orange und blaue Streifen und rundherum Fransen am Saum. Von weitem hörte man Klatschen, Rufen und Lachen. Der Geruch nach dampfendem Sägemehl und Elefantenkot verschlug Sophie den Atem, aber als die Musik einsetzte, war sie doch nicht mehr zu halten. Den Eingang bewachte eine blonde Dame in einem Glashäuschen. Sie weigerte sich, uns ohne Eintrittskarten einzulassen und ließ sich auch nicht erweichen, als Sophie, ziemlich entrüstet, enthüllte, wer sie sei.

»Ja«, lachte die Person, »und ich bin König Humbaba vom Karstgebirge!« Wir trödelten noch eine Weile bei den Raubtierkäfigen herum und wollten schon abziehen, als wir ein flatterndes Stück Zeltleinwand entdeckten. Es gelang uns, es soweit zu lockern, bis wir uns unten durchzwängen konnten. Wir kamen in einem blinden Raum unter einer Holztribüne heraus und sahen zwischen den Beinen der Besucher über der Piste Menschen wie Vögel durch die Luft fliegen. Einige von ihnen schluckten Feuer. Frauen in glitzernden Kostümen standen auf trabenden Pferden. Sie machten einen Überschlag und landeten im Sattel. Die enganliegenden Kostüme, die starken Muskeln in der brütenden Wärme, schweißnasse Oberschenkel, die sich in die Flanken preßten … das alles erregte unsere Jungenphantasie aufs höchste. Sophie starrte, die Hand vor den Mund geschlagen, schockiert, aber ohne sich das Geringste entgehen zu lassen. Zwei Elefanten, aus denen man die Natur herausgeprügelt hatte, taten, was von ihnen verlangt wurde. Ein Mann mit kalkweißem Gesicht machte Dummheiten, und ich erinnere mich noch, gedacht zu haben, das weiße Volk auf der Tribüne lache doch ziemlich übertrieben über seine eigenen Witze.

Schließlich konnte der Zirkusdirektor die Ungeduld des Publikums nicht länger im Zaum halten. Er warnte die ersten Reihen vor der besonderen Gefährlichkeit der Schlußattraktion und forderte alle kleinen Kinder auf, sich auf die hinteren Plätze zu begeben. An vier Stellen wurden Wächter mit Peitschen aufgestellt, und die Musiker rührten unheilkündend die Trommeln. Das Publikum zitterte, die Menschen trampelten erwartungsvoll mit den Füßen auf den Holzbrettern, und alles um uns herum donnerte und dröhnte.

»Da sind sie jetzt ...«, rief der Zirkusdirektor und wich selbst mit einem Sprung zurück, »wie die Natur sie schuf ...« Der Vorhang öffnete sich. »Denken Sie daran, daß es strengstens verboten ist, sie zu füttern. Sie kommen nämlich direkt aus der Wildnis und fressen sich nur gegenseitig ...« Ein Trommelwirbel ertönte. »Hier ist das abschreckende Nubavolk aus Zentralafrika!!!«

Als ich Sophie Jahre später zu erklären versuchte, warum Kwame sich so von ihrer Freundschaft distanziert hatte, habe ich sie an dieses Erlebnis erinnert. Sie begriff, wie gedemütigt wir uns gefühlt haben mußten, und, noch mehr, sie selbst hatte sich in diesem Moment nicht weniger geschämt als wir. Eine kleine Gruppe des Stamms, die nackt und bloß zur Schau gestellt wird, durch Europa zieht, gezwungen wird, vor allen Menschen zügellos zu tanzen, Grimassen zu schneiden und sich kreischend zu prostituieren, war ihr vielleicht noch widerwärtiger als uns. Ihre Vorstellung von den edlen Wilden, die sie ins Herz geschlossen hatte, wurde mit einem Schlag auf eine Ebene mit der Frau mit Bart, den siamesischen Zwillingen und einem fünfbeinigen Fohlen gestellt. Sie versicherte mir, sie hätte Gold und Geld dafür gegeben, daß uns diese Erfahrung erspart geblieben wäre. Der Gedanke an unsere Demütigung bewegte sie so sehr, daß ich ihr nicht zu sagen wagte, wie sich

Kwame durch ihre gutgemeinte Bewunderung für unseren Naturzustand nicht weniger gedemütigt fühlte.

Um sie wieder aufzuheitern, erinnerte ich sie daran, wie mein Weinen unter der Tribüne so sehr die Aufmerksamkeit auf uns lenkte, daß vor uns plötzlich das Gesicht einer Fabrikarbeiterin auftauchte. Kopfüber starrte sie uns durch ihre eigenen Röcke hindurch an. Es dauerte Sekunden, bis das Mädchen begriff, was sie sah, und zu kreischen anfing. Sie flüchtete unter lautem Schreien, ein paar Schwarze seien entkommen und warteten darauf, sie aufzufressen. Ich weiß nicht, wer früher aus dem Zelt war, das Mädchen oder wir.

Später erfuhr ich von vielen Beispielen edler Wilder, die wegen des Kultes um exotische Menschen in einem noch schlimmeren Raritätenkabinett landeten als wir: der Mohawk-Indianer Sychneta, der im Amsterdamer Gasthaus Jan Blau gezeigt wurde, der Tahitianer Omaii, die Hottentottenfrau Venus, die man für ein paar Groschen in den Hintern stechen durfte. Sophie erzählte mir, wie Willem in 's-Gravenhage eine Gruppe Buschmänner vom Oranjefluß besichtigt habe, und ich selbst habe einmal in einem Wutanfall ein paar Plakate abgerissen, auf denen Carl Hagenbeck seine Ausstellung von Somaliern, komplett mit Zelten, Pferden, Kamelen und Schafen anpries, bei der, laut Zeitungsberichten, *»schwarze Kinder allerartigst wie kleine Affen herumkrabbelten«*. Nie mehr habe ich eine derartige Zurschaustellung besucht, obwohl wir uns früher in Kumasi immer über die besiegten Völker aus dem Norden amüsiert hatten, die wir wegen ihrer abweichenden Sprache, ihrer Bräuche und den Eigenheiten ihrer Rasse zu verspotten pflegten.

Kurz nach dem Vorfall auf dem Malieveld führte man uns in Leiden eine andere Kuriosität vor. Der Kolonialminister meinte, es könne für uns lehrreich sein, die neuesten völkerkundlichen Erwerbungen der Universität zu studieren. Sie waren mit demselben Schiff aus Elmina gekommen, auf dem wir Verveer mit unserem Porträt hatten abreisen sehen. Man ging offenbar davon aus, uns damit eine Freude zu machen und zeigte uns den Thron vom Freund meines Vaters, Badu Bonsu des Zweiten, dem König von Ahanta. Als Trophäen hingen zwei Schädel daran, der linke stammte angeblich von Adjutant Tonneboeijer aus Elmina. Wir kannten ihn von früher, und Kwame konnte es nicht lassen, das Gebein genauer zu betrachten. Der Unterkiefer war mit einer Schnur befestigt und konnte auf und ab bewegt werden. Das sah komisch aus, wurde aber von unseren Begleitern nicht geschätzt. Anschließend führte man uns zum nächsten Saal. Dort stand auf einem Pult ein Studienobjekt, das durch ein Samttuch vor Lichteinwirkungen geschützt war. Als man es wegzog, sahen wir ein Glasgefäß. In ihm schwamm in Alkohol Badu Bonsus Kopf.

Nachdem uns Mijnheer van Moock diesen Abend nach Hause hatte kommen sehen, schrieb er einen scharfen Brief an den Minister, nach dem wir nie wieder zu derartigen Vorführungen eingeladen wurden. Die beiden Objekte aus Ahanta sind meines Wissens noch immer in Leiden ausgestellt.

(Übrigens war die Strafexpedition Verveers nach Ahanta nur teilweise erfolgreich verlaufen. Nachdem er Badu Bonsu enthauptet und konserviert hatte, erkrankte Verveer, der das Klima schon früher schlecht vertragen hatte. Nach einigen Tagen verschied er in Elmina an heftigem Fieber. Statt ihn zu begraben, kam man auf die Idee, die übriggebliebene Präparierflüssigkeit zu verwenden, die in großen Mengen angesetzt war. Ein stattlicher Schiffskoffer wurde geteert und mit vergälltem Alkohol gefüllt, in den man den toten Körper Verveers legte. Um ihn so lange wie möglich frisch zu halten, wurde der Koffer verschlossen und versiegelt. Der Kapitän trat die Reise in der Hoffnung an, den Toten unversehrt nach Hause bringen zu können, aber bereits am dritten Tag roch man an Bord die Verwesung. Auf halbem Wege mußte der Kapitän ins Logbuch eintragen: *»Der Generalmajor verbreitete in den letzten Tagen einen Gestank, der immer unerträglicher wurde. Heute haben wir ihn nach einer kurzen Zeremonie über Bord gelassen.«*

*

Ein Jahr später, Ende 1840, bekamen Kwame und ich großen Streit. Der alte König war zurückgetreten, um Jetje Donnermund zu heiraten. Sophies Vater hatte kaum eine Woche zuvor als Willem der Zweite den Thron bestiegen. Anna Paulowna stand in einer Robe aus Gold und Silber, übersät mit Edelsteinen, bei der feierlichen Amtseinsetzung in der Nieuwe Kerk, bei der wir ebenfalls anwesend waren, an seiner Seite. An vielen Fronten brach eine neue Zeit an. Allerorten wurden Feste in der Tradition der Zaren organisiert. Allein schon Königin Annas Roben vermittelten dem Volk den Eindruck, daß es mit dem Maßhalten nun vorbei sei. Das ganze Land atmete Erwartung. 's-Gravenhage bekam einen Zipfel vom Wunder der Zukunft zu sehen, als am 5. Dezember Dutzende von Gebäuden wie von Zauberhand mit Gas illuminiert wurden.

Begeistert trafen wir an diesem Tag im Palast ein. Sophies Bruder Willem Alexander, nunmehr also der Kronprinz, war gerade zum ersten Mal Vater geworden und leitete nun den traditionellen Nikolausabend. Ich war noch nicht richtig im Haus, als er mich zur Seite nahm, feixend wie ein kleiner Junge. Er war so begeistert ... Und übrigens, Sophies Bruder war nicht einer, dem man leicht etwas abschlägt. Vielleicht auch, weil ich mich geschmeichelt fühlte, daß er mich ins Vertrauen zog, mich brauchte. Nur mich! Außerdem hoffte ich natürlich, Sophie zu beeindrucken. Willem Alexander schminkte mir also die Lippen und setzte mir eine Mütze auf. Die Pluderhose paßte, aber die Strumpfhose aus schwarzer Wolle schlotterte so, daß ich schließlich mit nackten Beinen hinter dem Vorhang hervorsprang.

Erst Auge in Auge mit der Gesellschaft, die vor Schreck aufschrie, wurde mir klar, worauf ich mich eingelassen hatte. Man applaudierte der köstlich ursprünglichen Idee Willems, einmal einen echten Mohren vorzuführen. Sophie starrte mich fassungslos an, aber die Musik setzte rasch ein. Genau wie in den Jahren zuvor rannten die Gäste vor dem schwarzen Knecht davon. Eine Rute schwenkend war ich der Gesellschaft brüllend und springend auf den Fersen, bis mir Kwame in den Weg trat. Stocksteif stand er mit geballten Fäusten inmitten des Tumults.

Es kann auch sein, daß er weinte. Auf jeden Fall schlug er mir die Mütze vom Kopf, zerrte wie ein Besessener an meinem Kittel, bis er riß, und rannte dann davon. Ich wollte ihm nachlaufen, aber alle Augen waren auf mich gerichtet. Ich legte mir also einen komischen Akzent zu und rollte mit den Augen, bis alle wieder lachten.

Noch nie hatte ich so ein Wunder wie die erleuchteten Straßen gesehen, durch die wir an diesem Abend nach Hause fuhren. Ich versuchte, es zu genießen, aber Kwames Schweigen verdarb alles. Als wir in Delft ankamen, fand ich den Mut, ihm zu sagen, daß ich Mevrouw van Moock bald bitten wolle, mir einen Schlafplatz im Dienstbotenzimmer zu richten. Ich sagte ihm, daß wir zu alt wären, um wie Kinder in einem Bett zu schlafen. Das empfand ich schon lange so, aber nur der Ärger verlieh mir den Mut, es auszusprechen. Zuerst schien er nicht zu glauben, daß es mein Ernst war, aber als er es begriffen hatte, brach er sein halsstarriges Schweigen.

»Das ist bestimmt *ihre* Idee?« rief er aus, und es dauerte einen Moment, bis ich begriff, daß er nicht Mevrouw van Moock meinte. »Weil du lieber bei ihr liegst, oder etwa nicht, etwa nicht? Dann sag, daß es nicht wahr ist! Ich kann es doch sehen. Hinter meinem Rücken. Tuscheln, herumschwänzeln. Ich weiß es doch schon lange. Geh nur. Aber dann auf der Stelle. Jetzt, jetzt, jetzt!« Ich duckte mich vor den Gegenständen, die er mir an den Kopf warf, und stritt die aberwitzige Anschuldigung ab. Und dennoch schmeichelte es mir, daß er mich für so erwachsen hielt. Daß er glaubte, ich sei so vertraut mit Sophie, daß wir zu derartigem Tun imstande wären.

Am nächsten Morgen beim Frühstück saß er da und schmollte. Ich war zu dickköpfig, ein Gespräch anzufangen und pfiff eine fröhliche Melodie, als habe mir die Nacht, zum ersten Mal ganz allein, ausgezeichnet gefallen. Ohne mir einen Blick zu gönnen, legte Kwame den Löffel in seinen Brei zurück, nahm den Teller und stand auf, um sich an einen anderen Tisch zu setzen. Am Abend fand ich mein restliches Hab und Gut, das noch in Kwames Zimmer geblieben war, unter und über mein Bett gestreut: ein paar Bücher und Hefte, ein wenig Unterwäsche, den georgischen Fächer, den Sophie beim Krönungsball getragen hatte, alles absichtlich zerknittert und beschmiert. Auf allem lag mein Skizzenblock. Quer über die Studie eines springenden Hirsches waren mit Holzkohle in wütenden Strichen ein paar Worte geschrieben. Als ich sie entziffert hatte – der Stift war bestimmt dreimal abgebrochen –, war die Botschaft lächerlich formell und stammte mehr oder weniger von Chateaubriand: *»Für dich bin ich ein Wilder, dem sie Zivilisation beibringen müssen; du aber bist für mich ein Zivilisierter, der wild geworden ist.«*

3

– »Seit einigen Tagen fällt mir auf, daß mich die Leute ansehen, als sei ich aus dem Amsterdamer Zoo ausgebrochen ... Es muß etwas sehr Böses und Schlechtes sein, was man mir zur Last legt.«
– »Es ist weder böse noch schlecht, es ist schlicht und einfach lächerlich.«
– »Daß ich ... was? Die Niederländische Bank bestohlen habe? Oder – mich in einen der Aschanti-Prinzen verliebt habe?«

Jacob van Lennep, *Klaasje Zevensters Abenteuer*

»Augen zu!« Herr Professor Deckwitz stach die Spitzen des Meßschiebers außen neben meine Augenhöhlen. Er schraubte sie fester, bis sie den Knochen einklemmten. »Außergewöhnlich!«

Der kleine Mann trug einen halblangen weißen, am Rücken zugeknöpften Mantel, wie ein Metzger oder ein Chirurg. Er spreizte die kleinen Finger ab und streckte die Ellbogen zur Seite, als gieße er Tee aus Biskuitporzellan. So bestimmte er den Schädelinhalt und notierte, mit der Zunge schnalzend, die Breite meiner Jochbeine. Kwame, der nach mir an der Reihe war, beobachtete gemeinsam mit Sophie meine Untersuchung.

Der Herr Professor war in Italien berühmt wegen seiner Beschreibung von Dante Alighieris Fingergliedern, die sich in der Bibliothek zu Florenz befinden. In Frankreich wurde er nach seiner Untersuchung von Descartes' Schädel, aus dem er auf eine große Intelligenz schloß, populär und nach der Wiederentdeckung von Abélards Penis, über den er weiter wenig sagen konnte, weil er als Phrenologe nur Schlüsse aus der Knochenstruktur zog. Seine *Physiologie der Antlitze*, in der er menschliche Gesichtszüge denen von Tieren zuordnete und daraus den dazugehörenden Charakter schloß, wurde ein internationaler Verkaufserfolg. Seitdem zog Herr Deckwitz durch Europas Universitäten, hielt Vorlesungen und führte dem Adel seine Künste vor.

Sophie hatte ihn bei ihrem letzten Besuch bei ihrer Tante in Weimar in Aktion erlebt. In ihrer Faszination für alles Neue hatte sie sich zusammen mit ihrem Cousin Karl Alexander den Schädel vermessen lassen. Sie erwies sich als »*aufgeweckt und voller Talente, sanftmütig und als Frau mit Rückgrat, ungewöhnlich intelligent und direkt*«. Das hätte ich ihm auch so sagen können.

Voller Begeisterung war die Prinzessin von diesem Besuch bei Maria Paulowna zurückgekehrt. Wochenlang unterhielt sie uns mit Erzählungen vom kulturellen Leben in einem Märchenschloß in den Bergen. Mit Malern und Architekten, Dichtern und Sängern. Jeden Abend gab es dort Konzerte und Theatervorstellungen. Sie hatte den dänischen Schriftsteller Andersen kennengelernt, der in dem von Goethe angelegten Park neue Parabeln an ihr ausprobiert hatte. Sie war über Berge und Täler gewandert, die den Namen ihrer Mutter und ihrer Tante trugen. In dichten Wäldern hatte sie sich allein auf der Welt gewähnt und sich vorzustellen versucht, wie es sein würde, in der Wildnis zu überleben. Manchmal, wenn ihr nichts mehr einfiel, bat ich sie, einfach noch einmal von vorn anzufangen, nur wegen der Erregung in ihrem Blick.

Als wir im Januar 1842 von Deckwitz' Ankunft in Den Haag hörten, konnten wir nicht anders: An einem frostigen Nachmittag erlaubten wir ihm, im Pavillon de la Reine seine Studienkollektion um unsere einzigartigen Schädel zu bereichern.

Nachdem der Professor die Form meines Kopfes bestimmt hatte, nahm er mich zur Seite und kommentierte dessen Inhalt, obwohl er sich mit dem Argument absicherte, die afrikanische Schädelform sei ihm völlig unbekannt. Der Grund seiner Beliebtheit war völlig klar – er sagte nur, was man am liebsten hören wollte. Er verhielt sich wie das spiritistische Medium, das sich kurz nach der Geburt von Willem Alexanders Sohn Wiwill, dem vierten Willem in Folge, bei Kronprinzessin Sophia von Württemberg angedient hatte. Deckwitz' Worte waren zu schmeichlerisch, um sie zu wiederholen. Zweimal ließen sie mir aber das Blut in den Kopf steigen: das erste Mal (»Sie sind treu in Ihren Freundschaften.«), weil ich kurz zuvor gerade das Gegenteil bewiesen hatte, und das zweite Mal, weil er den Nagel auf den Kopf traf – er neigte sich zu mir und flüsterte von Mann zu Mann: »Sie haben eine große Neigung, gewissen Verlockungen des Fleisches zu erliegen.« Bei näherer Betrachtung ein unfehlbarer Orakelspruch über einen fast fünfzehnjährigen Jungen, aber ich stammelte, als habe er mich auf frischer Tat ertappt.

In diesen Tagen hatte ich fast nur Augen für Sophie, dann kam eine ganze Weile nichts, und erst weit in der Ferne gewahrte ich Kwame. Ich richtete weiter mein eigenes Zimmer ein und dachte immer seltener an meinen Vetter in seinem Bett. Vor allem störte ich mich daran, wenn ich morgens sah, daß Kwame geweint hatte. Dann versuchte ich ihn zu reizen. Seit Sophia von Württemberg in Den Haag eingetroffen war, hatte ich mir beispielsweise angewöhnt, Willem Alexanders Frau mit »Kronprinzessin Sophie« und unsere eigene Prinzessin mit »meine Sophie« zu titulieren. Einmal konnte Kwame diese Vereinnahmung ertragen, beim zweiten Mal sah ich, wie er die Zähne zusammenbiß, aber schon beim dritten Mal explodierte er. Spekulierte er also auf mein Schuldgefühl und starrte ein bißchen traurig vor sich hin, servierte ich ihm noch vor dem Frühstück vierundzwanzigmal »mein Sophiechen«. Ich hatte eine Freundschaft eingetauscht und richtete mich nun mit all meinen Sinnen auf die neue. Die Intimität eines eigenen Betts bot sich nun zum Entdecken meines Körpers an, der in dieser Zeit zur vollen Reife kam. Meine in Aufruhr geratene Phantasie richtete sich auf nichts als Sophie. Die Bilder, die tagsüber auf meine Netzhaut fielen, hütete ich sorgsam, damit ich sie in der Dunkelheit herbeiphantasieren konnte, um sie meinem Willen zu unterwerfen.

Wenn ein junger Mann die Muskeln seines Unterleibs, des Oberkörpers und der Arme stählt, um seinen Körper darauf vorzubereiten, die Aufgaben des Erwachsenenlebens zu übernehmen, dann muß es nicht verwundern, wenn er auch andere Funktionen täglich stimuliert, um sie schließlich besser kontrollieren zu können. Im Internat van Moocks war das alltägliche Praxis, über die von den Schülern ohne Scham, ja sogar mit einem gewissen Stolz gesprochen wurde. Cornelius de Groot war als Ältester den meisten von uns der Maßstab, und sein schon kräftiges Geschlecht, das er am Waschplatz keineswegs verbarg, machte seine sexuellen Prahlereien glaubhaft. Obwohl wir bei dem Gedanken erschauderten, so etwas irgendwann einmal selbst auszuführen, konnten wir alle nicht genug davon bekommen, so daß Cornelius dazu überging, uns Illustrationen anzubieten. Im Winter kaufte ich für ein paar Pfennige verschiedene gedruckte Bildchen. Später fielen sie mir bei jedem Umzug wieder in die Hände; nie habe ich mich von ihnen trennen können. Sie erinnern mich an die wonnigsten Entdeckungen, die nicht von der Wirklichkeit behelligt wurden und mir den Eindruck vermittelten, eines Tages werde alles möglich sein. Ich gebe zu, daß die ungeschlachten Frauen auf den Bildern für mich das feine Gesicht meiner Sophie annahmen, aber ich streite entschieden ab, sie damit besudelt zu haben. Ich entdeckte zugleich das Höchste und das Niedrigste. Körperliches Verlangen nährt das geistige. Liebe kann sich in beiden Formen manifestieren. Fällt beides zusammen, ist es natürlich ein doppeltes Glück, aber Befriedigung schenkt jede Form der Liebe für sich allein. Fehlt das eine, bleibt noch immer das andere.

Nach mir wollte Deckwitz meinen Vetter untersuchen. Ich nahm neben Sophie Platz. Mein Knie stieß an ihres, aber sie änderte ihre Haltung nicht. Mir war wohl bewußt, daß Kwame uns sah. Der Behandlungsstuhl stand uns direkt gegenüber. Der Professor legte ihm die Instrumente an und notierte ungläubig die Breite des Kinderkiefers. Sophie zwickte mich. Ich sollte ihr die Ergebnisse meiner Kopfmessungen zuflüstern, aber ich gab vor, meine Aufmerksamkeit werde vom Gang der Untersuchung in Anspruch genommen.

»Und?« fragte die Ungeduld und stupste mit dem Knie an mein Bein.

»Es sieht gut aus«, flüsterte ich ihr ins Ohr.

Sie schnaubte und trat mir wie eine zu kurz angebundene Stute gegen das Schienbein. Lachend. Als neckte ich sie.

»Intelligent bin ich«, flüsterte ich ihr ins Ohr.

»Ja, ja.«

»Intelligenter als manche, betonte er, intelligenter als manche, die er letztes Jahr in Weimar zu vermessen bekam ...«

Mit einem Stoß ihres Ellenbogens forderte sie mich weiter heraus, und wären wir allein gewesen, hätten wir uns in kürzester Zeit auf dem Boden gebalgt. Kitzeln, das konnte sie nämlich überhaupt nicht ertragen. Ich hielt mich zurück, bereute es aber gleich, denn sie packte mich beim Nacken und drohte: »Ich warne dich!«

Der Professor beobachtete uns aus den Augenwinkeln, wagte aber nicht, uns seine Irritation zu zeigen.

»Autsch!« rief Kwame, als der Zirkel zu fest angezogen wurde. Deckwitz entschuldigte sich und sagte, ihn habe die kleine Narbe abgelenkt, die auf Kwames Wange besser zu erkennen war als auf meiner. Wir gaben ihm Auskunft, warum man in Kumasi manchmal bei Neugeborenen diesen Schnitt anbringt: Zum einen wird das Kind so weniger attraktiv für Geister, die es für sich fordern könnten, zum anderen streicht man in die offene Wunde vorbeugende Arzneien gegen alle möglichen Krankheiten. Das schien dem Professor ein merkwürdiger Gedanke, bereits ein Neugeborenes zu schneiden, um spätere Krankheiten zu verhindern, aber Sophie hielt es für eine wunderbare Idee, die man erproben sollte.

Die phrenologische Untersuchung nahm ihren Fortgang. Sophies Kleid raschelte, als sie ihren Ellenbogen neben meinen plazierte.

»Im Ernst, Aquasi, ich will es wissen. Hat er etwas Nettes über dich gesagt? Wirklich, es interessiert mich.« Sie flüsterte mit starrem Blick nach vorn. Ich glaube, ich schloß ganz kurz die Augen, um meine eigene Frechheit nicht sehen zu müssen.

»Etwas wirklich Nettes«, sagte ich und hörte mein Blut in den Schläfen pochen, während ich überlegte, ob ich es wagen sollte. »Er hat gesagt, ich sei verliebt.«

Sie sah mich mit offenem Mund an. Sie klappte ihn wieder zu und drehte den Kopf weg, aber schon nach wenigen Sekunden wanderte ihr Blick wieder zu mir herüber.

»Wie kann er so etwas sehen?«

»An meinen Ohren.«

»An deinen Ohren?« Sie betrachtete ein Ohr, entdeckte aber nichts Auffälliges.

»Das hat er zumindest gesagt. Bis über die Ohren verliebt.«

Wachsam kniff sie die Augen zusammen.

»Hat er auch gesagt in wen?«

»Nein, dafür muß ich mich an einen Herzspezialisten wenden.«

Ich hatte gedacht, sie werde erröten oder wenigstens laut loslachen, aber statt dessen ließ sie sich in den Sessel zurücksinken.

»O Aquasi!« Nach einer Minute wiederholte sie noch einmal mit einem Seufzer, aus tiefstem Herzensgrund: »O Aquasi!« Mehr war von ihr die restliche Sitzung nicht zu hören. Am Ende verabschiedete sie uns so schnell, wie es die Höflichkeit zuließ. Das war mir damals gleichgültig. Ich dachte nicht länger nach. Das große Wort ausgesprochen zu haben, ließ mich nach Hause schweben.

»Wahrscheinlich«, meinte Kwame, »verbringt sie den restlichen Nachmittag damit, um ein Holzfeuer zu springen und sich rituell zu verwunden und dabei Arznei in ihre Wunden zu reiben. Mit allem, was man zu ihr sagt, muß man sich vorsehen.« Zur Strafe schubste ich ihn in einen Wassergraben.

Mijnheer van Moocks Kenntnisse gelangten an ihre Grenzen. Immer öfter brachte ich ihn mit meinen Fragen in Verlegenheit. Ich fing sogar an, mich gelegentlich dümmer zu stellen, nur um ihm seine Selbstachtung wiederzugeben.

Inzwischen bereitete uns Pastor Molenkamp auf die Taufe vor, mit der er sich bei seinen Vorgesetzten hervortun wollte. Er hatte sich in den Kopf gesetzt, uns zu idealen Missionaren für die Verbreitung des Wortes Gottes unter den Aschanti zu machen. Dabei hatte er aber nicht mit Kwames Widerstand gerechnet. Er enttäuschte ihn so sehr, daß er das Tauffest auf unbestimmte Zeit verschob. Auch meine Taufe, obwohl ich ihm dazu keinen Anlaß gab.

Kwame war nicht dümmer als ich, aber er machte den Eindruck, als habe er jedes Interesse verloren. Sogar im Bibelunterricht und der Christenlehre, wo es weniger um Intelligenz als um die Bereitschaft zum Philosophieren ging, zeigte er sich uninteressiert. Brav las er die Texte, zerbrach sich aber nicht weiter den Kopf darüber. Genau dasselbe war es mit den Wissenschaften. Er nutzte seine Zeit lieber für einzelgängerische Tätigkeiten wie Zeichnen und Musizieren. Seine Schulbücher tauschte er gegen Literatur. Ich versuchte vergeblich, ihn zu begeistern, ihn wieder an den Wunsch meines Vaters zu erinnern. »Meinst du, er hat uns nach Holland geschickt, damit wir hier basteln, fiedeln und phantasieren lernen?« versuchte ich ihn zu provozieren. Ich war der Überzeugung, daß er sich in sein Schneckenhaus zurückzog, um mich zu strafen. Am Ende kam ich zu dem Schluß, daß ich vor allem lernen mußte, ihn in Ruhe zu lassen.

Jetzt, wo das Ende der Ausbildung bei van Moock in Sicht kam, wurde der Briefwechsel zwischen ihm, der Wesleyan Missionary Society in London und Minister Baud noch intensiver. Letzterer wollte uns binnen zwei Jahren an die Goldküste zurückschicken, um endlich das Geld, das wir die königliche Schatulle kosteten, fruchtbar zu machen. Mister Beecham, der Sekretär der Society, schlug vor, uns vor allen Dingen praktisch zu schulen in einer Mischung aus medizinischen Kenntnissen und Fertigkeiten im Bereich Bauwesen und Landwirtschaft. *»Ihr Vorbild«*, schrieb er, *»sollte das Modell Peters des Großen von Rußland sein.«* Selbst Königin Anna konnten wir mit diesem Satz zu herzhaftem Lachen bringen.

Im selben Jahr wurde an der Oude Delft die Königliche Akademie gegründet. Schirmherr war Kronprinz Willem Alexander, und auf sein Drängen hin schickte uns van Moock in die Akademie, damit wir uns dort nach den verschiedenen Studien erkundigten. Direktor war Staatsrat Lipkens, der jede Missionierung für Zeitverschwendung hielt und unsere Seelen lieber für seine eigene Schöpfung gewann. So hatte er bereits Cornelius de Groot für einen allgemeinen Ingenieurkurs angeworben, obwohl dieser ihn nur, und dazu noch unter großen Schwierigkeiten, durch Abendschichten als Wachtmeister finanzieren konnte. Kwame und ich sprachen mit einigen unserer zukünftigen Professoren. Wegen der reichen Bodenschätze an der Goldküste versuchten sie uns für regionale und praktische Geologie, Geophysik und Bergbau zu interessieren. Ich gewann den Eindruck, daß es dem Prestige dieser Herren nicht gerade abträglich sein würde, wenn sie ihre Akademie im nächsten Studienjahr um einen ausländischen Prinzen bereicherten. Dafür wollte man unser jugendliches Alter – wir wären dann erst sechzehn – in Kauf nehmen.

Zum ersten Mal sahen wir eine Möglichkeit, die Bevölkerung unseres Landes wirklich voranzubringen. Kwame war endlich einmal von etwas begeistert. Er gab sich sogar wieder größere Mühe, sich im Unterricht anzustrengen, aber den entstandenen Rückstand konnte er nicht mehr aufholen. Mir wurde klar, daß ich mit einem an den Gegebenheiten der Goldküste orientierten Studium die von meinem Vater in mich gesetzten Erwartungen einlösen könnte. Gleichzeitig beunruhigte mich der Gedanke an eine Rückkehr.

All die Jahre in Delft waren vage Erinnerungen am sichersten gewesen. Verschwommener Kummer tut weniger weh. Und wenn ich es manchmal nicht verhindern konnte, daß ich ganz deutlich meine Mutter sah, wie sie sich über mich beugte und die Lippen spitzte, wie sie mit ihrer Nase an meine stieß, um mir einen Kuß auf die Wange zu drücken, dann kniff ich die Augen fest zusammen und versuchte aus Leibeskräften, an anderes zu denken, an etwas Holländisches. Als mich Sophie einmal dabei ertappte, fand sie das nur töricht. Aber es funktionierte. Es funktionierte sogar immer besser. Nach einiger Zeit reichte es, mich abzuwenden, wenn meine Mutter vor mir erschien. Am Ende weinte ich um *eine* Mutter, und nicht mehr um *meine* Mutter. So verdrängte ich auch andere Menschen, und unmerklich nahmen solche Schatten endgültig den Platz meiner Lieben ein.

Wenn ich selten genug vom Wiedersehen mit meiner fernen Familie träumte, waren die Gesichter derer, die mir zur Begrüßung entgegeneilten, ausdruckslos. Ich verstand ihre Worte nicht, und sie nicht die meinen. Schweigend eilten wir durch eine Landschaft weiter, in der ich mich nicht mehr auskannte. Im Gegensatz zu Kwame hatte ich mir nie konkrete Gedanken über meine Rückkehr gemacht. Jetzt, wo ich es versuchte, konnte ich mir den Asantehene nicht mehr vorstellen. Seine Kleidung, ja, den Goldenen Stuhl, und wie die Ringe in seine dicken Finger einschnitten. Mehr nicht.

An dem Abend, als ich merkte, daß ich durch den Vorhang, den ich selbst heruntergelassen hatte, kein einziges Gesicht von früher mehr unterscheiden konnte, ging ich noch einmal in Kwames Zimmer, um zu ihm ins Bett zu kriechen. Ich schlug die Decke zurück und lag sogar schon darunter, als er sich von mir wegdrehte.

»Nein, Kwasi«, sagte er, »jetzt nicht mehr.« Und er blieb liegen und hörte, wie ich mich trollte.

Meine Sophie sah ich nach dem Besuch beim Phrenologen bis Mitte März nicht mehr, was jedoch nicht heißt, daß sie nicht sehr oft in meiner Phantasie umherspukte. Manchmal sah ich sie so klar vor mir, daß mein Wunsch, ihr in die Augen zu sehen, damit schon erfüllt war. Der alte Wilhelm von Oranien, der abgedankte König, war in Berlin in den Armen seiner Jetje Donnermund plötzlich schwer erkrankt. Solange der Haager Hof noch beratschlagte, ob man den Sterbenden ignorieren oder ihm vergeben sollte, gab es keine Empfänge und wurden keine Visiten gemacht. In dieser Zeit schrieb ich Sophie drei lange Briefe, die sie herzlich, aber rein protokollgemäß beantwortete, ohne mein Verhalten bei Professor Deckwitz zu erwähnen. Erst um Ostern bekamen wir eine Einladung für einen *thé dansant* bei der Kronprinzessin, wo meine Sophie aus einer Sammlung deutscher Gedichte vorlesen sollte. Und wenn sie Schiffsberichte auf Mittel-Mongolisch gelesen hätte!

Obwohl jeder, der Willem Alexanders Temperament ertragen mußte, Sympathie verdient, hat Sophia Mathilde von Württemberg niemals mein Herz erobert. Es war offensichtlich, daß die neue Kronprinzessin uns dem Lager ihrer Schwiegermutter zurechnete. Zu dem zählte sie ihre Schwäger und ihre Schwägerin. Prinz Alexander schien ihr verweichlicht und verwöhnt. Prinz Hendrik, den ich wegen seines kritischen Verstandes und aufrichtigen Interesses an uns schätzte, konnte sie nicht ausstehen. Meine Sophie, die ich nie auch nur ein ungebührliches Wort über ihre Namensvetterin habe sagen hören, betrachtete sie als Feindin.

Dennoch versuchte ich der Württembergerin, die schließlich einmal unsere Königin sein würde, ohne Vorurteile entgegenzutreten. Sie liebte ihren Mann genausowenig wie er sie, und gerade in dieser Zeit, als ich voller Jubel war, fühlte ich mit jedem, der das Glück zu lieben entbehren mußte. Aber ihre Abneigung gegen Holland, das sie klein und häßlich fand und voller langweiliger Menschen, ärgerte mich. Später versicherte man mir, sie sei eine gute Seele, unnötigerweise durch ein unglückliches Schicksal und mit einem brutalen Ehemann geschlagen, aber ihre Wehmut weckte bei jedem eher Ärger als Sympathie. So wurde Maria Paulowna, die Tante der beiden Sophien, von der Württembergischen einmal wegen ihrer geplanten Heirat mit Willem Alexander von Oranien um Rat gefragt, mit dem sie niemals glücklich werden zu können glaubte. »Ach Kindchen«, hatte Großfürstin Maria geantwortet, um die Frage abzuwimmeln, »mit welchem Recht willst du glücklich sein?« Solche Reaktionen forderte sie nun einmal heraus.

Nun gut, als Gastgeberin war sie mustergültig. Mit ihrem kleinen Sohn Wiwill auf dem Arm ging sie beim Eiersuchen allen voran. Das war im Handumdrehen erledigt, denn die Gärten des Palastes am Plein waren nicht mehr als ein Stückchen Boden hinter dem Haus, das sich nur durch seine düstere Ausstrahlung von einer durchschnittlichen Stadtwohnung unterschied.

Meine Sophie las aus Schiller. Danach stellte sie sich zu mir. Sie habe mir etwas zu erzählen, sagte sie, aber Mevrouw van Moock, die uns begleitete und diesen Mittag aus ganzem Herzen genoß, kam dazwischen. Sie wurde von der Frau des preußischen Gesandten belagert, die alles versuchte, um Kwame und mich zu einer ihrer Soireen einzuladen. Unter ihrem Schwatzen wagte ich es, Sophies Hand zu berühren, aber ihr war das scheinbar zu riskant. Sie erhob sich abrupt und bat Kwame, sie bei ein paar Liedern auf dem Pianoforte zu begleiten.

König Willem der Zweite traf gegen vier Uhr ein. Er trug seine geliebte Russenmütze, meist ein Indiz für gute Laune. Er umarmte seine Schwiegertochter herzlich, obwohl sie vor dem Cigarettendunst zurückwich, der nun einmal immer um ihn hing. Der König kam vom Kneuterdijk. Dort hatte er den neuen Anbau, ganz im modernen gotischen Stil, besichtigt, den er selbst erdacht hatte. Er entfaltete seine auf große Bögen gepausten Aufrisse und Ornamententwürfe. Ich fragte ihn nach den Berechnungen der Konstruktion und der Spannkraft der Bögen, schloß aber aus seinen ausweichenden Antworten, daß er besser entwerfen als berechnen konnte. Schon bald sprach der Fürst nur noch über seine Gemälde, die er der Öffentlichkeit zugänglich machen wollte. Als er uns einlud, einmal seine Sammlung zu besichtigen, reagierte Kwame so begeistert, daß wir nicht mehr umhin konnten.

Im Garten wurde Blinde Kuh gespielt. Ich setzte alles daran, gefangen zu werden und war in kürzester Zeit selbst der Fänger. Knurrend tastete ich im Dunkeln und krümmte meine Finger so zu Klauen, daß die Kleinsten kreischend vor mir davonrannten. Wie ein Raubtier witterte ich nach Gerüchen. Sophies Wäsche war mit Lavendel gestärkt. Nach wenigen Sekunden hatte ich sie gefangen. Ich brachte meine Beute zum Stehen und jubelte ein augelassenes »Halali!« Als Lösegeld forderte ich einen Kuß. Das schien mir nicht gerade viel verlangt, aber zu meiner Bestürzung erstarrte sie. Sie versuchte sich loszureißen und drückte mir sogar ihre Nägel in die Haut, bis ich sie loslassen mußte. Ich riß mir die Augenbinde ab und sah ihr kreidebleiches Gesicht mit zitternder Unterlippe und Tränen in den Augen. Eine erschreckte Kinderschar stand um uns herum und beobachtete die Szene.

»O Aquasi!« sagten ihre Lippen wieder, nur versagte ihr diesmal die Stimme.

Die Gesellschaft, mit der Kronprinz Willem Alexander eintraf, trübte die Festfreude. Er brachte nicht nur seinen Busenfreund Jules van der Capellen und Radhen Saleh mit, am Arm führte er – vor den Augen seiner Frau – La Miranda in den Saal. Sie spielte an der Italienischen Komödie, einer der zahlreichen Theatergesellschaften, die, seit der König der Oper und dem Schauspielhaus mit hunderttausend Gulden jährlich zu Hilfe kam, in der Residenzstadt gastierten. Radhen Saleh porträtierte sie auf Kosten Kronzprinz Willem Alexanders. Unsere Gastgeberin hatte soviel Haltung, der Schauspielerin eine Schale mit Süßigkeiten anzubieten, worauf allmählich wieder die Konversation einsetzte.

Der Maler kam und begrüßte uns. Sofort stürzte sich die Frau des Gesandten auf ihn. »Ich höre, daß Ihr Porträt der Prinzen von Aschanti ein Meisterwerk geworden ist.«

»Zuviel der Ehre, gnädige Frau«, Radhen Saleh verneigte sich leicht, »für eine Leinwand, die zu den Buschmännern verschleppt wurde.«

Mevrouw van Moock entzog ihm ärgerlich ihre Hand, und während die Preußin ihm das Versprechen abzuringen versuchte, sie zu porträtieren, machte er sich mit einer plumpen Ausrede aus dem Staub.

»Pff«, schnaubte die Frau. »Der trägt seine Nase so hoch, als sei er noch immer Tagesgespräch.«

»Dieser Blick, wie unergründlich!« Mevrouw van Moock

überlief ein kalter Schauder. Leute, die weniger Worte brauchten als sie, machten sie nun einmal nervös. »Ich fürchte, daß er sich seines sinkenden Sterns nur allzusehr bewußt ist.«

»Die Geschmäcker ändern sich«, orakelte die andere. »Ein Gericht kann noch so exotisch sein, bekommt man es täglich vorgesetzt, wird es einem schnell über. Nun, was halten Sie davon, uns einen Besuch abzustatten? Paßt Ihnen der nächste Samstag? Natürlich mit den beiden Prinzen von Aschanti.«

Willem Alexander wanderte mit Wiwill auf dem Arm umher. Er war angetrunken und legte sich ins Zeug, das Kind in die Luft zu werfen und so zu tun, als könne er es kaum fangen. Die ängstlichen Rufe seiner Frau entlockten ihm ein dröhnendes Lachen. Sie versuchte, ihm das Kind wegzunehmen, mußte aber mit ansehen, wie der Kronprinz den hübschesten Damen auf den Leib rückte, um für die Frucht seiner Saat Bewunderung zu ernten. Schließlich ließ Sophie Wiwill ins Bett bringen. Das hielt Willem Alexander nicht davon ab, sich weiter mit seinem Sohn zu brüsten.

Er holte aus der Westentasche ein Lederfutteral, in dem er eine silberne Scheibe aufbewahrte. Darauf sah man Wiwill mit ein paar Spielsachen. Es zeigte eine täuschende Ähnlichkeit, war jedoch weder gezeichnet noch gemalt. Die von einem Glas geschützte spiegelnde Platte ging in der Gesellschaft von Hand zu Hand, während sich der Kronprinz über die Ungläubigkeit einiger Betrachter lustig machte. Der König zuckte mit den Achseln, als sei das für ihn überhaupt nichts Neues. »Königin Anna hat eine solche Abbildung ihres Bruders aus Sankt Petersburg bekommen, und nun möchte sie, daß ich von uns allen solche Platten machen lasse. Es ist eine neue Erfindung.«

»Das Porträt ist nach dem Verfahren von Monsieur Daguerre hergestellt. Ich habe diesen Trick neulich in Paris gesehen«, sagte Radhen Saleh voller Verachtung. »Es ist *ähnlich*, ja. Damit ist alles gesagt. Aber ist es Kunst?«

»Ach was, Ähnlichkeit ist doch gewiß der einzige Zweck von Kunst!« rief Willem Alexander verärgert.

»Bei allem Respekt, Hoheit«, fuhr der Javaner fort, »man

kann die Hand eines Künstlers doch eher in einer Leinwand erkennen, an der Wochen, ja Monate gearbeitet wurde, als in einem versilberten Stück Kupfer voller gefährlicher Chemikalien, in dem kaum ein paar Minuten Arbeit stecken.«

»Ich will nur eines erkennen«, sagte der Kronprinz, »und das ist der Abgebildete. Diese Ähnlichkeit bekommst du nie hin, Saleh, und wenn du dein restliches Leben an einem einzigen Kopf pinselst.«

Die Preußin pflichtete Willem Alexander ein wenig zu eifrig bei, so daß er Saleh links liegenließ und uns die Daguerrotypie zeigte. Es war tatsächlich etwas ganz Besonderes. Als blicke man in einen Spiegel, in dem gleichzeitig noch das Bildnis eines anderen zu sehen war. Ich wollte genau wissen, welches Verfahren dabei angewandt wurde, aber darauf hatte der Kronprinz nicht so schnell eine Antwort parat.

»Wir lassen in Kürze solche Porträts von uns anfertigen. Komm mit. Dann kannst du den Kerl persönlich ausfragen.«

»So ein Porträt?« frage ich. »Von uns?«

»Ja, ich bestehe darauf. Tu's für Sophie«, sagte Willem Alexander. »Dann kann sie euch mit nach Weimar nehmen.« Und aus den Augenwinkeln bekam ich mit, wie ihn seine Schwester zum Schweigen mahnte. Vergeblich. Der Kronprinz fand einen solchen Seitenstoß gerade lustig. »Eigentlich ist es noch ein Geheimnis, Kleines, aber Mama plant, von uns allen solche Bilder machen zu lassen. Sozusagen als Geschenk. Für dich. Wenn Quame und Aquasi auch möchten ...« Kwame sagte, er wolle ganz bestimmt keine weiteren Abbildungen von sich, aber wenn Willem Alexander redete, hörte er keinen anderen. »Ein Druck mehr oder weniger, das ist, wie der javanische Prinz sagt, nur eine Sache von Minuten. Dann hast du uns alle bei dir, ma petite, und mußt nicht so traurig sein, dort unten.«

Sophie schwieg und versuchte auch ihren Bruder soweit zu bekommen. In dem Blick, den sie ihm zuwarf, las ich, daß sich alles ändern würde.

»Verschwinde Heimweh!« rief Willem noch, bevor er an der unbehaglichen Stille merkte, daß er zuviel gesagt hatte. In diesem Moment brachte ich kein Wort heraus. Und eigentlich wollte ich auch nichts wissen. Mich beherrschte nur die Angst, ich würde in wenigen Sekunden alles klarsehen und versuchte, den vagen Zustand so lange wie möglich auszudehnen. Es war Kwame, der mir zu Hilfe kam.

»Verlassen Sie uns?« fragte er leise.

Sophie nickte.

»Hat sie euch nichts erzählt?« lachte Willem. »Ist das die Möglichkeit. Uns redet sie damit die Ohren voll.«

»Guillot, je vous en prie!« Jetzt, wo sie endlich sprach, war sie einem Wutausbruch nahe.

»Ich bin ja schon still«, sagte er und schwieg zwei Sekunden, bis er es nicht mehr aushielt. »Kleine Großherzogin!«

»Großherzogin?« fragte Kwame. Willem legte den Finger auf die Lippen.

Die Preußin schnappte nach Luft. »Heißt das etwa, wir dürfen davon ausgehen, daß die Gerüchte aus Weimar wahr sind?«

Ich hatte einen Schlag kassiert, weil ich meine Deckung vernachlässigt hatte. Langsam wurde ich ausgezählt, während ich das Bewußtsein wiedererlangte. Mevrouw van Moock rieb mir ein wenig mit der flachen Hand über den Rücken und lotste dann ihre neue Freundin schnell von mir weg. Kwame ergriff meine Hand und drückte sie brüderlich. Das war gut gemeint, aber seine Liebkosung war zu ungeschickt, hatte ihre Selbstverständlichkeit verloren und isolierte mich noch mehr. Das Bewußtsein, allein zu sein, ließ mich langsam wieder zu mir kommen. Niemand würde für mich sprechen, wenn ich es nicht selbst tat.

»Karl Alexander ist eine ausgezeichnete Partie.« Ich klang beherrscht und dadurch etwas zu hart. »Mes félicitations!«

»So einfach ist es nicht«, sagte Sophie, wagte mir aber nicht ins Gesicht zu sehen.

»Der Erbgroßherzog scheint zudem ein wunderschöner Mann zu sein, wenn wir Sophie glauben dürfen. Und auch hochgebildet. Und dazu noch romantisch.«

Willems übertriebener Ton zwang Sophie, ihren Zukünftigen zu verteidigen: »Er wurde von Herrn von Goethe erzogen.«

Wie ein Komödiant schlug sich Willem mit der flachen Hand aufs Knie. »Deshalb zitiert sie tagelang *Torquato Tasso*!«

Sophie stand auf und drehte ihrem Bruder den Rücken zu.

»Es tut mir leid, Aquasi«, sagte sie und wandte sich wütend zu ihrem Bruder. »Ich wollte es ihm selbst sagen!« Sie rannte davon und ließ Willem, der noch über sich selbst lachte, verblüfft bei uns zurück.

»Sie tut gerade so, als hätte sie *dir* ihre Hand versprochen.« Auch dieser Gedanke schien ihn zu amüsieren: »Das wäre vielleicht was, Kinder, das ist wirklich eine ausgefallene Idee!«

»Ja«, sagte ich, »allein der Gedanke!«

Wenn man nie den Horizont gesehen hat, weiß man nicht, daß der Blick an eine Grenze kommen kann. In den dichten Wäldern um Kumasi sieht man nie weiter als ein paar Meter. Wenn man das einem Holländer erzählt, bekommt er Beklemmungen. Er will die Lage überblicken und sehen, wohin er geht. Wenn er keinen freien Blick hat, fühlt er sich gefangen.

Aber das Gegenteil ist der Fall. Hinter jedem Busch einen noch dichteren finden zu können, weckt eher die Lust, noch weiter sehen zu wollen, statt einen zu entmutigen. Man schlägt so schnell wie möglich einen Pfad frei, um sehen zu können, was dahinter liegt. Das Messer schärft den Blick, denn je eingeschränkter die Aussicht, desto größer der Wille zum Sehen.

An nichts haben sich Kwame und ich so sehr gewöhnen müssen wie an den weiten Horizont. Holland zeigt sich gern. Vor unseren Augen erstreckt es sich in alle Himmelsrichtungen. Das nahm uns jedes Verlangen, irgendwohin zu gehen. Alles war schon offen.

Zu Hause wurde unseren Augen das Äußerste abverlangt und wir glaubten, die ganze Welt übersehen zu können, stünden uns nur nicht immer all diese Bäume im Weg. In Holland entdeckten wir den Horizont. Wir gingen darauf zu, aber kamen nie an. Feige wich er vor uns zurück und würde für uns ewig unerreichbar bleiben. Von nun an wurde unsere Sicht nicht von einem Busch verstellt, sondern von unserem eigenen Unvermögen.

Ein begrenztes Blickfeld läßt Unendlichkeit ahnen. Weite dagegen zeigt, daß es Grenzen gibt.

Vielleicht sehen aus diesem Grund die Niederländer nach innen. Bei anderen und bei sich selbst. Sie ziehen ihre Vorhänge auf. Sie konfrontieren Passanten mit ihren Gedanken, Motiven und Problemen, bis diese glauben, sie hätten Einblick in ihr Wesen bekommen. Aber die Scherben ihres Herzens verstecken sie im Schrank und zeigen sich nie in dem Hemd, das sie vor Kummer zerrissen haben.

Das Leben der Aschanti spielt sich auf der Straße ab. Ihre Hütten haben keine Fenster. Wenn ihre Seele sie einengt, stürmen sie ins Freie. Sie schämen sich nicht, im Schutz des Waldes ihre Gefühle zu zeigen. Das läßt Europäer glauben, die Aschanti seien ihrer Natur verbunden und handelten aus einfachen Beweggründen. Aschanti sprechen jedoch nie über ihre Gedanken. Lieber stürzen sie sich in den Abgrund, als ihn auszuloten. Der Blick nach innen wird ebenso versperrt wie der Blick nach außen.

Der Holländer denkt, er zeige seine Gefühle, obwohl er nur seine Gedanken zur Schau stellt. Der Aschanti stellt seine Gefühle zur Schau, aber er zermartert sich den Kopf in Einsamkeit. Beide halten etwas verborgen, der Holländer sein Herz, der Aschanti seine Gedanken. Als ich hierherkam, hat es mich verwirrt und daran gehindert, die Absichten der Menschen um mich zu erkennen. Wenn ich meinte, sie gäben mir ihre Gefühle preis, gaben mir die Holländer nur Einblick in ihre Geschäfte. Selbst das Meer haben sie weggepumpt, um freizulegen, was sich darunter verbarg.

Im Polder hatte ich immer das Gefühl absoluter Hoffnungslosigkeit, als sei ich ein fremdes Element auf feindlichem Boden. Rundherum ist alles sichtbar, aber es gibt nichts zu sehen. Ich hatte die heftige Empfindung, in dieser Umgebung, die nicht dem Menschen gehört, werde es für mich nie eine Zuflucht geben. So verloren wie in den Poldern stand ich inmitten der holländischen Gefühle. Ungeschützt im Feld. Nichts im Visier außer mir selbst.

Am selben Osterabend teilte ich van Moock mit, ich wolle an der Akademie Bergbau studieren. Auf seine Frage, wie ich zu dieser Entscheidung gekommen sei, antwortete ich: »Das wenigste, was ein Mensch tun kann, ist graben.«

Am 5. April wechselten Sophie von Oranien und Karl Alexander, Erbgroßherzog von Sachsen-Weimar, in 's-Gravenhage die Verlobungsringe. Ich war nicht dabei. Eine schwere Bronchitis fesselte mich ans Bett, aber drei Tage später war ich auf dem Malieveld bei einer Truppenparade. Sophie und ihre Mutter beobachteten von einer offenen Kalesche aus eine Attacke von Ulanen und Dragonern, als mich die Prinzessin auf der Tribüne bemerkte. Sie winkte erleichtert. Ich winkte zurück, und wir mußten beide lachen, als plötzlich heftig gefeuert wurde. Nach Ablauf der Parade gab es einen Empfang, auf dem sie mich ihrem Vetter vorstellte. Ihre freundschaftlichen Gefühle schienen ungebrochen zu sein. Sie nahm mich am Arm und versicherte mir, meine Anwesenheit bedeute ihr viel.

Es ist nicht zu leugnen, daß ihr künftiger Ehemann sehr liebenswert war. Ein hochgewachsener Mann mit traurigen Augen, die er so lange auf einem ruhen ließ, daß man sich fast bemühte, ihn aufzuheitern. Sophie hatte von uns erzählt, denn der Erbgroßherzog war offenbar völlig über alles an der Goldküste im Bilde und welche Absicht hinter unserem Kommen steckte. Da er selbst viel gereist war, informierte er sich besorgt, wie wir uns in Europa eingewöhnt hatten und lud uns ein, Weimar zu besuchen, sobald wir könnten. Sophie betrachtete mit einem herzerwärmenden Lächeln beruhigt unser angeregtes Gespräch. Ich pries mich mit meiner kleinen pornographischen Sammlung glücklich, die in diesen Tagen und Nächten mein einziger Trost war. Diese Frauen verbargen nichts und handelten nach ihrer Natur. Sophie heiratete am achten Oktober im neuen Gemäldesaal auf dem Kneuterdijk.

Eine Woche später durften wir in der Hofparade mitfahren. Prinz Hendrik drängte gegen jedes Protokoll darauf, Kwame und mich in seiner Kutsche mitzunehmen. Er lenkte uns mit allerlei Scherzen und Anekdoten, Süßigkeiten und soviel Mitgefühl ab, daß mir während der Fahrt aufging, daß Sophie ihrem Lieblingsbruder meinen Kummer anvertraut und ihn gebeten hatte, mich zu trösten.

Der Abschied zog sich in die Länge. Sophie fiel es schwer, sich von ihren Eltern zu trennen. Unbeholfen wie ein Kind überreichte ihr Vater ihr ein Sträußchen Kamille, das er selbst im Garten gepflückt hatte. Dann begleitete der hochbetagte Bürgermeister Copes van Cattenburgh unser Geleit im Schritttempo bis zur Haager Stadtgrenze. Bei jedem Bauerngehöft mußte wieder einer Rede und einem Humtataorchester gelauscht werden. In Rotterdam erwartete bei der Marinewerft am Oude Hoofd Bürgermeister Bichon van Ijsselmonde mit offenen Armen und einem langen Vortrag den Zug. Hinter ihm lag das Dampfschiff *Ludwig*, geschmückt mit Hunderten Fähnchen der Niederlande und Sachsen-Weimars im Topp. An Deck stand unter einem Zeltdach ein Imbiß bereit, den Hendriks Marinekoch zubereitet hatte. So zog sich der Abschied in Gesellschaft des jungen Paares und seines Hofstaats hin. Als es mir zuviel wurde, stand ich unbemerkt auf. Ich ging zum Bug, um über das weite Wasser zu schauen.

Nach einer Weile wurden die Dampfmaschinen angeheizt. Unter meinen Füßen dröhnte das Stahldeck. Das Signal zur Abfahrt war bereits gegeben, und ich sah Alexander wieder in die Kutsche steigen, als sich die frischgebackene Erbgroßherzogin noch ein wenig zu mir gesellte. Mit beiden Händen umfaßte sie die Reling, reckte die Arme und sog die salzige Luft tief ein.

»Versprich mir, uns schnell zu besuchen. Ich habe Prinz Quame auch darum gebeten. Ihr könnt gemeinsam reisen.«

»Wir sind schon soviel gereist.«

Der Kreuzer *Pegasus* kam längsseits und Sophie nickte der angetretenen Mannschaft freundlich zu. Als sie schwieg, erzählte ich ihr, wie mir die Weite der Landschaft jede Lust zum Reisen nehme. Sie sah mich erstaunt an.

»Ist das dein Ernst? Mir erscheint jeder neue Horizont vor allem als Einladung, eine, die man nicht abschlagen darf. Du wirst sehen, daß der Fluß weiter weg ganz anders ist. Hinter der Grenze wird der Rhein viel schmaler. Zuerst ist er zwischen sanften, mit Rebstöcken bewachsenen Hügeln eingebettet, dann schlängelt er sich um die Felsen. Hinter jeder Biegung ist das Panorama anders. Es wird dir gefallen. Dort ist die unberührte Natur, die wir in den Büchern so geliebt haben. Ich möchte, daß du es mit eigenen Augen siehst. Komm, schlag ein, versprich es mir.«

Bevor ich antworten konnte, wurde von der *Pegasus* her eine Reihe Salutschüsse abgefeuert, die uns so fürchterlich erschreckten, daß Sophie vollkommen die Selbstbeherrschung verlor, wie ich es noch nie zuvor bei einer Frau gesehen hatte. Sie warf das kleine Blumenbukett, das ihr der Generaldirektor der Marine geschenkt hatte, ins Wasser, stampfte mit den Füßen auf das Eisendeck und schrie den Marinesoldaten die schlimmsten Verwünschungen zu. Wegen des Kanonendonners verstanden sie kein Wort und lächelten weiter, wahrscheinlich in der Annahme, ihre geliebte Prinzessin singe die niederländische Nationalhymne.

4

An einem Abend im September '43 wurde ich überfallen. Ich studierte schon seit einigen Wochen an der Königlichen Akademie. Wegen seines Rückstands hatte man Kwame nicht zugelassen, er mußte noch ein weiteres Jahr im Internat bleiben. Ich behielt mein Zimmer bei den van Moocks und mietete es für die Dauer meines Studiums.

Ich hatte gerade das Haus verlassen, als mir zwei Burschen einen Jutesack über den Kopf zogen. Alles in allem fünfundzwanzig Mann wurden wir, alle gleichermaßen gebunden, auf dem Großen Markt zusammengetrieben. Wir wurden gezwungen, uns auf den kalten Boden zu setzen, und wurden von den Gaffern verhöhnt und angespuckt, während man uns auf Wagen lud und abtransportierte. Die Fahrt dauerte lang und führte über unbefestigte Straßen. Wir waren eng zusammengepfercht. Einem meiner Leidensgenossen wurde übel. Er fiel auf den Boden des Wagens, von dem ein unerträglicher Gestank aufstieg. Das Rütteln des Leiterwagens besorgte den Rest. Ich hörte, wie sich mein Nachbar erbrach. Obwohl mir die Hände gebunden waren, gelang es mir, ihm den Sack vom Kopf zu zerren und ihn aus seiner sauren Bedrängnis zu befreien. Er dankte mir und wollte dasselbe für mich tun, wurde aber von unseren strengen Bewachern mit einer Peitsche zurechtgewiesen. Unsere Reise endete in einem gemauerten Stall, wo man uns die Säcke vom Kopf zog und die Fesseln abnahm. Und alle Kleider. So ließen sie uns zurück, nackt, ohne Essen und Trinken, nur mit einem brennenden Wachstopf zum Wärmen.

Eine Weile blieb jeder verlegen und still an seinem Platz sitzen, bis einer ein Lied anstimmte und eine Stimme nach der anderen einfiel. Als sich meine Augen an das Dämmerlicht gewöhnt hatten, erkannte ich einige der Kommilitonen aus meinem Jahrgang. Alphons Wenckebach war der erste, der mir ein verzweifeltes Lächeln schenkte und dabei über seine entwürdigende Lage die Schultern hochzog. Hendrik Linse versuchte eines der hohen kleinen Fenster aufzubrechen. Aber alle waren verrammelt. In einem Schweinetrog saß Cornelius de Groot. Er machte aus der Not eine Tugend und breitete das wenige Stroh, das er finden konnte, wie eine Decke über sich. Ein langer, magerer Junge wagte sich als erster durch den Raum, mit den Händen ängstlich vor dem Geschlecht. Er kam auf mich zu, um sich für meine Hilfe unterwegs zu bedanken. Er stellte sich als Jacobus Lebret vor, konnte sich allerdings nicht entschließen, eine Hand loszulassen und mir hinzustrecken. Kichernd besprachen wir Strategien, wie wir die Nacht überstehen könnten. Nach einer halben Stunde bildeten sich allmählich kleine Gruppen. Um die Wärme zu halten, schmiegten sie sich – so ungerührt wie möglich – aneinander. Dieses Gemeinschaftsgefühl zu schaffen, war zweifellos der Zweck dieser Übung.

Weiße Leiber kauerten und drängten sich wie Tiere zusammen. Die meisten versuchten, ein wenig Schlaf zu finden. Mir gelang es nicht, weil sich durch die Kälte meine Lungenschwäche wieder bemerkbar machte. Die kleinen Gruppen junger Männer erinnerten mich an Sophies Stoffpuppen, mit denen wir früher die mythologischen Szenen aus van Moocks Unterricht nachgespielt hatten, die Begleiter des Odysseus beim Warten auf die Rückkehr des Zyklopen. Die Puppenglieder waren steif, nicht besonders fein gesteppt, und ließen sich in jede Haltung biegen. Erst hier in diesem Stall kam mir die Frage, warum es mich nie gestört hatte, daß mir diese weißen Puppen nicht ähnlich sahen. Mir war es nicht einmal aufgefallen, bis Kwame eines Tages mit einem Exemplar ankam, das er selbst mit einem Glas Tinte übergossen und schwarz gefärbt hatte. Sophie war begeistert.

Mitten in der Nacht wurden wir vom Krakeelen unserer Belagerer aufgeschreckt, die aus irgendeiner Dorfkneipe angetorkelt kamen. Sie öffneten das Tor. Einige von ihnen kannte ich vom Sehen, darunter die Anführer, die als »Die Fünf Säulen« bekannt waren. Sie leiteten die Operation. Sie gaben uns den Befehl, uns in einer Reihe aufzustellen, und dann inspizierten uns einige eigens dafür angeheuerte Frauen in einer Weise, die sich erraten läßt, die sie aber selbst schnell bereuten. Noch nie habe ich über diese Szenen gesprochen, und es fällt mir schwer, sie zu beschreiben. Begnügen wir uns damit, zu sagen, daß es in dieser Nacht aufs rüdeste herging, mit viel Zwang und tiefer Erniedrigung aller Beteiligten.

Gegen Morgen lag die Mehrheit unserer Quälgeister stockbetrunken da, aber die schlimmsten Scharfmacher suchten sich, besoffen wie die Schweine, Cornelius für ein letztes völlig aberwitziges Spiel aus. Bis dahin hatte er sich, bis auf eines, bei nahezu allem unwillig gezeigt, und sie waren fest entschlossen, seinen Willen zu brechen. Dazu trieben sie ihn in den angrenzenden Schweinestall und versuchten ihn zu zwingen, auf Händen und Füßen mitten unter den Schweinen im Mist zu wühlen, der auf dem Boden festgebacken war. Als sich Cornelius weigerte, bekam er einen Tritt in den Unterleib. Er richtete sich auf. Ich sah, wie er mit sich selbst kämpfte. Auf den Befehl »Wühlen, du dreckiges Schwein!« trat ein so unbeugsamer Blick in seine Augen, daß sich einer seiner Belagerer mit einem Stück Holz bewaffnete. Ich war müde. Ich war gebrochen. Ich wollte nur noch, daß alles aufhörte. Ich ging in den Koben und kniete mich neben Cornelius. Ohne den Blick von ihm zu wenden, machte ich es ihm vor. Ich schob meine Nase in den Dreck. Er folgte keineswegs meinem Beispiel. Aber die Spannung löste sich, weil die Peiniger so über meine Erniedrigung lachen mußten, daß sie hustend und lallend hinausstolperten.

»Es ist doch nur ein Spiel«, sagte ich so tapfer wie möglich zu Cornelius.

»Vielleicht für dich, aber du hast ja auch schon in der Schule vor dem Erstbesten den Rücken krumm gemacht.«

»Damals hast du mir geholfen, und jetzt ...«

»Nicht nötig«, sagte er und stand auf. Ich blieb zurück. Die Schweine gaben Wärme, und alles war vorbei. Sobald es hell wurde, bekamen wir unsere Kleider zurück und wurden nach Hause gebracht. Bevor ich mein Zimmer aufsuchte, schrubbte ich mich im Innenhof gründlich ab. Kwame kam mit seinem Waschtuch nach unten. Er konnte unmöglich wissen, wie ich mich erniedrigt hatte, aber in seinem Blick lag soviel Verachtung, daß ich diesen Moment schlimmer fand als die lange Nacht der Feuertaufe.

Ich fiel ins Bett, schlief auf der Stelle ein und hatte einen Alptraum, in dem ich als Flamme in einer brennenden Scheune herumkroch, aber ich erwachte als Mitglied der Delfter Studentenverbindung Phönix und redete mir ein, das mache vieles gut.

Sobald ich einigermaßen von meiner Bronchitis genesen war, wurden Kwame und ich in der Oude Kerk von Delft getauft. Die van Moocks saßen in der ersten Bank und strahlten und weinten vor Stolz, als wären wir ihre eigenen Kinder. Sie drückte mir ein Papier in die Hand:

»Denn ihr waret weiland Finsternis, nun aber seid ihr ein Licht in dem Herrn. Wandelt wie die Kinder des Lichts. (Epheser 5, Vers 8). September 1843, Ihre Freundin, Henriette van Moock.« Aus Weimar kamen Glückwünsche von Sophie und Karl Alexander. Prinz Hendrik überbrachte im Auftrag Willems des Zweiten eine Bibel. Er versicherte uns, sein Vater sei von diesem Meilenstein in unserem Leben sehr angetan. Van Drunen hielt im Namen des Kolonialministers eine Rede, in der er betonte, daß wir ein Vorbild für unser Volk seien, von dessen kargem Boden er uns vor sechs Jahren weggeholt habe, um uns die Früchte Hollands ernten zu lassen.

»Nun«, sagte er und schien gerührt, »die Saat ist aufgegangen, das Unkraut ist gejätet, der Baum der Erkenntnis trägt Früchte!« Im Anschluß gab es eine Kaffeetafel mit Rosinenpfannkuchen.

Kwame benahm sich an diesem Tag einigermaßen erträglich, obwohl er Pastor Molenkamp das Leben im letzten Jahr ziemlich sauer gemacht hatte. Ich muß zugeben, daß der Pastor außergewöhnlich tendenziös predigte. Wahrscheinlich hatte Kwame recht mit seiner Meinung, daß dieser Mann auf unsere Rasse herabsah. Den europäischen Wohlstand betrachtete er als ein Zeichen Gottes und das einfache afrikanische Leben wenn nicht als Buße, so doch als ein Urteil. Seine wichtigste Lehre lautete, wir sollten für die uns gebotene Gelegenheit dankbar sein, den einzigen, wahren Gott kennenzulernen, ein Privileg, das Er so vielen unserer Landsleute vorenthalte.

»Wenn Er den Aschanti sein Wort vorenthält«, gab Kwame zurück, »dann tut Er es wohl zu ihrem Besten.«

Ich hingegen war stolz auf meine Taufe, stolz, daß ich in eine so alte Tradition aufgenommen wurde. Und Gott? Ihm habe ich die Torheit seiner Diener nie zum Vorwurf gemacht. Sie interpretierten seine Worte, in denen sich viel Schönheit verbirgt, mit ihrem beschränkten Blick. Gewiß, Er vertrieb überzeugend die Naturgötter, denen ich in den Tempeln Opfer gebracht hatte. Aber ein Gesicht wie diese hatten, das man leicht in einer Baumrinde oder im Wasserspiegel erkennen konnte, ein solches Gesicht hat Er nie bekommen. Das fehlt mir. Er hat auch nie zu mir gesprochen wie ein Vater zu seinem Kind, obwohl ich Ihn viele Jahre täglich darum gebeten habe. Inmitten der tiefsten Finsternis, die bald auf unsere Taufe folgen sollte, lauschte ich angestrengt, hörte aber nichts als meine eigene Stimme. Oder vorwurfsvoll Kwames. Erbauung habe ich bei Ihm gefunden, aber keinen Trost.

Einige Tage darauf vernahmen wir aus dem Ministerium, in Elmina sei ein Botschafter meines Vaters Kwaku Dua eingetroffen, der sich nach dem Wohlbefinden seiner *»europäischen Ver-*

wandten« erkundigt habe. Kwame war durch die plötzliche Beachtung tief bewegt. Er drängte mich, meinem Vater einen Brief zu schreiben. Dazu hatte ich keine Lust. Das führte zu einem ernsten Streit. Schließlich drohte Kwame, dem Asantehene zu schreiben, um ihm meine Weigerung mitzuteilen. Ich versprach, noch einmal darüber nachzudenken, zögerte aber immer noch. In Gesellschaft meiner neuen Freunde stürzte ich mich in das Studentenleben, bis im Dezember das Verbindungshaus leer wurde und auch Lebret, Linse und Wenckebach zum Jahreswechsel ihre Familien besuchten, ohne mich dazu einzuladen. Ein paar Abende versuchte ich, mich allein zu betrinken. Das Internat war voll neuer Zöglinge, die mir fremd waren. Wehmut überkam mich und setzte sich in meinen Knochen fest.

Ich stürzte mich in meine Studien, bislang ein probates Mittel, aber diesmal blieben meine Gedanken trübe. In einer schlaflosen Nacht, ich war vermutlich ziemlich betrunken, gab ich klein bei. In meinem alten Seminarheft stehen diese Worte, um und zwischen einige Entwurfsskizzen für einen Leiterschacht mit einem Winkel von 48 Grad gekritzelt:

Sehr geehrter Asantehene / Vater / mein Vater / Geliebter Vater ... usw. Nun da wir die Nachricht von Ihrem Interesse an unserem Wohlergehen empfangen haben, kann ich melden, daß unsere Fortschritte völlig Ihrem Plan entsprechend verlaufen und sich ihrer Vollendung nähern / bald abgeschlossen sein werden, womit .... / Fäden / Gebrochene Flügel [unleserlich] *... mit dem Stillschweigen viel Kummer gemacht / Unsere Abreise / unsere Verbannung / Vater, wie konnten Sie nur Ihr Kind fortschicken, und dazu ohne Trauer / Unmöglich zu begreifen, was das für ein Kind bedeutet / manchmal nicht erkennt? / Und daher, Vater / den Schmerz konnte ich nur ertragen, indem ich mich mit Leib und Seele von meiner Vergangenheit abwandte. Ich habe mich dem, was vor mir lag, in die Arme geworfen, wie sich Tsetse, die Fliege, an die klebrigen Fäden Anansis klammert, wenn ihr das Leben die Flügel gebrochen hat. Das kleinere von zwei Übeln / um zu überleben. / Neues Leben. / Was mir einst am liebsten war, dem schwor ich ab. Rigoros.*

Um euch alle weniger schmerzlich zu missen, um zu begreifen, warum mir dieses Schicksal zugefügt worden war, machte ich für mich all das Neue wichtiger / schöner / besser als das Alte. Meine einzige Möglichkeit, diesen Kummer / Gram zu überwinden, lag darin, Ihnen allein die Schuld zu geben / zur Last zu legen, ganz und gar, grausam und [durchgestrichen] */ von allem, was ich kannte und das mich so sehr verraten hatte, wie konnte ich da noch Wert darauf legen / ich erkannte nicht, weshalb Sie das tun sollten, und zog das Holländische vor in der Hoffnung, es werde mir treuer sein als mein Vater / Vaterland / Vater, Vater, helfen Sie mir, Sie nicht zu verleugnen. Retten Sie mich. Senden Sie nur ein einziges Wort, das mir Halt gibt, ein Zeichen, das mir sagt, daß man mich nicht vergessen hat / damit ich weiß, auch hinter mir, in der Vergangenheit, gibt es Trost / war zu finden / Kann Trost eigentlich verlorengehen?/ Kann sich eine Seele verfärben / farblos werden / verblassen? Vielleicht ist der Bruch nicht unwiderruflich / vielleicht / usw.*«

Kurzum: Das wirre Geschwätz eines Betrunkenen. Dennoch habe ich daraus unter Beachtung der angebrachten Höflichkeitsfloskeln und unter penibler Vermeldung unserer Fortschritte, jedoch ohne aus meinem Herzen eine Mördergrube zu machen, einen ordentlichen Brief extrahiert. Der Brief erreichte Elmina im April 1844. Er blieb ohne Antwort.

Als Kwame im August, ein Jahr nach mir, zur Königlichen Akademie zugelassen wurde, hatte unsere Freundschaft erwachsene Formen angenommen. Das heißt, sie war ruhig und vertraut und nicht mehr von Emotionen geschüttelt. Gelegentlich lud ich Kwame ein, mit meinen Freunden und mir auszugehen. Linse und Lebret schlossen meinen Vetter sehr in ihr Herz. Wenn wir ausritten oder ausgingen, luden sie ihn dazu ein. Sie lagen ihm in den Ohren, unserer Studentenverbindung beizutreten. Seine Weigerung war beispiellos. Sie machten ihn darauf aufmerksam, daß er sich ohne Mitgliedschaft von seinen Kommilitonen isoliere. Jedes wichtige Haus und jedes Fest würden ihm verschlossen bleiben.

»Mir liegt an eurer Freundschaft«, sagte er. »Ich bin euch aus ganzem Herzen dankbar, aber zu behaupten, ich sei einer von euch, wäre eine Lüge, für euch wie für mich.«

»Macht Freundschaft nicht gleich?«

»Sieh mich einmal genau an und sag mir dann, ob zwischen dir und mir nicht ein unüberwindbarer Unterschied besteht.«

Ich hätte ihn prügeln können, aber Lebret nahm es sportlich. Mit Linse heckte er einen Plan aus, legte ihn dem Präses vor, der ihn wiederum mit dem Kollegium der Fünf Säulen besprach. Die Statuten von Phönix wurden um eine »außergewöhnliche Mitgliedschaft« erweitert, die Zugang zu Festen, Vorträgen und Gesellschaften erlaubte. Sie wurde Kwame zuerkannt. Von da an konnten wir und andere ihn regelmäßig in den Kneipsaal mitschleppen. Wenn er auch nie von sich aus Gesellschaft suchte, die Gesellschaft suchte ihn.

*

Wir wurden achtzehn Jahre alt, und es war Zeit. Wenckebach zog mich damit schon seit meinem Geburtstag auf. Als Kwames Geburtstag näher rückte und der nahende Sommeranfang in jeder Brust brütend darauf drängte, durfte es nicht länger aufgeschoben werden.

»Jeder Tag, den du jetzt noch wartest«, sagte Linse, »wird dir noch mehr angst machen.«

»In einem Jahr ist es zu spät, man wird unsicher«, wußte Wenckebach beizusteuern. »Dann wirst du es bald gar nicht mehr wagen und findest dich damit ab. Und endest schließlich wie der Stockfisch.« (Das war der Spitzname van Halsterens, unseres Mathematikprofessors, dessen Lebenssäfte eingetrocknet waren.)

Meine Freunde hatten, offen oder unter dem Vorwand irgendeines barmherzigen Zwecks, ihren Vätern Geld für eine *»Herrenpartie«* aus der Tasche gezogen. Kwame und ich wurden eingeladen, weil unser Stipendium des niederländischen Staates keinen Bordellbesuch vorsah.

Wir fuhren mit der Diligence nach ’s-Gravenhage und aßen

irgendwo, ohne etwas zu schmecken. Wir betranken uns und mieteten eine Kutsche, die uns über den stinkenden Abwasserkanal des Spui zum Südosten der Stadt brachte. Dort hielten wir vor einem der Freudenhäuser. Und unser Übermut schlug um. Die Türglocke zogen wir am Ende nur, weil keiner hinter dem anderen zurückstehen wollte. Auf dem Gehsteig verzehrte eine italienische Familie ihr Abendbrot. Im Vater meinte ich den Orgelspieler zu erkennen, dem ich früher mit Sophie gelauscht hatte. Ich versank in meinem Kragen, er aber nahm keine besondere Notiz von uns.

Wir wurden gebührend empfangen, wenn ich auch sah, daß die Besitzerin Wenckebach zur Seite nahm, um ihn über uns auszufragen. Sie zog eine bedenkliche Miene und holte einen Schlaks herbei, der uns von Kopf bis Fuß musterte. Kwame meinte, sie hätten vermutlich keine Mädchen, die sich uns gewachsen fühlten, und wir beide sollten lieber auf dem Absatz umkehren. Ich hielt den Feigling zurück, und wahrhaftig, man nahm unsere Mäntel an. Ein Fräulein führte uns in einen roten Salon mit gedämpftem Licht. Sie packte ihren Rocksaum und steckte ihn so unter den Gürtel, daß ein schwarzer Schnürstiefel hervorschaute. Auf Bänken und auf dem Boden lagen türkische Kissen. An der Wand hingen Gemälde von Odalisken und eine orientalische Badehausszene. Ein adrettes Dienstmädchen brachte Champagner, sah keinen von uns an und ging wieder, ohne ein Wort. Sie hatte keinerlei Ähnlichkeit mit dem, was ich von den Stichen kannte. Ich fragte Wenckebach, der sich noch am wohlsten fühlte, ob denn alle so schüchtern seien. Ein Gongschlag übertönte sein Lachen. Zwei Türen flogen auf. Zwölf Mädchen spazierten herein. Spärlich bekleidet. In Mieder und Unterrock, nicht mehr. Ganz offensichtlich hatte man sie über unsere Anwesenheit informiert, denn alle Augen richteten sich sofort auf Kwame und mich. Man hörte verstohlenes Kichern. Wie von selbst bildeten sich Grüppchen um jeden unserer Freunde. Ich wunderte mich, wie sich junge Männer, eben noch ein Herz und eine Seele in ihrer Unsicherheit, gegenseitig im Stich lassen, sobald Frauen in Erscheinung treten. Oder noch schlimmer, andere Männer scheinen für sie Luft zu sein, solange sie bei der Balz sind. Um Kwame und mich kümmerten sich zwei Kindfrauen, die weniger kräftig und versiert wirkten als die anderen Damen. Ich vermutete, daß die Altgedienten ihnen als Neulingen diese Aufgabe zugeschoben hatten. Sie zauderten ein wenig, und wir stellten uns nicht viel besser an. Wir tranken alle zusammen ein Schlückchen. Sie hießen Loulou und Naomi und standen tagsüber renommierten Haager Künstlern Modell. Kwame fing an, über den Winkel der Torsoachse zum Standbein zu sprechen, aber das schien ihnen nichts zu sagen. Naomi fragte, ob er sie vielleicht nach der Natur zeichnen wolle, aber er antwortete, er habe keinen Stift bei sich. Naomi kicherte, worauf Loulou plötzlich laut losprustete, der Herr habe seinen Pinsel gewiß zu tief ins Tintenfaß getaucht.

Einer nach dem andern verschwanden Linse, Lebret und Wenckebach mit einem oder zwei Mädchen. Es gab kein Entrinnen. Auch wir gingen, zu viert, hinauf in den ersten Stock. Ich sah, daß Kwame Loulou mit den Fingern zwischen den Schenkeln kitzelte. Obwohl ich bei diesem Anblick schmachtete, berührte mich die Szene unangenehm. Sie wehrte sich nicht, sondern schob ihr Becken sogar ein wenig nach hinten, um ihm freien Zugang zu gewähren. Dabei sah mich Kwame über die Schulter starr an, um die Wirkung seiner Dreistigkeit auf mich zu beobachten. Als wolle er sagen: Sieh nur gut hin, das kann ich so gut wie du, selbst im Niedrigsten sind wir uns gleich.

Im ersten Stock verschwanden wir dann paarweise in gegenüberliegenden Zimmern. Ich mit Naomi, er mit Loulou.

Alles ging zäh. Naomi in diesem Bett, ich daneben auf dem Stuhl im Kampf mit einem verknoteten Schnürsenkel. Das Mädchen fragte mich alles mögliche, was nichts mit unserer Geschäftsbeziehung zu tun hatte. Höflichkeitsfloskeln beeinträchtigen jede Spontaneität, dabei bleibe ich. Als ich ihr das sagte, wurde sie frivol. Ich bekam einen gewaltigen Schrecken. In meinen Träumen sprachen die Mädchen aus den Illustrationen nie, wenn ich mit ihnen beschäftigt war, stellten sich höchstens kurz vor. Ihr Akzent und ihre Bildung entsprach daher immer meiner zärtlich Geliebten im Garten ihres Palastes. Wie diese kleine Hure die Wörter erbrach, das brachte meine Sinne rasch zum Erlahmen. Nicht, daß mir bei diesem ersten Mal die Lust fehlte. Das nicht. Aber die Art der Konversation entsprach nicht dem, was ich mir vorgestellt hatte. Wer hätte je gedacht, daß zum Geschlechtsakt noch Worte hinzukommen könnten?

Ich bestellte noch eine Flasche, um Zeit zu gewinnen, aber Naomi hörte nicht auf, an meinen Kleidern herumzuzupfen. Zu meiner Verblüffung faßte sie mich von unten und begann mich über der Waschschüssel zu waschen. Das ging mir zu weit. Ich sprang in meine Kleider und rannte unter dem Vorwand auf den Flur, ich wollte nachsehen, wo der Champagner bliebe. Auf dem Gang kam mir schon das Dienstmädchen mit zwei Flaschen entgegen. Ich nahm ihr eine ab und zauderte noch ein wenig. Hinter einer Tür hörte ich Lebret vor Lust stöhnen, und ich rechnete aus, wie lange ich, ohne unhöflich zu sein, von Naomi wegbleiben könne. Just da trat Kwame mit derselben Ausrede wie ich aus dem Zimmer. Er nahm seine Flasche, und wir warteten, bis das Mädchen gegangen war. Dann setzten wir uns auf den Boden und köpften dort brüderlich meine Flasche. Mit jedem Schluck nahmen wir uns fester vor, die Körper zu erkunden, die auf uns warteten, schoben es aber immer wieder auf. Wir öffneten auch Kwames Flasche und lachten unsere Zweifel weg. Als Naomi und Loulou endlich nach uns suchten, waren wir allerbester Stimmung.

Gegen vier Uhr stolperte unsere Freundesschar die Treppen des Bordells hinunter. Mit übermenschlicher Anstrengung hievten wir uns in die Kutsche. Obwohl ich nichts lieber wollte als schlafen, fragten uns Linse, Lebret und Wenckebach ausgelassen nach unseren Abenteuern aus. Sie hatten Kwame und mich mit den beiden Mädchen in einem Bett gefunden. Unser tiefer Schlaf suggerierte etwas, das uns in der Achtung der anderen steigen ließ. Ich konnte mich jedoch an nichts erinnern und wagte es nie, Kwame danach zu fragen. Wir beließen es dabei und spuckten große Töne.

Wir waren noch nicht weit gekommen, als uns ein Menschenauflauf plötzlich den Weg versperrte. Ein besoffenes Subjekt war aus irgendeiner Kneipe geworfen worden und begann sich mit einer Dirne zu prügeln. Um ihr den Mund zu stopfen, stieß er sie genau vor uns auf das Pflaster. Der Kutscher zog die Bremsen an, und die Pferde bäumten sich vor Schreck auf. Lebret und Linse flogen uns auf den Schoß, Wenckebach beschimpfte den Kutscher.

»Nicht der Rede wert, mein Herr«, rief dieser. »Hafenvolk. Wissen Sie, dort, wo die Weiber sitzen.« Tatsächlich sah ich ein Fenster, in dem sich ein paar Unglückselige Männern aus dem Volk zur Schau stellten. Diese gingen mit denselben Bedürfnissen wie wir dorthin, aber ohne Geld für ein Bordell. Hier waren also die Schamlosen zu finden, die ich zu Hause unter meinem Bett aufbewahrte!

Der Kampf ging zu Ende, ohne daß ich davon etwas hatte sehen können. Der Kutscher überprüfte das Zaumzeug und beruhigte seine Mähren. Nach wenigen Minuten setzten wir unseren Weg fort. Im Schritt bogen wir in eine Gasse ein, in die kaum das Mondlicht drang, und entdeckten dort in einem tiefen Hauseingang die beiden Streithähne wieder.

»Nicht französisch hab ich dir gesagt, du Mistkerl!« hörte ich die Frau, aber der Mann zwang sie in die Knie.

Ich befahl dem Kutscher anzuhalten.

»Lassen Sie doch, mein Herr.«

»Aber der Kerl hat eine Peitsche«, sagte ich. »Und das Fräulein ist ganz allein.«

»Das ist kein Fräulein. Das ist die Haarlemer Mie mit einem Kunden, Mijnheer. Zwei Groschen, einmal melken.« Er schien nicht gewillt, dafür anzuhalten, also sprang ich ab und rannte zu dem Kerl hin. Der erzwang inzwischen seinen Wunsch, obwohl die Frau beinahe erstickte. Ohne nachzudenken, warf ich mich auf seinen Rücken. Er wankte. Obwohl ich ihm kaum weh tat, hörte ich ihn schreien. Erst als die Frau sich aufrappelte, begriff ich, daß sie die Verwirrung genutzt hatte, um ihren Angreifer böse zu beißen.

»So«, spuckte sie aus und wischte sich mit dem Ärmel den

Mund, »damit belästigt er vorläufig keine Damen mehr!« Der Kutscher kam mit der Laterne herbeigelaufen, aber noch bevor er uns erreicht hatte, hatte ich den Agressor am Stöhnen erkannt.

Cornelius saß auf dem Boden über seiner verletzten Scham zusammengekrümmt. Er hob den Kopf. Ohne ein Wort und ohne den Versuch aufzustehen, sah er mich unablässig an. Vorwurfsvoll. Enttäuscht. Mich überkam ein Gefühl des Verrats. Noch bewegte er sich nicht. Ich bin allein, sagte mir dieser Blick, und ich werde es auch bleiben! Er starrte mich unentwegt an. Ich konnte seinen Blick nicht ertragen und trat hart zu, um ihn zu irgendeiner Reaktion zu bewegen, gleichgültig welcher. Aber er saß da und schwieg. Ich fiel auf die Knie und packte ihn am Revers, fand jedoch nicht die Kraft, ihn zu schütteln. Verachte mich nicht, schrie es in meiner Kehle, aber kein Ton kam heraus. Verachte mich nicht! Und dabei war er es, der jede Achtung verloren hatte.

Der Kutscher berichtete den anderen ungläubig, was er gesehen hatte. Ich hatte de Groots Knöchel umfaßt und preßte meine Stirn auf die halbhohen Stiefel, niedergeschlagener als er. Ich weiß noch, daß sie vom Hammelfett glänzten und daß ich mich einen Augenblick nach einem der Nachmittage zurücksehnte, als ich neben ihm saß und Schuhe putzte, während er mir seine Räuberpistolen anvertraute: Ich war sein Sklave, blieb ihm aber zugleich überlegen, weil ich tat, als glaubte ich ihm.

Ich kam zu mir, als ich Linse, Kwame und Lebret näher kommen hörte. Um Cornelius nicht noch mehr zu blamieren, hielt ich sie in einiger Entfernung zurück und überzeugte sie, daß das Problem gelöst sei und wir unverzüglich weiterfahren sollten.

Drei Tage später, an einem Dienstag, kam nach dem Abendessen ein Botenjunge an die Tür. Er richtete mir die mündliche Bitte Lebrets aus, schnell zu kommen.

Ich saß gerade an meinem zweiwöchentlichen Brief nach Weimar. Sophie und ich korrespondierten über einige philosophische Thesen. Ihr Ton war stets übermütig, ich suchte mehr Ausgewogenheit. (Deutlich steht mir der Satz vor Augen, den ich abbrach, um meinem Freund zu Hilfe zu eilen. »*Wirken unsere Tränen nicht manchmal wie Baldriantropfen?*« schrieb ich. »*Solange wir glücklich sind, bleiben wir wach, um diesen kurzen Augenblick ganz auszukosten. Aber das Weinen macht unsere Lider schwer. Wir sind der Dinge müde. Wir vergessen, um was es ging. Wir wollen nur noch die Augen schließen, weil uns der Kummer mehr ermüdet als schwere Arbeit ...*« Ja, sogar die Striche, mit denen ich die letzten geraden Buchstaben schrieb, sind mir im Gedächtnis geblieben.)

Ich legte die Feder hin und zog mir rasch einen Überzieher an. Lebret teilte sich mit Wenckebach eine Studentenwohnung ein paar hundert Meter vom Schiedamer Tor. Ich war schon so gut wie dort, als mich ein Mann in einem Cape ansprach. Das überraschte mich. Meine dunkles Äußeres läßt Fremde abends meist eher davonlaufen, als daß es ihr Vertrauen weckt. Dieser Mann jedoch kannte sich nicht aus in der Stadt und fragte mich nach dem Weg. Als ich ihm die Richtung zeigte, lehnte er sich plötzlich schwer auf meinen Arm, als werde ihm übel. Ich stützte ihn. Er stolperte zu einer Ecke, immer weiter weg von der Straßenlaterne. Gerade als ich Verdacht schöpfte, schlugen seine Kumpane zu. Der Gewalt nach zu urteilen, waren es drei oder vier. Ich wurde rechts und links grob festgehalten und dann ging der Anführer mit den Fäusten auf mich los. Man nahm mir mein Geld ab. Schließlich brach ich zusammen. Die Steine waren naß. Ich erinnere mich, wie wohl die Kälte meinem verletzten Kopf tat. Ich blieb so ruhig wie möglich liegen. Nach einigen Sekunden ließen mich die Ganoven vermeintlich tot liegen. Ich hörte sie davonrennen. Aber einer zögerte. Er stellte mir den Fuß auf die Schläfe und trat dann einmal mit seinem ganzen Gewicht auf. Ich hatte ihm nichts getan, und dennoch wollte er aus Grausamkeit auf mir herumtreten. Ich spürte, daß etwas zerbrach. Mir war, als ströme Blut aus meiner Nase in mein rechtes Auge. Ich zwinkerte, um es zu säubern. Ein Schleier zog vorbei, in dem die letzten Schemen verschwanden. Hinten im Hals schmeckte ich einen salzigen Strom, als weinte ich von innen. Nur eine Sekunde, bevor das salzige Blut auch meinen Geruchssinn überlagerte, hatte ich den Geruch von Hammelfett, einen Gruß aus alten Freundschaftstagen, in der Nase. Ich ergriff die Knöchel, wie vor ein paar Tagen, hatte aber nicht die Kraft, meinen Angreifer festzuhalten.

Im Hospital von Rotterdam kam ich wieder zu Bewußtsein. Als allererstes roch ich an meinen Fingern. Der Geruch war verschwunden. Man hatte meine Hände mit Alkohol desinfiziert, da man befürchtete, ich könne Schmutz in mein blutunterlaufenes Auge reiben. Rechts neben meinem Bett saß jemand. Es war ein Polizeidiener. Er fragte mich nach dem Hergang des Unfalls. Ich konnte den Kopf drehen, wie ich wollte, ich konnte den Mann einfach nicht richtig erkennen. Kwame dagegen, der links von mir saß und mir tröstend den Arm tätschelte, konnte ich sehen. Ich sagte dem Inspektor die Wahrheit: daß ich keinen meiner Angreifer gesehen habe. Ich sagte, ich könne mir auch nicht vorstellen, wer die Räuber sein könnten und nannte den Betrag, der mir fehlte. Er fragte, ob ich persönliche Feinde habe. Als ich das entschieden verneinte, berichtete er, peinlich berührt, in den Knüppel, den man neben mir gefunden habe, sei eingekerbt gewesen: *»Für den Affenprinzen.«*

Ich erklärte dem Inspektor, in Holland noch nie ein Anzeichen von Antipathie gegenüber meiner Rasse erlebt zu haben und riet ihm, bei seiner Untersuchung diese Nebenspur nicht weiter zu verfolgen. Dann schnauzte ich Kwame an, mein Arm sei schon ganz wund von seinem Gekneife. Er ließ los. Erschrocken.

Die inneren Verwundungen waren ernster, daher wollte mich der Arzt einige Nächte zur Beobachtung dabehalten. Gegen weitere Blutungen legte er einen Druckverband an. Stündlich brachte man mir kalte Kompressen für mein rechtes Auge. Die Nacht und die folgenden Tage lebte ich im dunkeln. Nirgendwo fand ich Ablenkung von den Gedanken, die sich mir aufdrängten.

Als Kwame nach Hause ging, legte ich ihm ans Herz, über den Vorfall Stillschweigen zu bewahren. Dem Inspektor ließ ich dieselbe Bitte bestellen. Aber schon am nächsten Tag bekam ich Besuch von Linse, Lebret und Wenckebach, die dafür ein Seminar ausfallen ließen. Beiläufig erkundigte ich mich nach der Nachricht, die mich am Abend zuvor aus dem Haus gelockt hatte. Wie vermutet stammte sie nicht von Lebret. Ich spielte die Angelegenheit herunter, um meine Freunde nicht zu beunruhigen, und dankte den Göttern, daß sie von der verletzenden Parole nichts wußten.

In dieser Nacht peitschten mich das Fieber und die Einsamkeit so auf, daß ich mir ausmalte, wie sich meine Schande herumsprechen würde: mein Vater schlug die Hände vor das Gesicht; meine Mutter fiel Mevrouw van Moock mit langen Schluchzern weinend in die Arme; van Drunen hatte es immer kommen sehen; Anna Paulowna forderte aufstampfend vom König, die Täter mit dem Tod zu bestrafen; Kronprinz Willem Alexander, der gerade mit Loulou Walzer tanzte, zuckte die Schultern, aber Sophie ... Sophie empfand tief in ihrer Brust dasselbe dumpfe Gefühl, das mich völlig lähmte.

Schweißgebadet wachte ich auf. Die Vorstellung, *sie* könne meinen Kummer teilen, war unerträglich. Mitleid ist schmerzhafter als ein Schlag ins Gesicht, weil es den Mitleidigen ebensosehr verwundet wie den Betroffenen. Trotz der besten Absichten wirkt Mitgefühl wie das zu starke Streicheln an einem Bluterguß. Man spürt die Verletzungen, die man noch nicht bemerkt hatte.

Vom Augenblick unserer Ankunft in Holland an waren Kwame und ich uns bewußt gewesen, daß man hinter unserem Rücken lachte. In der Hinsicht erging es uns nicht anders als einem Krüppel oder Bettler, einem zu dicken oder rothaarigen Schulkind. Täuschen Sie sich nicht. Wir hören und sehen alles.

Der Krämer, der einen ansieht, zögert und dann so tut, als sei ihm nichts aufgefallen. Die Unterhaltung, die nach unserem Eintreten im Kinderton fortgesetzt wird, mit einfachen Worten. Ein Mund, der trotz eines entsetzten Blickes höflich bleibt. Betrete ich ein Restaurant, tasten die Herren, vielleicht ohne es selbst zu merken, kurz nach ihrem Portefeuille. Mütter halten ihre Kinder fest, wenn ich vorübergehe, alles mit einem Nicken und einem Lächeln. Kutscher beruhigen ihre Pferde. Bäuerinnen schlagen ein Kreuz. Das alles wirkt harmlos. Man könnte fast vergessen, sich darüber aufzuregen. Und man muß es auch einmal von der anderen Seite sehen: Selbst in einem ausverkauften Konzertsaal bleiben um mich herum immer noch Plätze frei, so daß ich mich wunderbar breitmachen kann.

Der Unterschied besteht nun einmal. Ablehnung wie Umarmung, beides betont das Anderssein. Das Quivive bleibt. Gefährlich wird es erst, wenn jemand dein Anderssein ignoriert. Er spricht es nicht an, sondern bemüht sich, dich als Gleichen zu behandeln. Er gibt sich größte Mühe, dich einzulullen. Die eigene Scham sieht man erst in den Augen eines anderen.

Was können wir also tun, wir, die farblich nicht zur Masse passen? Im Hospital ging mir diese Frage durch den Kopf. In meiner Blindheit erwog ich jede Ausrede und jeden Kompromiß. Als der Krankenpfleger schließlich den Verband abnahm, sah ich zwei Möglichkeiten.

1. Profilieren. Das kultivieren, was uns von unserer Umgebung unterscheidet. Herausfinden, worin wir wesentlich anders sind, besser oder schlechter, und auf jeden Fall unsere Exzentrizität betonen. Sie als einen Schatz hegen, der unser einzigartiger Besitz ist. Dies schien mir ein Weg endloser Einsamkeit. Jeder Schritt würde erneut dem Schicksal abgerungen. Seltsamerweise ist das auch der Weg, den Cornelius verfocht: Wehre dich! Aber dazu braucht man den felsenfesten Glauben an sich selbst. Wie sehr ich auch herumsuchte, ich fand ihn nicht. Und ein nie endender Kampf schreckte mich ab.

2. Einebnen. Die Unterschiede inventarisieren und, wo es geht, sie heimlich verschwinden lassen. Das bedeutet, ständig seine Persönlichkeit anzupassen, zu vermummen, umzuformen und die anderer zu übernehmen. Das Gute zu finden und zu imitieren. Nur das wenige zu betonen, das man mit den an-

deren gemeinsam hat und alles Übrige so gut wie möglich zu verbergen. Trotz Cornelius' Boxunterricht entschied sich meine Natur in diesem einsamen Moment wieder für Anpassung.

Kwame entschied sich für den ersten Weg, ich für den zweiten. Das eine wirkt mutig, das andere feige. Das ist ein Vorurteil, die bequeme Meinung eines Menschen, der nie allein gestanden hat. Der Kampf gegen sich selbst ist bestimmt nicht leichter, als der Kampf gegen den Rest. Nur weniger auffällig.

Aber wie auch immer, ein Weihnachtsstern geht niemals in einem Teefeld auf.

Seit dieser Zeit ist mein Gesichtsfeld eingeschränkt. Mir fehlt ein Teil im rechten Winkel des Blickfelds. Über dem Rest hängt ein Schleier, wie beim Schwimmen unter Wasser. Mir wurde eine Brille angepaßt, die ein wenig Besserung brachte. Sobald die Gläser in der richtigen Stärke geschliffen waren, wurde ich aus der Augenklinik entlassen.

Als ich in mein Zimmer an der Oude Gracht zurückkam, fand ich dort alles vor, wie ich es verlassen hatte. Nur trüber. Auf dem Tisch lag der Brief an Sophie. Ich setzte mich und tauchte die Feder ein. Ich las noch einmal die letzten Worte, die ich klar gesehen hatte: *»Wir wollen nur noch die Augen schließen.«* Ich unterschrieb mit Zügen, als sei ich betrunken.

Kurz nach diesem Vorfall brach Kwame sein Studium an der Königlichen Akademie ab. Es ist wahr, er machte nur geringe Fortschritte, aber mir schien sein Rückstand alles anders als unüberwindbar.

Zu meiner Verwunderung trat er im August 1845 in die Militärakademie in Den Haag ein. Diesen Schritt hatte er weder mit mir noch mit einem unserer Freunde besprochen. Kwame, der sanftmütigste Mensch, den ich kannte, zeigte sich nie mehr ohne Uniform. Endlich lernte er es, sich zu wappnen.

Ich setzte mein Studium erfolgreich fort, und so oft es möglich war, besuchte ich mit Linse, Lebret und Wenckebach den alten Freund in s'-Gravenhage. Wir hatten immer den Eindruck, daß Kwame unter den Soldaten wenig Freunde gewann. Manchmal begleitete er sie zu Herrenpartien und Trinkgelagen, aber uns kam es nie so vor, als ob es ihm wirklich Spaß machte. Er ging nicht darin auf, wie es in diesem Alter üblich ist. Seltsamerweise schien ihm das harte Leben dennoch gut zu bekommen.

Als ich ihm einige Monate später in einem langen Brief dazu gratulierte, wie er gelernt habe, sich anzupassen, antwortete er mit einer kurzen Notiz. »*Der Felsen liegt ewig im Fluß*«, schrieb er. »*Er bleibt unter dem weichen Moos wie unter der Gewalt der Regengüsse immer derselbe. Der Bambus wächst unmittelbar daneben. Er wird hoch. Beide müssen dasselbe überstehen. Der eine überlebt, weil er solide und unbeugsam ist, der andere, weil er hohl ist und nachgibt.*« Ich wußte damit nichts anzufangen und schickte ihm postwendend einen silbernen Bleistift und ein kleines Notizbuch für den Tornister, denn der »Almanak« hatte in diesem Jahr gerade einen Preis für Naturbeschreibungen ausgeschrieben.

Im September 1846 trat eines der Mitglieder aus dem Vorstand der Fünf Säulen zurück. Als Mitglieder der Studentenverbindung Phönix mußten wir aus unseren Reihen ein neues Ehrenmitglied wählen, und man schlug zuerst Kronprinz Willem Alexander vor, der damals alle vierzehn Tage in unserer Akademie, deren Schirmherr er ja war, die Vorlesungen besuchte. Als er ablehnte – »Ich komme wegen Ihres Wissens und Ihrer Gesellschaften, nicht wegen des Drumherums!« –, entwickelte sich ein richtiger Wettkampf, denn die mit diesem Ehrentitel verbundenen Privilegien waren ebenso wie die repräsentativen Verpflichtungen nicht gering. Zudem waren Die Säulen geheimnisumwittert. Manch einer glaubte, es handle sich um eine Freimaurerloge. Fest stand, daß man in Rituale eingeweiht wurde, die angeblich seit der spanischen Besetzung zu Zeiten der Habsburger existierten und ausschließlich dem Adel vorbehalten waren. Linse und Lebret hatten kein großes Interesse, waren aber durchaus bereit, mich finanziell zu unterstützen. Ich warf mich mit Leib und Seele ins Gefecht. Die

Privilegien konnten mir gestohlen bleiben, aber ich wollte so unbedingt zum Primus inter pares gewählt werden, als hinge meine ewige Seligkeit davon ab. Die Chance, von seinesgleichen anerkannt zu werden, ließ einen wahren Kampf entbrennen. Glücklicherweise schätzten die meisten, wegen mangelnder Pecunia und Beliebtheit oder unfaßbarer und ordinärer Gerüchte, ihre Lage bald als hoffnungslos ein. Nach einigen Wochen, die schwer auf meine Börse drückten, waren nur noch die Jonkheren Alphons Wenckebach und Hendrick van Voorst tot Voorst, Cornelius de Groot und ich selbst im Rennen. Vorträge und Diskussionen wurden organisiert, in denen sich Hendrik van Voorst tot Voorst mit Mühe behauptete. Als er endlich aufgegeben hatte, machte Alphons einen genialen Zug, indem er unseren gesamten Jahrgang zu einer Treibjagt bei seinen Eltern einlud. Obwohl Cornelius einen Hirsch und einen Eber erlegte, gerieten er und ich an diesem Wochenende doch ernstlich ins Hintertreffen. Keiner von uns beiden hatte Verwandte, die uns vergleichbar unterstützen konnten.

Ich schrieb Sophie und schilderte ihr die Situation. Sie schlug vor, den Pavillon de la Reine in Anspruch zu nehmen, aber mir war nicht richtig klar, wie ich in diesem nassen Herbst eine Strandpartie in einen Vorteil ummünzen könnte. Sie informierte auch ihre Mutter. Zum ersten Mal seit einem Jahr erhielt ich ein Schreiben aus dem Palast. Ich bekam eine Einladung zur Enthüllung des Reiterdenkmals für Willem, den Schweiger. Nach einigem Drängen durften mich einige meiner Kommilitonen begleiten. Das ließ die Waage einigermaßen zu meinen Gunsten ausschlagen, obwohl das Fest wegen eines Wolkenbruchs buchstäblich ins Wasser fiel. Das Volk floh, aber Königin Anna erlaubte ihrem Mann nicht, die Feierlichkeiten abzubrechen, so daß wir alle gezwungen waren, pudelnaß auf der Tribüne vor dem Palast Noordeinde sitzen zu bleiben. Königin Annas Kammerdiener Baron Mackay, der Ihre Majestät mit einem Regenschirm zu beschützen versuchte, fühlte sich so gedemütigt, daß er deshalb nach Jahren treuen Dienstes um seine Entlassung ersuchte. Der Abend machte jedenfalls viel wett. Es hörte schließlich zu regnen auf und die Festlichkeiten waren noch imposanter als bei der Krönung. Die Residenz war dank der neusten Gasbeleuchtung, die sich als Lichterkette von Haus zu Haus die ganze Straßenfront entlangzog, illuminiert wie nie zuvor. Selbst die Orangerien waren erleuchtet, und durch die Stadt glühte eine Lichtspur von zahllosen Carcel- und Moderateurlampen.

Nicht lange danach wurde meine Aufnahme in Die Fünf Säulen bekanntgegeben. Wenckebach und van Voorst tot Voorst gratulierten. Cornelius de Groot kündigte beleidigt die Mitgliedschaft und verschwand auf Nimmerwiedersehen aus unserem Kreis.

Meine feierliche Amtseinsetzung war für den 1. März in Anwesenheit Willem Alexanders geplant und mußte von mir finanziert werden. Ich erbat und erhielt dafür vom Herzog von Sachsen-Weimar eine finanzielle Unterstützung, so von Herzen, daß ich mir deshalb keine Gewissensbisse machen mußte. Das letzte Hindernis war eine Formalität, eine Rede, die ich an diesem bewußten Abend halten sollte. Sie mußte unterhaltsam und gleichzeitig lehrreich sein. In Gedanken arbeitete ich bereits an einer Abhandlung über Bohrmethoden, als mich ein Schreiben der Verbindung mit einem Themenvorschlag erreichte. Ausgerechnet über mein Heimatland wollte man alles wissen. In der verbleibenden Woche machte ich kaum ein Auge zu.

Inzwischen mußte ein Anzug angeschafft, mein Haar in Form gebracht, eine Gedenkmünze geschlagen und, wie es die Tradition vorschrieb, ein kleines Porträt für die Ehrengalerie hergestellt werden. Auf Drängen Willem Alexanders fiel die Entscheidung für das neue Procédé von Daguerre, wozu er uns bereits früher zu überreden versucht hatte. Ich bot Kwame an, ihm ebenfalls ein Bildnis zu finanzieren, aber er konnte sich nicht mit dem Gedanken anfreunden. Mein Vetter meinte, durch diese Technik werde die Seele vom Bildnis getrennt. Nach einigen Tagen setzte ich ihm noch einmal zu und unterstrich, er fehle mir sehr, wenn er in der Kaserne wohnte. Das entsprach der Wahrheit. Ich schrieb ihm Datum und Uhrzeit meiner Verabredung im Porträtstudio auf und bat ihn eindringlich, doch zu kommen. Ich wollte sein Bild bei mir tragen können.

Am Tag der Sitzung blieb Kwame aus. Zum Glück begleitete mich Lebret, so daß mir keine Zeit blieb, enttäuscht zu sein. Ich trug eine neue, gelbe Weste aus feiner Seide mit rotem Karo und um den Hals eine rote Zierschleife mit gelben Karos. Um mich während der langen Belichtungszeit garantiert ruhigzustellen, schnürte der Porträtist meinen Rücken mit Korsettbändern ein. Diese befestigte er an einem Holzgestell, aus dem eine Klemme hervorragte, in der mein Kopf ruhen sollte. Durch die Ärmel schob er Stöcke. Der eine wurde an einer hohen Stuhllehne befestigt, der andere an ein Pult gebunden. Um das Unnatürliche der Haltung zu kaschieren, gab er mir ein aufgeschlagenes Buch in die rechte Hand, das ich steif umklammerte. Erst danach stellte der Mann seine Camera obscura ein.

Während ich dort so aufgepflanzt war, kam eine Nachricht von Kwame. Ich freute mich und dachte, er habe sich nur ein wenig verspätet. Lebret war so freundlich, mir den Wortlaut vorzulesen, während ich reglos posierte:

»Es tut mir leid, Kwasi. Unser Leben ist für die Vergänglichkeit geschaffen, nicht für die Dauer. Wenn Du mich sehen möchtest, dann versenke Dich in Deine Erinnerung. Nur dort bin ich der, der Dir am teuersten ist.«

Während der gesamten Aufnahme habe ich mich nicht bewegt.

»Erlauchte Herren, sehr geehrte Kommilitonen! Ist die Aufgabe, die ich unter Euch Hochwohlgeborenen auf mich genommen habe, einerseits eine höchst angenehme und gereicht sie mir nicht wenig zu Nutz und Frommen, so ist sie andererseits nicht weniger schwierig. Wenn ich einen Blick auf meine Unvertrautheit mit den Aufgaben werfe, wie sie von Ihnen allen in so lobenswerter Weise bewältigt werden, wenn ich mein Auge auf meine Geistesgaben und auf die Schwierigkeit der Ar-

beiten richte und sie mit den Ihren vergleiche, so schrecke ich fast zurück, als vollwertiges Mitglied Ihrem erlauchten Kreis beizutreten, wenn ich all die Schwierigkeiten sehe, die einer solchen Aufgabe innewohnen, durchfährt mich unwillkürlich ein Schauder. Doch werde ich auch etwas Größeres, etwas Edleres gewahr in diesen Aufgaben, die mit einer Gesellschaft wie der DER FÜNF SÄULEN verbunden sind ...«

Ich glaube, daß ich wohl zwanzig Einleitungen zu meiner Rede schrieb. Einige nahmen eine Dreiviertelstunde in Anspruch. Sie waren so glatt, daß ich sofort die Schlußzeilen hätte daranhängen können, ohne daß aufgefallen wäre, daß ich nur Schmeicheleien von mir gegeben hatte. Das war der leichtere Teil. Mit ungeheurem Widerwillen ging ich danach zur Beschreibung meines Landes über. Die Fakten suchte ich in der Bibliothek zusammen, wie es jeder hätte tun können.

»DIE LUFTVERHÄLTNISSE. Es ist zwar ungeheuer heiß, und dies wird zudem noch durch den sogenannten Harmattan und den Sammering, zwei Landwinde, verstärkt, die im allgemeinen einige Wochen andauern und von allerlei Krankheiten wie Fieber, Lähmung der Gliedmaßen etc. begleitet werden. Die Gluthitze des Landes wird noch durch die Nähe zur Sandwüste Sahara und zum Äquator vergrößert. Letzterer bringt eher eine Mäßigung als eine Erhöhung des Luftdrucks mit sich, denn obwohl das Land nur sechs Grad nördlich des Äquators liegt ...«

Auf diese Weise handelte ich auch den Rest des Landes ab, ordentlich in Abschnitten wie *»BESCHAFFENHEIT DES BODENS UND SEINER SCHÄTZE«, »GEWÄSSER«, »BERGE UND KAPS«*. Ich las alles noch einmal durch und konnte mir vorstellen, daß es einen Hörer, der das Land nicht kannte, interessieren würde. Linse und Lebret waren meine Versuchskaninchen. Sie reagierten mit freundlicher Aufmerksamkeit, aber ich spürte ihr Zögern. Ich wußte verflixt gut, was fehlte, und machte mich an das Unvermeidliche: zu erzählen, was nicht in den Büchern stand, was ich aber erzählen konnte: *»ART UND SITTEN DES VOLKES.«*

Am ersten März 1847 war das Verbindungshaus mit Girlanden geschmückt. Wegen der Feier traten die Füchse in vollem Wichs an. Ich war ungemein nervös. Lebret wies mich darauf hin, wie relativ das Ganze sei, aber ich wollte nicht auf ihn hören. Für mich war es ein Meilenstein. Ich fühlte, daß mir an diesem Tag eine Tür geöffnet wurde, die bisher Menschen wie mir noch verschlossen geblieben war. Daß ich Kwame wie einen störrischen Esel an der Schwelle zurücklassen mußte, konnte mich nicht zurückhalten. Endlich würde ich Stellung beziehen. Um meinen lieben Vetter nicht zu verletzen, hatte ich mich vergewissert, daß er nicht unter den Zuhörern sein würde. Seine Vorgesetzten informierten mich, Kwame müsse an diesem Abend Patrouille gehen.

Mit fast einer Stunde Verspätung traf Willem Alexander mit Jules van der Capellen ein, und es brauchte einige Überredungskunst, die beiden vom Buffet weg und in den Vortragssaal zu bugsieren, aber schließlich konnte ich nach einer kurzen Einleitung beginnen, wie ich es mir vorgenommen hatte. Ich kämpfte mich durch die Höflichkeitsfloskeln und naturwissenschaftlichen Kapitel. Mitten in meiner Aufzählung der Agrarprodukte wurde ich vom Quietschen einer Tür gestört, die einen Spalt geöffnet wurde. Ungehalten blickte ich auf. Ein Gesicht konnte ich nicht entdecken, aber im Bruchteil einer Sekunde meinte ich, bevor die Tür wieder zugezogen wurde, eine dunkle Hand auf der Klinke zu sehen. Ich blieb stecken und verlor vor Schreck den Faden.

»Pflanzen, Seide«, fuhr ich fort, *»Honig, Reis, Mais, zahlreiche Getreidesorten, Zuckerrohr, aber den Eingeborenen ist nicht bekannt, daß daraus …«*

Ein Hüsteln Linses aus der ersten Reihe machte mich darauf aufmerksam, daß ich mich gerade wiederholte. Sicherheitshalber überschlug ich ein großes Stück.

»Süße und saure Pisang.«

Mir stand der Schweiß auf der Stirn, als ich das Kapitel zu Ende brachte. Dann legte ich eine kurze Pause ein und trank einen Schluck Wasser. Auf diesen Augenblick hatte Kwame, der nicht stören wollte, gewartet. Mit einem verschwörerischen

Lächeln nickte er mir zu, strahlend, daß er seinen Kommandanten zu einem freien Tag hatte überreden können. Unter dem Arm trug er ein festliches Päckchen, das er für mich mitgebracht hatte. Er fand einen Platz in der vierten Reihe. Ich tupfte mir die Stirn und merkte, wie mir jeder Mut fehlte. Schließlich mußte ich weitersprechen.

»Ich habe mir vorgenommen, Ihnen im weiteren von den Sitten und Gebräuchen im Land meiner Geburt zu erzählen. Vorher möchte ich an Ihre Nachsicht appellieren, falls Sie der Aufzählung von Vorfällen überdrüssig werden sollten, die Ihre Aufmerksamkeit in keineswegs angenehmer Weise fesseln werden, wo es um die Schwächen, die Lebensweise, die Sitten und Gebräuche etc. eines wilden, unzivilisierten und wenig bekannten Volkes …«

Wieder hielt ich inne, wagte aber nicht gleich von meinem Heft aufzuschauen. Ein paar Sekunden erwog ich, aufzuhören. Diese Empfindungen, die ich sorgfältig verfaßt und mindestens dreimal ins reine geschrieben hatte, hatte ich noch nie zuvor laut ausgesprochen. Endlich wagte ich es, in den Saal zu blicken. Man hing an meinen Lippen. Kwame, der mein Zögern zweifellos mitempfand, nickte mir beruhigend und ermutigend zu. Es gab keinen Weg zurück.

»Sie sind Heiden! Sie beten Fetische an. Die Aschanti glauben an ein Höheres Wesen, das sie ›Jan Kampong‹ nennen, Herr-über-alles-Leben. Und an gute und böse Geister sowie an Vorzeichen. So glauben sie an Gegenstände und verehren beispielsweise den Magneten oder Magnetstein. Sie glauben auch an ein Leben nach diesem Leben, aber in dem Sinne, daß der König in jenem Leben, nach seinem Tod, wieder König, der Sklave wiederum Sklave sein wird, und im allgemeinen jedem im Himmel wieder sein alter Rang oder Beruf zugeteilt wird. Und vor diesem Hintergrund muß man den Brauch sehen, nach dem Tod von Königen, Priestern und anderen Vornehmen Sklaven zu opfern, von der festen Überzeugung ausgehend, daß der Verstorbene diese Dienste benötigen werde. Daher gibt es auch bei der Erkrankung eines beliebigen Fürsten, vor Kriegszügen, bei Thronbesteigungen oder Jahrestagen, bei Erntefesten und

der Aussaat sowie bei besonderen Anlässen zahlreiche Menschenopfer. Stirbt das Oberhaupt einer Gemeinschaft, dann wird sein Thron geschwärzt, indem man ihn in Menschenblut einweicht. Beim Tod eines rangniedrigeren Funktionärs wird man sich damit begnügen, ein oder zwei Kinder zu opfern. Als mein Vater sein Amt als Asantehene antrat, wurden sofort eine große Anzahl von Dörfern bestimmt, deren Einwohner ihm allesamt in den Tod folgen müßten, sobald für meinen Vater die Zeit gekommen wäre ...«

Aus dem Saal stiegen Rufe des Abscheus und der Mißbilligung auf, genau wie ich es erwartet hatte. Aus Kwames Gesicht war das Lachen verschwunden. Zuerst sah er um sich. Ich beobachtete, wie er sich zurückhielt. Dann warf er mir einen starren Blick zu. Nun wollte ich es aber auf jeden Fall zu Ende bringen.

»Eines davon ist das Yamfest odwira. *Wenn Anfang September die Yamsknollen geerntet werden, sind alle Distriktsoberhäupter und militärischen Führer verpflichtet, mit ihrem Gefolge in die Hauptstadt zu kommen. Während sie am König der Aschanti vorbeidefilieren, tanzen zwei Gruppen von jeweils hundert Henkern langsam und drohend durch die Stadt. In den Händen tragen sie zur Abschreckung die Schädel hochgestellter Opfer, auf die sie mit ihren Messern rhythmisch schlagen. So warnen sie die Vornehmen, daß viele von ihnen ihr Opfer werden, bevor das Fest zu Ende sein wird. Um jeden Anschein von Untreue gegenüber dem Asantehene auszuräumen, lassen diese Vornehmen in allen Stadtteilen Sklaven abschlachten. Dennoch entkommt keiner der Hinrichtung, der im vergangenen Jahr die Zentralgewalt nicht genügend unterstützt hat. Am Ende des Festes werden auf dem Feld die Löcher der ausgegrabenen Yamsknollen mit dem Blut der Hingerichteten gefüllt, um dauernde Fruchtbarkeit zu gewährleisten.«*

Meine Zuhörer schüttelten ungläubig die Köpfe und man hörte einige geharnischte Bemerkungen.

»Wozu, meine erlauchten Zuhörer, ein Bild all der Grausamkeiten eines rohen, wilden und unzivilisierten Volkes zeichnen? Wozu eine Skizze der Greueltaten liefern, wo allein schon

beim Gedanken daran unser ganzes menschliches Empfinden gefriert?«

Warum schwieg ich nicht? Warum schonte ich Kwames Gefühle nicht? Ich weiß es wohl: Der Anblick seines Kummers spornte mich nur noch an. Nicht aus Grausamkeit, Gott bewahre! Nicht, um ihm weh zu tun, nein, um ihn zu trösten. Bei seinen Tränen kam in mir eine unerwartete Wut hoch. Es ihm zu zeigen. Sieh nur, sie sind es nicht wert, daß wir uns dorthin zurücksehnen. Dieses unbeschreibliche Leid, diese Einsamkeit hat mein Vater, hat unser Volk uns angetan. Was konnte ich anderes sagen? Der Kummer, den wir auf ewig mit uns tragen, wollte ich sagen, zeugt der nicht von grenzenloser Grausamkeit und einem Mangel an Zivilisation? Komm zu mir! Reich mir die Hand, und wir lassen gemeinsam diese Barbarei hinter uns. Wir schwören ihr ab. Für immer!

Ich gebe zu, daß ich die Worte so hart und unumwunden gewählt hatte, um meinen Freunden von Phönix ein für allemal zu beweisen, daß ich das Leben der Wilden hinter mir gelassen hatte. Daß ich jetzt einer der ihren war. Aber als ich Kwame sah – selbst wenn ich Auslöser seiner Erschütterung war –, verblaßte jeder Eigennutz. Ich sprach nur noch zu ihm. Über ihn zu den anderen.

Ich brach nacheinander den Stab über den Glauben, die Sitten und das Denken meiner Vorfahren. Über Wissenschaft und Tradition. Über die Familie und das soziale Leben. Über die Götter, die Lebenden und die Toten. Über Liebe und Arbeit. Über eines nach dem anderen. Als müsse ich mir die Wurzeln aus dem eigenen Fleisch reißen.

»Mann und Frau haben die gleichen Rechte, u. a. die Möglichkeit, eine Scheidung zu beantragen. Aber allein dem Mann ist das Recht vorbehalten, seine Frau zu strafen, und zwar durch das Abschneiden von Körperteilen: Bei Ehebruch verliert sie die Nase, nach dem Verrat eines Geheimnisses die Lippen und für das Belauschen seiner Gespräche werden ihr die Ohren abgeschnitten. In Kumasi sieht man täglich solchermaßen verstümmelte Frauen.«

Hier mußte ich eine Pause einlegen. Meine Augen jagten

über das Papier, aber mein Herz konnte seine eigenen Worte nicht länger ertragen. Meine Zuhörer waren still geworden. Sie starrten mich voller Abscheu an. Ich zitterte. Blindlings überschlug ich einige Seiten.

»*Nein*«, las ich, »*ich will nicht fortfahren, sondern das Thema wechseln, nachdem ich Ihr Mitleid und Ihre Versöhnungsbereitschaft für Ihre natürlichen Ebenbilder erbeten habe, die in ihrer blinden Wildheit solche Bräuche pflegen, für Ihre Mitmenschen, die in ihrem irrigen Tun noch glauben, ein gutes Werk zu verrichten. Die Dummheit und den Aberglauben des Volkes, diese beiden Schwächen nutzen ihre Priester meisterlich aus, um den Menschen dort allerlei seltsame und unglaubliche Ideen einzureden, um sie so noch dümmer und abergläubischer zu machen, als sie es schon sind.*«

Bis hierher war ich gekommen, als Kwame aufsprang. Sein Stuhl fiel um und knallte auf den Marmorboden. Er stand, aber er schwankte. Ging ein paar Schritte und schien zu straucheln. Lebret wollte ihn auffangen, aber Kwame erholte sich bereits. Seine Muskeln spannten sich. Er warf den Kopf in den Nacken und öffnete den Mund. Er stieß einen Schrei aus, wie ein wildes Tier. Wie ein Epileptiker. Es war beängstigend. Es schien nicht aufzuhören, und als sich seine Lungen leerten, neigte er sich vornüber, als sei er in den Bauch getroffen, und preßte so den letzten Atem heraus, stöhnend, singend. Schaum tropfte auf den Boden. Linse ergriff ihn am Arm, um ihn zu beruhigen, aber Kwame stieß ihn weg. Er rannte auf die Tür zu, aber die glatten Sohlen seiner Soldatenstiefel verloren den Halt. Er stürzte und rutschte der Länge nach über den Boden. Rechts und links wichen Zuhörer zur Seite, aus Furcht, er könne sie angreifen. Jules van der Capellen zog ein kleines Jagdmesser und deckte mit seinem Körper Willem Alexander, der kreidebleich wurde, aber Kwame kam wieder auf die Beine und stürmte aus dem Saal, ohne einen Blick zurück, als könne er auf der Straße erst wieder frei atmen. Linse wollte ihm nachlaufen, aber Lebret hielt ihn mit einem Blick auf mich zurück. Langsam kehrte wieder Ruhe ein, wenn auch das Flüstern und Stühlerücken nicht aufhören wollte. Erst als ich zum Wasserglas griff, merkte ich, daß ich das Glas so heftig umklammert hatte, daß eine Scherbe herausgebrochen war. Meine Handfläche blutete ein wenig.

»Lassen Sie uns dennoch«, sagte ich, betupfte die Wunde mit meinem Taschentuch und räusperte mich zum letzten Mal, worauf ich bis zum Ende meines Vortrags kein einziges Mal mehr stockte, *»lassen Sie uns ein paar Sekunden stehenbleiben, um einen Blick in die Wohnung eines solchen Quacksalbers zu werfen ...«*

In der Morgendämmerung des zweiten März verließen die letzten Gäste das Verbindungshaus. Ich wollte bleiben. Ich war betrunken. Alle waren betrunken. Nach meiner Rede hatte ich Linse zu den van Moocks geschickt. Nach einer halben Stunde kehrte er mit der Nachricht zurück, Kwame sei mit einer leichten Lebensmittelvergiftung nach Hause gekommen. Mevrouw van Moock hatte ihm Milch mit Kreide gegeben und ihn ins Bett gesteckt. Er schlief. Alles war gut. Erleichtert ließ ich den Champagner entkorken. Danach kostete ich das Interesse aus, das man an mir hatte, und vergaß den Zwischenfall.

Ich wurde von einem Diener geweckt, der die Tische abzuräumen begann. Ein zweiter hob Gläser und Scherben auf. Ich wollte ihnen nicht im Weg sein und zog meinen Mantel an. Die Regeln der Ehrenmitgliedschaft steckten in meiner Tasche. Ich wog sie in der Hand. So stolperte ich zum Ausgang. Auf halbem Wege suchte ich, um mein Gleichgewicht wiederzufinden, Halt an der Wand, an der die Porträts der Ehrenmitglieder prangten. Die beiden Lakaien ließen mich nicht aus den Augen. Um das Gesicht zu wahren, gab ich vor, die Bildnisse zu studieren. Ehrerbietig. Zwanzig, dreißig junge Männer aus holländischem Adel. Gemalte Miniaturen, ein einziger Scherenschnitt, einer hoch zu Roß, ein anderer bei der Jagd.

Wenige Stunden zuvor hatte man mir meine Daguerreotypie überreicht. Ich hatte sie im Futteral gelassen, um nicht eitel zu erscheinen, aber nun wartete ich nicht länger. Ich holte das Porträt heraus. Die versilberte Kupferplatte glich einem Spiegel. Ich kniff die Augen zusammen. Im richtigen Lichteinfall entdeckte ich mich, wie ich damals posiert hatte.

Im Quecksilberdampf war das positive Bild eines stolzen jungen Mannes entstanden: Er trägt eine Seidenweste und hält sein Buch im Anschlag, als wolle er ausdrücken, für solche Mätzchen eigentlich keine Zeit zu haben. Seine Haut ist tiefschwarz, nur einen Ton heller als sein Frack. Er hat die breiten Jochbeine der Aschanti und um die vollen Lippen einen Bartflaum.

Einige Sekunden freute ich mich an der Ähnlichkeit. Dann sah ich es! Hinter der Reflexion der Spiegelung verbarg sich ein weiteres Bild von mir. Zuerst traute ich meinen Augen nicht.

Beim leisesten Zittern der Finger verändert sich der Lichteinfall. Jetzt glänzt die Abbildung, tiefschwarz-silberweiß. Im nächsten Moment wechseln die Stellen, auf denen das Quecksilber eingebrannt ist, mit den silbernen Teilen die Farbe; was schwarz ist, wird weiß, was weiß ist, pechschwarz.

Ich bewegte die Platte in meiner Hand hin und her. Im einen Augenblick verbleichte der junge Mann, im nächsten verdüsterte er sich. Schwarz, weiß, schwarz, weiß erschien ich vor meinen eigenen Augen, schwarz, weiß, unentschlossen. Das Procédé des Monsieur Daguerre, die positiv-negative Wirkung der Spiegelplatte, hatte die Wirklichkeit abgebildet und zugleich ihr Gegenteil. Das Leben und den Traum.

Ich kniff mein schlechtes Auge zu. Ich schraubte die Lampe zurück, um das Glänzen zu verringern. Aber wie ich es auch anstellte, sie blieben beide sichtbar, Kwasi und Aquasi. Schwarz, weiß, schwarz, weiß, schwarz, weiß.

So birgt die eine Abbildung zwei junge Männer in sich, einen Weißen mit einem schwarzen Schatten und einen Schwarzen mit einem weißen Seelenschatten. Zwei Männer, der eine ein für allemal das Abbild des anderen, in einem einzigen Porträt verewigt. Ich war der eine wie der andere Mann.

Vierter Teil

West-Afrika
1847–1850

31. Oktober 1847

Bin ich froh, aus Holland weg zu sein! Bester Freund, Glück läßt sich nicht vorhersagen! So weit von Dir fortzugehen, der jahrelang mein einziger Halt war, meine bessere Hälfte, von der ich unzertrennlich schien. Und glücklich zu sein! Du nimmst es mir nicht übel. Du weißt, in welcher Lage ich mich befand. Du kanntest meine geheimsten Sehnsüchte. Du hast sie geteilt, auch wenn Du es nicht mehr wissen willst. Du hast gesehen, wie sich das Schicksal zehn Jahre lang an meinem Unglück ergötzt hat. So konnte es nicht weitergehen. Mach Dir also keine Vorwürfe. Es ist wahr, daß die Disharmonie, die uns die letzten Monate entzweit hat, für meinen Aufbruch ausschlaggebend war. Nach Deiner Rede vor der Phönix-Verbindung konnte ich nicht länger mit denen umgehen, die Dich mir genommen haben. Sei unbesorgt, es hat sich als Segen erwiesen! Es brachte mich dazu, endlich zu tun, was ich bereits seit zehn Jahren ersehne. O, wärst Du nur hier, diese Luft zu atmen!

Heute abend ging unser Schiff vor der Küste vor Anker. Die Brandung – erinnerst Du Dich? – ist zu gefährlich, um im Dunkeln eine Schaluppe auszusetzen. Ich muß also bis morgen auf das Wiedersehen warten. Ich kann unmöglich Schlaf finden. Ich kann unsere Erde noch nicht betreten, aber ich rieche sie schon, atme sie. Die schwüle Hitze, die in den vergangenen Wochen mit jeder Seemeile stärker wurde, hat mich in ihre Arme geschlossen. Es ist, als öffneten sich ihr meine Poren. Oder als wagten sie es erst jetzt, sich zu entspannen. Die Wellen wiegen mich. Ich liege wie ein Neugeborenes an der Brust. Ich schließe die Augen und sauge mich voll. Blindlings. Ich fühle ein ganz ursprüngliches Vertrauen. Ich hatte es vergessen und dennoch, binnen weniger Minuten war es wie ehedem.

Heute nacht sieht man keinen Mond. Manchmal meine ich, einen fernen Schimmer zu sehen. Geht dort jemand mit einer Laterne oder spiegeln sich Sterne im Wasser?

Obwohl ich wenig zu berichten habe, lasse ich diesen Brief beim Kapitän zurück. Morgen wechselt die Schiffsbesatzung. Das Regiment, das wir hier ablösen, kommt an Bord. Sie nehmen in Abidjan Fracht auf und kehren dann nach Hellevoetsluis zurück. Van Moock wird meine Worte gleich an Dich weiterschicken. Mit ein wenig Glück erreichen sie Dich so binnen sechs Wochen. Und dann die Vorstellung, daß ich mich früher nur umdrehen mußte, um Dir ins Ohr zu flüstern. So fern bist Du, mein Freund, und dennoch in meinem Herzen.

Ich versuche mir vorzustellen, wie Du den Abend verbringst. Es gelingt mir nicht. Ich weiß nicht, wo Du bist. Wie bist Du dort untergebracht? Was ißt du? Schicke mir rasch eine Nachricht! Was sind es für Leute? Wie heißen Deine Kommilitonen, Deine Professoren? Sind sie freundlich zu Dir? Zu wissen, daß auch Du die Niederlande verlassen hast, macht es mir leichter. Aus irgendeinem Grund hätte ich Dich nicht gern in Deinem Zimmer in Delft gewußt, in gewohnten Bahnen und in vertrauter Umgebung. Nein, die Reise wird Dir guttun. Allein schon, daß Du die Polder hinter Dir gelassen hast, wird Dir helfen, Dich zu erinnern, daß Holland nicht die ganze Welt ist. Deshalb bin ich auch nicht besorgt um Dich. Auch Du gewinnst neue Eindrücke. Siehst neue Horizonte. Sammelst Wissen. Lernst neue Freunde kennen. Und wirst auf jeden Fall eine alte Bekannte wiedersehen. Ich hoffe nur, daß es Dich nicht betrübt, sie glücklich zu sehen. Die Vorstellung, daß sie sich dort in all ihrer Güte Deiner annehmen wird, beruhigt mich. Überbringe Sophie meine liebsten Wünsche und schreib mir, wie es ihr geht.

Inzwischen ist ein Landvogel an Deck gekommen. Ich füttere ihn. Er ist nicht scheu. Weiße Federn hat er und einen gelben Schopf. Die Möwen picken nach seiner Mahlzeit, aber ich verjage sie. Nun kriecht er unter meinen Stuhl. Er vertraut mir.

Morgen früh! Morgen früh! O lieber Freund, von nun an blicken wir alle nur noch nach vorn. Dessen bin ich mir sicher. Das Heute lacht uns zu, und was vergangen ist, ist vergangen. Ich vergebe dem Schicksal. Hiermit. Bin ich nicht großherzig? So empfinde ich es wirklich in diesem Augenblick. Ich verbeiße mich nicht mehr in die Vergangenheit, das verspreche ich Dir. Es ist auch nicht nötig. Ich bin da. Meine Vergangenheit liegt vor mir. Morgen sehe ich meine Zukunft wieder.

1. November 1847

Hell ist es in meinem Kopf. Ätherisch. Rein und klar sehe ich alles. Ich weiß nicht, ob es an der Luft liegt oder am Licht. Oder an meiner Seele, die untrüglich alles registriert, und dennoch aus der Distanz. Wie ein Zugvogel. Aus großer Höhe erkenne ich an einem trockenen Zweig den Blütenansatz, den ich zurückließ. Jedes neue Detail, das ich erkenne, verrät mir, wie ich weitergehen muß. *Daß* ich weiter muß.

Gouverneur van der Eb empfing mich bei der Landung heute morgen überaus herzlich. Das Ministerium hatte ihn über meine Ankunft informiert. Er sprach mich nicht mit meinem militärischen Rang Korporal an, sondern mit meinem Adelstitel. Servierte mir Palmwein. Ein scharfes Zeug. Wußtest Du das? Meine Zunge erschrak regelrecht davor, weil sie sich an dieses Getränk als weich erinnert, wie einen Likör. Weißt Du noch, wie wir eines Tages hinter den Frauengemächern einen der Krüge aufbrachen und tranken, bis wir das Bewußtsein verloren?

Schmeckte es nicht süß? Ich weiß es wirklich nicht mehr. Erinnerung versüßt.

Nach einem kurzen Gespräch bestand van der Eb darauf, mich nicht bei den Mannschaften einzuquartieren. Er versicherte, meine versprochene Beförderung stehe bevor und wies mir ein geräumiges Zimmer im Offiziersflügel an. Als ich nicht anbiß, ließ er mich zwischen verschiedenen Schlafzimmern wählen. Er war überrascht, als ich mich für die kleinste Höhle entschied. Es ist unser Zimmer, Kwasi! Dasselbe! Ich schlafe im selben Bett, das ich vor zehn Jahren mit Dir teilte! Wie hätte ich ihm das erklären können? Es quietscht noch immer und schaukelt, und es ist viel zu klein für mich, aber hier werde ich wenigstens träumen können. Wir haben hier viel mitgemacht, nicht wahr, lieber Freund? So voller Angst. So eins. Wie Du mir fehlst! Stell Dir vor, der Stuhl, auf dem ich beim Schreiben sitze, ist derselbe, über den wir eines Abends unsere Wickeltücher hängten, um am Morgen an ihrer Stelle Hosen vorzufinden. In Kürze – bevor ich endgültig nach Kumasi abreise – werde ich meine Uniform dort zurücklassen. Ich will in einem Kente-Tuch nach Hause.

Ich hatte mir vorgenommen, mir hier unsere traditionelle Kleidung anzuschaffen, fand jedoch nichts. In diesem Fanti-Krom ist die Aschanti-Kultur tabu. Mir wurde zwar von einem Mann aus dem Norden berichtet, der mit der Webtechnik der Aschanti vertraut sein soll, aber ich habe ihn nicht ausfindig machen können.

So etwas Absurdes: Gerade bringt man mir aus der Schiffsfracht eine Kiste mit einer Drehbank. Was für ein Geschenk! Van der Eb sagt, das Ministerium habe sich, nun, wo ich meine Ausbildung nicht entsprechend dem Utilitätsprinzip der Wesleyan Society habe vollenden wollen, entschlossen, mir in letzter Minute noch etwas Praktisches zu schenken. Meine Güte, dann schickt mir lieber Farben und eine Staffelei, Marmor und einen Meißel. Ich bat van der Eb, dem Ministerium meinen freundlichen Dank für das Ungetüm zu übermitteln und habe es einlagern lassen. Darauf überreichte er mir ein schönes Jagdgewehr, als Prämie der niederländischen Regierung für mein Weggehen.

So froh sind sie, mich und meine Zulage los zu sein. Den restlichen Tag bin ich in der Umgebung herumgewandert. Ziellos.

O Kwasi, es ist verblüffend, wieviel von dem, was wir vergessen zu haben glaubten, in unserem Gedächtnis noch bewahrt ist und beim geringsten Anlaß zurückkommt. Die schwere, duftende Wärme. Der Fäulnisgeruch der Wälder, der auf einer Brise Landwind mittreibt, bringt mir ganze Wochen aus unserem Leben zurück. Die rote Erde. Der Sonnenuntergang, der alles in Glut versetzt. Der Stolz in den Augen der Frauen! Daß es möglich ist, stolz zu sein, wenn man nicht mehr besitzt, als den eigenen Grund und Boden! O mein liebster Vetter, hätte ich Dich doch nur überreden können, mich zu begleiten.

Ich habe den Gouverneur über mein Vorhaben informiert, so bald wie möglich nach Kumasi zurückzukehren. Ich hatte sogar vor, mir noch diese Woche ein Pferd und ein paar Träger zu besorgen. Van der Eb hörte mich freundlich an, war aber nicht sofort Feuer und Flamme. Er rät mir, mich erst einmal zu *akklimatisieren*. Was sagst Du dazu? Als müsse sich ein Mensch an sein eigenes Land gewöhnen!

Abends

Ich komme gerade vom Abendessen zurück. Ich muß Dir etwas Aberwitziges erzählen. Etwas, das mir den Atem verschlug, sobald ich den Speisesaal betrat. Etwas Unglaubliches. Du erinnerst Dich an den Raum, den Saal vor dem Balkon? Du kennst noch unseren Platz am Offizierstisch? Nun, an der hohen Wand, die immer leer war, Du weißt schon, direkt hinter dem Sitzplatz des Kommandeurs … Ich traute meinen Augen nicht. Dort hängst Du. Hängen Du und ich, wir beide, mehr als lebensgroß! Ich überlegte, ob ich träume, aber nein, ich habe Dich die ganze Mahlzeit über betrachtet. So warst Du bei mir. Bleibst Du bei mir. Dein geliebtes Gesicht. Ich konnte nicht essen. Rührung schnürte mir die Kehle zu. Begreifst Du? Drücke ich mich klar aus? Ich meine, dort hängt dieses Ungetüm von Bild, das Radhen Saleh von uns gemalt hat. Verveer im Lehnstuhl, Du links von ihm, ich rechts. Das Porträt für den Asantehene, das uns soviel Sitzfleisch gekostet hat!

Man hat die Leinwand zuerst unter großen Anstrengungen durch den Urwald transportiert. Sie war so riesig, daß eigens ein Pfad nach Kumasi dafür freigehackt werden mußte. Als sie endlich die Hauptstadt erreichte und bei einer speziellen Zeremonie Deinem Vater vorgeführt wurde, geriet er völlig aus der Fassung. Er glaubte, Du und ich seien zusammen mit dem General ermordet worden, und er bekäme nun unsere abgezogene und aufgespannte Haut zurück. Man hat es ihm zwar erklärt, aber er behielt eine derartige Abneigung gegen das Bild, daß nichts anders übrigblieb, als es wieder mit zurückzunehmen.

Da hängen wir nun! Man hat aus der Not eine Tugend gemacht und die kahle Wand mit uns geschmückt. Ist das ein Schicksal! Von nun an sehe ich bei jeder Mahlzeit in die Augen, die ich so geliebt habe.

Wir sehen nicht gerade gut aus. Du kannst Dir vorstellen, was Feuchtigkeit und vor allem der salzige Nebel, der hier ständig um das Fort hängt, mit dem Firnis und der Farbe angestellt haben. Löcher nagen sich in die Leinwand. Alles wird modrig. Große Stücke Verveers sind weggefressen und ein eigenartig salziger Schimmel hat Teile von uns angegriffen. Wir haben gewissermaßen ein ungesundes Aussehen bekommen, so weiß angelaufen wie wir sind.

17. November 1847

Wie ist die Welt doch ehrfurchtgebietend. Sie berauscht mich. Jeden Tag wandere ich stundenlang umher. Ohne Ziel. Oder nein, um mich überwältigen zu lassen! Die meisten Menschen verbringen ihr Leben an einem Ort. Sie haben unrecht.

Auf der Straße starrt man mich an. Ich bin es gewohnt. Die Fanti wundern sich, einen Aschanti in holländischer Uniform zu sehen. Und dennoch laden sie mich in ihr Haus ein und bieten mir Weißbrot mit Zucker an. Eine Neuheit. Vom Regimentsbäcker abgeschaut. So übernimmt die hiesige Bevölkerung immer mehr fremde Gewohnheiten.

Wenn die Dorfbewohner ihre eigene Sprache sprechen, verstehe ich kein Wort von dem, was sie sagen. War das schon immer so? Früher konnten wir doch noch ein klein wenig aus den Fanti-Klängen schließen? Heute gelingt es mir nicht mehr. Einige sprechen zum Glück ein wenig Niederländisch, vor allem die holländischen Bastarde. Sie halten einen auf der Straße mit einem »Gut Morgen, Herr« an oder einem »Kaufen, kaufen? Klein Geld!« Ihre ursprüngliche Abneigung gegen die Soldaten hat binnen zehn Jahren dem Handelsgeist Platz gemacht.

Und wieder ist alles neu für mich. Sitten, Gesten, Glauben. Je mehr Unterschiede man zwischen den Menschen entdeckt, desto klarer erkennt man, daß sie im Grunde alle gleich sind. So viele Eigentümlichkeiten sind nichts als verschiedene Äußerungen desselben Gefühls. Es ist, als hätte ich gelernt, alles zu durchschauen und sähe nur noch Seelen. Empfindest Du als Fremder in Weimar ebenso?

In Weimar! In Weimar! Kwasi, wann erreicht Dich endlich mein erster Brief? Wann werde ich von Dir hören? Und nur Gott weiß, wann ich Dir diesen Brief schicken kann. So vieles zu teilen. So vieles. So langsam. Ich wende mich an Dich und es ist wie in einem Traum, in dem Du schnell laufen möchtest und nicht von der Stelle kommen kannst. Du stehst mir klar vor Augen und ich umarme Dich, aber Du spürst mich erst in zwei Monaten.

Heute nachmittag wieder einmal bei van der Eb meine Abreise angesprochen. Diesmal ist sein Argument, der Pfad nach Kumasi sei wegen einer Überschwemmung unwegsam. Dennoch will ich nicht warten. Die Natur ist mein einziger Freund. Sie wird mir nichts in den Weg legen. Ich fragte den Gouverneur, ob er vielleicht meine, daß sich Moses vom Roten Meer hätte aufhalten lassen sollen, aber van der Eb blieb weiterhin unschlüssig. Er ist einmal als Gesandter in Aschanti gewesen. Er hat Deinen Vater zwar nicht kennengelernt, hatte aber dennoch eine Meinung zu dessen Person. Vorsichtig sagte er, daß sich in den zehn Jahren unserer Abwesenheit vieles verändert habe. Nach Ververs Expedition haben mehr Europäer den Weg nach Kumasi gewagt. So scheint es dort inzwischen eine britische, eine deutsche und eine portugiesische Missions- und Handelsniederlassung zu geben. Das hat dazu geführt, daß der Asantehene heute weniger Gefallen an der europäischen Beeinflussung findet, als es früher der Fall war. Ich antwortete van der Eb, mir selbst sei Europa so über, daß ich ohne Probleme darauf verzichten könne. Meine Entschlossenheit brachte ihn zum Lachen. Er gab nach, riet mir aber, Deinem Vater zuerst einen Brief zu schreiben, um mein Kommen anzukündigen. Sobald ein Botschafter gefunden worden ist, der sich bereit findet, nach Kumasi zu reisen, kann er meine leidenschaftliche Bitte dem Asantehene überbringen.

Anschließend bin ich sofort auf mein Zimmer, unser Zimmer, gegangen, um einen Brief anzufangen, aber am Ende bin ich über fünf, sechs Entwürfe nicht hinausgekommen. Jedesmal erklärte ich dem Land und dem Volk meine Liebe. Das tat ich weniger in Worten als in Parolen. Aussagekräftig, aber wenig wohllautend. Wie sagt man dem, der einen vergessen hat, daß man ihn liebt? Indem man ihn am Kragen packt und durchschüttelt! Aber gleichzeitig will man zärtlich sein und ihn ans Herz drücken. Wie erklärt man, daß man sich nach etwas sehnt, was man vergessen hat? Es ist eine echte Aufgabe, zu benennen, was man gegen jede Logik in tiefster Seele empfindet, das, was man weiß, ohne es zu kennen. Ich habe keine Eile. Ich schiebe die Lösung noch ein wenig auf. Für heute lege ich meine Feder weg. In einer Stunde wird es dunkel sein. (Weißt Du noch, wie einen hier der Abend überfällt? Urplötzlich, heftig. Ich gehöre nicht zu denen, die die Dämmerung lieben. Nie habe ich mich verlorener gefühlt, als um die Teestundenzeit bei den van Moocks!) Ich habe mir angewöhnt, im letzten Sonnenlicht wie ein Verrückter die Brandung entlangzurennen. Weit, so weit wie möglich! Keuchend und mit klopfendem Herzen. Dann, hinter dem Krom, lege ich alles ab, und lasse ich mich nackt von den Wellen wiegen. Sie wissen, was in mir tobt. Sie nehmen mich eine lange Strecke mit sich und werfen mich dann zurück.

30. November 1847

Heute ist der Brief, der meine Heimkehr ankündigt, nach Kumasi abgereist. Wäre ich nur an seiner Stelle!

Vor ein paar Tagen ging eine Fregatte aus Ostindien vor Anker. An Bord war eine Ladung Teeblätter für den Asantehene. Der Kapitän warb Fanti für den Weitertransport nach Kumasi an. Ich gab dem Leiter der Expedition gegen einen (zu) hohen Preis meinen Brief an Deinen Vater mit.

Ich habe mein Verlangen heimzukehren, am Ende also doch in Worte fassen können. Emotional und dennoch überzeugend, ungeduldig, aber ehrenhaft. Beim Schreiben stellte ich mir vor, wie das Gemüt des alten Mannes beim Lesen zu Tränen gerührt würde. Ich sah das überraschte Gesicht Deines Vaters vor mir, gealtert, vor allem aber voller Sehnsucht, auch von Dir zu hören. Ich habe also einige längere Abschnitte Dir gewidmet, ich nehme an, Du wirst bestimmt keine Einwände dagegen haben. Was mich betrifft: Treue ist das Schlüsselwort geworden. Verbundenheit. Schicksal. Oh, lieber Freund, ich sterbe, wenn ich nicht wieder als Aschanti leben kann! Das schrieb ich ihm. Und mehr. Wie ich es empfand. Als ich van der Eb mein Schreiben vorlegte, schien er überrascht zu sein, daß es vollständig in Niederländisch verfaßt war und nicht in Twi. Ich erklärte ihm, daß wir unsere Muttersprache verlernt hätten. Nun bleibt mir nichts anderes, als abzuwarten.

Endlich kommst Du in meine Reichweite! Noch heute gebe ich dem Kapitän der Handelsfregatte meine Briefe mit. Ich umarme Dich, und: Du fehlst mir. Schreib mir, wenn es Dir möglich ist.

15. Dezember 1847

Für eine Nachricht aus Kumasi ist es zu früh, das weiß ich wohl. Jeden Morgen schärfe ich es mir ein, aber mein Herz schert sich nicht darum! Ich bin ungeduldig, aber ja, und dennoch voller Zuversicht. Zu lange bin ich meinem Volk fern gewesen. Noch nicht ganz zu Hause, bin ich hier in Elmina weit genug von meinem Ziel entfernt, um mich darauf zu freuen, aber dennoch so nah, daß meine Sehnsucht meinem Glück schon nicht mehr im Wege steht. In der Vorhölle. Ich bin mir meiner Rückkehr so gewiß, daß mein Geist mir Ruhe erlaubt.

Ich lese. Ich warte und gehe spazieren. Feder und Papier habe ich immer bei mir. An den schönsten Stellen setze ich mich in den Schatten und wende mich an Dich. Ich esse, was das Land hervorbringt und studiere die Kunst der Handwerker. Ich spiele ein wenig mit ihren Kindern. Letzte Woche baute ich aus einer Zigarrenschachtel und ein paar Korken ein Fahrzeug. Diese Woche bringen sie mir bei, mit lebenden Ködern zu fischen. »Bist du denn glücklich?« wirst Du einwenden, Du mit Deinem kritischen Verstand. Es bleibt ein Dilemma. Wie sollte ich, ohne Dich um mich zu haben, glücklich sein? Das Warten, das Nachdenken und das Lesen der Klassiker, das alles führt mich zu einer Einsicht, die Dir, mit Deiner Vorliebe für die Ratio, zu mystisch sein wird. Ich komme hier immer mehr zu dem Schluß, daß es kein Glück gibt – nur das Verlangen danach. Glück scheint mir die Abwesenheit von Unglück, die Abwesenheit jeden Verlangens. Ich hoffe, in Bälde diesen glückseligen Zustand erreicht zu haben. Es ist eine alte Vorstellung. Ich habe Dich schon einmal darauf angesprochen, und Du wurdest ärgerlich, schockiert, ungewöhnlich heftig, wie ein Kirchenältester, dem man sagt, daß die Forschung nachgewiesen hat, sein Altes Testament sei, bei näherer Betrachtung, doch ein Schelmenroman.

»Jeder Mensch möchte glücklich sein, aber um glücklich zu werden, muß er zuerst herausfinden, was Glück eigentlich ist.« Ist das nicht von Rousseau? Oder schon von mir? Ich halte es durchaus für möglich, daß ich nur *meine*, es gebe für niemanden Glück, einfach, weil ich es nicht aus eigenem Erleben kenne. Menschen, die behaupten, glücklich zu sein, zeigen in meinen Augen dafür keinerlei Anzeichen. Aber wer bin ich, die Anzeichen des Glücks zu erkennen?

Ich habe Deinen Brief bekommen! Kwasi, mein Lieber, ich habe ihn gelesen und noch einmal gelesen und noch einmal und noch einmal. Worte sind doch alles, was uns bleibt. Ich sage es lieber gleich: Ich habe geweint, das muß ich gestehen. Weil Du mir fehlst, wenn ich Dich durch den Buchenwald spazieren sehe, aber vor allem vor Freude, weil es Dir gutgeht.

Du bist also regelmäßig bei unserer Sophie in Weimar und hast Dich inzwischen in Freiberg niedergelassen. Hätte ich nur eine Karte von dieser Gegend. Wie nah liegt Freiberg bei Schloß Ettersburg? Offenbar nicht zu weit für regelmäßige Besuche dort.

Dein Hausherr Lingke ist *Bergmechaniker*, schreibst Du, aber was ist das? Bedeutet es, daß er im Bergwerk arbeitet? Oder unterrichtet er auch? Erzähle mir alles, aber vermeide diese technischen Begriffe. Sie verwirren mich, wie Du weißt.

Du wohnst in dem *Geudtnerschen Hause*. Was bedeutet das? Ist das Thüringer Dialekt? Du beschreibst Freiberg so plastisch, die breite Straße vor Deinem Fenster, die Konditorei Hartmann, die Nikolai-Kirche, den Park, Deine Wohnung. Ich sehe Dich zwischen Deinem Schlafzimmer und den Gemeinschaftsräumen hin- und hergehen. Wie liegt Dein Zimmer zur Bergakademie? Schicke mir doch einen kleinen Stadtplan, schicke mir mehrere. Ich will Deine Schritte zählen können. Wirklich, ich mache keinen Scherz, ich wünsche mir sehnlichst, alles mitzuerleben. »Ecke Rinnengasse-Peterstraße«, das klingt wie die Melodie eines populären Lieds und geht mir den ganzen Tag nicht aus dem Sinn: »Dort wohnt er!« sage ich zu mir, »Rinnengasse-Peterstraße«.

Nein, ich mußte über die Anekdote nicht lachen. Sie erinnerte mich an zu viele ähnliche Vorfälle. Daß Dich Lingke an Deinem allerersten Tag mit ein paar Bergbeamten und Professoren zum Essen einlädt, freut mich natürlich, aber daß Du nach dem Klingeln vom Kreischen des Hausmädchens angekündigt wurdest, das glaubte, der Teufel stehe vor ihrer Tür, nein, das kann ich nicht komisch finden. Du lachst doch ebensowenig über solche Vorfälle, Kwasi, ich wollte, Du könntest das einmal zugeben.

So lebendig, wie Du Sophie beschreibst, sehe ich sie vor mir stehen. Sogar ein wenig voller und ein wenig älter kann ich sie mir vorstellen. Ich bin sicher, daß Du Dich über ihr Glück freust. So bist Du. Daß sie Dich mit offenen Armen empfangen würde, das habe ich nie bezweifelt, aber daß Du nach so kurzer Zeit auch von Karl Alexander als Freund sprichst, das ist doch außergewöhnlich. Ich bin ihr und ihrem »Sascha« dankbar für die Zuneigung, die sie Dir zeigen. Ich werde ihnen in Bälde auch einmal ein paar Zeilen senden. Daß die jungen Herzöge von Sachsen in Deiner Nähe sind, ist ein weiteres Glück. Du hast Hermann und Gustav immer gern gemocht. Das Hofleben, wie Du es beschreibst, ist abwechslungsreich und zweifellos angenehm, aber tauschen möchte ich für kein Gold der Welt mit Dir, das wirst Du gewiß begreifen. Jedem das seine. Ich tanze lieber barfuß durch den Sand.

Nein, Deine Zuneigung zu dem kleinen Carl August überrascht mich keineswegs. Heute nachmittag noch sah ich an der Badestelle einen Vater mit seinem auch etwa drei Jahre alten Töchterchen ins Wasser gehen. Wie die Kleine, wenn auch ängstlich, seinen Hals umklammerte, werde ich nie vergessen. Es war ein so reines und ungebrochenes Vertrauen, das mich eifersüchtig machte! Ein Kind, warum sollte uns solch ein Glück nicht beschieden sein? Der Gedanke ist so beruhigend, daß mit jeder neuen Generation erneut ein bedingungsloses Vertrauen wiedergeboren wird. Auch wenn man es selbst nicht mehr geben kann, wecken kann man es noch immer. Wir sind in dem Alter, Kwasi, und ich muß Dir gestehen, daß bei mir – einfach, wenn ich mich hier im Dorf umsehe – der Wunsch nach Vaterschaft geweckt wird. Es ist wahr, was ich Dich sagen höre, daß ich in meinem jungen Leben noch keiner Frau begegnet bin, die in mir die wahre Leidenschaft entflammt hätte. Das schreibe ich meiner Heimatlosigkeit zu. Meine ganze

Sehnsucht war auf ein einziges Ziel gerichtet. Nun, wo ich es erreicht habe, verspreche ich Dir dies: Sobald ich in Kumasi ankomme, werde ich mich der erwachsenen Liebe öffnen.

Aus dem, was ich lese, schließe ich, daß Du noch keinen meiner Briefe erhalten hast, nicht einmal den allerersten. Wieder muß ich also erkennen, wie sehr ich mich hier an meinem Schreibtisch zum Narren halte. Ich kann mich so oft an Dich wenden, wie ich will, einen solchen Abstand überbrücke ich mit keiner Feder. Bald, wenn ich in Kumasi sein werde, wird sogar diese mühsame Korrespondenz nahezu unmöglich werden. Zwei-, dreimal im Jahr wird mich eine Nachricht erreichen. Heute abend kann ich mir nicht vorstellen, daß ich diese Stille ertragen lerne, gleichgültig, wie ausgefüllt mein neues Leben auch sein wird. Zum Glück lebst Du in meinen Gedanken. Dort führe ich lange Gespräche mit Dir. Du bist bei allem dabei, und, glaube mir, wir kommen ziemlich oft aus dem Lachen nicht heraus.

Nun erwarte ich täglich eine Nachricht und kann mich hier inzwischen wenig nützlich machen. Ich beteilige mich soweit wie möglich an den Exerzierübungen, die jedoch nur sporadisch stattfinden. Die Männer hier sehen, seit die meisten Handelsinteressen zum Erliegen gekommen sind, nur wenig Sinn in ihrer hiesigen Stationierung und unterhalten sich mit Kartenspiel, Palmwein und den Frauen, die ihnen die Eingeborenen gegen Bezahlung liefern. Weiter gibt es hier nicht viel Außergewöhnliches zu berichten.

24. Dezember 1847

Eine wunderliche Stimmung hängt um das Fort. Die ansässige Bevölkerung weiß seit Jahr und Tag, daß den Holländern dieses Datum viel bedeutet. Zahllose Buden werden vor der Ziehbrücke aufgeschlagen und bilden so einen kleinen Markt. Das Weihnachtsfest verfehlt seine Wirkung auch auf die Mannschaft nicht. Hartgesottene Burschen sind wie Kinder, sobald sie an die Festlichkeiten zu Hause denken, an denen sie nicht teilnehmen können. Bis auf die Offiziere sind alle Männer, die von ihren Müttern oder Liebsten träumen, ledig. Sobald sie etwas trinken, schämen sie sich nicht, von zu Hause zu singen und ihren Tränen freien Lauf zu lassen. Dann und wann finde ich unter ihnen einen Freund. Wußten sie zunächst nicht, was sie von mir halten sollten, nun – vom Alkohol ermutigt – lernen sie mich kennen. Sie haben einen einfachen Verstand, und so behandle ich sie auch. Meine Geschichten über Kumasi interessieren sie, aber daß ich einmal den Thron besteigen soll, davon spreche ich nicht. Ebensowenig erzähle ich ihnen über den niederländischen Hof. Sie lassen sich über Intimitäten mit ihren Mädchen aus. Ich sitze bei ihnen und schunkle zu ihren Liedern mit, denke aber dabei: Wenn sie mich nur nicht auffordern zu erzählen, wen oder was ich vermisse. Ich weiß es nicht. Ich bin ja so gut wie zu Hause. Dich vermisse ich, aber versuche das erst einmal zu erklären. Sie wollen von ranken Taillen und prallen Hintern hören. Ja, ich habe die ein oder andere Frau kennengelernt und träume gelegentlich davon, und dennoch … Warum habe ich eigentlich nie geliebt, wie diese Männer? Wie Du? Geduld. Das alles werde ich in Kumasi finden.

31. Dezember 1847

Zu viele Nächte warte ich nun auf die Erlaubnis, nach Hause reisen zu dürfen. Ich gehe viel spazieren, und wenn ich nicht spazierengehe, lese ich. Der Kommandeur hat noch etwas Lesestoff, und glücklicherweise habe ich selbst viele philosophische Schriften mitgebracht.

Alle feiern die Jahreswende. Man hat den Männern ausnahmsweise erlaubt, ihr Fest im Innenhof zu begehen. Die Militärkapelle spielt. Unter Gejohle tanzen einige einheimische Frauen. Dabei sind sie nahezu nackt. Ich begreife nicht, daß sie sich nicht schämen. Heute sagte der Gouverneur beim Abendessen – ich starrte wahrscheinlich ein wenig auf Dein Bild an der Wand –, im neuen Jahr müsse ich lernen, ein wenig fröhlicher auszusehen. Einer der Offiziere rief, ich sei wegen des einfachen Steingutgeschirrs unzufrieden, und er erzählte, in Kumasi äße jedermann von goldenen Tellern. Das war das letzte, woran ich dachte. Ich hatte es sogar völlig vergessen, stimmte aber ins Lachen ein und sagte, er habe mich durchschaut.

Wenn ich nur sicher sein könnte, Dich jemals wiederzusehen, dann könnte ich vielleicht ein wenig Festfreude empfinden. Zur Zeit ist meine Seele vorwiegend ausgeglichen. Heute abend gelingt es mir nicht, mich über meine Heimkehr zu den Küsten, die ich so sehr vermißt hatte, zu freuen. Zum zweiten Mal habe ich alles, was ich kenne, im Stich gelassen.

Nachts

Inzwischen schreiben wir den 1. Januar 1848, und ich wünsche Dir viel Glück und sende Dir die besten Wünsche.

22. Januar 1848

Bald versende ich die Neujahrswünsche auch tatsächlich, zusammen mit all meinen Briefen der letzten drei Monate an Dich. Heute ist hier endlich eine Brigg vor Anker gegangen, die Kurs auf Vlissingen nimmt. Ich schließe meine Postsendung mit dem Versprechen, zu schreiben, sobald es mir möglich ist. Lieber Freund, noch einmal: An meiner Heimkehr nach Kumasi bedrückt mich nur die Vorstellung, von Nachrichten abgeschnitten zu sein. Was, wenn Du krank wirst? Was, wenn Du mir etwas zu sagen hast? Ich kann mich nicht erinnern, daß wir je für den anderen unerreichbar gewesen wären. Ich weiß also nicht, wann ich mich wieder an Dich richten kann und nutze die Gelegenheit zu sagen, daß ich Dich liebe. Und was nun, seit wir Männer geworden sind, vielleicht wichtiger ist: daß ich Deine Entscheidungen respektiere. Ich denke, Du verstehst, was ich sagen will. In Liebe, Dein Kwame.

P.S. 23. Januar, und all meine Hoffnung ist verflogen. Aus Kumasi ist ein Botschafter mit der niederschmetternden Botschaft gekommen: Dein Vater wird mich nicht empfangen. Er schickt mir zwei Unzen Gold, und nichts weiter. Mein Brief wurde falsch aufgefaßt. Die Tatsache, daß ich unsere Muttersprache Twi verlernt habe, hat ihn tief schockiert. Bevor ich es nicht wieder fließend beherrsche, hat er kein Interesse daran, mich zu sehen. Und hier gibt es keinen Menschen, der es mich lehren könnte. Unsere Worte kann ich mir erst wieder im Schoß unseres Volks in Kumasi zu eigen machen, und dazu wird mir gerade der Zugang verboten. Ich bin also de facto verbannt!

Der Botschafter Deines Vaters kam in Begleitung zweier Diener. Einer von ihnen hatte weder Lippen noch Ohren. Man hatte sie ihm wegen irgendwelcher Vergehen abgeschnitten. Es war entsetzlich. Einen Moment konnte ich mir nicht vorstellen, daß mir solche Grausamkeit wieder selbstverständlich erscheinen könnte.

Nimm mir meine ungeordneten Gedanken nicht übel. Ich bin verwirrt und versiegle nun Dein Briefpaket. Wenn ich selbst noch zur Reede laufe, erreicht es gerade noch die letzte Schaluppe zur Maria.

Wo bist Du jetzt nur?

30. März 1848

Besorgniserregende Nachrichten aus Europa erreichen unsere Küsten. Man sagte, in Paris sei eine Revolution ausgebrochen und Louis Philippe werde zur Abdankung gezwungen. Van der Eb hält sich mit Informationen zurück, um uns hier nicht zu beunruhigen, erreicht damit aber das Gegenteil. Manch einer behauptet hier, die Unruhe breite sich in Europa schnell aus. Ich mache mir Sorgen. Bist Du dort denn sicher? Ist die Welt verrückt geworden? Nichts ist so, wie ich dachte, daß es sein sollte.

6. April 1848

Was hast Du nur für ein Leben! Dein Brief vom 16. Februar hat mich heute in bester Ordnung erreicht und Deine Beschreibung der Bälle, Empfänge und Konzerte beruhigt mich. Die Gespräche! Welch ein Reichtum muß das sein. Du bist verwöhnt, wirklich! Die Nonchalance mit der Du schreibst, Franz Liszt dirigiere gerade die *Martha* von Flotau ... Du wirst mir glauben, daß ich Dich beneide, allein schon wegen des Genusses, richtige Musik hören zu können. Ich besitze einige Partituren, die ich lese, wenn meine Seele nach Eindrücken verlangt. In meinem Kopf finden die Noten ihren Platz, und es gelingt mir einigermaßen, eine Melodie oder sogar ein Ensemblespiel zu genießen. Aber statt daß sich mein Gemüt an Klängen laben kann, muß ich jede Note aus meiner Phantasie herauspressen. Du kannst zwei-, dreimal im Monat das Allerbeste genießen, jetzt, wo das ungarische Genie Weimars Kapellmeister geworden ist. Labe Dich für zwei daran! Wenn ich nach Schönheit dürste, trinke ich aus einem stehenden Speicherbecken, dessen Boden zu sehen ist.

8. April 1848

Ein Botschafter reist zurück nach Holland. Ich lege eine Bücherliste bei mit der Bitte, sie mir zu schicken, denn Du weißt, daß Literatur eine der wenigen Errungenschaften ist, von denen ich zugebe, daß sie mich bereichert haben.

Im Augenblick gibt es nichts weiter zu melden. Sorge Dich nicht allzusehr um mich. Und höre nicht auf, mir zu schreiben. Das tut mir gut.

17. April 1848

Ich danke Dir für Deine Antwort auf meine Postsendung von Ende Januar. Dein Mitgefühl wärmt mir sehr das Herz. Was soll ich Dir über meinen Zustand berichten?

Die Botschaft aus Kumasi hat mich krank gemacht. Den Monat Februar verbrachte ich mit erhöhter Temperatur im Bett. Der Sanitäter behandelte mich mit Kräutern und Kompressen gegen Sumpffieber. Ich erklärte ihm, daß ich seine *mal aria* von Geburt an lange Zeit völlig unbeschadet eingeatmet habe, aber er blieb dabei, ich würde, wie so viele Holländer hier, überempfindlich auf das Klima reagieren. Als ich ihn schließlich in einem Wutanfall für verrückt erklärte, sah er darin den besten Beweis, daß mir die afrikanische Luft nicht zuträglich sei.

Solange ich das Bett hütete, besuchte mich der Gouverneur jeden Abend. Gegen das ausdrückliche Verbot des Arztes öffnete er das Fenster, und gemeinsam lauschten wir dem Meer. Als er mich nicht länger zu schwach dafür hielt, berichtete er mir gelegentlich über seinen Besuch in Kumasi. Eine Begegnung. Ein Essen. Behutsam versuchte er auf diese Weise meine Gefühle ans Tageslicht zu bringen. Ich hörte, was er sagte, und hätte gern auf seine Eindrücke reagiert, fand jedoch keine Worte dafür. Er drängte nicht weiter, sondern summte ein paar Melodien, die ihm aufgefallen waren. Manchmal klopfte er ein paar Rhythmen auf der schmalen Armlehne seines Stuhls. Eines Abends erkannte ich eine. Er erschrak und brach sofort ab, als mein Atem schneller wurde. Ich packte ihn am Ellbogen und bedeutete ihm fortzufahren. Er summte alles, woran er sich erinnern konnte, und ich stimmte ein. Danach fragte er mich wiederum, weshalb ich den Brief an den Asantehene denn um Himmels willen auf Niederländisch geschrieben habe. Ich antwortete, ich habe mich gerade in meiner eigenen Handschrift an Deinen Vater richten wollen. Van der Eb schwieg. Erst durch sein Schweigen begriff ich, daß wir besser auf einen des Twi mächtigen Botschafter gewartet hätten. Der hätte meine Worte übersetzen können. Ich bin zu leidenschaftlich gewesen. Zu ungeduldig.

Mit meiner Gesundung kehrte allmählich auch die Hoffnung wieder. Ich kann Verständnis für das Zögern des Asantehene aufbringen und habe van der Eb gefragt, ob in Elmina Leute zu finden seien, die Twi beherrschen. Ich will es lernen. Er glaubte kaum, ließ jedoch nah und fern Erkundigungen einholen. Lediglich aus Fort Cape Coast kam eine Antwort über einen Dolmetscher, der jedoch für unbestimmte Zeit eine Expedition ins Landesinnere begleitet. Außerdem findet sich überall jemand, der ein paar Worte und Ausdrücke kennt, aber nie genug, um mich die Sprache zu lehren. Gleichwohl kehren meine Kräfte zurück. Ich habe mir beim Fourier ein Heft besorgt, in dem ich alle Twiworte festhalte, die ich höre oder an die ich mich erinnere.

Van der Eb gibt sich inzwischen größte Mühe, meinen wieder aufgeflammten Enthusiasmus zu dämpfen. Jetzt, wo er sieht, daß mein Entschluß heimzukehren ungebrochen ist, interpretiert er die Unglücksbotschaft anders. Nicht das mangelnde Twi sei der Grund für das Verbot, nach Hause zurückzukehren, sondern gewisse politische Intrigen. Ihm zufolge wehren sich die Priester heftig gegen neuerlichen ausländischen Einfluß, und ich sei daher für sie als Thronfolger unakzeptabel. Außerdem fühle sich Kwaku Dua durch meine Nähe bedroht und fürchte, ich besitze mehr Wissen als er. Was für eine Ironie. Gerade er besitzt all das Wissen, nach dem ich mich sehne, und alles, was ich weiß, will ich gern dafür eintauschen. Genau das werde ich ihm schreiben. Aber mit welchen Worten?

18. April 1848

Van der Eb soll ruhig reden. Mich regt es nicht auf. Mit seiner liebevollen Aufmerksamkeit für meine Krankheit hat er mich endgültig für sich eingenommen. Auch diesmal scheint er zweifellos mein Bestes zu wollen. Er sagt, ich dürfe die Augen nicht vor der Realität verschließen und müsse akzeptieren, daß ich, wie auch immer, lange im Fort werde ausharren müssen. Er schlug vor, ich solle mich solange in der Funktion nützlich machen, in der ich gekommen bin – als Soldat. Seit einigen Wochen stehe ich also wieder mit der Mannschaft auf, exerziere und schiebe Wachdienst. Einmal in der Woche berichte ich ihnen eine Stunde lang, was ich vom Land, von der

Temperatur, der Bodenbeschaffenheit und den Gebräuchen weiß, anschließend gehen wir schwimmen und machen bis Sonnenuntergang das Dorf unsicher. Alles in aller Freundschaft. Ich halte mich mit meinen Informationen zurück und erfinde gelegentlich einfach etwas dazu. Einerseits habe ich vieles, woran ich mich erinnere, bereits erzählt, zweitens müssen sie wieder auch nicht alles wissen. Angenommen, es käme in ein paar Jahren zum Konflikt und ich stünde, als neuer König der Aschanti, den Niederländern als Gegner gegenüber. Ich muß sagen, daß mir die Gesellschaft der Soldaten große Freude macht. Ihr einfacher, rauher Ton hat auch etwas Befreiendes. Ein Mann kann sich bei ihnen rein durch Kraft vor einem anderen auszeichnen, oder durch Aufschneiderei und Zotigkeit. Ich gestehe, daß ich mich manchmal vorsichtig daran beteilige. Ich leihe mir ihre bodenständig groben Worte und zeichne damit die Art physischer Eskapaden, die sie hören wollen. Es ist ein Spiel. Die Männer reagieren ausgelassen, dankbar, daß ich mich beteilige.

Mein militärischer Dienstgrad ist für eine Person meines Standes natürlich zu niedrig. Van der Eb hat abermals versprochen, mich zum Offizier zu befördern, sobald die Zustimmung des Ministeriums eintrifft. Er schreibt ihnen in dieser Angelegenheit zum dritten Mal einen Brief. Inzwischen gibt er mir in dem durchsichtigen Versuch, meine Gedanken von meinem einzigen Ziel abzulenken, allerlei Aufträge. So hat er mir den Schlüssel des Archivschrankes zur Verfügung gestellt, in dem die ältesten Dokumente des Forts aufbewahrt werden, und er bat mich, in der nächsten Zeit die Geschichte des Forts aufzuschreiben. Wußtest du, daß Michiel de Ruyter hier gewesen ist, und Christoph Columbus auf seiner Reise nach Amerika Elmina besuchte? Aber was kann mich das interessieren? Ich blicke nach vorn, nicht zurück! Vor mir liegt die einzige Ablenkung, die ich suche!

Meinst Du wirklich, daß Sophie die Liberalen unterstützt? Es überrascht mich nicht, daß sie die berechtigten Ansprüche der Unterklasse erkennt. Sie kann sich ja in *jeden* hineinversetzen, aber daß sie es gewagt hat, ihren Schwiegervater zur Erfüllung von deren Forderungen zu überreden ... Gott sei Dank hat es funktioniert und ist die Gefahr für Dich gebannt. Solange sich der Studentenaufruhr in Jena noch nicht gelegt hat, scheint es mir das beste, daß ihr auf der Hut bleibt. In den Niederlanden drängt man also wieder auf die Reform des Grundgesetzes. Wie reagiert unser armer König darauf? Berichte mir doch alles, was Du weißt. Verdammt, wie bin ich doch isoliert, wenn es darauf ankommt.

Hätte ich mir nur die Sache mit dem Brief an Deinen Vater besser überlegt. Würde ich doch nur noch genügend Worte Twi kennen. Heute schoß mir die schmerzliche Wahrheit des alten Sprichwortes durch den Kopf, mit dem mir meine Mutter früher riet, nachzudenken, bevor ich rede: *Worte sind wie Erbrochenes, du kannst sie nicht wieder hinunterschlucken.*

20. April 1848

Heute habe ich einen Freund gefunden. Es ist der Mann aus dem Norden, von dem man mir erzählt hat. Joa hat als Sklave in einem Aschanti-Bergwerk gearbeitet. Nun besitzt er eine Färberei und liefert den hiesigen Fanti Stoff für ihre berühmten Banner. Außerdem versucht er Tücher nach einem neuen Wachsdruckverfahren herzustellen, das aus Java stammt. Diesen javanischen Stoff, *ba-tik*, schicken seit einigen Jahren dieselben Männer als Geschenk hierher, die von Deinem Vater und Verveer entsprechend dem Vertrag angeworben wurden, für den wir das Unterpfand waren. Die Tücher sind bei der hiesigen Bevölkerung sehr beliebt. Joa will damit Handel treiben.

Von den angolanischen Minensklaven hat er ein paar Worte Portugiesisch gelernt. Die Sprache ist dem Latein nicht unähnlich, und so können wir uns verständigen. Auf Twi kennt er leider nur einige Mahnungen. Ich kann inzwischen »Die Last ist zu leicht!« sagen und: »Wenn du noch einmal sprichst, bekommst du kein Essen!«, aber ich glaube kaum, daß mir das meinen Laisser-passer nach Kumasi verschafft.

Er hat hier eine Fanti-Frau getroffen, die für ihn kocht. Er sieht ziemlich heruntergekommen aus, lebt jedoch auf, sobald sie in die Nähe kommt. Er ist verliebt wie ein Knabe. Es tut mir gut, das Glück aus der Nähe mitzuerleben. Ich habe vor, ihn regelmäßig aufzusuchen. Schon heute nachmittag schnappte ich zwei-, dreimal etwas auf, von dem ich vergessen hatte, daß ich es wußte. Einfache Aschantigebräuche wie das Rasieren der Achselhaare, was bei uns alle erwachsenen Männer und Frauen täglich tun. Ich wußte es, und ich wußte es nicht. Solche Dinge. Und Joa benutzte, wie die Aschanti, nach jeder Mahlzeit eine Bürste zum Zähneputzen. Warum haben wir in Holland damit aufgehört? Vermutlich, um nicht aufzufallen. Nun habe ich meine Körperhaare entfernt und einen Zweig bearbeitet, mit dem bürste ich, bis mein Zahnfleisch blutet.

24. April 1848

Vor zwei Tagen habe ich einen Tausch gemacht. Ich ließ die Drehbank, das Geschenk der niederländischen Regierung, aus dem Magazin holen und schenkte sie Joa. Er sagte, so etwas könne beim Herstellen von Spulen und Spinnrollen nützlich sein. Dafür gab er mir einen kleinen Webstuhl. Ich habe ihn in mein Zimmer gestellt, links unter das Fenster. Inzwischen kann ich aufspannen, auch wenn ich ab und zu etwas verknote. Ich übe und finde dabei einige Befriedigung.

27. April 1848

Wenn ich die Augen schließe, sehe ich die Spulen noch immer hin- und herschießen. In kurzer Zeit habe ich mir eine gewisse Fertigkeit im Weben angeeignet. An dieser Technik mißfällt mir nur, daß das Ergebnis absehbar ist. Ein gewebtes Kunstwerk entsteht nicht allmählich wie eine Zeichnung, sondern muß bereits fix und fertig in deinem Kopf vorhanden sein. Es kann aufgezogen und in einzelne Ketten und Einschüsse eingeteilt werden, deren Anordnung und Menge man vorher berechnen kann. Das ist nichts für mich. Ich will nicht wahrhaben, daß meine Traumbilder einem System folgen. Daß man sie zählen und reproduzieren kann. Daß man im voraus wissen kann, was dabei herauskommt.

Dennoch ist es eine der größten Künste unseres Volkes. Schon allein deshalb gebührt dem Weben meine Achtung und Hingabe. Ich will diese Technik begreifen und beherrschen. Das hat mich auf die Idee gebracht, mein eigenes Kente-Tuch zu weben. Auf Papier machte ich einen phantasievollen Entwurf für das Tuch, mit dem ich in Kumasi einziehen will. Das Garn habe ich bei Joa bestellt und werde es noch diese Woche holen und bezahlen. Ich lasse es ihn in die Farben tauchen, an die ich mich am besten erinnere: Orange weiß ich noch. Gelb. Und braun.

30. April 1848

Zwei Sendschreiben sind eingetroffen, kurz nacheinander, die andeuten, in welchem Mahlstrom sich Europa befindet. Das erste berichtet über eine Verschwörung holländischer Arbeiter gegen die Monarchie. Man scheint in Amsterdam die Republik zu propagieren und den Tod Willems des Zweiten zu fordern. Es gab Plünderungen und Vandalismus. Van der Eb hat Befehl, eventuelle Unruhen unter den Soldaten mit harter Hand niederzuschlagen. Das zweite Sendschreiben meldet allerdings, daß ein neues Grundgesetz angenommen sein soll, durch das das Königshaus auf viel Macht verzichtet. Dazu erging ein persönlicher Brief des Kolonialministers an van der Eb, in dem er ziemlich zynisch schreibt, der König habe sich binnen vierundzwanzig Stunden vom Konservativen in einen Liberalen verwandelt. Kann es sein, daß Sophie ihren Vater von ihren Ideen überzeugt hat? Oder sollte er so wenig Vertrauen in Kronprinz Willem Alexander haben, daß er sein Volk vor Tyrannei zu bewahren sucht? Ich lese es übrigens so, daß der König seinen Sohn so in etwa als letzten Niederländer über die Grundgesetzänderung informiert hat, noch nach den Generalstaaten, und daß dies den Kronprinzen zur Weißglut gebracht hat.

Was für ein Trubel. Alles ist so weit weg. Ich kann mich kaum damit beschäftigen. Ich habe hier meine eigenen Sorgen.

Hier ist alles beim alten. Ich arbeite mit den Männern an der Verstärkung der Ostseite des Forts. Seit das Fort nicht mehr für den Sklavenhandel genutzt wird, verfällt es überall. Würden nicht zweimal im Jahr die Außenmauern gestrichen, sähe man, was für eine Ruine es eigentlich ist.

Das Interesse am niederländischen Handel ist vernachlässigbar. In den letzten sechs Monaten wurden nur zwei Transaktionen über Elmina abgewickelt. Der Pfad nach Kumasi ist wieder zugewachsen. Die Hauptstadt kann man heute nur noch kletternd und ausschließlich zu Fuß erreichen.

Sobald wir mit den Maurerarbeiten fertig sind, machen wir an der Ziehbrücke weiter. Du siehst, der zukünftige König von Aschanti ist Zimmermann. Doch noch ein bißchen Peter der Große, wie die Wesleyans es wollten. Die schwere körperliche Arbeit macht mir wenig aus, im Gegenteil, Ablenkung heilt das Gemüt, aber das Ausbleiben meiner Beförderung ärgert mich. Das ist kleinlich, aber noch mehr ärgere ich mich darüber, daß ich anfange, mich für Nichtigkeiten zu interessieren. So eng ist meine Welt, daß formale Anerkennung etwas Begehrenswertes wird.

Van der Eb sagt, Mitte März seien Arbeiter zum Palais Kneuterdijk gezogen, aber König Willem habe das Schlimmste verhindert, indem er sich auf der Freitreppe zeigte und tat, als nehme er eine Huldigung entgegen. Und am nächsten Tag noch einmal. Der arme Mann. Er scheint wirklich hartnäckig darauf zu beharren, der johlende Pöbel komme nicht, um ihn abzusetzen, sondern ihm zu huldigen. Diesen Starrsinn, diesen stolzen Bluff muß ihm die Zarentochter eingeredet haben, meinst Du nicht auch? Aber werden sie damit durchkommen?

1. Mai 1848

Wenn Du mit Professor Cotta und Deinen Mitstudenten aus dem Schacht Reiche Seege nach oben kommst und Deine Augen sich an das Tageslicht gewöhnt haben, dann schau einmal in den Himmel. Ich sehe dieselbe Sonne.

5. Mai 1848

Wieder beschäftigten uns Nachrichten aus Holland. Diesmal haben sie mich niedergeschmettert. Der Tod Prinz Alexanders auf Madeira. Wie schrecklich. Mit neunundzwanzig Jahren. Gut, er war immer kränklich, aber wie kann es so etwas Ungerechtes geben? Dieser junge, arglose Mensch. Welche Schicksalsschläge treffen die Oranier! Wie wird Sophie um ihren Bruder trauern! Ich werde ihr unverzüglich schreiben. Ihr seid gewiß alle zur Beerdigung nach Delft gereist?

1. Juni 1848

Heute, als ich mit Joa, der eine viel hellere Haut hat als ich, auf dem Markt von Elmina eine Guave und drei Hühnerschlegel für seine Liebste kaufte, kam eine holländische Kontrolle an uns vorbei. »Seht nur, dort gehen Hell und Dunkel!« rief der Kommandeur, um seine Leute zum Lachen zu bringen. »Hell und Dunkel!« echoten sie im Takt ihres Marsches, »Hell-und-Dun-kel!«, als sei es so verabredet. Es war nicht einmal bös gemeint. Abends, beim Essen, kam der Vorfall van der Eb zu Ohren. Seiner Ansicht nach machten die Männer nur eine Anspielung auf die Herren Lightenvelt und Donker Curtius, die der König mit der Bildung einer unabhängigen Regierung beauftragt hat. Das mag zutreffen, aber ich glaube es nicht. Es verletzt mich nicht mehr. Und als ich Joa sagte, was man uns nachgerufen hatte, zuckte er die Schultern. »In einem Bergwerk kann man Menschen nicht an ihrer Farbe erkennen«, sagte er, »aber ich bin trotzdem lieber im Tageslicht!«

16. Juli 1848

In unserem Porträt ist ein neuer Riß aufgetaucht. Ich sah ihn beim Abendessen. Er läuft quer über das ganze Bild. Van der Eb entschuldigte sich für die Vernachlässigung. Was kann er tun? Die Leinwand ist durch und durch feucht, und der Firnis löst sich in der salzigen Luft einfach auf. Hier gibt es weder das Material noch das Wissen, um diesen Prozeß zu stoppen. Und ein Meisterwerk ist es nicht. Ehrlich gesagt, kann ich darüber nur lachen. Armer Radhen Saleh, wenn er das wüßte! Als ich den Schaden abends mit einer Kerze genauer ansehen wollte und unsere Umrisse mit dem Finger nachzog, blätterte die Farbe ab. Schimmel setzt sich zwischen Leinwand und Grundierung. Zuerst entstehen Bläschen. Dann brechen sie auf. Ich fürchte, Verveer hat auf diese Weise schon einige hohe Orden verloren. Und wir werden immer aussätziger.

17. Juli 1848

Heute nachmittag beim Weben erinnerte ich mich, daß meine Mutter mir erzählte, wie zu ihrer Zeit Kleidung aus dem Seidenfaden der Spinne *Okomantan* hergestellt wurde. Weil ich kein Netz hatte, zog ich einige Seidentaschentücher auf und bespannte mit diesen Fäden meinen Webstuhl.

26. Juli 1848

Daß Hans Andersen sich mein Schicksal zu Herzen nimmt! Mein Gemüt lebt auf. Ich habe ihn, vor gut einem Jahr, nur an einem einzigen Abend in Den Haag erlebt, als er im Hotel l'Europe gefeiert wurde. Er ist ein sanfter Mann. Er hat die Traurigkeit der ganzen Welt in seinen Augen und sie sind dadurch voller Mitgefühl. Ja, so jemanden bräuchte ich hier. (Dich jedoch nicht weniger.) Zu wissen, daß er sich nach mir erkundigte und mein Schicksal ihn berührt, das gibt mir Kraft.

Die Übersetzung seiner neuen Erzählungen ist mir sehr willkommen. Kannst du mir vielleicht auch die Noten der Oper schicken, die Liszt auf Andersens Text geschrieben hat? Jetzt, wo er bei euch so einschlägt, wird sie wahrscheinlich ebenfalls herausgegeben.

Sag ihm, daß unsere Begegnung letztes Jahr in 's-Gravenhage, am Vorabend meines Geburtstages, mich sehr beeindruckt hat. Ja, wenn ich es genau bedenke, hat seine Person durchaus mit meiner Entscheidung, hierher zu reisen, zu tun. Nein, sag ihm das nicht. Er könnte sich schuldig fühlen. Sag ihm …

Er schob seine Weiterreise nach England auf, obwohl dort Jenny Lind auf ihn wartete, und eine Einladung des Schriftstellers Jacob van Lennep schlug er aus, um mich zu besuchen. Sophie hatte darauf gedrängt. Er wagte es erst, sich melden zu lassen, nachdem ich ihr Empfehlungsschreiben gelesen hatte. Welch ein Mann! Welch ein Vorrecht, Kwasi, welch ein Vorrecht. Wenn ich mir jetzt euch beide zusammen vorstelle, zweifle ich sehr am Sinn der Lage, in die ich mich selbst gebracht habe.

Sag ihm, daß er recht hatte, gleichgültig, was die Gelehrten behaupten. Hier sind sie durchaus jede Nacht zu sehen: Höfe um den Mond.

Abends

Vielleicht fragst Du Dich, warum ich Dich Andersen an diesem Tag nicht vorgestellt habe. Ich habe Dir nicht einmal eine Nachricht in die Akademie geschickt. Es wäre sinnlos gewesen. Es ging ihm nicht um Dich oder mich persönlich. Er wollte sich nur einige unserer Mythen erzählen lassen. Leise fragte er danach, als fürchte er, jemanden zu wecken, der weiterschlafen wollte. Ich dachte nicht, daß Du dabeisein wolltest. Es war kurz nach Deiner Rede vor den Mitgliedern von Phönix.

Zögernd begann ich von Anansi zu erzählen, blieb aber schnell stecken und mußte gestehen, daß ich zu viele der Geschichten vergessen hatte. Andersen reagierte nicht enttäuscht, er drängte auch nicht weiter. Nein, zuerst trank er ruhig Tee mit mir, als sei er zu Hause, und dann erzählte er von seinen eigenen Märchen. Anfangs glaubte ich, er lüde mich einfach zu einer Vorlesung ein, wie er sie zu halten gewohnt war. Nach einigen Minuten ging mir aber auf, daß er sehr persönlich zu mir sprach. Seine plötzliche Emotion brachte mich in Verlegenheit. Ich versuchte seine Erzählung abzubrechen. Er sprach jedoch weiter. So beruhigte er mich wieder, als wollte er sagen: Sie und ich, wir stehen der ganzen Welt gegenüber, lassen Sie uns den Geschichten der Tiere lauschen. Und gleich hörte ich mich, als habe er eine Schleuse geöffnet, ein Abenteuer von Anansi, Tseetsee und dem Tiger aus der Erinnerung hervorkramen. Und dann ein zweites, ein drittes und noch mehr Geschichten hinterher, während Andersen sich Notizen machte. In diesem Augenblick war ich wirklich überrascht von der Geschwindigkeit, mit der mir eine Anekdote nach der anderen nur so einfiel. Später erschien es wie ein Rausch, in dem ich nicht mehr unterscheiden konnte zwischen dem, woran ich mich erinnerte und dem, was ich selbst erfand. Beschämt hielt ich inne und sagte es ihm. Er lachte und antwortete, das sei ihm eins. »Schreiben«, sagte Andersen, »ist versehentlich die Wahrheit lügen.«

So saßen wir bis tief in die Nacht. Seit ich Kumasi verlassen hatte, waren mir seine Straßen und Gesichter nicht mehr so lebendig vorgekommen. Auch danach nicht mehr. Nicht einmal jetzt, wo ich so nahe bin. Jetzt *gerade* nicht.

Am zweiundzwanzigsten legte sein Schiff ab. Ich fuhr nach Rotterdam, um ihm adieu zu sagen. Vielleicht hatte ich gehofft, ihn einen Augenblick allein zu sprechen, aber er war in großer Gesellschaft und mußte höflich eine Rede nach der anderen anhören. Dennoch gelang es mir, ihm die Hand zu drücken.

Andersen hatte an diesem Tag die seit langem schwelende Sehnsucht entfacht. Meinen Geburtstag verbrachte ich ganz allein. Du hast mir Glückwünsche gesandt und zu meiner Erleichterung auch die Entschuldigung, Du könntest nicht kommen. Damals waren wir uns fremder denn je. Gleichwohl schwebte ich zum ersten Mal seit langem in den Wolken.

4. Oktober 1848

Ein Minenunglück in der niederländischen Goldgrube in Dabokrom hat vierzehn Menschen das Leben gekostet, u. a. zwei niederländischen Ingenieuren. Ihre Leichen wurden von Ahanta aus nach Elmina überführt und heute morgen begraben. Die Trauerfeier in der Kirche des Forts war schlicht, aber die Gerüchte übertönten alles. Im allgemeinen hält man die Erfolgschancen des gesamten Bergbauprojekts nicht mehr für groß. Natürlich hoffe ich, daß Du eines Tages Deine Wissenschaft auf diesem Boden ausüben wirst, aber das Sicherheitsrisiko in diesem Projekt läßt mich fast froh sein, daß Du nicht hier bist. Von dreizehn holländischen Ingenieuren, die 1845 dieses Unternehmen in Gang gesetzt haben, sind elf gestorben. Von der zweiten dreizehnköpfigen Mannschaft, die letztes Jahr eintraf, sind noch sieben am Leben. Gold hat man nicht gefunden.

5. Oktober 1848

Freundschaft und Liebe unterscheiden sich darin, daß Freundschaft Abwesenheit erträgt. Wenn sich Freunde nach einigen Jahren wiedersehen, ist es wie früher. Liebe jedoch läßt sich nicht aufsparen. Man verbraucht sie ebenso schnell, wie man sie empfängt. Jeden Tag braucht man erneut diese Bestätigung. In diesem Sinne, Kwasi, liebe ich Dich. Brauche ich Dich. Langsam gehen mir die Reserven aus.

18. Dezember 1848

Hab Dank für Goethes Werke. Ich glaubte, Saschas Lehrmeister habe den Ruf, vornehmlich junge Damen anzusprechen. Ich kenne seinen Werther nur von Sophies Erzählungen. Ein ziemlicher Hitzkopf, oder?

Du wirfst mir vor, daß ich zu wenig schreibe. Was denkst du? Daß ich viel mitzuteilen hätte?

25. Dezember 1848

Ein Mann in der marternden Nähe seiner großen Liebe, die er mit ihrem Ehemann glücklich sieht. Langsam beginne ich zu verstehen, warum Dich der Werther anspricht. Gott sei Dank bist Du kein Romantiker und stehst mit beiden Füßen auf der Erde.

26. Dezember 1848

Ein Mann wie Werther ist ein Zuschauer, ergriffen von einer Bühnenkulisse. Für ihn ist die Natur ein Luxus. Ich bin aus ihr hervorgegangen. Fröhliche Weihnachten.

1. Januar 1849

Und ein glückliches Neues Jahr.

2. Januar 1849

In Cape Coast und Accra sind Flüchtlinge aus Kumasi eingetroffen. Sämtlich sind sie Europäer, Kaufleute und Missionare, die grauenhafte Geschichten von Christenverfolgungen erzählen, die dort stattgefunden haben sollen. Das Blatt hat sich definitiv gewendet. Der Asantehene und die Priester sind zum Angriff auf den westlichen Einfluß übergegangen. Welche Hoffnung bleibt mir, solange das andauert?

12. Februar 1849

Hüte dich vor Radhen Saleh. Er ist gefährlich, unergründlich wie eine Schlange. Schade, daß er überall auftaucht und fürstlich empfangen wird, nun also selbst vom Erbgroßherzog und seiner Frau. Gibt es etwa keine anderen Porträtisten? Er paßt nicht zu den sanftmütigen Beschreibungen, die Du vom Hofleben in Weimar gibst. Muß ein solcher Mann an einem Tisch mit Andersen speisen? Sophie besitzt doch genügend Menschenkenntnis, um ihn zu durchschauen. Daß er Gast ihrer Schwiegereltern ist, nun gut, aber sie selbst sollte ihn doch höflich, aber bestimmt wegschicken. Hüte bis dahin ein wenig Deine Zunge. Hinter diesem Lächeln verbirgt sich eine hinterlistige Unzufriedenheit.

Zu Recht hast Du ihm gegenüber Deinen Vater verteidigt. Natürlich! Was geht es diesen Javaner an, ob der Asantehene seine Vereinbarung mit Verveer genügend erfüllt hat? Er vergißt wohl, daß die Engländer damals gegen diese verkappte Form holländischen Sklavenhandels, für den wir als Pfand dienten, Einwände erhoben.

Sollte er Dich je noch einmal darauf anzusprechen wagen, sag ihm, laut van der Eb hätten die Holländer, als es zu einem internationalen Konflikt zu kommen drohte, die Angelegenheit in aller Stille ausbluten lassen. Sie selbst haben nicht mehr auf Lieferung gedrängt. Soll sich dieser Prinz, wenn er seine Nase in anderer Leute Angelegenheiten stecken möchte, doch lieber darüber erregen, wie wir behandelt werden. Er ging freiwillig nach Europa, wir nicht. Er suchte Gewinn, wir wurden des Gewinns wegen entführt.

Laß Dich nicht provozieren. Du schreibst, daß er glücklicherweise bald dorthin zurückkehrt, wohin er gehört, um dort den Sultan von Djokjakarta zu verewigen. Good riddance. Informiere ihn doch – höflich –, daß sich sein Werk nicht besonders tropentauglich erweist. Mein Gesicht hat inzwischen zumindest jeden Ausdruck verloren. Dich erkenne ich noch an einem Auge, an der Unterlippe und anderthalb Augenbrauen.

Wieder ist einer in Dabokrom gestorben, sei es auch eines natürlichen Todes. Der Mann hatte in der Nähe des Bergwerks auf dem Pfad eines Ameisenheers sein Lager aufgeschlagen. Es griff an, und nach drei Tagen erlag er seinen Verletzungen. Mit dem Leichnam kam eine erste Probe Goldstaub, nicht einmal anderthalb Unzen.

10. April 1849

Alle hier sind in tiefer Trauer, aber keiner so sehr wie ich. Die schreckliche Nachricht erreichte uns erst vor zwei Tagen. Hiermit bekunde ich Sophie und Prinz Hendrik mein tiefst empfundenes Mitgefühl, und natürlich der armen, armen Königin. Hast Du je soviel Liebe im Familienkreis gesehen? Am Ende vergeht also alles in Schmerz. Berichte mir so schnell Du kannst alles, was Du weißt. Von van der Eb und aus der Zeitung erfuhr ich, daß der König in Tilburg bei der Inspektion des Neubaus des Palastes krank geworden sei. Daß er im Haus eines Tuchfärbers übernachtet habe – wie typisch –, und dort sei ihm übel geworden. Daß man Sauerteigbrei aufgelegt habe, um den Darmtrakt anzuregen. Daß man nach Everard geschickt habe, jedoch zu spät. Als Anna aus Den Haag angekommen sei, habe man sie nicht zu ihm gelassen, mit dem Argument, sie sei zu überreizt. Um den Kranken nicht zu beunruhigen, habe sie eingewilligt, nur an der Tür zu lauschen. Der König sei gestorben, ohne zu wissen, daß seine geliebte Gattin nur wenige Schritte von ihm weilte.

Neben solch großem Kummer verblaßt selbst der meine. Es gibt immer noch Schlimmeres, das hat sich gezeigt. Heute morgen schäme ich mich, wie ich in letzter Zeit mein Schicksal beklagt habe, keinen anderen als mich im Sinn. Ich habe gebetet, etwas, was ich noch nie zuvor aus freien Stücken getan habe. In solchen Zeiten kann man Hilfe von allen Seiten brauchen.

15. Mai 1849

Von Dir aus hast Du mir über die traurige Angelegenheit berichtet und so die meisten meiner früheren Fragen bereits beantwortet. Wie bedauerlich, daß Du Dich ausgerechnet zur Zeit des Unglücks mit Professor Cotta in der Schweiz aufgehalten hast und so Sophie nicht beistehen konntest. Ich bewundere ihren Mut. Sie ist eine bemerkenswerte Frau.

Nun ist also Willem der Dritte auf dem Thron und Anna Paulowna den Launen ihrer Schwiegertochter ausgeliefert, unserer neuen Königin. Sie wird kämpfen, die Russin, und das wird ihr über den schlimmsten Schmerz hinweghelfen, denk an meine Worte. Vorläufig erscheint mir das Erbe als größtes Problem. Kann der König wirklich in nur acht Jahren das Vermögen seines Vaters in eine Schuld von viereinhalb Millionen verwandelt haben? Die wunderbaren Rembrandts an Petersburg verloren! All die anderen Kunstschätze, die mir so viel Trost geschenkt haben, höchstbietend verkauft. Möbel, Tischgeschirr, alles. Es ist zu schlimm. Ja, selbst der Kinderwagen mit Dach, den wir als Indianer überfielen. Immer wieder vergeht alles, an dem unser Herz hängt. Hier geht das Gerücht, Anna habe auf ihrem letzten Gang durch die leeren Säle von Palais Kneuterdijk ausgerufen: »Vorbei, Väterchen, für immer vorbei!« Das will ich glauben. Pathetisch, aber was für sie gilt, gilt auch für uns.

Ich habe, wie Du mich gebeten hast, Joa über den Bergbau der Aschanti ausgefragt. Es hat mir keine Mühe bereitet. So kann ich mich endlich einmal für Dich nützlich machen, aber er wußte nicht viel Besonderes zu berichten. Er ist ein einfacher Mann, der wenig von Technik begreift. Seine empfindsame Art macht ihn ungeeignet für das Leben im Bergwerk. Die Sklaven bleiben dort, wie auch die Pferde, Tag und Nacht unter der Erde. Sie arbeiten mit Handmeißeln, und jeder Trupp kommt wöchentlich etwa sechs Zentimeter voran. Es fällt Joa schwer, über diese Zeit zu sprechen. Alles, was er behalten hat, habe ich in einem eigenen Heft für Dich festgehalten. Ich lege auch eine Rekonstruktionszeichnung des Schachtes bei, in dem er gearbeitet hat, und zwar einen Querschnitt in fünfzehn Meter Tiefe. Viel tiefer gräbt man nicht. Laut van der Eb sind im ganzen Land zudem noch ungefähr *vierzigtausend* kleinere Bergwerke in Betrieb.

Ich erzählte Joa, daß Du ebenfalls regelmäßig unter Tage einfährst. Er konnte nicht glauben, daß ein Königssohn so etwas tut. Ich verblüffte ihn mit Deinen Erzählungen über den Elisabeth-Schacht und den Reiche Seege. Die Drainagemethode war ihm bekannt, die auf- und niedergehenden Gestänge jedoch, mit denen ihr hinab- und wieder heraufsteigt, darunter konnte er sich nichts vorstellen. Hier wird man an einem Seil hinabgelassen. Er möchte gern alles mögliche von euch wissen. Vor allem, wieviel Mann jährlich umkommen.

Ich hoffe, unsere einfachen Informationen sind für Deine Doktorarbeit hilfreich. Falls Du mehr wissen willst, sende mir Deine gezielten Fragen. Ich kann versuchen, für Dich ein Bergwerk zu besuchen. Es gäbe mir einen Vorwand, das Fort eine Zeitlang zu verlassen. Ich habe es bereits mit van der Eb besprochen. Er sieht darin kein Problem. Ein Ziel zu haben, scheint ihm gut für mich. (Noch immer keine Beförderung. Das Ministerium schweigt einfach, obwohl van der Eb immer wieder anfragt. Daß ich eine Zusage habe, scheint niemand zu stören. Versteh mich recht, ihr Zögern tut weh, aber selbst wenn sie mich zum Generalmajor machten, bringt mich das der Heimat keinen Meter näher.)

Inzwischen webe ich weiter. Nach einigen Probestücken habe ich jetzt ein Tuch mit einem schönem Muster, da muß ich mich sogar selbst loben. Es wächst von Tag zu Tag und ist inzwischen groß genug, eine Familie darin einzuwickeln. Und wenn es fertig ist? Es verschenken und neu anfangen? Und wem schenken? Dir mache ich keine Freude mit etwas, das Dich an Deine Herkunft erinnert. So wird alles zum Problem, wenn man sich nur lange genug damit beschäftigt. Heute nacht, als ich nicht schlafen konnte, überlegte ich ernstlich, ein paar Zentimeter aufzuziehen, nur um die Vollendung noch ein wenig aufzuschieben. Dennoch zweifle ich genausowenig wie Penelope an einem glücklichen Ausgang. Ein Mensch muß allein schon für sein Vertrauen doch einmal belohnt werden. Bleibt diese Belohnung aus, kann ich immer noch einen Kleiderhandel anfangen.

21. Mai 1849

Das noch: Joa sagt, die Bergleute haben nur eine einzige Vorsorgemaßnahme: einen Schmetterling. Jeder Mann bekommt jeden Tag einen in einem kleinen Glas mit. Diese Insekten haben große, silberblaue Flügel, die das geringste Licht reflektieren. Sie werden speziell für diese unterirdische Verwendung gezüchtet. Bei Einbrüchen, Bodengas oder anderer Atemnot, läßt man das Tierchen frei. Es findet untrüglich den geringsten Luftstrom. So weist es den Weg in die Freiheit.

Einmal wurde Joa von einem schlagenden Wetter überrascht. Der plötzliche Druckunterschied ließ in den Gängen ein Vakuum entstehen. Als einziger seines Trupps erreichte mein Freund die Oberfläche, den Kopf eingehüllt vom Glitzern der vielen Schmetterlingsflügel.

1. Juni 1849

Heute fahren unsere Soldaten nach Holland zurück. Ich gebe ihnen meine Post mit. Die Männer, mit denen ich hierhergekommen bin, haben gut anderthalb Jahre in den Tropen hinter sich. Ich freue mich für sie. Seit Monaten bemerke ich, daß es ihnen schwerfällt, Disziplin aufzubringen. Einige sind ständig krank, und nahezu jeder leidet unter immer wieder auftretenden Darminfektionen. Nun werden sie von einem neuen Regiment abgelöst.

Van der Eb bleibt hier, und er hat mich natürlich gefragt, was ich vorhabe. Er geht davon aus, daß wir nicht mehr mit der Zustimmung zu der mir versprochenen Beförderung zu rechnen brauchen. Es tut ihm aufrichtig leid, und er kann den Grund für die Verweigerung aus 's-Gravenhage nur raten. Gute Nachrichten von dem anderen Machthaber, in Kumasi, hält er ebenso für ausgeschlossen. So bleibt mein Leben im Zwielicht. Der Gouverneur rät mir dringend, nach Holland zurückzukehren. Er weist mich auf meine Fähigkeiten hin und macht mir schmerzlich klar, daß sie hier nicht gebraucht werden. Ich habe lange nachgedacht. Schließlich habe ich ihm (und mir selbst) eingestanden, daß so langsam auch meine letzte Hoffnung verflogen ist. Dennoch schicke ich Dir einen Brief und komme nicht selbst. Dies ist mein Land. Ob es mir gehören wird oder nicht, hier steht mein Goldener Stuhl. Und was habe ich in Holland? Dann laufe ich lieber in die Nacht hinein.

29. Juni 1849

Was soll ich Dir raten? Natürlich wünschte ich nichts mehr, als daß Du hierherkämst. Ziehst Du es ernsthaft in Erwägung? Ein Jahresgehalt von zweitausendsechshundert Gulden hört sich nicht übel an. Das Versprechen, Dich zum Chefingenieur im militärischen Rang zu befördern, würde ich nicht wörtlich nehmen. Elmina ist von 's-Gravenhage weit entfernt. Versprechen reisen leichter als ihre Erfüllung.

O Kwasi, Deine Frage zerreißt mich. Mein Herz ruft: Hierher! Komm hierher! Schnell! Und wäre es nur, mich zu retten. Aber ich habe keine guten Nachrichten über das Bergbauprojekt in Dabokrom.

30. Juni 1849

Heute gab es einen Wortwechsel zwischen meinem einzigen Freund und mir. Ich hatte einen Stempel aus Holz geschnitzt: das Symbol der Spinne Anansi. Erinnerst Du Dich? Es ist eine Sonne mit acht Strahlen, schnörkellos, wie die Speichen eines Rads. Während ich dieses Muster auf ein Tuch stempelte, das Joa mit der neuen Wachsdrucktechnik zum Verkauf vorbereitet hatte, kam seine geliebte Fanti-Frau mit einer Erfrischung herein. Er ging auf sie zu und nahm ihre Hand. Nichts weiter. So blieben sie stehen, als könne die Welt um sie herum in Scherben fallen. Dieses selbstverständliche Zusammensein der Liebe. Um sie nicht zu stören, fuhr ich fort, das Tuch gleichmäßig nach dem Muster zu bedrucken, wie er es mir selbst beigebracht hatte. Er trank seinen Becher aus, und als seine bessere Hälfte ging, nicht ohne auch mir eine Schale angeboten zu haben, gab er ihr einen sanften Klaps aufs Hinterteil. Sie spielte die Beleidigte. Dann erst wandte er sich mir zu. Mit schalkhaftem Lachen. In diesem Blick lag eine Sekunde lang das besondere Einverständnis von Mann zu Mann. Daraufhin wurde ihm klar, daß ich dieses Glück nicht kenne. Sein Lachen verließ mich. Er betrachtete meine Arbeit und wies mich darauf hin, daß ich einen Sonnenstrahl vergessen hatte. Es stimmte. Das Tuch war unbrauchbar. Ich wollte es aber nicht zugeben, grundlos und so gehässig, daß ich selbst erschrak. Joa beharrte so lange, bis ich sagte, er als Fremder brauche einen Aschanti nicht die eigene Kultur zu lehren. Daraufhin verstummte er mit einem vorwurfsvollen Blick. Sofort entschuldigte ich mich bei ihm und sagte, ich würde ihm den Stoff bezahlen.

Mir scheinen Mann und Frau noch immer verschiedenen Rassen zuzugehören. Ich verstehe nicht, wie sie es miteinander aushalten. Man kann zwei von ihnen zusammenbringen, aber eins werden sie nie. Aus roten und gelben Fäden webt man einen braunen Stoff, aber auch dann liegen sie rechtwinklig zueinander. Sie umarmen, aber vermischen sich nicht. Dennoch ist es Joa und seiner Geliebten gelungen. Er aus dem Norden, sie eine Fanti. Moslem und Heidin. Mann und Frau. Zwei wasserfeste Farben in einem einzigen Farbbad sollten mich hoffen lassen, nicht verzweifeln. Ich freue mich für sie, wirklich, habe aber weiter Angst um mich selbst.

Dieses Unvermögen! Woran fehlt es uns für jegliche Art einer Verbindung? Ich traue mich kaum, in mein Herz zu schauen, Kwasi. Täte ich es, fände ich eine solche Leere darin. Weil mir die Erfahrung fehlt, stelle ich mir die Liebe bedingungslos vor, sicher wie die Zuneigung meiner Mutter und dennoch spannend wie eine Freundschaft. Ach, und was noch? Du hast geliebt. Damals wurde Dir das Glück verwehrt. Fäden, die zu dicht bei der Spule abreißen, sind zu kurz, um verwebt werden zu können.

1. Juli 1849

Manchmal macht es mir angst, wie wir hier im Fort nebeneinanderher leben. Das neue Regiment besteht aus trefflichen Burschen, das ist es nicht. Nur, sie erscheinen mir so jung. Nicht mehr als vier, fünf Jahre trennen mich von ihnen, und dennoch betrachte ich ihr ausgelassenes Treiben wie ein alter Herr, der solches Leben und Weben schon häufiger versanden sah. Das ist doch nicht gesund? Mein Körper möchte nichts lieber als mit ihnen herumtollen und Samstag abends mit ihnen prassen, aber mein Herz möchte einfach nicht so lange wach bleiben.

Höflich habe ich wiederum jedem meinen Stand erklärt, der mich danach fragte. Man schüttelt einmal den Kopf, schnalzt bedauernd mit der Zunge und prostet auf meine baldige Heimkehr. Sie meinen es gewiß gut, aber es fällt in tote Erde. Ich danke freundlich, und dann gibt es nichts mehr zu sagen. Was ich nicht gebe, kann ich auch nicht erwarten.

14. Juli 1849

Zwei starben in Dabokrom den Erstickungstod. Das reduziert die Anzahl der überlebenden Niederländer auf vier. Ich melde es Dir. Es ist meine Pflicht, auch wenn es bedeutet, daß Du nicht an unsere Küsten kommst. Mit allen Konsequenzen.

21. Juli 1849

Das Tuch, mit dem ich in Kumasi hatte einziehen wollen, ist längst fertig. Grundlos habe ich es monatelang auf dem Rahmen gelassen. Heute habe ich die Fäden durchgeschnitten und die Ränder gesäumt. Ich habe es gewaschen und weggelegt. Meinen Webstuhl ließ ich zu Joa zurückbringen. Er konnte keine Worte finden, um mir zu danken. Seine Frau hat ihn wegen eines Händlers aus einem benachbarten Krom verlassen. Einem Fanti wie sie.

26. Juli 1849

Wie lassen mich Deine Briefe aufblühen! Es ist verblüffend, wie mein Herz nun tobt. Selbst den Soldaten fällt es auf. »Soso, sind Sie endlich verliebt?« fragte mich einer der Burschen am Pissoir, und als ich verneinte, rief dieser Halunke einen Kameraden herbei: »Pieter, du siehst doch bestimmt auch, wie unser Prinz strahlt, als hätte er ein Geheimnis!« Da fing ich an zu lachen und ging auf ihr Spiel ein. Es sind gute Kerle, sie bemühen sich immer, mich aufzuheitern.

Deine Beschreibung der Klavierkonzerte in der Hofgärtnerei bringt mich zum Träumen. Daß man Liszt den Padischah nennt und seine Schüler seine Mohren, das sehe ich, wie immer, nicht als Huldigung, wie Du in Deiner Unschuld annimmst, aber nun gut. Die kurzen Musikfragmente aus dem *Lohengrin*, die du dem Meister nach der Generalprobe im Theater abgeluchst hast, sind gewiß bemerkenswert, wie die Mythen, die Du dazu erzählst. – Was ist das doch für ein animistisches Völkchen! All diese Wesen, die aus dem Schlamm des Rheins gekrochen kommen ... – Das Genie, das Liszt in diesen Tönen zu hören meint, kann ich nicht nachvollziehen. Wahrscheinlich fehlt mir die Fähigkeit, eine derart schwere Partitur als Ganzes in meinem Kopf umzusetzen. Dennoch tut es mir gut, auf diese Weise noch an lebendigen Ideen teilzuhaben. Sei so freundlich, mir noch mehr zu senden. Du kannst Dir kaum vorstellen, wieviel Ablenkung Du mir damit schenkst.

Zum ersten Mal seit langer Zeit habe ich einen Abend mit Joa verbracht. Auch ihm fiel meine fröhliche Stimmung auf und er begriff sogleich, daß wieder ein Brief von Dir gekommen sein muß. Er erkundigte sich nach Dir, und als ich ihm von der unerhörten Tiefe erzählte, in die Du zur Zeit die Elisabeth hinuntersteigst, war er voller Bewunderung. Wir tranken, und er blieb eine Weile still, um das Gehörte verarbeiten zu können. Dann sagte er, es wundere ihn, daß wir solch unzertrennliche Freunde gewesen seien.

»Warum?« fragte ich gekränkt. Er zuckte mit den Achseln, als sei die Antwort sonnenklar, und antwortete: »Der eine sucht es in der Erde und der andere in den Wolken.«

14. August 1849

Es ist wieder Zeit, die Mauern zu tünchen. Der salzige Seenebel dringt so tief in die Steine ein, daß noch keine Farbe erfunden wurde, die länger als ein paar Monate hält. Es ist eine unbeliebte Arbeit, die viele Wochen in Beschlag nimmt. Ich habe mich dazu gemeldet. Wir sind zu viert. Mir wurden die südlichen Außenmauern zugewiesen, weit entfernt vom Wohntrakt. Ich fange in aller Herrgottsfrühe an, mache gegen Mittag

Pause und nutze dann die letzten Stunden, wenn die Sonne so über die Steine gleitet, daß man alle Unebenheiten gut erkennen kann. Bei dem Tempo wird diese Arbeit wohl zwei Monate in Anspruch nehmen. Wenn ich mit so einer Sache beschäftigt bin, denke ich freilich nicht in Stunden oder Tagen, sondern in Quadratmetern. Ich fühle mich nicht gedrängt. Die Mauer ist geduldig.

Ich arbeite von oben nach unten, von den Zinnen in einer Art Sessel aus Seil hängend, durch den ich meine Beine strecke. Ich stemme die Füße gegen die Mauer. Um sorgfältig zu streichen, beuge ich die Knie, und dann, sobald ein Stück geschafft ist, entferne ich mich wieder, indem ich die Beine wieder strecke. Dann lasse ich das Seil fieren und beginne ein Stückchen tiefer von vorn.

Das verschafft mir eine kindische Befriedigung. Man sieht von der Welt nicht mehr als diese paar Quadratmeter. Sie sind vermodert und blättern ab. Die Aufgabe ist nicht mißzuverstehen. Man streicht, bis alles blendend weiß ist. Das Resultat steht von Anfang an fest. Du bist nützlich, und dein Fortschritt ist für jeden erkennbar.

Die Sonne auf dem Kalk verzaubert. Sie befreit deine Gedanken. Es fällt nicht schwer, sich auf die Arbeit zu konzentrieren und gleichzeitig mit den Gedanken anderswo zu sein. Nicht die geringste Kleinigkeit des Steins entgeht einem, und gleichzeitig überblickt man alles freier, wie aus einem großen Abstand. Sehr angenehm. Abends ist mein Körper müde, mein Geist dagegen geradezu hellwach. Ich wasche den Kalk ab und falle aufs Bett. Zum ersten Mal seit langem schlafe ich ohne wilde Träume. Geträumt wird tagsüber, geblendet vom Putz.

2. Oktober 1849

Ein Tag vergeht. Der Sonnenstand verrät, wie weit er vergangen ist. Der Mond hat einen Zyklus. Er macht Frauen und Bauern auf fruchtbare Perioden aufmerksam. Weil sich Mond und Sonne immer in dieselbe Richtung bewegen, weiß jeder, daß sein Leben fortschreitet. Nach dem Regen kommt Hochwasser, gefolgt von Trockenheit. Das ist in etwa alles an Zeitbegriff, was ein Mensch wirklich braucht.

Mehr dachten wir uns als Kinder doch auch nicht? Obwohl Dein Vater Astrologen für die Berechnung der Festtage und die Berechnung des Laufs der Himmelskörper beschäftigte, erwartete von uns niemand, darüber etwas zu wissen. Daher überwältigte mich in Delft die strikte Einteilung des Tages und der Woche, des Monats, des Jahrs und des Menschenlebens.

Für van Moock war klar: Ein Mann, der sein Leben am Wachsen des Mondes, dem Lauf der Jahreszeiten und dem Vergehen des Tages mißt, ist ein Gefangener der Natur. Die Zeitlosigkeit, die für uns Sorglosigkeit bedeutete, war ihm eine Fessel des Primitiven. Plötzlich durften wir nicht mehr unendlich lang sinnieren oder einen unangenehmen Nachmittag auf einen Seufzer reduzieren. Jedem Herzschlag wurde ein exakter Wert zugemessen.

So wurden wir in die Zeit versetzt wie in eine Landschaft. Jeder Schritt, den wir taten, schmälerte das Panorama. Die Leere bekam eine Dimension, der Augenblick Inhalt. Unser Leben stand nicht länger still, während die Welt vorüberzog, sondern wir selbst wurden in Bewegung gesetzt und überholten von nun an die Zeit. Wir kamen zu der Erkenntnis, voranzukommen, waren uns aber auch mit einem Mal bewußt, daß wir das, dem wir begegneten, zurücklassen mußten und es verlorenging. Auch in der Stille und wenn wir nicht nachdachten, zertrampelten wir die Felder, die noch vor uns lagen, und wuchs die Leere, die wir zurückließen. Wir waren fassungslos. Das Wandern der Schatten war immer unser Maß gewesen.

Heute folge ich wieder den Schatten. Sie gleiten über den Kalk. Sie machen eine weite Reise über die wenigen Quadratmeter meiner weißen Welt. Morgens zeigen sie mir vorsichtig die Unebenheiten, mittags machen sie die Meißelspuren der Erbauer sichtbar, und gegen Abend ziehen sie über jede Unebenheit und jeden Grat lange, schwarze Streifen.

Heute allerdings weiß ich, was mir fehlt. Ich weiß: Meine Stunden sollten sich unterscheiden. Ich kann sie an nichts messen. Es gibt keinen Maßstab. Nicht ein Ereignis markiert meine Zeit. Ich vergehe also derzeit selbst.

12. Oktober 1849

Immer mehr Bilder von früher steigen in mir auf. Wenn rundherum nichts zu erwarten ist, wendet man sich nach innen. Alles, was noch einen Wert hat, befindet sich dort.

Beim Arbeiten kam mir wieder der Moment in den Sinn, in dem ich begriff, wie sehr die Zeit das Leben der Europäer im Griff hat. Es war Herbst. Wir wanderten mit den van Moocks durch die Wälder und hatten unsere Botanisiertrommeln dabei. Bei jedem Pilz nannte Mijnheer van Moock den lateinischen Namen, wie er wuchs und den eventuellen medizinischen Nutzen. Mevrouw van Moock schätzte inzwischen ein, ob sie eßbar waren. Ihr lief bei dem Gedanken an die Wildmahlzeiten das Wasser im Mund zusammen, zu denen diese Pilze gereicht werden konnten. Um die Mittagszeit hatte uns das alles ziemlich Appetit gemacht. Als ein Ausflugslokal in Sichtweite kam, fragte Mevrouw van Moock hoffnungsvoll: »Simon, was meinst du, hast du schon Hunger?« Worauf er seine Uhr aus der Westentasche zog, den Deckel öffnete, der einen Totenkopf zeigte, um ihn jedesmal an seine Sterblichkeit zu erinnern, einen Blick darauf warf und lediglich sagte: »Es ist Viertel vor Zwölf, liebe Frau!« Und so gingen wir mit knurrendem Magen an den Pfannkuchen vorbei, weil er sich seine körperlichen Bedürfnisse nicht von der Natur vorschreiben ließ, sondern von den Zeigern der Uhr.

Glücklicherweise konnten wir über solche Torheiten lachen. Die Begriffe machten uns schwindlig, und gemeinsam äfften wir die Erwachsenen nach. Die hatten – wenn man einmal darauf achtete – eine endlose Vielfalt erfunden, die Zeit einzuteilen. Sagte ich: »Bis gleich!«, dann hast du gefragt: »Bis wann?«

»Bis ich achtunddreißig Vaterunser aufgesagt habe.«
»Also, wenn der Hahn dreimal gekräht hat?«
»Noch vor der Abendausgabe der Zeitung.«
»Gleich nach der Ouvertüre.«
»Aber vor der Ernte, denn bei Seite dreizehn bin ich kurz weg.«
»Doch nicht um die Essenszeit?«
»Auf jeden Fall nach Jesus Christus.«
»Und im Dreivierteltakt.«
»Binnen fünfzehn Jahren.«
»Des vorigen Jahrhunderts.«
»Seit meiner Krankheit.«
»Vor meiner Entjungferung.«
»Oh? Ich habe geglaubt, bei.«
Worauf wir uns kichernd und prustend beeilten, noch vor dem Sechsuhrläuten rechtzeitig zum Abendessen oder vor dem Schellen zur ersten Unterrichtsstunde zu kommen.

Damals hast Du Dich mit allem beschäftigt, was mit dem Phänomen Zeit zusammenhing. Du hast Almanache durchgeblättert, bist auf Kirchtürme gestiegen, um die Minuten wegticken zu sehen, und hast van Moock derart ausgefragt, daß er ein Buch über die Unterschiede zwischen dem Gregorianischen und dem Babylonischen Kalender anschaffen mußte. Du hast geübt, den exakten Augenblick des Stundenschlags zu spüren, ohne dabei auf die Uhr zu sehen. Nach ein paar Wochen warst Du nicht nur auf die volle Stunde genau, sondern sogar bis in die Viertelstunden. Ich datierte allerdings lange meine Briefe, auch die offiziellen, nur mit der Anzahl meiner Lebensjahre: »In meinem zwölften Jahr«, »Zu Delft, im vierzehnten Jahr seit meiner Geburt«. Jede andere Zählung fand ich irrelevant.

Aber glücklicherweise hast Du, um mich zum Lachen zu bringen, Dich auch über die Holländer lustig gemacht, die irrational mit der Zeit umgingen. So glaubte man in Delft Wahnsinn heilen zu können, indem man den Namen des Wahnsinnigen auf den kleinen Zeiger der Kirchenuhr einkratzte. Und als für einen bestimmten Tag ein Meteoreinschlag auf der westlichen Halbkugel prophezeit war, versuchte man das Unheil abzuwenden, indem alle Uhrwerke vierundzwanzig Stunden vorgestellt wurden. Feilspäne von einer Uhr sollten gegen Fallsucht helfen, das Trinken von Wasser, in dem der Klöppel gereinigt worden war, gegen Seitenstechen.

Für mich ist auch die Vorstellung, daß Zeit vergeht, ein Hirngespinst und daher ein Aberglaube.

In Kumasi war der Verlauf der Ereignisse etwas, das in aller Stille vor sich ging, möglicherweise sogar nur im Kopf. Geburt, Fruchtbarkeit, Mondzyklus, Sterben. Unser Leben bekam Rhythmus und Anreiz von den Ereignissen, in die wir einbezogen waren und die uns wirklich bewegten. Sie waren privat.

In den Niederlanden ist das Vergehen des Lebens ein öffentliches Ereignis. Auf Plätzen, an Kirchen, auf einem Kaminsims oder einer Konsole wird es einem zugeschrien. Mit der Vorstellung, die Uhren würden autonom in einer unendlichen Bewegung existieren, beschwören die Niederländer ihre Angst vor dem Augenblick und ihrer eigenen Vergänglichkeit. Bei den Aschanti tötete die Zeit die Menschen. In Holland, und wie oft ist dieser Seufzer nicht zu hören, schlagen die Menschen die Zeit tot.

Das Fort blinkt und blitzt. Meine Arbeit ist getan. Jetzt heißt es warten, bis die Natur mein Werk vernichtet. Ich habe van der Eb bereits wissen lassen, daß ich in einem halben Jahr wieder die Mauern streichen möchte.

12. November 1849

Deinen Brief vom 7. Oktober habe ich in bester Ordnung erhalten. Ich respektiere Deinen Entschluß. Zu sagen, was er für mich bedeutet, ist mir zur Zeit nicht möglich. Eine heimliche Hoffnung ist zunichte gemacht. Ich nehme es Dir nicht übel. Wahrscheinlich habe ich mit meinen Berichten den Ausschlag gegeben. Was kann ich anderes sagen, als daß Du recht hast, die Ernennung zum Ingenieur zu Dabokrom abzulehnen. Die Aussicht auf Erfolg ist dort gleich Null. Letzte Woche wieder ein Todesfall. Der totale Ertrag der Unternehmung, für die einundzwanzig Niederländer starben und noch mehr Eingeborene, beträgt jetzt weniger als vier Unzen Gold beziehungsweise hundertfünfzig Gulden.

Der Entrüstungssturm auf Deine Ablehnung ist interessant. Aber was hattest Du erwartet? Nun haben sie Dich am Hals! Ihre ganze Planung, Dich, wie mich, zurückkehren zu sehen, ist gescheitert. Du willst nicht einmal von Freiberg nach Holland zurückkommen, bevor man Dir nicht Aufschluß über Deine Stellung gibt. Natürlich macht sie das nervös. Obwohl Du selbst Dein Studium finanzierst, drücken die Kosten für Deinen Unterhalt jährlich schwerer auf das Budget des Ministeriums. Du schreibst, daß schon heute die jetzigen zweihundert Gulden monatlich nicht ausreichen, um sich in angemessenem Stil am Weimarer Hofleben zu beteiligen.

Weißt Du was, hat sich einer dieser Beamten gedacht, wir ernennen ihn zum Ingenieur in Dabokrom. Taugt er etwas in seinem Beruf, verdient er für uns Gold, und ist er genauso wie der Rest, sind seine Überlebenschancen vermutlich nicht allzu groß.

Aber Du weigerst Dich. Sie fragen Professor Cotta um Rat. Er antwortet, Du hast Dich so der niederländischen Kultur angepaßt, daß Deine Liebe zu Heimat und Familie erloschen sei. Ist das eine Neuigkeit! Sie bitten Molenkamp um seine priesterliche Meinung (er gibt sie vermutlich ungebeten zum besten), und der schreibt Deinen »*verlorenen Mut*« dem Schmeicheln der Weimarer Aristokratie zu, das Dich »*verwöhnt*« und Deine »*religiösen Ansichten verändert*« haben soll. Ha! Nun lassen sie endlich die Maske fallen: »*Wieder ein Fall nutzloser Ausbildung und enttäuschter Erwartungen.*«

Es tut mir leid, aber mit den Empfindlichkeiten der Welt kann ich mich nicht mehr beschäftigen. Ich brauche meine ganze Konzentration, um diesen neuen Kummer zu verarbeiten.

Doch noch ein Wort. Was nützt es mir zu schweigen und die Stille noch mehr auf mein Herz drücken zu lassen, das angesichts der harten Erkenntnis, Dich nie mehr wiederzusehen, kaum mehr schlägt. Besonders schmerzlich, Kwasi, sind die Gründe, die Du dem Minister für Deine Weigerung anführst, nach Aschanti zurückzukehren: Deine Angst, verlassen zurückzubleiben und *»unter Menschen leben zu müssen, deren Mores, Gebräuche, Sitten und Religion mir nicht nur fremd geworden sind, sondern gegen die ich gleichermaßen eine Abneigung höchsten Grades empfinde«*. Bin ich etwa nicht hier? Bin ich nicht wie sie? Bist Du nicht wie ich? Warum schreibst Du solche Dinge, wenn Du weißt, wie sie mich verletzen?

13. November 1849

Beim Aufwachen stand mir der Tod meines Vaters lebendig vor Augen. Noch nie habe ich mich darüber gegrämt. Im Gegenteil. Ich liebte ihn, und dennoch hat mich selten etwas so froh gemacht. Zwischen ihm und mir geschah etwas Wunderbares.

Eine Kraft war da. Wie soll ich es ausdrücken? Erinnerst Du Dich, wie wir in den Raum hineingingen, in dem er aufgebahrt lag? Zuerst wagte ich es nicht. Ich hatte Angst davor, mit dem Tod in einem Zimmer zu sein. Aber kaum war ich eingetreten, überkam mich eine große Ruhe. Aus dem verstorbenen Körper strömte Energie. Das war keine Einbildung, nein, es war ein Sturm, der direkt auf mich zu wehte. Ich öffnete die Arme und breitete die Hände aus, um soviel wie möglich aufzufangen. Wie ein starker Wasserstrahl, der einem auf Kopf und Schultern prasselt. Als ich davon gesättigt war und den Göttern für diese Erfahrung dankte, verabschiedete ich mich von meinem Vater und ging. Ich war aber noch nicht draußen, als ich das Wunder noch einmal erleben wollte. Ich kehrte zu ihm zurück, und sofort war es wieder da, in voller Stärke. So ging ich an diesem

Nachmittag sechs-, siebenmal in den Raum zurück. Ich geriet in Ekstase. Seine Liebe war flüssig geworden.

»*Und ich lernte den Tod auf den Lippen des Mannes kennen, dem ich mein Leben verdanke*«, sagt René irgendwo. Weiter habe ich niemanden davon berichten hören und dennoch glaube ich, daß jeder Mensch angesichts des Todes dasselbe erlebt.

Vergiß vor allem nie, mein lieber Kwasi, wie nahe sich Kummer und Freude sind.

Abends

Zu meinem Vater noch dies: Kurze Zeit später, als ich Sehnsucht danach hatte, ging ich zu seinem Grab. Ich breitete die Hände aus, streckte sie der Erde entgegen und bat ihn in Gedanken, sein Wunder noch ein einziges Mal zu zeigen. Nichts geschah. Nein, tönte es in meinem Kopf, von nun an mußt Du eigene Kraft sammeln. So stärkt der Tod die Gedanken der Lebenden. Ist das nicht vielleicht das natürliche Ziel unserer Sterblichkeit? Mir kommt das praktischer vor als das, was uns Pastor Molenkamp beizubringen versuchte. Mir zumindest gefällt das besser als eine Auferstehung.

19. November 1849

Ist es mir denn nicht vergönnt, irgendwo Ruhe zu finden? Wohin ich blicke, sehe ich Schrecknisse. Heute! O Gott, entsetzlich.

Gestern früh suchte mich van der Eb in meinem Zimmer auf. Ich gehe seit gut einer Woche nicht zum Appell und habe mich krank gemeldet. Er fragte nach der Art meiner Beschwerden, und ich habe ihm wahrheitsgemäß geantwortet, ich könne keine Kraft zum Aufstehen finden. Er ließ Bouillon holen, half mir beim Waschen und Anziehen, und ich ging an seinem Arm zweimal um den Innenhof. Ich sah, wie mich die

Soldaten vom Wehrgang aus beobachteten. Sobald wie möglich habe ich mich wieder hingelegt. Aber zum Abendessen kam ich in den Speisesaal. Das freute den Gouverneur, und er kam heute früh mit einer neuen Aufgabe, um mich zu beschäftigen. Ob ich dem englischen Kommandanten in Fort Coenraadsburg eine Nachricht überbringen könne. Van der Eb ist ein herzensguter Mann, aber so leicht zu durchschauen.

Lange war ich nicht weiter als bis zur Ziehbrücke gekommen. Nachdem ich meinen Auftrag erledigt hatte, ging ich am Nachmittag zum ersten Mal seit langer Zeit ein wenig am Meer spazieren. Alles war trist. Der Salzdunst hing dick wie Nebel in der Luft. Ich wanderte an der letzten Niederlassung vorbei und über die Felsen, weil ich hoffte, dort allein zu sein. Ich saß noch nicht lange, als aus dem Nebel ein Schemen auftauchte. Ein Mann mit Lendentuch, schmutzig, schlurfte gebückt heran. Er suchte etwas auf dem Boden, blieb da und dort stehen, hob ein Steinchen oder eine Muschel auf, betrachtete sie, schüttelte den Kopf und warf sie weg. Erst beim Näherkommen sah ich, daß es Joa war. Ich legte ihm die Hand auf die Schulter. Er hob den Kopf und lächelte, als er mich erkannte.

»Ich suche Edelsteine«, sagte er, »aber ich kann keine finden.« Sein Haar war lang geworden und voller Staub.

»Für Edelsteine mußt du tiefer graben«, lachte ich. Ich dachte, er scherze, aber in der Art, wie sein Blick an mir klebenblieb, lag etwas Beängstigendes.

»Manchmal sieht man etwas glitzern. Sogar im Dunkeln. Es sind sehr schöne dabei. Das Schwierige ist, sie mitzunehmen, ohne daß dich die Aufseher erwischen.«

»Vielleicht hast du für heute genug gesucht«, erwiderte ich freundlich und versuchte, ihn am Arm zu fassen, aber er machte sich sanft los und bückte sich wieder.

»Ich habe meiner Liebsten etwas Schönes versprochen.«

»Oh«, sagte ich, »das ist etwas anderes«, und machte mir bittere Vorwürfe, daß ich ihn nicht früher besucht hatte. »Soll ich Dir helfen?« Ich ging in die Hocke und scharrte wie er ein wenig zwischen den Steinen. Sofort sprang er auf, beleidigt, daß ich ihn zum Narren hielt.

»Wäre nur die Last für jedermann gleich verteilt, dann wären alle froh!«

Mir fiel keine Antwort ein, und als er böse weiterlief, ließ ich ihn gehen. Und dennoch beneidete ich in einer Aufwallung von Egoismus meinen Freund. Trotz seiner Zerrüttung verlor er nicht die Hoffnung, etwas Schönes zu finden. Und ich, ich kehrte mit leeren Händen zum Fort zurück.

6. Dezember 1849

Hätte man uns geknebelt und offen zurückgesetzt, dann hätten wir kämpfen können. Dann wären wir stark geworden. Zweifellos hätten wir verloren, aber verloren haben wir dennoch. Nun hat man uns toleriert. Das ist unverzeihlich. Wenn Du jemand nicht aus ganzem Herzen umarmen kannst, dann hab den Mut, ihn zu verstoßen.

Heute nacht wurde ich, schien mir, mit einem Gedanken wach, so klar ... mit einem Mal stand mir das Bild des Soldaten vor Augen, der sich damals, als wir als Kinder hier waren, kurz nach unserer Ankunft das Leben nahm. In meinem Wachtraum lag er auf dem Felsen, genau wie wir ihn fanden, aber nun schüttete er sich vor Lachen aus.

»Ja«, sagte ich zu ihm, »die Menschen versuchen dich ins Leben einzugliedern, aber du hast sie übertölpelt!« Kein rigoroserer Widerstand gegen die christliche Erziehung schien mir vorstellbar.

»Stimmt«, brüllte er vor Lachen. »Die wahre Freiheit läßt dieses heiligste Gebot hinter sich!«

Daraufhin schlug ich ihm mit einem Beil den Kopf ab, was ja in Aschanti die Strafe für diese Sünde ist, und mir dämmerte langsam, daß es ein Traum sein mußte. Darauf wachte ich, zu Tode erschrocken, erst richtig auf. Ich stand auf, trank einen Schluck und schüttelte den Trübsinn von mir ab.

Mach Dir keine Sorgen. Das waren nur Nachtgedanken. Und es wird bereits hell. »Wenn ich weitergehe, sterbe ich. Wenn ich zurückgehe, sterbe ich. Dann lieber weitergehen und in den Kiefern des Kampfes zermalmt werden!« Denn das ist hier die Devise.

19. Dezember 1849

Ich habe eine ausgezeichnete Ablenkung von meiner Grübelei gefunden. Ich kenne nun jeden Stein meines Zimmers, jeden Meter des Forts und alle Hütten im Krom. Das Meer bringt jeden Tag denselben Nebel. Nur die Fischer fangen an dem einen Tag ein paar Fische mehr als an einem anderen. Das ist dann am ganzen Strand das Tagesgespräch. Ich vermute, unter den Menschen ereignet sich viel mehr, aber ich habe den Willen verloren, mich genauer auf sie einzulassen. In letzter Zeit ist es meine größte Freude, in der Mittagshitze durch die Salzbecken zu wandern. Dann lasse ich mich von der grellen Widerspiegelung der Sonne auf die Kristalle blenden. Das ist eine Lust. Zuerst schaue ich ganz lang ins Licht. Dann richte ich meinen Blick auf den dunkelgrünen Wald, vor dem die weiße Fläche ausläuft. Zunächst sieht man eine Sekunde nichts. Dann erscheint alles Vorherige als negativ, weiße Bäume vor einem schwarzen Grund. Anschließend löst sich das Bild allmählich auf. Vor meinen Augen bilden sich Flecke, in denen ich Formen zu erkennen meine. Geometrische Figuren. Manchmal auch Gestalten. Ich folge ihnen wie dem silberschwarzen Glitzern von Schmetterlingen, die mir einen Ausgang zeigen. Sie flattern herbei und wieder davon, wie es manchmal im Traum geschieht. Es sind nur Sinnestäuschungen, das weiß ich auch, aber sie sind zumindest nie gleich. Nach gut zwanzig Minuten beruhigen sich meine Augen, die Figuren ziehen sich zwischen die Bäume zurück. Und dann wiederhole ich das Ganze noch einmal. Es macht süchtig. Meist bleibe ich, bis sich die Salzfläche mit dem Abendhimmel verfärbt. Dann kehre ich in meinen eigenen Spuren ins Fort Elmina zurück. Ich ertrage meine Zelle leichter, wenn ich wieder weiß, daß draußen Leben ist.

Heute stand Joa vor dem Tor. Er wollte mich sprechen. Es geht ihm besser. Um seinen Liebeskummer zu vergessen, will er in sein Vaterland heimkehren. Ihn hindert nichts.

Hier hält ihn nichts mehr. Seine Werkstätte ist wegen Verwahrlosung geschlossen. Die Männer, die er angestellt hatte, haben sich alle selbständig gemacht. Joa ist nicht bitter. Gewinn interessiert ihn nicht mehr. Was er mit meinem Webstuhl anfangen solle, wollte er wissen. Ich antwortete, er könne ihn verkaufen. Das Geld wird er unterwegs brauchen. Dazu gab ich ihm noch meinen Monatssold. Die Reise ist nicht ungefährlich. Wir verabschiedeten uns lachend, aber am liebsten hätte ich ihn zurückgehalten.

Das wird mein drittes Weihnachtsfest in Elmina. Die Männer sind ausgelassen. Sie dürfen nächste Woche endgültig nach Hause. Das neue Regiment ist bereits in Accra. Wieder muß ich also eine Wachablösung miterleben. Van der Eb versuchte erneut, mich mit dem abrückenden Regiment nach Holland zurückzuschicken. Er hat mich nicht geschont.

»Sie sind intelligent, gebildet, belesen, Sie haben so viele Talente, die Sie glücklich machen könnten. Verschwenden Sie sie doch nicht an ein Volk, das Sie dafür verachtet! Seien Sie ein Mann!«

Ich antwortete, ich könne mir nichts Männlicheres vorstellen, als auf das Unmögliche zu hoffen. Er packte mich an den Schultern.

»Sehen Sie doch ein, daß Sie sich etwas vormachen. Sie marschieren offenen Auges in den Abgrund.«

Ich habe ihm gedankt. Die Aussichtslosigkeit meiner Lage ist mir völlig klar. Als er mich so traurig sah, tat es ihm leid, und er sprach von der lebendigen Weihnachtskrippe, mit der ein paar katholische Burschen heute nacht ihre Feier schmücken. Ochsen und Esel hätten sie schon. Da fragte van der Eb, ob ich vielleicht den schwarzen König spielen wolle. Es schien ihm ein geeigneter Anlaß für mich, einmal mein Kente-Tuch zu tragen. Ich habe geantwortet, daß ich ausschließlich schwarze Knechte spiele.

1. Januar 1850

Ein Schicksal wie meines, Kwasi, das gibt es doch nur in der Antike? Ich lese wieder die Klassiker. Dort finde ich die letzten Worte, in denen ich mich noch erkenne. Ach, so viele Menschen haben Unglück gekannt.

4. Januar 1850

Welch ein Glück! Ich habe meine Mutter wiedergesehen. Welch ein Schmerz! O Kwasi! Heute nacht, als ich auf den Brüstungen umherwanderte, sah ich einen Schatten vor dem Tor. Ich dachte, verzeih mir, es sei eines der Dorfmädchen, das zum Stelldichein mit einem Soldaten gekommen war. Ich gestikulierte, sie solle verschwinden, bevor man sie entdecke.

Da rief sie laut meinen Namen: »Kwame Poku!« Und noch einmal. Ich konnte es nicht glauben. Diese Stimme! »Kwame Poku!« Barfuß rannte ich vors Tor, sah dort aber niemand mehr. Einen Moment dachte ich, ich hätte den Verstand verloren. Und schließlich fand ich sie unter einem Baum sitzen. Zuerst weinte sie, wollte es aber nicht zeigen. Sie faßte sich und trocknete ihre Tränen. Danach durfte ich sie erst umarmen.

Sie ist kaum älter geworden, wogegen sie mich erst von Kopf bis Fuß mustern mußte, bevor sie glauben wollte, daß ich wirklich ihr Kind bin. Ihre Fingerspitzen auf meiner unrasierten Wange! Sie redete wie ein Wasserfall, aber ich konnte sie nicht verstehen. Es störte nicht.

Ich verstand sie trotzdem. Ich sagte ihr alles, was mir in den Sinn kam. Soviel Dringendes gleichzeitig, daß ich mich an den Worten verschluckte. Die in meinem Kopf oft wiederholten Sätze, wenn ich vom Wiedersehen mit ihr phantasiere.

Sie nickte, als lese sie meine Gedanken und lächelte unter Tränen.

So saßen wir eine Stunde, vielleicht zwei, bis in mir alles wie roh war. »Bist du gekommen, um mich mit nach Hause zu nehmen?« fragte ich schließlich, aber ich hatte die Antwort bereits in ihren Augen gelesen. Kwaku Dua ist unerbittlich. Dann drückte sie mich an ihre Brust. Mein Gott, war ich groß geworden! Ungeschickt, es ging nicht anders, wiegte sie mich hin und her. Meinen Kopf an ihrem Umschlagtuch. Jetzt erst sah ich, woher ich das Muster für meinen eigenen Stoff hatte... Ich setzte mich erstaunt auf und wollte mein selbstgewebtes Tuch aus dem Schrank holen, ihr meine Arbeit zeigen, aber sie ließ mich nicht gehen. So sprachen wir lange Zeit kein Wort, ohne daß es schmerzlich gewesen wäre. Schließlich begann sie zu singen. Die Melodie erkannte ich. Es war unser Morgengebet am Tag des *Ady*. Ich verstand es!

Geist der Erde, du hast Kummer
Geist der Erde, dir geht es schlecht
Erde mit deinem Staub
Solange ich tot bin
Werde ich von dir abhängig sein
Erde, solange ich lebe
Werde ich auf dich vertrauen
Erde, die meinen Körper aufnimmt
Wir wenden uns zu dir, und du wirst es verstehen
Wir wenden uns zu dir, und du wirst es verstehen

Ich legte den Kopf in ihren Schoß. Ich schäme mich nicht dafür. So muß ich eingeschlafen sein. Als ich morgens erwachte, war sie verschwunden. Ich habe überall nach ihr gefragt, aber niemand hatte eine Frau aus Aschanti bemerkt. Nicht im Dorf, nicht beim Fort und selbst die Nachtwache behauptet, mich mit niemandem gesehen zu haben. Macht nichts. Ich weiß, was ich weiß.

15. Januar 1850

Gegen besseres Wissen hoffe ich sie wiederzusehen. Jede Nacht sperre ich Augen und Ohren weit auf. Einmal sah ich jemanden die Brandung entlanglaufen. Ich rief, aber es kam keine Antwort. Ich begreife schon, daß sie weg ist. Sie konnte nicht ungefährdet aus Kumasi wegbleiben und ist direkt nach unserer Begegnung zurückgelaufen. Heute nacht versuche ich ein wenig zu schlafen.

4. Februar 1850

Heute bin ich von einer langen Wanderung zurückgekommen. Zwei Nächte habe ich im Wald verbracht. Ich hatte kaum etwas bei mir. Geschlafen habe ich auf der Erde, von den Bäumen gegessen und im Fluß gebadet. Es war bestimmt nicht meine Absicht, für immer zu verschwinden. Ich lief über die Salzebenen und wurde immer näher zu der grünen Wand gezogen. Als ich schließlich davorstand, war es, als winke mir etwas aus dem Dunkel zu und zeige mir den Weg.

Es brachte mir einen Tadel van der Ebs ein. Wütend herrschte er mich an, ich solle nicht vergessen, daß ich noch immer im Dienst der niederländischen Armee stehe. Ich antwortete, diese Institution habe mir eine Beförderung versprochen und solange die ausbliebe, sei ich ihr nichts schuldig. Seine Reaktion war, meine Sonderstellung für die nächste Zeit aufzuheben und mich zur Teilnahme an jedem Exerzieren und allen Diensten der einfachen Soldaten zu verpflichten. Er meint es nicht böse. Natürlich hat er sich Sorgen gemacht, wie es ein Vater tun würde.

Vielleicht hatte ich dabei eines der Abenteuer im Sinn, wie ich sie gelegentlich mit Dir erlebt habe. Auf Bäume klettern, Blätterhütten bauen, Früchte essen, sicher und versteckt in einer eigenen Welt spielen, alles ganz allein zu schaffen. Meine Erwartung wurde enttäuscht. Ich bin kein Kind mehr.

Ich hatte ein Messer, kam aber anfangs auf dem Boden kaum voran. Ich bewegte mich auf der zweiten Etage weiter, über dem dichten Gebüsch, wie es uns Kofi gelehrt hat, von Ast zu Baumstumpf zu Ast. So verschwand ich aus der Helligkeit in die finsteren Hallen. Noch hatte ich nichts als Pech. In wenigen Stunden erwies es sich, wie fremd ich der Natur geworden bin. Ich strauchelte und zerschrammte mir beide Beine. Moskitos stachen mich, und meine Uniform scheuerte meine Haut so sehr auf, daß ich sie ausziehen mußte. Ich stieß mir den Kopf an und mußte ihn wegen der Parasiten verbinden. Ich wollte mir ein paar Blutsauger aus meinen Seiten ausbrennen, aber wegen der Feuchtigkeit ließ sich kein Feuer schlagen. Als ich die vollgesaugten Biester mit meinem Messer herausstocherte, gingen ganze Hautfetzen mit. Lädiert, müde und enttäuscht stieß ich schließlich auf ein verdächtiges Unterholz, in dem ich ein Schlangennest vermutete. Um es sicher passieren zu können, ergriff ich eine Luftwurzel und schwang mich auf die andere Seite. Das Ding knirschte und riß auf halbem Weg unter meinem Gewicht, so daß ich mitten in das Wäldchen stürzte, das ich eigentlich meiden wollte. Da lag ich, keine Schlange weit und breit, und plötzlich stellte ich mir vor, Du könntest sehen, wie ich mich hier anstelle, wie der Dumme August im Zirkus auf dem Malieveld. Ich konnte über mich lachen und beschloß, gebrochen, in dieser Nacht keinen Schritt weiterzugehen. Ich fand Früchte und Holz, trocken genug zum Feuermachen, und fiel in einen Schlaf, der wegen des ohrenbetäubenden Lärms nur leicht war.

Mitten in der Nacht schreckte ich von einem Heulen auf, das sich von den anderen Geräuschen unterschied. In meiner Nähe stöberte etwas herum. Ich machte ein bißchen Lärm, aber es verschwand nicht. Nun konnte ich es sogar fiepen hören. Ich zog ein brennendes Holzstück aus dem Feuer und fand im Gebüsch ein Affenjunges. Gleich auf der Hut duckte ich mich, weil ich die Eltern nicht weit weg vermutete. Aber das Blattwerk blieb unbewegt und auf das Jammern des Kleinen kam keine Reaktion. Nun wagte ich es, ihn genauer zu betrachten. Er gehörte zu der Art, die man in Boabeng und Fima für heilig hält. Er war verkrüppelt, zog eine Pfote nach und seinem Schwanz fehlte die Spitze. Vielleicht hatte er sich mit den Stärksten aus seiner Herde gemessen, aber vielleicht hatte er auch einen Angriff mit knapper Not überlebt. Auf jeden Fall muß ihn die Gruppe nach seiner Verkrüppelung als nicht überlebensfähig ausgestoßen haben.

Das kleine Tierchen war sehr mager, aber die Natur hatte ihr Werk noch nicht vollendet. Es starrte mich so ängstlich an, daß sich die Angst auf mich übertrug. Ich wagte kein Glied zu rühren. Ich befürchtete, dem kleinen Tier bliebe das Herz stehen, wenn ich es aufheben würde. Aber es lief auch nicht weg, denn es wußte: vor oder zurück, verloren bin ich auf jeden Fall.

Ich öffnete eine Kokosnuß und zerquetschte ein paar Früchte auf einem Bananenblatt. Das legte ich dem Tier hin, ein wenig vom Feuer entfernt. Ich setzte mich ein Stück weg und wartete ab. Das arme Kerlchen zauderte endlos, ohne mich dabei aus den Augen zu lassen. Aber seine Nase peilte unablässig die Nahrung an. Schließlich faßte das Tier Zutrauen und aß in meinem Beisein. An diesem Abend unternahm ich weiter nichts, und als ich morgens aufstand, tat ich, als bemerke ich nicht, wie mich das arme Ding aus einem Dickicht heraus beobachtete.

Den ganzen Tag folgte mir das Wesen, so gut es eben ging. Absichtlich bewegte ich mich nur langsam voran, damit es nicht zurückblieb. Allmählich machte es mir Spaß. Zum ersten Mal seit langem war ich nicht auf mich fixiert.

Gegen Mittag konnte ich das Tier mit ein wenig Futter bis auf einen Meter zu mir herlocken. Es setzte sich, um die Frucht aufzuknabbern. Sein Blick blieb zwar ständig auf mich geheftet, aber die Angst war verschwunden. Wegen seiner großen Augen und der Haarbüschel am Kinn nannte ich es Willem, denn es war nicht viel schöner als unser Freund, der neue König.

Noch bevor sich der Nachmittag neigte, war der Affe so zutraulich geworden, daß er nicht mehr hinter mir herlief, sondern neben mir. Manchmal hinkte er sogar vor mir her. Folgte ich nicht schnell genug, drehte sich Willem um und wartete auf mich.

In der zweiten Nacht schlief ich nicht. Die ständige Sorge um das kleine Wesen hielt mich wach. In der Nähe gab es Wild. Ich fand große, frische Spuren, konnte sie aber nicht mehr, wie früher, bestimmen. Ich hielt das Feuer hoch, konnte aber den Kleinen trotzdem in meiner Nähe halten. Nur einmal passierte ein großes Tier, das ich nicht sehen konnte, unser Lager. Ich machte soviel Lärm wie möglich und schwenkte eine Fackel. Weiter blieb es ruhig. Als die Gefahr vorüber war, bemerkte ich Willem direkt hinter mir. Mein Geschrei hatte ihn nicht erschreckt, sondern er hatte es als Schutz empfunden.

Es war klar, daß mein kleiner Ausflug fast zu Ende war. Was mir in einer Anwandlung durch den Kopf geschossen war, setzte ich nur noch aus Starrsinn fort. Muskeln, Haut und Kopf schrien nach einem Bad, nach Hautsalbe, sauberen Kleidern, weichen Kissen und einem Bett mit kühlen Leintüchern. Ich habe die Natur, die einst mein ein und alles war, in den Jahren der Trennung idealisiert. In Wirklichkeit bin ich ihr fremd. Nur ein Splitter in ihrer Haut. Es gelingt mir nicht, tiefer einzudringen. Sie greift mich an und stößt mich ab.

Ich beschloß, denselben Weg zurückzugehen, sobald es hell wurde, aber was sollte aus Willem dem Dritten werden? Würde er mir folgen und wenn ja, was dann? Als erriete er meine Gedanken, kam er in diesem Augenblick näher herangekrochen als je zuvor. Wie ein altkluges Kind baute er sich in einem Meter Abstand mir gegenüber auf. Mit schräg gelegtem Kopf sah er mich fast fragend an. Mir schien es eine nette Abwechslung, ihn zur Gesellschaft in meinem Zimmer zu halten. Van der Eb würde mir diese Ablenkung bestimmt erlauben. Das kleine Tier wäre außer Gefahr und könnte mit seiner Mißbildung leben. Aber seine natürliche Umgebung würde er nie wiedersehen, ebensowenig wie ich die meine. Ich gab ihm etwas zu essen und mehrfaches Händeklatschen hielt Willem für den Rest der Nacht auf Abstand.

Morgens suchte ich den Weg zurück. Nach einer Stunde entdeckte ich bereits einen salzigen Niederschlag auf den Blättern, und weit vor Mittag stand ich am Rand der Ebene. Wahrscheinlich war ich in zwei Tagen nicht tiefer als ein paar hundert Meter in den Urwald eingedrungen. Ich drehte mich um, und als mein Gefährte sich anschickte, mir zu folgen, rannte ich auf ihn zu. Ich versetzte ihm ein paar gezielte Tritte. Er fletschte die Zähne, und als ich nicht aufhörte, biß er gemein zu. Ich zog mein Messer und griff ihn wieder an. Getroffen schreckte er zurück. Er lachte vor Angst, und dennoch wartete das dumme Tier in sicherem Abstand in stiller Fassungslosigkeit auf mich. Nun wurde ich heftig. Ich warf einen Stein und traf sein Hinkebein. Er flitzte auf einen Baum. Ich nahm meinen Gürtel und schlug zu. Getroffen. Er höher. Ich auf einen Ast. Und noch einmal schlug ich voll auf seine Flanke. Das genügte Gott sei Dank. Kreischend verschwand der König zwischen den Bäumen.

Erschöpft fiel ich im Salz auf die Knie. Ich war untröstlich und zufrieden zugleich. Tränen lassen diese Becken nicht austrocknen.

10. Februar 1850

Osei Tutus Priester Anokye hat den Goldenen Stuhl, *Sika Dwa*, aus dem Himmel gezaubert. Mit Donnergrollen senkte er sich in einer dunklen Wolke auf die Knie des Asantehene herab, während die Luft dick vom Treibsand war. Es ist der Thron, auf den ich ein Geburtsrecht habe. In ihm ist die Seele unseres Volkes. Heute erreicht uns aus Kumasi die Nachricht, daß einer meiner jüngeren Brüder zum Nachfolger Deines Vaters bestimmt werden soll. Ich habe dem Asantehene unverzüglich einen Protestbrief geschrieben und einen zweiten Brief an meine Mutter, in dem ich sie frage, warum sie so etwas zugelassen hat. Van der Eb glaubt immer noch nicht, daß ich sie wirklich getroffen habe. Er sieht durchaus den Ernst meiner Lage und ist bereit, sobald wie möglich einen Sonderbotschafter nach Kumasi zu senden.

12. Februar 1850

Du schickst mir Deine Silhouette. Sie ist kunstvoll geschnitten. Es sieht so aus, als seien solche Andenken aus Papier in Weimar noch mehr in Mode als in Delft. All Deinen Freunden und Bekannten hast Du so etwas geschickt. Sie tragen sie bei sich oder hängen sie an die Wand. Offenbar werden Scherenschnitte als Kunstform angesehen. Aber was soll ich damit? Von allen Abbildungen ist diese die stumpfsinnigste. Sie ist platt. Sie zeigt keinerlei Mienenspiel oder Empfindung und sagt mir weniger, als es Dein Fußabdruck täte.

Nimm mir meine Undankbarkeit nicht übel. Ich bin in den letzten Tagen nicht mehr ich selbst. Beim Anblick Deines Bildes wurde es mir zuviel. Man hatte auf einen weißen Bogen Papier Deinen Schatten geklebt. Einen ausgelaufenen Tintenklecks ohne Charakter. Ich ertrage es nicht. Ausgerechnet jetzt.

Auch das Gemälde Radhen Salehs hat jeden menschlichen Ausdruck verloren. Hier hat das Salz den Sieg davongetragen. Wir sind aufgelöst. Schimmel bedeckt die letzten erkennbaren Linien. An vielen Stellen scheint die Leinwand durch die Farbe. Unsere Konturen kann man noch erkennen. Von Dir sind noch ein linkes Auge mit Wange und Schulter, von mir eine Nase und ein Knie übrig. Die Farbe ist ab. So schwarz wie Du in Weimar umhergehst, so weiß bist Du hier.

Die Damen in Weimar. Die Damen in Freiberg. Sie hängen mir zum Hals heraus. Alle wollen eine Locke Deines Haars. So lieb, wie es sich kräuselt. Und Du läßt Dich rupfen wie ein Huhn! Nun haben sie ihr wöchentliches Kränzchen auch noch nach Dir benannt, das Aschanti-Kränzchen, nur zu, welche Ehre! Und Du stellst Dich dort zur Schau. Noch immer tust Du alles, um aus Dir selbst eine Sehenswürdigkeit zu machen. Großes Aufsehen, Kwasi, ist nicht Akzeptanz! Geduldet werden bedeutet nicht, gleich zu sein.

All Deine Bälle und Jagdpartien, die Großen der Erde, die Dir den Kopf streicheln, Deine studentische Mitgliedschaft im Sächsisch-Bayerischen Kneippverein, Gott bewahre, mir reicht es allmählich. Erspare mir künftig die endlosen Beschreibungen des Hoflebens, die Abende mit Deinen adeligen Freunden und die vertraulichen Gespräche mit Liszt. Ich weiß es jetzt, es gefällt Dir dort, in diesem Ilm-Athen! Genug davon!

Oh, liebster, allerteuerster Freund, der einzige, mit dem ich alles teilte. Wenn Du nicht empfindest wie ich, wer dann? Mach Dir keine Sorgen. Bei mir ist Deine Freundschaft sicher, und ich kasteie Dich nur, weil ich den Gedanken nicht ertrage, daß so eine Zierpuppe Dich ihren Freundinnen vorführt und dann, sobald ihr euch verabschiedet habt, Dich, den ich liebe, in ihrem Hexenkreis durchhechelt ... Hör nicht auf mich. Geh Deinen eigenen Weg. Mein verfluchtes Mißtrauen, übernimm es nicht, was Du auch tun magst. Du bist glücklicher ohne. Nicht sicher, aber zumindest unbefangen.

Und vergiß nie: Müßte ich mein Leben noch einmal leben, würde ich das Glück, mit Dir in einer elenden Verbannung zu leben, einem unbesorgten Leben in Kumasi vorziehen.

16. Februar 1850

Seit ich im Wald gewesen bin, besucht mich meine Mutter immer öfter im Traum. Sie wirkt lebendig, aber wir können uns nicht umarmen. Sie bringt mir Bilder mit und viele Worte. Sie setzt sich auf mein Bett, halb hinter den Vorhängen versteckt, und lehrt mich Verse. In Twi. Ich spreche sie nach. Präge sie mir ein. Und wenn ich aufwache, schreibe ich die Wörter auf, die ich noch nicht kannte. Ist das nicht etwas Wundersames? Über die Ursache oder den Hergang dieses Phänomens versuche ich nicht nachzudenken. Die Welt der Geister lebt nicht im Verstand. In meinem Heft habe ich auf diese Weise in kurzer Zeit bereits hundertfünfzig neue Wörter notiert, die ich tagsüber repetiere und mit denen ich versuche, neue Sätze zu bilden.

Ich bin an dem Punkt angelangt, an dem mir der Rückblick auf Geschehenes angenehmer ist, als am Geschehen teilzuhaben. Ja, die Erinnerung hat mir mehr zu bieten als das echte Leben.

20. Februar 1850

Was mich am meisten wundert, ist die Blindheit der Menschen. Die Welt ist so einfach gebaut, aber sie scheinen es nicht zu sehen. Es gibt Gutes, und es gibt Böses. Das ist alles. Die beiden kann man auf einen Kilometer Entfernung unterscheiden. Aber selbst die wenigen Menschen, an die ich geglaubt habe, verwechseln sie.

Wer Gutes tut, hat ein gutes Leben. Wer mit Absicht Böses tut, wird ein böses Leben führen. Dafür sorgt die Natur. Ich sehe es geschehen und möchte die Bösen vor dem Unheil warnen, das sie über sich heraufbeschwören, aber gerade dann, wenn ich die Leute ansprechen möchte, denke ich an mich selbst. Noch nie habe ich jemandem etwas Böses getan, und sieh mich nur an ...

Das ist die Wahrheit: König Willem paßte nicht mehr in die Gruppe. Deshalb mußte er sterben. Darin ist die Natur sehr klar. Ich wollte mich dort nicht einmischen. Niemand weiß besser als Du und ich, was geschieht, wenn sich Menschen in das einmischen, was vorbestimmt ist. Ein König ist ein König, tot oder lebendig, da oder dort. Wer nicht stark ist, muß sterben. Es tut mir nicht leid. Ich habe der Natur geholfen. Der eine Zweig verkümmert, der andere blüht auf, das wußte schon Osei Tutu.

In drei Tagen gut und gern fünfundvierzig neue Twiwörter notiert, darunter die Bezeichnungen für verschiedene Küchengeräte und ein paar medizinische Begriffe!!! Das gibt doch Hoffnung.

21. Februar 1850

Du hättest ihre Gesichter sehen sollen! Ich habe die Offiziere heute damit überrascht, beim Mittagessen ausschließlich Twi mit ihnen zu sprechen. Es ging wundersam gut. Die Wörter und Begriffe flogen mir nur so zu. Die Fensterläden öffnen und den Horizonten folgen, das ist alles!

Notiz im Gouvernementlogbuch von Fort Elmina:

22. Februar 1850

Heute morgen haben wir in unserem kleinen Kreis einen überaus traurigen Verlust erlitten. Um halb neun Uhr hat sich der Aschantiprinz Quame Poku in seinem Schlafzimmer mit einem Kopfschuß das Leben genommen. Der Schuß war so heftig, daß das unglückliche Geschöpf bis zur Unkenntlichkeit entstellt wurde.

Die vier Zimmerwände, die Bettvorhänge und die Decke, alles war mit Blut und Hirngewebe bespritzt. Er trug nichts anderes am Leib als das Prunkgewand, das er für sich gewebt hatte.

Wahrscheinlich hat er die Waffe direkt hinter dem linken Ohr angelegt. Das Jagdgewehr, das neben seiner Leiche gefunden wurde, hatte ihm das Ministerium anläßlich seines Eintreffens hier geschenkt. Offenbar hat er Schießpulver benutzt, da keine Spur einer Kugel zu finden war.

Man kann sich keinen anderen Grund für diese Verzweiflungstat vorstellen, als daß er die letzten drei Tage seltsam verwirrt schien. Zum Beispiel tat er gestern mittag am Tisch des Kommandanten nichts anderes, als vor sich hinzubrabbeln.

Fünfter Teil

Java 1900

Buitenzorg, den 3. August

Vor Tag und Tau schneite gestern früh Mevrouw Renselaar herein. Sie war im Reisekostüm, ich saß noch im Schlafrock beim Frühstück, was sie besonders zu ärgern schien.

»Wir haben wenig Zeit«, herrschte sie mich an. »Wir fahren nach Batavia!«

»Nun, dann gute Reise«, sagte ich, »und übereilen Sie nicht Ihre Rückkehr.« Sie stand da und sah mit offenem Mund zu, wie ich meine Mangostane schälte. Ich schnitt die Frucht sorgfältig in acht gleich große Teile und versuchte ein Stückchen.

»Ziehen Sie sich heute noch an, oder wie stellen Sie sich das vor?«

»Aber ja, aber dann werden Sie schon unterwegs sein.«

»Ich habe nicht vor, allein zu reisen. Sie werden mich begleiten.«

»Ich? Nach Batavia? Mit Ihnen!?« In meinem Hals suchte sich das Fruchtfleisch einen Weg nach oben. Ich spuckte es in die Serviette. »Meine Liebe, die weiteste Reise der letzten Jahre hat mich auf die erste Hochebene des Salak geführt, den Sie dort sehen. Von da aus konnte ich ohne Probleme mein Haus und meine Plantage liegen sehen, und selbst damals konnte ich nicht schnell genug nach Hause kommen.«

»Unsinn, als Kind sind Sie um die halbe Welt gereist.«

»Sie sehen, wie es mir bekommen ist.«

»Um die Erdkugel, kreuz und quer, ohne zu murren, Ihr Leben lang.«

»Das ist nun zu Ende. Ich bin am Ziel.«

»Zieren Sie sich nicht. Wir nehmen den Zug. Heute abend können Sie wieder zurück sein.«

»Meine Güte, geben Sie doch auf, ich bin zu alt für Vergnügungsreisen.«

»Aha«, sagte sie, »aber wir reisen nicht zu unserem Vergnügen!« Sie drehte sich kurz zur Seite, faßte in den Halsausschnitt ihrer Bluse und zauberte einen kleinen kupfernen Schlüssel hervor. Triumphierend hielt sie ihn in die Höhe und blieb stehen, als erwarte sie Applaus. Enttäuscht ließ sie den Arm sinken, nahm einen Stuhl und legte den kleinen Schlüssel vor mich auf den Tisch.

»Hören Sie gut zu: Heute früh ist mein Mann von zu Hause ins Ministerium aufgebrochen. Vor einer halben Stunde traf bei mir ein Bote mit der Nachricht ein, daß Mijnheer Renselaar sich zu einer eiligen Besprechung beim Gouverneur zu verfügen habe, der sich mit einer Delegation hoher Regierungsbeamter aus den Niederlanden in Bandung aufhalte. Ich sagte ihm, mein Gatte sei bereits auf dem Weg nach Batavia. Die Angelegenheit schien so dringend zu sein, daß der junge Mann es für nötig hielt, ihm nachzufahren.«

»Wirklich sehr faszinierend«, sagte ich gelangweilt.

»Ja, finden Sie nicht?« Sie strahlte.

»Nein, gar nicht, und was geht mich das an?«

»Mein Mann hat einen kleinen Vorsprung. Er wird sich kaum hinter seinem Schreibtisch verkriechen können, da steht schon der Bote des Gouverneurs vor ihm. Er hört, daß man ihn erwartet, rafft in aller Eile ein paar Unterlagen zusammen, setzt seine engsten Mitarbeiter von seinem übereilten Aufbruch in Kenntnis und sputet sich nach Bandung.« Sie spielte mir die Szene vor. Ich stoppte sie in dem Moment, als sich ihr Mann die Haare raufte und gleichzeitig auf die Taschenuhr sah.

»Ja, wunderbar«, sagte ich. »Und?«

»Und dann, kaum ist er weg, treffe *ich* ein. Man sagt mir,

daß er weggerufen wurde. Kann ich etwas dafür? Ich werde wütend. Man versucht mich zu beruhigen. Ohne Erfolg. Ich habe eine Verabredung mit ihm, aber ich komme umsonst.«

»Aber, um Himmels willen, aus welchem Grund fahren Sie dann?«

»Ich verlange, daß man mich kurz in seinem Zimmer ausruhen läßt. Und Sie.«

»Mich?«

»Ja. Sie kommen auch völlig umsonst. Stehen einfach so herum. Ein uralter Mann! Man kann Sie doch nach solch einer langen Reise nicht einfach wieder wegschicken? Wo sollen wir hin? Was sind das für Manieren? Ich erleide einen Schwächeanfall. Ich mache eine Szene.«

»Zweifelsohne.«

»Um mich zu besänftigen, läßt man uns eine halbe Stunde ausruhen. An *seinem* Schreibtisch. Wir nehmen Platz.«

»Gott sei Dank.«

»Wir lassen uns eine Erfrischung bringen und sagen, wir wünschten nicht gestört zu werden. Dann hole ich diesen Schlüssel zu seinen Schubladen heraus. Dort bewahrt er die Mappe mit allen Dossiers auf, die er zur Zeit bearbeitet. Darunter ist auch Ihres! Sie haben eine halbe Stunde zur Einsicht.« Sie nahm den Schlüssel und ließ ihn in den Ausschnitt zurückgleiten. »Eine halbe Stunde, und alle mysteriösen Angelegenheiten sind aufgeklärt.« Zur Belohnung zog sie meinen Teller zu sich und verschlang die Frucht, auf die ich mich gefreut hatte. Inzwischen ging mir allmählich ihr Plan auf.

»Sie haben also meinetwegen Ihrem Mann den Schlüssel entwendet?«

»Aber nein, ich habe doch nur einen nachmachen lassen, letzthin, als er ein Mittagsschläfchen hielt. Man weiß schließlich nie, wozu so etwas noch nützlich ist. Nun ...« – sie lachte so breit, daß ihr der Mangostanesaft in kleinen Rinnsalen übers Kinn tropfte – »... ziehen Sie sich etwas Ordentliches an, oder möchten Sie, daß man in der Hauptstadt Ihre Unterwäsche bewundert?«

Benommen ging ich in mein Zimmer. Ahim kam herbeigeeilt, um mich zu waschen und anzukleiden, aber ich konnte seine Hände nicht ertragen und schickte ihn weg. Mein ganzer Körper zitterte vor Anspannung. Wie immer verwünschte ich dieses Weibsbild wegen der Unruhe, die sie verbreitete, war aber gleichzeitig gerührt wegen all der Mühe, die sie sich meinetwegen machte. Ich brauchte ein paar Sekunden, um mich wieder zu beruhigen. Um draußen nicht gehört zu werden, preßte ich mir die Kissenrolle fest auf den Mund.

In Wahrheit wollte ich in letzter Zeit keinen Menschen mehr sehen. Meine selbstgestellte Aufgabe hielt mich völlig in ihrem Bann. Nach dem Niederschreiben meiner Erinnerungen – was kein Vergnügen war – hatte ich mir Kwames Briefe wieder vorgenommen. Ich schaffte es nicht, mehr als einen pro Tag zu öffnen. Bei der letzten Episode angelangt, war ich von dieser kleinen Aufgabe so angeschlagen, daß mein Magen keine Nahrung mehr vertrug. So versuchte mein Körper meinen Geist wachzurütteln. Mach Schluß damit! Aber Gedanken gären wie Genever, man gießt immer noch einen ein und hofft, er werde den Geschmack aller vorherigen wegspülen. Das Blut wird zähflüssig. Mit fortschreitendem Alter fällt es dem Herzen immer schwerer, die schädlichen Stoffe wegzupumpen.

Vor einer Woche hat Ahim all meine Befehle schlankweg ignoriert. Wir waren zum sovielten Mal wegen des Mittagessens aneinandergeraten. Ich bekam es wieder nicht hinunter. Er gab meinen Memoiren und meiner Isolation die Schuld. Ich eher seiner Kochkunst, war aber so klug, es für mich zu behalten. Ich sagte ihm lediglich, er solle sich ausschließlich um seine eigenen Angelegenheiten kümmern. Da verlor er völlig die Fassung. Er ließ alles liegen und stehen und lief ins Kampong. Dort holte er meine kleine Tochter bei ihrer Mutter ab. Mit dem kleinen Wurm auf dem Rücken kam er in mein Zimmer. Er schob die Papiere, mit denen ich beschäftigt war, vom Tisch und setzte Quamina vor mich. Mir nichts, dir nichts, ohne ein Wort! Sie war aufgeregt und freute sich, mich zu sehen, und streckte ihre Ärmchen nach mir aus. Ich wußte kaum, was ich tun sollte. Ich nahm sie auf den Schoß, behutsam, denn bei Kindern und Tieren habe ich immer Angst, etwas zu zerbrechen. Ahim öffnete die Fensterläden, brachte Farbkreide und Karton. Mir gab er die Spieluhr. Ich zog das Ding auf und beobachtete, wie die wenigen klaren Töne die ganze Aufmerksamkeit des Kindes gefangenhielten. Schließlich gingen wir mit ihr in den Garten, und ein paar Stunden lang vergaß ich alles. Als es Zeit wurde, Quamina zu ihrer Mutter zurückzubringen, mußte Ahim sie regelrecht aus meinen Armen reißen. Um ihm eine Freude zu machen, aß ich an diesem Abend, was er mir vorsetzte. Am nächsten Morgen erwachte ich seit einer Ewigkeit zum ersten Mal ohne Kopfschmerzen.

Mevrouw Renselaars plötzliches Interesse drängte sich mir nun genauso plötzlich auf wie Quaminas Besuch. Ich schlüpfte in die Kleider, die Ahim auf dem Bett bereitgelegt hatte.

In Batavia herrschte ein unvorstellbarer Trubel. Vielleicht bin ich überreizt. Ich ertrage Menschenmassen schlechter als früher. Aber mir scheint, als trachte jeder jedem nach dem Leben. Die Waroengs, Stände, wo man alles kaufen kann, sind bis auf die Fahrbahn vorgedrungen und bilden ein durchlaufendes Band. Die Händler versuchen mit einem Wirrwarr von Werbetafeln und -fahnen auf sich aufmerksam zu machen. Ringsherum zwängen sich Menschen aneinander vorbei. Jeder schreit. Jeder hetzt. Mittendrin spielen Kinder und schlafen alte Menschen auf der nackten Erde. Die offenen Abwasserkanäle sind schmutzig und verstopft. Aus ihnen schlüpfen Hühner, Ratten und streunende Hunde. Es ist ein Irrenhaus! Nirgendwo kann das Auge Ruhe finden. Der Staub, den Träger, Pferde und Wagen aufwirbeln, kann sich unmöglich senken und so hängt über den Straßen eine gelber Dunst, der sich einem auf die Lunge legt. Zudem schwelen an jeder Ecke Abfallberge. Man kann keinen einzigen Atemzug ohne diesen schweren, ungesunden Qualm tun.

Adeline ging voran. Sie benutzte ihren Sonnenschirm wie eine Sense. Mit großen Zügen mähte sie einen Pfad für mich frei. So gelang es uns, den Bahnhofsplatz zu überqueren und eine Kutsche anzuhalten. Nachdem wir endlich saßen, beklagte ich mich über diese Zustände.

»Das ist nun einmal das neue Jahrhundert«, sagte sie. »Wir können es nicht aufhalten. Ihnen erscheint der Niedergang viel schlimmer, weil Sie Java noch in paradiesischem Zustand gekannt haben.«

»Bis zu den Knöcheln in vermodernden Pflanzen und Schlamm, geplagt von Monsunen und Moskitos? Nein, vom Paradies erwarte ich doch ein wenig mehr.«

»Unsinn. Sie sind diesem Land verfallen. Weshalb wären Sie sonst geblieben?«

»Eine gute Frage, meine Liebe.«

Unsere Kutsche blieb vor den Regierungsbüros stehen. Adeline stieg zuerst aus, um mir bei der Stufe zu helfen. Da hörten wir einen Schrei. Unmittelbar vor unserem Fahrzeug war eine alte Frau beim Versuch, die Straße zu überqueren, von einem Kuli niedergemäht worden. Der Junge sah nicht einmal auf, und keiner schien auf die Idee zu kommen, der Javanerin aufzuhelfen. Im Gegenteil, ein Betjakfahrer schrie sie noch an, weil er ausweichen mußte, damit er ihr nicht über die Beine fuhr. Ich habe es ja gewußt, in der Masse wird jede Achtung vor dem Leben erstickt. In Batavia heißt es also jetzt: Jeder ist sich selbst der nächste.

Mevrouw Renselaar war rasch zur Stelle. Sie versuchte der Frau auf die Beine zu helfen. Zwar war diese mager, ließ sich aber dafür hängen. Zweifellos erschreckte der Anblick des über sie gebeugten riesigen weißen Körpers die alte Frau mehr als der Unfall selbst. Sie versuchte sich loszureißen, aber Adeline ist keine Frau, die in solch einem Fall losläßt. Sie verlor das Gleichgewicht und fiel auf die Unglückliche. Zwischen all den Fahrzeugen setzte ein gutgemeintes Ringen ein. Nachdem sie die Alte endlich auf die Beine gestellt hatte, war das Haar beider Frauen voller Schlamm. Ich nahm mein Taschentuch, um Adeline ein wenig zu säubern, aber das wollte sie nicht. Zerzaust auszusehen, sagte sie, käme ihr gerade recht. Sie wischte sich ihre Hände so ausgiebig an meinem Anzug ab, daß ich ebenfalls verschmiert wurde, ergriff meinen Arm und zog mich in diesem abgerissenen Zustand durch das Portal des Ministeriums.

Der Empfang verlief zunächst wie geplant. Mevrouw Renselaar übertölpelte den Wachtsergeanten, ohne auch nur ihren Schritt für ihn zu verlangsamen. Sie öffnete eigenhändig die gußeiserne Tür und durchquerte die Marmorhalle, in die drei Gänge und eine Holztreppe führten. Ohne Zögern entschied sie sich für den ersten Stock. Ich schlich, sie trampelte hinauf.

»Nicht vergessen«, sagte sie, »Sie und ich haben heute das Sagen! Prägen Sie sich das gut ein und handeln Sie entsprechend, dann stellt keiner unangenehme Fragen.« Tatsächlich öffnete sie zwei, drei kleine Büros, ohne anzuklopfen und ohne, daß die Angestellten den Kopf gehoben hätten. Als uns auf dem Gang jemand entgegenkam, nickte er überrascht, aber freundlich. Adeline fragte, wo wir das Archiv finden könnten. Er zeigte es uns und ging weiter. Adeline rüttelte an der Klinke. Als diese nicht nachgab, stemmte sie ihre Hüfte an das Schloß und warf ihr volles Gewicht dagegen. In diesem Augenblick forderten nur zwei Dinge meine ganze Aufmerksamkeit: meine zitternden Knie und ein Sausen in meinen Ohren, das mich hinderte, eventuelle Angreifer nahen zu hören. Ängstlich sah ich nach rechts und nach links und überlegte gerade, wie ich nur in diese Situation geraten war, als die Tür unter Adelines Gewicht nachgab. Sie stolperte in den Raum und sah dem Archivar direkt in das magere Gesicht. Er beäugte uns über den Brillenrand wie jemand, der erstens nicht an Besuche gewöhnt ist und zweitens auch keinen Wert darauf legt.

»Sie suchen?«

Nun hörte ich sie doch nach Luft schnappen. Ihr fiel nichts Besseres ein, als ein wenig zu laut ihren Namen zu nennen. Der Archivar erhob sich und untersuchte mit einem Finger, ob das Türschloß Schaden genommen hatte.

»Mijnheer Renselaar ist ausgegangen.«

»Aber nein«, seufzte Adeline, »nein, so etwas würde er mir nie antun, nicht nach einer so langen Reise ...« Von hier an spielte sie die Szene, wie sie es sich vorgenommen hatte, aber es gelang ihr nicht, den Beamten zu erweichen. Er begleitete uns zu Renselaars Büro. Als er dort niemand antraf, ließ er uns nicht einfach unbeaufsichtigt zurück, wie es der Plan vorsah, sondern holte seinen Vorgesetzten. Adeline beruhigte mich flüsternd, sie habe Richards Abteilungsleiter schon einmal kennengelernt und ihn um den Finger gewickelt, aber als er klein und mager vor ihr stand, zeigte der Mann kein anderes Zeichen des Erkennens, als nervös zu sein und einem Gespräch mit ihr offenbar voller Schrecken entgegenzusehen. Zuerst klärte er uns über die Situation auf: die unerwartete Weisung, die niemand hatte vorhersehen können. Er verstand, daß wir Opfer der Umstände geworden waren und bot uns zur Beruhigung einen Schluck Wasser an. Als das keine Lösung brachte, schlug er vor, wir sollten bei seiner Gattin in Weltevreden zu Mittag speisen.

»Hélas, mes nerfs!« sagte Adeline. »Ils ne permettent pas que je me déplace ... Gerade eben wurden wir, vor Ihrer Tür, Opfer eines Verkehrsunfalls. Sie sehen, wie derangiert wir sind! Uns sofort wieder in die Wildnis zu schicken, wäre unverzeihlich.«

»Ich werde Ihnen meine Kutsche zur Verfügung stellen.«

»Nein, ich erbitte nicht mehr als einen Moment der Erholung, um den Schlag zu verarbeiten, daß der Prinz, in seinem Alter, und auch ich, so völlig vergebens aus Buitenzorg angereist sind ...«

»Kamen Sie in einer bestimmten Angelegenheit zu Mijnheer Renselaar?« fragte mich der Mann. »Vielleicht kann ich Ihnen helfen?«

Ich zögerte.

»Das scheint mir kaum vorstellbar«, ergriff wieder Adeline das Wort. »Nein, uns bleibt wirklich nichts anderes übrig, als hier ein wenig zu ruhen und anschließend die Rückreise anzutreten ...«

»Nur, Sie müssen verstehen, gnädige Frau: die Regierungsgebäude sind nicht ohne weiteres der Öffentlichkeit zugänglich.«

»Und völlig zu Recht. Man stelle sich das vor!« Sie lehnte ihren Sonnenschirm an die Wand, zog ihre Hutnadel heraus und begann sich in aller Ruhe die Handschuhe auszuziehen. Der Abteilungsleiter ließ jede Hoffnung fahren. Er seufzte.

»Oder meinen Sie etwa, mein Gatte könnte etwas gegen meine Anwesenheit in seinem eigenen Büro haben, zwischen seinen eigenen Siebensachen?«

»Gewiß nicht. Nur, wir haben strenge Vorschriften.«

»Diese hübsche kleine Uhr hier habe ich ihm selbst zu seinem vierzigsten Geburtstag geschenkt. Und diesen Stich und diesen Tintenlöscher, Handarbeit. Gütiger Himmel, die halbe Einrichtung stammt von mir, und nun verwehrt man mir den Zutritt!«

»Darum geht es nicht, gnädige Frau, und ich bin sicher, daß, wenn Ihr Gatte... aber ich bin verantwortlich, und ich habe strenge Anweisungen.«

Adeline schwieg beleidigt und warf mir einen Blick zu. Ich dachte, sie würde sich mit dem Scheitern ihres Plans abfinden. Just in dem Moment zwinkerte sie mir zu. Und gleichzeitig veränderte sich ihr Aussehen. Sie krümmte den Rücken, krümmte die Finger, zog die Schultern hoch und schien um Jahre zu altern.

»Ich ...« Sie griff nach dem Stuhl, stürzte hinter dem Schreibtisch ihres Mannes zu Boden und brach in Schluchzen aus.

»Ich wollte ...«

»Gnädige Frau, ich bitte Sie.« Dem Abteilungschef brach der Schweiß aus. »Echauffieren Sie sich doch bitte nicht noch mehr. Bitte, gehen Sie in aller Ruhe nach Hause. Zweifellos wird Ihr Gatte, sobald es seine Geschäfte in Bandung zulassen, auf schnellstem Wege zu Ihnen eilen, voller Ungeduld, Ihnen alles erklären zu können. Er wird erwarten, daß Sie zu Hause sind.«

Flehend sah sie den Mann mit feuchten Augen an. »Er wollt' nich weg – und mit meinen eigenen Händen hab ich – hab ich ihm die Hände vom Türpfosten gelöst ...« Sie wimmerte leise. »... Eh er ging, hab ich ihm die Ringe von sein Vater an die Ohren gehängt – wie 'nem – wie 'nem Opfertier ...« In der darauffolgenden fassungslosen Stille legte sie die Unterarme auf den Tisch, mitten auf einen Stapel Formulare, und barg ihr Gesicht in den Armen.

Der Abteilungschef trat einen Schritt auf sie zu, um sie zu

trösten, aber ihm fehlte der Mut. Bestürzt warf er mir einen fragenden Blick zu. Ich hatte sofort den Text erkannt, den sie da deklamierte. Sie hatte mich bereits unterwegs mit ihrer jüngsten Liebhaberrolle in einer Fischertragödie belästigt, die in Holland zur Zeit Furore zu machen scheint. Ich zuckte mit den Achseln, grinste verlegen und tippte nur mit dem Zeigefinger an die Stirn.

»Der ganze Vorfall hat sie ziemlich angegriffen«, sagte ich zu allem Überfluß.

Als Adeline das hörte, richtete sie sich auf, als ergebe sie sich ihrem Schicksal. Sie betrachtete den Abteilungsleiter, als habe er gerade eine Todesnachricht überbracht und murmelte niedergeschlagen: »Mein Mann und vier Söhne ... Nu is noch meine einzige Hoffnung – 's Kind von meiner Nichte.«

Da suchte der Abteilungschef mit einer kurzen Entschuldigung das Weite. Wir bekamen Tee mit süßem Spekkoek und soviel Zeit, wie wir nur brauchten, um uns wieder zu beruhigen. Adeline schloß die Tür von innen ab, knöpfte ihr Gilet auf und schloß mit dem kupfernen Schlüssel den Schreibtisch ihres Ehemannes auf. Unter den Dossiers, die sich dort befanden, entdeckten wir nur ein einziges mit meinem Namen. Es enthielt vierzig Dokumente aus meiner ersten Zeit auf Java. Das früheste stammte vom September '50, eine Notiz über meine Ankunft, den Bestallungsvertrag und vorläufigen Aufenthaltsort, das letzte (September '57) war eine Abschrift des königlichen Dekrets über meine Bestallung zum Honorar-Bergbauingenieur mit einer lebenslänglichen Pension von jährlich vierhundert Gulden und der Bestimmung, mich über Veränderungen im Stab des königlichen Hofpersonals auf dem laufenden zu halten, wie es bei Prinzen eines befreundeten Staates üblich ist.

Aus dem dazwischenliegenden Zeitraum waren zahlreiche meiner eigenen Briefe erhalten. Die meisten erkannte ich mit einem Blick an der Handschrift. Es war eine Reihe von Arbeits- und Reiseberichten darunter, aber die meisten waren Eingaben an den Generalgouverneur, um ihn auf meine unhaltbare Position in Niederländisch-Indien aufmerksam zu machen, am Anfang vorsichtig und höflich an Rochussen, später unverblümt und fordernd an Duymaer van Twist. Der alten Leidensgeschichte opferte ich nicht viel unserer kostbaren Zeit. Das alles kann ja wohl nach all den Jahren für mich nicht mehr wichtig sein.

Interessanter waren die Berichte über mein Tun und Lassen, manchmal von Menschen, denen ich vertraut hatte. Sie galten meiner Dienstausübung im Staatsdienst als auch meinem Privatleben. Da ich damals wie heute ein maßvolles Leben führte und ich von Natur aus geneigt bin, keinen Anstoß zu erregen, waren dort wenig sensationelle Informationen zu finden. In der Liste der Informanten um so mehr. Ich erkannte Namen von Nachbarn und Dienern, von einem alten Freund, vom Postbeamten des Bergbauressorts, sogar vom Lieferanten meiner Spirituosen. Gelegentlich wurde für diese Spitzeldienste eine Bezahlung erwähnt, aber die meisten Informationen waren wohl ohne Gegenleistung gegeben worden.

Soweit schien das Dossier keine großen Geheimnisse zu enthalten. Ich begann schon zu glauben, der ganze Aufwand sei vergebens oder für eine Kleinigkeit, die von Adeline und ihrem Mann aufgebauscht worden war, als ich auf einen kurzen Brief stieß, von keinem anderen als van Drunen! Es war eine Abschrift, aber eine eigenhändige, in offiziellem Ton und an den Kolonialminister gerichtet. Darin bittet er um seine Entlassung aus dem Staatsdienst und teilt mit, in die Niederlande zurückkehren zu wollen. Die Begründung für seinen Entschluß lautet:

[...] meine Verbundenheit mit dem Schicksal der Prinzen von Aschanti, die ja unter meiner Verantwortung nach Holland gebracht wurden. Nach dem schrecklichen Ende Prinz Quame Pokus zu Elmina fürchte ich um das Wohlbefinden des verbleibenden Prinzen, des Herrn Aquasi Boachi. Nach allem persönlichen Mißgeschick befindet sich dieser, ohne selbst darüber im Bilde zu sein, zur Zeit in einer aussichtslosen Position auf Java. Ich bin der Meinung, daß es ein Unrecht ist, einen Menschen in seiner Entwicklung vorsätzlich zu behindern. Die Ge-

heimhaltung der Verfügung, die auf höheren Befehl im Hinblick auf den Prinzen ergangen war, läßt sich zudem nicht mit meinem Gewissen und meiner Moral vereinbaren. Aus diesem Grund richte ich mein Ersuchen an Sie [...]

Van Drunen war, wegen seiner Liebe zu den Tropen, Ende 1852 vom Kolonialministerium von 's-Gravenhage auf einen höheren Posten nach Batavia versetzt worden, um dort bis zu seiner Pensionierung Dienst zu tun. Obwohl dieser Mann Kwame und mich in die Anfangsgründe der niederländischen Sprache eingeführt hatte und uns auch in den darauffolgenden Jahren eine Stütze gewesen war, entwickelten wir zu ihm nie eine echte Freundschaft. Er hatte unser Vertrauen gewonnen und beobachtete uns mit aufrichtiger Sorge. Dennoch galt seine Loyalität nicht nur uns, sondern ebensosehr dem niederländischen Staat und den Mächten, die uns aus unserem Vaterland weggeholt hatten.

Ich hatte ihn daher in den fünfziger Jahren auch nur zweimal getroffen, beide Male in Batavia. Beim ersten Mal sprachen wir einen ganzen Abend hauptsächlich über Kwame. Beim zweiten Mal vertraute ich ihm die Schwierigkeiten an, denen ich auf Java ausgesetzt war. Ich bat ihn, sich beim Minister für meine Sache einzusetzen. Er versprach, sein Möglichstes zu tun und berichtete, sogar erste Schritte in diese Richtung unternommen zu haben. Kurze Zeit darauf wurde er seines Amtes enthoben und kehrte nach Holland zurück, ohne sich noch einmal mit mir in Verbindung zu setzen. Das war eine große Enttäuschung.

Ende der siebziger Jahre schrieb er mir in einem Brief aus Semarang, er habe sich als Zivilist in einem Kampong niedergelassen, der so gut wie ausschließlich von Ex-»Rekruten« der afrikanischen Goldküste bewohnt wurde. Diese Leute habe er mit seiner Kenntnis ihres Vaterlandes und ihrer Sitten überrascht. Er schmiede Pläne, wie er diesen »schwarzen Holländern« helfen könne, die im Alter nach Ablauf ihres Vertrags kaum noch genug zum Leben hätten. Er unterstütze sie bei der Herstellung ihrer Batikarbeiten und schicke über die wenigen

Kontakte, die er noch habe, gelegentlich eine Partie nach Elmina, wo eine große Nachfrage nach diesen Stoffen vorhanden sei. Die daraus entstehenden Erträge gingen (und das unterstrich er) *ohne Abzüge* an die Arbeiter. Von seiner geringen Monatspension kaufe er Medizin, und den kleinsten Kindern der Ansiedlung bringe er Niederländisch bei. Deshalb, schrieb er, denke er oft an mich. Diesen Menschen habe er nun von mir erzählt, und sie wollten mich kennenlernen.

Auf diesen Brief habe ich nicht geantwortet, auch nicht auf die beiden nächsten. Sollte ich mich dort etwa zur Schau stellen? Was hätte ich ihnen sagen können? Danach schrieb mir van Drunen nicht noch einmal. Ich habe ihn nicht mehr gesehen.

Nun, beim flüchtigen Lesen seines damaligen Entlassungsgesuchs, war mir klar, daß ich ihm unrecht getan hatte. Offenbar hatte er damals nicht nur meine Sache vorgebracht, sondern sogar für mich seine Karriere aufs Spiel gesetzt. Adeline bemerkte meinen Schreck. Sie las über meine Schulter mit und keuchte mir ins Ohr: »Voilà, das ist sie, die geheime Verfügung!« Da erst wurde ich mir des Rätsels bewußt, das van Drunens Brief enthielt.

Die übrigen Dokumente, ausschließlich offizielle Akten, die sich auf meine Tätigkeit im Dienst des Kolonialministeriums bezogen, teilte ich zwischen Adeline und mir auf. Wir suchten nach möglichen anderen Hinweisen auf die von van Drunen genannte *»Verfügung, die auf höheren Befehl im Hinblick auf den Prinzen ergangen war«*. Nirgendwo geschah das rundheraus. Einmal wurde aber in einer internen Note eine meiner zahlreichen Bitten um Versetzung mit den Worten *»in Anbetracht der Vorbestimmung, leider vergeblich«* abgetan. Wie immer beim Suchen fanden wir den eindeutigsten Hinweis erst im allerletzten Dokument des ganzen Stapels. Es war eine kurze Notiz von Kolonialminister Pahud an Generalgouverneur Rochussen. Mit diesen Worten reagiert er auf ein Protokoll vom 24. Juni 1850 (von dem auffälligerweise eine Abschrift im Konvolut fehlte):

»Unter Berücksichtigung der von Ihnen vorgebrachten Einwände gegen die Ernennung des Prinzen von Aschanti, bin ich zu dem Entschluß gekommen, daß diese durch die besonderen Maßnahmen, gefällt nach ausschließlicher Rücksprache mit Seiner Königlichen Hoheit, zur Genüge ausgeräumt werden. Ich sehe daher keinen Anlaß, Ihrem Drängen nachzugeben, die Übersiedlung des Prinzen nach Batavia erneut in Erwägung zu ziehen.«

Spät kehrten wir nach Buitenzorg zurück. Mevrouw Renselaar bestand darauf, mich vor meinem Haus abzusetzen. Sie hatte meine Stimmung gespürt und nahezu die ganze Fahrt über geschwiegen. Ich dankte ihr für all ihre Bemühungen.

»Viel klüger sind wir nicht«, sagte sie und drückte mir fest die Hand. »Oh, ich finde es unerträglich.«

Ich bat sie, kurz zu warten, und holte aus meinem Zimmer das Manuskript, an dem ich arbeitete. Ich vertraute es ihr an. Sie nahm die Seiten, ohne sich weiter zu zieren.

»Was die Feier Ihres Jubiläums angeht, wenn Sie darauf verzichten möchten ...«

»Tun Sie, was Sie wollen, es berührt mich nicht.«

»Dann sagen wir sie ab.«

»Nach all der Mühe?«

»All die Mühe gilt Ihnen. Ich möchte nicht, daß Sie nur einwilligen, um mir eine Freude zu machen.«

Da war sie, meine Chance, und ich packte sie nicht beim Schopfe. In einem schwachen Moment tat es mir gut, ihr diese Freude zu gönnen.

»Fein«, atmete sie auf, »denn ich habe mir ein bestimmtes Datum in den Kopf gesetzt. Den neunten September, paßt es Ihnen?«

»Für mich ist ein Tag wie der andere.«

»Es ist das Datum Ihres ersten Tages auf Java.«

»Ach ja.«

»Zumindest nach der Aktenlage.«

»Dann wird es so sein.«

Als sie wegfuhr, ging ich ins Haus. Ahim wollte mir das Essen bringen, das er für mich aufgehoben hatte, aber ich hatte keine Geduld und ließ es stehen. In meiner Tasche brannte das erbeutete Papier.

Eigentlich war es zu spät zum Ausgehen, aber ich brach doch zum Kampong auf. Die Anspannung des Tages hatte in mir die Energie eines jungen Burschen aufgebaut. Ich sehnte mich nach Entladung, bog aber auf halbem Wege in die Felder ab. Es war eine klare Vollmondnacht. An meinen Gärten vorbei fand ich den Weg über die Böschung zu dem kleinen See und ließ mich am Ufer des silbernen Wassers nieder. Wie ein Kind, das in die Bonbondose gegriffen hat, wagte ich meine Beute erst in dieser Abgeschiedenheit herauszuholen.

Es waren nicht mehr als zwei kleine Blätter, von einem Militärschreiber übersetzt und aufgezeichnet, von denen ich im Büro nur die ersten Zeilen überflogen hatte. Sie hatten nichts mit den Fakten zu tun, die wir suchten. Dennoch beschloß ich in einer Aufwallung, daß sie eigentlich in meinem Besitz sein müßten und nicht in einem Archiv. Ich steckte sie in die Hosentasche, sobald sich Adeline einmal kurz von mir abgewandt hatte.

An seine Exzellenz den Herrn Schomerus,
Gouverneur von Elmina,
de dato den zweiten März 1854,

Ich habe Ihren freundlichen Brief meinen Sohn Kwasi Boarche [sic] *betreffend empfangen, den ich nach England* [sic] *zur Ausbildung sandte, und den ich danach zurückerwarte. Ich habe gehört und Ihrem Brief entnommen, daß er sich weigert, nach Hause zurückzukehren, und Sie unterstellen, dies werde mich nicht allzusehr verdrießen; in Wahrheit bereitet mir seine Ablehnung großen Kummer; und da ich mich danach sehne, sein Antlitz zu sehen, wäre ich Ihnen sehr verbunden, wenn Sie sich aufrichtig bemühten, seinem Lehrer zu schreiben und ihn zu bitten, ihn hierherkommen zu lassen, um mein Gesicht sehen zu können und danach wieder an seinen Schreibtisch zurückzukehren. Ich flehe Sie an, meiner Bitte nur aus dem Grund zu entsprechen, damit ich sein Antlitz sehen kann und wie er geartet ist, danach kann er zu seiner Arbeit zurückkehren.*

Gezeichnet zu Kumasi,
Kwaku Dua, Asantehene der Aschanti

Darunter hatte mein Vater nicht wie früher ein Kreuz gemalt, sondern in kindlichen Zügen seinen Namen geschrieben.

Kein Mensch hat mich je über diesen Wunsch meines Vaters informiert. Ich hätte die Bedeutung gern tiefer auf mich einwirken lassen wollen, aber alles noch einmal zu lesen, fiel mir zu schwer. Im Schein des Mondes trieben die Buchstaben heran und wieder fort. Meine Augen mochten ermüdet sein, mein Blut blieb jedoch unruhig. Daher wollte ich in dem kleinen See baden. Nachdem ich meine Kleider ausgezogen hatte, legte ich sie sorgfältig zusammen. Das alte Briefpapier steckte ich tief zwischen die Falten meiner Hose, ein Stück weit vom Wasser entfernt. Der Asantehene hatte Tinte auf Wasserbasis verwendet. Die verträgt sich nur schlecht mit Feuchtigkeit.

Niederländisch-Indien
1850–1855

– Kann uns zum Vaterland die Fremde werden?
– Und dir ist fremd das Vaterland geworden.
– Das ist's, warum mein blutend Herz nicht heilt.
Goethe, *Iphigenie auf Tauris*

I

Der Harmattan brachte sie mit. Torfstreu, einen süßen Duft nach Holz und rotem Flugsand. Ich saß im Golf von Guinea an Deck, zweieinhalb Tagesreisen hinter Dakar. Es gab kein Entrinnen. Mit dem trockenen Landwind kamen Vögel, weiße mit gelber Haube, wie sie Kwame in seinem ersten Brief aus Elmina beschrieben hatte. Obwohl ich mich für diesen Teil der Reise gewappnet hatte, traf es mich doch wie ein Schlag. Mitten im Gespräch verstummte ich. Linse und Lebret, die mich nach Batavia begleiteten, errieten meine düsteren Gedanken. Sie schenkten mir ein wenig Port nach und ließen mich in Ruhe.

An diesem Tag steuerte die *Sarah Lydia* zum Wasserfassen Sao Tomé an. Auf Linses Drängen blieb Kapitän van der Tak so weit auf offener See, daß ich keinen Blick von der Goldküste erhaschen konnte. Ein einziges Mal fragte ich, auf welchem Breitengrad wir uns gerade befanden, aber keiner wollte mir sagen, wann genau wir Elmina passieren würden. Ich drängte nicht weiter.

Ich hatte nicht den Wunsch, Kwames Grab zu besuchen. Seit seinem Tod Ende Mai waren drei Monate vergangen. Er war inzwischen in mich zurückgekehrt. (Manchmal bringt einem der Tod einen Menschen näher als das Leben. Von nun an trägt man, was einem lieb war, immer bei sich. Man kann nie mehr versagen. Man hat nichts mehr zu verlieren. Niemand stellt sich mehr zwischen uns. So sichert der Tod gleichermaßen auf ewig das, was er uns nimmt.)

Linse und Lebret hatten ihre Ausbildung in London abgeschlossen. Mit drei anderen Delfter Kommilitonen waren sie dort Cornelius de Groot unterstellt gewesen. Ich hatte also niemandem erklären müssen, warum ich mich für den Studienabschluß in Freiberg entschieden hatte.

Um mich ein wenig von meiner Grübelei abzulenken, begannen sie, mich über meine dortigen Fortschritte auszufragen, über das Erzgebirge, meine Kenntnis der Bergwerke, meine Forschungen unter Tage. Am meisten interessierte sie meine Freundschaft zu dem berühmten Professor Cotta, dessen Theorien sie in London nur schriftlich hatten studieren können. Ich konnte ihnen noch einiges Wissenswerte weitergeben, das ich meinem Mentor verdanke. Ansonsten unterschieden sich unsere Beobachtungen nicht sehr, obwohl ich ihnen in der Praxis voraus war und sie mehr akademischen Unterricht genossen hatten. Sie räumten ein, daß sich meine Kenntnisse am nützlichsten erweisen würden, sobald wir in Niederländisch-Indien erst einmal an die Arbeit gehen würden. Sich selbst sahen sie am Schreibtisch. Wir alle drei waren seit einigen Wochen Ingenieuranwärter im Dienst des Kolonialministeriums.

»Ich habe gehört«, sagte Lebret zu mir, »daß der Titel bei dir noch den Vermerk ›außerordentlich‹ bekommen hat. ›Außerordentlicher Ingenieuranwärter.‹«

»Ja, so steht es in meiner Bestallungsurkunde.«

»Und was bedeutet das?«

»Ich weiß es nicht. Ich glaube, ...«

»Was hattest du dir denn vorgestellt?« fragte Linse. »Daß sie Aquasi mit uns über einen Kamm scheren? Du bist gewöhnlich, Lebret. Ganz und gar gewöhnlich. Für mich gilt das schon etwas weniger. Aber Aquasi ... unser Aquasi, der ist nun einmal außerordentlich. Schon immer gewesen. Und so wird es auch bleiben.« Er glaubte mir eine Freude zu machen.

»Aber nein«, sagte ich peinlich berührt.

»Ich habe mir nur überlegt, worin er sich denn unterscheidet.«

»Von königlichem Blut«, sagte Linse, als müsse er zum sovielten Mal etwas Selbstverständliches noch einmal wiederholen. Er war schon beschwipst, schenkte sich aber noch einmal ein. Lebret hielt ihm sein Glas hin.

»Oder hat es mit deiner Examensnote zu tun? Aquasi, hast du etwa cum laude?«

»Ich bin doch auch cum laude«, sagte Linse. »Bin ich vielleicht nicht cum laude? Wolltest du das sagen? Na und ob ich cum laude bin. Und wie!«

»Ich habe einfach überlegt. So ein Vermerk. Was das wohl bedeutet.«

»Ich habe mir nichts dabei gedacht«, antwortete ich. »Ich dachte, daß ich in allem genau wie ihr …«

»Mach dir keine Gedanken.« Langsam wurde Linse das Gespräch langweilig. »›Außerordentlich‹ klingt verdammt gut. Oder etwa nicht?«

»Stimmt. Es klingt gut, verdammt gut.«

»Und außerordentlicher Dienst verlangt außerordentliche Bezahlung. Aquasi, sorg nur dafür, daß sie das nicht vergessen!«

Vor allem Lebret hegte die schönsten Erwartungen an das Leben eines verbeamteten Staatsdieners im Kolonialdienst, zumal als Junggeselle. Die nächsten Monate, stellten wir uns vor, würden wir uns mit dem Behördenapparat in Batavia vertraut machen. Daraufhin würde man uns für eigene Forschungstätigkeiten in unserem Fachgebiet über den Archipel ausschwärmen lassen. Man würde von uns Veröffentlichungen erwarten, spezielle Studien über Land und Boden. Wir waren ganz begierig, unser Wissen in die Tat umzusetzen. Dort an Deck schmiedeten wir wilde Pläne und phantasierten über unsere zukünftigen Anstellungen. Noch einmal erinnerte ich an einen Vorfall aus unserer Delfter Zeit, an einen der letzten fröhlichen Abende mit Kwame, aber Lebret lenkte das Gespräch, fast unmerklich, schnell wieder auf unsere Zukunft. Meine Freunde gaben sich größte Mühe, mich abzulenken, solange wir parallel zur westafrikanischen Küste fuhren.

Professor Bernhard Cotta hatte mein Studium mit der Einladung gekrönt, ihn auf eine Inspektionsreise durch verschiedene Bergwerke in den Tiroler Alpen zu begleiten, die den ganzen Sommer '49 dauerte. Danach hielt mich in Freiberg wenig anderes als meine zahlreichen Freundschaften. Bei von Beust, Breithaupt, Gätschmann, Reich und zahlreichen anderen war ich immer gern gesehen. Jeden Freitag- und Samstagabend machten wir mit unserem Kneipverein, dessen Ehrenmitglied ich war, die Stadt unsicher, und jeden Dienstag und Donnerstag erwarteten mich die Damen des Aschanti-Kränzchens. Dies alles, und zudem noch Sophie so nah in Weimar, schien mir viel mehr wert, als das, was mich anderswo erwartete. Dennoch konnte ich meine Abreise anstandshalber nicht länger aufschieben. Zusammen mit dem letzten Monatswechsel erreichte mich ein Brief von Kolonialminister Pahud, in dem er mich aufforderte, meine Rückkehr zu beschleunigen. Ich verlängerte meinen Aufenthalt in Dresden noch ein wenig, nahm aber schließlich blutenden Herzens Abschied von Freiberg. Mit meinen Freunden tauschte ich Silhouetten und Haarlocken und bekam unzählige Briefe und Freundschaftsbezeugungen, die ich in das schöne Liber Amicorum klebte, ein Geschenk Sophies und Karl Alexanders. Ich ließ einen Porträtstich von mir anfertigen, der ihnen zu gegebener Zeit zugesandt werden sollte. Erst danach machte ich mich nach Weimar auf, um mich von dem erbgroßherzoglichen Paar zu verabschieden, aber sie ließen mich nicht gehen. Ich blieb noch einige Wochen auf Ettersburg ihr Gast.

Wenn auf dem Schloß Briefe von Kwame an mich eintrafen, wurden sie normalerweise auf mein Zimmer gebracht. Ich nahm sie dann mit zur Steinbank am Waldrand hinter dem Schloß. Der weite Blick über das breite Thüringer Becken gab mir immer das Gefühl, allem weit entrückt zu sein. Dort erst wagte ich sie zu öffnen.

»Gibt es Neuigkeiten von unserem lieben Freund?« fragte Sophie, wenn sie mich bei ihrem täglichen Spaziergang dort sitzen sah. Anfangs erzählte ich ihr, Kwame ginge es, trotz einiger Schwierigkeiten, gut. Ich wollte sie nicht beunruhigen, weil sie um ihren verstorbenen Vater trauerte. Aber schließlich las ich ihr doch einmal ein paar Passagen vor. Sie enthielten wirre Gedankengänge, die ich nicht deuten konnte. Sophie erschrak und bat mich, den ganzen Brief lesen zu dürfen. Ich gab ihn ihr. Sie las und las ihn noch einmal. Dann legte sie ihn hin und sagte: »Versprich mir, ihm nie und nimmer zu folgen!« Sie ergriff meine Hand und ließ sie erst los, nachdem ich es ihr versprochen hatte. Seither lasen wir all seine Briefe gemeinsam und versuchten, seinen Gemütszustand zu deuten. Manchmal gab mir Sophie Ratschläge, wie ich meine Antworten abfassen sollte. Sie fand, ich solle nicht immer versuchen, ihn aufzumuntern, was mir selbstverständlich erschien – und mir am leichtesten fiel. Nein, ich solle auf jede seiner Sorgen eigens eingehen, selbst wenn sie mir nichtig erschienen. Auf die Weise, glaubte sie, werde er sich weniger einsam fühlen.

Im Oktober schickte ich, auf Anraten Sophies und fast von ihr diktiert, eine Petition an ihren Bruder Willem den Dritten, den neuen König der Niederlande. Ich schrieb ihm, unter keiner Bedingung zur Goldküste zurückkehren zu wollen. Ich schilderte ihm Kwames hoffnungslose Lage, die Christenverfolgung in Kumasi, die dortigen schlechten Aussichten für den Bergbau, die zahlreichen Toten und den winzigen Ertrag der Goldmine in Dabokrom. Ich schrieb, daß der Gedanke an eine Rückkehr mich mit Abscheu erfülle, und bat ihn um Anstellung, gleichgültig welche, die mich in den Niederlanden verbleiben ließe. Nachdem darauf eine befriedigende Antwort ausblieb, rebellierte Sophie. Am Tag zuvor war gerade ein erschreckendes Schreiben aus Elmina eingetroffen, in dem Kwame behauptete, meine Tante, seine Mutter, getroffen zu haben. Sophie meinte, dann müsse ich mich eben weigern, ohne Garantien für meine Perspektive und ohne das persönliche Versprechen des Königs, daß ich in den Niederlanden bleiben könne, dorthin zurückzukehren. Am 23. Januar 1850 ließ ich ihm einen entsprechenden Brief zukommen.

Eine Woche darauf erhielt ich die Zusage. Sofort schrieb ich

Kwame diese erfreuliche Mitteilung, in der Hoffnung, sie werde ihn aufmuntern. Ich dachte, er würde vielleicht einsehen, daß nun auch ihm die Rückkehr offenstand. Daß ihm sein zweites Vaterland wohlgesonnen war und ihn mit offenen Armen erwartete.

Daraufhin konnte ich meine Rückkehr nach Holland nicht länger hinauszögern. Sophie hakte sich bei mir ein. Wir wanderten zusammen mehrere Stunden durch den Buchenwald.

Ende Februar traf ich in Delft ein. Mit der Nachricht von Kwames Tod beeilte man sich mehr als mit seinen Briefen. Ein Kurier brachte sie mir bereits am 16. März. Augenblicklich quälten mich schreckliche Selbstvorwürfe. Ich habe Himmel und Hölle in Bewegung gesetzt, um herauszufinden, ob er meine letzte Nachricht noch erhalten hat und wenn ja, ob ihn meine Nachricht deprimiert hatte. Keiner wußte es. Keiner meiner Briefe wurde in seinem Besitz gefunden. Ein Sergeant, der mit ihm in Elmina stationiert war, hat mir später folgendes erzählt. Einen Tag vor seinem Tod traf er Kwame auf dem Umgang des linken Festungsturms. Neben ihm lag eine aufgeschlagene Mappe mit allen Dokumenten aus seinem Besitz. Der Sergeant erkannte u. a. seine offizielle militärische Bestallungsurkunde, ein paar Diplome sowie Briefe. Eines nach dem anderen ließ er über das Meer fliegen. Auf die Frage nach dem Grund, gab er keine Antwort. »Ich«, sagte er nur, »lasse alle Worte frei!«

»Warum«, fragte ich den Sergeanten, einen unerfahrenen jungen Mann, fast noch ein Kind, »warum haben Sie ihn nach dieser wahnsinnigen Tat nicht in seinem Zimmer eingesperrt und vor sich selbst geschützt?«

Der Soldat wußte nichts zu antworten als dies. »Ja«, sagte er unbeholfen, »ja, aber verstehen Sie denn nicht, der Prinz saß so zufrieden da.«

»Der Baum ist umgestürzt«, schrieb ich Sophie, und ratlos zermarterte ich mir den Kopf, wie ich so dumm hatte sein können, Weimar zu verlassen. Noch am Abend der Todesnachricht kehrte sich mein Herz gegen Delft. Nach allen Bemühungen, für immer in Holland leben zu dürfen, begann mir Kwames Schattenbild den Aufenthalt unerträglich zu machen. Ich schlief im Internat in unserem alten Zimmer. Alles, aber auch alles, sogar das Quietschen der Bettspiralen, wenn ich mich im Schlaf umdrehte, erinnerte mich an meinen verstorbenen Freund. Die Spiegel waren zugehängt. Die Vorhänge blieben geschlossen. Und dann Mevrouw van Moocks gebrochenes Herz. Das halsstarrige Schweigen ihres Mannes. Er hatte jeden Unterricht abgesagt und blieb tagelang leichenblaß am Kamin sitzen. Bertje heulte vom frühen Morgen bis zum späten Abend im Flur Rotz und Wasser. In einer Gruft hätte ich mehr Ablenkung gefunden.

In der Oude Kerk wurde eine Trauerfeier gehalten. Ich saß, allein, in der ersten Bank. Mevrouw van Moock bestand darauf, mit ihrem Mann hinten zu sitzen, um flüchten zu können, wenn es ihr zu schwer würde. Unsere Freunde hatten Delft verlassen. Einige Bänke hinter mir sah ich ein paar Zaungäste aus der Stadt, denen ich nichts als Schaulust unterstellte.

Als unser alter Pastor die Kanzel bestieg, überraschte mich sein strenger Blick. Er legte die Hände um die hölzerne Balustrade. Fest. Ich sah die Knöchel weiß werden. Er richtete sich auf und öffnete den Mund. In seiner Haltung lag etwas, das mich so bestürzte, daß ich den ersten Sätzen seiner Gedenkrede nicht folgen konnte. Dann wußte ich es: Niemand lächelte. Ich sah mich noch einmal um. Nichts. Alle Gesichter waren gleichermaßen unbewegt. Ich hatte über Kwames Tod keine Sekunde Erleichterung verspürt, das nicht, geschweige denn irgendeine Freude, aber der Ernst dieser Zusammenkunft kam mir plötzlich so herzlos vor. Ich richtete meinen Blick nach oben und sah meinen Freund auf einem der Strebepfeiler des Querschiffes sitzen. Breitbeinig saß er da und bewegte seinen ganzen Körper von der Mitte aus zu einem unhörbaren Rhythmus. Der Anblick linderte meinen Schmerz. Einen fröhlichen Moment lang war ich voller Ausgelassenheit. Dann drang Molenkamps Stimme zu mir.

Sein Ton hatte etwas Beleidigtes. Als habe man ihm persönlich unrecht getan. Er wählte als Thema »Die Aussendung der Apostel zur Verkündung des Wortes Gottes«. Er betonte selbstgefällig, er habe uns als Missionare aussenden wollen, »wie Christus die Apostel, zu zweien«. Prinz Quame jedoch, sagte er, habe sich hartnäckig geweigert. Er rühmte die Hingabe, mit der Kwame unseren Glauben studiert habe, ließ aber keinen Zweifel aufkommen, daß sich sein Glaube als nicht stark genug, seine alte Verirrung als zu hartnäckig erwiesen habe. Daran gebe es nichts zu rütteln, Selbstmördern sei die Hölle gewiß. Molenkamp sagte das nicht so deutlich, sondern schüttelte den Kopf und bat uns, soviel wie möglich für Kwames Erlösung zu beten. Darauf schloß er die Augen und verstummte. Ich gab mir größte Mühe, aber mein Blick wurde nach oben gezogen. Obwohl ich dort nichts mehr sah, zwinkerte ich ins Blaue hinein.

Nach dem Gottesdienst entdeckte ich in der Trauergemeinde van Drunen. Er genierte sich. Ich sagte ihm, er solle sich keine Vorwürfe machen. Dasselbe predigte ich täglich den van Moocks. Ich bat sogar den Abgesandten des Ministeriums, seinem Vorgesetzten diese Nachricht zu überbringen und ebenso König Willem dem Dritten, der zu meiner Verwunderung nicht zur Feier gekommen war. Nur Pastor Molenkamp habe ich nicht getröstet. Als ich aus der Kirche hinausging, ergriff er meine Hand; aber ich hatte sie ihm nicht entgegengestreckt.

Am nächsten Tag ließ ich dem Kolonialminister eine ausdrückliche Bitte um eine Stelle in Niederländisch-Indien zukommen. Das schien mir weit genug von meinem Kummer entfernt und dennoch nicht völlig fremd.

Ich wurde von Staatsrat de Veer empfangen. Er brachte meiner Sache keinerlei Sympathie entgegen und wollte mich noch immer überreden, an die Goldküste zurückzukehren. Er zählte auf, wieviel Geld ich den niederländischen Staat die vergangenen dreizehn Jahre gekostet hatte. Ob ich denn gewillt sei, diese Schulden irgendwann einmal zu begleichen? Auf meine Antwort, daß ich die Niederlande als mein Vaterland betrachte und nichts anderes verlange, als mich dort nützlich zu machen, lachte er verächtlich.

»Ich bin im Besitz anderer Informationen!« sagte er abfällig, weigerte sich jedoch, mir die Quelle oder einen Anhaltspunkt zu nennen. Vielleicht, wenn ich damals taktvoll weitergefragt und herausgefunden hätte, welches Spiel dort mit mir gespielt wurde ... Aber ich verlor die Contenance. Dem folgte ein Wortwechsel, und schließlich wurde mir unter heftigen Schmähungen die Tür gewiesen. Danach hörte ich eine Weile nichts. Eine Audienz bei Willem dem Dritten, um die ich gebeten hatte, wurde mir von meinem alten Freund nicht gewährt. Ich schickte ihm, leicht beunruhigt, einen Brief, berichtete ihm von meiner Unterredung mit Staatsrat de Veer und fragte ihn, ob er etwas von den Anschuldigungen gegen mich wisse. Zu allem Überfluß bezeugte ich meine aufrichtige Ergebenheit, aber eine Antwort erhielt ich nicht.

Schließlich kam aus dem Kolonialministerium doch das Angebot, als außerordentlicher Staatsbeamter nach Niederländisch-Indien zu gehen. Ich war schon froh, daß meiner Bitte entsprochen wurde, bis mein Auge auf den Betrag fiel, der mein Lohn sein sollte: siebzig Gulden im Monat. Zum Vergleich: Mein Monatswechsel in Freiberg betrug schon zweihundert Gulden, ausschließlich für meinen Lebensunterhalt. Die Stelle an der Goldküste hätte mir letzten Endes fünftausend Gulden jährlich gebracht. Was blieb mir übrig? Ich wollte weg.

Am 7. Mai schiffte ich mich ein. An Bord der *Sarah Lydia* traf ich, zu meinem Glück, meine alten Freunde Linse und Lebret. Noch auf der Reede schickte ich dem Kupferstecher in Freiberg, der inzwischen mein Porträt vollendet hatte, den Auftrag, den Stich all meinen Bekannten zu senden. Ich bat ihn, das Porträt um einige Zeilen zu ergänzen, und zwar um folgende: *»Die Freundschaft ist unabhängig von Stand, Entfernung, Volk, Religion, Sitten und Gebräuchen; Sie verbindet den kalten Norden mit dem glühenden Süden; Ohne sie wäre die Erde eine Wüstenei.«*

Wir segelten nicht weit von Sao Tomé entfernt, als die Nachricht umging, Neptun sei an Bord gekommen. Nach einem alten Brauch käme er, jeden zu taufen, der zum ersten Mal den Äquator passiere. Die Mannschaft hatte dieses Ereignis schon herbeigesehnt. Der Meeresgott saß auf einem Thron aus Fässern. Er war gelb und grün gefleckt und trug eine Krone aus Tau. Die jüngsten Matrosen wurden geteert und mit einem Fischbeinstab geschoren. Danach wurden die armen Kerle getauft. An einem Tau ließ man sie Backbord hinunter. Den Passagieren wurde die Taufe leichter gemacht. Linse amüsierte sich königlich und meldete sich freiwillig als erster. Sein Oberkörper wurde entblößt. Man band ihm die Hände auf den Rücken. In einer Wassertonne schwammen einige mit Sirup übergossene Früchte. Man zwang ihn niederzuknien und mit dem Mund einen Apfel herauszufischen. Nachdem es ihm endlich gelungen war, schrubbte man ihm mit einer Bürste die klebrige Masse vom Gesicht. Lebret war danach schon weniger erpicht auf die Taufe. Er wurde so hart geschrubbt, daß seine Wangen fast zu bluten anfingen.

Als ich an die Reihe kam, näherte ich mich wie betäubt der Tonne. Ich entledigte mich meines Hemdes und streckte die Hände aus, um sie binden zu lassen. Da sah ich Kwame unter den johlenden Matrosen. Er sprang ausgelassen auf und ab und stimmte in den allgemeinen Spott ein. Ja, er feuerte sie an, mich zu dem Ritual zu zwingen. Als man mich knien lassen wollte, konnte ich mich zur Gegenwehr aufraffen. Mit lauter Stimme forderte ich, mich loszubinden. Ich erklärte, ich wolle mich nicht an Bräuchen beteiligen, die mir fremd seien. Man schalt mich einen Feigling, aber ich ließ nicht locker. Mit einer Flasche Genever auf drei Mann kaufte ich mich von der Taufe frei. Den übrigen Tag schenkte man mir nur verächtliche Blicke, aber ich war außerordentlich zufrieden mit mir.

Die Kälte des südlichen Winters machte es uns den ganzen Juli unmöglich, an Deck zu sitzen. Jeden Abend verbrachte ich einige Stunden mit Linse und Lebret im Speisesaal. Portwein und Schachspiel brachten ein wenig Abwechslung, aber schlechtes Wetter und die Unbehaglichkeit trieben uns regelmäßig vor zehn auf unsere Pritschen. So war ich lange Tage und Nächte zu meiner kleinen Kajüte verurteilt. Ich versuchte, ein wenig zu lesen, konnte mich aber nicht darauf konzentrieren. Meine Isolation ließ keinerlei Ablenkung von meinen Zweifeln zu.

Wieder ließ ich alles zurück. Wieder einmal würde ich mir eine neue Kultur zu eigen machen müssen. Würde das Herz einer neuen Bevölkerung verstehen und gewinnen müssen. Wie würde man auf mein Aussehen reagieren? Wieder wußte ich, alles war unwiderruflich vorbei, war aber noch ahnungslos, was mich erwartete. Beim ersten Mal versteckte ich mich noch mit Kwame in einem Tempel aus Pappmaché. Jetzt konnte ich bei niemand Schutz suchen. Ich kroch unter die Decken, um nicht zu sehen, was vor mir lag.

In einer Herberge in Tirol ist mir einmal etwas Spaßiges passiert. Professor Cotta und ich waren gerade eingezogen und saßen beim Essen, als ein Zimmermädchen ihm etwas ins Ohr flüsterte. Sie wollte wissen, ob es einen Sinn hätte, mir ein Bett mit sauberen Leintüchern zu geben, da es doch ganz und gar schwarz würde, sobald ich mich hineinlegte. Der Professor bagatellisierte die Sache. Wir haben zusammen herzlich darüber gelacht, aber nachts überkam mich eine ungeheure Menschenmüdigkeit. Als sei ich mein Leben lang durch einen Sumpf gewatet, ohne einen Schritt voranzukommen. Das sind für mich die angstvollsten Momente, in denen ich den Kampf am liebsten aufgäbe. Mit dem Älterwerden werden sie eher häufiger und hartnäckiger, statt nachzulassen.

Nachdem wir das Kap umrundet hatten und Madagaskar ansteuerten, klarte das Wetter wieder auf. Aber der Indische Ozean ist tückisch. Wir gerieten in zwei schwere Stürme, die wir überlebten, weil wir im Hafen von Saint-Denis auf der französischen Insel Réunion ankerten. Dort fand ich ein eigenartiges Paradies. Viele Völker leben in vollkommener Harmonie zusammen. Hindus, Mohammedaner, Buddhisten und Katholiken feiern gemeinsam ihre Festtage. Sie leihen gegenseitig ihre Heiligen aus, und der französische Bischof geht den Animisten beim Opfern von Früchten, Rum und Tabak für die Geister der Verstorbenen sogar voran. Die seit zwei Jahren freien Sklaven haben kein Blut vergossen und scheinen nicht nachtragend zu sein. Sie bebauen ihr eigenes Land, zusammen mit Chinesen und Kreolen. Es gibt zwei Vulkane, von denen einer ständig aktiv ist. Regelmäßig und ohne jede Gefährdung vergrößert er die Insel um viele Meter fruchtbaren Bodens, einfach so, als habe Gott gedacht: Ja, dieses Experiment verdient es, erweitert zu werden. Das Klima ist so unterschiedlich, daß dort Pflanzen aus aller Welt gedeihen. Man lebt vom Vanilleanbau. Die blühende Fröhlichkeit dieser süßen Insel holte mich aus meinen trüben Gedanken.

Zwei Tage segelten wir schon wieder, als uns – man mag es glauben oder nicht – ein junger Hirsch in die Netze ging. Er lebte noch, und als er sich vom Schreck erholt hatte, sprang er übers Deck. Auf Réunion gibt es keine Hirsche, und wir befanden uns auf hoher See! Keiner konnte dieses Wunder verstehen. Ich war euphorisch. Leben, das dort gedeiht, wohin es verschlagen wird!

Am 7. September segelten wir dann endlich in die Sundastraße. Wir passierten die Inseln Krakatau, Dwars-in-den-weg, Toppershoedje und Brabandshoedje. Weil der Wind nicht günstig war, gingen wir bei Menseneter vor Anker. Gleich näherten sich Javaner in kleinen Booten, um ihre Waren anzubieten. Der erste, der an Bord kam, verkaufte Pisangs. Er brachte einen Papagei und zwei Kinder mit. Der jüngere Knabe ging von einem zum anderen und bot Nüsse feil. Der Mann hatte langes Haar und trug einen weiten Rock. Sein Oberkörper war nackt. Er sprach mit Linse und Lebret, mit van der Tak und allen Niederländern, die er finden konnte. Mir jedoch bot er seine Ware erst an, nachdem ich ihn nachdrücklich herangewunken hatte. Er schien sehr überrascht, daß ich eine eigene Börse besaß und mit Geld bezahlte. Daraufhin schickte er auch seinen kleinen Sohn zu mir, dem ich eine Handvoll Nüsse abkaufte.

Am nächsten Morgen frischte der Wind auf. Die Reede von Batavia bereits in Sichtweite passierten wir noch Middelburg, Amsterdam, Haarlem, Rotterdam und Onrust. Dort verschlug es uns in einen Wald von Masten und vielfarbigen Schiffen aus aller Herren Länder. Wir mußten in einem Gewimmel von Prauen ankern. Unsere Reise hatte vier Monate gedauert, aber Formalitäten und medizinische Untersuchungen bannten uns noch einen Tag länger an Bord. Der Hafen war grau, so weit das Auge reichte. Die Handelshäuser baufällig. Die ganze Unterstadt schien aus Lagerhäusern und Kontoren zu bestehen. In der Ferne hoben sich die grünen Hügel schwarz gegen den Himmel ab. Über allem hing Rauch. Diesem Panorama fehlten der rosa Azur und die sanften Konturen der Ostindischen Inseln, die wir auf der Reise gesehen hatten.

Gustav von Sachsen hatte für mich von Weimar aus bei seinem Vater, Herzog Bernhard, eine Unterkunft organisiert. Zu meiner großen Freude war jener damals gerade Kommandant des Ostindischen Heeres in Batavia. Ich ließ ihm sofort einen Brief zustellen. Gemeinsam ließen wir außerdem unsere Ankunft in *De Bataviasche Courant* bekanntmachen. Linse hoffte, daraufhin würden die Einladungen von Familien mit heiratsfähigen jungen Damen hereinströmen. Darauf stießen wir immer wieder an.

Am 9. September stiegen wir mit schneidenden Kopfschmerzen in die Schaluppe. Sie führte uns durch einen langen, stinkenden Kanal, den Tjiliwung oder Großen Fluß. Zu beiden Ufern standen Grachtenhäuser. Sie waren verlassen und sahen aus wie nach einer Feldschlacht. Hinter dem Ausblick, einem Signalposten, setzte man uns an ein schlammiges Ufer, wo wir uns nur mühsam auf den Beinen halten konnten. Lebret wurde beim Anblick eines Waroengs mit geröstetem Fisch übel, er übergab sich hinter der Bude und bat die Verkäuferin um Wasser; es wurde ihm jedoch nicht gebracht. Nachdem einige Beamte unsere Koffer geöffnet hatten, ließ man uns gehen. Da standen wir nun, schwankend, im Gewimmel vor dem Torhaus. Die Sonne war viel zu grell, der Lärm marterte unsere geplagten Köpfe. Gott sei Dank löste sich aus der Menge ein Offizier. Er meldete, der Herzog von Sachsen erwarte mich im alten Rathaus, um mich von dort in die Oberstadt zu bringen, wo ich in seiner Wohnung am Waterlooplein sein Gast sein solle. Ein paar Kulis trugen bereits unser Gepäck in diese Richtung. Ich sah meinen Koffer, an einem Bambusstock schaukelnd, gerade noch in einer Gruppe von Chinesen verschwinden.

Der Herzog hieß uns herzlich willkommen. Wir tranken Tee in einem Zimmer im ersten Stock, das ihm für seine Arbeit zur Verfügung stand. Er erkundigte sich nach dem Verlauf der Reise und unseren Plänen. Lebret und Linse wollten eine Unterkunft suchen, aber Bernhard von Sachsen gab ihnen die Adresse der Witwe eines Dresdener Kaffeepflanzers, die ihnen gern eine Unterkunft zur Verfügung stellen würde, bis sie eine passende Wohnung gefunden hätten. Mich bat er, sein Haus als das meine zu betrachten.

Er erzählte uns folgende Anekdote. Im vorigen Jahr hatte er nach der Schlacht bei Djagaraga in seiner Wohnung für die Männer ein Slametan, ein festliches Dankesmahl, organisiert. Nach Kompanien geordnet saßen sie an langen Tischen auf dem Waterlooplein. Darunter, berichtete er stolz, befand sich ein Regiment von mehr als fünfhundert afrikanischen Soldaten, Rekruten meines Vaters für das Königlich Niederländisch-Indische Heer, die sich im Kampf auf Bali besonders mutig gezeigt hatten. Nicht weniger als einundvierzig von ihnen wurden mit einer Medaille für Mut und Treue ausgezeichnet. (Diese wurde eigens für sie geschaffen, anstelle des üblichen militärischen Willemsordens für Mut, Umsicht und Treue. *Umsicht* wurde den Afrikanern natürlich nicht zugetraut.)

Als Gouverneur Rochussen an diesem Abend mit Herzog Bernhard die Runde machte, um seinen Männern zu danken, waren die »blanda itams« wie ein Mann aufgestanden, um ihm zu Ehren einen Toast auszubringen. Einer der afrikanischen Offiziere hatte dabei ausgerufen: »Koelit itam, ati ati mas!«, was soviel hieß wie: Wir haben eine schwarze Haut, aber ein Herz aus Gold!

Nach einer knappen Stunde meldete sich Besuch an, den der Herzog empfangen mußte. Um uns nicht länger aufzuhalten, ließ er ein Fahrzeug anspannen, das uns schon im voraus nach Weltevreden bringen sollte, in das neue Viertel, wo sich alle anständigen Wohnungen befanden. Wir verabschiedeten uns kurz und verabredeten uns zum Abendessen. Dann überließen wir ihn seinen Pflichten.

Auf der gegenüberliegenden Straßenseite sahen wir einige Droschken warten und vermuteten darunter auch unsere. Wir überquerten den Platz. Ich war noch nicht in der Mitte angelangt, als ich von der Seite her fest am Handgelenk gepackt wurde. Ich erschrak und versuchte zu erkennen, wer mein Angreifer war, aber er hatte die Sonne im Rücken. Eine stämmige, hochgewachsene Gestalt mit einem Kranz blonder Haare. Linse erkannte ihn zuerst: »Cornelius! Mann, du bist rot wie ein Krebs!«

Ich befreite mich aus dem Griff und schirmte die Augen ab. De Groot trug einen weißen Leinenanzug und war rot verbrannt. Er wischte sich die Stirn mit einem Tuch. An einigen Stellen löste sich die Haut.

»Das kann doch nicht wahr sein«, sagte Lebret. »Der erste, den wir treffen, und gleich ins Schwarze!« Sie schüttelten ihm die Hand, schlugen ihm auf die Schulter und wechselten ein paar Worte über London und ihre dortige Studienzeit. Sie wollten ihn über den Grund unseres Kommens informieren, aber er war schon im Bilde.

»Es wundert euch vielleicht«, sagte de Groot, »aber ich bin nicht zufällig hier.« In der Linken trug er einen Spazierstock, mit dem er unruhig gegen die Hacke seines Stiefels klopfte. Als er sah, daß es mir auffiel, ließ er es sein. »Ich wußte, daß ihr im Anmarsch wart.«

»Das hab ich mir gedacht!« sagte Lebret. »Und ihr zweifelt noch, ob so eine Zeitungsanzeige eine Wirkung hat!« Er sah sich um, ob ihn noch andere erwarteten, am liebsten junge Damen ohne Anstandswauwau. De Groot klopfte nun mit dem Griff seines Stocks ein paarmal leise auf seine Handfläche; er war vergoldet und hatte die Form eines Warans.

»In nächster Zeit«, sagte er, »werdet ihr mich noch öfter sehen, als euch lieb sein wird.« Wir lachten freundlich.

»Das kann ich mir nicht vorstellen«, sagte Linse.

»Dich bekommt man nicht so schnell über«, schmeichelte Lebret, und ich überlegte einen Moment, ob er es ernst meinte. Ich hielt es für möglich, daß sich in England zwischen den Studenten und ihrem Mentor eine Freundschaft entwickelt hatte. Warum auch nicht? Die Zeit verändert Menschen. Man muß nur einmal sehen, wie sehr mich das Leben in wenigen Monaten verändert hatte.

»Aquasi?«

»Was?«

Alle drei sahen mich an und erwarteten etwas von mir.

»Cornelius fragt«, kam mir Linse zu Hilfe, »wie du dich fühlst, wieder in den Tropen zu sein.«

Woher sollte ich das wissen? Was sollte ich denn besonderes fühlen? Mir ging alles zu schnell. Ich wollte zur Sache kommen.

»Wir kommen als Ingenieuranwärter, als Aspiranten«, sagte ich. »Wir sind im Dienst des neuen Bergbaudepartements.«

»Ist das eine Antwort?«

»Ich meine, frag mich noch einmal, wie es mir hier gefällt, sobald wir uns eingearbeitet haben. Vielleicht, wenn wir unseren Platz gefunden haben, vielleicht, daß ich dann ...«

»Und wenn wir dann vielleicht ein liebes Frauchen gefunden haben«, übernahm Lebret. »Ja, dann frag mich noch einmal, ob es mir hier gefällt.«

Cornelius klemmte den Spazierstock unter den Arm und zog wiederum sein Taschentuch hervor. Er betupfte umständlich seinen Kopf.

»Erst mal noch nicht zu schnell vom Stapel laufen, junge Herrn«, sagte er, ohne eine Miene zu verziehen. »Vorläufig ist hier jeder einzelne von euch noch ein Aspirant.«

»Ja«, grinste Lebret. Im Nachrausch merkte er nie, wenn er über die Stränge schlug. »Und du bist offenbar vornehmlich transpirant!«

Cornelius steckte sein Schweißtuch weg, bohrte den Stock

in die Erde und baute sich richtig auf. »Dieses euer Bergbaudepartement, nun, an dessen Spitze stehe ich.«

»Das ist ja nicht zu fassen!« Linse bekam den Mund nicht mehr zu. »Cornelis, altes Haus! Nein, ist es wirklich? Cornelis, Junge!« Er griff nach dessen Hand und gratulierte ihm. Lebret tat es ihm gleich, und ich tat nicht anders.

»Dann schlage ich vor zu gehen«, sagte Cornelius. »Ich erwarte euch morgen früh in meinem Büro. Seht euch die Stadt an, solange es noch geht. Von morgen an werdet ihr alle Zeit zum Einarbeiten brauchen. Stellt euch darauf ein, bald weitergeleitet zu werden, wahrscheinlich schon nächste Woche. Linse wird vor Monatsende auf Sumatra erwartet.«

»Sumatra, gütiger Himmel!«

»Wir expandieren dort in Bauxit. Deine Unterlagen liegen bereit.« De Groot schien sich über die Verwirrung, die er säte, zu amüsieren. Er konnte ein Lächeln nicht unterdrücken. »Und Lebret, alter Knabe, dich schicke ich noch ein Stückchen weiter. Was hältst du von Borneo? Der Gesandte dort meldet Kupferfunde in der Nähe von Balikpapan. Jemand muß Probebohrungen machen und anschließend die ganze Operation leiten.«

»Aber Cornelius, im Ernst, wir waren gerade vier Monate unterwegs.« Lebret war mit einem Schlag nüchtern.

»Laut meinen Informationen habt ihr …« – de Groot zog ein Notizbuch aus seiner Westentasche und schlug es auf – »ja … bereits am ersten Mai einen Vorschuß bekommen. Und keinen unbeträchtlichen, wenn ich das sagen darf. Klingt es dann unredlich, wenn wir endlich dafür etwas zurückverlangen?«

»Gütiger Himmel, de Groot, ich bitte ja nicht sofort um Urlaub oder so was, aber ich bitte dich, sag, schau, meine Beine haben sich noch nicht einmal wieder daran gewöhnt, auf dem Land zu stehen.« Linse schlotterte zur Illustration mit den Knien. »Und dann auch noch gleich nach Sumatra.« Lebret schloß sich ihm an.

Solange sie noch bettelten, erwartete ich jeden Moment, ebenfalls meinen Einsatzort zu erfahren. Mir war es zu der Zeit ziemlich einerlei, wohin es mich verschlug. Aus der Menschenmenge um mich herum fing ich gewisse Blicke auf. Ich war es nicht mehr gewohnt. Neugierige Fremde waren mir auf der Reise erspart geblieben. Nun, wo ich mich wieder unter Menschen aufhielt, hier mitten auf dem Platz, ging mir das Angestarrtwerden auf die Nerven. Irgendein Regierungsbeamter hieß seinen Betjakfahrer langsamer werden, um mich mustern zu können. Hinter einem Sonnenschirm, der inzwischen bereits die dritte Runde über den Platz drehte, entdeckte ich die aufgerissenen Augen eines älteren Ehepaars. Ich konnte es nicht lassen: Ich zog die Lippen hoch und tat, als knurrte ich sie an. Ich sah sie nicht wieder. Ein Grüppchen Chinesen starrte zu mir her und war dabei in ein lebhaftes Gespräch verwickelt. Ein Polizeidiener, der Linse und Lebret gestikulieren sah, kam, um zu kontrollieren, ob ich nicht Amok lief. Selbst als er seinen Irrtum bemerkt hatte und erkannte, daß ich zu den Herren gehörte, blieb er sicherheitshalber doch noch in der Nähe.

Isolation, dachte ich, käme mir sogar entgegen. Der Anblick des zerschmetterten Lebret, der seine Chancen auf heiratsfähige junge Damen aus guter Familie schwinden sah, gab den Ausschlag. Ohne recht zu wissen, worauf ich mich einließ, schlug ich vor, an seiner Stelle nach Balikpapan abzureisen. Lebret schenkte mir einen dankbaren Blick, aber de Groot schien es nicht gehört zu haben. Als ich meinen Vorschlag wiederholte, sagte er, ohne mich dabei auch nur anzusehen: »Das wird nicht gehen, Prinz Aquasi, mit Ihnen habe ich andere Pläne.«

»Andere Pläne?« fragte ich, aber Cornelius ging nicht darauf ein.

»Ihr habt eine Unterkunft?« fragte er.

»Aquasi hat es gut geregelt, er wohnt beim Herzog von Sachsen.« Lebret zeigte ihm die Empfehlung, die Bernhard geschrieben hatte. »Und wir werden hier unser Glück versuchen.«

Cornelius las uninteressiert die Adresse auf dem Umschlag.

»Tja, was Aquasis Unterkunft betrifft« – er sprach noch immer, als sei ich nicht anwesend –, »da habe ich einen Rat.«

»Was für einen Rat?« Ich baute mich so vor ihm auf, daß er mich wohl oder übel ansehen mußte. »Was für einen Rat, Cornelius?«

»Der Herzog von Sachsen ist ein Mann mit vielen Verpflichtungen. Er hat hier einen bestimmten Auftrag zu erledigen. Daher ist es wichtig, ihn so wenig wie möglich zu stören.«

»Ich werde es beherzigen.«

»Um dich nützlich machen zu können, muß es mir möglich sein, dich den ganzen Tag, jeden Augenblick, in Anspruch nehmen zu können.«

»Kein Problem.«

»Bernhard von Sachsen hat eine kleine Wohnung. Es würde für ihn besonders unruhig werden. Schreibarbeit bis in die Nacht. Boten, die zu jeder Tageszeit kommen und gehen. Unterbrechung der Mahlzeit.« Er wartete kurz, ob ich seine Absicht begreifen würde. »Ich habe auf meinem Hof ein Zimmer für dich einrichten lassen. Ganz für dich. Du wirst dich bestimmt wohl fühlen.«

»Das ist generös, aber ich will meinen guten Freund lieber nicht enttäuschen.«

»Ich habe mich vielleicht nicht klar ausgedrückt.« Er nahm mich am Arm und führte mich ein Stückchen von den anderen weg. »Laß mich es so sagen. Ich bin dein Vorgesetzter. Dies ist der erste Tag einer sehr langen Zeit, in der du mir Verantwortung schuldest. Ich bin der Ansicht, daß es unklug wäre, diesem deinem ›guten Freund‹ mit deiner Anwesenheit zur Last zu fallen.«

Seine Stimme klang giftig. Er preßte mir hart die Finger ins Fleisch.

»Ich nehme an, daß du mir zustimmen wirst?«

Ich sah mich nach Linse und Lebret um, die linkisch versuchten, nichts zu sehen und zu hören. Ich hörte wie der eine zum anderen sagte: »Das ist es bestimmt, was mit ›außerordentlich‹ gemeint ist.« Es schien mir nicht klug, mich Cornelius gleich nach meiner Ankunft zu widersetzen. Zufrieden wandte er sich um.

»Geschafft! Wir haben uns verstanden!« Charmant öffnete

er die Tür einer Kutsche, ließ Linse und Lebret einsteigen und winkte ihnen nach. Als sie nicht mehr zu sehen waren, legte er einen Arm um meine Schultern und wurde umgänglicher.

»Sieh mal, mein Freund, der Vorteil eines Sekretärs liegt nun gerade darin, daß er einem Tag und Nacht zur Seite steht.« Ich war einen Moment lang ehrlich überzeugt, er werde mir einen Sekretär zuweisen. Dann ging mir auf, was er sagen wollte.

»Ich bin nicht für Büroarbeiten ausgebildet«, sagte ich ruhig. »Mein Fachgebiet liegt unter der Erde.«

»Sehr ungesund, diese unterirdische Wühlerei. Dafür bist du uns zu kostbar.«

»Ich bin Ingenieur, das weißt du genau.«

»Anwärter. Natürlich. Daher ist das, was ich mit dir vorhabe, auch so passend. Wir profitieren beide dabei. Ich habe einen Sekretär, dem ich beim Diktieren nicht jeden Begriff und jede Technik erklären muß, und du kannst dich mit den Finessen aller Unternehmungen in Ost-Indien vertraut machen. Was für eine Verantwortung! Was für eine ausgezeichnete Vorbereitung! Die ganze Administration wird durch deine Hände gehen. Du lernst die richtigen Leute kennen. Bekommst Einsicht in geheime Rundschreiben. Kein Detail wird dir entgehen. In den Kolonien wird es niemanden geben, der soviel Zugang zu neuen Bauplänen hat. Expertisen. Neue Techniken. Und dann das Zahlenmaterial. Die Betriebskosten. Eine Lehre von unschätzbarem Wert.« Er stieg in seinen Wagen. Ich folgte ihm und setzte mich ihm gegenüber.

»Ich habe ausgelernt, Cornelius.«

»Das glaube ich nicht.« Er beugte sich zu mir herüber. Sein Blick schoß von links nach rechts über mein Gesicht, und allmählich machte ihm das Wiedersehen Spaß. Er nahm meine Hände in die seinen und schüttelte sie noch einmal. »Du und ich, weißt du noch, im Sand am Bach? Nachmittage lang. Und jetzt wieder hier! Wer hätte das gedacht, wer hätte das gedacht! Und jetzt hier!« Er ließ sich in die Polster sinken und schwelgte in der Erinnerung. »Weißt du, daß du der einzige bist, dem ich je beigebracht habe, wie man kämpft? Ja, da war ich verrückt, ich werde einem anderen doch nicht beibringen, wie er mich schlagen muß. Aber dir, ja. Du hast es gebraucht. Und du warst nicht schlecht. Nicht schlecht. Es hätte sogar etwas werden können. Aber leider hast du es aufgegeben.«

»Ganz und gar nicht. Du wolltest nicht mehr.«

»Wirklich? Ich glaube, du täuschst dich, Mann. Stimmt das wirklich?«

Der Kutscher wollte die noch offene Tür schließen. Cornelius hieß ihn warten.

»Wie auch immer«, sagte er, »der Unterricht wird wiederaufgenommen. Also, wenn Sie so freundlich sein wollen ...« Er bedeutete mir, wieder auszusteigen. »Mein Sekretär fährt auf dem Bock.«

Ich lachte, weil ich glaubte, er mache einen Scherz. Aber es war ihm ernst. Er tippte mir sogar mit dem Spazierstock gegen die Schienbeine, um mich anzutreiben. Mir schoß das Blut zu Kopf. Ich hätte mich auf ihn gestürzt, hätte ich nicht ausgerechnet in diesem Augenblick alle Augen auf mich gerichtet gewußt. Im Bruchteil einer Sekunde sah ich die Zuschauer, die hinter vorgehaltener Hand miteinander flüsterten. Ich stand so ruhig wie möglich auf, stieg aus, warf die Tür hinter mir zu und kletterte neben den Kutscher auf den Bock. So fuhren wir am Molenvliet entlang nach Weltevreden. Vom ganzen Weg habe ich nichts gesehen, so sehr hämmerte mir das Blut in den Schläfen.

Mein Zimmer war klein und einfach, reichte aber aus. Es befand sich hinter de Groots Villa am Ende des Hofs und war nur durch den Mandiraum von den Räumen der Bediensteten getrennt. Nach meiner Ankunft lag ich ein paar Stunden auf dem Bett. Gegen sechs nahm ich ein Bad und kleidete mich zum Abendessen. An Bord hatte ich ein wenig Brei zu mir genommen, weiter nichts. Ich hatte riesigen Hunger und roch die Küche. Als ich einen Blick hineinwarf, sah ich Fisch, Fleisch, Geflügel und Früchte in Hülle und Fülle. Der Küchenhelfer erschrak, als ich hineingehen wollte und hob sein Messer, um mich zu verjagen, aber ich zeigte ihm die Innenfläche meiner Hände zum Zeichen, daß ich ungefährlich sei. Nachdem ich ein paar Komplimente gemacht hatte, erzählte er, sein Herr habe heute abend eine große Gesellschaft zu Gast. Ich betrat die Veranda und lernte Oerip kennen. Sie war die Njai, das bedeutet: die Frau des Hauses. Im weitesten Sinn des Wortes. Sie war die erste Eingeborene, die mich ohne Aufforderung anzusprechen wagte. Sie wußte offenbar viel über mich und erkundigte sich nach meinem Befinden. Sie kam mir sanft vor, und als ich sie nach der Art ihrer Aufgabe fragte, pries sie Cornelius wegen seiner Güte.

Dann hörte ich im Haus eine Gesellschaft. Ich fragte, ob die Gäste für das Diner eingetroffen seien. Sie zögerte mit der Antwort, aber ich ging ohne weiteres hinein. Es waren zwölf Gäste. Als er mich sah, winkte de Groot mir, näher zu kommen. Jovial stellte er mich als seinen guten, alten Freund und neue rechte Hand, den afrikanischen Prinzen Aquasi Boachi vor. Anwesend waren Mijnheer und Dijkstra, Beamter des Steuerressorts, und Frau; Mijnheer Galant, Zeichner am Staatlichen Botanischen Garten in Buitenzorg, in Gesellschaft seiner Frau und seiner Tochter; zwei Offiziere und ein Militärgeistlicher. Weiter eine mondäne Gestalt in einem Kleid, das die Schultern unbedeckt ließ. Sie stellte sich als Jonkvrouw van Ketelaar vor – von einer solchen Adelsfamilie hatte ich niemals zuvor gehört. Dann gab es Verwer, ein Mitarbeiter des zivilen Gesundheitsamtes, und Mijnheer van Ophemert, Kaffeehändler, mit seinem ältesten Sohn.

Bevor man sich zu Tisch begab, wurde ein Aperitif gereicht. Cornelius bot mir Papajasaft an, gemischt mit einem Schiedammer Genever. Auf leeren Magen war das ein Volltreffer, aber es animierte unser Gespräch. Als Cornelius ein wenig zu laut meine Verbindung zum Königshaus enthüllte, wollte man alles mögliche wissen. Glücklicherweise bin ich sehr diskret.

Gegen sieben Uhr wurde der Gong geschlagen. Man erhob sich und setzte sich zu Tisch. Ich war gerade im Gespräch mit Juffrouw Galant. Ich führte sie zu ihrem Platz am Tisch und schob ihr den Sessel an. Dann erst sah ich mich um. Alle sahen mich an. Für mich gab es keinen Stuhl. Es gab auch kein übriges Gedeck. Cornelius, der gerade befahl, aufzutragen, sagte laut und über den Tisch hinweg zu mir: »Kokki hat mit dir gerechnet. Du wirst bestimmt etwas Köstliches bekommen. Guten Appetit!«

Mir blieb nichts anderes übrig, als der Gesellschaft bon appétit zu wünschen.

Es war dunkel. Auf der Wiese vor der Küche sah ich Diener in einem Kreis fröhlich um einen großen Topf auf dem Boden kauern. Sie lachten und plapperten mit hohen Stimmen, während sie mit einer Hand das Essen hineinschoben. Das Wasser lief mir im Munde zusammen. Ich schöpfte Mut und ging auf sie zu. Als ich näher kam, verstummten sie. Oerip stand aus ihrem Kreis auf. Sie nahm eine Schale und füllte sie mit Reis. Danach schöpfte sie einen Löffel rotbraunes, zerkochtes Fleisch. Das gab sie mir, aber vor Scham hielt sie die Augen gesenkt. Ich dankte ihr freundlich. Sie setzte sich wieder, aß jedoch nicht. Auch die anderen vergaßen zu essen. Einige sahen zu mir auf, andere starrten vor sich hin. Ich zauderte, ob ich in mein Zimmer gehen solle. Aber dann zog ich die Hosenbeine hoch und ließ mich auf der Erde nieder. Der Jüngste rückte ein wenig zur Seite und lachte freundlich. Er machte mir vor, wie ich am besten mit der Hand den Reis essen konnte. Ich ahmte ihn nach, worauf er nickte und weiteraß. Zwei standen auf und sonderten sich ab, später folgte ein dritter ihrem Beispiel. Die anderen fanden ihre Eßlust wieder, sprachen jedoch nicht mehr. Ich nahm ein paar Bissen. Es war nicht unappetitlich, aber die Sauce war so scharf, daß mir die Augen tränten und die Nase zu laufen begann.

2

»Deine Hand! Deine Hand, verdammt, Boachi, halt mich doch um Himmels willen fest, Mann! Und sag diesem miesen Krontjong, daß ich ihm den Kopf abschlage, wenn wir an die Felsen stoßen. Ist er denn blind? Da hast du's! Herrgott, zu spät, wir gehen unter! Wir gehen unter! Aber laß mich doch endlich los, verdammt noch mal. Mußt du mir auch noch am Hals hängen, wenn wir absaufen?«

Zwei Dinge hat Cornelius nie geschafft: ohne Krümeln eine Weinflasche zu entkorken und auf See die Contenance zu wahren. In beiden Fällen war ich unersetzlich. Vom einfachen Flaschenverschluß bis zum Champagnerkorken, mit Korkenzieher oder Spirale, Cornelius konnte einfach keine Flasche öffnen. Nicht, daß er zwei linke Hände gehabt hätte, aber seine Kraft und Ungeduld machten jede Sorgfalt unmöglich. Dennoch machte er jedesmal zuerst selbst den Versuch, die Flasche zu entkorken. Daraufhin drückte er mir alles in die Hände, murrend, als habe man ihn um etwas Unmögliches gebeten. Wenn ich dann die Korkenreste entfernt oder die Glassplitter ausgesiebt hatte, knurrte er ein Dankeschön, ärgerlich über seine Ungeschicklichkeit. Das schon. Ich machte es nicht ungern. Er brauchte mich wirklich. Unersetzlich fühlte ich mich auch auf dem Meer. Selbst bei spiegelglatter Wasseroberfläche – sobald wir den Hafen verlassen hatten, saß Cornelius leichenblaß und wie festgenagelt an Deck. Gespannt hielt er Ausschau nach einer unerwartet auftauchenden Flutwelle. Wenn eine Brise die Segel ächzen ließ, fragte er mit erstickter Stimme: »Muß das so sein?« Und bei schlechtem Wetter war er das erste Wrack.

»Bist du wahnsinnig, Boachi, Mann, du hältst mich nicht, du hältst mich nicht. Lieber Gott, das ist das Ende!«

Als wir am 22. Juni 1852 in die Bucht von Amboina einfuhren, lag schon eine schwere Reise hinter uns. Von Fallwinden behindert manövrierten wir schließlich, die Hauptstadt schon vor Augen, gefährlich zwischen einer Klippe auf der einen und einer Sandbank auf der anderen Seite hindurch. Das kleine Schiff, das uns von Banda hergebracht hatte, war eigentlich zu leicht für die Regenzeit, die auf den Molukken später als anderswo einsetzt und das Meer heftig aufwühlt. Auf der Fahrt waren wir unablässig von einem bösen Monsun heimgesucht worden. Deshalb war Cornelius auch überaus schlechter Laune. Er hatte das ganze Unternehmen von Anfang an für sinnlos gehalten. Die Zinnförderung, wegen der wir unterwegs waren, würde keinen Gewinn abwerfen, und es lohnte sich keineswegs, dafür sein Leben aufs Spiel zu setzen.

Im Hafen von Amboina, an der Nordseite der Halbinsel Ley-Timor, fand Cornelius allmählich seine Haltung wieder. Binnen weniger Minuten würde ihm seine Feigheit leid tun und er würde der Mannschaft irgendwie seine Autorität beweisen wollen. Ich hielt mich im Hintergrund. Als Sekretär hatte ich ihn auf Inspektionsreisen durch zahlreiche Bergbaudistrikte begleitet. Gemeinsam suchten wir im ganzen Archipel Gouverneure und Residenten auf. Ich wußte inzwischen, ohne mich je zu irren, wann ich an seiner Seite sein mußte und in welchen Augenblicken ich ihm besser aus dem Weg ging.

Die schweren Regenfälle hatten die meisten Menschen von der Landebrücke vertrieben. Man sah sie in kleinen Gruppen unter dem Tor von Fort Van der Capellen Schutz suchen. Kein Mensch trat vor, um uns zu begrüßen, bis auf ein paar chinesische Händler und den Hafenmeister, der eingetroffene Güter und Personen notierte. Da unser Anker in dem felsigen Boden der Bucht keinen Halt fand, machten wir an einem der schweren Poller fest. Die Laufplanke wurde heruntergelassen. Durch die täglichen Mahlzeiten mit den Dienern sprach ich inzwischen besser Malaiisch als er, also schickte mich de Groot aus, herauszufinden, weshalb wir nicht erwartet wurden. Über die Festung gelangte ich auf einen großen Platz, in den zahlreiche senkrechte Straßen mündeten. Vor mir lag das Gouvernementsgebäude. Ich ließ mich anmelden, aber Mijnheer Visser, der Gouverneur der Molukken, war nicht anwesend. Man schien nichts von unserer Ankunft zu wissen. Nach einigem Nachfragen stellte sich heraus, daß wir uns an den Assistent-Residenten wenden müßten, aber wo der sich aufhielt, wußte niemand. Seine Wohnung, sagte man, liege an der Straße von Tanah Tinnggi zum Militärhospital, in der Nähe der Brücke über den Wai Tomo. Ich bat um eine Kutsche, bekam aber nur zwei gesattelte Pferde.

Als ich zur Landebrücke zurückkam und zögerte, Cornelius über die mißliche Lage zu informieren, fiel mir ein junger Eingeborener auf. In einiger Entfernung vom Schiff kauerte er im Regen. Er beobachtete uns, hatte aber offenbar nicht vor, näher zu kommen. Ich winkte ihm. Er ging ein paar Schritte auf mich zu, zögerte dann aber wieder und tat, als habe er mich nicht richtig gesehen. Als ich auf ihn zuging, grüßte er mich widerwillig. Das Kind war völlig durchnäßt. Der Sarong klebte ihm an den Beinen, und seine langen Haare hingen schwer auf den Schultern und über die Augen. Er wirkte nicht sehr intelligent. Ich wußte nicht, ob er aus Verlegenheit oder Frechheit schwieg. Erst nach dreimaligem Drängen war er bereit zuzugeben, daß er zum Haushalt des Assistent-Residenten gehörte. Man hatte ihn geschickt, unsere Sachen zu bewachen, bis uns ein Wagen abholen würde. In diesem Augenblick betrat de Groot festen Boden. Ich sagte ihm, ein Wagen sei unterwegs, aber er wollte keine Zeit mehr verschwenden. Er stieg auf das Pferd und kommandierte den Jungen zu sich. Dieser hatte anscheinend Angst vor Pferden und gehorchte widerstrebend. Ich hörte an de Groots Stimme, daß er ungehalten war und versuchte, den Tölpel vor ihm zu warnen. Als er nicht nahe genug herankam, gab Cornelius dem Pferd so die Sporen, daß es schnaubend direkt vor die Füße des Jungen sprang. Das alles tat er wegen der Mannschaft, die über die Reling hinweg das Spektakel beobachtete. Ihr Lachen spornte ihn noch mehr an. Spottend machte er den erschreckten Blick des Kindes nach und befahl ihm, das Gepäck zu tragen. Der Stapel, auf den er zeigte, war ziemlich hoch. Der Junge warf mir einen Blick zu. Als ich ihm nicht zu Hilfe kam, sagte er: »Der Resident, er trägt mir auf, bei Ihren Koffern zu bleiben, Tuwan, bis sie abgeholt werden.«

»Es sind nur drei, und dann noch diese Pakete dort«, sagte Cornelius. »Das wirst du wohl tragen können.«

»Minta tolong, der Wagen kommt gleich.«

»Dir fehlt doch nichts? Nimm sie und komm!«

Der Junge sah tief unglücklich drein. Schließlich bewegte er sich auf unsere Sachen zu. Er stemmte einen Koffer hoch, und schon diesen einen konnte er kaum heben. Er warf einen Blick über die Schulter, ob wir es auch bemerkt hatten. Er versuchte es mit noch einem Paket, das nicht leichter war. So blieb er einen Augenblick stehen, mit dem Rücken zu uns, den Kopf über seine Last geneigt. Dann tat er, was ihm sein Herr aufgetragen hatte und hockte sich neben unser Hab und Gut. Er machte dabei ein so wichtiges Gesicht, daß kein Zweifel aufkommen konnte, daß er unser Gepäck mit seinem Leben bewachen würde.

De Groot war das nicht genug. Vielleicht hätte er es dabei bewenden lassen, wäre es nicht vor den Augen unserer Schiffsbesatzung gewesen, aber jetzt wandte er sein Pferd. Wieder brachte er es unmittelbar vor dem Jungen zum Stehen, diesmal Schritt für Schritt, als Drohgebärde. Der Junge drehte seinen Kopf von den Beinen direkt vor seinem Gesicht weg, gab aber seine Stellung nicht auf.

»Silakan, Tuwan!«

Schließlich wurde es mir zu bunt. Ich packte das Tier am Zaumzeug.

»Bitte«, sagte ich, »er ist noch keine fünfzehn. Laß ihn, Cornelius. Ich kann jetzt schon die Dokumente mitnehmen, dann kommen die übrigen Sachen gleich nach. Was macht es aus?«

Er gab keine Antwort. Mit einem wütenden Ruck riß er den Kopf des Pferdes so herum, daß ich loslassen mußte. Dann stieß er ihm wieder in die Flanken, um mit dem Tier das Kind umzustoßen. Das Pferd hob das Vorderbein, spürte das Hindernis und weigerte sich. Mit einem Lidschlag sah ich, wie der Knabe seinen kleinen Sieg mit einem rotzfrechen Lächeln feierte. Ich hielt ihn für wahnsinnig, aber gleichzeitig jubelte ihm mein Herz zu. Einer aus der Mannschaft belohnte ihn mit Beifall. Das brachte das Faß zum Überlaufen. Cornelius griff nach der Peitsche, hob sie. Ohne nachzudenken warf ich mich nach vorn und schützte das Gesicht des Jungen mit meinem Arm. Das Leder fetzte über meine linke Hand. Es war eine tiefe Wunde, aber es dauerte doch mehrere Sekunden, bis ich etwas spürte, und noch länger, bis es zu bluten begann. Das wartete Cornelius nicht ab. Ohne Eile ritt er am Kai entlang und verschwand im Fort. Ich verband mir die Hand mit einem Taschentuch, ließ den Jungen stehen und folgte meinem Vorgesetzten.

Unmittelbar nach meiner Ankunft auf Java hatte ich mich noch vorsichtig gegen Cornelius' Launen gewehrt. Bernhard von Sachsen, überrascht, daß ich den Hühnerhof de Groots seinem Gästezimmer vorgezogen hatte, traute der Sache nicht. Als Cornelius immer wieder neue Gründe erfand, um meinen Umgang mit dem Herzog zu unterbinden, empörte sich dieser über meine Behandlung. Er schlug vor, nach seiner baldigen Rückkehr nach Europa meine Interessen bei Willem dem Dritten zu vertreten, aber ich redete es ihm aus. Um kein Mitleid zu erregen, stellte ich die Situation meinem Freund so dar, als gefiele mir die Sekretärfunktion. Das verwirrte Bernhard und er vergaß seine Wut, aber bevor er abreiste, regelte er für mich doch eine Unterkunft bei einer freundlichen deutschen Familie, auch wenn ich mich wegen meiner hektischen Arbeit wenig in meinen Räumen aufhielt.

Enttäuscht über die fehlende Selbständigkeit an meinem Arbeitsplatz schrieb ich dem Generalgouverneur mehrere Briefe. Zuerst bat ich um Versetzung, später um eine Forschungserlaubnis, aber ohne Erfolg. Jedesmal kam eine Antwort, in der irgendein Untergebener ernsthaft auf meine Klagen einging, aber die Lösungsvorschläge kreisten immer wieder elegant um den heißen Brei herum. Beispielsweise bot man mir eine kleine Unkostenvergütung für das Ungemach, einen Ehrenplatz bei der Neujahrsparade, eine Uniform mit Goldstickerei auf dem Revers und an den Ärmelaufschlägen. Jedesmal schrieb ich zurück, dies sei nicht ganz, was ich wünsche.

Nach einigen Monaten bekam ich eine kurze Nachricht aus ’s-Gravenhage, in der man mich zum Verwaltungsleiter des Bergbaudepartements ernannte. Als ich mich am nächsten Morgen voller Begeisterung beim Departement nach dem Inhalt meiner neuen Funktion informierte, war die Aufgabenbeschreibung simpel. Die wichtigste Aufgabe des Verwaltungsleiters bestand darin, Cornelius de Groot zu unterstützen. Als Sekretär.

Danach hatte ich endlich begriffen, daß man in Niederländisch-Indien ohne Beziehungen nichts erreicht. Linse und Lebret waren weit weg. Außer am Arbeitsplatz traf ich kaum Menschen, und wenn mir einer der Beamten ein wenig vertrauter wurde, gab es innerhalb weniger Wochen eine Versetzung oder er wurde aufgrund einer Reorganisation mit einer anderen Aufgabe betraut. Ich vermutete einen Zusammenhang, konnte aber nichts beweisen. Nach einer Weile achtete ich darauf, mich mit keinem Menschen auch nur einen Abend lang zu unterhalten oder allzu auffällig mit einem auf der Straße spazierenzugehen. Um niemanden in Schwierigkeiten zu bringen, sprach ich gerade mit den Menschen, die ich schätzte, so wenig wie möglich über anderes als die Arbeit.

Und trotz allem konnten Cornelius und ich auch gelegentlich einen Abend lang auf der Veranda sitzen und sinnieren. Er rauchte ein wenig und schaute vor sich hin. Ich las ein Buch. Wenn er mich fragte, wovon es handelte, las ich ihm Passagen vor. Er lachte über meine Empfindsamkeit, sobald ich ihm verriet, was mich an einem bestimmten Roman bewegte, aber das war mir einerlei. Sobald wir allein waren, sagte er etwas, weil er es meinte, und nicht, um anderen damit zu imponieren.

Je weiter ein solcher Abend voranschritt, desto mehr tranken wir beide über den Durst. Dann sagte er, was er wirklich dachte. Er fing an, über Frauen zu reden und beteiligte mich an seinen Phantasien. Einmal sang er für mich. Lieder über die Liebe. Er hatte eine gute Stimme, ganz im Gegensatz zu dem, was man denken konnte, wenn man ihn schreien hörte.

Wenn er wirklich guter Stimmung war, erzählte er von dem Dorf an einem der großen Flüsse, wo sein Vater eine Fähre bewirtschaftete. Dann strahlte er, als müsse er nur übersetzen, um bei dem Ausflugslokal zu sein, wo er in den Ställen gespielt hatte, und wo seine Lust in den Händen einer gewissen Frieda erwacht war. Aber wenn der Alkohol ihn traurig stimmte, sprach er bitter von der Armut seiner Familie in den Wintern, wenn der Fluß zufror und die Arbeit ruhte. In solchen Zeiten hatte der Lehrer im Lauf der Woche in der Klasse Pfennige eingesammelt, und Cornelius hatte samstags das Sammelgeld vor seinen Klassenkameraden entgegennehmen dürfen. Anschließend hatte er sich bei allen Kindern, die etwas gegeben hatten, mit der Mütze in der Hand bedanken müssen.

Wenn Cornelius sich am nächsten Morgen an solche Offenherzigkeiten erinnerte, konnte ich damit rechnen, daß er an diesem Tag keine Gelegenheit auslassen würde, mich vor anderen auf meinen Platz zu verweisen. Aber ehrlich gesagt, ich war auch nicht einfach. Unser verzerrtes Verhältnis weckte in mir verborgene Boshaftigkeiten. Wenn er mich vor aller Augen schlechter behandelte als mir lieb war, bestrafte ich ihn. Durch unsere lange Bekanntschaft und seine nächtlichen Bekenntnisse kannte ich seine schwachen Stellen. Auch in der Arbeit wußte ich genau, wo er versagte. Sobald er also in einer großen Sitzung unerwartet eine Pause einlegte, wie immer, wenn er den Faden verloren hatte, bat ich ihn laut, das Gesagte doch noch einmal für das Protokoll zusammenzufassen. Ich konnte ihn auch in Anwesenheit seiner Vorgesetzten – besonders bei einheimischen Fürsten wirkte das gut – aus heiterem Himmel fragen, wie es denn seinem Vater, dem Grafen von der Fähre, ging. Dann brach ihm der Schweiß aus. Wenn eine Familie aus dem Kampong zum Essenbetteln kam, stellte ich ihnen Cornelius als einen vor, der selbst Hunger gekannt hatte, und danach konnte er den armen Schluckern nur mit großer Mühe etwas abschlagen. In holländischer Gesellschaft brachte ich ihn meist gezielt mit der Nennung seines Geburtsorts in Verlegenheit, weil immer jemand darauf einging und nachfragte, und de Groot sich mit seinen Lügengeschichten meist selbst den Teufel auf den Hals holte. Es war ein kindischer Widerstand, das gebe ich zu, aber so blieben wir lange in schmerzhaftem Gleichgewicht. Auf diese Weise hatten wir es anderthalb Jahre miteinander ausgehalten, ohne daß es zu einer ernsten Auseinandersetzung gekommen war.

Auf dem Weg vom Hafen von Amboina nach Tanah Tinnggi ritt ich schweigend hinter meinem Vorgesetzten her. Die Wunde auf meiner Hand brannte so sehr, daß ich die Zügel nicht anziehen konnte. Einmal hielt de Groot an und warf einen kurzen Blick auf das Taschentuch, durch das inzwischen das Blut sickerte. Ich ächzte auf und übertrieb die Unbeholfenheit meiner verletzten Hand noch, aber er dachte nicht an eine Entschuldigung.

Nachdem wir eine Weile durch ein Stadtviertel geritten waren, in dem viele Häuser von Erdbeben zerstört waren, die Amboina regelmäßig heimsuchen, sahen wir am Fluß ein Haus, das bis auf das Dach aus festem Material gebaut war. Die Galerie war zur Straße gelegen und vom Rasen durch einen öffentlichen Weg getrennt, der Halsbrechersteg genannt wurde, wie man mir erklärt hatte. Wir wurden aber nicht gleich empfangen, erst nach mehrmaligem Rufen kam ein Diener herbeigeschlurft. Sein Herr sei nicht zu Hause, sagte er, und die Herrin sei gerade mit dem Wagen losgefahren, um Gäste am Hafen abzuholen. Man ließ uns ins Vorhaus eintreten und brachte gezuckertes Wasser. Umständlich betupfte ich meine Wunde mit der kühlen Flüssigkeit. Cornelius preßte sein Glas an die Schläfe, schloß die Augen und tat, als werde er, nach allem, was er ertragen mußte, jetzt auch noch von einem seiner Migräneanfälle geplagt.

Nach einer halben Stunde hörten wir einen Wagen über die Brücke fahren. Unter dem Lederdach einer offenen Karosse saß neben dem Kutscher eine verregnete Gestalt, die uns trotzdem freundlich zuwinkte. Hinter der Frau lagen auf den Bänken unsere Koffer und Pakete gestapelt. Auf allem saß, heftig durchgeschüttelt, aber triumphierend, der jüngste Diener. Bei unserem Anblick lachte er uns fröhlich zu. Er äffte seine Herrin nach und winkte frech, sogar mit beiden Armen, als wisse er nicht, daß er der Anlaß unseres Streits gewesen war. Allmählich begann ich mein heldenhaftes Verhalten zu bereuen.

Die Frau des Assistent-Residenten trat, ohne auf ihre Kleidung zu achten, in den Schlamm und kam herangeeilt, um uns zu begrüßen. Mevrouw Douwes Dekker schüttelte die schlimmste Nässe von sich ab. Cornelius hatte mir zugeflüstert, sie sei Baronin – die Nähe zu Adel versetzte ihn immer in Begeisterung –, aber offenbar legte sie keinen Wert auf Etikette. Sie knüpfte ihre Haube auf und reichte ihm herzlich die Hand.

»Mijnheer de Groot! Was für ein Durcheinander. Wir hatten Sie, ehrlich gesagt, bei diesem Wetter heute nicht erwartet. Bei derart heftigen Regenfällen fahren die hiesigen Seeleute meist vorsichtshalber weder aus noch ein.«

»Sie wissen doch, gnädige Frau, wie das ist. Den Eingeborenen ist es meist einerlei, ob sie heute oder morgen zum Fischen ausfahren. Ein Tag ist für sie wie der andere. Wir jedoch haben ein Ziel. Wir machen eine lange Reise und halten uns so genau an unseren Plan, wie es in unserer Macht steht.«

Unsere Gastgeberin betrachtete den Schlamm auf ihren Stiefeletten und wischte einen Absatz am Gras ab. »Wir sind immer gut damit gefahren, uns den Gebräuchen der Einheimischen entsprechend zu verhalten«, sagte sie nonchalant. »Wir profitieren von ihrer Erfahrung. So stoßen wir niemand vor den Kopf, und wir überleben die Stürme. Aber zum Glück sind Sie sicher angekommen. Und wer ist Ihr Freund?«

Sie wandte sich zu mir. Ich versteckte meine linke Hand hinter dem Rücken. Es schien mir vernünftig, nicht die Aufmerksamkeit darauf zu lenken.

Bevor ich meinen Namen nennen konnte, beeilte sich Cornelius zu sagen: »Der Herr ist mein Sekretär. Er wird Ihnen nicht zur Last fallen.«

»Nein, warum sollte er auch?« Sie wandte ihren Blick nicht Cornelius zu, wie er es mit seinem Ton zu erzwingen versuchte, sondern sah mir weiter in die Augen: »Und wie haben Sie die Reise überstanden, Mijnheer ...?«

»Boachi«, sagte Cornelius kurz angebunden, »Aquasi Boachi.«

»Bisher habe ich noch alle Reisen überstanden, gnädige Frau.«

»Dann sind Sie sicher so nett, uns heute abend mit Ihren Geschichten zu unterhalten. Wir wohnen schon einige Monate hier und haben keine Ablenkung. Es tut mir leid, daß mein Mann Sie nicht sofort begrüßen kann. Er hat eine dringende Unterredung mit Gouverneur Visser auf Batoe Gadja.« Sie deutete auf ein großes Haus auf dem gegenüberliegenden Hügel.

»Etwas Ernstes?«

»Keine Verwaltungsangelegenheiten.« Sie nahm meinen Arm. »Kommen Sie, ich zeige Ihnen Ihre Zimmer.«

»Mijnheer Boachi schläft bei den Dienern.«

»Kommt nicht in Frage.« Sie überlegte noch, ob Cornelius vielleicht scherze, klang aber entschlossen.

»Er speist auch mit ihnen. Das ist nun einmal bei uns so Gewohnheit«, ließ sich de Groot nicht abbringen.

»Ach, mein Lieber, wenn wir hier alles nach Gewohnheit täten ...«

»Sie legen anscheinend größeren Wert auf einheimische Gewohnheiten als auf die Ihrer Landsleute?«

»Wir sind für alles offen, Mijnheer de Groot, dessen Sinn wir einsehen.« Ihr Lächeln blieb so liebenswürdig, daß Cornelius die Sache vorläufig auf sich beruhen ließ. Er sah weg, musterte seine Stiefel und kratzte den schlimmsten Schmutz umständlich von der Sohle.

»Die Welt«, sagte er gekränkt, »hat mich von klein an den

Sinn von Unterschied und Rang gelehrt. Unterschätzen Sie deren Bedeutung in den Kolonien nicht. Es würde Ihr Leben hier ruhiger machen.«

»Unser Leben vielleicht, aber unsere Seele ist uns wichtiger.«

Inzwischen hatte der jüngste Diener unsere Sachen aus dem Regen geholt und auf die Veranda gebracht. Nun stand er wieder für seine Aufgabe als Wächter bereit. Er kletterte auf die Koffer und setzte sich im Schneidersitz hin. Cornelius bedeutete ihm, von seinem Eigentum herunterzusteigen. Als der Knabe nicht reagierte, jagte ihn de Groot persönlich weg.

Unsere Gastgeberin nutzte die Gelegenheit. »Kommen Sie, Mijnheer Boachi, Sie bekommen das frühere Schlafzimmer von Mijnheer Valentijn. Kennen Sie ihn, den großen Gelehrten? Mein Mann kann über ihn erzählen ... Kennen Sie sich aus in unserem siebzehnten Jahrhundert?«

An diesem Abend kam Mevrouw Douwes Dekker persönlich an meine Zimmertür, um mich zum Abendessen zu geleiten, als befürchte sie, ich wage sonst nicht zu kommen. Gemeinsam betraten wir den kleinen Speisesaal, in dem sich Cornelius bereits mit ihrem Mann unterhielt. Durch ihren Eintritt wurde er gezwungen, sich zu erheben. Meine Gegenwart war de Groot unangenehm, das konnte ich sehen, aber er wünschte mir nichtsdestotrotz guten Abend. Die Regengüsse hatten endlich aufgehört und durch die Türen mit den Fliegengittern brachte eine leichte Brise allen Kühlung.

»Erlaubt es Ihr Glaube, ein Glas mit uns zu trinken?«

»Ich bin getauft, gnädige Frau«, antwortete ich.

»Sieh an«, sagte sie und ließ mir ein Glas bringen, das ihr Mann mit gekühltem Claret füllte. Cornelius sagte nie nein, und der Assistent-Resident schenkte reichlich ein, obwohl er selbst wenig trank.

Douwes Dekker war freundlich, blieb aber nie lange bei einem Thema, als seien seine Gedanken anderswo. Er wirkte auf mich gesundheitlich angegriffen und sein melancholischer Blick erweckte den Eindruck, als sieche er dahin. In der kurzen Zeit seiner Amtszeit auf Amboina, erzählte er, habe sich seine Gesundheit, die schon von den Tropen angeschlagen war, noch weiter verschlechtert. Außerdem hatte er in dieser Zeit Eltern, Schwester, Bruder und andere, die er liebte, verloren. Von Heimweh gequält hatte er schon lange um einen Europaurlaub nachgesucht.

»Dreizehn Jahre in den Tropen«, ergänzte seine Frau, »das heißt Fieber, die kommen und gehen. Infektionen. Unregelmäßige Nachtruhe. Ständiges Abwägen.«

An diesem Tag hatte Douwes Dekker jedoch endlich einen Grund zum Feiern. Er erzählte, gerade erfahren zu haben, daß ihm ein Urlaub von drei Monaten zugestanden worden war, um in Batavia seine Sache persönlich vorzubringen. Seine Frau war von der guten Nachricht bewegt und saß lange Zeit neben ihm und hielt seine Hand, ohne zu sprechen. Mir gefiel dieser Anblick. Zu der Zeit hatte ich lange keine Zuneigung mehr aus nächster Nähe gesehen.

Douwes Dekker erkundigte sich nach meinem Heimatland. Ich erzählte, sehr summarisch, unter welchen Umständen ich es verlassen hatte. Er reagierte überrascht und antwortete, ihm seien in Purworedjo, wo er bis vor einigen Jahren als Beamter für den Residenten von Bagelen gearbeitet hatte, einmal zwei Männer von afrikanischem Aussehen aufgefallen. Als er sie danach fragte, berichteten sie, sie stammten aus Westafrika. Sie schienen stolz auf ihre niederländischen Dienstjahre zu sein, hatten sich aber nach Ablauf ihrer Verträge für die Selbständigkeit entschieden. Sie lebten unter schweren und bescheidenen Bedingungen in einem Dorf an der Progo-Mündung, wo sie durch manuelle Salzgewinnung Einkünfte bezogen. Ich bestätigte, daß diese Männer von meinem Vater geschickt worden sein mußten.

Das Essen wurde aufgetragen. Wir setzten uns zu Tisch und ich mußte das Besteck benutzen. Dadurch gelang es mir nicht, noch länger meine verletzte Hand zu verstecken. Ich hatte sie so gut wie möglich verpackt und ließ den Ärmel weit fallen, aber das Fleisch war zäh, und ich konnte es nicht mit der Gabel halten.

»Ein Mißgeschick«, sagte ich, aber meine Gastgeberin bestand darauf, die Wunde genau anzusehen.

»So ein häßlicher Schnitt, wie haben Sie nur das geschafft?«

»Ja, Prinz«, sagte Cornelius mit dicker Zunge, »wie ungeschickt Sie doch sind!«

»Es ist nichts, wirklich.« Zum Beweis benutzte ich meine Gabel wie einen Spieß und aß.

»Mach dann auch kein Aufhebens. Mijnheer Dekker war mitten in einer hübschen Geschichte«, sagte Cornelius und ergriff danach selbst eine halbe Stunde lang das Wort. Er langweilte alle mit den Ergebnissen unserer Untersuchungen auf Madura, einer wüsten Insel, wo bereits zu lange und vergeblich nach Bodenschätzen gesucht wurde.

Mevrouw Douwes Dekker richtete sich an mich. »Ich hatte heute früh noch keine Ahnung, daß wir einen Prinzen an unserer Tafel empfangen würden. Kokki hat ihr Bestes gegeben, aber wie Sie sehen, es ist nichts Besonderes. Kommen Sie, erzählen Sie mir noch ein wenig mehr von Ihrem Volk.«

Ihre Aufmerksamkeit machte mich verlegen und ich beobachtete aus den Augenwinkeln Cornelius. Er duldete keine Unterbrechung seiner Monologe, aber der Tisch war groß und es schien ihn nicht zu stören. Ich erzählte ihr meine Geschichte, und sie hörte aufmerksam zu. Nur einmal richtete sie sich auf und unterbrach mich, als ihr Mann eine neue Flasche öffnen ließ, um Cornelius noch einmal nachzuschenken.

»Vergiß nicht«, warnte sie lachend, so daß niemand daran Anstoß nehmen konnte, »daß uns die Luft hier schneller zu Kopfe steigt als anderswo.«

Den Beweis dafür trat Cornelius fast auf der Stelle an. In seinem betrunkenen Palaver war er bei seiner Lieblingsanekdote aus Madura angelangt, die ich ihn schon öfter hatte erzählen hören, aber noch nie in Anwesenheit einer Dame.

Die Sache verhielt sich so. Von Cornelius' Interesse für seinen schlechten Boden angetan, versuchte der Lurah von Bunbungan de Groots Aufmerksamkeit auch auf seine älteste Tochter zu lenken, um sie mit ihm zu verheiraten. Daran knüpfte er eine Reihe strenger Bedingungen bezüglich der Gebietsverwaltung. Cornelius hatte die Verhandlungen nicht sofort abgebrochen, sondern sich gerade soweit darauf eingelassen, daß ihm die junge Frau zur Begutachtung in seine Gemächer geschickt wurde. An dieser Stelle legte Cornelius immer eine Kunstpause ein, um seine Zuhörer neugierig zu machen. Ich fühlte die Schamröte auf meinen Wangen und wagte die Frau des Hauses nicht mehr anzusehen.

»Am nächsten Morgen«, sagte Cornelius mit einem Augenzwinkern zu Douwes Dekker, als seien sie zu zweit und gleicher Meinung, »habe ich sie ihrem Vater mit der Mitteilung zurückgeschickt, ich würde nicht verstehen, warum die ›gojang madura‹ so gerühmt wurde. In den Armenvierteln Batavias hätte ich eine bessere Liebesmassage bekommen, und ein Niederländer tausche seine Integrität nicht für ein paar Spasmen ein.«

Ihm gefiel die Geschichte so gut, daß ihm erst nach ein paar Sekunden auffiel, daß außer ihm keiner lachte. Douwes Dekker läutete nach der Bedienung.

»Ich möchte Sie daran erinnern«, sagte er, »daß Sie unser Gast sind. Wir sind nicht an die Sprache der Offizierskasinos gewöhnt.«

Als Cornelius das Ausmaß seines Patzers aufging, sah er so bestürzt aus, daß unsere Gastgeberin versuchte, ihm mit einem neuen Thema zu Hilfe zu kommen. Aber sie stotterte und konnte auf keines kommen.

»Ich berichte den Vorfall lediglich«, sagte Cornelius langsam, »um zu zeigen, wie man mit solcher Korruption kurzen Prozeß macht.« Keiner sagte ein Wort.

»Es zeugt von sehr wenig Respekt«, zischte ich. Cornelius wandte sich zu mir.

»Respekt?« sagte er leise und gemein. »Mir scheint, Mangel an Respekt sei *Ihr* Privileg!« Er sprang auf, bereit, sich zu schlagen. Ich ebenso. Unsere Gastgeberin zögerte nicht. Als sei das Abendessen beendet, erhob sie sich und nahm meinen Arm.

»Prinz«, sagte sie, »Ihre Hand, das kann nicht so bleiben. Begleiten Sie mich kurz, dann lasse ich den Hausjungen einen Verband anlegen.«

Mit einer Handbewegung schob sie meinen Stuhl nach hinten und führte mich hinaus. »Hier gärt alles. Wir müssen die kranken Stellen behandeln, bevor sie sich entzünden. Wenn erst einmal der Brand darin ist …«

Ihr Hausjunge war niemand anderer als das freche Kind, das uns die Ankunft verleidet hatte. Er kam mit Wasser und einem kleinen Kästchen Kräuter. Ich traute der Sache nicht recht. Er hockte sich vor mich und riß mit einem Ruck das Taschentuch von der Wunde.

»Au!«

»Ma-afkan saja. Die Wunde, so tief!«

Er krempelte meinen Ärmel hoch und ließ mir das Wasser in großen Güssen über die Hand laufen. Dann tupfte er sie ab und desinfizierte mit einem getrockneten Blatt die Wunde. Konzentriert arbeitete er, die Zunge zwischen den Lippen. Danach verwendete er ein Puder, das gemein brannte. Als ich vor Schmerz erstarrte, blies er über die Wunde.

»Schmerz so, Tuwan?« klang es freundlich.

»Kein Schmerz.«

Er schaute mich an, und erst als er sah, daß ich es ernst meinte, hörte er zu blasen auf und begann aus Palmfett eine Salbe zu bereiten. Eine Weile rührte er verschiedene Ingredienzen zusammen. Er musterte mich, als überlege er, ob er es wagen solle zu sprechen.

»So häßlich, die Wunde«, sagte er schließlich und beugte sich wieder über die Schale mit Salbe. Er schlug den Brei abwechselnd schnell, dann schleppend.

»Wenn der Bauer seinen Büffel schlägt«, sagte er schließlich, »geht er nicht weiter.« Auf die Wunde strich er große Salbenstränge. Er sah mir direkt in die Augen, um zu sehen, ob ich den Hintersinn begriff.

»Der Büffel hat eine dicke Haut«, antwortete ich kurz. »Er vergißt es schon wieder.«

»Ein Mann ist kein Büffel.«

»Nein, ein Mann kann versuchen, die Ursache und den Grund zu verstehen.«

»Der Büffel ist stark, aber er ist dumm. Deshalb läßt er sich schlagen.«

Ich ließ mich nicht weiter herausfordern und fragte: »Redest du immer so viel?«

»Immer, Tuwan!«

»Dann wirst du dich damit oft in Schwierigkeiten bringen.«

»Immer, Tuwan!«

Cornelius und ich waren einmal beim Soesoehoenan von Soerakarta zu Gast. Dort hatte man in kurzer Zeit mehrere Tiger gefangen, so daß der Käfig zu klein und ihr Unterhalt ein Problem wurde. Alles Federvieh, alle Affen und Hunde waren schon an die Bestien verfüttert worden. Die Tiere magerten ab. Eines war bereits verhungert, eine Schande für den Hof. Nun wollte man sich des größten Exemplars entledigen.

Alle Beamten erschienen in Festkleidung, Offiziere und Prinzen in Uniform. Mit großem Tamtam zogen wir in einem Zug zum Kraton und wurden bis zum zweiten Innenhof des Palastes vorgelassen. Dort erwartete uns der Soesoehoenan auf seinem Thron.

Mitten auf dem Platz war aus Baumstämmen und Bambus eine käfigartige Arena errichtet worden. Man brachte einen mit Blumengirlanden geschmückten Kerbo, einen zahmen Büffel, in die Absperrung. Anschließend wurde ein Wagen auf den Platz gezogen. In einem Käfig hinter Gittern lief ein großer Königstiger langsam auf und ab. Das Publikum hielt den Atem an. Nur das Gamelan-Orchester ertönte. Man erwies dem, was kommen würde, viel Hochachtung.

Cornelius neben mir richtete sich auf. Ich sah, wie sich seine linke Hand abwechselnd zusammenballte und wieder streckte, wie er es als Vorbereitung auf einen Kampf auch tat. Seine Unruhe lenkte die Blicke auf ihn. Um ihm weitere Verlegenheit zu ersparen, stieß ich ihn an. Er merkte nichts. Ohne sich stören zu lassen, knackte er in einer einzigen Bewegung mit allen Fingergelenken.

Eine Falltür wurde geöffnet – und dann war nichts mehr zwischen dem anmutig muskulösen Tiger und dem Fleischberg. Nichts hielt die enormen Körper auseinander, und dennoch ließ der Kampf auf sich warten. Der Tiger knickte Vorder- und Hinterbeine ein und blieb liegen. Den Blick unverwandt auf den Büffel gerichtet, hielt er den Kopf dicht über den Vorderpfoten und dachte nicht daran ihn anzuspringen. Der Kerbo fühlte die Gefahr. Gemächlich hob er den breiten Schädel, die hervortretenden Augen aufgerissen. Mit gereckter Nase ging er auf den Tiger zu. Schritt für Schritt, ohne Hast.

»Seht nur«, rief Cornelius, »welche Majestät! Er zeigt keinerlei Angst.«

Der Kerbo richtete die Spitzen seiner Hörner auf seinen Feind. So blieb er stehen. Nun tat sich lange nichts. Die Zuschauer begannen unruhig hin- und herzurutschen. Da und dort wurde leise geflüstert. Nur Cornelius' Konzentration ließ nicht nach. Er atmete flach und schnell. Er schwitzte. Für ihn hatte der Kampf schon angefangen. Anders als die übrigen Zuschauer empfand er die Stille als Abenteuer. Sein Mund war ein wenig geöffnet, die Lippen ausgetrocknet. Das Schlucken fiel ihm schwer, weil er sich ausschließlich auf die Tiere konzentrierte. An seiner Wange zuckte ein Muskel. Ich folgte seinem Blick und entdeckte eine Spannung in den Flanken des Büffels. Allen anderen schien das entgangen zu sein, aber ich wußte, daß in der Drohung mehr Gewalt steckt als im Angriff.

Auf ein Zeichen des Soesoehoenan kletterten fünf Diener auf den Käfig. Von ihrer sicheren Position aus warfen sie brennendes Stroh auf den Tiger, den der Schmerz aufschrecken ließ. Aber zu einem Angriff ließ er sich nicht verführen. Als nächstes goß man kochendes Wasser auf den Büffel. Er brüllte und ging ein paar Schritte zurück. Aber der Tiger griff nicht an. Schließlich streute man Büffelkraut auf die beiden Tiere. Der Nesselbrand versetzte sie in wilde Zuckungen. Der Tiger verließ seine Ecke und holte nach dem Büffel aus. Ich hörte Cornelius vor Schreck den Atem durch die Zähne ziehen. Der Büffel wich nicht zurück. Er drehte sich mit dem Raubtier, das um ihn herumschlich. Seine Hörner blieben ständig auf die Gefahr gerichtet, aber mit einem einzigen phantastischen Sprung setzte der König des Urwalds auf den Büffelkopf, er verbiß sich im Hals und wollte nicht mehr loslassen. Dem sanften Riesen stand die Todesangst in den Augen, aber man hörte keinen

Ton. Mit mächtigen Bewegungen schleuderte der Kerbo seinen Kopf hin und her und schlug dabei den Angreifer links und rechts gegen den Käfig. Aber der Tiger ließ seine Beute nicht los.

Ganz kurz hielt der Büffel ein und kam zu Atem. Dann versuchte er noch einmal, das wilde Tier von sich abzuschütteln. Er schleuderte es ein paarmal so heftig auf den Boden, daß der Tiger loslassen mußte. Nun zögerte der Büffel nicht länger, neigte den Schädel und schob den Gegner mit den Hörnern vor sich her. Er schleifte ihn über den Boden. Kurz bevor er an der Umzäunung zerdrückt wurde, sprang der Tiger von ihm weg und blieb auf der gegenüberliegenden Seite des Käfigs stehen, verblüfft, daß er das plumpe Tier nicht ohne weiteres überwältigt hatte.

»Das wird ihn lehren!« brach Cornelius in schallendes Gelächter aus. Und dann urplötzlich todernst: »Mach ihn fertig! Mach ihn fertig! Zeig, wer du bist!« Er schlug sich auf die Schenkel, nicht vor Vergnügen, sondern um sich durch den leichten Schmerz stärker in den Kampf einfühlen zu können.

Wieder griff der Königstiger den Kerbo an, frontal, und wieder verletzten ihn die Hörner. Erschrocken sprang er jetzt gegen das Dach seines Gefängnisses, von dem die Diener in Panik flüchteten. Dort blieb er sekundenlang hängen und ließ sich dann mit gespreizten Klauen auf den Büffel fallen. Dieser fing ihn mit den Hörnern auf, worauf die Raubkatze mit knapper Not ihr bloßes Leben retten konnte. Sie wagte keinen großen Angriff mehr, sondern holte nur noch einmal drohend aus und lief im Kreis herum, zurückweichend, schnaubend, bis sie vor Erschöpfung niedersank und der Kerbo ihr mit einem Schlag den Gnadentod versetzte.

Rundherum erklang Zustimmung. Man begann den Kampf zu erörtern. Auch ich drückte meine Bewunderung aus, aber neben mir blieb es still. Ich betrachtete Cornelius. Er war außer sich. Er hatte den Kopf in den Nacken geworfen, als wolle er den Himmel anrufen. Er ächzte, lang, leise und tief erleichtert. Seine Augen waren feucht, und er schauderte wie von einem sinnlichen Genuß. Dann kam er wieder zu sich. Langsam zeigte sich ein Lächeln, als er das tote Raubtier, das nun weggeschleppt wurde, noch einmal ganz genau betrachtete. Mit der Faust wischte er sich den Schweiß vom Kinn, von der Lippe. Ein Zucken durchlief seinen Leib. Er begann so heftig zu lachen, daß er sich auf die Finger biß, um nicht schallend loszuprusten. Und er hörte nicht auf zu beißen. Als sei er wahnsinnig geworden. Ich sah Blut aus seinem Mundwinkel rinnen und vergewisserte mich nach allen Seiten, daß ihn niemand so sah. Ich packte Cornelius am Arm und schüttelte ihn. Wie er sich seiner Wut überlassen konnte, so gab er sich auch hemmungslos seinem Vergnügen hin. Schließlich kam er wieder zu sich. Er staunte mich an, als sähe er erst jetzt, daß ich neben ihm saß. Man sah den Abdruck seiner Zähne in seiner Hand. Er bemerkte es, aber es schien ihn nicht zu stören.

»Beeindruckend, nicht wahr, Boachi?« sagte er. »Wie die Unbeugsamkeit über die angeborene Macht siegt!«

»Mir kamen sie gleichwertig vor.«

»Und dennoch verliert der Tiger. Er unterschätzt den Kerbo, weil er geglaubt hat, von Natur aus über ihm zu stehen. Herrlich! Herrlich!«

»Unsinn! Die beiden wollten gar nicht kämpfen.«

»Aber die Umstände haben sie zu Gegnern gemacht.«

»Und auch dann hätten sie sich respektiert und wäre der eine dem anderen aus dem Weg gegangen. Aber sie wurden von Dritten dazu gezwungen. Dreimal mußten sie aufgehetzt werden!« Ich schrie jetzt. »Dreimal! Begreif doch endlich, daß diese beiden nur einen einzigen Feind haben!«

»Tuwan Douwes Dekker schlägt seine Büffel nicht«, sagte der Hausjunge. Seine Salbe hatte den brennenden Schmerz rasch gelindert. Er drückte jetzt die Wundränder zusammen und hielt sie so, indem er meinen Handrücken zwischen seine nackten Knie klemmte. Behende wickelte er dabei im Kornährenmuster einen dünnen Verband herum.

»Und jetzt? Er geht nach Holland. Und dann?«

»Man kann sich jeder neuen Situation anpassen.«

»Sie vielleicht. Ich nicht, Tuwan. Ich liebe mich zu sehr.«

Er riß die Enden des Verbands mit den Zähnen ab, band sie zu einer Schlinge und trug mir auf, die Finger zu strecken und zu beugen. Der Verband bewegte sich nicht. Er war zufrieden, nahm wieder meine Hand und hielt sie kurz fest, ohne ersichtlichen Grund.

»Ich sehe Sie und Ihren Freund, und ich sehe es sofort.« Ich entzog ihm meine Hand. »Sie dürfen das nicht hinnehmen«, sagte er drängend.

»Das geht dich nichts an. Ich warne dich!«

Ich stand auf und wollte gehen. Er legte die Kräuter in sein Kästchen zurück und lachte, als habe er nichts gesagt.

»Der Wickel, ist er nicht zu eng? Denken Sie daran: Jeden zweiten Tag wechseln, ja? Gehen Sie zurück zum Tisch? Kokki hat Nachtisch, so köstlich.«

»Woher weißt du das?« fragte ich und stellte mich streng, um freundlich zu sein.

»Das muß ich doch wissen, weil ich davon genascht habe.«

Ich dankte ihm und fragte nach seinem Namen.

»Ahim«, sagte er. »Sie werden nicht vergessen.«

Java, Delft, Weimar, Java
1856–1862

Java

Gewalt, die gegen mich gerichtet war, hat mich nie entmutigt. Im Gegenteil. Schmerz stärkt das Selbstbewußtsein. Selten war ich mehr von Selbstwertgefühl durchdrungen als bei Erniedrigungen. Aus solchem Kummer entsteht geistige Hellsicht. Ertrotzte Macht schafft nicht die schönste, aber wohl die eindeutigste Bindung zwischen zwei Menschen. Geisel wie Geiselnehmer haben sich gegenseitig bitter nötig. Der eine bestimmt die Position des anderen. Die kleinste Gefälligkeit nehmen sie dankbar an.

So gab es in den Dienstjahren bei Cornelius immer Tage, an denen wir beinahe wie Freunde miteinander umgingen. Wir teilten nicht nur unsere Reiseerfahrungen, sondern formulierten manchmal dieselbe Meinung in fast identischen Sätzen. Nach einiger Zeit lachten wir über dasselbe. Unterwegs schmiedeten wir Pläne für neue Bohrmethoden oder eine effiziente Distribution. Wir dachten uns sogar eine Maschine aus, um Erz mit minimaler Anstrengung an die Erdoberfläche zu befördern. Wir besuchten am Wege liegende Tempel und diskutierten mit Vergnügen deren Ornamentik und Baustil. Wir entwickelten den gleichen Geschmack bei Landschaften und, obwohl wir immer getrennt aßen, er am Tisch und ich im Freien, selbst wenn uns niemand anders Gesellschaft leistete, eine

Vorliebe für Deng deng oebi, ein Gericht aus Trockenfleisch und süßen Rüben. Auf langen Tagestouren überraschten wir uns gegenseitig abwechselnd mit Kwee kwee oder Gulali; die Kuchen waren Cornelius' liebste Leckerei, meine das Zuckerzeug.

Eine solche Zuneigung zwischen dem Gefängniswärter und seinem Gefangenen ist für einen Außenstehenden so wenig nachvollziehbar, daß ich vielleicht jedes Verständnis verspiele, wenn ich es erwähne. Dennoch entsprach es der Wahrheit: Beim Überqueren eines reißenden Flusses griff der eine ohne langes Nachdenken nach dem Arm des anderen.

Nein, den Mut hat mir der Staat genommen. Man beförderte mich zwar zum Ingenieur dritter Klasse, aber an meiner tatsächlichen Stellung änderte sich nichts. Der Zusatz »außerordentlich« blieb an mir kleben. Als ich dafür eine Erklärung forderte, kam aus dem Ministerium folgende Antwort: *»Angesichts der Tatsache, daß Sie das politische Kind des niederländischen Staates sind und zu unserem Land in einer besonderen, oder auch* außerordentlichen *Beziehung stehen, wurde dieses Wort durchaus mit Absicht zu Ihrem Besten eingesetzt, weil die Regierung in Niederländisch-Indien Ihnen einen angenehmeren Einsatzort, eine vorteilhaftere oder angenehmere Arbeitsumgebung und sogar höhere Dienstbezüge oder eine Zulage verschaffen kann als Ihren Kollegen, ohne daß dies andererseits zu Komplikationen führen muß.«*

Aber keiner meiner Anträge auf eine selbständige Aufgabe wurde beantwortet.

1853 wurde für junge Beamte in Niederländisch-Ostindien eine Lebensversicherungs- und Leibrenten-Gesellschaft gegründet. Nun bin ich von Natur aus sparsam und vorsichtig, daher bat ich um Aufnahme. Postwendend bekam ich eine ablehnende Antwort. Zur Begründung gab man an, für mich gebe es keinerlei Aufstiegsmöglichkeit und daher habe ich keinerlei Aussichten auf eine lange Laufbahn im Staatsdienst. Ich antwortete, mir sei davon nichts bekannt. Ich bat die Gesellschaft, ihre Behauptung zu belegen oder andernfalls zu überprüfen, bekam jedoch nur einige feige Ausflüchte und den Prospekt einer Kapitalanlagegesellschaft zugesandt.

Immer wieder erhielt ich solche vagen Signale, wie Nadelstiche. Ich spürte, daß etwas ganz und gar falsch lief, konnte es aber nicht beweisen. Es blieb eine Ungleichbehandlung, die man nicht benennen konnte. Wie kann ein Mann seine Position zu dem bestimmen, was im verborgenen bleibt? Er fühlt sich herabgesetzt und verliert das Vertrauen. Ohne Vertrauen gibt es keine Zukunft.

Ich war noch keine siebenundzwanzig Jahre alt. Meine Vergangenheit hatte ich von mir gewiesen. Nun blieb mir nichts anderes übrig, als für eine Zukunft zu kämpfen.

Als man mir in meinem sechsten indischen Jahr noch keine Zusicherungen gemacht hatte, beantragte ich Urlaub, um meine Angelegenheit in Holland zu vertreten. Am 24. Mai 1856 ging ich in Batavia an Bord. Allein, ohne Bedauern, ohne Erwartung.

Am Kai herrschte nervöse Betriebsamkeit. Ich erkannte einige Regierungsbeamte. Einen Moment glaubte ich, sie seien meinetwegen gekommen, aber als ich sie begrüßte, zeigten sie sich wenig gesprächig. Ich richtete meine Kajüte ein, nahm an Deck das Mittagessen ein und fand Unterhaltung an dem regen Hin und Her des Hafens, als ich sah, wie eine geschlossene Kutsche eintraf. Ein Herr stieg aus und beeilte sich, an Bord zu kommen. Zwar zeigte er sich nicht bei Tisch, aber schnell machte das Gerücht die Runde, Duymaer van Twist, der zurückgetretene Generalgouverneur, der vor zwei Tagen dem früheren Kolonialminister Pahud die Geschäfte hatte übergeben müssen, begleite unsere Gesellschaft.

Duymaer van Twist, der sich während seiner Amtsperiode als fortschrittlicher Geist gezeigt hatte, indem er sich beispielsweise dafür eingesetzt hatte, daß die Fronarbeit eingeschränkt, der Unterricht verbessert und die Pacht für den Basar heruntergesetzt wurde, war ein sanftmütiger Mensch. Dieser Wesenszug geht leider selten mit Tatkraft einher. Deshalb konnten in den letzten Monaten seiner Amtszeit seine Verdienste endgültig von seiner Haltung in einer Streitfrage überschattet werden, in der er es nicht gewagt hatte, Douwes Dekker gegenüber einheimischen Fürsten und dem Rat von Indien zu unterstützen. Dieser Verrat hatte Duymaer van Twists Herz kaum weniger gebrochen als das Douwes Dekkers, der das, was als Affäre von Lebak bekannt wurde, einige Jahre später bis in die kleinsten Details in seinem aufsehenerregenden Roman *Max Havelaar* niedergelegt hat. Ich weiß es nicht. Natürlich empfinde ich Bewunderung für Dekkers humanitäre Ideen, aber so verbissen zu sein, daß man aus dem Amt entfernt werden muß, in dem man, mit ein wenig mehr diplomatischem Geschick, gerade von innen her gegen das Unrecht hätte kämpfen können ... so etwas ist meinem nachgiebigen Naturell sehr fremd. Auch wenn ich nicht behaupten kann, daß ich in eigener Sache mit Geduld und Taktieren mehr erreicht hätte.

Ich hoffte, im Laufe der Reise Duymaer van Twist sprechen zu können, aber er kam bis Madagaskar überhaupt nicht an Deck, und zeigte sich auch danach nur sporadisch. Gelegentlich begegnete ich ihm nachts, wenn wir beide keinen Schlaf finden konnten. Sobald er mich erkannte, grüßte er höflich, saß aber meist in Gedanken versunken da. Ich störte ihn nicht, sondern suchte nur einen Platz und löschte meine Lampe, und dann sah jeder von uns seinen eigenen Gespenstern zu, die auf den goldenen Wogen im Mondschein tanzten.

An einem dieser Abende, noch vor dem Kap, fand ich ihn mit dem Rücken an die Reling gelehnt, die Ellbogen locker aufgestützt, eine Zigarette in der Hand. Er ließ sich von einem Schiffsjungen das Kreuz des Südens und seine Position zu den Plejaden zeigen. Ich setzte mich auf eine Taurolle und lauschte und lernte. Nachdem man den Jungen weggerufen hatte, schwiegen wir lange unter dem breiten Schleier der südlichen Milchstraße. Als er mich schließlich ansprach, traf mich seine Frage unerwartet.

»Sehnen Sie sich nach dem Vaterland, Boachi?«

»Dem Vaterland?«

»Es hat Sie enttäuscht.«
»Ich habe, denke ich, ein Vaterland zuviel.«
»Und welches ist das?«
»Das weiß ich nicht.«
»Nein«, sagte er und zündete noch eine Zigarette an.
»Ich habe zu oft die Loyalität gewechselt.«
»Ich nicht oft genug.«

Schon bei mehreren Gelegenheiten hatte sich der Generalgouverneur unaufgefordert für mich eingesetzt. Das erste Mal kurz nach unserem Besuch in Amboina. Duymaer van Twist und Douwes Dekker standen damals noch auf gutem Fuß miteinander. Sie erkannten sich in ihrem fortschrittlichen Denken, und Dekker brachte es fertig, daß Cornelius zu einer offiziellen Unterredung einbestellt wurde. Was dort gesprochen wurde, weiß ich nicht, aber – wie ich es im voraus hätte sagen können – die guten Absichten verkehrten sich für mich ins Gegenteil. Die Grausamkeiten wurden raffinierter und gingen unter die Haut, wo sie nicht leichter zu ertragen, aber schwerer zu sehen sind.

Die ganze Zeit über hielt Cornelius seine Wutausbrüche unter starkem Druck zurück. Ein Jahr später auf Celebes ging es schief. Auf dieser mühseligen Reise durch unwirtliches Gelände hatten wir aus Kostengründen auf weitere Begleiter verzichtet und waren aufeinander angewiesen. Damals verwundete er mich schwerer, als er gewollt hatte. Ich brach mir eine Rippe. Als ich schrie und mir das Blut aus der Seite lief, ließ er mich vor Schreck unversorgt am Wegesrand liegen. Eine Gruppe Kinder fand mich und half mir über einen Bergpaß zu dem Weiler Tembamba. Dort wurde ich, als schwarze Sehenswürdigkeit, so liebevoll gepflegt, daß ich nur vier Wochen später als Cornelius in Batavia auftauchte. Dort stellte sich heraus, daß er mich als *»vermißt, wahrscheinlich verloren«* gemeldet hatte. Duymaer van Twist ordnete die Untersuchung dieses Zwischenfalls an. Obwohl ich selbst, aus einem Gefühl der Mitschuld an unserem Kampf und aus Scham über meine Schwäche, mit keinem Menschen über die Mißhandlung gesprochen hatte, brachte der Vorfall de Groot einen Tadel ein, der seiner Karriere ernstlich schadete. Anschließend kehrte ich mit einer gewissen Scheu in meine alte Stellung zurück; aber meine Nemesis in Gestalt de Groots blieb mir lange gnädig zugetan.

»Anscheinend ist es unsere Bestimmung, einander wie Blei am Hals zu hängen, Boachi!« lachte er jovial, bat mich, eine Flasche seines besten Claret zu öffnen, und bot mir ein Glas an. »Und Freunde haben wir nicht. Wir beide sollten also nirgendwo dazugehören wollen. Das versuche ich dir einzuprügeln, daß du dir selbst einen Platz erkämpfen mußt.«

An diesem Abend tranken wir zuviel und sangen Arm in Arm Soldatenlieder. Nie hat er mir den Gesichtsverlust vorgeworfen, den er durch unseren Streit auf Celebes erlitten hatte, und lange Zeit war mein Leben nicht übel. Er demonstrierte, daß man den Gegner nie durch das Zeigen eigener Schwäche stärken darf. Immer noch war ich Cornelius' Schüler.

Als direkte Auswirkung dieser Affäre brachte Duymaer van Twist schließlich eine Veränderung meiner Lage zuwege. Er ordnete an, daß ich ab April 1854 sieben Monate von meinen Diensten für de Groot freigestellt werden und für diese Periode eine eingeschränkte Forschungserlaubnis bekommen sollte.

In den ersten Wochen meiner – zeitlich befristeten – Freiheit fühlte ich mich völlig verloren. Ich wagte mich kaum aus dem Haus, und jetzt, wo ich Initiative entwickeln konnte, hatte ich keine Vorstellung, in welche Richtung ich gehen sollte.

Ich füllte meine Zeit wie zuvor mit Schreiben, aber jetzt für mich selbst. Ich schrieb nicht nur zum ersten Mal Tagebuch, ich wagte es auch, meiner Korrespondenz mit Sophie, seit kurzem Großherzogin von Weimar, neues Leben einzuhauchen. Ich machte ein paar Feldforschungen und schrieb darüber in diesen sieben Monaten meiner Freiheit verschiedene Artikel. (So publizierte die *Natuurkundig Tijdschrift voor Nederlandsch-Indië* meine »Untersuchung der Kohlen, gefunden am Strand der Möwenbai, Residenz zu Bantam«, und auf Deutsch erschienen die »Notizen über die Chinesen auf der Insel Java« in der *Zeitschrift der Deutschen Morgenländischen Gesell-*

schaft.) Die Trockenheit dieser Texte ließ mich nach Phantasievollerem lechzen. Ich machte mich auf die Suche und fand eine kleine Quelle, aus der ich einige Gedichte sowie drei kurze Märchen für Erwachsene schöpfte, die ich Sophie sandte. Ich begann auch ein gereimtes Theaterstück, vollendete es aber nicht. Danach schrieb ich verschiedene Essays und unternahm den ersten Versuch, die Geschichte meiner Kindheit niederzuschreiben. Sie war mir damals noch zu nah.

Als ich im November '54 wieder bei Cornelius antreten mußte, benahm ich mich eigensinniger als zuvor. De Groot tat alles, um meinen Widerstand zu brechen, aber ich wollte und konnte mein wiedergewonnenes Terrain nicht einfach aufgeben. Nach zwei Monaten sah ich keinen anderen Ausweg, als Duymaer van Twist, der mir bereits aus eigenem Antrieb so sehr geholfen hatte, um Unterstützung zu bitten. Ich ersuchte ihn um Versetzung nach Holland. Ich hörte nicht auf, danach zu fragen. Ein Jahr lang. Kein einziges Mal kam eine Antwort.

»Es wurden Interessen tangiert, bedeutende. Bei allem Respekt, nicht einmal Sie haben davon eine Ahnung.«

»Aber doch«, sagte ich.

Duymaer van Twist hatte zwei Liegestühle an Deck bringen lassen, Limonade und ein wenig Brot. Im Osten färbten die allerersten Sonnenstrahlen ein paar Wolken in leuchtendes Rot. Brennende Schiffe schienen den Horizont entlang über den nächtlichen Himmel zu rasen. In wenigen Sekunden war es hell.

»Ich kenne diese Art Interessen«, sagte ich. »Man hat mich deswegen Afrika entfremdet. Sie sind nicht von einer einzigen Person erdacht. Sie haben sich verselbständigt. Nicht festzunageln. Sie spotten jedem Begriff, jedem Gesetz. Früher hätten wir das Schicksal verantwortlich gemacht.«

»Ich habe Ihren Heimaturlaub ausdrücklich durchgesetzt, bevor Pahud mein Amt übernahm. Ich hoffe, Sie können in Holland erreichen, was in Niederländisch-Indien unmöglich war. Entscheidungen, die in Europa getroffen werden, kann man in Batavia nicht außer Kraft setzen. Setzen Sie Ihre ganze

Hoffnung auf den König, und kehren Sie nicht ohne die Garantien zurück, die Sie von ihm verlangen. Ich warne Sie, von Generalgouverneur Pahud haben Sie nichts zu erwarten.«

»Warum nicht?«

»Glauben Sie mir.«

»Schicksal. Die Idee, ihm ausgeliefert zu sein, ist verlockend. Am Schicksal trägt keiner Schuld.«

»Und damit geben Sie sich zufrieden?«

Der Bauch des Schiffes erwachte. Eine Luke wurde geöffnet, und eine Reihe Männer kam ausgeschlafen zum Vorschein. Sie schwärmten aus und machten sich an ihre Arbeit.

»Ich bin müde«, antwortete ich. »Ich habe dazu keine Meinung mehr. Politik und Gerechtigkeit sind nun einmal unvereinbar. Ich sehe lediglich, daß die Interessen einer Gruppe immer höher stehen als die Interessen eines Individuums.«

»Deshalb streben wir dem griechischen Vorbild nach. In einer Demokratie hat jeder gleiches Mitspracherecht.«

»Das wird den einzelnen nicht retten.«

»Er bekommt eine Stimme.«

»Nur eine. Wer wird ihn hören, solange die anderen im Chor singen? Die Menschen bilden sich ihre Meinung nun einmal am liebsten nach der ihres Nachbarn, ihrer Freunde. Das liegt in der Natur. Die Angst, von der Norm abzuweichen, bleibt immer größer. Zuerst legen sie die Normen selbst fest, und anschließend fürchten sie, ihnen nicht entsprechen zu können. Daher hängen sie aneinander. Sie finden ihre Identität, indem sich alle gemeinsam gegen das Abweichende abgrenzen. Sie können nicht anders, als die gegenseitigen Vorurteile zu bestätigen. Nein, Gruppen werden sich weiterhin bilden. Demokratie rechtfertigt nur den Terror, den sie ausüben.«

»Was wollen Sie denn statt dessen, den Terror eines Tyrannen?«

»Der ist zumindest nicht heimlich. Man ist in der Gunst oder man ist es nicht. Wenn nicht, muß derjenige, der nicht in der Gunst steht, sich unauffällig verhalten. Er kann sich verstecken oder flüchten, aber er kennt seinen Feind. Er braucht keinem anderen zu mißtrauen. Mir jedenfalls jagt das weniger Angst ein als die wechselhafte, undurchschaubare Toleranz der Masse, die nicht mehr ist als eine Maske.«

»Aber halten Sie es nicht für ein hohes Gut, daß in allem die Meinung der Mehrheit gelten soll?«

»Ganz im Gegenteil, denn die Minderheit wird sich immer anpassen müssen. Für sie ändert sich nichts.«

»Das würde bedeuten, daß das Recht aller für den einzelnen ein Unrecht ist?«

»Ich weiß es«, sagte ich. »Ich gehöre keiner Gruppe an, weder groß noch klein. Und dennoch bin ich für alle unentbehrlich. Bildet man sich doch am einfachsten eine Meinung auf Kosten dessen, der in allem sichtbar anders ist, einem, hinter dem keiner steht. Nein, für Menschen wie mich scheint mir die Demokratie am wenigsten erträglich.«

Duymaer van Twist verschob seinen Stuhl so, daß ihm nichts vom Sonnenaufgang entging, der jetzt sogar die Wellenkronen orangerot färbte. Als er sprach, war es nur ein Flüstern: »Glauben Sie, daß ich nicht glücklicher wäre, wenn ich diese einsame Gewißheit besäße?«

»Gewißheit?«

»Wie Sie. Wie Dekker. Das Richtige zu tun.«

»Sie haben nichts verstanden«, sagte ich, suchte meine Sachen zusammen und stand auf, um meine Kajüte aufzusuchen. »Dekker steht allein, weil er eine Wahl hatte, ich, weil ich nicht den Mut habe, eine zu treffen.«

Delft

Über der Oude Delft hing ein tiefer Nebel. Nach einem Regenguß dampften die Pflastersteine in der Augustsonne. Ich ließ meine Mietkutsche vor Nummer 161 halten. Beim Aussteigen fielen mir sofort die abgeblätterten Fensterbretter auf, in der hohen Halle die Stille. Ich fand Mevrouw van Moock im halb verdunkelten Wohnzimmer. Ihre Augen waren schwach.

»Aber komm doch mal hierher, mein Prinz, näher zum Fenster, näher, näher!« Sie öffnete den Vorhang, stellte mich in einen Streifen Licht, legte ihre Hände auf meine Schultern und bewegte mich auf Armlänge hin und her. Sie kniff die Augen zusammen und gab auf.

»Nein, ein schwarzer Fleck. Mehr wird es nicht.« Sie zog mich an ihre Brust und hielt mich einen Moment fest. Ich hatte vergessen, wie klein sie war.

»Er ist tot, weißt du?« flüsterte sie mir ins Ohr. Ich hatte es bereits gehört und sprach ihr mein Beileid aus. »Ach was, er ist gegangen, wie er es gewünscht hatte. Mitten in der Zerstörung Trojas. Er hatte Anchises schon auf seine Schultern gehoben. Vater und Sohn weinen, weil sie ihre Stadt zurücklassen müssen. Noch einmal sieht er sich um und, hopp, bleibt er vor lauter Entrüstung tot liegen. Als er im Sarg lag, habe ich gesagt: Nun, van Moock, Sie haben immerhin eine Klasse soweit bekommen, daß sie die Schrecken der Verbannung begriffen hat.«

Danach ließ sie etwas zum Naschen holen und bat mich zu erzählen. Wir beschlossen, daß ich für ein paar Wochen bei ihr wohnen würde, und ich bestand darauf, dafür zu bezahlen. Ich ließ mein Gepäck ausladen und richtete mein altes Zimmer ein. Dort schrieb ich an König Willem den Dritten, knapp und freundlich eine Bitte, mich bald zu empfangen. Ich legte ein Exemplar meiner letzten Veröffentlichung bei, »Steinkohlevorkommen im Gebiet der Tjilaloekbai, Regentschaften Preanger«, mit einer freundlichen Widmung, versiegelte alles und ließ es zustellen.

Ich schickte die Magd los, um Fleisch zu kaufen, eine Pastete und frisches Gemüse, und ich trug ihr auf, von nun an jeden Tag eine kräftige Bouillon für die alte Dame zu kochen.

Am Abend hatte Mevrouw van Moock bei Tisch keine Zeit für Konversation. Mit blinzelnden Augen beugte sie sich über die Teller und roch ausgiebig an allem, bevor sie es sich einverleibte. Einen einzigen Augenblick ließ sie den Löffel sinken, plötzlich, als fiele ihr etwas ein: »Hören Sie, Sie sind heute doch mit einer Kutsche gekommen, nicht wahr?«

»Ja, Mevrouw.«

»Das ist gut, ja. Ja, mit einer Kutsche, einer Kutsche oder gar nicht!«

Meinem Brief ließ ich nach einigen Tagen einen zweiten folgen, worauf ich mich zum Kabinett des Königs nach 's-Gravenhage begab. Es gab einen Wartesaal, an dessen Wänden einige Bürger aufgereiht saßen. Sie sahen hoch, als ich die Tür öffnete, zuerst hoffnungsvoll, dann enttäuscht und folgten daraufhin mit ihren Blicken meinen Schritten über das Parkett. Am anderen Ende des Saals stand ein kleiner Schreibtisch. Dort saß ein Beamter, der mich nicht bemerkte. Er blätterte ruhig in einigen vor ihm ausgebreiteten Dokumenten. Ich räusperte mich, aber er sah nicht auf. Da entdeckte ich eine Tischglocke und läutete. Ich stellte mich vor und sagte, Seine Königliche Hoheit erwarte mich.

»Dann sind Sie heute der vierzehnte. Und es ist erst halb elf.«

»Ich habe ihn über meinen Besuch informiert.«

»Ja?«

»Ich habe eine lange Reise hinter mir.«

»Ja?«

»Wir sind befreundet.«

»Jaja.«

»Ich bin sicher, daß er mich sprechen möchte.«

»Zweifellos.« Seelenruhig suchte er nach der Brille, der Feder, öffnete mit einem tiefen Seufzer ein großes Heft und forderte mich auf, dort Namen und Wohnort einzutragen. »Was ich tun kann, ist, eine Audienz für Sie zu beantragen. Falls Sie sich ausweisen können.«

»Fabelhaft. Es geht um wichtige Angelegenheiten, müssen Sie wissen.«

»Ich weiß«, sagte er, »ich weiß.«

»Sie haben davon gehört?«

»Das nicht, aber alle Angelegenheiten des Königs sind wichtige Angelegenheiten.«

»Wann, denken Sie, werde ich wohl empfangen?«

»Innerhalb einiger Wochen ...«

»Wochen?«

» ... bekommen Sie Nachricht, ob Ihrer Bitte entsprochen wird.«

»Und wenn nicht?«

»Dann, fürchte ich, kommen Sie wieder hierher. Das tun die meisten. Guten Morgen.«

Ein volles Jahr kämpfte ich vergebens. Vierzehnmal sprach ich beim Kabinett des Königs vor. Zweiundzwanzig Briefe schrieb ich Seiner Majestät, zuerst als altem Freund, dann als Bittsteller, schließlich empört. Keinen einzigen beantwortete er persönlich. Gustav von Sachsen verschaffte mir eine Einladung zur Falkenjagd auf Het Loo, aber der König war nicht anwesend. Ich versuchte es über das Kolonialministerium und über Direktor Simons von der Königlichen Akademie zu Delft, alles ohne das geringste befriedigende Ergebnis.

Schließlich brachte ich genug Mut auf – vielleicht war auch mein Stolz tief genug gesunken –, um den Weg zu Willem Alexander über seine Familie zu suchen. Ich ließ mich im neuen Landgut der Königinmutter melden, das im Volksmund bereits »Der Palast der Einsamkeit« hieß. Dort wurde mir mitgeteilt, sie besuche Schwester und Tochter in Weimar. Ich schickte ihnen einen Brief. In Erwartung einer Antwort wandte ich mich an Willems Gattin, Königin Sophie. Die Württembergerin erinnerte sich an mich als einen Bekannten ihrer Schwiegermutter, schenkte mir aber dennoch freundliches Gehör. Sie brachte meiner Sache Sympathie entgegen, lebte aber schon lange von ihrem Mann getrennt und hatte keinerlei Einfluß mehr. Ziemlich bitter bemerkte sie, daß die größte Chance darin bestehe, ihn in einem der »Häuser« zu treffen, die er aufsuche. (Seit Willem sie eines Tages vor einem Bordell hatte warten lassen, während er dort zu Gast war, ließ sie keine Gelegenheit aus, sein Verhalten anzuprangern. Ganz 's-Gravenhage wußte, wie sie das »Incognito« des Königs zerstört hatte, indem sie ihn mit einer Staatskarosse von einem solchen Freudenhaus hatte abholen lassen, gezogen von sechs federgeschmückten Pferden.) Ich verließ sie mit der Erkenntnis, daß die Herablassung, die sie früher Kwame und mir gegenüber an den Tag gelegt hatte, de facto allen Männern galt. Nach einer Woche sandte sie mir eine kurze Nachricht mit dem guten Rat, meine Aufwartung bei einer Galavorstellung des Königlichen Theaters zu machen. Ich ging hin, wurde aber nicht zu Willems Loge vorgelassen.

Weimar

Im September '57 reiste ich auf Einladung Sophies ins Großherzogtum, um der Enthüllung eines Standbildes von Goethe und Schiller beizuwohnen. Zum Elefanten, die beste Unterkunft, war mit Gästen, die zu den Feierlichkeiten angereist waren, ausgebucht, und ich fand mit knapper Not ein Zimmer im angrenzenden Zum schwarzen Bären. Obwohl mich die Reise ermüdet hatte, spazierte ich doch zuerst an der Ilm entlang. Unterwegs begegnete ich auf dem Frauenplan dem Leiter der Anna-Amalia-Bibliothek, der den Hut zog, als er mich erkannte, und der Bedienung der Konditorei am Horn, die aus dem Laden kam, um mir sozusagen als Willkommensgruß eine Tüte Butterplätzchen zu bringen. Viele Orte fand ich wieder, deren Wiedersehen mich in anderer Weise bewegte als Holland, wo mich alles an Kwame erinnerte. Hier, wo ich etwas gefunden hatte, das Glück nahekommt, versetzte mich alles in sprühende Laune.

Sie wurde noch besser, als ich an der Rezeption meines Hotels eine Nachricht auf Sophies violettem Briefpapier fand. Man hatte ihr, wie erbeten, sofort meine Ankunft mitgeteilt. Sie entschuldigte sich, mich an diesem Abend nicht persönlich willkommen heißen zu können – auf dem Schloß gab es einen Empfang für die Könige Friedrich von Preußen und Maximilian von Bayern. Für mich, schrieb die Großherzogin, war auf Schloß Ettersburg mein altes Eckzimmer vorbereitet, mit Aussicht auf das Jagdfeld. Da in diesem Zimmer Goethe seine *Iphi-*

genie geschrieben hatte, wurde es während der Festlichkeiten von vielen ihrer hochrangigen Gäste begehrt, aber Sophie hatte sie alle mir zuliebe abgewiesen. Eine Kutsche stand bereit, mich dorthin zu bringen.

Nach meiner Ankunft erwartete mich ein Souper, aber die Aufregung war mir auf den Magen geschlagen, so lieb und teuer war mir das alles. Ich bat um eine Laterne und eilte damit aus dem Haus. Auf der nach mir benannten runden Bank ließ ich mich nieder. Obwohl der Nachthimmel bewölkt war und von der Ebene unten, in der meine Augen immer Ruhe gefunden hatten, nichts zu erkennen war, blieb ich sitzen. Ich löschte das Licht und spähte in die Dunkelheit. Dabei tasteten meine Finger über jeden Zentimeter des kalten Steins. Und so wahr mir Gott helfe, ich schwöre, es war, als ströme mir aus dem toten Material eine Kraft zu. Ich habe keine vernünftige Erklärung dafür. Es war eine Verbindung zum Göttlichen. Wie ein Schauder durchlief es mich. Vielleicht war es auch nichts anderes, als daß sich, gestärkt von diesem Ort und der Nähe der Freundschaft, alle Hoffnung in mir zusammenballte. Ich fühlte, daß bald über meine Zukunft entschieden werden sollte. Wieder bereitete ich mich auf eine Veränderung vor, ohne zu wissen, worauf.

Ich erhob mich und wanderte in die dunkelsten Schatten des Buchenwaldes hinein. Einst kannte ich jeden Pfad und jede Allee dieser Anhöhen, wußte, wo die Gräben angelegt waren und an welchen Stellen ein Abhang zum Abgrund wurde. Ich wollte nur eines. Nichts anderes hätte zu meiner Extase gepaßt. Ich schloß die Augen und begann zu rennen, auf gut Glück, schreiend, ausgelassen wie ein Kind. Blindlings durchquerte ich den Wald. Ich sprang, ich trabte. Ich hielt mich nicht zurück und hatte trotzdem keine Angst. Noch nie war mein Vertrauen größer gewesen.

Bevor ich den Rauchsalon betrat, mußte ich mit aller Macht das in meiner Brust aufsteigende Lachen unterdrücken. Am Fuß der Treppe nahm ich mich zusammen, aber als ich angemeldet wurde und mich im Wandspiegel rasch noch ein wenig zurechtzupfte, sah ich noch immer ein breites Grinsen. Ich biß mir auf die Lippe und ging in den Saal.

Die Gesellschaft war nicht groß. Von den Anwesenden kannte ich nur Hans Christian Andersen. Um ihn herum hatte sich eine Runde Herren versammelt. Sobald mich der Schriftsteller bemerkte, wandte er sich mir zu und fragte nach meinem Befinden. Ich antwortete ausweichend. Er verstand sofort, hörte auf zu fragen und stellte mich seinen Zuhörern vor.

Ich spürte, daß ich ihnen nicht willkommen war. So etwas kommt vor. Ich bin daran gewöhnt. Es muß nicht mehr sein als ein hämisch hochgezogener Mundwinkel, eine mir unverständliche Bemerkung, gefolgt von einem Lachen, eine Intonation, eine kurze Erläuterung, eine Runde, die sich widerwillig öffnet. Ach, aber daß ich es gerade von diesem Tag erzählen muß ... Diesmal zog ich mich nicht unter irgendeinem Vorwand zurück. Ich tat einmal nicht so, als verspürte ich plötzlich den großen Wunsch, alle Gemälde an der Wand ganz aus der Nähe zu betrachten. Nein, ich hatte nicht vor, auf so vertrautem Terrain zu weichen.

»Ich fürchte, unsere Konversation wird Sie nicht interessieren«, sagte einer der Herren auf Französisch. »Unser Thema ist nun einmal typisch deutsch.«

Als ich ihm in derselben Sprache antwortete, ich würde mich mit den germanischen Sagen gut auskennen, über die sie gesprochen hatten, mußte er mich wohl oder übel ins Gespräch einbeziehen. Der Sprecher war Österreicher, stellte sich heraus, Rittmeister Friedrich von Schiller, ein Enkel Friedrich Schillers. Auch sein Schwiegersohn, Freiherr von Gleichen-Rußwurm gehörte mit Sohn Leopold zur Gesellschaft.

Es ging darum, daß die drei am heutigen Tage in Eisenach die Wartburg besucht hatten, deren Restaurierung vor dem Abschluß stand. Sie waren erfüllt von den mit dieser Burg verbundenen Sagen. Nun weiß ich, welchen Wert die deutschen Völker auf ihre Mythologie legen, aber dieses Gespräch nahm einen solchen Höhenflug, daß Tannhäuser und die Seinen nicht als Helden, sondern als Heilige verehrt wurden. Der Rittmeister führte sie als Sinnbilder irgendeines einzigartigen deutschen Seelenadels an. Der Freiherr rühmte sie in den höchsten Tönen, als eine zu lange, vor allem von seiten der Kirche, unterdrückte Kraft, aber nun sei sie, dank Großherzog Karl Alexander, auf einer ruhmreichen Rückkehr. Der Ton war hitzig, schrill. Ich wies sie darauf hin, daß sie redeten wie Soldaten vor einer Feldschlacht und daß der Natur des Großherzogs, wie ich ihn als Wahrer des Erbes aus reiner Liebe zu Geschichte und Kunst kenne, nichts ferner liege. Ich bin mir sicher, in seinem Beisein hätte er ihr Bramarbasieren nicht geduldet. Die Redner peitschten sich gegenseitig auf und schwadronierten mit Zitaten der großen Schriftsteller, die wir morgen ehren wollten. Champagner tat den Rest. Nach der sovielten Flasche versuchte der Rittmeister, Andersen eine Zustimmung zu entlocken.

»Meine Herren, ich verstehe nur etwas von Märchen, nicht von Mythen«, antwortete jener diplomatisch. »Ich versuche, die ewigen Werte auf ein Niveau zu verkleinern, auf dem sie für einfache Menschen nachempfindbar sind. In den Sagen, über die Sie hier sprechen, werden einfache menschliche Gefühle vergrößert, bis sie die Bedeutung ewiger Wahrheiten annehmen. Das ist etwas anderes.«

Es wurde still, aber sein Charme machte Hans unangreifbar. Von Gleichen-Rußwurm nahm den Faden auf. Er konnte berichten, daß morgen Richard Wagner aus Zürich auf der Ehrentribüne erwartet werde, und darauf ging es ans Beweihräuchern der Geschichten, die der Hofkapellmeister vertont hatte. Der eine schauderte vor den Klängen, der andere begann ein paar Strophen vor sich hin zu singen. Es endete damit, daß sich der Rittmeister, über seine eigene Zunge stolpernd, damit brüstete, mit dieser Musik rufe die Göttin Holda aus ihrem Berg bei Eisenach alle Germanen auf, fruchtbar zu sein, um andere Völker an Zahl zu übertreffen, und er zerrte an seiner Hose, als wolle er auf der Stelle dem Aufruf Folge leisten.

»Es tut mir leid, Ihre Begeisterung dämpfen zu müssen«, mischte ich mich ein, »aber Ihre deutschen Sagen unterscheiden sich nicht wesentlich von den Geschichten, die in jedem anderen Volk bekannt sind. Man findet genau dieselben Abenteuer und Symbole auf den Wänden buddhistischer und hinduistischer Tempel dargestellt, in den Gräbern Ägyptens oder bei den Erzählern Afrikas. Obwohl man dort so vernünftig ist, Wunder nicht für Wahrheit anzusehen, sondern sie lediglich als Schatz einer gemeinsamen Geschichte zu wahren, wurde mir dennoch hier in Europa gelehrt, daß Geschichten über Frauen, die in einem Fluß leben, und über Zwerge, die Gold aus Schlamm schmieden, von der Unwissenheit und Unkenntnis der christlichen Lehre herrühren.«

Da trat der jüngere Leopold einen Schritt auf mich zu. Auf seinen Wangen trug er die Schmisse der Mensurstudenten. Vermutlich war beim Initiationsduell eine Sehne durchgeschnitten worden, denn sein Gesicht zeigte keinerlei Regung.

»Sie werden bemerken«, schnauzte er mich an, »daß sich seit Ihrem letzten Besuch in Weimar die Verhältnisse geändert haben. Man hat seine Vergangenheit wiederentdeckt.«

»Dagegen können Sie doch unmöglich Einwände haben?« fragte der Österreicher.

»Im Gegenteil«, antwortete ich, »aus Ihrer Vergangenheit sind weise Lehren zu ziehen.«

»Sie ist in der Tat so reich, daß wir uns von anderen nicht belehren lassen müssen.« Leopold klang nun so drohend, daß ich seinen Vater in der Erwartung ansah, er werde seinen Sohn zurechtweisen.

»Sie haben recht, Prinz«, sagte der Ältere lächelnd, »manchmal ist es wichtig, nicht zu vergessen, woher wir stammen.« Daraufhin trat er einen Schritt zur Seite, so daß jedermanns Aufmerksamkeit auf ein kleines mit Schildpatt eingelegtes Glaskabinett fiel, das hinter ihm stand. Der zierlich geschnitzte Fuß war aus Ebenholz und stellte einen jungen Afrikaner dar, der kniend mit geneigtem Kopf den Schrank stützte. Dieser Witz brach die Spannung. Alle fanden ihn köstlich. Ich bekam einen gutmütigen Klaps auf die Schulter, und noch ehe ich reagieren konnte, redeten alle wieder munter weiter.

Hans Andersen zog mich am Ärmel zur Freitreppe, wo er von Goethes Schwiegertochter, der alten Ottilie aus Dresden, und deren Schwester Ulrike von Pogwisch in Beschlag genommen wurde. Sie wollten alles über seine Englandreise und bestimmte Eigenheiten seines Gastgebers Dickens hören. Ich blieb bei ihnen, war aber ein schlechter Zuhörer.

Am nächsten Tag wurde ich liebevoll empfangen. Vor dem Theater waren zwei Tribünen aufgebaut. Mir wurde ein Ehrenplatz angewiesen, in einer Reihe mit dem preußischen und dem bayerischen König. Ersterer hatte den Granitsockel für das neue Standbild geschenkt, der zweite die Bronzeskulptur, unter der Bedingung, daß die Dichter in ihrer normalen Kleidung abgebildet würden und nicht in griechischer Toga. Sie zankten sich gutmütig, denn jeder hielt seinen Beitrag für wichtiger. Ich vermittelte, mir schiene gerade die Verteilung ideal: Preußen der Fels und Bayern das zierliche Metall – worauf sie beide zufrieden waren.

Anna und Maria Paulowna trafen in Sänften ein, den Tragestühlen, die in Weimar noch üblich waren, aber Sophie und Karl Alexander kamen zu Fuß durch einen Hag jauchzender Untertanen. Die ganze Familie nahm sich, zum Ärger der Schillers, die weiter entfernt saßen, Zeit, mich ausgiebig zu begrüßen.

Die Feierlichkeiten wurden mit der neuen Hymne Sachsen-Weimar-Eisenachs eröffnet, einer Komposition von Liszt: *Von der Wartburg Zinnen nieder …* Man konnte Leopold von Gleichen-Rußwurm aus allen heraushören. Die nationalistischen Worte schienen ihm völlig recht zu geben. Anschließend sprach der Rektor des Gymnasiums im selben überreizten Ton. Bald wurde mir klar, daß ich nicht eingeladen war, um Goethe und Schiller zu ehren, sondern, wie Professor Heiland behauptete, zu Ehren von »*Weimar als Mittelpunkt einer geistigen Entwicklung, wie es sie seit den Tagen des Perikles auf einem von den Göttern gesegneten Fleck der Erde nicht mehr gegeben hat*«. Ich verhielt mich still, aber mit stolzem geraden Rücken, um den Zuschauern hinter mir nicht das Vergnügen ihres Triumphes zu gönnen.

Obwohl an diesem Abend beim Ball viele der Gäste Großherzogin Sophies Aufmerksamkeit forderten, gelang es uns, eine kleine Weile zusammen in den Park zu entwischen. Wir hatten uns so lange danach gesehnt, daß ich, als es endlich soweit war, kaum die Worte finden konnte, die ich für sie aufgehoben hatte. Sie strahlte wie immer, und ich füllte die leeren Momente, indem ich sie einfach ansah und mich am Wiedersehen labte. Sie hatte das blonde Haar streng nach hinten gekämmt, es ruhte in einem Netz als Knoten auf ihrem Nacken. Unter ihren Augen war die Haut zarter als früher, und als sie zu lachen begann, weil ich sie so unentwegt ansah, zeigten sich dort zwei herrliche Falten. Gleichzeitig entdeckte ich um ihren Mund eine leichte Nervosität, die mir das Reden nicht leichter machte. Es war, als warteten wir beide auf eine alte Vertrautheit, und nun erschraken wir ein wenig, daß wir die Ungezwungenheit nicht sofort finden konnten. Sophie faßte sich zuerst, mit einem Charme und einer Leichtigkeit, die sie sich in den letzten Jahren zweifellos bei diplomatischen Empfängen angeeignet hatte. Sie erriet meine Gedanken und versicherte mir, eine Freundschaft, so alt wie die unsere, verlange nicht mehr, als zusammen ein wenig dem Rauschen der Ilm zu lauschen. Wir wandelten zum Römischen Haus und von dort zurück durch Goethes Parkanlage an seinem Gartenhaus vorbei. Bei der Grotte der Sphinx setzten wir uns auf eine kleine Bank, genau gegenüber der Steinskulptur. Das Wesen sieht einen nicht hochmütig an wie die Sphinx von Gizeh, sondern liegt schräg in der Grotte, abgewandt, unsicher ob seines Zwitterkörpers. Ein kleiner Bach rauscht vorbei, und in den Holunderbüschen wohnen Singvögel. An diesen Ort hatte ich, wie an so viele dort, eine hübsche Erinnerung, aber als ich die Anekdote zu erzählen begann, unterbrach mich Sophie und kam zur Sache.

»Ich habe Ihre Briefe aufmerksam gelesen«, sagte sie, »und habe inzwischen Willem geschrieben, daß er Ihr Unglück beenden muß.«

»Ich fürchte, er wird dem kein Gehör schenken.«

»In diesem Fall würde er mich kompromittieren. Ihr ganzes Unglück hat nämlich leider hier seinen Ursprung genommen.«

»In Weimar?«

»Ja. Grübeln Sie nicht weiter. Erinnern Sie sich, daß Sie während Ihres Studiums zusammen mit Radhen Saleh unser Gast waren?«

»Nur allzu gut.«

»Zwischen Ihnen gab es Streit.«

»Ja, er brachte den Vertrag zur Sprache, der mein Schicksal besiegelt hat, und er beschuldigte meinen Vater, seine Zusagen nicht eingehalten zu haben.«

»Daraufhin haben Sie das Kolonialministerium angegriffen und Vorwürfe erhoben, daß man Sie schlecht behandle.«

»Mag sein. Ich wurde provoziert. Ich verteidigte meinen Vater, mehr nicht.«

»Was Sie und ich nicht wußten, Radhen Saleh war damals ein Informant der niederländischen Regierung. Als Künstler hatte er zu allen Höfen Europas Zugang. Unverdächtig. Und er war ehrgeizig genug, eine Doppelrolle zu spielen und in beiden zu brillieren.«

»Er hat mich ausspioniert?«

»Sein Bericht war negativ. Er beschuldigte Sie der Undankbarkeit und äußerte Zweifel an Ihrer Loyalität gegenüber dem Staat, worauf Sie im Ministerium in Ungnade fielen.«

Sie zögerte ein wenig, vergewisserte sich noch einmal, daß wir allein waren.

»Ich weiß nicht, wann sich uns wieder die Gelegenheit bietet, unter vier Augen zu sprechen. Daher ...«

Sie suchte in den Falten ihres Kleids und holte einen Zettel heraus, den sie klein zusammengefaltet hatte.

»Ich möchte Ihnen dies geben.« Sie zeigte mir die Kopie eines Protokolls von 1849, das sich eine Kontaktperson in 's-Gravenhage, deren Namen sie nicht nennen wollte, hatte beschaffen können. Unter der Bedingung der Verschwiegenheit gab sie mir Radhen Salehs Bericht zu lesen.

»Wissen Sie, was mich an Boachi wundert, ist dies: daß er in Gesellschaft erzählt, die niederländische Regierung habe sei-

nen Vater, den König von Aschanti, bei der Sache mit den Rekruten *getäuscht oder betrogen, und General* Verveer *habe seinem Vater* viel Gut *entwendet. Seinen Freunden in Weimar und Dresden habe ich gesagt, dies seien lügnerische Reden, und Boachi habe ich wissen lassen, daß er seine Worte abwägen solle, ansonsten werde man ihn unverzüglich in sein Land zurückschicken, ohne Bezüge, sobald man in den Niederlanden von seinen Geschichten erfährt.«*

»Aber warum hat mich niemand um eine Erklärung gebeten?« fragte ich.

»Ich habe Sie verteidigt, glauben Sie mir, und Professor Cotta ebenso leidenschaftlich, nur war der Zweifel gesät. Als ich aus Java von Ihrer elenden Situation hörte, habe ich Willem sofort geschrieben, ich wolle nicht, daß dieser lächerliche Vorfall Ihr Leben noch weiterhin belastet. Ich fühle mich für das verantwortlich, was unter meinem Dach geschehen ist. Ich habe einen hohen Einsatz gewagt. Er wird mir Ihre Rehabilitation nicht abschlagen.«

»Aber glauben Sie wirklich«, fragte ich, »daß diese Kleinigkeit die Ursache von soviel Obstruktion sein kann?«

»Reicht es Ihnen etwa noch nicht? Ich sage Ihnen, daß hier der Keim liegt und Ihre Probleme gelöst werden. Was verlangen Sie mehr? Quälen Sie sich, um Himmels willen, nicht länger.«

In diesem Augenblick wurden wir von einigen Gästen entdeckt. Unter ihnen Rittmeister von Schiller. Er forderte Sophie zu der Quadrille auf, die sie ihm versprochen hatte. Sie spürte meinen Unwillen und schickte ihn mit dem Versprechen voraus, ihm bald zu folgen.

»Ich habe gehört, daß Sie auch einen Zusammenstoß mit den Schillern hatten.«

»Sie denken über wesentliche Dinge anders als Sie und ich.«

»Das kann sein, aber Sie müssen bitte verstehen, daß die beiden ein Erbe verwalten, das für Weimar sehr wichtig ist. Vergessen Sie nicht, Werk und Ideen Goethes und Schillers sind Herz und Seele unseres Volkes.« Ich schwieg zu ihrem Leidwesen. »Und außerdem, ich hatte ihm diesen Tanz nun einmal versprochen.«

»Sie bewahren das Gedankengut ihres Vorfahren vielleicht in einem Archiv, aber nicht in ihrem Verhalten.«

»Es besteht die Gefahr, daß die Manuskripte, ja Schillers gesamte Bibliothek, mit dem Rittmeister nach Österreich verschwinden könnten. Das will ich um jeden Preis verhindern.«

»Tun Sie das«, entgegnete ich schroff. »Erbarmen Sie sich Schillers Erbe. Papierne Ideen ziehe ich zur Zeit den Ideen vor, die hier lebendig sind.«

Sie stand auf, ging zwei Schritte und wartete, bis ich ihr den Arm bot. Als wir zum Schloß spazierten, umklammerte sie ganz fest meinen Arm und drückte ihn gelegentlich noch einmal, als wolle sie sicher sein, daß ich auch neben ihr gehe.

»Als Freund verstehen Sie das doch, nicht wahr? Nur, weil sich jemand Ihnen gegenüber unhöflich verhält, müssen wir ihn doch nicht gleich als Feind ansehen.«

»Ich warne Sie, keine melancholischen Gespräche! Das wäre mir zuviel.« Anna Paulowna klopfte mir mit ihrem Fächer auf die Finger, aber ihre Augen hingen dankbar an mir und sie zwang mit einer Geste ihre Hofdame, mir den Stuhl direkt neben ihr zu überlassen.

»Was dachten Sie? Dieser Witfrau werde ich einmal durch Erinnerungen an glücklichere Zeiten das Herz schwermachen?«

»Wenn mein Anblick diese Wirkung hat, tut es mir leid, ich kann mein Aussehen nicht verändern.«

»Das sollten Sie auch nicht wagen! Ich wüßte im Augenblick kein Erscheinungsbild, das mir lieber wäre. Eine Bake in einem Meer neuer Gesichter! Jung und neu, so weit das Auge reicht. Aber wer das alles ist, und was sie hier tun, das wüßte ich allzugern!«

Vor uns wirbelte Sophie in den Armen des Rittmeisters.

»Aber, ach, es ist zumindest festlich, also will ich nicht klagen. Heutzutage gehe ich nicht mehr aus. Ich sitze zu Hause, allein mit meinen Gedanken. Sie werden es merken, mon prince, wenn Sie so alt werden dürfen. Im Alter hat die Erinnerung zwei Seiten: Man zehrt von der Wiederholung geliebter Ereignisse und gleichzeitig ist es zum Weinen, daß nie mehr etwas Neues zu entdecken ist.«

Die Quadrille ging zu Ende und eine Gavotte setzte ein. Sophie wechselte nicht.

»Sie müssen mich bald in Holland besuchen. Wirklich! Es gibt ein Gemälde von Pieneman, das ich Ihnen zeigen möchte. Als Bild taugt es nichts. Man kann mich darauf kaum erkennen, aber es zeigt die Nieuwe Kerk in Amsterdam bei der Krönung meines Mannes. Das war ein Tag, nicht wahr? Alle Anwesenden sind darauf wiedergegeben. Reihe für Reihe. Sie stehen auch dabei. Mit Prinz Quame. Ach, diese Welt, nichts ist davon geblieben. Sagen Sie selbst, Sie haben sie doch miterlebt, diese Zeit. Und jetzt, jedesmal, wenn ich das Bild betrachte, streiche ich neue Verstorbene weg. In dieser Hinsicht, und natürlich wegen seiner erbärmlichen Qualität, erinnert es an einen Adventskalender, aber an einen, bei dem man jedesmal ein Fenster schließen muß. Auf die Dauer wartet man einfach ungeduldig auf den Ausgang. Dann ist es nur noch eine Frage des Abwartens, bis jemand die Läden vor dem eigenen Porträt schließt ...«

Sie schweifte ein paar Sekunden von ihren Gedanken ab, um doppelt so kräftig zurückzukommen. »Sehen Sie nur, was Sie tun! Sie reden mich regelrecht in eine crise de nerfs!«

Ich entschuldigte mich, konnte aber die Augen nicht von den Tanzenden abwenden. Sie amüsierten sich köstlich. Anna Paulowna folgte meinem Blick.

»Bitten Sie niemanden um einen Tanz?«

»Ich habe seit Jahren nicht getanzt.«

»Um so mehr Grund. Ich befehle es Ihnen. Nun aber los!«

»Außerdem habe ich gelernt, mit solch einer Bitte keine Dame mehr in Verlegenheit zu bringen.«

»In Verlegenheit? Wieso in Verlegenheit?«

»Nicht jeder sieht mich so wie Sie.«

»Verflixt, ich glaube, Sie haben sich vorgenommen, mich zu deprimieren. Und dazu dieser Blick! Obwohl ich Ihnen so ausdrücklich Fröhlichkeit befehle! Soll mir denn in nichts mehr gehorcht werden? Amüsieren Sie sich, Monsieur, etwas anderes vertrage ich auf meine alten Tage nicht mehr.«

»Sie wollen also, daß ich tanze?«

»Na hören Sie mal, sind Sie zudem auch noch taub?«

»In diesem Fall«, sagte ich unverfroren, »werden Sie und ich zusammen tanzen.« Und bevor ihre Verblüffung in Entrüstung umschlagen konnte, fügte ich hinzu: »In Gedanken. Ohne daß die anderen es merken. Nur in unserem Kopf.«

Sie warf mir einen kurzen Blick zu, und ließ, beschämt, weil sie lachen mußte, ihr Kinn auf die Brust sinken. Schalkhaft äugte sie wie ein junges Mädchen unter ihren Wimpern hervor.

»Daran kann uns keiner hindern«, antwortete sie. Sie bekam sogar Gefallen daran und setzte sich aufrecht hin. »Bei Gott, es soll nur einer wagen, uns auch noch dieses Vergnügen zu nehmen!«

Den nächsten Tanz, einen Walzer, saßen wir gemeinsam aus. Nach ein paar Takten hörte ich die alte Frau neben mir leise mitsummen und unter ihrem Gewand wippte ihr Knie auf jeden dritten Schlag.

Am nächsten Morgen verließ ich Weimar, stärker als ich gekommen war.

Jedes Band, das zerschnitten wird, bringt einen dem Ziel näher. Das weiß ich sicher. Meine Natur strebt seit meiner Kindheit nach Einsamkeit. Wenn ich alle Probleme meines Lebens unter diesem Aspekt betrachte, haben sie einen Sinn gehabt. Erregt mich deshalb auch jeder Verlust besonders? Mich wieder einen Schritt von anderen Menschen entfernt zu haben, hat mir immer gleich viel Verzweiflung wie Extase gebracht.

Eine ähnliche Erfahrung hatte ich nach Kwames Tod. Es entsteht ein Rausch, in dem alles klar ist. Das Leben zeigt ganz kurz sein wahres Gesicht. Es blickt einem direkt in die Augen. Plötzlich ist es ein gleichwertiger Gegner, dessen Züge man durchschaut. Das ist nichts Schwarzgalliges, im Gegenteil, es macht hell. Im Sinne des Wortes. Es *erhellt*. Ja, denkt man, jetzt hab ich's, ganz kurz, ein klarer Einblick in das Leben. Ich sage das nicht ohne Scheu. Wer es erkennt, wird mich verstehen, jeder andere sollte es schnell vergessen.

Auf jeden Fall kam ich so gestärkt aus Weimar zurück, daß ich am nächsten Tag einen Brief an den Kolonialminister, den Juristen P. Meijer, schrieb. Ohne Umschweife forderte ich, durch Überlassung von Pachtland auf Java für das mir zugefügte Unrecht entschädigt zu werden.

Java

Anfang '58 kehrte ich nach Batavia zurück. Meine Landforderung lag bei Generalgouverneur Pahud und seinem Rat von Indien, die noch einige Jahre die Zuteilung zu verhindern wußten. Die ganze Zeit mußte ich mit meiner Zulage von vierhundert Gulden im Monat auskommen.

Cornelius de Groot sah ich noch einmal. Er bat mich um Hilfe, als sich herausstellte, daß die Billiton-Gesellschaft, die Prinz Hendrik vor Jahren auf meine Anregung hin gegründet hatte, so wenig Zinn förderte, daß das Unternehmen in Gefahr geriet. Ich hatte damals alles kartiert, kannte das Gebiet und hatte in dieser Gegend an verschiedenen Stellen Bodenproben genommen.

De Groot besaß inzwischen ein schönes Haus in Weltevreden, in das er mich nicht aus Gastfreundschaft einlud, sondern um mir zu zeigen, wie weit er es gebracht hatte. Dabei war er für seine Verhältnisse sehr einnehmend und erkundigte sich nach meinem Ergehen. Ich sagte ihm unumwunden, daß ich in einer Pension wohnte und es um meine Angelegenheiten weiterhin schlecht bestellt war. Obwohl ich diese Begegnung gescheut hatte, fühlte ich, daß mich weder seine Billigung noch seine Ablehnung interessierten.

Ihm hatten die vergangenen sechs Jahre genausowenig Glück gebracht. Innerhalb kurzer Zeit war er zweimal verheiratet gewesen, und beide Male hatte er seine Ehefrau ein halbes Jahr nach der Hochzeit begraben müssen. Als er davon erzählte, mühte er sich, äußerlich unbewegt zu bleiben. Er konzentrierte sich ganz auf einen kostbaren Bourgogne, den er wegen seines Alters selbst zu öffnen versuchte. Zuerst wollte die Stanniolkapsel nicht abgehen, und als sie endlich nachgab, schnitt sich Cornelius in den Finger. Er fluchte, saugte das Blut aus der Wunde und begann, den Korken aus der Flasche zu ziehen.

Er erzählte, wie er auf eine Familie gehofft hatte. Nun, wo er ihnen bieten konnte, was er in seiner Kindheit hatte entbehren müssen, sehnte er sich nach Söhnen, um ihnen sein Wissen weiterzugeben.

Der Korken widersetzte sich, und Cornelius mußte es mit beiden Händen versuchen. Er setzte sich ganz vorn auf die Stuhlkante. Obwohl er sich über die Flasche beugte, die er vorsichtig zwischen die Knie geklemmt hatte, fiel mir trotzdem etwas an seinem Lidschlag auf. Ich fragte ihn, ob er etwa wieder verliebt sei. Verwundert, daß ich es erraten hatte, sah er hoch und begann zu lachen. In diesem Augenblick brach der Korken ab und Cornelius saß so verdattert und verlegen da, daß ich ihm – genau wie früher – alles aus der Hand nahm, die losen Korkstückchen wegblies und die Flasche öffnete. Wir tranken zwei Gläser, wobei er mir seine Probleme bei der Zinngewinnung erklärte und ich ihm versprach, über eine Lösung nachzudenken.

Schließlich trafen Gäste zum Abendessen ein. Er ließ sie in einen anderen Salon bringen, während er sich von mir verabschiedete. Er sagte, ich müsse mich nicht beeilen und könne ruhig mein Glas in seiner Abwesenheit austrinken. Wir wünschten uns gegenseitig viel Glück für die Zukunft. Dann entfernte er sich, drehte sich aber, die Türklinke schon in der Hand, noch einmal um. Ich dachte, er würde mich doch noch einladen, mit der Gesellschaft zu speisen.

»Ein guter Rat noch, Boachi, such dir eine Frau. Das ändert alles. Sie muß nicht hübsch sein. Auch nicht klug. Ich habe beides gehabt, und, wirklich, darum geht es nicht. Es ist sogar unwichtig, ob sie nett ist. Wenn sie es nur mit dir aufzunehmen wagt. Eine, die dich so bis auf die Knochen durchschaut, daß es sinnlos wird, sich noch für irgend etwas zu schämen, bei der du dich wohl fühlst, egal wo, egal wie. Ja verdammt, Unverschämtheit, davon hat man mehr als von all der Liebe.«

»Gibt es solche Frauen?«

»Hoffen wir es, Boachi. Hoffen wir es.«

Ich untersuchte die Billiton-Sache und riet, einen neuen Schacht in der Nähe von Tandjong Pandang anlegen zu lassen. Cornelius gab die Arbeit ohne Widerspruch in Auftrag, und daraufhin wurde die Zinnförderung auf dieser Insel langsam, aber sicher gewinnbringend. Später hörte ich, er habe eine dritte Frau gefunden, aber auch sie hat ihn nicht überlebt.

*

Endlich bekam ich '62 die Nachricht, die Regierung überlasse mir auf Südost-Java ein Stück Land in Erbpacht, tausend Bouw (siebenhundertzehn Hektar) groß, und zwar für den Kaffeeanbau. Letzteres wurde als ein Privileg bezeichnet, da der Kaffeeanbau Regierungsmonopol war. Ich ließ alles, was ich besaß, verpacken und machte mich voller Ungeduld auf die Reise. Einen Aufenthalt gab es nur in Djokja, wo ein über die Maßen begeisterter Beamter des Sultanats darauf bestand, mich in seinem Kraton zu empfangen. Stolz zeigte er mir eine Galerie mit Porträts des Sultans und seiner Familie, alle von der Hand Radhen Salehs. Sobald es die Höflichkeit zuließ, eilte ich nach Madioen.

Dort fand ich am Fuß eines steilen Bergrückens, halb an den Felsen, eine Wüstenei, zum größten Teil vom Urwald überwuchert. Es gab ein kleines Balkenhaus, das schon ewig unbewohnt sein mußte. Teile davon hatten die Eingeborenen abgerissen und wiederverwendet oder verbrannt. Eine Tür gab es nicht, und zwischen den Bodendielen suchte sich die Natur einen Weg ins Haus. Auf der Suche nach einer Bank, einem Bett oder irgendeiner Schlafgelegenheit störte ich einen Loewak, der einen derartigen Iltisgestank verbreitete, daß ich mich fast glücklich pries, Löcher im Dach zu haben.

In den ersten Stunden, in denen ich mich durch das dichte

Unterholz kämpfte, glaubte ich, man habe mich falsch informiert, bis ich beim Aufseher von Dungus nachfragte, dem Opiumumschlagplatz, der zu den umgebenden Mohnfeldern gehörte. Niedergeschlagen kehrte ich zurück, zündete ein Feuer an, um das Ungeziefer zu vertreiben, und schlief in einer geliehenen Hängematte auf der Veranda.

In den nächsten Tagen entdeckte ich zwischen den Trümmern Reste alter Pflanzungen, wild und wüst. Sie hatten den Boden zerstört und ausgezehrt. Selbst mit meinen beschränkten Kenntnissen begriff ich sofort, daß mein Land völlig kahlgeschlagen werden mußte, umgepflügt, eingeebnet und gedüngt, und anschließend müßte alles wieder neu angepflanzt werden. Um die Katastrophe vollzumachen, stellte sich heraus, daß das Wasserleitungssystem verschlammt war und die Fußwege selbst mit dem Buschmesser so gut wie unbegehbar waren.

Einen Überblick über das Gelände bekam ich erst, nachdem ich einen Pfad freigelegt hatte, der an einer der Bergflanken hinaufführte. Von dort aus war gut zu erkennen, daß es unten überall verschlammte Deiche gab, die wie riesige dunkelrote Finger mein Eigentum völlig im Griff hatten. Dieser Schlamm, der vom Abhang herabströmte, drang bei jedem Regen weiter vor. Er riß alles mit und hatte die Anlage der alten Gouvernementsplantagen völlig durchbrochen. Stück für Stück mußten diese Erdverschiebungen abgetragen werden. Eine war schon bis zu meinem Haus vorgedrungen und lastete so schwer auf der Hinterwand, daß sie aus dem Gleichgewicht geraten war, abgerissen und neu gebaut werden mußte. Ich entdeckte auch noch drei unbrauchbare Schluchten, ebenfalls mein Besitz, mit drei, vier einigermaßen freien Feldern dazwischen, die man aber wegen ihrer Lage nur nach dem Anlegen einer jeweils eigenen Brücke würde nutzen können. Ich stand da und zerbrach mir den Kopf wegen der vielen Arbeit und zweifelte, ob ich diese gewaltige Aufgabe mit meinem knapp bemessenen Gehalt je finanzieren könnte, als mich eine Rauchsäule auf einen kleinen Kampong in der Ferne aufmerksam machte.

Alle Bewohner sahen, wie ich mich den Hütten näherte, aber

kein einziger kauerte vor mir nieder. Es gab großes Kichern, und nach der ersten Ungläubigkeit, die mein Anblick bei ihnen hervorrief, wurde ich freundlich empfangen, wenn auch die Kleinsten ängstlich und die Ältesten auf Distanz blieben. Die sechs dort wohnenden Familien arbeiteten alle im Opiumanbau. Einige antworteten auf meine Fragen, aber ihre ganze Aufmerksamkeit galt meinem Aussehen. Ich kaufte ein Huhn und stellte einen der Älteren als Aufseher ein.

Dieser Mann, Boedi, hatte die Plantage noch als Kind gekannt, bevor sie von der Regierung abgeschrieben worden war. Der Boden war seiner Ansicht nach für die Kaffeesorte Robusta ungeeignet, weil im Sommer eine trockene, erstickende Hitze zwischen den Bergwänden hing, während es das übrige Jahr für eine ordentliche Ernte der Arabica-Variante zu naß war, da in der Regenzeit die Berghänge so gut wie jede Wolke auffingen und festhielten. Er wies mich auf weitere Probleme hin, wie den fehlenden Lagerraum, den Mangel an Arbeitskräften in dieser abgelegenen Gegend und die Unzugänglichkeit des Tals, was die Materialanfuhr und den Abtransport der Ernte erschweren würde. Nichtsdestotrotz gab ich ihm den Auftrag, notfalls in Solo Leute zu suchen, die mir bei der Urbarmachung helfen könnten. Er nahm das Geld und ging ohne Gruß. Danach versuchte ich erfolglos, das Huhn zu schlachten.

Einige Monate lang beschäftigte ich acht Leute. Manchmal mehr, manchmal weniger. Sie kamen und gingen, ohne jedwede Nachricht oder Zuverlässigkeit, und wenn ich darüber klagte, hob Boedi die Schultern. Die Arbeit ging zu langsam voran. Anfangs wurden meine Anweisungen mit Murren aufgenommen, später wurde aus der Unzufriedenheit Gleichgültigkeit. Sie nickten zu allem, was ich sagte, wie man einem Kind den Willen läßt, und zogen dann los, um genau das zu tun, was sie vorhatten. Je mehr ich drängte, desto offener wurde ich ignoriert. War ich zu streng, liefen sie davon, war ich zu lax, tanzten sie mir auf der Nase herum. Ein einziges Mal wurde ich so wütend, daß ich dem erstbesten das Beil aus der Hand riß und selbst auf den Urwald losschlug, um ihnen zu zeigen, wie ein richtiger Mann arbeitet. Es führte lediglich dazu, daß sie sich bei ihrer Mahlzeit köstlich amüsierten und ein paar versuchten, mich dazu zu bringen, in meiner Wut ebenfalls einen Teil ihrer Arbeit zu erledigen.

Anfangs schrieb ich ihren Unwillen meiner Unerfahrenheit im Anweisungengeben zu. Ich dachte, sie nähmen sich soviel heraus, weil ich nicht genug bezahlen konnte und weil sie wußten, daß ich doch keine anderen Arbeiter auftreiben konnte.

Schließlich trieben sie es so bunt, daß ich Boedi darauf ansprach. Ich ließ uns beiden in meinem Zimmer, dem einzigen im Haus, das bewohnbar gemacht war, eine Mahlzeit auftragen. Mit kleinen Geschenken für seine Familie stimmte ich ihn wohlwollend und zog ihn ins Vertrauen, indem ich offen das Problem ansprach. Ich erklärte ihm, meine Mittel seien begrenzt und mein Überleben als Pflanzer hinge von einer baldigen ersten Ernte ab. Ich hatte inzwischen Arabica-Bourbon-Setzlinge bei einem Betrieb in Buitenzorg bestellt, der sich auf Böden wie die meinen spezialisiert hatte, die zu karg sind, selbst Samen keimen zu lassen. Diese Bestellung war von ihnen ausgesetzt worden und aufgegangen, und das Datum, an dem die Setzlinge eintreffen sollten, rückte schnell näher. Ich fragte Boedi ohne Umschweife, wie ich die Arbeiter anpacken müsse, um auf jeden Fall einen vorbereiteten Boden für das Auspflanzen zu haben. Ich zeigte ihm meine Verzweiflung, aber er sah das Problem nicht.

»Sie arbeiten so hart sie können, Tuwan.«

»Das stimmt nicht, Boedi, das weißt du.« Er schwieg. »Hör zu, ich brauche deine Hilfe. Ich frage dich als Freund.«

»Aber was soll ich? Das tun sie. Mehr tun sie nicht.«

»Sind sie auch so lax, wenn sie auf Doengoes arbeiten?« fragte ich.

Boedi sah mich an. Schamlos. Er fand es nicht einmal nötig, um den heißen Brei herumzureden. »Der Besitzer von Doengoes, er ist Holländer.«

»Ich bin auch ein Holländer.«

»Aber nein, Tuwan.« Auf seinem Gesicht zeigte sich sogar ein Grinsen, so typisch javanisch, ein niederträchtiger Spott, der sich feige hinter einer Entschuldigung versteckt.

Von da an wurde ich strenger, drohte mit Einbehaltung von Lohn und mit Entlassung, obwohl ich es mir nicht erlauben konnte, auch nur auf einen Mann zu verzichten. Ich arbeitete selbst von Sonnenaufgang bis Sonnenuntergang mit, obwohl sich mein Körper gegen solche Arbeiten sträubte. Das gute Vorbild hatte keinerlei positive Auswirkung auf die anderen.

Dennoch waren in der Woche, als die Setzlinge ankamen, meine Felder vom Haus bis zur Schlucht kahlgeschlagen und umgepflügt. Ein Wunder, für das ich, ohne nachzudenken, alle mit einem Bonus belohnte, die dabei mitgeholfen hatten. Ich malte ein Namensschild und schlug es an einen Pfahl an der Straße: Soeka Radja. Die Freude des Prinzen.

An dem Morgen, als die Pflanzen eintrafen, warteten meine Männer am Eingang des Geländes auf die Karren aus Buitenzorg, und als der Weg eine Weiterfahrt unmöglich machte, zögerten sie nicht, beim Ausladen zu helfen. Einige sprangen auf die Wagen und andere bildeten eine Kette. Ich stellte mich natürlich zwischen sie, gerührt von der Vorstellung, daß ich sie durch Ausdauer endlich für mich und meine Sache hatte gewinnen können. Nicht viel später standen Hunderte Kisten neben dem Weg. Ich schickte meine Männer mit den Kutschern und den Transportbegleitern, ungefähr zehn Leuten, zu meinem Haus, wo ich von den Frauen aus Doengoes ein großes Mahl hatte zubereiten lassen, um diesen Meilenstein zu feiern.

Ich selbst blieb bei den Schößlingen. Ich inspizierte Kiste für Kiste. Sie waren zart und kleiner, als ich erwartet hatte, aber die Stengel waren kräftig und voller Saft, und die allerersten Blättchen waren schon stark und grün. Sie zehrten noch von der letzten, reichen Erde, die um ihre Wurzeln klumpte, und ich ertappte mich bei einem Stoßgebet, so besorgt war ich, ob sie in meinem Boden auch genügend Nahrung finden könnten.

Ich wog ein paar zarte Halme in meiner Hand und versuchte mir vorzustellen, wie daraus etwas wachsen konnte, das viele Jahre um mich sein würde. Ich spürte in mir die Kraft dieses neuen Lebens, eines neuen Anfangs. Nie mehr würde ich mich dem Boden anpassen müssen, auf den andere mich gesetzt hatten. Zum ersten Mal war ich im Begriff, mir meine eigene Umgebung zu schaffen!

Ich ließ mich so von meinem Glücksgefühl mitreißen, daß ich nicht mitbekam, wie lange ich schon beobachtet wurde, aber irgendwann einmal fiel mir auf, daß Boedi hinter mir stand. In einiger Entfernung hatten sich meine Arbeiter versammelt.

»Seid ihr alle fertig?«

»Mit dem Essen, ja«, sagte er und scheute sich, weiterzusprechen; und das kannte ich nicht an ihm. Er sah sich kurz um, als suche er Unterstützung. Zwei der Arbeiter traten zögernd vor.

»Gut so. Hat es geschmeckt?«

»Wir haben überlegt«, fing er an, »die Männer und ich.«

»Überlegt?« Ich war noch ahnungslos und lachte in mich hinein wegen des Ausdrucks, den er auf Doengoes aufgeschnappt haben mußte. »Und was habt ihr euch denn *überlegt*?«

»Es gibt viel Arbeit, nicht wahr?«

»Viel Arbeit, ja. Wir müssen heute gleich anfangen, denkst du nicht?«

»Ich denke nicht, Tuwan.«

»Ich weiß es ganz bestimmt, Boedi. Alles muß innerhalb weniger Tage in die Erde.«

»Es ist, weil ...« – er vergewisserte sich noch einmal, daß die Männer hinter ihm standen – »... wir denken, wir müssen jetzt mit Ihnen sprechen.«

»Sprechen? Worüber?«

»Über die Bedingungen, Tuwan, verstehen Sie. Viel Arbeit. Schwere Arbeit. Alles schnell, schnell.«

Da erst begriff ich allmählich, warum sie am Morgen so begeistert ausgeladen hatten: nur um den Augenblick zu beschleunigen, an dem ich vollkommen von ihrem Entgegenkommen abhängig wäre. Ich hörte mir ihre Forderungen an. Es ging ihnen nicht nur um mehr Geld, sondern sogar um einen Teil des Bodens, den sie für sich selbst nutzen wollten.

»Kommt nicht in Frage«, sagte ich so ruhig wie möglich. »Aber ich verspreche, daß die Männer bei der allerersten Ernte einen Aufschlag bekommen können. Nicht mehr als üblich, aber nach der Norm, die auf allen Plantagen gilt.«

»Ach, Tuwan, die anderen Plantagen, dort arbeiten wir gern.«

»Und hier nicht?«

»Jeder Mann arbeitet lieber für sich, oder? Aber für den Herrn dort, der ist aus Holland, ach, daran haben wir uns jetzt gewöhnt. Die Leute hier, wenn die für Sie arbeiten, wie, glauben Sie, werden sie zu Hause empfangen?«

»Ich weiß es nicht.«

»Sie werden gehänselt, natürlich! Ihre Frauen, die haben keinen Respekt. Die Leute lachen sie aus. Und darum, Tuwan, schämen sie sich.«

»Und wofür?« fragte ich grimmig. »Sag mir, Boedi, wofür sie sich schämen.«

»Ajo, begreif's doch. Sie haben auch ihren Stolz. Männer wie sie, die einem Herrn wie Ihnen gehorchen.«

»Wie mir?«

»Einem Schwarzen, ja?«

Vielleicht war es sein Grinsen, das ich schon so haßte, vielleicht war es einfach, daß ich es nicht ertrug, meine Träume schon wieder scheitern zu sehen. Wie auch immer, ich rannte mit meinem ganzen Gewicht gegen den kleinen Kerl, der nach hinten stürzte. Ich drückte ihm das Knie auf die Brust und fing an, ihn ins Gesicht zu schlagen. Er gestikulierte mit den Armen, um mich abzuwehren.

Die Umstehenden wollten eingreifen, wichen aber zurück, als sie meinen Blick sahen. Ich rollte allein mit Boedi über den Boden, aber in dem Staub, der aufwehte, meinte ich es plötzlich mit einer ganzen Bande aufnehmen zu müssen. Ich schwöre, daß ich in diesem Augenblick ein Knäuel aus Körpern spürte. Und dazwischen winkte mir die Hand meines Vaters zu, und Kwame schwamm durch die Brandung, und Sophie wirbelte tanzend im Kreis, und die ganze Zeit hatte ich meine Hände um Cornelius' Hals, der vor Stolz strahlte, daß ich endlich seine Lektionen in die Tat umsetzte.

Schon bald wehrte sich Boedi nicht mehr. Ich keuchte noch,

stand auf und packte ihn am Schopf, zog meinen Gürtel heraus und begann ihn damit zu verprügeln, hart und immer härter, taub für seine flehenden Bitten. Ein alter Mann.

Auf das Hilfegeschrei kamen jetzt auch die Frauen angerannt, die in meinem Haus gekocht hatten, und hinter ihnen die Arbeiter aus Buitenzorg. Sie blieben schweigend in einem Kreis stehen.

Die Stille brachte mich zur Vernunft. Plötzlich, sozusagen aus der Distanz, als stehe ich zwischen den anderen, sah ich auf mich selbst, den Gürtel erhoben, bereit, noch einmal loszuschmettern. Als spürte ich die Striemen auf meiner eigenen Haut, ließ ich alles fallen. Erschrocken, ja, panisch, half ich dem armen Kerl auf die Beine.

»Es tut mir leid«, sagte ich zu ihm. »Es tut mir leid!« rief ich dem Rest zu, aber keiner sagte ein Wort. Eine der Frauen wagte es näher zu kommen. Sie nahm Boedi am Arm und führte ihn zum Kampong. Die anderen wandten sich ab und folgten ihnen, schweigend. Die Arbeiter aus Buitenzorg kletterten auf ihre Wagen und fuhren davon. Wie gelähmt stand ich da. Schließlich ließ ich mich auf die Knie fallen und verbarg mein Gesicht in den Händen. So blieb ich liegen, tief den Geruch aufgewühlter Erde einatmend.

In diesem Augenblick war mir, als fühlte ich eine Hand auf der Schulter. Eine Sekunde dachte ich, sie kämen, um sich an mir zu rächen. Ich sah hoch. Es war einer der Männer aus Buitenzorg, der dageblieben war. Er hatte sich über mich gebeugt, stand vor der Sonne.

»Nun, Tuwan besar, besonders beeindruckend ist sie nicht, Ihre Plantage.« Weniger die Stimme kam mir bekannt vor, als die Impertinenz.

»Sieh da!« lachte er. »Sie kennen ihn noch. Ich wußte es doch.« Statt die Hand auszustrecken und mir aufzuhelfen, setzte er sich neben mich, als seien wir alte Freunde. Ich schützte meine Augen gegen die Sonne und erkannte den Hausjungen aus Amboina, älter, aber nicht weiser.

»Ahim! Ahim! Sie können ihn nicht vergessen.«

Er benahm sich, als wäre er hier zu Hause und wir wären

es seit Urzeiten gewohnt, zusammen auf dem freien Feld zu sitzen. Um den Oberkörper trug er ein Tuch, in das einige Habseligkeiten gewickelt waren. Daraus zog er eine Sirihschachtel und öffnete sie. In aller Ruhe zerdrückte er ein paar Blätter in der Hand, schnupperte daran und ließ auch mich kurz schnuppern. Scharf und herb. Anschließend beschäftigte er sich wieder mit Pinangnuß, einer Spur Kalk, Tabak und Gambirextrakt. Während der ganzen Zeremonie sah er mich nicht an, als gönne er mir die Zeit, mich an seine Anwesenheit zu gewöhnen. Seine Ruhe wirkte ansteckend und ich erholte mich einigermaßen von meiner Verwirrung. Schließlich bot er mir einen Priem an, den ich mit ekelverzerrtem Gesicht ablehnte, worauf er ihn selbst in den Mund steckte. Er schloß die Augen und kaute, bis der Saft, rot wie Blut, zwischen den Stümpfen seiner abgesägten Zähne heraustropfte. Er genoß es.

Ahim war nach unserer ersten Begegnung bei Douwes Dekker in Dienst geblieben, bis die Familie auf Heimaturlaub in die Niederlande abreiste. Danach hatte er an Dutzenden Orten Arbeit gefunden, aber nie für lange. Das wunderte mich nicht. Als Dekker Ende '55 nach Niederländisch-Indien zurückkehrte, in der Erwartung, seine alte Stelle wieder anzutreten, hatte Ahim es geschafft, ihn zu finden, zuerst in Batavia, danach noch einmal in Buitenzorg. Beide Male wurde er mit der Bitte fortgeschickt, nicht wiederzukommen, bevor Dekker wisse, welches Amt er bekleiden würde. Um diese Periode zu überbrücken, hatte Ahim für ein halbes Jahr eine Arbeit so nahe wie möglich bei seinem ersten Arbeitgeber angenommen, und zwar in der Gärtnerei in Buitenzorg. Ahims Vertrag war noch nicht abgelaufen, als Dekker im Januar '56 nach Lebak abreiste, und, noch ehe Ahim ihm folgen konnte, war Dekkers Anstellung schon wieder zu Ende, so daß Ahim in der Gärtnerei hängenblieb. Als mein Name dort nun auf der Bestelliste auftauchte, und dazu noch als Besitzer einer Kaffeeplantage, hatte er keinen Augenblick gezögert.

»Dann habe ich ein Problem«, sagte ich. »Und du ebenfalls. Du hast auf das falsche Pferd gesetzt, mein Freund. Dieses Unternehmen ist beendet. Du hast es gesehen.«

»Alles habe ich gesehen.« Er warf mir einen Blick zu, daß die Scham in mir aufstieg.

»Gut«, sagte ich. »Du kannst dich also sofort wieder auf den Weg machen.« Ich wartete, daß er aufstehen würde, aber er tat, als hätte er nichts gehört. Ahim ist nun einmal wie ein Straßenköter; pflichtvergessen, wenn man ihn liebkost, aber sobald man ihn wegschickt, weigert er sich zu gehen.

»Ja, traurig«, sagte er, »so stolz sind die Javaner. Auf Sie hören sie nicht.«

»Was du nicht sagst!« herrschte ich ihn an.

»Aber wenn Sie einen Unterhändler hätten ... Nicht schwarz. Nicht weiß. Jemand, der nicht über ihnen stünde, sondern neben ihnen, und sie trotzdem durchschaut. Wenn nun so jemand einmal mit ihnen verhandeln würde. Jemand, bescheiden und trotzdem sehr schlau ...« Er lächelte so breit, daß ihm der Sirih aus dem Mundwinkel tropfte.

»Es ist schade«, sagte ich mit Absicht, »daß ich niemand kenne, der auch nur ein bißchen schlau ist.«

Ahim stand auf.

»Morgen werde ich neue Leute für Sie finden. Wissen Sie, Radhen, es ist zu wenig Zeit. Ihnen bleibt nichts anderes übrig.« Er ging zu den Kisten, nahm einen Armvoll Schößlinge heraus, spazierte auf das Feld und begann sie auszusetzen.

»So brichst du die Wurzeln ab, du Idiot!« rief ich. Ich sprang auf und rannte zu ihm hin. »Und setze sie nicht so weit auseinander!«

Kurzum, alles was er tat, mußte ich noch einmal machen, aber bevor es Abend wurde, hatten wir zusammen doch zwölf Zeilen des ersten Feldes stehen.

Java 1900

Buitenzorg, den 9. September

»Untersteh dich nicht, mich mit irgendwelchen Späßen zu überraschen. Ich will das nicht. Ich bin zu alt, um mich noch über etwas zu freuen.«

»Das weiß ich doch, Tuwan, besser als jeder andere.«

»Ich meine es ernst«, sagte ich, »wenn du mir eine Überraschung bescherst, falle ich auf der Stelle tot um, aus purer Bosheit, nur um es dir abzugewöhnen.«

Und ob, so bin ich aufgewacht! Das erste, was ich sah, als ich heute die Augen aufschlug, war Ahim, reisefertig.

»Ich möchte einen freien Vormittag, mehr nicht.«

»Ausgerechnet heute?«

»Wann habe ich Sie je um einen freien Tag gebeten?«

»Niemals. Das ist es gerade. Und nun ist es zu spät, um damit noch anzufangen!«

»Ich gehe trotzdem.«

»Von mir aus, laß mich nur krepieren.«

»In der Küche steht ein kalter Imbiß, und ich habe Obst und Wasser in Ihr Zimmer gebracht.«

»Was kann es dir schon ausmachen, daß dies der große Tag meines Jubiläums ist?«

»Höre ich nicht seit Monaten, daß Sie keinen Wert darauf legen?«

»Nein, aber es wird einem nun einmal aufgedrängt. Und daß es einem alten Mann vor einem solchen Theater vielleicht graut und daß er an so einem Tag ein wenig Ablenkung von seinen Gefühlen brauchen könnte, nein, das kommt dir nicht in den Sinn, weil du immer nur an dich denkst.«

»Stimmt. Ich bin kurz nach Mittag zurück, bis später!«

Das Miststück zog leise meine Schlafzimmertür hinter sich zu. Als könnte ich nun noch einmal einschlafen! Der Auftakt zu meinem Fest ist ja schon gut gelungen, dachte ich, kaum ist es hell, eröffnet Ahim die Feierlichkeiten, indem er seinen Wohltäter verrät. Wirklich, der Undank dieses Menschen ist grenzenlos!

Zuerst nahm ich mir vor, den ganzen Tag im Bett zu bleiben, aber langsam wuchsen meine Sorgen, als ich mir den bevorstehenden Abend vorstellte. Ich sah alle Blicke auf mich gerichtet, ohne einen Menschen, dem ich genug vertraute, um mich an ihm festklammern zu können.

Ich zog mich an – das muß man einmal ohne Hilfe versuchen – und wanderte zum Kampong. Wayeng war schon in aller Frühe auf den Feldern, aber am Waschplatz traf ich Lasmi mit Quamina. Ich erzählte ihr von dem geplanten Fest und bat sie, mit Wayeng mein Ehrengast zu sein. Sie schlug die Augen nieder und sagte, in Gedanken wolle sie gewiß bei mir sein. Als ich weiter drängte, fragte sie, wie sie sich als einfache Frau in eine vornehme holländische Gesellschaft begeben könne. Ich gab ihr Geld, genug, um für beide passende Kleidung zu kaufen, und sagte rundheraus, ich käme nicht zum Fest, wenn sie nicht an meiner Seite sein könnten. Das brachte sie in Verlegenheit, aber sie mußte darüber lachen. Ich hob ihr Kinn, aber sie wollte mich noch immer nicht ansehen. Sie gab mir das Geld zurück, und als sie schließlich aufsah und die Verwunderung auf meinem Gesicht las, kam mit dem größten Vergnügen die Wahrheit heraus. Adeline Renselaar war schon vor Wochen bei ihnen gewesen, um sie einzuladen, notabene mit den Kindern. Nach ihrem ersten Besuch kam sie noch zweimal, um die kulinarischen Wünsche und Details zu regeln, und am Ende hat sie beide auf ihre eigenen Kosten neue Kleider kaufen lassen. Das alles geschah unter strengster Verschwiegenheit, um mich heute abend mit ihrer Anwesenheit zu überraschen. Da fängt es schon an, sagte ich bei mir, Gott allein kann wissen, was Adeline noch mehr in petto hat, um mir bald einen Heidenschreck einzujagen. Diese Hinterhältigkeit! Diese Befürchtung hatte mir die ganze Zeit auf der Seele gelegen.

Als Lasmi meine Verstimmung sah, tat es ihr leid, daß sie sich verplappert hatte. Das hatte ich nicht gewollt. Ich versprach, daß es weiter allein unser Geheimnis bleiben würde, und ich machte ihr vor, welche Gesichter ich heute abend schneiden würde, oh! und ah!, wenn sie später in voller Pracht auftauchen würden. So brachte ich sie und auch Quamina zum Lachen, bis sie Seitenstechen bekamen. Dann ging Lasmi wieder an ihre Arbeit. Meine kleine Tochter war völlig aus dem Häuschen und bestand darauf, mit mir Verstecken zu spielen. Als es mir zuviel wurde, nahm ich sie auf den Schoß. Sie sang ein Lied für mich, das sie gerade erst gelernt hate, von Kantjil, der auf einen großen Stein im Fluß gesprungen ist. Für diesen einen Sprung hat er allen Mut gebraucht, und jetzt traut er sich nicht mehr herunter.

Ich empfand eine tiefe Liebe zu ihr und meinen anderen Kindern und bedauerte, daß ich mir schon so lange solches Vertrauen nicht mehr zugestehe. Als sie geendet hatte, wollte sie wissen, ob ich auch Lieder kenne. Ich sagte ihr, ich würde nie singen. Sie fragte, ob das daher komme, weil es mir früher niemand beigebracht habe. Ich nahm sie fest in den Arm, ganz fest, ohne daß sie den Grund begreifen konnte. Ich antwortete, daß ich von ihrer Großmutter in Afrika eine Menge Lieder gelernt, aber viele davon vergessen habe, eigentlich alle, bis auf eines. Dieses eine wollte sie gern lernen. Ich begann den Takt zu klatschen. Obwohl er völlig anders ist als das monotone Schlagen, das sie von der Gamelan kennt, hatte Quamina es schnell gelernt. Den alten Rhythmus mühelos von ihren kleinen Händchen aufspringen zu hören, erfüllte mich mit Stolz und Liebe, aber als ich mit der Melodie einfallen wollte, konnte ich nicht den richtigen Ton finden. Ich versuchte es noch einmal, und wieder gelang es nicht besser. Ich ließ das Klatschen sein und wollte ihr dann eben zuerst den Text beibringen: »Wir sind die Kinder der Spinne Anansi, und die ganze Welt ist unser Netz …« Dabei blieb es. Ich dachte, der Text, der mich mein ganzes Leben begleitet hatte, werde sich einstellen, sobald ich nicht krampfhaft danach suchte. Deshalb versuchte ich aus allen Kräften, an etwas anderes zu denken. Natürlich gelang es nicht. Schießlich summte ich etwas, das der Melodie ähneln sollte, aber offensichtlich war es nicht richtig. »Wir sind die Kinder der Spinne …« Die Worte ließen sich nicht herbeizwingen. Ärgerlich gab ich auf.

»Nun, Pak Radhen«, sagte Quamina, »ganz hübsch, aber sie haben ziemliche kurze Lieder, die Aschanti.«

Bevor es zu warm wurde, war ich zu Hause, und den restlichen Morgen ging mir die Melodie nicht aus dem Kopf. Ich hörte sie immer wieder in meinen Gedanken, genau wie sie sein mußte, aber sobald ich den Mund aufmachte, wollte sie einfach nicht herauskommen. Immer wieder mußte ich mich zwingen, an etwas anderes zu denken.

Mir kam der Schreck zu Hilfe, als Adeline Renselaar gegen zwölf Uhr unerwartet mit einem Töpfchen Suppe vor mir stand.

»Ein kleiner Imbiß«, sagte sie und hob den Deckel, so daß sich ein saurer Erbsengeruch in meinen guten Kleidern festsetzte. »Ich möchte nicht, daß Sie hungern, wenn Sie schon eine Weile auf Ahim verzichten müssen.«

»Ich dachte mir schon, daß Sie dahinterstecken! Seit wann kommandieren Sie anderer Leute Personal?«

»Nur heute, lieber Prinz, und nur für die gute Sache.« Sie gab mir einen Löffel und setzte sich mir gegenüber, um zuzusehen, wie ich anstandshalber ein paar Löffel von dem Zeug aß.

»Nicht zu gierig!« konnte sie sich nicht verkneifen. »Heben Sie sich Ihren Appetit für heute abend beim Gouverneur auf.«

»Hören Sie, nun möchte ich doch erst genau wissen, was mich dort erwartet.«

»Ein großes Diner. Und weiter verrate ich nichts.«

»Wer kommt, wer sagt etwas, was muß ich aus welcher Ecke erwarten?«

»Entspannen Sie sich, Sie Festtagskind, und lassen Sie sich überraschen. Jeder mag Sie und gibt sein Bestes.«

»Ich will alles wissen. Bis in die kleinste Kleinigkeit, und zwar sofort. Sonst wird das ganze Fest abgeblasen.«

»Nun, wenn es sein muß« – sie sah, daß es mir ernst war –, »soll ich es ausplaudern? Ich habe mit den Damen der Eurythmiegruppe eine kleine Tanzexpression einstudiert. Wir treten beim zweiten Sorbet auf, das zwischen Fisch und Fleisch eingeplant ist, und wir nennen es: ›Die Prinzen von Aschanti.‹ So, nun ist es heraus, sind Sie nun zufrieden?«

»Zufrieden ist kaum das richtige Wort«, antwortete ich und wandte mich würgend von ihrer Suppe ab.

Adeline schob den Stuhl zurück und wurde ausführlicher. »Es beginnt mit dem Kummer der Kinder, als sie aus Afrika weggebracht werden.« Sie reckte die Arme empor und begann sich durch das ganze Zimmer zu bewegen wie eine javanische Tänzerin. »Dann ihre Angst vor dem Unbekannten, als sie in Delft eintreffen. Angst! Angst!« Sie wich zurück. »Aber schließlich entdecken sie den warmen Schoß unseres Königshauses. Freude! Freude! Als Klimax stellen wir Ihren Triumph – Hosanna! – dar, wie Sie als erwachsener Mann den niederländischen Löwen umarmen.« Dabei boxte sie in die Luft und knurrte wie ein wildes Tier. Dann ließ sie sich keuchend in meinen Lehnstuhl fallen, warf die Beine auf meine Fußbank und strahlte, als erwarte sie ein Kompliment.

»Und das ist alles?« fragte ich.

»Ja, heraus mit der Sprache, wie finden Sie es?«

»Es ist, wie soll ich sagen, zumindest ... bemerkenswert. Aber was hat Ahim damit zu schaffen? Gott verhüte, daß er nicht auch noch hinterherspringt.«

Adeline reagierte nicht. Sie schwieg und blieb einfach sitzen. Als es mir zu dumm wurde, sagte ich: »In meinem Alter ist solch ein Diner ziemlich anstrengend. Eigentlich hatte ich mir vorgenommen, bis dahin allein zu sein.«

Sie verließ den Raum, kam aber kurz darauf mit einer großen Kanne Orangenlimonade und zwei Gläsern zurück.

»Sie und ich sind sonst immer allein«, sagte sie. »Das ist unser Tag. Heute sind wir zu zweit.«

Keine halbe Stunde später ging mir auf, daß Adeline nicht meinetwegen herumsaß. Sobald Ahim – notabene mit einer Kutsche – eintraf, stürzte sie zu ihm ans Gartentor. Dort heckten sie etwas aus. Als ich auf die Veranda trat, verschwand Ahim rasch in der Küche, um mir im nachhinein seine kalten Leckerbissen aufzutragen. Ich rief, mein Magen vertrage vorläufig keine Nahrung mehr und befahl ihm, zu sagen, wo er gewesen sei. Adeline, die noch immer am Wagen herumstand, kam ihm zu Hilfe.

»Setzen Sie sich einen Moment«, rief sie, »Sie haben Besuch bekommen.«

An Adelines Arm kam ein kleiner alter Mann angeschlurft. Auf seinem Hemd waren Schmutzstreifen. Hätte er nicht meine Hand ergriffen und mich so lange und forschend angesehen, ich hätte ihn niemals erkannt. Van Drunen war nicht richtig rasiert und wie ein Arbeiter gekleidet. Seine Augen lagen tief in den Höhlen. Irgendeine Krankheit schien ihn auszuzehren. Ich wollte ihm in einen Sessel helfen, aber er bestand darauf, daß ich sitzen bleibe. Er trat zwei Schritte zurück, beugte vor mir seinen kahlen Kopf, und, soweit es ihm möglich war, auch noch den Rücken. So hatte er sich das offenbar vorgenommen. Dann erwies er mir die Ehre, wie damals bei unserer ersten Begegnung, indem er mich mit meinem vollständigen Aschanti-Titel ansprach. Es rührte mich nur, weil es ihn selbst so offensichtlich bewegte.

Adeline schob ihn auf einen Sessel, und Ahim versorgte uns mit Wasser, Fruchtsaft und kleinen Leckereien. Ich nahm an, sie hatten sich die ganze Mühe gemacht, um einen vergessenen Bekannten an meinem Fest teilnehmen zu lassen. Bevor sie sich zurückzogen, verzieh ich ihnen das Komplott.

Van Drunen sprach mit schwacher Stimme. Beim Atemholen fiepte es. Manchmal brach er mitten im Satz ab, um sich erst wieder zu erholen. Manchmal schweiften seine Gedanken in einem solchen Intermezzo auch ab, und der Sinn des Gesagten blieb unverständlich. Ich neigte mich zu ihm, um ihn besser verstehen zu können. Seine Gesichtshaut war wie bei Landarbeitern von der Sonne mitgenommen, und auf Nase und Stirn wuchsen ihm trockene, braune Flecken. Seine blauen Augen waren grau geworden und die Pupillen durchscheinend, als lösten sie sich an den Rändern. Siebenundachtzig! Ich nahm seine Hand und holte ihn so aus einer seiner Atempausen in die Wirklichkeit zurück. Dabei sah er mich an, als erkenne er mich erst in diesem Augenblick klar.

»Der kleine Prinz ...«, sagte er, als habe er ein Kind vor sich, »... so in der großen Welt.«

Ich fragte ihn, wie er lebe.

Die bescheidene Batikfabrikation, um 1860 von van Drunen in Semarang unter den »blanda itams« hochgezogen, führte eine Weile zu einem lebendigen Handel mit ihren Stammesbrüdern an der Goldküste. Als man neben den javanischen Motiven auch afrikanische mit aufnahm, verdrängte die neue Tracht in wenigen Jahren in vielen Orten die traditionelle westafrikanische.

Um '75 jedoch entdeckte die Haarlemer Baumwoll-Gesellschaft zu ihrer Verwunderung, wie beliebt die Wachsdrucktextilien an den afrikanischen Küsten waren. Sobald diese großen Fabriken, für die der Absatz holländischer Batikstoffe auf Java immer schwieriger wurde, die Konkurrenz eröffneten, ging der Markt in die Knie. Seitdem wickelt sich Westafrika in Kleiderstoffe aus Haarlem. Die Nachfrage nach den ursprünglichen Wachsdrucktextilien der javanischen »blanda itams« brach völlig zusammen. Seit zwanzig Jahren ist diese Gemeinschaft verarmt.

Van Drunen lebt, obwohl es seine Gesundheit kaum noch zuläßt, noch immer in ihrem Kampong. Die holländische Gemeinschaft betrachtet ihn als Sonderling, und er sucht sie nur auf, um für die Kinder, die Mischlinge afrikanischer Väter und javanischer Mütter, Arbeitsstellen zu suchen.

»Wie meine Kinder!« Mein Ausruf ließ van Drunens Augen aufleuchten. Es freute ihn sichtlich, daß ich mich fortgepflanzt hatte, obwohl ihn mein Alter, in dem das noch geschah, kurz aus der Fassung brachte. Ich trug Ahim auf, meine Nachkömmlinge zu holen.

»Bei uns ...«, sagte van Drunen, »sieht schon die nächste Generation das Licht der Welt. So schnell. Männer, die ich aus Afrika weggeholt habe. Werden nun Großväter. Letzten Monat. Ein Junge wurde geboren, mit so heller Haut.« Seine Gedanken schweiften ab, dann fing er sich wieder und ergänzte triumphierend: »Jan!«

Ich starrte ihn verständnislos an.

»Sie nennen ihn Jan.« Er strahlte vor Stolz, daß ich ihn verstand.

»Ist das Ihr Vorname?« fragte ich.

Mit zittrigen Fingern zeichnete er das runde Kindergesicht seines Namensvetters über sein eigenes.

»Johannes!« blies er die Hängefalten zu zwei runden Apfelbäckchen auf.

»Ihren Vornamen habe ich nie gekannt.«

»Wirklich?«

»Wir waren Kinder. Für uns waren Sie *Mijnheer van Drunen.*«

Seine Freude schwand jäh aus seinem Gesicht. Er nickte.

»Kinder.« Diesmal versank er so tief in seine Gedanken, daß ich befürchtete, er könne das Atmen vergessen.

»Ich versuche, ihnen zu helfen«, seufzte er schließlich. »Diese Kinder sind aus meiner Scham geboren.« Sein Blick heftete sich auf meinen, als erwarte er etwas von mir. Schließlich begann mir zu dämmern, daß er mich nicht wegen der Feier aufgesucht hatte. Ich sah mich um, aber weder Adeline noch Ahim waren in der Nähe.

»Ich habe einen alten Brief gelesen«, begann ich, »in dem Sie um Ihre Entlassung aus dem Staatsdienst ersuchen.« Van

Drunen nickte. »Daraus konnte ich nicht lesen, daß Sie Ihre Karriere abgebrochen haben, um von nun an Werke der Barmherzigkeit zu verrichten.«

»Nein. Auf die Idee kam ich später. Sie wurde aus der Not geboren.«

»Dennoch haben Sie sich für ein Leben in Armut entschieden.« Mein sachlicher Ton machte ihn lebendig. Er richtete sich auf und versuchte ruhig und tief zu atmen. Als habe er bisher seine Kräfte geschont, um mir ohne Unterbrechung die Geschichte erzählen zu können, wegen der er gekommen war.

»Mit dem Brief, den Sie eingesehen haben, verzichtete ich auf meine Stelle und die damit verbundenen Karrieremöglichkeiten. Zuerst hielt mein Vorgesetzter mein Schreiben zurück. Er versuchte, mich zur Vernunft zu bringen. Meine Mitarbeiter erklärten mich für verrückt: Ein Mann, der ohne Konflikt oder Verfahren seine Autorität aufgibt, die er in langen Jahren des Staatsdienstes aufgebaut hat. Man brachte mich sogar zu einem Arzt, der mich auf Malaria, Heimweh und Tropenkoller untersuchte, aber ich ließ mich nicht von meinem Vorhaben abbringen.

Mein Gehalt wurde ausgesetzt, und ich verlor meinen laufenden Kredit. Ich verscherzte mir das Anrecht auf eine Pension und den günstigen Aufbau eines Vermögens. Ich verlor meinen Rang, wie auch meine Dienstwohnung und wurde so in bestimmten Kreisen nicht mehr empfangen. Mein Entschluß, dessen Motiv ich keiner Menschenseele anvertraut habe, weckte bei meinen Freunden Argwohn und brachte sie in Verlegenheit. Um sie nicht zu kompromittieren, besuchte ich sie nicht mehr. Meine Verlobung, die ich nach langem Zaudern für mich in Holland arrangiert hatte, wurde schriftlich gelöst. Ja, selbst meine Kleidung, für die ich eine Zulage bekommen hatte, wurde vom Staat zurückgefordert, so daß mir nur zwei alte Anzüge blieben, die ich abwechselnd in Ordnung bringen ließ. Meine Kutsche mußte ich ebenfalls abgeben, und am Ende blieb mir nichts als ein paar Spargroschen. Damit kaufte ich ein starkes Pferd, denn nachdem ich alles verloren hatte, sehnte ich mich vor allem danach, mich frei zu bewegen.

Ich suchte also keine Pension, sondern verkaufte meine Möbel und alles, was mich an mein altes Leben erinnerte. Von diesem wenigen Geld lebte ich anderthalb Jahre. In der Zeit zog ich über den Archipel. Ich nächtigte unter freiem Himmel, aß mit den Eingeborenen. In nichts stand ich mehr über ihnen. Aber ich verfiel auch nicht in meinen alten Fehler, zu glauben, ich könne einer von ihnen werden. Ich war einfach anders und wurde so von ihnen geduldet.«

Hier machte er eine Pause und trank einen Schluck. Dann betupfte er Hals und Kopf, faltete das Taschentuch zusammen und steckte es wieder in seine Innentasche.

»Sie«, fuhr er fort, »Sie durchschauen mich, fürchte ich, besser als jeder andere. Als ich nach anderthalb Jahren nach Batavia zurückkehrte, waren mir selbst die letzten Türen verschlossen. Wenn ich versuchte, in Briefen die Angelegenheit meiner Familie zu Hause zu erklären und sie gleichzeitig bat, mir Geld für meinen Lebensunterhalt zu senden, fiel es leicht, meinem Niedergang eine edle Wendung zu geben. Als ein Cousin einmal suggerierte, ich habe diesen katastrophalen Entschluß gefaßt, weil ich, wie ein Douwes Dekker, das Unrecht nicht länger ertragen konnte, habe ich ihm nicht widersprochen. Aber das ist natürlich nicht die Wahrheit. Obwohl der Auslöser für meinen Entschluß ein Unrecht war, tat ich es aus reiner Selbstsucht.«

»In welchem Sinne?«

»Im selben Sinne, in dem auch Dekker nicht selbstlos gehandelt hat. Niemand opfert seine Zukunft, wenn er damit nicht seine eigene Seele zu retten sucht.«

»Aber was war dann der Grund?«

»Der wahre Grund? Das waren Sie.«

Endlich sah er mich an. Um seinen Mund erschien ein Lachen, an dem seine Augen nicht beteiligt waren. Es gelang mir nicht, wieder die alte Zuneigung zu dem Mann lebendig werden zu lassen.

»Ja«, wiederholte er, »alles Ihretwegen.«

»Wurden Sie von Schuldgefühlen geplagt?« fragte ich ihn ins Gesicht. Das regte ihn auf. Er sprach zwar beherrscht, aber seine Nasenflügel bebten.

»Woran ich Schuld trage, das werde ich bald genug von Dem hören, der mein Sündenregister aufgestellt hat. Wenn mein Herr mich fragt, warum ich Sie und Ihren Vetter aus Ihrem Vaterland weggeholt habe, werde ich Ihm antworten, daß ich in diesem Augenblick nicht einfach einen Auftrag ausgeführt, sondern aus Überzeugung gehandelt habe. Wenn Sie erwarten, daß ich gekommen bin, Sie um Verzeihung zu bitten, dann irren Sie sich gewaltig. In Afrika war ich ein junger Mann. Es war meine erste Reise. Ich kannte weder die Welt noch ihre Wege. Ich fand Sie, halbnackt und ungebildet. Ich war davon überzeugt, daß Sie in den Niederlanden etwas Besseres erwartet, ja sogar eine Rettung vor dem Leben, das Sie in einem Land führten, wo ich eines Abends über abgeschlagene Menschenköpfe gestolpert bin. Als ich Sie in meine Obhut nahm, meinte ich, Ihm damit einen Gefallen zu tun.«

»Das scheint mir wieder nicht selbstlos«, sagte ich, denn sein Ton begann mich zu irritieren. Vorwürfe, die ich ihm nie zuvor gemacht hatte, kamen mir in den Sinn. Um nicht unfreundlich zu werden, stand ich auf, als interessiere mich das Thema nicht besonders, und spähte die Straße entlang. Ich ersehnte Ahims Rückkehr. Ihm gelingt es mit seinen Unverschämtheiten immer, mich aus meinen trüben Gedanken über die Vergangenheit zu reißen. Einen Moment glaubte ich sogar, den alten Clown in den Schatten zu sehen, und ich gestikultierte ihm schon, ohne daß van Drunen es merken konnte, er solle sich ein wenig beeilen, aber es war nur die Sonne, die hinten im Garten auf ein Pisangblatt schien.

»Das alles soll nicht heißen«, ging es hinter meinem Rücken weiter, »daß ich mich nicht verantwortlich fühlte. An dem Tag, an dem ich mit Ihnen aus Kumasi fortritt, wurde auch mein Lebensschicksal besiegelt.«

»Erwarten Sie Sympathie?« fragte ich.

»Kein Tag vergeht ohne den Gedanken an Sie. Keine Nacht, keine Stunde.« Seine Stimme senkte sich. »Prinz Kwames Tod hat mich getroffen, als ginge es um mein eigenes Kind. Spotten Sie? Das ist Ihr Recht. Es ist nur die Geschichte eines Mannes, der weniger verloren hat als Sie, und der, unwissentlich, für Ihren Verlust mitverantwortlich war. – Sie können es glauben oder auch nicht, aber lassen Sie mich zu Ende erzählen.

Der Tod Ihres Vetters hat mir die Augen geöffnet, aber noch weigerte ich mich, die Wahrheit zu sehen. Um meinen Seelenfrieden floh ich aus Holland. Ich beantragte eine Versetzung nach Niederländisch-Indien. Ich hoffte, das Feuer und den Glauben meiner ersten Tropenreise wiederzufinden. Erst hier, wo die gesellschaftlichen Verhältnisse unter dem Druck vergrößert werden, entdeckte ich die Wirkungsweise der Maschinerie, in der ich selbst ein Rädchen war.

Ich arbeitete noch kein ganzes Jahr in Batavia, als Sie mich '52 zum ersten Mal aufsuchten. Ich war glücklich, Sie wiederzusehen, als Mann, mit abgeschlossenem Studium, im Staatsdienst! Sie standen allein auf der Welt, aber stark und lebenslustig. So, sagte ich mir, kann also das Ergebnis unserer Bemühungen auch aussehen! Mir tat besonders gut, wie ich mit Ihnen in Erinnerungen an Ihren Vetter schwelgen konnte. Daß ich mit Ihnen über Augenblicke lachen und weinen konnte, an die ich bis zu diesem Tag nicht zurückzudenken gewagt hatte! Ihr Besuch wirkte wie eine Medizin, die man in Bantam gegen Koliken einsetzt: Man beseitigt nicht die Ursache des Leidens, sondern alle Organe werden geschmiert und wieder in Gang gesetzt. Sie brachten mich zum Nachdenken.

Damals hatte ich mich gerade ein wenig in dem neuen Land eingewöhnt. Nach der Anpassungsphase bekam ich Zeit für die bisher verdrängten Gedanken. Unser Gespräch rief mir Kwame wieder in einer Weise ins Gedächtnis zurück, die ich nicht für möglich gehalten hätte. Ich dachte nicht länger über seinen Tod nach, sondern ganz im Gegenteil über sein Leben. Ich begriff nicht, warum Sie Erfolg und er keinen Erfolg haben konnten. Wenn ich glaubte, an Ihrem Glück beteiligt gewesen zu sein, warum dann nicht an seinem Unglück? Manchmal stellte ich ihm direkt die Frage nach meiner Mitschuld. In Nächten, in denen ich keinen Schlaf finden konnte, war er bei mir im Zimmer. Diese Dinge gingen mir unablässig durch den Kopf, mir, der immer nüchtern und sachlich gewesen war. Eines Nachts setzte er sich im Traum auf meine Bettkante und beruhigte mich mit den Worten, in diesem Spiel sei ich nur eine Schachfigur gewesen.«

»Und das kam Ihnen natürlich nicht ungelegen.«

»Danach blieben meine Wahnvorstellungen aus. Ich glaubte, Ruhe gefunden zu haben. Dann suchten Sie mich im Jahr '54 zum zweiten Mal auf. Bevor Sie richtig im Zimmer waren, sah ich es schon. Es ging Ihnen schlecht. Sehr schlecht. Und in Gedanken rief ich aus: Nein, mein Gott, das nicht, nicht auch er!

Ich hörte mir Ihren einsamen Kampf an. Mit dem Versprechen, mich um Ihre Sache zu kümmern, schickte ich Sie weg, sachlich, wie es meine Art ist. Aber innerlich lebte ich auf, als appelliere Gott selbst an mich. Sie können es begreifen oder nicht, aber Ihr Leiden löste mehr in mir aus als Kummer. Es war eine Herausforderung. Eine Berufung. Ja, es war mir eher noch eine Freude, denn Sie boten mir die Gelegenheit, etwas zu unternehmen. Ich nahm mir vor, diesmal mit Hilfe meiner Stellung alles für Sie zu tun, was nötig wäre. Aber noch blieb ich dem Staat treu. Mein Gott, wenn ich damals gewußt hätte, was ich herausfinden sollte ...«

Van Drunen stockte, als schrecke er vor dem Rest der Geschichte zurück. Er schüttelte den Kopf und trank ein wenig Wasser, suchte dann in seinen Taschen nach einem Papier, das er zwischen uns mitten auf den Tisch legte, und begann sich wieder den Schweiß vom Hals zu tupfen. Das Dokument trug seine Handschrift.

Ausgerechnet da kam Ahim, der nie da ist, wenn man ihn braucht und immer zur Stelle ist, wenn er stört, fröhlich mit meinen Kindern an der Hand dahergetrabt. Die Kinder begrüßten den alten Herrn höflich, wie ich es sie gelehrt habe, und ich glaube wirklich, er war gerührt, mich in ihren Zügen wiederzuerkennen. Ich war aber mehr an seiner Geschichte interessiert, die ich durch all das Gehüpfe und Trallala in den Hintergrund seines Bewußtseins weggleiten sah. Ich herrschte Ahim an, er käme ungelegen, und trug ihm auf, die Kinder zu beschäftigen, bis unser Gespräch beendet sei. Der Esel bestand noch darauf, uns zuerst frisches Obst zu bringen, ging aber schließlich in den Garten und setzte sich neben meinen Nachwuchs auf die Erde, wo sie ihm halfen, aus Abfall ein kleines Feuer anzuzünden.

Die ganze Zeit hatte das Papier auf dem Tisch gelegen. Nun nahm es van Drunen wieder zur Hand. Er faltete es auf und wieder zusammen, hielt es kurz in der Hand, wo es wie ein Schilfrohr bebte. Gerade, als mir sein Zaudern zuviel wurde und ich die Hand ausstrecken wollte, um ihm das Papier wegzunehmen, begann er zu erzählen.

»Der erste Schritt war einfach. Ich bat bei Generalgouverneur Duymaer van Twist um eine Audienz. Er kannte Ihre Angelegenheit. Schon früher waren Klagen bei ihm über de Groots Verhalten Ihnen gegenüber eingegangen. Diese hatten, beruhigte er mich, zu einer offiziellen Verwarnung geführt. Ich legte Protest ein, daß ich Sie qua Rang und Ausbildung zu hoch einschätzte, um als Untergebener de Groots zu dienen. Ich schlug vor, Sie gänzlich seiner Zuständigkeit zu entziehen und Ihnen die selbständige Befugnis zu geben, die man Ihnen zugesagt hatte. Auf diesen Punkt weigerte er sich einzugehen, und als ich weiterdrängte, beendete er das Gespräch, taktvoll, aber unerbittlich.

Noch am selben Tag forderte ich von der Personalabteilung, wie es in meiner Befugnis lag, Ihre Akten zur Einsicht an. Ich hatte nur mit kurzen Berichten gerechnet, aber zu meiner Verwunderung legte man mir eine umfangreiche Mappe auf den Schreibtisch. Obwohl sie kaum vier Jahre umfaßte, war die Dokumentation über Sie so umfangreich, daß sie von zwei Männern getragen werden mußte.

Neben den üblichen Leistungsbeurteilungen, Gehaltslisten und Quartalsrapporten fand ich Berichte, in denen Ihre täglichen Gänge sorgfältig vermerkt worden waren. De Groot machte nicht nur Meldung von allen Dienstreisen, die er mit Ihnen unternahm, sondern hatte auch von jedem Privatbesuch Datum, Uhrzeit und Dauer festgehalten. Darüber hinaus gab es noch Meldungen von Dritten, oft mit Mitteilungen derart intimer Art, daß ich sie, gegen mein Pflichtbewußtsein und mein ureigenstes Wesen, herausnahm und vernichtete, bevor ich Ihr Dossier zurückgab.

Mir wurde der Ernst Ihrer Situation klar, als ich beim Gouverneur und seinen nächsten Mitarbeitern behutsam nach dem Grund der zahlreichen Observationen forschte. Ich stieß nur auf Unwillen. Schließlich ging mir auf, daß sich diese Herren gegenseitig über meine Besuche und Nachforschungen informierten und mir gegenüber Schweigepflicht vereinbart hatten.

Ende Januar '55, nachdem ich ein paar Wochen in Ihrer Angelegenheit herumgestochert hatte, geschah etwas Eigenartiges. Eines Abends brachte mir ein eingeborener Junge die mündliche Nachricht eines befreundeten Kollegen, die sich anhörte, als brauche er mich dringend. Ich machte mich unverzüglich auf den Weg. An der Adresse in Molenvliet angekommen, stellte sich heraus, daß mein Freund völlig sorglos im Bett lag. Wir lachten über das Mißverständnis, und ich kehrte unverrichteter Dinge zur Hauptstraße zurück, um einen Betjak anzuhalten, als ich von ein paar Bettlern angegriffen wurde. Sie schlugen mich nieder und raubten mir mein Kleingeld, die Taschenuhr und meine Meerschaumpfeife. Ich stellte mich bewußtlos und verfluchte meine Gedankenlosigkeit in einer Gegend, in der solche Überfälle nichts Unübliches sind. Plötzlich hörte ich einen der Männer zu einem Kumpan meinen Namen sagen, den er unmöglich kennen konnte.

Ausgerechnet am nächsten Morgen besuchte kein Geringerer als Ihr Vorgesetzter, Cornelius de Groot, meine Abteilung, angeblich wegen einer Bohrerlaubnis. Mein Unfall war ihm zu Ohren gekommen und er zeigte sich besorgt über meine Verletzungen. Freundlich warnte er mich, ich solle mich nicht in Gegenden begeben, in denen ich nichts zu suchen hatte. Er setzte sich wie ein alter Bekannter zu mir und versicherte mir, er erinnere sich besonders gut an meinen Besuch bei Ihnen in Delft, als sie beide noch jung gewesen seien. Er sagte, er betrachte Sie als Freund und Schützling, mit dem er, trotz einiger Zusammenstöße, große Pläne gehabt hätte. Leider, sagte er, hätten Sie nun eine Versetzung nach Holland beantragt. Aus Heimweh, wie er meinte.

Ich entgegnete, der Grund für Ihren Antrag sei möglicherweise in der Ungleichbehandlung solch ›alter Freunde‹ wie Ihnen beiden zu suchen. Cornelius gestand ein, daß dies Pech sei, aber nun einmal unvermeidlich *in Anbetracht der Vorbestimmung*. Er weigerte sich, dies zu präzisieren und berief sich auf seinen Amtseid. Ich bohrte nicht weiter und wir sprachen weiter über Verwaltungsangelegenheiten. Keine zwei Tage später wurde ich auf eine militärischen Mission nach Borneo berufen, die mich ein Dreivierteljahr von zu Hause fernhalten sollte.

Ich vergewisserte mich, daß man Ihren Antrag auf Versetzung bereits bearbeitete, und weil ein Antrag aus solchen Gründen noch nie verweigert worden war, brach ich nach Borneo auf, völlig beruhigt über Ihre Zukunft. Nach meiner Rückkehr im Oktober '56 hörte ich, Ihre Situation sei unverändert und Sie hätten nun Heimaturlaub beantragt, um Ihre Angelegenheit in den Niederlanden vorzutragen.«

Solange van Drunen sprach, behielt ich vor allem meine Kinder im Auge. Der Wind ließ das Feuer, das Ahim angezündet hatte, ab und zu auflodern. Das erschreckte den Jüngsten, und er begann leise zu weinen, aber Ahim beruhigte ihn sofort und lenkte ihn ab. Aus altem Papier faltete er sehr kunstvoll Schmetterlinge und Vögel. Die Kinder durften sie auf der heißen Luft aufsteigen und davonfliegen lassen, aber die meisten gerieten in den Luftwirbel, wurden angesengt, und stürzten in die Flammen. Als Aquasi an der Reihe war, drehte er sich um, ob ich auch sah, wie sein Vogel flog. Ich winkte ihm zu.

»Damals«, fuhr van Drunen fort, »wurde meine Abteilung gerade von den Nachwirkungen der Lebak-Affäre durchgeschüttelt. Um den Mai '55 brachte der Gouverneurswechsel ein Chaos im Büro zuwege. Duymaer van Twists Büroräume wurden ausgeräumt und für die Ankunft Pahuds hergerichtet. In diesem Durcheinander wurde jedem eine spezielle Aufgabe mit eigener Verantwortlichkeit zugeteilt, ohne Aufsicht von oben. Ich setzte alles aufs Spiel und fälschte einen Laisser-passer, der mir Zugang zu den Geheimdossiers verschaffte. Dort fand ich einige Protokolle sowie einen Briefwechsel von 1850 zwischen dem damaligen Generalgouverneur Rochussen und Kolonialminister Pahud, der uns jetzt als neuer Gouverneur bevorstand. Darin wurde Ihr Schicksal besiegelt. Ich habe damals die wichtigsten Passagen kopiert.« Van Drunen legte das Blatt, an dem er die ganze Zeit gezupft hatte, wieder auf den Tisch.

»Am zweiundzwanzigsten wurde Pahud als unser neuer Generalgouverneur in sein Amt eingesetzt. Ich meldete mich krank, sosehr schlug mir mein Gewissen. Zwei Tage später sollte ich Duymaer van Twist verabschieden. Angesichts der Tatsache, daß Sie auf demselben Schiff nach Holland fuhren, hätte ich Ihnen meine Entdeckung aushändigen können, ohne daß unsere Begegnung jemandem aufgefallen wäre. Aber ich wagte es nicht.«

Ich nahm das Papier und faltete es auf. Plötzlich wurde van Drunen hastig, als meine er, mich noch nicht genügend auf das vorbereitet zu haben, was dort schwarz auf weiß auf mich herabbeschworen wurde.

»Ich hatte Angst«, sagte er, »daß dieses Wissen Sie entmutigen würde, genau zu dem Zeitpunkt, in dem Sie nach Holland reisten, um selbst für Ihre Sache einzutreten. Sie mußten stark sein und an Ihre Mission glauben. Was hat ein Mann von dem Wissen, daß ihm seine Selbständigkeit genommen ist? Was bleibt ihm dann noch? Außerdem, und das sah ich vor allem, eine grauenhafte Übereinstimmung zwischen Ihrer Situation und der Situation, in der sich Ihr Cousin vor seiner letzten Tat befunden hatte. Sie waren beide gefangen, auf höheren Befehl schachmatt gesetzt. Ich fürchtete, Sie könnten, falls Ihnen die Übereinstimmung auffiele, eventuell seinem Beispiel folgen. Das hätte ich nicht überlebt.« Er schwieg kurz. Dann sah er mich an und fügte hinzu: »Nein, wieder nicht selbstlos.«

Weil es für ihn von solcher Wichtigkeit war, überflog ich das Papier. Mein Blick fiel auf einige Worte Pahuds aus einem Protokoll vom 24. Juli 1850.

»Dem Prinzip von noblesse de peau, der Überlegenheit der weißen Haut über eine andere, und der moralischen und intellektuellen Überlegenheit der weißen über die braune Rasse, auf der unsere Vorherrschaft in Niederländisch-Indien beruht, würde ein schwerer Schaden zugefügt, wenn Aquasi Boachi in eine Weißen vorbehaltene Funktion mit gleichgültig welcher Befugtheit angestellt würde …«

»Noblesse de peau!« höhnte ich.

»Noblesse de peau!« wiederholte van Drunen gelassen, und ich fühlte, daß er meine Reaktion genauestens beobachtete. Ich legte den Brief vor mich auf den Tisch und faltete ihn einmal längs zusammen.

»Danach ertrug ich es einfach nicht mehr, unter Pahud, der dies alles angerichtet hatte, zu arbeiten. Ich kündigte und fand bei meinen ›blanda itams‹ die Möglichkeit, das noch zu tun, wobei ich beim ersten Mal versagt hatte.« Er beugte sich zu mir herüber. »Damals, als ich Sie und Kwame von Ihren Eltern weggeholt hatte, habe ich Ihnen den niederländischen Staat als neue Mutter vorgestellt. Ich hatte keine Ahnung, daß sie nur ihre eigenen Kinder nährt und die Kinder anderer als Findlinge aussetzt.«

Inzwischen knickte ich zwei Ecken des Briefs nach außen.

»Ihre Neuigkeit, Mijnheer van Drunen«, sagte ich, »ist fünfzig Jahre alt.« Ich gab dem Dokument zwei Flügel und einen Schwanz, zielte sicher und traf zu meinem großen Vergnügen Ahim genau am Hinterkopf. Mit einem Ruck wandte er sich um, und als er mich lachen sah, stimmte der Dummkopf ein. Ich streckte ihm die Zunge heraus und winkte ihm mit beiden Händen zu. Die Kinder, freudig, daß ich endlich mit ihnen zu spielen begann, stürzten sich auf das Papier. Quamina bekam es zu fassen und warf es auf den warmen Luftstrom. Die Worte flatterten wie ein Schmetterling nach oben, drehten sich, versengten sich kurz an den Flammen, aber schossen dann wieder in den Himmel, wo sie eine Zeitlang auf dem Rauch schwebten.

Ich entschuldigte mich und ließ van Drunen mit den Kindern zurück, weil ich ein paar Dinge in mein Tagebuch notieren wollte. Darauf fiel ich in einen kurzen Schlaf und begann mich dann in aller Ruhe auf das Fest vorzubereiten. Vor dem großen Spiegel in meinem Zimmer übte ich die vorbereitete Dankesrede. Oder nein, ein Wort des Dankes war es nicht. Ich empfinde keinen Dank und bin zu alt, um mich zu verstellen. Höchstens ein paar Sätze, um die Menschen nicht zu enttäuschen. Ich hatte mir nur vorgenommen – und Adeline war überaus begeistert –, als Surprise eine Erinnerung an Afrika zum besten zu geben: die wenigen Töne des Kinderlieds, die mir immer im Gedächtnis geblieben sind. Ich begann den Takt zu schlagen, dann versuchte ich die Melodie zu summen, schließlich setzte ich einfach ein, aber nach drei Worten kam nichts mehr. Es blieb nur die sanfte, wiegende Bewegung.

So fand mich Ahim vor einem Augenblick, vor dem Spiegel, vom einen Bein aufs andere schaukelnd. Er berichtete, Mevrouw Renselaar sei gerade in einer offenen Kalesche eingetroffen, um mich abzuholen. Sie habe einen Fotografen bei sich, der zuerst ein Porträt von mir und den Kindern machen wolle. Aquasi muß ihretwegen seine samtene Kniehose anziehen und Quamina den neuen Kragen umlegen. So ein Theater! Hat ein Mensch denn selbst nichts mehr zu bestimmen?

Ahim zog mich aus, rasierte und wusch mich. Er schnitt mir die Nägel und stutzte den Bart. Er legte mir meine guten Kleider hin, wuchtete mich in Hose, Hemd und Chemisette, schnürte mir die Schuhe und band die Fliege. Er reichte mir die Handschuhe und spuckte zweimal auf den Zylinder, einmal als Glücksbringer und einmal für mehr Glanz. Alles saß straff und steif und unbequem, aber Ahim überhörte mein Gebrumm und setzte mich noch einmal vor den Spiegel, während er nicht aufhörte, mich mit seinem alten Kopf über meiner Schulter anzustrahlen.

»Vielleicht war das mit dem Singen keine so gute Idee«, flüsterte er mir zum Trost ins Ohr. Es ist nicht zu fassen, woher solch ein Simon Sabber die Unverschämtheit nimmt! Als er auch noch einen Vorschlag machte, wie ich meine kleine Rede abrunden könnte, versprach ich, ihm für diese Impertinenz einen Wochenlohn einzubehalten.

»Von nichts kann nichts gekürzt werden«, schmunzelte er, und bevor ich ihm einen Tritt versetzen konnte, hatte er sich schon aus dem Staub gemacht. Trotzdem war die Idee nicht schlecht. Ich glaube sogar, daß ich es tun werde. Warum auch nicht? Heute abend werde ich einmal erzählen, wie vom *Kuma*-Baum zwei Äste abgebrochen wurden.

Nachwort

Nach dem Konkurs seiner Plantage Soeka Sari zog sich Prinz Kwasi Boachi nach Bantar Peteh zurück. Am 9. Juli 1904 starb er nach einem langen Krankenlager im Militärhospital von Buitenzorg.

Im *Freiberger Anzeiger* erschienen die »Notizen über den Schwarzen mit weißem Herzen«, in denen sich Bewohner Weimars erinnern, wie der Prinz von Aschanti sie als Kind auf seinen Knien wiegte und ihnen erlaubte, »sein wolliges Haar und seine weiche Sammethaut zu berühren«.

Kwasi Boachis Besitz wurde noch vor seinem Begräbnis von der Waisenkammer beschlagnahmt. Sein ältester Sohn Quamin besuchte vier Jahre in Delft dasselbe Internat wie sein Vater, fand aber nach seiner Rückkehr nach Java lediglich Arbeit als Aufseher auf einer Teeplantage in Preanger. Aquasi junior und Quamina Aquasina lebten in bescheidenen Verhältnissen. Nach der Unabhängigkeit Indonesiens siedelten ihre Kinder in die Niederlande über.

*

Der Schwarze mit dem weißen Herzen ist ein Roman, aber seine Hauptfiguren haben tatsächlich gelebt. Ihre Leben konnte ich mit Hilfe der Fakten aus offiziellen und privaten Dokumenten rekonstruieren.

Im Stadtarchiv von Delft liegen die meisten persönlichen Habseligkeiten Kwasis, etwa sein Liber Amicorum, aber auch die Daguerrotypie, Fotos und Scherenschnitte, Notizen und Aufzeichnungen, zahlreiche Briefe und seine Rede vor den Fünf Säulen der Studentenverbindung. Das Algemeen Rijksarchief in Den Haag ist die wichtigste Quelle der offiziellen Dokumente. Die meisten Dokumente finden sich in den Archiven des Kolonialministeriums, Jahrgänge 1814–1849 und 1850–1900, im Archief van het Kabinet des Konings und im Archief van de Nederlandse Bezittingen ter kuste van Guinea.

Weiter bin ich der Anna-Amalia-Bibliothek in Weimar, dem Sächsischen Bergarchiv in Freiberg, dem Sächsischen Hauptstaatsarchiv in Dresden, dem Hochschularchiv der Freiberger Bergakademie, dem Rijksmuseum voor Volkenkunde in Leiden, dem Koninklijk Instituut voor de Tropen in Amsterdam und den Asante National Archives in Kumasi, Ghana, zu Dank für ihre Unterstützung meiner Recherchen verpflichtet.

Über Verveers Reise nach Kumasi existieren zwei Augenzeugenberichte. Der eine stammt von van Drunen, der zweite wurde von J. Doorman aufgezeichnet. Dort sind alle Fakten, selbst die unwahrscheinlichsten dieser Expedition dokumentiert. Die Autoren E. Obeng mit *Ancient Ashanti Chieftaincy*, D. Warren mit *The Akan of Ghana*, N. Kyeremateng mit *The Akans of Ghana*, R. Edgerton mit *The Fall of the Ansante Empire*, W. Kroese mit *De oorsprong van de wasdruktextiel op de kust van West-Afrika* und A. Quarcoo mit *The Language of Adinkra Symbols* haben mir zu einem besseren Verständnis der Kultur und Geschichte der Aschanti verholfen. René Baesjou von der Rijksuniversiteit Leiden war so freundlich, mir seine Unterlagen zur Verfügung zu stellen und meine Fragen zu beantworten, ebenso Professor Larry Yarak vom George Williams College, Texas, dessen Studie *Kwasi Boakye and Kwame Poku: Dutch educated Asante Princes* einen wichtigen Rückhalt bot. Weiter habe ich von der gewissen Übereinstimmung zwischen dem Schicksal Kwame Pokus und Goethes Werther Gebrauch gemacht und mir aus so vielen Studien ein Bild vom Leben im

Weimar, in den Niederlanden und Niederländisch-Indien im neunzehnten Jahrhundert geformt, daß hier der Raum fehlt, alle zu nennen. Fernand Letessiers *Atala, René et Le dernier Abencérage, une introduction* verschaffte u. a. Einblick in Sophies romantische Sicht der »edlen Wilden«. Aus den Archiven der Bergakademie in Freiberg und aus Prof. Dr. ing. C. Schiffners *Aus dem Leben alter Freiberger Bergstudenten* stammen die Anekdoten über die Weimarer Reaktionen auf Kwasis Hautfarbe. Ähnliche Geschichten aus den Niederlanden sowie persönliche Beobachtungen sind in einem ausführlichen Memoriam von Kwasis Studienfreund Hendrik Linse niedergelegt.

*

Peter van den Akker hat die Geschichte der Prinzen von Aschanti der Vergessenheit entrissen. Am meisten Dank schulde ich ihm für den Enthusiasmus, mit dem er mir 1986, unmittelbar nach seiner Rückkehr aus Ghana, ihre Geschichte erzählt und dafür, wie er mich später in Elmina und Kumasi geführt hat.

Heddy Honigman hat anschließend dazu beigetragen, daß Kwame und Kwasi für mich *sichtbar* wurden. Einige Szenen, die wir uns gemeinsam ausdachten, sind noch im ersten Teil zu finden.

Im Lauf der Jahre haben verschiedene Personen und Institutionen die Entwicklung der Geschichte ermöglicht. So verschaffte mir der Fonds voor de Letteren Reise- und Arbeitsstipendien und ermöglichte der Stimuleringsfonds Nederlandse Culturele Omroep Produkties u. a. die Ausarbeitung eines Librettos für die Oper »De zwarte met het witte hart«, die im Jahr 2001 uraufgeführt werden soll.

Für ihr unermüdliches Interesse und ihren *persönlichen* Einsatz danke ich Martin Ros, Marlies Cordia, Lidewijde Paris, Annemieke Gerritsma, Agaath Witteman, Sylvia Dornseiffer, Adri Boon, Lex Jansen und vor allem Peter Nijssen von Herzen, nicht zu vergessen Emmy van Heumen und Frau de Gruyter, die Enkelinnen Kwasi Boachis.

Arthur Japin

Glossar

Die Übersetzerin hat sich für die ältere Umschrift des Indonesischen entschieden, um der historischen Authentizität Rechnung zu tragen. Die Buchstabenkombination oe wird u ausgesprochen.

Almanak – Jahrbuch studentischer Verbindungen in den Niederlanden

Artis – Die Niederländische Königliche Zoologische Gesellschaft NATURA ARTIS MAGISTRA, 1838 gegründet zur Förderung von Kunst und Wissenschaft und insbesondere des Zoologischen Gartens von Amsterdam

Assistent-Resident – Assistent des Residenten, Verwalter der einzelnen Provinzen einer Residenz in Niederländisch-Indien

Batavia – (lat. Name für die Niederlande) 1619 gegründete niederländische Siedlung und Handelsniederlassung, wurde zum Sitz des Generalgouverneurs von Niederländisch-Indien und Hauptstützpunkt der niederländischen Ostindienkompanie; seit 1949 unter dem Namen Jakarta Hauptstadt des unabhängigen Indonesiens

Betjak – kleine Pferdekutsche

Bouw – 89 mal 71 Ar

Brabandshoedje – (= Brabanter Hut) kleine Insel

Dessah – (ind.) Dessa; Dorf, Gemeinde; kleinste Verwaltungseinheit auf Java und Madoera

Deng deng oebi – Fleischgericht mit süßen Rüben

Dwars-in-den-Weg – (= Mitten im Weg) kleine Insel

Gamelan – Orchester aus zahlreichen Musikinstrumenten, viel Schlagwerk, aber auch Zupf- und Streichinstrumente

Goelali – Zuckerzeug

Goena goena – (mal.) mysteriöse, ungreifbare Magie, an die auch die Europäer in Niederländisch-Indien glauben; Zaubermittel, mit dem jemandes Liebe geweckt oder ihm Unheil zugefügt werden kann

Kampong – Stadtviertel, Wohnviertel, ein dorfähnlicher Bezirk im Randbereich einer Stadt in Indonesien; in großen Städten wie Batavia fand man zwischen den europäischen Wohnvierteln die Kampongs der Einwohner: die Welt der Inländer

Kerbo – zahmer (indischer) Wasserbüffel

Kokki – Koch/Köchin im niederländisch-indischen Haushalt

Kraton – Palastkomplex mit vielen Gebäuden und Plätzen

Krontjong – (mal.) bezeichnet besondere Art von Musik oder Gitarre; hier als Fluch gebraucht, in Alliteration an »strontjong« (Scheißkerl)

Kwee kwee – Kuchen

Loewak – (mal.) *Paradoxorus hermaphroditus*, eine Verwandte der Zibetkatze; auch: Kaffeeratte

Mandiraum – (ind. kamar mandi) Bad, Waschraum

Matah-glab – (ind. mata gelap; mata = Auge; gelab = finster), verdunkeltes Auge, blinde Wut

Menseneter – (= Menschenfresser) kleine Insel

Njai – (ind.) einheimische Frau, dem Herrn des Hauses in allem Frau – auch im Bett; als eine Art Nebenfrau führte sie den Haushalt, hatte jedoch keinerlei offizielle Funktion

Njonja – (ind.) Gattin, Gemahlin, Frau

Onrust – (= Unruhe) Insel

Paal – Längenmaß auf Java; 1 paal = Abstand zwischen zwei Meilensteinen; ca. 1500 m

Padie – Reis

Pak Radhen – (ind. raden = Prinz, pak = Vater) Prinz
kindliche Bezeichnung
Pikol – Schulterfracht; Handelsgewicht, 100 Katis = 61,761
Pisang – Banane
Pisangs – Erdnüsse
Radhen – javanischer Adelstitel
Radhen Saleh – javanischer Maler, geboren in Samarang auf Java 1881; meist in Den Haag tätig
Regent – einheimischer Adliger, der als Beamter dem Assistent-Residenten zur Seite stand
Resident – Regionaler Gouverneur, Präfekt, vertrat die niederländische Staatsgewalt gegenüber der javanischen Bevölkerung; eine Residenz war in vier oder fünf Provinzen eingeteilt, an deren Spitze Resident-Assistenten standen
Sirih – Betelnuß
Spekkoek – indonesischer, stark gewürzter, süßer feuchter Kuchen, mit verschiedenen hellen und dunklen Lagen, etwa vergleichbar dem Baumkuchen
Soesoehoenan – Fürst von Solo
Toko – (ind.) kleines Geschäft, Laden
Toppershoedje – (= Seemannsmütze) Insel
Tuwan – Herr
Tuwan Besar – großer Herr
Waroeng – Verkaufsstand